HEYNE<

TERESA SIMON

GLÜCKS KINDER

ROMAN

WILHELM HEYNE VERLAG
MÜNCHEN

Sollte diese Publikation Links auf Webseiten Dritter enthalten, so übernehmen wir für deren Inhalte keine Haftung, da wir uns diese nicht zu eigen machen, sondern lediglich auf deren Stand zum Zeitpunkt der Erstveröffentlichung verweisen.

Penguin Random House Verlagsgruppe FSC® N001967

Originalausgabe 03/2021
Copyright © 2021 dieser Ausgabe
by Wilhelm Heyne Verlag, München,
in der Penguin Random House Verlagsgruppe GmbH,
Neumarkter Str. 28, 81673 München
Redaktion: Katja Bendels
Zitat: Erich Kästner, Eine Mutfrage, aus: Kurz und bündig © Atrium Verlag, Zürich 1948 und Thomas Kästner
Printed in Germany
Umschlaggestaltung: Nele Schütz Design unter Verwendung von
arcangel (Laura Kate Bradley) und Shutterstock.com (Adelveys, alex.makarova)
Satz: GGP Media GmbH, Pößneck
Druck und Bindung: GGP Media GmbH, Pößneck
ISBN: 978-3-453-42406-7

www.heyne.de

Für meinen Vater aus der Maxvorstadt

Wer wagt es,
sich den donnernden Zügen entgegenzustellen?
Die kleinen Blumen zwischen den Eisenbahnschienen.

Erich Kästner

Prolog

Haarlem, Niederlande, Oktober 1942

Keine Namen, so lautet das ungeschriebene Gesetz.

Bloß nicht die echten Namen!

Deshalb muss sie die Frau, die ihr Unterschlupf bietet, auch mit Merel anreden, was Amsel bedeutet. Sie selbst heißt nun Bientje, das Bienchen, und viel mehr als ihr Alter hat sie bislang nicht preisgegeben. Nur, dass sie aus Amersfoort stammt, ihre Eltern kurz nacheinander gestorben sind und sie danach zu ihrer Großmutter geflohen ist, die man bereits abtransportiert hatte, als sie atemlos an deren Wohnung eintraf.

Sie selbst ist ebenfalls schon amtlich registriert; die deutschen Besatzer suchen nach ihr – und wird man sie aufspüren, ist ihr Leben keinen Pfifferling mehr wert.

Merel ist ihre einzige Chance, die allerletzte.

Seit Tagen kauert Bientje nun schon in dieser kalten Dachschräge, in der sie nicht einmal richtig stehen kann, neben einem Wasservorrat, der unbarmherzig zu Ende geht, und inmitten von Krümeln des Schiffszwiebacks, den sie verschlungen hat, ohne auch nur ansatzweise satt zu werden.

Den Notdurfteimer in der Ecke kann sie kaum noch zum Pinkeln benutzen, so sehr ekelt sie sich davor. Allem anderen verweigert sich ihr Körper sowieso, und immer häufiger überfällt sie nun die Angst, sie könnte über kurz oder lang platzen, weil die Natur irgendwann doch ihr Recht verlangen wird.

Es ist so still, dass ihr der eigene Atem überlaut erscheint, und die Sehnsucht nach menschlichen Stimmen wird beinahe überwältigend. Singen möchte sie, zumindest summen, doch ihre Lippen bleiben fest verschlossen.

Wie allein sie sich fühlt!

Mittlerweile hat sie fast so etwas wie Freundschaft mit dem dreisten Holzwurm geschlossen, der sich schmatzend durch die alten Balken frisst, allein deswegen, weil er lebendig ist.

Ist es Tag oder doch schon wieder Nacht?

Die Armbanduhr an ihrem Handgelenk steht still, und Bientje hat jedes Zeitgefühl verloren. Reparieren kann die Uhr in Haarlem niemand mehr. Corrie ten Boom, die mutige Uhrmacherin, die viele Juden versteckt hat, sitzt schon seit Wochen im KZ.

Manchmal will Bientje losrennen und schreien, so laut sie kann, aber natürlich tut sie das nicht. Keinen einzigen Mucks, das hat Merel ihr eingeschärft.

Wenn sie dich finden, sind wir beide dran.

Eigentlich hätte Merel längst schon wieder bei ihr gewesen sein müssen, mit frischem Wasser, neuem Essen und vor allem einem sauberen Eimer, aber sie kommt nicht.

Sie kommt und kommt und kommt einfach nicht ...

Vom Hocken tut Bientje alles weh, und still liegen kann sie auch nicht mehr. Ihre Beine fühlen sich taub an, im

Hals kratzt es wie verrückt, und ihre Zunge scheint immer dicker zu werden.

Ob man an seiner eigenen Zunge ersticken kann?

Im Moment erscheint ihr alles möglich.

Das ist der Koller, vor dem man sie gewarnt hat, doch damals hat sie nur gelacht. Jetzt ist sie kurz davor, laut loszuheulen.

Nein, sie hält es einfach nicht mehr länger aus – sie muss hier raus!

Behutsam schiebt sie das Paneel zur Seite, das ihre suchenden Finger ertastet haben. Von außen ist nichts zu erkennen, sobald es geschlossen ist, das weiß sie.

»Die Gestapo könnte ein ganzes Jahr lang suchen«, hat Merel gesagt, als sie sie hergebracht hat, »und würde doch nichts finden – vorausgesetzt, du hältst dich an die Regeln.«

Das wird sie wieder, fest versprochen, ganz bald, doch jetzt muss sie diese Regeln leider brechen. Ihre Nasenlöcher weiten sich, während sie herauskriecht und zu schnuppern beginnt. Das alte Haus riecht anders als ihr muffiges Versteck, und sie atmet auf. Nur für ein paar wenige Minuten, wird sie Merel sagen. Nur sich nach allen Richtungen strecken, in Ruhe die Toilette benutzen, ein paar Worte wechseln, mehr will sie ja gar nicht.

Mit ihren dicken Socken macht sie auf der Treppe keinen Lärm. Im ersten Stock ist alles ruhig. Merel wird unten sein, in der Küche. Und so schleicht sie weiter abwärts.

Nach ein paar Stufen hält sie inne.

Etwas ist anders als in ihrer Erinnerung, aber sie weiß nicht, was es sein könnte. Sollte sie nicht vielleicht doch leise rufen?

Vielleicht erschreckt sie Merel ja sonst zu Tode.

Sie räuspert sich. Ihre Stimmbänder sind vom langen Schweigen richtig eingerostet.

»Ich bin's, Bientje. Keine Angst, ich bin gleich wieder verschwunden.«

Wie heiser und dünn sich das anhört, richtig jämmerlich!

Keine Antwort.

Ist Merel so sauer, dass sie sie mit Schweigen bestraft?

Inzwischen ist sie unten angelangt. Bei ihrem Eintreffen im Haus war ihr die Küche als Hort von Sauberkeit und Rechtschaffenheit erschienen, doch wie sieht es jetzt hier aus!

Teller und Tassen sind zerschlagen, als hätte ein Sturm gewütet, und inmitten der Scherben liegt in einer Blutlache ein verkrümmter Körper auf dem weiß-schwarzen Kachelboden.

Sie weiß, dass Merel tot sein muss, noch bevor sie neben ihr kniet. Das blonde Haar hat sich an vielen Stellen rötlich gefärbt; im Schädel klafft ein Loch. Die Leiche beginnt schon steif zu werden, und so zieht Bientje ihre Hand wie verbrannt zurück.

Einbrecher?

Eine Razzia?

Aber weshalb hat man sie, Bientje, dann nicht entdeckt?

In ihrem Kopf fahren die Gedanken Karussell. Bislang hat das Versteck sie geschützt, doch nun kann sie hier nicht länger bleiben, das steht fest.

Wo aber könnte sie hin?

Ihr geschändeter Ausweis wird sie unweigerlich bei der nächsten Kontrolle verraten – es sei denn …

Der Gedanke ist so ungeheuerlich, dass sie kurz auflachen muss.

Ihr Blick gleitet zurück zu der Toten.

Es könnte gehen. Beide sind sie blond, beide haben sie schmale Gesichter und graugrüne Augen. Auch die Größe stimmt in etwa.

Wo hat Merel wohl ihre Dokumente aufbewahrt?

Mit bleiernen Beinen geht sie nach nebenan ins Wohnzimmer, das sie zum ersten Mal betritt. Schwere, dunkle Möbel, die garantiert von Merels Vorfahren stammen. Ob sie noch Eltern hat, Tanten, Onkel, Vettern oder Kusinen? Geschwister?

»Ich bin ganz allein«, hat Merel bei ihrer ersten Begegnung zu Bientje gesagt.

Aber ist das auch die Wahrheit?

Sie muss sich daran klammern. Etwas anderes bleibt ihr nicht.

Den kleinen Sekretär hat sie im Nu durchstöbert – leider erfolglos. Wo sonst könnte Merel wichtige Papiere versteckt haben?

Bientje muss noch einmal nach oben, ob sie will oder nicht. Aber auch im Schlafzimmer entdeckt sie nicht das Gesuchte.

Wenn sie nur Licht machen könnte!

So durchwühlt sie alles im Dunkeln und legt sich dabei eine kleine Garnitur aus dem Kleiderschrank zurecht, in die sie schlüpfen wird, Unterwäsche, Strümpfe, dunkelblauer Rock, gestreifte Bluse, blaue Strickjacke, dunkelblauer Mantel. Merels Schnürstiefel sind ihr zu groß, sie wird zwei Paar Socken übereinander anziehen oder Zeitungsblätter einlegen müssen.

Besser als andersrum.

Inzwischen spielt ihr Darm verrückt, und es dauert eine ganze Weile, bis sie die Toilette wieder verlassen kann.

Danach geht es ihr deutlich besser. In Merels kleinem Badezimmer reinigt Bientje sich gründlich von Kopf bis Fuß, dann schlüpft sie in Merels Sachen, alles ein bisschen zu lang, ein wenig zu weit, aber wer schaut in diesen Zeiten schon darauf?

Dann kommt das Schwierigste und zugleich das Allerwichtigste – vorausgesetzt, sie findet jemals diese verdammten Dokumente. Merels Haar ist schulterlang, Bientjes jedoch reicht in ihrem verhassten Ausweis nur bis zum Kinn. Eine gute Handbreit von Merels toten blonden Locken muss also ab, damit die Tote dem Foto auf Bientjes Ausweis möglichst gleicht.

Auf der Suche nach einer Schere stößt Bientje auf ein hölzernes Nähkästchen. Als sie es aufklappt, findet sie unter Garnrollen und Nadelkissen tatsächlich den Pass.

Merel ist drei Jahre älter als sie. Daran lässt sich nichts ändern.

An den Haaren sehr wohl.

Mit ihrem kostbaren Fund kehrt Bientje in die Küche zurück, überwindet sich, kniet schließlich neben der Toten nieder, setzt die Schere an und schneidet. Danach fegt sie alles sorgfältig zusammen, wischt die Griffe ab und legt die Schere zurück an ihren Platz.

Ihren eigenen Pass mit dem großen aufgestempelten J

legt sie neben das Nähkästchen. Dessen abgeknipste Ecke mit dem verräterischen Fingerabdruck ist mittlerweile im Herd verglüht, zusammen mit den Haarresten, die keiner finden darf. Die Asche hat sie in einen kleinen Topf gefüllt, den sie einpackt.

Das Meer wird alles an fremde Küsten spülen.

Sie hat noch ein paar Stunden, bevor es hell wird. Noch immer gilt die von den Nazis verhängte Ausgangssperre für das ganze Land.

Bientje geht noch einmal nach oben unters Dach und schiebt das Paneel vor ihrem alten Versteck so, dass es einen Spaltbreit offen steht, damit es bei einer Hausdurchsuchung schnell entdeckt wird.

Zurück in der Küche, löffelt sie einen Eintopfrest, der noch auf dem Herd steht, fast schon andächtig leer und wischt anschließend den Teller mit Brot aus, bis er glänzt. Wie gern hätte sie noch mehr auf Vorrat verschlungen, doch das laute Glucksen in ihrem Bauch hält sie davon ab. Essen will klug dosiert sein, wenn man zuvor lange fasten musste, das hat sie inzwischen gelernt.

Wieder und wieder studiert sie das Foto in Merels Pass, wölbt die Lippen leicht vor, runzelt die Stirn, wie Merel es gern getan hat, und murmelt ihren Namen vor sich hin. Irgendwann fühlt sich ihr eigenes Gesicht ganz fremd an, was sie ein wenig beruhigt.

Als schließlich die Dämmerung aufzieht, nimmt sie das Laken, das sie einstweilen über die Tote gebreitet hatte, wieder weg, faltet es zusammen und legt es zurück in den Schrank. Dann verlässt sie das Haus.

Ein allerletzter Blick zurück.

Die Küche sieht genauso verwüstet aus, wie sie sie vorgefunden hat. Die Zeiten sind hart, die deutschen Besatzer erbarmungslos. Sie rechnet nicht mit großen Nachforschungen. Merels grauer Mantel an der Garderobe trägt nun den verhassten Stern, von Bientje mit ein paar Stichen angeheftet.

Einer toten Jüdin weint niemand eine Träne nach.

Im Rucksack hat sie neben dem Aschetopf und dem lebensrettenden Pass ihr altes Gewand, ein wenig Wäsche zum Wechseln, eine Zahnbürste, einen Laib Brot sowie einige Äpfel.

Jetzt muss sie es nur noch irgendwie bis nach Amsterdam schaffen, wo kein Mensch sie kennt.

EINS

Auf dem Weg nach Süden, 27. April 1945

Ich. Bin. Griet. Van. Mook. Ich. Werde. Leben.
Schritt um Schritt, Meter für Meter wummerte dieser Rhythmus in ihrem Kopf, hatte sich in jeder Körperzelle eingenistet.

Hinter ihr das Keuchen der Oberaufseherin, deren Schlagstock auf Leni eingeprügelt hatte, als diese gestrauchelt war. Dabei hatte sie es mit ihren stabilen, von der SS gestellten Lederstiefeln beim Gehen um einiges leichter. Der lang gezogene Tross der weiblichen Gefangenen musste mit Holzpantinen auskommen, die sie immer wieder rutschen und straucheln ließen. Ausgehungert und durchgefroren kamen die Frauen im kalten Schneeregen, mit dem zu dieser Jahreszeit niemand mehr gerechnet hatte, nur langsam voran. Trotzdem wurden sie vom Trupp der Aufseher – vier Frauen, sechs Männer, alle bewaffnet – erbarmungslos weitergescheucht. Keiner von ihnen schien auch nur eine Spur Mitgefühl für die Häftlinge zu empfinden. Am schlimmsten jedoch gebärdete sich Herta Krieger, der es regelrecht Spaß zu machen schien, andere zu schikanieren und zu quälen.

Zunächst waren sie an einfachen Mietshäusern vorbeigekommen, viele davon mit Bombenschäden, dann rechter

Hand an einem imposanten leeren Sportstadion. Allmählich wurden die Häuser nobler und die Grundstücke größer, aber sie schienen sich noch immer in der Stadt zu befinden, jenem München, das sie vergangenen Herbst mit seinem KZ-Außenlager im Stadtteil Giesing so unfreundlich empfangen hatte. Das Klacken ihrer Pantinen auf dem Asphalt rief einige Menschen an die Fenster, aufgeschreckt von diesem ungewöhnlichen Schlürfen und Schlerfen, das von der Straße her zu ihnen drang. Die meisten schauten jedoch schnell wieder weg, als sie die ausgemergelten Gestalten im eisigen Regen erblickten. Nur ein paar wenige warfen Brotreste heraus oder kamen aus der Tür und stellten kleine Wasserkrüge an den Weg. Wer sich aus dem Zug allerdings danach bückte, riskierte Schläge.

Dann hörten die Häuser für eine Weile ganz auf. Ein Waldstück, links davon Gleise, aber keine Bahn war zu sehen.

Hunger und vor allem Durst wurden schier unerträglich.

Viel zu spät ordnete die Krieger eine kurze Rast an. Die Nadelbäume, unter denen sie Zuflucht suchten, boten kaum Schutz vor Kälte und Nässe, und dennoch tat es gut, beim hastigen Verschlingen der kargen Mahlzeit ihren kräftigen Duft einzuatmen. Zwischen den Tannen standen auch ein paar Laubbäume – Buchen, Linden, Eichen, allesamt zartgrün beblättert. Es war Ende April, und obwohl die Temperatur noch einmal stark gesunken war, schien der Frühling im sechsten Kriegsjahr nicht mehr aufzuhalten zu sein.

Ob das auch für die Alliierten galt?

Griet hoffte so sehr darauf.

Zäh setzte der Weitermarsch ein. Zwei schmutzige Pferdedecken als Ranzen auf dem Rücken, gehalten von einem zerlöcherten Laken, ein Blechnapf, ein Löffel, dazu grobes Holz an den Füßen – wie armselig sie alle waren!

Doch die Fantasie konnte niemand ihr nehmen.

Endlich wieder Schuhe tragen, die nicht drückten und in denen man nicht schwamm! Endlich wieder das herbe Aroma von frischem Leder schnuppern …

Von einem warmen Bad und duftender Seife, wie es früher selbstverständlich gewesen war, ganz zu schweigen.

Die Sehnsucht danach überwältigte Griet für einen Augenblick derart, dass ihre Augen beim Gehen feucht wurden. Sie hasste es, wie ihre ungewaschenen Lumpen stanken, hasste die blutig aufgescheuerte Krätze, die ihre Leisten befallen hatte. Am meisten aber hasste sie die Nummer, die sie zu einem namenlosen Ding degradieren sollte.

Nein, sie war nicht Häftling Nr. 13255, und wenn sie sich noch so oft mit dieser Nummer hatte melden müssen!

Ich. Bin. Griet. Van. Mook. Ich. Werde. Leben.

Eine Weile trieb der innere Rhythmus sie weiter voran.

Irgendwann kamen sie durch einen kleinen Ort, *Grünwald*, so verkündete das Schild. Alles sauber, alles ordentlich, schmucke Häuser, ein Leben, von dem sie Lichtjahre entfernt waren. In Fünferreihen mussten sie hindurchmarschieren, genauso wie sie seit Monaten Morgen für Morgen vom Lager zur Arbeit ins rund zwanzig Minuten entfernt liegende Werk aufgebrochen waren. Doch heute ging es nicht zu Agfa, der Munitionsfabrik im Südosten Münchens, heute ging es …

Geradewegs in den Tod?

Griet versuchte diesen Gedanken wieder zu verscheuchen.

Sturmführer Stirnweiß, der Kommandant des Außen-KZs, hatte versichert, sie unversehrt nach Süden zu bringen, um dort das Kriegsende abzuwarten. Er war nicht so offen brutal wie seine rechte Hand, der Lette Djerin, der sie oft drangsaliert hatte und der mit zwanzig kranken Häftlingen im Lager zurückgeblieben war.

Was aber, wenn der Kommandant gelogen hatte?

Griet wurde nicht recht schlau aus dem Mann mit der wulstigen Stirn und den wachsamen blauen Augen. An Weihnachten hatte er eine stattliche Fichte für »seine« Häftlingsfrauen besorgt und sichtlich ergriffen mit ihnen besinnliche Lieder gesungen. Auf der anderen Seite jedoch veranlassten ihn schon die geringsten Kleinigkeiten zu drastischen Strafen. Hoffte er, vielleicht durch diesen Gefangenentransport seine eigene Haut zu retten, sobald die amerikanischen Truppen eintrafen?

Oder gaukelte er den Frauen nur etwas vor, um sie ruhig zu halten?

Seit Tagen kursierten hässliche Gerüchte, dass die SS alle noch lebenden KZ-Gefangenen in die Alpen führen wolle, um sie dort für immer loszuwerden. Doch wie genau sollten sie das anstellen? Sie kurzerhand liquidieren und anschließend in riesigen Massengräbern verscharren?

Zu aufwendig und vor allem doch viel zu gefährlich, jetzt, wo die Alliierten schon so nah waren!

Ein paar der entkräfteten Frauen glaubten es trotzdem, und je länger der Marsch andauerte, desto mehr schlossen sich dieser Meinung an. Jetzt sang keine einzige mehr, obwohl gerade das Singen sie über so viele Monate getragen hatte, ebenso wie die heimlichen Bibelstunden. In ihrem früheren Leben hatte sich Griet nie viel aus Religion gemacht, diese geflüsterten Lesungen jedoch hatten auch ihr Hoffnung und Mut geschenkt.

Wo steckten eigentlich die Bauern?

Hatten sie sich alle aus Angst vor Tieffliegern in ihren Häusern verkrochen?

Sie mussten doch pflügen, ackern und düngen, jetzt, wo es endlich Frühling werden wollte! Aber kein Mensch war zu sehen. Außer einem streunenden Hund, der sich nach kurzem Kläffen wieder verkroch, war die holprige Straße in Richtung Süden wie leer gefegt.

»Dłużej już nie mogę!«, stöhnte Leni hinter ihr, als es nur noch Wald und Felder gab, die gar nicht mehr aufhören wollten, durchbrochen von einer Handvoll Häuser und Scheunen.

»Sprich Deutsch, wenn du schon laut jammern musst«, zischte Griet zurück, obwohl sie die Sprache der Moffen mindestens ebenso verabscheute wie ihre neue Freundin, die immer wieder ins Polnische verfiel. Griet verstand kein Wort davon, doch Lenis Klage war eindeutig. »Oder willst du wieder Hiebe riskieren?« Ihr Tonfall wurde sanfter. »Du kannst noch, Leni, das weiß ich! Reiß dich bitte zusammen, und denk fest an das, was du mir versprochen hast ...«

Leni verstummte.

Und sie marschierte tatsächlich weiter, wovon Griet sich bei einem raschen Blick über die Schulter vergewisserte. Links neben ihr liefen Lientje und Betty, und auf ihrer anderen Seite Myra und Tante Han, wie die fast sechzigjährige Johanna von den anderen Häftlingsfrauen genannt wurde. Allesamt mutige Kämpferinnen des Widerstands, die gegen die deutsche Besatzung der Niederlande aufbegehrt hatten. Die meisten von ihnen empfanden Mitleid mit Leni, aber es gab auch einige, die angewidert von der jungen Polin abrückten, weil sie im KZ-Bordell Dachau bis zu dessen Auflösung als Zwangsprostituierte hatte arbeiten müssen.

Was mochte sie dort Furchtbares erlebt haben!

Griet hatte die zierliche Zwanzigjährige mit den Rehaugen spontan unter ihre Fittiche genommen, als sie ins Außenlager Giesing gekommen war, weil sie es hasste, wenn die Schwächsten schikaniert wurden, und Leni vergalt es ihr mit tiefer Dankbarkeit. Sie mied die Nähe zu den anderen inhaftierten Polinnen und lief Griet wie ein Hündchen hinterher, verfolgte andächtig alles, was sie sagte, und kam, als die anderen in der dauerklammen Unterkunft ohne Fensterglas bereits schliefen, schließlich mit der ganzen Wahrheit heraus, die sie ihr stockend und mit vielen Pausen anvertraute.

»Ich pass auf dich auf«, hatte Griet ihr tief bewegt in jener Nacht versichert, doch dieses Versprechen wog schwer, wie sie inzwischen wusste – manchmal fast zu schwer.

Was hatte sie sich da nur aufgehalst, wo sie die junge Frau mit dem traurigen Schicksal doch kaum kannte!

Bloß nicht auffallen, das war seit der Festnahme Griets Devise gewesen, und sie war in all dem Schrecklichen bislang nicht schlecht damit gefahren. Ruhe bewahren, möglichst wenig sagen, auch wenn es ihr hart gegen den Strich ging, stattdessen die Ohren aufhalten und sich alles genau einprägen. Aber seitdem Leni mit ihren unberechenbaren Gefühlsausbrüchen an ihr klebte, funktionierte das nicht mehr. Sie alle waren verzweifelt, fern von Zuhause, eingesperrt von einem skrupellosen Feind, der es auf ihre Auslöschung abgesehen hatte, doch niemand litt darunter so lautstark wie Leni. Jetzt fielen sie auf – alle beide –, und Griet bekam gerade zu spüren, wie sich das anfühlte.

Leni winselte erneut auf Polnisch vor sich hin.

Der harte Stockschlag auf ihren Rücken ließ nicht lange auf sich warten, und der nächste fuhr in Griets Kniekehlen und brachte sie fast zum Sturz.

»Bring die dreckige Polenschlampe endlich zur Vernunft, oder sie baumelt am nächsten Baum.« Kriegers Stimme triefte vor Hass. Ihr war die Freundschaft der beiden Frauen schon lange ein Dorn im Auge. »Wir rennen schließlich nicht freiwillig mit euch durch diese Kälte. Also, wird's bald?«

Griet versuchte ihre Schmerzen zu ignorieren und ließ sich leicht zurückfallen.

»Musst tapfer sein, Leni«, presste sie hervor. »Sonst kriegen wir beide Prügel.«

»Das wollte ich nicht, Griet, niemals, das musst du mir glauben! Aber ich kann einfach nicht mehr ...«

»Du kannst!« Damit war jede Gegenrede erstickt. »Man kann so viel mehr, wenn man muss ...«

»Schluss jetzt!« Kriegers Stock drosch nun auf Griets Kniescheibe. »Zurück ins Glied, und keinen Mucks will ich mehr hören, sonst werdet ihr mich kennenlernen ...«

Schweigend kämpften sie sich weiter voran, doch sie wurden dabei immer langsamer. Wie lange mochten sie schon unterwegs sein? Nicht einmal die übliche dünne Suppe hatten sie mittags bekommen, nur ein hartes Stück Brot und ein paar Kellen brackiges Wasser. Langsam senkte sich die Dämmerung herab. Bei besserer Witterung und mit ausreichend Essen im Bauch hätten sie sich an der hügeligen Voralpenlandschaft erfreuen können, die so anders war als ihre flache niederländische Heimat, doch im eisigen Regen hatte keine von ihnen auch nur einen Blick für Bäume, Felder und Berge, denn das Auf und Ab des Straßenverlaufs zu bewältigen kostete alle Kraft.

Als Stirnweiß ihnen auf seinem Motorrad entgegengebrettert kam, ergriff Tante Han mutig das Wort.

»Um Jesu willen, Herr Kommandant!«, rief sie mit lauter Stimme. »Wir Frauen können nicht mehr. Es wird bald dunkel. Lassen Sie uns in einem Nachtlager zur Ruhe kommen – bitte!«

Zu Griets Verblüffung bremste er und blieb tatsächlich stehen. Die tiefreligiöse Johanna flößte ihm irgendwie Respekt ein. So war es auch schon gewesen, als sie im Januar gestreikt hatten, um besseres Essen zu bekommen. Damals hatte Tante Han im Namen aller die Verhandlungen geführt und die Forderungen der weiblichen Häftlinge schließlich durchgesetzt. Erst als die Suppe wieder eine Spur gehaltvoller geworden war, waren sie an ihre Werkbänke in der Munitionsfabrik zurückgekehrt.

»Sie müssen sich ausruhen«, sagte er zur Oberaufseherin, »sonst werden sie die morgige Etappe nicht bewältigen. Wir bringen sie im Kloster Schäftlarn unter. Abt Sigisbert weiß bereits Bescheid.«

»Diese KZlerinnen – ausgerechnet bei den frommen Mönchen?« Kriegers Stimme wurde schrill.

»Natürlich nicht im Klostergebäude, sondern in angrenzenden Scheunen und Heuschobern«, raunzte er zurück. Dass er sie nicht mochte, wussten inzwischen alle gefangenen Frauen. Aber was hatte es ihnen bislang genutzt? Die Krieger terrorisierte sie noch immer ganz nach Gutdünken. »Die Benediktiner betreiben eine große Landwirtschaft.«

Im Nu hatte sich die Nachricht im ganzen Zug verbreitet, und selbst die müdesten Beine strengten sich noch einmal für das letzte Stück Weg an. Für eine Weile setzte sogar der Schneeregen aus; trotzdem waren sie alle bis auf die Haut durchnässt. Viele der Frauen husteten und niesten. Es war abzusehen, dass einige krank werden würden.

Vor ihnen spannte sich eine glitschige Holzbrücke über einen Fluss, der viel Wasser führte.

Bloß nicht noch im letzten Moment abrutschen und ertrinken!

Aber alle schafften es, und als schließlich im schwindenden Licht die helle Klosteranlage vor ihnen lag, war es wie eine Erlösung.

Drei große Scheunen nahmen sie schließlich auf. Wenigstens ein Dach über dem Kopf – endlich! Drinnen war es allerdings so eng, dass Frau an Frau auf dem harten Boden liegen musste, wenn alle Platz finden wollten.

»Hilft wenigstens gegen die Kälte«, sagte die grauhaarige Tante Han, die stets darauf achtete, dass das Brot unter allen möglichst gerecht verteilt wurde.

»Und die Läuse haben es auch nicht weit«, steuerte Leni zähneklappernd bei, die manchmal richtig witzig sein konnte, sobald ihre Angst sich gelegt hatte. Wieder gab es nichts Warmes zu essen, sondern nur Brot und als Getränk bräunliches Wasser, das sich »Kaffee« schimpfte. Als das Scheunentor für die Nacht geschlossen worden war, stieß Leni plötzlich einen hellen Schrei aus.

»Honig«, rief sie und deutete aufgeregt auf den kleinen Eimer, den sie hinter einem der Balken hervorgezogen hatte. »Schaut doch nur – der ist fast noch voll! Vielleicht haben ihn die mitleidigen Mönche ja für uns versteckt ...«

Alle drängten sich nun um sie, tauchten ihre Finger hinein und schleckten sie ab. Natürlich war der Topf viel zu schnell leer, und dennoch wirkten die Frauen entspannter.

Griet versuchte auf dem harten Untergrund eine halbwegs erträgliche Stellung zu finden, was schwierig genug war. An ihren Rücken schmiegte sich Lenis schmächtiger Körper, der sich sehr warm, fast schon heiß anfühlte.

Ob sie Fieber hatte?

Wenn ja, dann konnten sie beide nur hoffen, dass sie sich über Nacht gesund schlafen würde.

Als Griet schon halb eingenickt war, begannen neben ihr zwei Frauen in der Dunkelheit miteinander zu flüstern.

»Und wenn wir doch abhauen?«, kam es von Betty, deren tiefe Stimme sie verriet. »Die dicke Schmitz, die draußen Wache halten soll, schläft immer recht schnell ein. Wir stoßen sie zu Boden – und rennen los. Die Mönche werden uns ja wohl kaum etwas tun ...«

»Damit unsere Peiniger noch Grund bekommen, uns auf den letzten Metern zu erschießen?« Myra klang skeptisch. »Oder hast du die männlichen Wachleute vergessen? Mal ganz ehrlich: Wie weit würdest du mit deinen dürren Steckerbeinchen wohl kommen? Uns geht nach wenigen Metern doch die Puste aus, so kraftlos wie wir alle sind! Nein, mein Mädchen, wir bleiben schön hier und halten weiter durch. Ich kann die Amis schon riechen, und das gute Essen, mit dem sie uns Hungerleider verwöhnen werden. Wirst sehen, dieser Spuk hat bald ein Ende. Dann bekommen die Moffen ihr Fett ab – und das nicht zu knapp!«

Genauso möge es sein, dachte Griet, bevor ihr die Augen ganz zufielen.

Ich. Bin. Griet. Van. Mook. Ich. Werde. Leben.

ZWEI

München, 28. April 1945

Antonia Brandl wurde vom wütenden Knurren ihres eigenen Magens geweckt. Es war erst Viertel vor fünf, wie der Blick auf ihre Armbanduhr offenbarte, nachdem sie Papas alte Taschenlampe angeknipst hatte, also noch mindestens zwei Stunden bis zum Frühstück. Doch was würde schon auf dem Tisch stehen, nachdem es selbst auf Lebensmittelmarken ausschließlich Hunger gab?

Nur wieder das alltägliche Nichts: Brot aus Eichelmehl, ein paar Kleckse Margarine, dazu Rübenkraut und, wenn es hoch kam, jener widerliche Muckefuck mit einem Schuss blauem Heinrich, der Magermilch, die so fettarm war, dass sie leicht bläulich schimmerte. Die Regale in den meisten Läden waren gähnend leer; nicht einmal Hamsterfahrten nach Ismaning jenseits der Stadtgrenze lohnten sich noch, weil die Bauern angesichts der ungewissen Lage nichts Anständiges mehr herausrückten. Vor ein paar Tagen war sie trotzdem hinausgeradelt und hatte am Waldrand Bärlauch, Wiesenkopf und Brennnesseln gepflückt, die man mittels einer Einbrenne zu Suppe verarbeiten konnte.

Nicht undankbar sein, ermahnte sich Toni, wie sie alle seit Kindertagen nannten.

Immerhin hatten sie ein intaktes Dach über dem Kopf, was weit mehr war, als viele andere in München von sich sagen konnten. Über hunderttausend Menschen waren obdachlos, ganze Straßenzüge zerbombt, von der historischen Altstadt ganz zu schweigen, wo neben vielem anderem das Langhaus der Frauenkirche, unzählige weitere Kirchen, das Odeon, die Residenz und das Nationaltheater in Schutt und Asche lagen. Auch die Maxvorstadt, ihre alte Heimat zwischen Arcisstraße und Universität, hatte es schwer getroffen, und sie hatten dabei noch ein Riesenglück gehabt, dass der Luftschutzkeller ihres zerstörten Wohnhauses in der Adalbertstraße sie überhaupt wieder lebendig freigegeben hatte.

Bereits im letzten Herbst waren sie also bei Tante Vev untergeschlüpft: Toni, ihre Mutter Rosa und die kleine Barbara, genannt Bibi, das Nesthäkchen der Familie. Allzu begeistert war die stets leicht extravagant auftretende Postdirektorenwitwe Genoveva Neureuther über diesen unerwarteten Zuzug allerdings nicht gewesen. Natürlich lagen ihr die Tochter ihrer verstorbenen Schwester und deren Nachwuchs am Herzen, so gehörte es sich schließlich auch – aber musste das unbedingt auf Tuchfühlung sein? Und was sollte erst werden, wenn auch noch Rosas in Russland vermisster Ehemann wieder zurückkehrte, sowie Max, ihr ältester Sohn, den die Franzosen gefangen genommen hatten?

Sollten die dann vielleicht auf dem Balkon nächtigen?

Seit dem Tod ihres Gatten hatte Vev die geräumige Wohnung im zweiten Stock der Bogenhausener Ismaninger Straße spielend allein ausgefüllt. Wohnzimmer, Schlafzimmer, Nähzimmer, Gästezimmer, große Küche, Bad, Balkon, dazu zwei Kammern – noch heute war ihr bisweilen anzumerken, wie sehr sie jene goldenen Zeiten vermisste. Es war keine Liebesheirat gewesen, die sie als bildhübsche junge Frau mit dem um einiges älteren Ludwig eingegangen war, nicht von ihrer Seite. Aber immerhin war eine solide Vernunftehe daraus geworden, begründet auf gegenseitiger Achtung und einer Freundschaft, die im Lauf der Jahre immer inniger geworden war. Voller Rührung dachte sie an ihren Mann, der ihr das Leben so leicht gemacht hatte, nachdem sie gelernt hatte, über seine kleinen Schwächen und Marotten hinwegzusehen. Bestens versorgt hatte er sie nach seinem Ableben zurückgelassen – und nun das!

Plötzlich klemmte es an allen Ecken und Enden.

Mit leisem innerlichen Grollen hatte Vev schließlich ihr Nähzimmer für Rosa und die kleine Bibi geräumt, während Toni in einer der beiden Kammern einquartiert wurde, die zwar winzig war, der Zweiundzwanzigjährigen aber zumindest allein gehörte.

Dabei sollte es allerdings nicht bleiben. Im Januar war bei einem abermaligen Bombenangriff auf den Osten Münchens auch die Wohnung von Vevs zweiter Nichte zerstört worden; seitdem war das ehemalige Gästezimmer dauerbelegt, und die zweite Kammer ebenfalls mit einem schmalen Bett ausstaffiert worden. Nun lebten also auch noch Annemie Lochner und deren unehelicher Sohn Benno bei der Tante, beziehungsweise Großtante.

Benno – welch ein Albtraum auf zwei Beinen!

Toni musste seufzen, wenn sie nur an ihn dachte. Schon

als Kind hatte sie ihren sechs Jahre älteren Cousin nicht ausstehen können, der sie an den Zöpfen zog, wenn keiner hinsah, Käfer in Glasflaschen ersticken ließ und Fröschen auch gern mal die Beine ausriss, nur um zu sehen, was dann passierte. Vielleicht wollte er damit vergessen machen, dass er keinen Vater hatte, beliebter bei anderen Kindern wurde er nach solchen Aktionen allerdings nicht.

Schon gar nicht bei Toni.

Je älter sie beide wurden, desto mehr verstärkte sich die beiderseitige Abneigung. Benno war als glühender Anhänger des Führers freudig in den Krieg gezogen. Endlich ein starker Mann, zu dem er aufsehen konnte. Ein Schulterschuss im Russlandfeldzug hatte dann allerdings seinen linken Arm gelähmt und ihn zum »Halbkrüppel« gemacht, wie er oft lamentierte. Zurück an die Front konnte er danach nicht mehr, und wer im Zivilleben würde schon einen Einarmigen beschäftigen? Nach langem Suchen hatte der gelernte Chemielaborant trotz dieser Einschränkung jedoch wieder eine Anstellung gefunden, und zwar im Agfa-Werk, das inzwischen Sprengköpfe anstatt wie früher Fotoapparate produzierte. Benno schien in seiner Tätigkeit aufzugehen, verließ die Wohnung bereits früh am Morgen, adrett und geschniegelt, und kehrte am Abend nach Dienstschluss bester Dinge wieder zurück. Es schien ihm zu gefallen, über so viele Arbeiterinnen zu wachen, die sich nicht gegen seine Anordnungen wehren konnten, und Toni hatte nichts dagegen, dass sich der Kontakt zwischen ihnen beiden nun auf gelegentliche Treffen morgens und abends in der gemeinsamen Küche beschränkte.

Doch seit einigen Tagen war die Rüstungsfabrik geschlossen. Den wenigen dort beschäftigten Münchnerinnen hatte man gekündigt, und was aus den vielen weiblichen Häftlingen geworden war, die dort ebenfalls geschuftet hatten, war aus Benno nicht herauszubekommen.

Seitdem hing er missmutig in der Wohnung herum, gab Durchhalteparolen von sich, die keine der Frauen mehr hören mochte, oder verstieg sich in kruden Allmachtsfantasien, wie er den Alliierten entgegentreten würde, falls diese tatsächlich auf die Idee kommen sollten, München erobern zu wollen. Mehrfach schon hatte Toni den Versuch unternommen, in Benno zu dringen, um das Leben in der Wohnung wieder erträglicher zu machen, war von ihm aber jedes Mal abgeschmettert worden.

»Lass mich bloß in Frieden, du g'spinnerte Spinatwachtl! Nach dem Endsieg sprechen wir uns wieder ...«

Endsieg! Wer glaubte denn noch daran? Man konnte nur beten, dass die Amis endlich einrückten und alles möglichst schnell vorbei war.

Jetzt stand Toni doch auf und schlurfte ins eisige Bad, wo sie sich die Zähne putzte und eine eilige Katzenwäsche vornahm. Ihr Spiegelbild stimmte sie nur noch verdrießlicher. Wie blass und schmal sie geworden war! Richtig elend sah sie aus, keine Spur mehr von der reschen, stets leicht gebräunten Toni früherer Tage, die so südländisch gewirkt hatte, dass viele Landsleute sie für eine Italienerin gehalten hatten. Die braunen Augen lagen in fast ebenso dunklen Höhlen, und die kastanienbraunen Haare zipfelten formlos um ihren Kopf, doch an einen Friseurbesuch war schon lange nicht mehr zu denken. Für den Verlag hatte sie sich trotzdem immer noch sorgfältig zurechtgemacht – so gut die einfachsten Mittel es eben erlaubten –, denn der Chef mochte es, wenn seine weiblichen Angestellten gepflegt aussahen. Vor vier Wochen jedoch hatte Dr. Curt Heubner kriegsbedingt zusperren müssen, was Toni zutiefst bedauerte, denn sie liebte ihre Arbeit.

Wer konnte schon sagen, was nach dem Krieg aus den vielen Verlagshäusern werden würde, die in München angesiedelt waren? Seit Monaten schon regierte purer Mangel, nahezu alle notwendigen Materialien fehlten, speziell an Papier war so gut wie gar nicht mehr zu kommen, und fast alle Druckereien standen still. Würde sie jemals wieder auf dem Fahrrad die Montgelasstraße bergab rollen können, um pünktlich an ihrer Arbeitsstelle am Englischen Garten anzukommen?

Lustlos knödelte Toni ihre Haare zusammen und steckte den Dutt mit ein paar Klammern fest. Danach ging sie weiter in die Küche, die sie überraschend warm empfing, weil offenbar schon jemand vor ihr den Herd mit den letzten Brennholzresten angefeuert hatte. Ihr Lieblingsplatz auf der Eckbank vor dem Volksempfänger war allerdings besetzt.

»Scht, leise«, raunzte ihr Benno entgegen. Auf seinen Wangen prangten hektische Flecken. Wie alle hatte auch er stark abgenommen; sein Kopf mit den wachsenden Geheimratsecken erschien ihr trotzdem noch immer ziemlich rund. Er wirkte älter als seine achtundzwanzig Jahre – ein bitterer, aggressiver Mann, der bei der geringsten Gelegenheit aus der Haut fahren konnte. Vermutlich fühlte er sich in seinem Fanatismus inmitten all der Frauen um ihn herum, die anders dachten, verdammt einsam und war deshalb umso gereizter. »Diese Volksverräter planen einen Putsch ...«

»Achtung, Achtung! Sie hören den Sender der Freiheitsaktion Bayern«, drang eine heisere Männerstimme durch die Küche. »Es spricht Hauptmann Ruppert Gerngross. Beseitigt die Funktionäre der Nationalsozialistischen Partei! Die Freiheitsaktion Bayern hat heute Nacht die Regierungsgewalt erstritten. Kontakte zu den heranrückenden Truppen der Alliierten sind bereits geknüpft ...«

»Dann ist dieser verdammte Krieg also endlich vorbei?« In Toni stieg jubelnde Freude auf.

»Unsinn! Gekämpft wird bis zum letzten Mann, das sind wir dem Führer schuldig. Und halt endlich deinen dummen Mund«, kam von Benno. »Diese Vollidioten werden schon sehen, was sie davon haben.«

»Jetzt bist du gefälligst mal still.« Toni ließ sich nicht einschüchtern. »Ich will hören, was der Mann zu sagen hat.«

»Die FAB hat einen Regierungsausschuss gebildet«, drang es aus dem Volksempfänger, »der die Regierungsgeschäfte des Landes Bayern so lange fortführen wird, bis das bayerische Volk sich in gleicher und geheimer Wahl eine neue Verfassung gegeben hat. Wer für uns ist, hängt eine weiße Flagge aus dem Fenster ...«

Das gefiel Toni. Und mindestens ebenso gefiel ihr das anschließend verkündete Programm der FAB, das von der Wiederherstellung des Friedens und der Sicherstellung der Ernährung über den Wiederaufbau des Rechtsstaats bis zur Wiederherstellung der Menschenrechte reichen sollte.

»Alles richtig«, sagte sie und nickte zustimmend. »Aber warum redet dieser Gerngross denn so leise? Man versteht ihn ja kaum!«

»Weil er schon jetzt ein toter Mann ist«, dröhnte Benno. »Der Sender ist doch garantiert längst umstellt. Du glaubst doch nicht im Ernst, dass Gauleiter Giesler und seine Männer ihn lebend davonkommen lassen? Er und seine feigen Gesinnungsgenossen werden den Abend nicht überleben. Und das mit der weißen Flagge lässt du schön bleiben! Oder willst du zusammen mit ihnen an die Wand gestellt werden?«

Er angelte nach seinem Mantel.

»Wo willst du denn jetzt hin?«, fragte Toni. »Ist noch stockdunkel und alles zu!«

»Danach fragt Geschichte nicht«, erwiderte Benno großspurig. »Später kann man dann wenigstens von sich sagen, dass man dabei war, als sie geschrieben wurde.«

»Bleib hier, Benno, ist doch viel zu gefährlich ...«

Wortlos verließ er die Küche. Kurz darauf hörte sie, wie die Wohnungstür ins Schloss fiel.

Unbelehrbar, dachte Toni. Hoffentlich wird er es nicht bereuen.

Sie begann an den Knöpfen des Volksempfängers zu drehen, um noch mehr zu erfahren. Doch auf dem bisherigen Kanal kam bloß noch Rauschen. Auf einem anderen dudelte Schlagermusik. Sie überlegte kurz, dann weckte sie die restlichen Familienmitglieder, die sich nach und nach verschlafen in der Küche versammelten und staunten, was sie ihnen zu erzählen hatte.

»Für mein Dafürhalten leider zu schön, um wahr zu

sein«, kommentierte Tante Vev trocken, nachdem Toni geendet hatte. Ihre silbernen Haare waren zerdrückt, und eine offenbar unruhige Nacht ließ ihre Falten markanter als sonst hervortreten. Doch sie hielt sich trotz ihres Alters kerzengerade und war in dem dunkelblauen Steppmorgenmantel, den sie über ihr Nachthemd geworfen hatte, noch immer eine eindrucksvolle Erscheinung. Früher am Theater war ihr die Männerwelt zu Füßen gelegen und hatte sie mit Blumen und kostspieligen Geschenken verwöhnt, die von ihr huldvoll akzeptiert worden waren. Sie ließ kaum eine Gelegenheit aus, um das immer wieder zu erwähnen. »So mutige Kerle in der Hauptstadt der Bewegung? Glaub ich nicht.«

»Aber ich hab es mit eigenen Ohren gehört«, versicherte Toni. »Benno auch, der ist allerdings mittendrin davongestürzt. ›Um dabei zu sein, wie Geschichte geschrieben wird‹, so hat er sich ausgedrückt.«

»Mein verrückter Bub!« Anni in ihrem fadenscheinigen Frotteebademantel, durch den an vielen Stellen das geblümte Nachthemd hindurchschimmerte, war ganz blass geworden. »Was er jetzt wohl wieder anstellen wird …«

»Dein ›Bub‹ ist fast dreißig und eigentlich zu alt für leichtsinnigen Unsinn, der schwer ins Auge gehen kann«, erklärte Vev. »Wenn du ihm das nicht klarmachen kannst, muss ich es wohl tun. Notfalls fliegt er hier raus. Und zwar hochkant!«

»Du wirst uns doch nicht auf die Straße setzen, Tante …«

»Von dir, liebe Anni, war niemals die Rede. Dein Herr Sohn allerdings trampelt auf unser aller Nerven herum.

Ein Zusammenleben aber funktioniert nur, wenn jeder Rücksicht auf den anderen nimmt. Und letztlich ist es ja noch immer meine Wohnung, oder etwa nicht?«

Ein schlagendes Argument, gegen das keine in der Küche aufzumucken wagte.

Vevs Blick blieb nach wie vor grimmig.

»Wir bleiben am besten daheim, bis wir wissen, was wirklich los ist«, ordnete sie an. »Falls diese Freiheitsaktion sich tatsächlich durchsetzt, kommt sicherlich bald noch mehr davon im Radio. Wenn nicht, könnte es ganz schön brenzlig werden. Mit der weißen Beflaggung warten wir natürlich ebenfalls. Anni, Rosa und ich haben nach dem Ende des Großen Kriegs die reaktionären Garden erleben müssen, die in manchen Stadtvierteln wie Berserker gewütet haben, um sich an angeblichen Feinden zu rächen. So etwas bleibt uns dieses Mal hoffentlich erspart!«

»Aber wenn die Amis kommen, werden uns die dann nicht sowieso alle erschießen?« Barbara sah sie alle mit großen, erschrockenen Augen an. »Das habe ich nämlich in der Schule gehört. Als wir noch Unterricht hatten.«

»Komm mal her, Bibikind.« Vev nahm die Elfjährige tröstend in die Arme. In den letzten Monaten war das Mädchen ein ganzes Stück in die Höhe geschossen. Ihre Schlafanzugärmel endeten bereits unterhalb des Ellenbogens, und die Hose reichte nur noch bis zur Wadenmitte. Unaufhaltsam wuchs sie aus allem heraus, was ihr noch vor Kurzem gepasst hatte, aber es gab keinen Stoff, um Neues für sie zu nähen, schon lange nicht mehr. »Diesen Unsinn vergisst du am besten ganz schnell wieder. Keiner von den Amis wird ein Kind erschießen, und auch sonst niemanden von uns, es sei denn, wir stellen uns ganz besonders deppert an. Was wir garantiert nicht vorhaben.« Sie ließ Barbara wieder los. »Jetzt frühstücken wir erst einmal in aller Ruhe ...«

»Bloß was?« Anni klang verzagt. »Das alte Brot ist verschimmelt, das können wir nicht mehr essen. Und sonst haben wir so gut wie nichts mehr ...«

»Ich zieh mich rasch an und fahr rüber in die Bülowstraße zur Bäckerei Schwarz«, schlug Toni vor.

»Gute Idee«, sagte Vev. »Offiziell machen die zwar erst um sieben auf, aber wenn man es schlau anstellt, bekommt man manchmal auch schon vorher was direkt aus der Backstube. Sag einfach, ich hätte dich geschickt ...«

»Aber hast du nicht gerade gesagt, das sei viel zu gefährlich?«, wandte Rosa ein. »Wenn sie auf unsere Toni schießen ...«

»Ausgerechnet hier bei uns?« Toni schüttelte den Kopf. »Ich fürchte mich nicht! Da ist doch um diese Uhrzeit garantiert noch keine Menschenseele unterwegs. Mit dem Radl bin ich ja in ein paar Minuten wieder zurück. Wir haben doch noch Lebensmittelmarken?«

»Da.« Anni holte sie aus der großen Blechdose. »Viele sind es allerdings nicht mehr. Und ob es nächste Woche überhaupt neue Marken geben wird, weiß kein Mensch ...«

»Komm mal mit, Toni«, sagte Vev. »Muss kurz was mit dir besprechen.«

Toni folgte ihr bis zum Ende des langen Flurs.

Vev hatte ihr eigenes Schlafzimmer mit ein paar Möbelstücken ausgesprochen wohnlich gestaltet. Dicke bordeauxrote Vorhänge, ein leicht vergilbter Perserteppich, zwei mit Büchern bestückte Regale, eine Ottomane mit vielen Seiden- und Brokatkissen, das Bett verborgen hinter einer bemalten spanischen Wand. Das hier war ihr höchst privater Rückzugsort, für die anderen Familienmitglieder nur auf ausdrückliche Aufforderung hin betretbar. Dort angelangt, schloss Vev die Tür, damit sie ungestört blieben. Dann schaltete sie die Stehlampe ein, die ausnahmsweise Strom hatte, griff zu einer kleinen Schere und trennte zu Tonis Überraschung ein Stück der Seitennaht eines der Brokatkissen auf.

»Einer meiner kleinen Geheimtresore«, sagte sie augenzwinkernd, während sie ein paar Schmuckstücke aus der Füllung fischte. »Gibt noch eine ganze Anzahl weiterer. Die zeig ich dir mal bei Gelegenheit. Man weiß ja schließlich nie, was uns noch alles bevorsteht. Ist um einiges unauffälliger als der Wandtresor im Wohnzimmer hinter der van-Gogh-Kopie, auf den man bei einer gründlicheren Inspektion unweigerlich stoßen würde ...«

Sie legte den Kopf ein wenig schief.

»Was haben wir denn da? Ach ja, Ludwigs alte Onyx-Manschettenknöpfe, die bleiben vorerst noch hier. Ebenso das silberne Zigarettenetui, das bringt nämlich ein ganz ordentliches Gewicht auf die Waage. Aber das hier dürfte doch genau das Richtige sein, um die Bäckerin in Geberlaune zu versetzen ...«

Die Nadel war schmal und mit zahlreichen kleinen Steinchen besetzt, die im Lampenschein funkelten.

»Sind das etwa Platin und schwarze Diamanten?«, fragte Toni tief beeindruckt, die neben ihrer Armbanduhr lediglich ein goldenes Kreuzchen an einer dünnen Kette besaß, das Vev ihr zur Erstkommunion geschenkt hatte.

»Aber nein, du Tschopperl.« Vev schmunzelte. »Ich seh schon, an deinen Juwelenkenntnissen müssen wir noch arbeiten. Das sind Markasiten, eine Art Kristall. Und natürlich ist die Brosche ›nur‹ aus Silber. Ich denke aber, Frau Schwarz wird sie trotzdem gefallen. Ihr Mann ist in Russland vermisst, jetzt plagt sie sich mit dem lahmen Gesellen herum, der ständig zu tief ins Bierglas schaut, und ist sicherlich dankbar für jede Ablenkung. Die kostbareren Stücke heben wir uns für die wichtigen Anlässe auf. Gibt zum Glück noch so einiges, was sich verscherbeln ließe. Und ein paar wenige Dinge, die ich niemals aus der Hand geben würde.« Sie streichelte die ausgefallene Pfauenbrosche, die aktuell auf einem Jackenrevers befestigt war.

»Du hast noch deinen ganzen Schmuck?«, wollte Toni wissen.

»Sagen wir, einen Großteil davon. Mein Ludwig war zeitlebens ausgesprochen spendabel, besonders, wenn ihn sein schlechtes Gewissen geplagt hat, was öfter mal vorkam. Zum Lebemann allerdings hat er es nie ganz geschafft, dafür habe ich schon gesorgt. Man muss als Frau für einen Mann nämlich so teuer sein, dass er sich auf Dauer keine zweite leisten kann. Das solltest du dir gut merken, Toni.« Ihr Lächeln verschwand. »Du bist übrigens die Einzige, die hiervon weiß. Deine arme Mutter plagen schon genügend Sorgen um Mann und Sohn, Bibi ist noch ein Kind, und deiner Tante Annemie fehlt seit jeher jeglicher Schneid. Dass Benno nie etwas von alldem erfahren darf, versteht sich ja wohl von selbst.«

Toni nickte rasch.

»Wir zwei sind vom gleichen Schlag«, fuhr Vev fort. »Das wusste ich schon, als du noch ganz klein warst. Du hast Feuer im Herzen und Mumm in den Knochen, und beides hat dir nicht einmal dieser verdammte Krieg austreiben können. Wenn ich dich anschaue, muss ich oft an meine eigene Jugend denken. Wie stark hab ich mich in deinem Alter gefühlt, wie neugierig auf das Leben war ich! Die Welt aus den Angeln heben wollte ich mit meiner Schauspielkunst. Und wie sieht diese Welt nun aus, die wir euch Jungen hinterlassen? Nichts als Elend, Dreck und Schutt – und das in jeder Hinsicht!«

Zart berührte sie Tonis Wange.

»Dass auch ich anfangs diesem Hitler hinterhergerannt bin, treibt mir heute die Schamesröte ins Gesicht und die des Zorns gleich mit dazu. Wie konnte ich nur so blind sein? Aber jetzt bin ich sehend geworden, auch wenn es wehtut.«

Sie zog ihre Hand wieder zurück.

»Und jetzt fahr zu, Toni! Wenn bei Frau Schwarz schon alles weg ist, nützt auch die schönste Brosche nichts mehr. Aber pass gut auf dich auf, Mädchen! Wir brauchen dich nämlich noch ...«

*

»Da ist wohl noch jemand so hungrig wie ich!«, drang es Toni aus der Backstube entgegen.

Errötend machte sich die Bäckersfrau los, während der Mann, der sie gerade noch umarmt hatte, ein freches Grinsen aufsetzte.

Das war doch dieser unverschämte Kerl, der Toni schon die letzten Tage auf der Straße hinterhergepfiffen hatte! Sie wusste genau, wo sie ihn anzusiedeln hatte: in der nahe gelegenen Gebeleschule, aus der man alle Schüler aus- und dafür rund vierhundert Fremdarbeiter aus verschiedensten Ländern einquartiert hatte.

»Ich wollte nur ... Er hatte ...« Die Bäckersfrau gab auf, nach einer fadenscheinigen Erklärung zu suchen. »Was wollen Sie hier?«, giftete sie Toni an, als hätte sie sie noch nie zuvor gesehen, dabei kaufte sie doch schon seit Monaten bei ihr ein. »Der Laden ist vorn. Außerdem haben wir noch gar nicht auf!«

Der Kerl machte keinerlei Anstalten zu verschwinden. Offenbar war er nicht zum ersten Mal hier und kannte sich bestens aus.

Wie sollte Toni in seiner Gegenwart die Brosche ins Spiel bringen?

Und wie dreist er sie von oben bis unten musterte!

Er überragte sie ein ganzes Stück, hatte hellbraune Locken und blaue Augen und sah trotz seiner Magerkeit und der ärmlichen Kleidung verdammt gut aus, worauf er sich garantiert jede Menge einbildete, so locker und souverän, wie er hier auftrat.

Blitzschnell wog Toni ihre Möglichkeiten ab: entweder unverrichteter Dinge nach Hause fahren, wo sie allesamt hungrig auf sie warteten, oder ihn einfach ignorieren. Sie beschloss, mutig zu sein.

Was riskierte sie schon? Selbst wenn er sie verpfiff: Wer würde einem wie ihm glauben?

»Brot«, sagte sie daher ganz direkt. »Meine Tante, Frau

Neureuther, schickt mich. Wir sind zu sechst und haben alle Hunger.«

Bei Vevs Erwähnung ging ein kleiner Ruck durch die Frau. Unfreundlich blieb sie trotzdem.

»Brot gibt es nur auf Marken ...«, blaffte sie, verstummte allerdings jäh, als sie die Brosche in Tonis Hand glitzern sah.

»Hübsches Stück«, kommentierte der Kerl. »Würde ich mir an deiner Stelle nicht entgehen lassen, *chère* Kathi!« Sein Deutsch war fehlerfrei, doch ein leichter Akzent verriet, dass es nicht seine Muttersprache war. »Ich darf doch mal?«

Er pflückte die Brosche aus Tonis Hand, drehte sie um und begutachtete sie eingehend.

»Gestempelt«, sagte er anerkennend. »925 Argentum. Damit machst du garantiert nichts falsch.« Mit einem Lächeln legte er sie wieder zurück.

Toni funkelte ihn wütend an, sagte aber nichts.

»Meinetwegen.« Die Bäckersfrau schien zu überlegen. »Vier Brote«, sagte sie schließlich. »Und dann ganz schnell weg, bevor der Geselle zurück ist!«

»Sieben«, pokerte Toni, »und eigentlich ist das immer noch zu wenig, denn die Brosche ist viel mehr wert.«

»Schau einer an, die Kleine kann ja feilschen«, kommentierte der Kerl grinsend.

»Ich brauch eigentlich gar keine Brosche«, erwiderte Kathi Schwarz patzig, doch ihr sehnsüchtiger Blick verriet, dass sie log.

Wieder nahm der Kerl das Schmuckstück an sich, bevor Toni ihre Hand schließen konnte, und befestigte es an der Kittelschürze der Bäckersfrau.

»*Fantastique*«, sagte er anerkennend. »Und wie sie erst beim Tanzen funkeln wird, wenn du etwas Rotes dazu trägst ... alle werden sie dich beneiden ...«

»Also, meinetwegen. Fünf«, sagte die Bäckersfrau. »Aber das bleibt unter uns und ist die absolute Ausnahme, verstanden?«

Toni nickte und machte, dass sie mit den Broten, die sie flugs in ihre Tasche gesteckt hatte, aus der Backstube kam. Draußen wickelte sie sich den Schal enger um den Hals, denn es war eiskalt. Vor ihr auf dem Boden lag ein zerknittertes Flugblatt. *Freiheitsaktion Bayern* las sie und stopfte es dann schnell in die Manteltasche.

Wenn man sie damit erwischte ...

Aber es war ja niemand weit und breit zu sehen.

Sie klemmte die Tasche auf dem Gepäckträger fest und stieg auf, kam jedoch nicht sehr weit. Ihr Rad war schon auf dem Herweg irgendwie unrund gelaufen. Nach ein paar kräftigen Pedaltritten sperrte es sich nun plötzlich ganz, und sie knallte mit dem Oberkörper hart auf die Lenkstange. Der Mantel hatte den Aufprall etwas abgemildert; der Busen tat ihr trotzdem höllisch weh. Just in diesem Moment setzte erneut kalter Regen ein, durchmischt mit dünnen, weißen Flocken.

Die Kette war rausgesprungen, wie sie feststellen musste, als sie es untersuchte. Was nun?

Ein brodelndes Gemisch aus Wut und Verzweiflung stieg in ihr auf.

Natürlich waren die paar Meter nach Hause eigentlich kein Problem, aber sie brauchte ihr Fahrrad doch so nötig wie die Luft zum Atmen. Und warum war Max nicht da, ihr großer Bruder, um ihr wie früher bei einer Panne zu helfen? Sie vermisste ihn und Papa so sehr, dass es sich wie ein scharfer Schmerz anfühlte. Der verdammte Krieg, der nicht enden wollte, die ganzen Bomben, dieser Schneeregen, und jetzt auch noch das Rad, das sie einfach im Stich ließ ...

Toni versetzte ihm einen kräftigen Tritt, was ihr sofort wieder leidtat, denn es schepperte bedenklich.

»So zornig?« Der freche Kerl aus der Backstube stand plötzlich neben ihr. Er musste sich leise wie eine Katze angeschlichen haben. Mit einem Blick hatte er die Lage umrissen und schob Toni einfach zur Seite. »Ich darf doch mal? *Oh, c'est la chaîne!* Das ist zum Glück nicht weiter kompliziert ...«

Im Nu hatte er die Tasche vom Gepäckträger gezogen und sie an Toni weitergereicht. Danach stellte er das Fahrrad auf den Sattel, bewegte die Pedale und fädelte mit ein paar geschickten Handgriffen die Kette wieder ein.

»Massel gehabt«, sagte er, als das Rad wieder richtig herum vor Toni stand. »So eine Kette müsste natürlich ab und zu geölt werden. Ist beim Fahrrad übrigens nicht anders als in der Liebe. Ganz ohne Schmiere klappt es nicht.«

»Danke«, murmelte Toni, die plötzlich ganz verlegen war. »Jetzt haben Sie sich meinetwegen die Finger schmutzig gemacht. Brot kann ich Ihnen aber dafür keines abgeben, das ist alles für meine Familie. Aber Sie haben ja die Bäckersfrau. Die scheint Sie ziemlich zu mögen ...«

Zu ihrer Verblüffung brach er in schallendes Gelächter aus. Sein ganzer Körper vibrierte, so köstlich schien er sich zu amüsieren.

»Ich will gar kein Brot«, japste er schließlich.

»Was dann?«, fragte Toni.

»Einen Kuss. Dich zu küssen wäre sicherlich wie im Himmel.«

Was bildete sich dieser unverschämte Kerl ein!

Kopfschüttelnd klemmte Toni die kostbare Tasche fest und stieg wieder auf.

»Darauf können Sie allerdings lange warten«, rief sie ihm über die Schulter zu, während sie losfuhr. »Bis zum Sankt Nimmerleinstag!«

Für die kalte Witterung kam sie nach wenigen Minuten reichlich erhitzt in der Wohnung an. Rosa, inzwischen angekleidet, nahm freudig die Brote entgegen, verstaute vier davon in der Kredenz und schnitt das fünfte an – langsam, fast schon andächtig. Die ganze Küche schien plötzlich danach zu duften, und wie von Zauberhand fanden sich alle dort ein.

»Ich frag nicht, wie ihr beide das angestellt habt«, sagte Tonis Mutter, während sie den Muckefuck in Tante Vevs blaue Steinguttassen goss. Das gute Nymphenburger Porzellan hatte bislang alle Kriegswirren unbeschadet überlebt und kam nur bei besonderen Anlässen auf den Tisch. »Will ich lieber gar nicht wissen.«

Toni schloss die Augen, als sie in die erste Scheibe biss. Natürlich war es keine Vorkriegsware, und die Butter fehlte, aber das Brot war immerhin aus echtem Mehl und noch ein bisschen warm – welch lang vermisste Köstlichkeit! Sie nahm sich noch eine zweite Scheibe und verkniff sich die dritte, obwohl in ihrem Magen reichlich Platz dafür gewesen wäre.

»Es gibt also noch immer halbwegs anständige Lebensmittel«, bemerkte Vev, die ebenfalls mit sichtlichem Genuss gegessen hatte. »Die Frage ist nur, wie man an sie herankommt. Ich wette, das wird sogar noch ärger werden, wenn endlich Frieden herrscht. Kann mir kaum vorstellen, dass die Alliierten großes Interesse daran haben werden, ein besiegtes Volk anständig durchzufüttern …«

»Warte mal!«, unterbrach Anni sie. »Sie bringen gerade eine neue Meldung …«

»Hier ist der Sender Freimann. Es spricht Ministerpräsident und Gauleiter Paul Giesler.« Ein paar Takte einer heroischen Fanfare, dann ertönte Gieslers nasale Stimme. »Bürgerinnen und Bürger Münchens, lassen Sie sich nicht durch lügenhafte Meldungen verschaukeln! Eine Bande von Drückebergern, die sich leider Soldaten nennen, haben versucht, mich auszuschalten – aber sie sind natürlich gescheitert. Doch dieses Gesindel wird in wenigen Stunden geschlagen sein und dann erleben, was es heißt, gegen die Regierung aufzubegehren! Bleiben Sie ruhig, bleiben Sie zu Hause, und lassen Sie um Himmels willen den Unsinn mit den weißen Fahnen, wenn Ihnen Ihr Leben lieb ist. Recht und Ordnung werden bald in München wiederhergestellt sein …«

Vev schaltete den Volksempfänger aus.

»Ich kann diesen aufgeblasenen Wicht nicht länger ertragen«, schimpfte sie. »Wie bedauerlich, dass diese Aufständischen ihn nicht mit Schimpf und Schande davongejagt haben!«

»Wieso machst du denn einfach aus? Ich muss doch hören, wie es weitergeht!« Erstmals wagte die scheue Annemie den Aufstand. »Schließlich ist mein Junge irgendwo dort draußen. Egal, was Benno auch immer anstellt, er bleibt schließlich mein Sohn!« Sie schaltete wieder ein.

»Ich will es auch wissen«, sagte Toni, die an das Flugblatt in ihrer Manteltasche dachte und seltsamerweise gleichzeitig an den unverschämten Kerl, der ihr so überraschend aus der Patsche geholfen hatte.

Rosa nickte ebenfalls.

»Anni hat ganz recht: Das Radio bleibt an!«

DREI

Auf dem Weg nach Süden, 28. April 1945

Im Laufe der Nacht riss Lenis rasselnder Atem Griet mehrfach aus dem Schlaf. Die junge Polin fieberte stark, schien von Albträumen geplagt und bettelte um Wasser, das es nicht gab.

»*Matka*«, wimmerte sie leise. »*Matka!*«

Man musste kein Polnisch können, um zu wissen, dass sie nach ihrer Mutter rief. Wann genau war sie wohl von ihr getrennt und zu dieser demütigenden Zwangsarbeit genötigt worden?

Sie klang wie ein Kind, ein Kind voller Angst, das jetzt selbst ein Kind erwartete.

Griet breitete die zweite ihrer Decken über sie, um den Schüttelfrost zu mindern, legte die Hand auf Lenis heißen Kopf und flüsterte beruhigend auf sie ein. Ein paar der anderen Frauen, ebenfalls wach geworden, zischten ungehalten, weil sie sich gestört fühlten, schliefen dann aber wieder ein.

Als der Morgen kam, glühte Leni am ganzen Körper, und ihre Augen waren glasig.

»Sie ist ernsthaft krank«, sagte Griet besorgt zu Tante Han, die als eine der Ersten wach geworden war. Weil niemand von den Wachen zuhörte, flüsterten sie auf Niederländisch. »In diesem Zustand kann sie unmöglich kilometerweit marschieren.«

Tante Han blickte nachdenklich auf Leni.

»Und schwanger ist sie auch, oder?«, sagte sie leise. »Ich hatte schon länger diese Vermutung. Ist es von einem ... dieser KZ-Freier?«

Griet nickte. »Aber es ist eine Liebesgeschichte«, sagte sie. »Wenngleich eine unendliche traurige. Sie will das Kind unter allen Umständen bekommen.«

»Dann sollten wir versuchen, sie bei Kräften zu halten. Sie muss essen und trinken, egal wie. Und beim Marschieren werden wir versuchen, sie zu stützen. Das wird schon funktionieren ...«

»Und wenn nicht?«, fragte Griet. »Du siehst doch, wie schwach sie ist. Und wir sind ja auch nicht gerade stark.«

»Wir müssen auf Gott vertrauen. Wir alle sind in Seiner Hand.«

Das waren jene Momente, in denen Griet mit Tante Hans Frömmigkeit haderte. Wenn Gott sie alle hielt, wie konnte er dann zulassen, was man ihnen antat? Oder galt sein Schutz lediglich ehrsamen Protestanten? Dann freilich hatten Leni, die katholische Polin, und Griet selbst wohl wenig Chancen.

Kriegers Trillerpfeife riss alle Frauen aus dem Schlaf. Während sie sich noch aufrappelten, ging mit einem Mal das Scheunentor auf, und zur allgemeinen Überraschung stand ein riesiger Trog davor.

»Hafergrütze!«, schrie Myra, die schon mit vollen Backen kaute, weil sie als Erste rausgerannt war und probiert hatte. »Und noch lauwarm!«

Offensichtlich hatten sich die Mönche der Hungrigen erbarmt. Jetzt gab es kein Halten mehr. Die Frauen drängelten sich nach vorn und rempelten sich gegenseitig an, um auch noch ihren Löffel einzutauchen.

»Beeilung«, drängte die Krieger. »Fresst gefälligst schneller – wir müssen weiter!«

Griet schluckte so viel sie konnte und schob zwischendrin immer wieder kleine Portionen in Lenis Mund.

»Ich bring nichts mehr runter …«, stöhnte die Kranke, die sich kaum auf den Beinen halten konnte.

»Aber du musst, Leni! Essen ist Leben, und du willst doch leben …«

Doch Griets Furcht wuchs. Dieser heiße, schmächtige Körper neben ihr wirkte nicht, als könnte er weitere Strapazen überstehen. Hätte es die vollen Brüste nicht gegeben, und den kleinen festen Bauch, er hätte auch einem Kind gehören können. Griet ließ ihren Löffel kurz sinken, um Lenis Lumpen zurechtzuzupfen, so gut es eben ging.

Höchste Zeit, dass die Amis kamen!

Lange konnte Leni ihre Schwangerschaft nicht mehr verstecken. Wenigstens waren sie nicht mehr im Lager, wo man sie zu einem Abbruch hätte zwingen können. Swenja, die ebenfalls im Bordell als Zwangsprostituierte hatte arbeiten müssen, war es so ergangen, und sie hatte den brutalen Eingriff nicht überlebt. Hoffentlich verlor Leni ihr Kind jetzt nicht durch Krankheit oder Schwäche.

Aber wie sollte sie in diesem miserablen Zustand überhaupt marschieren?

Jetzt galt es, blitzschnell zu handeln, denn die Krieger

und die anderen Wachleute drängten die Frauen bereits wieder vom Bottich weg.

»Wir nehmen Leni in die Mitte«, erklärte Griet. »Links ich und Myra. Rechts von ihr Tante Han und Anneke. Sie soll sich auf uns stützen. Zusammen schaffen wir das!«

»Was bildest du dir ein, du unverschämtes Stück!« Die Oberaufseherin, den Schlagstock griffbereit, stieß sie grob zur Seite. »Wär ja noch schöner, wenn jetzt schon ein Niemand wie du hier das Sagen hätte! Du ziehst gefälligst zusammen mit der da den Leiterwagen mit dem Proviant.« Die Krieger deutete auf Myra, die wenigstens noch eine Ahnung von Fleisch auf den Rippen hatte. »Ihr beide bildet das Schlusslicht des Zugs. Na wird's bald? Lasst die anderen gefälligst vorbei!«

Ein letzter Blick von Griet zu Leni, die ängstlich die Schultern hochzog und nun ohne ihre Unterstützung zurechtkommen musste. Wenigstens hielt sich noch immer Tante Han neben der Kranken. Nach der letzten Frauen-Fünferreihe nahmen Myra und Griet die Gabel auf wie befohlen. Der Leiterwagen war alt, entpuppte sich als überraschend massiv und war somit alles andere als leicht handhabbar, was garantiert nicht an dem spärlichen Proviant lag, den er barg. Wenigstens hatten sie etwas im Bauch, das machte es anfangs leichter, was sich allerdings bald ändern sollte.

Denn schon kurz hinter der Klosteranlage stieg der Weg immer steiler an und schraubte sich in engen Kurven nach oben. Myra stöhnte als Erste, bald darauf verfiel auch Griet ins Keuchen. Mit jedem zurückgelegten Meter schien der Leiterwagen schwerer zu werden, mit jedem Meter wurde es schwieriger, ihre Schritte einigermaßen im Gleichklang zu halten, was das Vorankommen erschwerte. Hatten sie sich anfangs noch ab und zu zugenickt, um sich gegenseitig Mut zu machen, stierte nun jede nur noch zu Boden, bemüht, bloß nicht zu stolpern oder hinzufallen, und somit zumindest drohenden Prügeln zu entgehen. Die Krieger besaß Geschick, unerwünschte Allianzen unter den Häftlingsfrauen bereits im Ansatz zu zerschlagen, das musste man ihr lassen. Jede Gefangene für sich allein, so lautete ihre Devise – und die funktionierte. Griet ertappte sich dabei, wie sie Myra zu hassen begann, die so schleppend ging und dabei immer weniger zog, sodass die meiste Last bei ihr lag.

Irgendwann geriet der ganze Tross abrupt ins Stocken.

Um ein Haar wären Griet und Myra auf die Wachleute geprallt, die vor ihnen gingen.

»Unfall!«, rief eine der Frauen. »Da kann eine nicht mehr weiter ...«

Griet wusste sofort, wer es sein musste.

»Leni!«, rief sie, ließ die Gabel sinken und stürmte nach vorn, an den Reihen der anderen Frauen vorbei. Die Angst um die kranke Freundin schien ihr regelrecht Flügel zu verleihen. Als die Wachleute ihr nachfolgten, kniete sie bereits neben dem leblosen Körper auf der nassen Straße und tastete nach Lenis Puls.

»Sie atmet«, sagte Griet, während sie selbst wieder nach oben gerissen wurde. »Aber sie ist heiß wie ein Ofen. So kann sie keinesfalls weitermarschieren ...«

Kriegers klatschende Ohrfeige ließ sie taumeln.

»Dann müssen wir sie eben erschießen«, plärrte die

Oberaufseherin. »Eine dreckige kleine Hure mehr oder weniger – wen schert das schon?« Sie nestelte an ihrem Gürtel. Würde sie wirklich eine Schusswaffe hervorziehen und ihre Drohung wahr machen?

»Hier wird niemand erschossen.« Der Kommandant, der von seinem Motorrad gesprungen war, das er blitzschnell am Straßenrand aufgebockt hatte, kam keinen Augenblick zu früh. Drohend baute er sich vor ihr auf. »Und wenn doch, dann haben Sie das nicht zu entscheiden!«

Er beugte sich hinunter zu Leni, lauschte auf ihren Atem. Zur allgemeinen Überraschung schlug sie nach einer Weile kurz die Augen auf.

»Matka ...«, wisperte sie. »Idę ...«

»Sie halluziniert offenbar.« Sturmführer Stirnweiß klang unschlüssig. »Hierlassen können wir sie nicht. Aber wie soll sie in diesem Zustand bis zum nächsten Nachtlager gelangen?«

»Wir ziehen sie mit dem Leiterwagen.«

Hatte Griet das gerade wirklich gesagt?

Sie konnte förmlich hören, wie die Frauen um sie herum die Luft anhielten. Was bürdete sie sich da gerade auf? Und was, wenn unterwegs ihre Kräfte versagten?

»Einverstanden«, sagte Stirnweiß. »Du und du und du« – er zeigte auf Betty, Griet und Lientje – »ihr tragt sie zum Wagen.«

Wie schwer so ein ausgemergelter Körper sein konnte!

Die drei ächzten ordentlich, bis sie Leni im Leiterwagen verstaut hatten. Die schien gar nicht mehr zu wissen, wo sie war, hielt die Augen geschlossen und murmelte nur Unverständliches vor sich hin. Griet hatte Lenis Pferdedecken über sie gebreitet, und ihre eigenen noch dazu, doch wenn es weiterhin so nass vom Himmel kam, würden sie schon bald vollständig durchweicht sein und ihre kranke Freundin nicht mehr wärmen.

Sie mussten einfach versuchen, das Ziel so schnell wie möglich zu erreichen.

»Los!« Die Krieger hörte sich an, als würde sie Griet am liebsten auspeitschen. Ihre Zurechtweisung durch den Kommandanten würde sie die Häftlinge noch bitter spüren lassen, das stand schon jetzt fest.

Myra schickte Griet zwar einen vernichtenden Blick, aber sie schickte sich immerhin an, an ihrer Seite erneut den Leiterwagen zu ziehen.

Griet kam es vor, als ob sie auf einmal Pflastersteine geladen hätten, denn es ging noch steiler bergauf.

Sie rutschten und kämpften, schwitzten und stöhnten und kamen mit ihrer Last doch nur im Schneckentempo voran. Das Holz der Leiter bohrte sich in Griets Handballen. Es fühlte sich an, als ob ihr die Schulter im nächsten Augenblick aus dem Gelenk springen wollte, aber sie biss die Zähne zusammen und kämpfte sich weiter voran.

Auf einmal ertönte neben ihr ein Schrei.

Myra war gestolpert und lag nun selbst der Länge nach auf der Straße.

»*Ik kann niet meer*«, stieß sie hervor. »*En ik will niet meer ...*«

Die kluge, stets gewitzte Myra! Dass sie öffentlich in ihre Muttersprache verfiel, obwohl sie damit Prügel riskierte, zeigte, wie erschöpft sie war.

»Dann ziehst du die Polenschlampe eben ab jetzt allein!«, höhnte die Krieger. »Wer den Mund so weit aufreißt wie du ...«

»Stopp!« Stirnweiß, der alles beobachtet hatte, schritt ein. »Wir werden keine weiteren Verluste riskieren. Die Polin kommt hinten auf mein Motorrad. Ich fahre voraus, die Gefangenen folgen zu Fuß.«

Er setzte sich wieder auf seine Maschine.

»Hebt sie hoch, und bringt sie zu mir. Und damit bindet ihr sie an mir fest.« Er warf den verdutzten Frauen einen Strick zu. »Schließlich soll sie mir nicht unterwegs vom Motorrad fallen.«

Betty, Griet und Tante Han kamen seiner Aufforderung umgehend nach.

Es war ein seltsames Bild, das sich ihnen da bot: vorn auf dem Sitz der beleibte Kommandant in speckiger Lederjacke, an ihn gefesselt die schmächtige junge Frau, die von ihren Leidensgenossinnen noch rasch in zwei der schäbigen alten Decken gehüllt worden war.

Dann brauste Stirnweiß mit Leni davon.

»Und wenn er sich an ihr vergreift?«, murmelte Myra, die inzwischen aufgestanden war und wieder ihren Platz neben Griet eingenommen hatte. Jetzt, ohne Lenis zusätzliches Gewicht, erschien ihnen der Leiterwagen plötzlich ganz leicht.

»Das wird er nicht«, murmelte Griet zurück, aber es klang mehr nach Hoffnung als nach Überzeugung. »Aber nun ist er weg – und die Krieger kann mit uns anstellen, was sie mag ...«

Und genau so war es. Sie bekamen die Rache der Aufseherin schon bald zu spüren.

Inzwischen hatte nahezu jede der Frauen wunde Füße. Das bisschen Grütze vom frühen Morgen war längst verdaut, und die nassen Pferdedecken auf den mageren Rücken wogen immer schwerer. Es gab keine Pause, nichts zu essen oder zu trinken. Unbarmherzig trieb die Krieger sie weiter, ließ ihnen nicht einmal die Zeit zum Pinkeln, was die Gefangenen daher notgedrungen im Laufen erledigen mussten.

Immer mehr Frauen begannen zu murren, leise zunächst, schließlich immer lauter. Führte dieser Marsch geradewegs in den Untergang – und Leni war ihnen auf der Maschine des Kommandanten nur vorausgefahren?

Waren sie alle Opfer eines teuflischen Plans?

Im nächsten Weiler, durch den sie zogen, entdeckten sie eine große Scheune, und auf einmal gab es kein Halten mehr. Die Fünferreihen lösten sich auf, alle rannten nun zu diesem Unterschlupf, der sich jedoch aus der Nähe als viel zu klein erwies. Aber den Frauen schien alles egal zu sein; wer nicht mehr hineinpasste, legte sich einfach ins nasse Gras davor.

Den Wachleuten blieb nichts anderes übrig, als Brot und Wasser zur Stärkung zu verteilen.

»Steht wieder auf!«, befahl die Krieger, kaum dass der schlimmste Hunger gestillt war. Sie schien jedoch zu spüren, dass die Stimmung im Tross zu kippen drohte. »Bis zum Etappenziel ist es nicht mehr weit. Dort verbringt ihr dann die Nacht.«

»Wenn es nach ihr ginge, wohl am ehesten im Schweinestall«, murmelte Betty. »Aber kommt, lasst uns weiterziehen. Wir brauchen schließlich ein Dach über dem Kopf – und zwar alle!«

Langsam setzte sich der Zug erneut in Bewegung, doch irgendetwas hatte sich verändert. Auf einmal begegneten ihnen unterwegs Menschen und verschanzten sich nicht wie bisher in den Häusern. An einer Hecke standen ein paar junge Bauernburschen, daneben ein paar ländlich gekleidete Frauen und ein unbekannter SS-Mann.

Griet zuckte zusammen, als ausgerechnet der sie ansprach. Allein der Anblick einer schwarzen Uniform verursachte ihr schon Brechreiz.

»Verstehst du Deutsch?«, fragte er leise.

Sie nickte unwillig.

Wieso versuchte dieser unselige Typ, Schritt mit ihr und Myra zu halten?

»Behaltet euren Mut«, hörte sie ihn sagen. »Der Krieg ist bald vorbei. Der Befehlshaber von Bayern hat kapituliert.«

Er verschwand in einem Hauseingang, und tausend wirre Gedanken wirbelten anschließend durch Griets Kopf.

Eine Finte?

Andererseits hatte sich der SS-Mann überraschend aufrichtig angehört. Aber konnte einer wie er überhaupt aufrichtig sein? Und wenn ja, warum trug er dann diese Mörder-Uniform?

Vor allem: Wer in aller Welt war der Befehlshaber von Bayern?

Während sie noch weiterrätselte, kam eine ältere Frau auf einem klapprigen Fahrrad an ihnen vorbeigefahren.

»Krieg bald aus!«, rief sie den Frauen zu und ließ sich auch durch Kriegers Gekeife nicht beirren. »Krieg bald aus – dann habt ihr es geschafft!«

Inzwischen waren sie auf einer Anhöhe angelangt. Unter ihnen lagen zahlreiche rote und braune Dächer – das Städtchen Wolfratshausen, wie auf dem Ortsschild zu lesen war, das sie bald darauf passierten.

Für einen Moment verspürte Griet einen Hauch von Zuversicht. Wolfratshausen – das war doch die Heimat von Christl, die im Agfa-Werk neben ihr gearbeitet und ihr ab und zu heimlich einen Apfel oder ein Stück Brot zugesteckt hatte, wenn der Aufseher abgelenkt gewesen war. Lochner hatte zwar verboten, dass normale Arbeiterinnen sich mit den Häftlingen auch privat unterhielten, doch die Frauen hatten sich nicht daran gehalten. Als Christls Mutter schwer erkrankte, war sie sofort wieder nach Hause zurückgekehrt, aber Griet erinnerte sich noch genau an die Adresse, die sie ihr beim Abschied zugeflüstert hatte, obwohl es so ein langes kompliziertes Wort gewesen war.

Nun zogen sie also durch Christls Wohnort. Um sie herum riefen die Kirchenglocken zur Sonntagsmesse. Plötzlich brachen einige der Häftlinge aus dem Tross aus und stürmten in das weiße Gotteshaus, das rechts am Wegrand lag. Vor dem Altar warfen sie sich schluchzend zu Boden. Krieger und Wachleute stürmten ihnen hinterher und wollten sie grob hinauszerren, doch der schmächtige Pfarrer mit den runden Brillengläsern und dem kleinen Schnauzbart hielt sie mit einer Respekt einflößenden Geste davon ab.

»Versündigt euch nicht! Dieses Haus Gottes steht allen offen«, sagte er mit lauter Stimme. »Besonders den Bedrängten und Verfolgten.« Er zeichnete das Kreuz auf seine Brust und segnete die Häftlingsfrauen, die sich inzwischen freiwillig wieder erhoben hatten. »Der Friede des Herrn sei mit euch. Der Krieg ist bald aus. Dann wird auch eure Not zu Ende sein.«

Auf dem Platz vor der Kirche wartete bereits Sturmführer Stirnweiß.

»Wo ist Leni?«, rief Griet sofort. »Wie geht es ihr?«

Er blieb ihr die Antwort schuldig.

»Ganz in der Nähe liegt ein großer Bauernhof mit genügend überdachten Scheunen«, sagte er stattdessen. »Dort bringen wir euch hin.«

»Aber wir sind am Ende«, klagte Tante Han, die inzwischen ganz elend aussah. »Meine Füße sind reinstes Metzelfleisch. Den anderen Frauen geht es ebenso.«

»Das kleine Stück durch den Ort schaffen sie schon noch«, erwiderte Stirnweiß. »Dort finden sie dann Ruhe.«

Wie seltsam er sich ausdrückte!

In Griet stieg erneut Argwohn auf. Aber vielleicht hatte sie ihn auch nicht richtig verstanden. Mittlerweile beherrschte sie die Moffensprache zwar einigermaßen, doch kleinere Feinheiten entgingen ihr zuweilen.

»Dann los, ihr Kroppzeug!«, belferte die Krieger. »Oder seid ihr plötzlich alle taub geworden?«

»Lassen Sie die Häftlinge in ihrem eigenen Tempo laufen«, befahl Stirnweiß. »Und Sie halten sich ab jetzt in meiner Nähe. Keine Stockschläge mehr auf den letzten Metern, kapiert?«

Die Krieger tat zwar wie befohlen, doch ihrer hasserfüllten Miene war anzusehen, was sie davon hielt.

Jetzt fiel der Tross weit auseinander, denn viele der

Frauen konnten nur noch humpeln. Einige hatten sich von den Holzpantinen befreit und liefen lieber barfuß, obwohl der Boden eiskalt war. Die Häuser und Gassen des Städtchens blieben hinter ihnen zurück; links und rechts der Straße erstreckten sich nun wieder Felder, bis schließlich ein riesiges Gehöft in Sicht kam.

»Wir sind am Ziel.« Die Stimme des Kommandanten zitterte leicht, als sie es schließlich erreicht hatten. »Hier können wir fürs Erste bleiben.«

Die Frauen fielen sich unter Tränen um den Hals, lachten und heulten abwechselnd, bis sie von der Walser-Bäuerin und deren erwachsenen Töchtern in zwei der großen Heuschober eingewiesen wurden. Sturmführer Stirnweiß und das Wachpersonal quartierten sich in der Zwischenzeit im Bauernhaus ein.

»Nehmt euch von dem Heu, das gebündelt an den Wänden liegt, und legt es auf das Stroh«, forderte die Bäuerin die Frauen auf. »Die nassen Decken könnt ihr anschließend zum Trocknen darüberbreiten. Mein Mann fährt einstweilen mit zwei unserer französischen Kriegsgefangenen nach Föhrenwald ins Muna-Lager, um dort Fleisch zu organisieren, damit wir euch eine anständige Suppe kochen können.« Ihr Hochdeutsch klang hölzern, aber es war rührend, wie sehr sie sich darum bemühte, damit möglichst alle sie verstanden.

»Und meine Freundin?«, fragte Griet. »Die junge, kranke Polin, die schon früher mit dem Kommandenten gekommen ist? Wo ist sie?«

»Liegt dort drüben.« Die Bäuerin deutete in eine Ecke. »Ich hab ihr trockene Decken gegeben. Essen wollte sie nichts. Eigentlich müsste sie ins Krankenhaus, denn sie ist ja …«

Als Griet den Finger auf die Lippen legte und sie dabei flehentlich anblinzelte, verstummte sie.

»Danke«, sagte Griet. »Wir werden uns sofort um sie kümmern.«

*

Die Suppe in den großen Emaille-Töpfen hatte verführerisch gerochen; reichlich Kartoffeln und einiges an Fleischfetzen schwammen darin. Manche der Frauen konnten gar nicht genug davon bekommen, löffelten und löffelten gierig, während der Walser-Bauer sichtlich gerührt eine kleine Ansprache hielt und sie in warmen Worten auf seinem Hof willkommen hieß.

»Noch ist der Krieg nicht ganz aus, aber so gut wie«, sagte er. »Brot kann ich euch leider keines anbieten, aber wir haben Frischmilch, und ein paar der Nachbarn haben versprochen mitzuhelfen.«

Griet hatte sich bemüht, trotz ihres leeren Magens beim Essen maßvoll zu bleiben. Ihre Zurückhaltung lag nicht am Schweinefleisch, das sie sofort herausgeschmeckt hatte. Wenn man überleben wollte, durfte man nicht wählerisch sein, das wusste sie. Aber sie wusste auch, dass sich ungewohnt fette Speisen nach einer langen Hungerperiode übel rächen konnten. Und tatsächlich krümmten sich viele der anderen Frauen am nächsten Tag unter schlimmsten Bauchkrämpfen; die beiden Abtritte des Walserhofes quollen schon jetzt über, und auch in den angrenzenden

Wiesen hatten sich so manche erleichtern müssen. Die Leute am Hof trugen diese ungewohnten Zustände mit erstaunlicher Fassung, wenngleich die Bäuerin den einen oder anderen lauten Seufzer ausstieß.

Dennoch gab es auch erfreuliche Nachrichten: Im Schutze der Nacht hatten sich die SS-Wachen in Richtung Süden aus dem Staub gemacht, die widerliche Krieger mit eingeschlossen. Nur Kommandant Stirnweiß harrte noch bei den Häftlingen aus.

»Jetzt können wir aufatmen«, sagte Griet, während sie versuchte, der Kranken ein paar Schlucke Milch einzuflößen. Sie gab sich zuversichtlicher, als sie in Wirklichkeit war, denn der rotfleckige Ausschlag, der Lenis Haut inzwischen großflächig befallen hatte, beunruhigte sie sehr. Was konnte das sein?

Röteln? Windpocken? Oder vielleicht doch eher die Masern?

Das starke Fieber, das noch immer nicht gesunken war, hätte zu allen drei Krankheitsbildern gepasst. Die Frage allerdings, ob der Ausschlag auch jucke, hatte Leni mit einem Kopfschütteln beantwortet.

Was aber, wenn Griet sich ansteckte und ebenfalls krank wurde?

Und die anderen Frauen mit dazu?

Jetzt wäre ein Arzt dringend nötig gewesen, um die Lage richtig einzuschätzen, doch wie sollte sich der finden lassen? Den Walser-Bauern mochte sie nicht danach fragen. War auch so schon beachtlich, was er und seine Angehörigen alles auf die Beine gestellt hatten.

»Vielleicht kann ich ja irgendwo im Städtchen Hilfe

auftreiben«, überlegte Griet. »Eine frühere Kollegin wohnt hier. Zu der will ich als Erstes.«

»Geh nicht weg!« Leni klammerte sich an ihre Hand, als sie aufstehen wollte.

»Ich komm doch wieder«, versicherte Griet. »Ich lass dich schon nicht im Stich, versprochen!«

Sturmführer Stirnweiß machte keinerlei Anstalten sie aufzuhalten, als einige Frauen den Walserhof verließen, darunter auch Griet und Myra. Oder war sein Kater einfach nur zu groß?

Am Abend zuvor musste er reichlich gesoffen haben. Jedenfalls hatte er noch immer eine starke Alkoholfahne.

Doch das war den Frauen egal. Zum ersten Mal seit Langem mussten sie nicht in einer Reihe marschieren, sondern durften ohne Bewachung in kleinen Grüppchen gehen. Sie vergaßen dabei fast ihre malträtierten Füße, fassten sich an den Händen und tanzten ausgelassen wie Kinder auf der Straße, allen voran Griet.

Ich. Bin. Griet. Van. Mook. Ich. Werde. Leben, sang es in ihr, und für ein paar Augenblicke fühlte sie sich wieder glücklich. Jetzt erst fiel ihr auf, in welch schöner Landschaft sie gelandet waren. Die Obstbäume standen in voller Blüte, Vögel zwitscherten, und ein Stück entfernt glitzerten schneebedeckte Alpengipfel. Kein Regen, kein Schnee, stattdessen eine strahlende Sonne, die immer mehr an Kraft gewann.

Die Idylle bekam einen jähen Einbruch, als plötzlich ein deutscher Soldat mit seinem Fahrrad vor ihnen stand. Griet wollte sofort weglaufen, Myra jedoch hinderte sie daran.

»Ich war selbst vor ein paar Jahren als Politischer in Dachau«, sagte der Mann, nachdem er sie gefragt hatte, woher sie kamen. »Einberufen haben sie mich nur, weil ihnen zum Schluss die Soldaten ausgegangen sind. Aber ich bin ganz schnell wieder getürmt. Und jetzt warte ich auf die Amis – so wie ihr. Hier!«

In seiner Hand lagen fünf Zigaretten – welch Kostbarkeit!

Griet nahm sich drei davon, die anderen beiden bekam Myra.

»Für Leni«, sagte Griet. »Vielleicht kann ich sie ja gegen Medizin eintauschen.«

Kurz darauf kam ihnen eine Gruppe französischer Kriegsgefangener entgegen.

»*Faire l'amour, les belles femmes*«, riefen sie und warfen den Frauen Kusshände zu, doch die schüttelten nur den Kopf und gingen weiter.

»In meinem Zustand würde ich nicht einmal einen Frosch küssen wollen«, murmelte Myra. »Ich stinke wie ein Iltis, und auf meinem Kopf krabbelt es wie verrückt. Jetzt ein Bad – davon träume ich schon so lange! Wollen wir trotzdem an den Türen klingeln und um Brot betteln? Vielleicht treffen wir ja auf ein paar mitleidige Seelen.«

»Ich will erst zu Christl«, sagte Griet.

»Und wie willst du das anstellen? Du kennst dich doch hier gar nicht aus!«

»Lass mich mal machen …«

Als ihnen eine jüngere Frau in Tracht mit einem kleinen Mädchen an der Hand entgegenkam, nahm Griet all ihren Mut zusammen. Die Frau sah freundlich aus, eine junge Mutter, das nahm ihr ein wenig von ihrer Angst.

»Ich suche den Hammerschmiedweg«, sagte sie und verhaspelte sich vor lauter Aufregung.

»Zu wem woins denn da?« Der Blick der Frau flog misstrauisch über Griets und Myras armselige Erscheinung.

»Zur Christl Birnleitner. Bei der Agfa in München haben wir zusammen gearbeitet. Damals konnte man uns dazu zwingen, aber jetzt sind wir frei.«

Wie gut sich das anfühlte, so etwas zu sagen!

»Des is gar ned weit.« Die Frau schien ihre Skepsis zu überwinden. »Jetzt glei links, dann zwoima rechts. Dann sans scho do.«

Griet schüttelte den Kopf und zuckte verständnislos mit den Schultern.

»Ach so, Sie kenna gar koa Boirisch?« Die Frau begann zu schmunzeln. »Ist nicht weit«, wiederholte sie, nun bemüht auf Hochdeutsch. »Zuerst links abbiegen, dann zweimal rechts. Jetzt verstanden?«

»Verstanden«, nickte Griet. »Danke!«

Eigentlich wäre sie lieber allein zu Christl gegangen, doch Myra blieb einfach neben ihr, und so standen sie schließlich zu zweit vor dem schmucken Häuschen mit dem kleinen Vorgarten.

»Ob sie uns überhaupt so reinlässt?« Griet schielte an sich hinunter. »Als wir noch im Werk gearbeitet haben, gab's wenigstens ab und zu eine kalte Dusche ...«

»Bei der wir uns anschließend in unserer klammen Behausung alles abgefroren haben«, ergänzte Myra. »Auf dieses ›Vergnügen‹ verzichte ich künftig gerne!«

Kaum hatte sie geklingelt, ging schon die Tür auf.

»Griet – Myra!« Christl strahlte über das ganze Gesicht.

»Ich hab schon läuten hören, dass holländische KZlerinnen auf dem Walserhof eingetroffen sein sollen, und so sehr gehofft, dass ihr darunter seid! Die ganze Stadt spricht von nichts anderem. Kommt doch rein!«

»So?«, fragte Griet noch einmal vorsichtshalber.

»Genau so!« Sie führte die beiden in die Küche. »Das sind meine Mama, inzwischen zum Glück wieder genesen, meine Schwester Vroni und mein kleiner Bruder Seppi. Und das sind Griet und Myra aus Holland, von denen ich euch schon so viel erzählt habe!«

»Und was ist das?« Myra lugte zu der großen Blechwanne, die unter dem Tisch stand.

»Wollt ihr baden?« Christls Lächeln wurde noch breiter. »Is alles a bissl einfach bei uns, aber warmes Wasser aus dem Kachelofen gibt es genug! Wollt ihr erst was essen?«

Beide nickten, und Christl bot ihnen Honigmilch und einen trockenen Kuchen an, den sie sofort hungrig verschlangen. Seppi bestaunte die fremden Frauen mit großen Augen, während Vronis Blicke eher prüfend waren.

»Ich glaube, ich werde nie mehr satt«, sagte Myra. »Wenn ich erst einmal wieder zu Hause bin, will ich nur noch essen.«

»Seid ihr den ganzen Weg von München zu Fuß gegangen?«, wollte Vroni schließlich wissen.

»Sind wir«, sagte Griet. »Unterwegs dachten wir oft, wir würden niemals ankommen. Aber jetzt sind wir ja hier.«

»Und bald ganz sauber – wenn ihr wollt«, sagte Christl resolut. »Mama, Vroni, Seppi – jetzt raus mit euch! Die Frauen wollen ungestört baden.«

Das Wasser aus dem Kachelofen füllte die Wanne und

vier weitere Eimer, die Christl aus dem Schuppen holte. Noch immer verlegen zögernd standen Griet und Myra davor.

»Ich lass euch jetzt allein«, erklärte Christl. »Hier sind Handtücher, ein Stück Kriegsseife und frische Anziehsachen. Wird alles zu weit sein, schätze ich, so mager wie ihr beide seid, aber das muss ja schließlich nicht so bleiben.« Sie deutete auf einen Läusekamm mit groben Zinken. »Das ist für nach der Haarwäsche. Denkt euch nix, der war bei meinen Geschwistern auch schon mehrmals im Einsatz. Die Alternative lautet: alle Haare ab, aber welche Frau will das schon?«

Sofort musste Griet an die geschorenen Frauenköpfe im KZ Ravensbrück denken. Zum Glück waren sie nach dem Transport aus dem KZ Vught bei Hertogenbosch auf holländischem Boden zu kurz dort gewesen, um ebenfalls dieser erniedrigenden Prozedur unterzogen zu werden. Sie hatten ihre Haare behalten können – und die Läuse hatten leider nicht lange auf sich warten lassen.

Myra hatte schon damit begonnen, sich auszuziehen, und Griet tat es ihr nach. Durch das Zusammenleben im Lager auf engstem Raum waren zwischen ihnen die meisten Hemmschwellen gefallen; jetzt aber, in dieser warmen, sauberen Küche, empfand Griet plötzlich wieder so etwas wie Scham.

»Komm schon«, sagte Myra, die zu spüren schien, was in ihr vorging. »Ich guck dir auch garantiert nichts ab!«

Sie stiegen in die Zinkwanne, seiften sich von Kopf bis Fuß ein, bis sie das kleine Stück ganz verbraucht hatten, und begossen sich anschließend gegenseitig mit dem Wasser aus den Eimern. Myra war ein gutes Jahrzehnt älter als Griet, hatte breitere Hüften, weichere Brüste und eine blasse Kaiserschnittnarbe quer über den rötlichen Schamhaaren.

»Zwillinge«, sagte sie, als sie Griets Blick auf sich spürte. »Jasper und Viktoria, elf Jahre alt. Meine Eltern sorgen für sie.« Plötzlich begann sie zu weinen. »Ob sie ihre Mama jemals wiedersehen werden?«

»Bestimmt«, versicherte Griet, der bei dem Gedanken an die Heimat leicht mulmig zumute wurde. »Sie warten doch schon so sehnsüchtig auf sie!«

Sie trockneten sich ab, schlüpften in die saubere Unterwäsche und zogen die Kleider aus festem Stoff darüber, die für sie bereitlagen. Am meisten freuten sie sich über die Strümpfe, die sie seit Monaten vermisst hatten. Anschließend folgte die Prozedur mit dem Läusekamm, solange die Haare noch nass waren. Sie hatten ihre schmutzigen Sachen auf dem Boden um sich gebreitet; Laus um Laus fiel darauf, als sie sich nacheinander gegenseitig bearbeiteten.

»Der ganze Dreck kann weg«, sagte Myra, als Christl schließlich vorsichtig den Kopf wieder zur Tür hereinsteckte, um zu sehen, wie weit sie waren. »Wo dürfen wir …«

»Lass mich das machen«, erwiderte Christl, öffnete die Tür des Holzherds und schob alles ohne lange Umstände hinein. Danach wusch sie sich gründlich die Hände. »Und jetzt lasst euch mal ansehen. Ich bin beeindruckt, wie hübsch ihr jetzt ausseht! Dein Haar ist ja ganz blond, Griet, viel heller als meins.«

»Goldlöckchen, so hat mein Pap mich immer genannt«,

sagte Griet. »Schon von klein auf. Wir hatten nicht viele Blonde in der Familie.«

»Das wird er jetzt bald wieder tun«, entgegnete Christl.

Griets Gesicht verschloss sich.

»Er lebt nicht mehr«, sagte sie leise. »Ich vermisse ihn so sehr!«

»Jetzt hab ich dir wehgetan, das wollte ich nicht.« Christl berührte Griets Arm, doch die drehte sich abrupt weg.

Nur nicht daran denken.

Nichts anderes gab es auf einmal in ihrem Kopf.

»Wollt ihr beide nicht hierbleiben?«, fragte Christl weiter. »Ihr könntet auf dem Dachboden schlafen. Und zu essen gibt es auch. Mama hat nichts dagegen.«

»Wir müssen ins Lager zurück, zu den anderen«, erklärte Myra. »Wenn die Amis kommen, wollen wir alle zusammen sein. Wir sind Frauen aus dem holländischen Widerstand, also politische Gefangene. Das muss offiziell anerkannt werden.«

»Sie hat recht.« Griet hatte sich wieder gefangen. »Außerdem ist eine von uns sehr krank. Leni, eine junge Polin, mit hohem Fieber. Du kennst sie nicht, sie kam erst zu uns ins Lager, als du schon wieder zu Hause warst. Du kennst nicht zufällig einen Arzt? Ich hätte sogar drei Zigaretten, um ihn zu bezahlen.«

»Schwierig«, sagte Christl. »Sehr schwierig. Im Krankenhaus arbeitet nur noch eine Handvoll Mediziner, und das ist überbelegt mit verwundeten Soldaten. Sonst gäbe es nur noch den alten Dr. Huber, aber ob der zu einer wie …« Sie brach ab.

»Hab schon verstanden«, sagte Griet. »Um eine verlauste KZlerin reißt sich niemand. Leni wird allein zurechtkommen müssen.«

»Ich kann dir ein Röhrchen Aspirin mitgeben«, bot Christl an. »Vielleicht hilft das ja – bis die Amis kommen. Die haben gute Ärzte. Die werden eurer Freundin helfen.«

»Falls Leni bis dahin überlebt«, murmelte Griet, nahm das Röhrchen aber dankend an.

Sie verabschiedeten sich von Christl und ihrer Mutter. Vroni blieb unsichtbar, Seppi jedoch konnte sich an den beiden fremden Frauen gar nicht sattsehen.

»Wia zwoa Vogelscheicha warts zuvor, aber jetzt seids richtig schee«, sagte er begeistert. »Und di«, er deutete auf Griet, »di würd i sogar heiraten!«

»Dann kann ja nichts mehr passieren!« Gerührt strich sie über seinen dunklen Schopf. »Wir warten aber noch ein wenig, einverstanden?«

Seppi nickte andächtig.

»A bissl muass i scho noch wachsen. Aber nächstes Jahr hob ich Kommunion, und dann ...« Ein schwärmerischer Ausdruck trat in seine Augen.

»Schmarrer!« Christl drückte den kleinen Bruder fest an sich. »Und ihr gebt mir bitte unbedingt Bescheid, wo ihr landet, versprochen? Wenn der Krieg endlich ganz vorbei ist, können wir uns wiedersehen.«

Beide versprachen es, dann zogen sie los, zurück zum Walserhof.

»Nicht alle Moffen sind also Teufel«, sagte Myra nach einer Weile nachdenklich.

»Nein«, erwiderte Griet. »Sieht ganz so aus, als gäbe es dazwischen auch ein paar Engel.«

Am nächsten Morgen schreckte Flugzeuglärm die Frauen aus dem Schlaf. Ganz tief flogen die Maschinen über ihnen und begannen zum allgemeinen Schrecken, Bomben abzuwerfen. Viele, die gerade noch draußen gefrühstückt hatten, rannten in den Schutz der Scheunen zurück; ein paar Mutige hissten eilig ein Laken auf dem hohen Fahnenmast. Andere schwenkten weiße Betttücher im Hof, doch immer wieder waren ganz aus der Nähe Explosionen zu hören.

Ging der Terror der Münchner Bombennächte, den die Frauen ohne Schutz hatten erleben müssen, hier weiter?

Irgendwann zogen die Flieger wieder ab. Ein leerer Heuschober war in Brand geraten, doch zum Glück wurde dabei niemand verletzt.

Griet lief zurück zu Leni.

Das Aspirin hatte keine nennenswerte Besserung gebracht; inzwischen war die junge Polin so schwach, dass sie kaum noch sprechen konnte.

»Wenn ich jetzt sterbe«, wisperte sie, »dann hat mein Kleines niemals die Sonne gesehen ...«

»Du wirst nicht sterben!«, widersprach Griet – und stutzte plötzlich.

Was war das für ein merkwürdiges Gerassel?

Wieder Flugzeuge? Ein neuer Bombenangriff?

Es wurde stärker und lauter, und jetzt hielt es sie nicht länger in der Scheune. Zusammen mit anderen Frauen lief sie hinaus. In der Kurve des Wegs, der über den Hügel führte, erschien ein amerikanischer Panzer, der kurz danach allerdings wieder hinter den Bäumen verschwand.

Dann schwenkte ein neuer Panzer in die Kurve ein, noch einer und noch einer, um alsbald erneut hinter den Bäumen zu verschwinden.

Tante Han fand als Erste ihre Sprache wieder.

»Die fahren in die Stadt«, sagte sie. »Vermutlich werden sie uns erst später befreien.«

»So lange kann Leni aber nicht warten!«

Griet lief los, ohne sich um die warnenden Rufe der anderen zu kümmern. Sie rannte den Hügel hinauf – und erschrak, als sie plötzlich vor einem der Panzer stand.

So ein Ungetüm!

Klein und ohnmächtig wie eine Ameise fühlte man sich davor. Eine einzige falsche Bewegung, und er würde sie überrollen ...

Die Luke öffnete sich. Ein dunkles Gesicht starrte sie an.

»*Who are you?*«, fragte der Mann.

Sie hatte Englisch in der Schule gelernt, es aber seit Jahren nicht mehr gesprochen. Zuerst wollten ihr die ungewohnten Laute gar nicht recht über die Lippen kommen, doch als sie an Leni dachte, sprudelten sie plötzlich aus ihr heraus.

»*Help!*«, rief sie nach oben. »*We are political prisoners from the big farmhouse nearby, and my girlfriend is pregnant and very ill. Please help her!*«

Inzwischen war noch ein zweites, helles Gesicht in der Luke erschienen.

»Wer bist du?«, fragte der Soldat. »Eine Nazi-Deutsche?«

Natürlich – sie trug ja keine Lumpen mehr, sondern saubere ländliche Kleidung! Das hatte ihn auf diese Idee gebracht ...

»Nein«, brach es aus ihr heraus, während ihr Tränen über die Wangen liefen. »Das bin ich nicht! Ich bin Griet van Mook aus Haarlem. Wir waren im Widerstand, die Nazis haben uns eingesperrt, nach Deutschland verschleppt und zur Arbeit in einer Rüstungsfabrik gezwungen. Dann mussten wir hierher marschieren ...« Die deutschen Worte gingen ihr plötzlich aus, so aufgeregt war sie. »Help alstublieft mijn vriend Leni – snel! Anders gaat ze dood!«

VIER

München, 29./30. April 1945

Toni hasste das rasselnde Schnarchen, das bis auf den Flur drang. Erst in den frühen Morgenstunden war Benno nach Hause gekommen, volltrunken und trotz des Veilchens an seinem rechten Auge äußerst siegessicher. Wo er sich das zugezogen hatte, blieb sein Geheimnis, und auch wer ihm diese Abreibung verpasst hatte.

»Denen hammas g'zeigt«, lallte er und knalle die hauchdünne Ausgabe der *Münchner Neueste Nachrichten* auf den Küchentisch. »Da – jetzt lest g'fälligst!«

»Aufstand nach energischem Zuschlagen umgehend erledigt«, lautete die Schlagzeile des Nazi-Organs, doch weder seine Mutter noch Toni, die er beide durch lautes Trampeln aus dem Schlaf gerissen hatte, folgten seiner Aufforderung, die Zeitung aufzuschlagen. Anni versuchte stattdessen ihren malträtierten Sohn zu verarzten, wurde von ihm allerdings unwillig weggestoßen.

»Des hält ein echter Mann scho' aus …«

Er wankte in seine Kammer und schnarchte nur Minuten später in voller Montur auf seinem Bett.

Anni legte sich ebenfalls noch einmal hin, zutiefst besorgt, wie sie sagte. Toni dagegen fand keinen Schlaf mehr. Jetzt griff sie doch nach der Zeitung. »Einzelne Lumpen und Verräter« seien die Mitglieder der FAB gewesen, »erbärmliche Kerle«, die den Tod verdienten, wurde dort Gauleiter Giesler zitiert.

Eine Gänsehaut überkam Toni. Das klang nach Schnellhinrichtungen, noch so kurz vor Kriegsende.

Wenn der doch endlich vorbei wäre!

Ihre Sehnsucht nach einem Leben in Frieden, ohne Bomben, ohne ständige Angst, ohne Lärm und Feuer wurde so überwältigend, dass ihr die Tränen in die Augen schossen. Wie leid sie es war, nach außen hin immer tapfer und beherrscht zu sein, damit die ganze Situation für Anni, ihre Mutter und die kleine Bibi nicht noch schwieriger wurde! Jetzt hätte *sie* eine starke Schulter zum Anlehnen gebraucht, jemanden, der sie hielt und schützte und ihr Mut zusprach.

Wer schenkte ihr die Hoffnung, die sie doch so dringend brauchte?

Den Reichssender mit all seinen Lügenparolen schaltete sie erst gar nicht ein. Stattdessen spielte sie so lange an den Knöpfen herum, bis der verbotene Feindsender BBC in deutscher Sprache aus dem Äther drang. Toni drehte die Lautstärke herunter und kroch förmlich in den Volksempfänger, um bloß nichts zu verpassen. Was sie da hörte, ließ sie lächeln: Die Amis standen kurz vor München!

Nichts anderes zählte jetzt.

Sie schob die allerletzten Holzreste in den Ofen und setzte einen Topf Wasser auf.

Schlaftrunken kam Bibi in die Küche getapst.

»Ist was passiert?« Sie rieb sich die Augen.

»Noch nicht«, sagte Toni. »Aber hoffentlich ganz bald.

Magst du auch einen Kaffee?« Die dünne Plörre, die den Namen »Kaffee« kaum verdiente, konnten selbst Kinder gefahrlos trinken.

»Bäh!« Bibi streckte die Zunge raus. »Ich mag das scheußliche Zeug doch nicht. Manchmal träume ich von Kakao, einem echten, mit fetter Milch – und einem großen Klacks Schlagrahm drauf!«

»Kommt garantiert alles wieder«, versicherte Toni. »Aber ein wenig Geduld musst du wohl schon noch haben.«

Die kleine Schwester kuschelte sich eng an sie.

»Hast du eigentlich schon mal einen Ami gesehen?«, wollte sie wissen.

»Durchaus möglich«, antwortete Toni. »Vor dem Krieg waren so einige als Touristen in München. Aber die sind mir nicht groß aufgefallen, die sehen nämlich ganz normal aus, so wie du und ich. Aber die, die jetzt kommen, tragen Armee-Uniformen, und ich kann dir nur raten, dich anständig aufzuführen, wenn du ihnen begegnest.«

»Ein paar sollen ganz schwarz sein, habe ich gehört ... so wie der schöne Caspar von den Heiligen Drei Königen ...«

Bibi vermisste noch immer die bunte Weihnachtskrippe, die ebenso ein Raub der Flammen geworden war wie die gesamte Wohnungseinrichtung in der Adalbertstraße.

»Und wenn schon«, sagte Toni. »In ganz Afrika sind die Leute schwarz. Und viele, die in Amerika leben, eben auch. Sie stammen von den Sklaven ab, die früher dort in den Südstaaten zum Baumwollpflücken gezwungen wurden. Zum Glück jedoch gibt es schon lange keine Sklaven mehr.«

»In der Schule haben wir in Biologie durchgenommen, dass sie wie Affen sein sollen ...«

»Stopp!«, unterbrach Toni sie. »Diesen Mist vergisst du am besten ganz schnell wieder. Menschen sind Menschen, und damit basta. Niemand ist mehr wert als sein Nachbar, egal, welche Hautfarbe oder Religion er hat. Das predigt nicht nur der kluge Prälat Blumschein, der früher in Heilig Blut war und jetzt im Georgskirchlein Messe hält. Das sagt auch mein Chef, der Herr Dr. Heubner. Und der ist Verleger und kennt die Welt.«

»Dann wird jetzt bald alles anders ...« Bibi fielen schon wieder halb die Augen zu.

»So könnte man es sagen.« Zärtlich strich Toni der kleinen Schwester über den Kopf. Mit brandrotem Flaum war Barbara zur Welt gekommen. Inzwischen war daraus ein edler Kupferton geworden, der perfekt zu ihrer hellen Haut passte. »Wir alle wissen nur noch nicht genau, wie ...«

*

Am Vormittag wurde der Trambahnverkehr in München eingestellt. Toni und ihre Familie merkten es daran, dass plötzlich ein Waggon mitten vor ihrem Haus auf den Schienen stehen blieb und sich nicht mehr rührte. Gleichzeitig leerten sich die Straßen und Gehwege immer mehr. Alle strebten offenbar nach Hause, um dort abzuwarten, was als Nächstes geschehen würde. Mittlerweile waren alle in Vevs Wohnung wach und angezogen; auch Benno schlurfte missmutig umher. Seine frühmorgendliche Euphorie hatte sich gelegt, und jetzt, wo es hell war, leuchtete sein Veilchen in allen Regenbogenfarben.

Rosa zauberte aus Brennnesseln, ein paar Resten Schmalz und einigen Esslöffeln Mehl eine Suppe, die sie mittags hungrig zusammen löffelten. Dazu gab es von dem Brot, das jetzt allerdings weitaus weniger gut schmeckte als noch vor zwei Tagen.

»Wer weiß, was die Schwarz da alles hat reinpanschen lassen«, grummelte Vev. »Wenn es morgen auch noch zu schimmeln beginnt, verlange ich meine schöne Silberbrosche wieder zurück.«

»Wenn du was anderes willst, musst du schon bis zum Sendlinger Tor oder gleich an den Hauptbahnhof«, sagte Rosa. »Vor den Ruinen, da findest du sie, die Schieber und Schwarzhändler, die mit dem handeln, was es sonst nirgendwo mehr gibt. Könnte mir allerdings vorstellen, dass sogar dort heute nur wenig los ist. Schließlich will sich doch niemand von den Amerikanern zusammenschießen lassen!«

In angespanntem Warten verbrachten sie gemeinsam den Nachmittag in der Wohnung. Benno, der es nicht lassen konnte, immer wieder den Reichssender anzustellen, machte ein unglückliches Gesicht, als plötzlich nur noch Rauschen zu hören war.

»Die Ratten verlassen das sinkende Schiff«, murmelte er. »Nichts als Schwachköpfe und Drückeberger ...«

»... oder Leute mit Grips, die endlich kapiert haben, was die Stunde geschlagen hat«, gab Toni zurück. »Ich kann dein Lamentieren kaum noch aushalten. Da geh ich ja noch lieber freiwillig den Ascheeimer leeren!«

Im Hinterhof stieß sie auf Frau Maidinger, die Hausmeisterin, die im Erdgeschoss wohnte, und deren semmelblonde Tochter Zita. Beide entluden gerade einen vollgepackten Leiterwagen, den Toni mit großen Augen betrachtete: Käse, Schinken, Likörflaschen, Sekt, Pasteten – woher hatten die beiden solch lang entbehrte Kostbarkeiten?

»Sag du es ihr, Zita«, befahl Frau Maidinger. »Das Fräulein Brandl war immer höflich und nett zu uns. Die darf ruhig auch was davon abbekommen.«

»Zuerst gehen Sie am besten auf die Praterinsel. In der Riemerschmied-Likörfabrik sind nämlich alle Schlösser geknackt. Likörchen, Zucker und Bonbonmasse stehen zur Verfügung. Falls Sie Wein wollen, dann anschließend gleich weiter in den Bürgerbräusaal – und unbedingt ein paar leere Flaschen mitnehmen. Dort kann man ihn sich nämlich im Keller aus großen Fässern abfüllen.«

»Und diese ... teuren Lebensmittel?« Vor Aufregung begann Toni zu stottern. »Woher stammen die?«

»Die sind aus dem Hauptzollamt an der Landsbergerstraße. Die große Lagerhalle ist ebenfalls offen.« Zwischen Zitas Brauen, ebenso blassblond wie ihre glatten Haare, stand plötzlich eine tiefe Falte. »Dort hatten die Goldfasane alles gehortet, während das einfache Volk darben musste.« Der strengstens verbotene Spitzname für hohe Nazi-Bonzen ging ihr nun offenbar ganz leicht über die Lippen. »Aber verdammt fix müssen Sie sein – sonst ist nämlich alles weg. Manche fahren sogar mit dem Pferdewagen vor ...«

Das musste sie Toni nicht zweimal sagen. Wie der Blitz

sauste diese die Treppe nach oben zurück in die Wohnung, packte Mama und Tante Anni am Arm und zerrte beide in Vevs Zimmer.

»Tut mir leid«, entschuldigte sie sich bei Letzterer, »aber jetzt pressiert's!« Sie erzählte in Zeitraffer, was sie soeben von Zita Maidinger erfahren hatte.

»Bis zum Hauptzollamt im Westend ist es von hier aus eine halbe Weltreise«, stöhnte Anni, die wie immer als Erste den Mut verlor. »Einmal quer durch die ganze Stadt! Und Straßenbahnen fahren ja auch keine mehr …«

»Eben. Darum starte ich jetzt auch mit dem Rad und zwei großen Taschen dorthin.« Toni klang entschlossen. »Wir haben im Keller noch den alten Leiterwagen, oder?«

Die Schwestern nickten einhellig.

»Dann nichts wie raus mit ihm und los damit zur Praterinsel«, sagte Toni. »Das könnt ihr auch zu Fuß spielend leicht bewältigen.«

»Aber wir trinken doch so gut wie keinen Likör«, wandte Anni ein. »Bloß an Weihnachten …«

»Zum Tauschen, liebe Tante«, erklärte Toni, die vor lauter Ungeduld am liebsten mit den Füßen gescharrt hätte. »Du willst doch sicherlich auch nächste Woche noch was zu essen haben? Mama, erklärst du ihr das Weitere dann bitte im Gehen?«

Rosa nickte. Trotz aller Bedenken schien ihr zu gefallen, was die Tochter vorgeschlagen hatte.

»Wie aufregend!«, steuerte Vev mit glänzenden Augen bei. »Fast wie Piraten, die mutig ein fremdes Schiff kapern. Wäre ich jünger, ich wäre auf jeden Fall mit dabei!«

»Du hältst hier mit Bibi die Stellung«, sagte Toni. »Denk

dir bitte was Kluges aus, um Benno abzulenken, wenn er fragt, wohin wir alle plötzlich verschwunden sind. Der wäre doch sonst glatt imstande, uns hinzuhängen!«

Sie nahm die Taschen, schloss ihr Rad auf und fuhr los. Den Friedensengel hinunter, wo man nicht zu treten brauchte und trotzdem immer schneller wurde, über die von Einschlägen lädierte Luitpoldbrücke und dann entlang der unteren Prinzregentenstraße. Der vertraute Weg in die Innenstadt wurde für Toni jedoch mehr und mehr zur Höllenfahrt. Wo früher prachtvolle Bauwerke geprangt hatten, gab es jetzt nur noch schwärzliche Ruinen. Nationalmuseum, Neue Sammlung, wohin sie schaute, alles war zerbombt. Unwillkürlich blinzelte sie nach oben und zog vorsorglich den Kopf ein, ob sich nicht doch aus Versehen ein Flugzeug mit seiner tödlichen Ladung über ihr verirrt hatte.

Doch der Himmel blieb blau und blank, durchzogen von weißen Wölkchen, was die Schreckensbilder am Wegrand noch verstärkte. An der Ludwigstraße angelangt, mochte sie gar nicht nach rechts schauen, wo die Staatsbibliothek ebenso stark demoliert war wie die Ludwigskirche, in der sie früher sonntags die Messe besucht hatten.

Das einstmals stolze Siegestor dahinter – ein Trümmerhaufen!

Doch auch linker Hand sah es nicht besser aus: Die berühmte Theatinerkirche, Attraktion für Münchner und Touristen, war nur noch ein verkohlter Steinhaufen, und es wurde sogar noch übler, als sie dem Stachus, wie der Karlsplatz im Volksmund hieß, immer näher kam. Künstlerhaus,

Justizpalast, Hotel Königshof – überall riesige Bombenschäden.

Wer soll das bloß wieder aufbauen?, fragte sich Toni im Weiterfahren. Jahre werden dazu ins Land gehen müssen – wenn nicht gar Jahrzehnte!

Ihr Vater, der seine Heimatstadt und deren Historie liebte, hatte früher mit Max und ihr zahlreiche Touren durch München unternommen. Eine kostspielige Sommerfrische hatte sich die Familie nicht leisten können, aber seine Kinder sollten zumindest erfahren, wie ihre Stadt im Lauf der Jahrhunderte gewachsen war, so der Wunsch des Lokalpatrioten Ferdinand Brandl.

Was würde er wohl sagen, wenn er nun diese Zerstörung sah? Falls er überhaupt jemals wieder die Gelegenheit dazu erhielt.

Toni wurde schon wieder leicht schwummrig bei diesem Gedanken, doch das durfte nicht sein, nicht jetzt, wo sie doch so schnell radeln musste. In der Bayerstraße, durch die sie nun fuhr, blickte sie weder nach rechts noch nach links, sondern nur noch stur geradeaus, bis sie schließlich die schier endlos lange Landsbergerstraße erreicht hatte. Mittlerweile war sie von vielen anderen Radfahrern und seltsamen Fuhrwerken aller Art flankiert. Es war, als zöge ein Magnet die Menschen und ihre Transportmittel magisch an: das Hauptzollamt und dessen Schätze!

Ein riesiger Komplex, halb Jugendstil, halb Reformarchitektur, in dessen eindrucksvolle Schalterhalle der Vater Toni vor dem Krieg ein einziges Mal mitgenommen hatte. Auch hier hatten offenbar Sprengbomben gewütet und viele der Bauten auf dem ausgedehnten Gelände stark zerstört, aber ein wesentlicher Teil schien noch intakt zu sein. Toni hielt ihre Taschen fest umklammert und ließ sich von der Menge mittreiben. Die mehrstöckige, in Eisenbeton-Skelettbauweise errichtete Lagerhalle, in die sie schließlich gelangte, schien relativ unversehrt. Durch die Kuppel des Satteldachs fiel ausreichend Licht, um sich hier rasch zurechtzufinden.

Allerdings war Toni spät dran, das zeigten ihr die bereits stark geschrumpften Stöße, die noch vorhanden waren. Sie stopfte in ihre Taschen, was zu kriegen war: Konservenbüchsen mit Bohnen, Kürbis, eingelegten Gurken und Leberwurst sowie Honig- und Marmeladegläser, zwei Salami, ein paar kleinere Käselaibe. Der lang entbehrte Duftteppich, der sie dabei umfing, ließ ihren leeren Magen knurren wie einen hungrigen Wolf. Trotz aller Gier achtete sie darauf, möglichst haltbare Lebensmittel auszuwählen, weil aus der einstigen Speisekammer in Vevs Wohnung aus Platzmangel längst ein Kleiderschrank geworden war.

»Dort drüben liegen die besten Sachen. Aber schnell musste sein, Mädchen!«, hörte sie jemanden sagen und erstarrte.

Diese unverwechselbare Stimme! Träumte sie?

Das konnte doch nicht wahr sein!

Der freche Kerl aus der Backstube stand grinsend vor ihr. Dabei vergaß er keinen Augenblick eine Gruppe von dunkelhaarigen Männern zu dirigieren, die nach seinen präzisen Anweisungen gleich mehrere Leiterwagen auf einmal beluden. Mit seiner zerschlissenen Hose und dem ausgefransten Seemannspullover war er noch immer so jämmerlich gekleidet wie bei ihrer ersten Begegnung. Er war weder größer, noch war er stärker als die anderen, ein schmaler, agiler Mann, so mager, dass er vor allem aus Knochen zu bestehen schien. Dennoch war er offenbar der Anführer, dem sie ohne Murren gehorchten. Satzfetzen in den verschiedensten Sprachen flogen zwischen ihm und den Männern hin und her, italienische, französische, darunter auch ein paar Brocken aus Osteuropa, die Toni nicht einordnen konnte, weil sie kein Wort davon verstand. Er dagegen schien in all diesen Sprachen gleichermaßen zu Hause zu sein. Eine kecke, braune Locke war ihm in die Stirn gefallen, seine blauen Augen funkelten angriffslustig. Ein zerlumpter Feldherr – oder …

Unwillkürlich musste Toni an das denken, was Tante Vev kurz zuvor gesagt hatte. Nein, das war kein Feldherr! Dieser Kerl war definitiv ein Pirat, ebenso mutig und draufgängerisch wie schamlos.

Als Toni sich nicht von der Stelle rührte, nahm er ihre Hand und zog sie ein Stück mit sich.

»Frauen lieben doch schöne Stoffe«, sagte er. »Also bedien dich! So eine Gelegenheit bekommst du garantiert nicht so schnell wieder …«

Verdammt – warum nur hatte sie nichts Besseres dabei als diese beiden Taschen, in die nur noch so wenig hineinpasste? In den Regalen vor ihr lagerten Stoffballen, wie Toni sie seit Jahren nicht mehr gesehen hatte: Wolle, Georgette, Satin, Samt – alles, was das Herz begehrte. Ein Eldorado für ihre Mutter, die gelernte Schneiderin war und aus dem kleinsten Fitzelchen noch etwas zaubern konnte. Rosa wäre angesichts dieser Wunder vermutlich vor Glück ohnmächtig geworden. Aber sie war gerade mit

Tante Anni auf der Praterinsel – und Toni konnte sie nicht nach ihren Wünschen fragen.

Wofür sollte sie sich entscheiden?

Während sie noch grübelte, stießen zwei andere Frauen in karierten Baumwollkleidern sie grob zur Seite.

»*No, no, no!*« Der freche Kerl erhob sofort Einspruch. »So geht das hier nicht. *Mademoiselle* war zuerst da. Sie hat den Vortritt. Anschließend kommen Sie dann an die Reihe, *mesdames!*«

Es klang vehement, was er sagte, aber er lächelte dabei so charmant, dass die Frauen ihm tatsächlich gehorchten.

Toni hievte vier Stoffballen vom Regal. Quer in den Gepäckträger eingeklemmt, würde sie sie irgendwie nach Hause schaffen – bei einigem Glück.

»So bescheiden?«, hörte sie den Kerl fragen, während die Frauen hemmungslos über das Regal herfielen.

»Alles eine Frage der Logistik«, erwiderte Toni. »Eine Frau. Zwei Hände. Ein Fahrrad. Man muss eben seine Grenzen kennen.«

Er lachte darüber wie über einen köstlichen Witz.

»Wenn du mir verrätst, wie du heißt und wo du wohnst, könnte ich unter Umständen behilflich sein.« Seine weite Geste schloss die umherwuselnden Männer und ihre Leiterwagen mit ein. »Meine Logistik ist nämlich – sagen wir – ziemlich ausgeklügelt.«

»Niemals!«, zischte Toni. »Einer wie Sie wird sich nicht bei uns breitmachen …«

Er machte einen schnellen Schritt auf sie zu und umklammerte ihr Handgelenk so fest, dass es wehtat.

»Erste Kriegsregel, *Mademoiselle*: exakt unterscheiden,

wer Freund ist und wer Feind. Überlebenswichtig! Alles andere tritt dahinter zurück.«

Der Pirat ließ sie wieder los.

»Schade«, sagte er belegt. »Sehr schade! Ich mag dich nämlich. Aber ganz wie du willst ...«

Verdutzt sah sie ihm hinterher, wie er durch die Halle zurück zu den anderen Männern ging – wiegenden Schrittes, aufrecht, voller Selbstherrlichkeit. Was war nur los mit ihr? Jedes Mal brachte er sie vollkommen durcheinander. Eigentlich konnte sie doch Männer nicht leiden, die sich so aufführten wie er. Lorenz, der ihr im Heubner Verlag alles über Herstellung beigebracht hatte, bevor er an die Front musste, hatte auch ein wenig davon gehabt – was nach der ersten Verliebtheit zu heftigen Reibereien und schließlich zur endgültigen Trennung geführt hatte. Dass er vor Stalingrad gefallen war, tat ihr von Herzen leid. Doch selbst wenn er zurückgekommen wäre, hätte es für sie beide keine Zukunft gegeben.

Wozu brauchte sie einen Verlobten, der ihr in allem sagte, wo es lang ging? Vieles davon fand sie doch lieber selbst heraus.

Der Pirat war kein Jota besser als Lorenz, ganz im Gegenteil. Und dennoch rührte er etwas in Toni an, das sie nicht genau benennen konnte.

Nachdenklich fuhr sie mit ihrer Ausbeute zurück nach Hause, abermals darauf bedacht, starr geradeaus zu blicken, um die Zerstörung um sie herum nicht sehen zu müssen. Toni hielt nur an, wenn es unbedingt nötig war, aus Angst, jemand könne ihr die Ballen vom Gepäckträger zerren oder die Taschen mitsamt dem kostbaren Inhalt stehlen.

Mittlerweile war es Abend geworden. Die Sonne ging bereits unter, und in der Stadt herrschte eine seltsame Stimmung – beinahe, als würde ganz München den Atem anhalten.

Für den steilen Anstieg beim Friedensengel fehlte Toni nach der ganzen Aufregung die Kraft. So radelte sie weiter an der Isar entlang und nahm den sanfteren Weg über den Montgelasberg.

Rosas, Bibis und Vevs jubelnde Freude, als sie zu Hause ankam, war alle Anstrengungen wert. Toni breitete ihre Ausbeute auf dem Küchentisch aus, und die Familie berührte fast andächtig, was sie alles herbeigeschleppt hatte. Vor allem die Stoffe zauberten jenes Lächeln wieder zurück ins Gesicht ihrer Mutter, das sie so lange vermisst hatte.

»Da lässt sich einiges draus machen«, sagte Rosa bewegt. »Jetzt bräuchte man nur noch wieder eine Nähmaschine ...«

»Wir waren auch ganz schön erfolgreich. Auf der Praterinsel haben wir ein paar Pfund Zucker und einiges an Likören einheimsen können.« Selbst Anni hatte auf einmal rosige Wangen. »Damit können wir Kuchen backen, sobald es wieder Mehl gibt – und mit den Likörflaschen wunderbare Tauschgeschäfte machen.«

»Ihr habt euch an Volkseigentum bereichert?« Wie ein geprügelter Racheengel erschien Benno auf einmal in der Küche.

»An illegal zusammengerafftem Bonzenvorrat«, verbesserte Toni, während Rosa und Vev zustimmend nickten. »Die Goldfasane haben geprasst und geschlemmt, während wir alle darben mussten. Höchste Zeit, dass das ein Ende hatte!«

»Diebstahl bleibt Diebstahl«, donnerte er. »Ich werde ...«

»... deshalb nichts davon essen, lieber Sohn?« Annis Stimme klang plötzlich scharf. »Auch gut. Dann bleibt mehr für uns. Niemand hier wird dich dazu zwingen. Darauf kannst du dich verlassen!«

Wutentbrannt lief Benno hinaus und knallte die Tür hinter sich zu.

»Wenn er hungrig wird, knickt er schon wieder ein«, kommentierte Vev. »So wie alle Großmäuler. Wird vermutlich schneller so weit sein, als uns allen lieb ist. Denn Benno kann allein so viel verdrücken wie wir vier zusammen ...«

»Danke, dass du ihn erträgst«, sagte Anni leise.

»Nur deinetwegen. Und ich kann dir keinerlei Garantie geben, wie lange noch«, erwiderte Vev. »Sobald die Zeiten wieder halbwegs normal sind, muss Benno sich eine neue Bleibe suchen. Das verstehst du doch, Anni?«

Die nickte bedrückt.

»Im Kern ist er kein schlechter Junge«, sagte sie. »Das weiß ich.«

»Schon möglich«, erwiderte Vev. »Schade nur, dass man so wenig davon merkt ...«

*

Dieses Mal erwachte Toni in der ersten Dämmerung nicht vom Hunger. Ganz im Gegenteil, ihr drückte der Magen, weil sie sich bei der Salami nicht hatte zurückhalten können. Zu gut hatte ihr beim gestrigen Abendbrot die fette, gut gewürzte Wurst gemundet, von der sie sich eine reichliche Portion abgesäbelt hatte.

»Daran sieht man, wie verroht wir alle inzwischen sind!« Vev, die diese Köstlichkeit bereits bei diversen Italienaufenthalten genossen hatte, behauptete, man müsse sie so hauchdünn geschnitten essen, dass man die Zeitung dadurch lesen könne. Missbilligend beäugte sie Tonis stattliche Scheiben. »Keine Kultur mehr, kein bisschen Weltläufigkeit! Dieses zwangsweise verordnete Deutschtum hat uns geradewegs in die Barbarei geführt – und zwar in allen Bereichen!«

Ob sie sich einen Kamillentee kochen sollte, um sich wieder besser zu fühlen?

Ein wenig von dem getrockneten Kraut fand sich noch in der alten Blechbüchse, aber leider kein einziges Fitzelchen Brennholz mehr. Von Kohlen ganz zu schweigen. Folglich würde der Küchenherd kalt bleiben, bis sie irgendwie Nachschub herangeschafft hatten.

Bloß woher?

Missmutig starrte Toni auf die bunten Likörflaschen, die sie in der Kredenz verstaut hatten. Alkohol war seit gestern reichlich vorhanden, aber kein Material mehr zum Ofenanzünden.

Sie kauerte sich auf die Eckbank, bis plötzlich ein seltsamer Ton die Scheiben erzittern ließ.

Toni ging zum Fenster und schaute hinaus.

Es war wie die Invasion aus einer anderen Galaxie. Panzer um Panzer, dazwischen einzelne graue Militär-Lastwagen, schoben sich die Ismaninger Straße entlang, metallisch, gewaltig, eine beeindruckende Kolonne, die weder

Anfang noch Ende zu haben schien. Bis auf ihr Knattern und Brummen war kein anderer Laut zu hören. Sogar das Morgenlied der Vögel war verstummt. Die Straßenbahn, die die Schienen blockiert hatte, war beiseitegeschoben worden wie ausrangiertes Blechspielzeug.

Toni hatte die alliierten Truppen seit Langem herbeigesehnt, damit der zermürbende Krieg endlich endete, doch angesichts dieser Übermacht überfiel sie plötzlich ein Gefühl der Beklemmung. Selbst von hier oben aus fühlte sie sich schutzlos und klein. Wie würden die Soldaten reagieren, wenn sie einfach hinaus auf die Straße lief?

Auf sie schießen? Sie überrollen?

Wie würden sie überhaupt auf dieses Deutschland reagieren, das sie soeben eroberten?

Es war so viel Unrecht hier geschehen, so viel Schreckliches. Würden die Sieger nun sie alle dafür verantwortlich machen?

Und wenn ja – wie?

Eine ganze Weile schaute sie regungslos zu. Dann spürte sie eine Bewegung hinter sich und drehte sich um.

»Die Amis?« Die Stimme ihrer Mutter war nur ein Flüstern. Rosa schien ähnlich zu empfinden wie sie.

»Ja, Mama«, sagte Toni. »Die Amis. Jetzt sind sie da!«

FÜNF

Walserhof/Lager Föhrenwald, Mai 1945

Captain Walker war der Chef des fünfköpfigen US-Trupps, der nun auf dem Walserhof das Kommando übernahm. Bei dem großen, athletisch gebauten Mann handelte es sich um ebenjenen Blondschopf, den Griet auf dem Panzer um Hilfe angefleht hatte. Er sprach ein fließendes Deutsch mit stark amerikanischem Akzent, das sich ein wenig altmodisch anhörte, und verbreitete um sich herum eine Aura von Ordnung und Rechtschaffenheit. Ständig in seiner Nähe hielt sich der agile Corporal Jones, dessen dunkles Gesicht die Bauernkinder fasziniert anstarrten.

Innerhalb kürzester Zeit hatte sich der Captain bis zu Tante Han durchgefragt, die ihm als Lagerälteste eine Kurzfassung der letzten Ereignisse lieferte. Seine Kommentare und Rückfragen waren durchdacht und klangen präzise; bald schon war er rundum informiert und ließ Sturmführer Stirnweiß trotz Tante Hans positiver Beurteilung abführen.

»Auf ihn wartet zunächst das Militärgefängnis in Wolfratshausen«, erklärte Walker. »Niemand, der ein KZ geleitet hat, darf straffrei ausgehen. Deshalb wird später auch ein Prozess gegen Stirnweiß eröffnet. Wir kriegen sie alle, diese Naziverbrecher! Dann werden sie für ihre Taten vor Gericht zur Rechenschaft gezogen.«

Anschließend ließ er sich von Griet in die Scheune führen, in der Leni fiebernd lag.

Er beugte sich tief über die Kranke, und als er sich wieder aufrichtete, wirkte seine Miene äußerst besorgt. Inzwischen schien Lenis ganzer Körper hauptsächlich aus Flecken zu bestehen, einige hochrot, andere lila oder rosa gefärbt. Nur Gesicht, Hand- und Fußflächen waren ausgespart. Walker hatte Leni angesprochen, doch die war kaum noch in der Lage gewesen zu reagieren.

»Wie lange geht das schon so?«, fragte er, an Griet gewandt.

»Gute drei Tage«, erwiderte sie. »Ich hatte so sehr gehofft, dass das Fieber sinkt, aber nicht einmal ein paar geschenkte Aspirinpillen konnten helfen.«

»Sehen Sie, wie ihre Hände zittern?«

Griet nickte beklommen. »Ich hatte zunächst an Masern oder Windpocken gedacht ...«

»Was sich meiner Meinung nach anhand dieser Symptome eher ausschließen lässt. Aber ich bin kein Arzt, und genau solch einer sollte sie sich dringend ansehen. Wir müssen aufpassen, dass sich nicht noch weitere Personen infizieren. Haben Sie sich geschützt? Sie scheinen ihr sehr nahzustehen.«

Sein Blick ruhte auf ihr, so intensiv, dass Griet leicht unbehaglich zumute wurde. Was schaute er sie derart durchdringend an?

Als wollte er bis auf den Grund ihrer Seele dringen ...

Aber da gab es nichts, was ihn etwas anging, diesen

sauberen, gut genährten Soldaten aus dem fernen Amerika, der so selbstbewusst seine Siegeruniform trug und keinerlei Ahnung von dem hatte, was sie durchgemacht hatte!

Seine starke physische Präsenz wurde ihr plötzlich zu viel.

»Womit denn?«, erwiderte Griet heftig und wünschte, sie hätte in ihrer Muttersprache mit ihm reden können. »Alles, was ich hatte, war doch lediglich ich selbst. Ich habe Leni meine Decke gegeben, dafür gesorgt, dass sie trinkt und isst, und ihr immer wieder gut zugeredet, damit sie weiter durchhält. Irgendwann habe ich endlich die US-Panzer gehört. Da bin ich einfach losgelaufen ...«

Er nickte.

»Gut gemacht«, sagte er. »Wir hätten Sie ohnehin befreit, aber vermutlich erst später. Vielleicht zu spät für Ihre Freundin.«

Captain Walker rief nach dem Corporal und erteilte ihm auf Englisch ein paar halblaute Anweisungen.

Jones nickte und verschwand.

»Lassen Sie uns kurz Luft schöpfen«, sagte Walker, und Griet folgte ihm.

»Gibt es noch mehr Kranke?«, fragte er, als sie draußen standen.

»Ein paar der Frauen klagen über Beschwerden, aber ich glaube, das ist nichts Ernstes – Husten, Halsschmerzen, Blasen-, Magen- und Darmprobleme. Wir alle mussten mühsam hungern lernen. Jetzt gilt es, sich langsam wieder ans Essen zu gewöhnen.«

»Hier.« Er streckte ihr einen flachen Riegel entgegen.

»Vielleicht hilft das ja dabei. Nehmen Sie – bitte. Sie können ihn ja ganz in Ruhe genießen ...«

Hershey's Sweet Chocolate las Griet auf der Verpackung und hatte plötzlich Tränen in den Augen, weil sie an ihre verstorbene Großmutter denken musste, die Schokolade so sehr geliebt hatte.

»Danke«, murmelte sie. »Was geschieht jetzt weiter mit uns? Hier können wir ja auf Dauer nicht bleiben, sonst fressen wir den Bauersleuten noch die letzten Haare vom Kopf.«

Ein kurzes Lächeln. Dann wurde er wieder ernst.

»Wir bringen Sie an einen sicheren Ort«, erklärte Captain Walker. »Bis Sie nach Hause zurückkehren können.«

Er tippte an seine Mütze und ging weiter.

Während die köstliche Schokolade langsam in ihrem Mund schmolz, beobachtete Griet, an die Scheunenwand gelehnt, wie Walker sorgfältig das Gelände inspizierte. Auf seine Anordnung hin hatten Soldaten seiner Mannschaft einen alten Tisch aus dem Bauernhaus nach draußen getragen. An dem saßen nun zwei GIs und ließen jede Frau einzeln vortreten, um deren Personalien aufzunehmen, die sie auf einer immer längeren Liste festhielten. Wie oft hatten die Häftlingsfrauen in diversen Lagern zum Appell antreten und ihre verhassten Nummern herausbrüllen müssen, doch heute war es anders.

Sie waren frei, nicht länger zu einer Zahlenreihe herabgewürdigt, sondern wieder Menschen.

Niemand konnte ihnen mehr etwas antun.

Die Registrierung ergab ein paar Überraschungen, mit denen keiner gerechnet hatte. Unter den Holländerinnen befanden sich drei Jüdinnen, die mit perfekt gefälschten Papieren überlebt hatten: Betty, Lyntje und Jo hießen in Wahrheit Judith, Ruth und Esther und gaben nun erstmals ihre echten Vor- und Nachnamen zu Protokoll.

Griets Kehle wurde eng, als sie selbst an die Reihe kam. Plötzlich hatte sie das Gefühl, als würde der Boden unter ihr zu schwanken beginnen.

Würde sie etwa ohnmächtig werden?

Griet begann am ganzen Körper zu zittern, aber das würde vorübergehen. Wenn sie die Nerven behielt, konnte ihr keiner mehr etwas anhaben.

Sie klammerte sich an den Tisch und antwortete mit leiser Stimme: »Griet van Mook. Aus Haarlem. Ledig. Keine Kinder.«

Dann war der Moment der Schwäche wieder vorbei.

Doch ein flaues Gefühl in der Magengegend hielt sich trotzdem hartnäckig, auch noch, als Corporal Jones mit dem Militärarzt zurückkehrte. Captain Walker und der untersetzte Glatzkopf, eine Arzttasche in der rechten Hand, verschwanden gemeinsam in der Scheune.

Erst nach einer ganzen Weile kamen sie wieder heraus.

»Was hat sie?«, fragte Griet angstvoll. »Was hat er gesagt? Muss Leni sterben?«

»Fleckfieber«, erwiderte der Captain knapp. »In der Regel ausgelöst durch Läuse. Wir bringen sie zu einer Krankenstation. Dort wird sie gewaschen und mit entsprechenden Medikamenten versorgt. Denn bleibt es weiterhin unbehandelt, könnte noch Meningitis dazukommen, was sie vermutlich nicht überleben würde, so geschwächt wie sie ist. Wir haben nicht viel Zeit zu verlieren, sagt der Doc. Nicht, wenn sie ihr Kind behalten will.«

»Kann ich mich kurz von ihr verabschieden?«, fragte Griet.

Walker nickte, und sie lief zurück in die Scheune.

»Jetzt wird alles gut«, sagte Griet, als sie neben Leni kniete. »Sie kümmern sich um dich. Ihr werdet leben, alle beide!«

»Danke für alles«, flüsterte Leni kaum hörbar zurück. »Wenn es ein Mädchen wird, soll sie so heißen wie du ...«

Griet musste weinen, als zwei GIs Leni auf eine Bahre hievten und hinaustrugen.

Ob sie sie jemals wiedersehen würde?

*

Vier Tage später brachten mehrere Militärlastwagen die Frauen nach Föhrenwald, nur wenige Kilometer von Wolfratshausen entfernt. Inzwischen war es deutlich wärmer geworden, die Sonne schien, und der Frühling hatte sichtbar überall Einzug gehalten. Die Landschaft um sie herum war grün und wirkte so unberührt, dass sie fast wie eine Wildnis wirkte, was das laute Rauschen des Flusses noch weiter verstärkte.

Unter den Frauen herrschte zunächst eine heitere, fast schon übermütige Stimmung, die allerdings rasch erstarb, als sie dem Ziel näher kamen und sahen, was sie erwartete. Lager blieb Lager, auch wenn hier alles auf den ersten Blick nicht ganz so erbärmlich wirkte wie zuvor in den KZs Hertogenbosch, Ravensbrück und später dann Giesing. Vor ihnen waren an die fünftausend Zwangsarbeiter aus Osteuropa hier eingepfercht gewesen, wie sie von den GIs erfahren hatten. Sie hatten für das Sprengstoffwerk Dynamit AG arbeiten müssen, das offiziell als Schokoladenfabrik getarnt gewesen war.

Noch immer umgab ein hoher Maschendrahtzaun mit Wachtürmen das Lager. Drinnen standen abgewirtschaftete Steinreihenhäuser mit kleinen Fenstern, karg möbliert mit harten Holzgestellen als Stockbetten, jeweils einem Tisch und ein paar wackligen Schemeln; niemand hatte einen Raum für sich allein. Viele waren sie auch auf dem Walserhof gewesen – zu viele, um länger von der freundlichen Walserfamilie verpflegt zu werden. Dort jedoch hatte Griet die Enge nicht als so einschneidend empfunden. Der Abschied von dieser ersten Zuflucht in Freiheit fiel ihr schwer, zumal sich hier kaum etwas für sie zu verbessern schien. Die Unterkünfte waren derart verdreckt, dass sie erst einmal reichlich Wasser und Scheuersand einsetzen mussten, um es überhaupt aushalten zu können. Doch selbst danach blieben sie nur Notbehausungen, in deren Wänden die Angst und das Elend all derer gespeichert zu sein schienen, die vor ihnen hier gewesen waren.

Griet vermisste Leni, auch wenn sie natürlich erleichtert war, dass ihre Freundin inzwischen ärztlich versorgt wurde. Die bange Sorge um die Kranke war jedoch auch eine willkommene Ablenkung von ihren eigenen Nöten gewesen, die sich nach Lenis Abtransport nun wie Bleigewichte auf sie herabsenkten.

Wohin sollte sie sich wenden, sobald die Tore des Lagers sich hinter ihr schlossen?

Natürlich gab es das sicherlich durchaus ernst gemeinte Angebot Christls, bei ihnen unterzukommen. Doch bei allem guten Willen sah Griet sich nicht in diesem beschaulichen Wolfratshausener Häuschen. Die Birnleitners waren überzeugte Anhänger des Führers gewesen, wie Christl ihr anvertraut hatte. Wie also könnte sie künftig mit ihnen unter einem Dach leben, selbst wenn die Familie ihr gegenüber hilfsbereit gewesen war?

Doch was dann?

München lag nicht allzu weit entfernt, der Ort, an dem sie ein halbes Jahr eingesperrt gewesen waren. Aber allein zurück in diese »Hauptstadt der Bewegung«, von der aus die ganze Hitler-Euphorie ihre hässlichen Tentakel ausgestreckt hatte?

Alliierte Bomber hatten die Stadt zu großen Teilen in eine Trümmerwüste verwandelt, das hatten sie selbst miterleben müssen. Griet und ihre Leidensgenossinnen waren jenen Angriffen ungeschützt ausgesetzt gewesen; es war fast schon ein Wunder, dass sie sie überlebt hatten!

Was würde sie in München erwarten?

Fanatische Nazis, die noch immer auf alles herabsahen, was ihnen fremd erschien? Horden entlassener Sträflinge, vor denen keine Frau sicher war? Erneut Hunger und Not, was sie beides bereits zur Genüge durchlitten hatte?

Andere im Lager waren offenbar entschlossen, sich für das zu rächen, was sie hatten erleiden müssen. Hitlers Tod hatte sich schnell herumgesprochen und war allseits begeistert aufgenommen worden. Rund ein Drittel der staatenlosen einstigen Zwangsarbeiter lebten noch immer in Föhrenwald, etwas abseits von den Frauen. Im Schutz der

Nacht machten sie sich zum Plündern nach Wolfratshausen auf den Weg, brachen dort in Häuser und Geschäfte ein und stahlen, was ihnen in die Hände fiel. Die Männer aus dem Lager, die nichts mehr zu verlieren hatten, agierten listenreich und waren so schnell wieder weg, wie sie gekommen waren.

»Ein paar Brosamen sind die Deutschen uns schuldig.« Juri aus Kiew, dem man unter Folter alle Goldzähne aus dem Mund herausgebrochen hatte, zeigte sein breites, nahezu zahnloses Grinsen. Er schien eine Schwäche für Griet zu haben, so auffällig, wie er ihre Nähe suchte. Ihr jedoch war der ukrainische Riese mit den Schaufelhänden eher unheimlich. »Sie hassen uns, sehen verächtlich auf uns herab. Für sie sind wir eine Horde wilder Tiere.« Sein Tonfall wurde noch rauer. »Sollen sie uns ruhig noch mehr hassen! Wir brauchen Reserven, um über die Runden zu kommen. Bald quartieren sie im Lager nur noch Juden ohne Heimat ein. Dann werden wir alle davongejagt.«

Natürlich verfolgte die US-Militärpolizei diese Taten, doch sie kamen damit nicht sehr weit. Innerhalb kürzester Zeit war die gesamte Beute jedes Mal spurlos verschwunden, als hätte sie niemals existiert. Captain Walker, der anfangs die Ermittlungen leitete, bevor er sie an Captain Bischoff übergab, lief gegen eine Wand, weil keiner der Männer redete.

»Falls Sie irgendetwas hören sollten«, sagte er zu Griet, »lassen Sie es mich bitte wissen. Es darf keinen rechtsfreien Raum geben. Schon gar nicht jetzt, sonst sind dem Verbrechen erneut Tür und Tor geöffnet.«

Sie nickte, fest entschlossen, ihm kein Wort zu verraten.

Er hatte seine Unform, eine sichere Unterkunft, sein Gehalt, eine Heimat, in die er zurückkehren konnte, nachdem seine Stationierung in Deutschland beendet war. Juri und die anderen ehemaligen Zwangsarbeiter dagegen besaßen nichts – außer ihrem Hass auf dieses Land, das so brutal mit ihnen umgesprungen war.

Und diesen Hass spürte Griet auch in sich.

Ja, sie hatte überlebt, körperlich unverletzt bis auf ein paar Narben, und besaß noch all ihre Zähne, doch das war es auch schon.

Alles andere hatten die Moffen ihr gestohlen.

Wo waren ihre Hoffnungen und Träume? Wo war das Leben, das sie sich als Kind in den schönsten Farben ausgemalt hatte?

Ein schmucker Laden in einem der schmalen alten Häuser, darüber die Wohnung, in der sie glücklich zusammen mit ihrem Mann lebte, ihren Kindern ...

Goldschmiedin hatte sie werden wollen, weil sie Geschmack hatte und geschickte Hände besaß. Doch mitten im zweiten Ausbildungsjahr wurde ihr Lehrherr deportiert, der zarte, kleine, stets verbindliche Herr Cohn, der *alles* über Diamanten und Edelsteine wusste. Griet blieb nichts anderes übrig, als in den Untergrund zu gehen, wo sie für den Widerstand arbeitete, bis sie in die Fänge der SS geriet.

Nichts als Angst und Verzweiflung folgten, nichts als Schläge und Erniedrigungen. Das war nun zum Glück alles vorbei, doch welche Spuren hatte diese harte Zeit hinterlassen – äußerlich wie innerlich! Ihr einstmals sportlicher Körper war stark abgemagert, sie wurde von Albträumen gequält, war mutlos und schnell erschöpft. An vielen Morgen fühlte Griet sich so kraftlos, dass sie am liebsten gar nicht mehr aufgestanden wäre. Sie war gerade mal Anfang zwanzig und kam sich doch oft vor wie eine uralte Frau.

Ich. Bin. Griet. Van. Mook. Ich. Werde. Leben.

Doch heute wollte nicht einmal mehr ihr innerer Kampfspruch etwas helfen, der sie bislang über so viele Untiefen getragen hatte.

»Ihre Freundin liegt im Kloster St. Ottilien«, hörte sie plötzlich Walker neben sich sagen. »In der Benediktinerabtei wurde während des Krieges ein großes Reservelazarett eingerichtet, das nun vorübergehend von der U.S. Army übernommen wird.«

Eine schwangere ehemalige Zwangsprostituierte wurde ausgerechnet in einem Kloster gesund gepflegt?

Um ein Haar hätte Griet bitter aufgelacht.

»Geht es ihr denn schon besser?«, fragte sie, nachdem sie sich gerade noch beherrscht hatte.

Captain Walker sah sie eindringlich an.

»Hunderte ehemaliger KZ-Gefangener sind dort gestrandet, viele in entsetzlichem Zustand nach den Gewaltmärschen, mit denen man sie aus den Lagern getrieben hat. Einige stammen auch aus Waggons, die unweit des Klosters versehentlich einem Luftangriff zum Opfer fielen, weil man sie für einen Wehrmachtstransport gehalten hat. Die Räumlichkeiten sind beengt; aber man tut in St. Ottilien für sie alle, was man kann.«

Was nicht gerade beruhigend für Griet klang. Am liebsten hätte sie sich mit eigenen Augen davon überzeugt, wie es um Leni stand.

»Wo genau liegt dieses Kloster?«, fragte sie.

»Richtung Landsberg. Rund fünfzig Kilometer von hier.«

Fünfzig Kilometer! Ebenso gut hätte Leni auf dem Mond gelandet sein können.

Der Captain schien ihre Verzagtheit zu spüren.

»Sie dürfen die Hoffnung nicht aufgeben«, sagte er. »Ein wenig Mut kann ich Ihnen machen. Sie bekommt Antibiotika, das weiß ich vom Doc. Nun muss sich zeigen, ob diese auch anschlagen. Ihre kranke Freundin ist doch eine Kämpferin, und Sie sind das auch, oder etwa nicht?«

Griet nickte, unfähig zu antworten. Wenn er wüsste, wie rabenschwarz es gerade in ihr aussah!

»Freuen Sie sich denn gar nicht auf zu Hause?«, hörte sie ihn weiter fragen.

»Doch«, nuschelte sie und hatte es plötzlich sehr eilig, zurück zu ihrer Baracke zu kommen.

Kurz davor verlangsamte sie allerdings ihr Tempo.

Drinnen in der kargen Stube hockten Myra, Tante Han und Annie, die seit Tagen von nichts anderem mehr redeten als von der Rückkehr in die Heimat, wo ihre Liebsten auf sie warteten. Selbst die bislang Wortkargen hörten nicht mehr auf zu plappern, als ob auf einmal ein Damm gebrochen wäre. Der Captain hatte Papier und Stifte ausgeben lassen. Jetzt, endlich, durften sie ihren Angehörigen mitteilen, wo sie waren, und die Frauen schrieben um die Wette. Allerdings würde der Postverkehr nur langsam wieder anlaufen. Viele Bahnschienen waren durch Bombenschäden zerstört, und der Zugverkehr war im gesamten deutschen Reich nahezu zum Erliegen gekommen. Doch der Captain hatte sie informiert, dass Reparaturarbeiten im Gange seien. Sobald die Schienen geflickt waren, sollte ein Sonderzug sie zurück in die Niederlande bringen.

Die anderen so freudig erregt zu sehen machte Griet nur noch bedrückter. Auch sie hatte das Geschenk entgegengenommen, auch sie tat, als ob sie Briefe schriebe.

Doch das war reine Verstellung.

Alles, was sie zu Papier brachte, waren ihre eigenen düsteren Gedanken. Auf sie wartete keine Menschenseele – nirgendwo. Sie hatte alle Menschen, die sie einst geliebt hatte, verloren.

Niemals hatte sie sich einsamer gefühlt.

*

Nach dem spontanen Jubel, den die Verkündigung der deutschen Kapitulation ausgelöst hatte, trat in den folgenden Tagen fast so etwas wie Alltagsleben im Lager ein. Ein großes Kleidungskontingent aus Beständen des Roten Kreuzes war überraschend angeliefert worden, aus dem jede Frau sich etwas aussuchen durfte – Unterwäsche, Kleider, Röcke, Blusen, Hosen, Jacken und Mäntel. Die Sachen waren gebraucht, aber in durchwegs ordentlichem Zustand, und so verwandelte sich das einstige Lumpenheer allmählich zurück in zivilisierte Menschen. Für die körperliche Sauberkeit im Lager sorgte das Badehaus, das abwechselnd Frauen und Männern zur Verfügung stand. Niemand musste mehr hungern, denn die Essensrationen, die die Amis nach Föhrenwald lieferten, waren zwar nicht sonderlich abwechslungsreich, dafür aber ausreichend. Einige der Frauen sparten sich sogar etwas davon ab und begannen nun ihrerseits einen ersten Tauschhandel mit Leuten aus Wolfratshausen, die nur das wenige hatten, das sie auf ihre Lebensmittelkarten erhielten.

Griet hatte ein paar der Schokoriegel gehortet, die Walker ihr immer wieder zusteckte. Dazu kamen drei Päckchen Kaugummi, ein Glas löslicher Kaffee sowie ein paar kleine Büchsen Dosenmilch. Ausgerüstet mit diesen Schätzen, machte sie sich zu Fuß auf den Weg zu Christl.

Die staunte nicht schlecht, als Griet all das vor ihr auf dem Tisch ausbreitete.

»Ihr habt Myra und mir geholfen«, sagte Griet. »Jetzt bin ich an der Reihe.«

Seppis Augen glänzten, als er sich den ersten *chewing gum* in den Mund schob und verzückt zu kauen begann.

»Vielleicht müsst ma doch scho früher heiraten«, meinte er strahlend. »So a reiche Braut, das wär doch a Traum!«

Christls Mutter bedankte sich höflich für Kaffee und Dosenmilch; Vroni nahm zwei der Schokoladenriegel zwar an, lächelte aber kein einziges Mal.

»Manche sagen, der Führer sei gar nicht tot«, brach es plötzlich aus ihr heraus. »Was, wenn er nun zurückkehrt und all diese Amis wieder rausschmeißt? Wirst du dann auch wieder eingesperrt?«

»Hitler *ist* tot«, erwiderte Griet. »Darauf kannst du dich felsenfest verlassen. Könnte lediglich sein, dass er in manchen Köpfen weiterhin sein Unwesen treibt. Der Krieg ist aus, Vroni. Niemand sperrt mich mehr ein. Jetzt brechen neue Zeiten an.«

Vroni sah sie an, als ob sie etwas entgegnen wollte, ging dann aber nur kopfschüttelnd aus dem Zimmer.

»Du musst sie verstehen.« Christl klang bittend. »Beim BDM haben sie ihr absolute Gefolgschaftstreue eingetrichtert. Und mehr als das: Seitdem Vroni zum ersten Mal die Augen geöffnet hat, war überall nur noch von Hitler die Rede. Diese Kinder kennen nichts anderes.«

»Deine kleine Schwester wird sich umstellen müssen«, sagte Griet. »So wie wir alle.«

Christl rührte nachdenklich in ihrer Tasse.

»Weißt du denn schon, was du in diesen neuen Zeiten anfangen wirst, Griet?«

»Garantiert niemals wieder Zündköpfe zusammenschrauben ...«

»Ich auch nicht!« Das kam so sehr aus tiefstem Herzen, dass beide lachen mussten.

»Ich denke, ich werde mich bei der Post bewerben«, fuhr Christl fort. »Briefträger, das ist doch was Feines! Da kommt man jeden Tag unter die Leute, ist viel an der frischen Luft, und die meisten freuen sich, wenn man ihnen etwas bringt. Bei einigem Glück wird man sogar noch verbeamtet. Ja, das habe ich vor!«

»Darum beneide ich dich«, sagte Griet. »Genau zu wissen, was du willst! Nein, bei mir ist alles noch ziemlich unklar ...«

»Aber du gehst doch nach Hause zurück? Du wirst sicherlich riesiges Heimweh haben.«

Heimweh – und ob sie das hatte!

Das Meer fehlte ihr, der weite, helle Himmel, die singende Sprache ihrer Landsleute, die ganz anders klang als dieses harte Deutsch, das sich immer gleich wie ein gebellter Befehl anhörte. Aber leider sah es ganz so aus, als müsste sie noch sehr lange auf all das verzichten …

»München«, sagte Griet plötzlich zu ihrer eigenen Verblüffung. »Ich denke, ich werde zuerst dorthin gehen. Danach sehe ich weiter.«

»München«, wiederholte Christl. »Dein Ernst?«

Griet nickte.

Jetzt, wo sie es einmal laut ausgesprochen hatte, fühlte es sich plötzlich gar nicht mehr so schlimm an.

»Du traust dich was! Ich habe dort ja auch eine Zeit lang gewohnt, als ich bei der Agfa gearbeitet habe, aber mir war es, ehrlich gesagt, immer zu groß und zu laut. Bin halt doch ein rechtes Landei! So vieles ist dort jetzt kaputt gebombt … die ganze Innenstadt soll ja eine einzige Ruine sein.«

»Was garantiert nicht so bleiben wird, jetzt, wo wir Frieden haben.« Versuchte Griet gerade, sich selbst Mut zu machen?

»Da hast du recht«, erwiderte Christl. »Der frühere Oberbürgermeister Fiehler soll geflohen sein, das weiß ich von meiner Tante Gerdi, ebenso wie der Gauleiter Giesler, der im letzten Moment noch alle Brücken sprengen lassen wollte. Angeblich hat er seine Frau erschossen und anschließend an sich selbst Hand angelegt – stell dir das nur mal vor! Jetzt sitzt Karl Scharnagl im Münchner Rathaus, der auch schon vor dem Krieg in dieses Amt gewählt worden war, bevor die Nazis ihn vertrieben haben. Der wird garantiert dafür sorgen, dass gründlich aufgeräumt wird.«

»Gründlich aufräumen – das klingt gut«, sagte Griet.

»Vielleicht brauchen sie dabei ja noch zupackende Hände ...«

»Dann müsstest du aber ganz schön einflussreiche Fürsprecher finden.« Christls rundliches Gesicht wurde auf einmal ernst. »Kein Deutscher darf sich nämlich weiter als zwanzig Kilometer von dem Ort entfernen, an dem er gemeldet ist. Da sind die Amis ganz streng!«

»Mal sehen«, erwiderte Griet, in der eine Idee zu reifen begann. »Einfach abwarten ...«

*

Die Nacht, bevor die anderen Niederländerinnen die Heimreise antraten, war noch einmal besonders schlimm. Da die Ausbesserungen an den Gleisen noch nicht abgeschlossen waren, sollte ein Konvoi weißer Lastwagen sie zunächst in die Schweiz bringen; von dort aus würden sie mit dem Zug über Belgien weiterfahren. Tante Han schien zu spüren, wie unwohl Griet sich fühlte, und suchte das Gespräch mit ihr. Noch immer fühlte sie sich als einstige Lagerälteste verantwortlich für das Wohl aller Frauen, die sich ihre Belehrungen zumeist widerspruchslos gefallen ließen.

Griet jedoch war schon längst nicht mehr in der Stimmung für fromme Bibelsprüche.

»Wer mit Gott hadert, wird niemals inneren Frieden finden«, sagte Tante Han. »Du musst glauben, Mädchen, nicht zweifeln. Sonst bleibt dir die Erlösung verwehrt.«

»Und was, wenn ich das nicht kann?«

»Versuche es. Bleibe demütig, und bete darum. Öffne

dein Herz. Dann wird es dir irgendwann auch gelingen.« Die ältere Frau musterte Griet sorgenvoll. »Ich hab kein gutes Gefühl, dich schutzlos im Feindesland zurückzulassen. Denk noch einmal ganz gründlich nach. Es muss doch irgendjemanden in der Heimat geben, der dich aufnehmen kann.«

»Als ob ich das nicht bereits zur Genüge getan hätte! Da ist niemand – *niemand*, verstehst du?« Jetzt schrie Griet, obwohl sie sich fest vorgenommen hatte, das keinesfalls zu tun. »Außerdem habe ich hier noch etwas Wichtiges zu erledigen. Wie oft soll ich das noch wiederholen? Und jetzt lass mich bitte in Ruhe. Ich will endlich schlafen.«

Tante Han zog sich gekränkt und keineswegs überzeugt zurück.

Die Augen wollten Griet gerade zufallen, als sie plötzlich eine Bewegung am Bettrand spürte.

Mryra hatte sich zu ihr geschlichen.

»Ich weiß nicht, was dich quält«, sagte sie leise. »Und ich war nicht immer nett zu dir. Beides tut mir leid. Deshalb möchte ich dir das hier geben.« Sie drückte Griet einen kleinen Gegenstand in die Hand.

»Was ist das?«, fragte sie.

»Ein silbernes Amulett. Es stammt von meiner Großmutter, und wie durch ein Wunder habe ich es bis heute retten können. Es hat mich immer beschützt. Jetzt soll es dir Glück bringen.«

»Aber das kannst du doch nicht machen …«

»Doch, kann ich«, sagte Myra. »Mein Glück wartet bereits zu Hause auf mich: mein Mann und meine Zwillinge. Dein Glück, Griet, muss dich erst noch finden. Meine

Oma Leontien wäre mit dieser Entscheidung einverstanden, das weiß ich. Sie war eine wunderbare Frau, ebenso klug wie gütig.«

Vor Rührung brachte Griet kein Wort mehr heraus.

»Eines Tages wirst du kleine Fotos deiner Liebsten hineinlegen«, fuhr Myra fort. »Dann weißt du, dass du angekommen bist.«

Sie legte kurz ihre Hand auf Griets Arm, dann ging sie zu ihrem Bett zurück.

Griet jedoch fand keinen Schlaf mehr in dieser Nacht. Mit brennenden Augen starrte sie ins Dunkel, und noch bevor es hell wurde, stand sie auf und schlich sich aus der Stube.

Im Schatten des Badehauses fühlte sie sich sicher.

Tränenreiche Verabschiedungsszenen hätte sie jetzt nicht ertragen, ebenso wenig wie die immer gleichen Fragen. Ja, sie waren Schicksalsgenossinnen gewesen, hatten gegen denselben Feind gekämpft, doch diese Zeit war nun vorbei.

Auf die anderen wartete ihr gewohntes Leben – doch was wartete auf Griet?

»Willst du eine rauchen?« Juris raue Stimme riss sie aus ihren Grübeleien.

Sie nickte, steckte sich die Zigarette in den Mund und ließ sich von ihm Feuer geben. Als sie den Rauch inhalierte, erschütterte ein heftiger Hustenanfall ihr Zwerchfell, der ihr die Tränen in die Augen trieb.

Juri klopfte ihr auf den Rücken und grinste.

»Musst du noch lernen«, sagte er. »Aber das wirst du schnell. Ist gut gegen Hunger. Und gegen Einsamkeit.«

Er hatte recht. Die nächsten Züge fielen ihr schon leichter. So richtig schmeckte es Griet aber noch immer nicht.

»Du bist anders als die. Hab ich gleich erkannt.« Sein kantiges Kinn wies in Richtung der Baracken. »Sie fahren ab?«

»Ja«, sagte Griet. »Heute werden sie abgeholt und nach Hause gebracht.«

»Aber du wirst nicht zurück mit ihnen gehen?«

»Nein«, erwiderte Griet.

Sein Grinsen vertiefte sich. »Dann komm mit mir!«, forderte er sie auf.

»Ich? Du musst dich irren!«

»Ich irre nicht. Du machst die Männer verrückt, weißt du das nicht? Und mich ganz besonders ...«

»In diesem Zustand?« Griet musste lachen. »Ich bin doch nur noch eine hässliche Vogelscheuche, an der nichts mehr dran ist. Du machst Witze, Juri, sehr schlechte Witze!«

»Nein, kein schlechter Witz. Du bist nicht hässlich. Und keine Vogelscheuche. Du bist wild und schön. Wir reden über dich. Alle wollen dich, aber du sollst mich nehmen. Ich bin stark, ich kann auf dich aufpassen. Und ich weiß, wie man überlebt.«

»Das weiß ich auch.«

»Eben. Wir beide passen zusammen.« Er hob die Hand, als wollte er sie berühren, tat es dann aber nicht. »Sei meine Frau, Griet! Ich habe die Einsamkeit satt.«

»Danke für das Angebot, Juri.« Sie warf die Zigarette auf den Boden und trat sie mit dem Fuß aus. »Ich fühle mich geehrt, aber ich kann nicht.«

»Aber weshalb denn nicht? Wir sind keine Gefangenen mehr. Ich nicht und du auch nicht. Ist ganz einfach: Eine Frau und ein Mann, und alles ist gut.«

In seinen hellen Augen stand blankes Unverständnis.

»Du wirst eine andere finden, Juri«, sagte Griet. »Die Richtige. Ich bin es leider nicht.«

Sie spürte seinen Blick in ihrem Rücken, als sie langsam aufstand und den Weg bis zum Tor ging, das sich ohne Weiteres öffnen ließ.

Griet trat hinaus und atmete tief die frische Frühlingsluft ein. Im Osten hatte sich der Himmel bereits rötlich gefärbt. Bald würde die Sonne aufgehen. Nur für sie.

So jedenfalls fühlte es sich in diesem Augenblick an.

Juri hatte recht. Sie war keine Gefangene mehr. Sie musste es nur noch selbst begreifen.

SECHS

München, Mai 1945

»Jetzt steht auf einem großen Schild *Military Government* am Münchner Rathaus, was auf Deutsch Militärregierung heißt. Das haben wir mit eigenen Augen gesehen. Wir beide waren nämlich auf dem Marienplatz ganz vorn mit dabei!« Die Stimme der Hausmeisterin bebte vor Erregung.

»Ganz genau«, bekräftigte Zita, die gemeinsam mit ihrer Mutter in Tante Vevs Küche saß. »Am Anfang kamen die Amis gar nicht rein ins Rathaus – trotz ihrer Panzer und Jeeps, die schon überall herumstanden. Ich glaub, die waren kurz davor, richtig narrisch zu werden, da sind von der Seite her ein paar Mädchen mit kleinen Schlüsselblumensträußen gekommen, die sie ihnen überreicht haben. Danach ging die Tür von innen plötzlich auf – und ein amerikanischer Offizier ist sofort reingegangen.«

»Die weiße Flagge, die war ja bereits am Rathaus gehisst«, steuerte ihre Mutter bei. »Später ist dann ein Mann auf den Balkon hinausgetreten und hat in die Menge gerufen, dass er München den Amerikanern hiermit offiziell übergeben habe.«

»Da brach vielleicht ein Tumult los, das können Sie sich gar nicht vorstellen!« Zita riss die leicht vorstehenden Augen weit auf. »Die Leute haben gezischt, gebuht und gepfiffen. ›Hängts ihn auf!‹, haben einige sogar gebrüllt. Die dachten nämlich, das sei der verhasste Oberbürgermeister Fiehler, der so viele in der Stadt schikaniert hat. Dabei traf ihre Wut den Dr. Meister vom Ernährungsamt, der gar nichts dafür konnte. Fiehler war längst über alle Berge.«

Gebannt hing Tante Vev an ihren Lippen.

»Dafür lass ich glatt meine geliebte Agatha Christie stehen und liegen«, sagte sie. »Ist ja spannender als jeder Krimi. Wie sehr ich Sie beide darum beneide – Augenzeuginnen eines derart historischen Moments geworden zu sein! So etwas erlebt man nicht zweimal …« Sie sandte Benno, der zusammen mit Rosa und Anni dem Bericht der Maidingers gefolgt war, einen vernichtenden Blick zu. »So gern wäre ich da auch mit dabei gewesen! Aber der einzige Mann in unserem Haushalt war sich ja zu fein, um seine alte Großtante in die Innenstadt zu eskortieren – oder sollte ich besser sagen: zu feig?«

»Die Amis sind und bleiben unsere Feinde«, versuchte Benno sich zu verteidigen. »Die wollen uns töten. Ich musste dich davon abhalten. Aus Sorge. Damit dir nichts zustößt.«

»Leg endlich eine andere Platte auf, Bub.« Selten zuvor hatte Vev genervter geklungen. »Sind Frau Maidinger und ihre Tochter etwa tot oder verletzt? Na also! Mopsfidel stehen die beiden hier vor uns. Die Amis sind da – und sie werden bleiben. Gewöhn dich gefälligst daran!«

»Beim Rückweg durch den Hofgarten und anschließend entlang der unteren Prinzregentenstraße haben wir dann noch viel mehr Panzer gesehen. Manche waren mit

Blumen geschmückt«, erzählte Zita weiter. »Am Straßenrand standen die Menschen Spalier und haben den Amis zugewinkt. ›Ihr habt aber lange gebraucht‹, haben sie gerufen.«

»Aus den Fenstern hingen weiße Fahnen, und wenn man nicht aufgepasst hat, ist man immer wieder auf weggeworfene Parteiabzeichen getreten. Manche Frauen sind sogar auf die Panzer geklettert, direkt hinein zu den Soldaten ...«, ergänzte ihre Mutter.

»Schamlose Weiber, die die deutsche Ehre beschmutzt haben«, keifte Benno. »Einfach widerlich!«

»Sieger waren für Frauen schon immer faszinierend«, erklärte Vev ruhig. »Wer gewinnt, der hat das Sagen, so ist es nun einmal. Verlierer dagegen bekommen die Regeln diktiert. Daran wirst auch du nichts ändern können, Benno, du schon gar nicht.«

»Musst du ihn denn ständig demütigen?«, fragte Anni, nachdem Mutter und Tochter Maidinger sich verabschiedet hatten und Benno beleidigt in seine Kammer abgezogen war. »Schließlich hat der Krieg meinen Buben zum Krüppel gemacht. Das nagt an ihm. Wenn jetzt plötzlich gar nichts mehr etwas wert sein soll, für das er seine Knochen hingehalten hat ...« Sie verstummte.

»Plötzlich?«, wiederholte Vev. »Nein, plötzlich ganz gewiss nicht. Wir alle sind diesem Nazitamtam viel zu lange auf den Leim gegangen, Anni. Der Hunger, die Bomben, was mit denen passiert ist, die nicht Ja und Amen geschrien haben, und vieles mehr hätten uns schon längst wachrütteln sollen. Aber wir haben weiterhin tatenlos zugesehen, und so ist unser einst so blühendes Land unaufhaltsam weiter dem Abgrund entgegengeschlittert. Doch jetzt ist damit endgültig Schluss. Jetzt beginnt ein neues Kapitel, und das gilt auch für deinen Sohn.«

»Mit einem Arm?«, flüsterte Anni. »Benno ist doch ein Krüppel!«

»Immerhin hat er ja noch einen gesunden rechten Arm und zudem fast noch ein ganzes Leben vor sich. Von seinem Kopf mal ganz abgesehen. Mein Großneffe ist nicht dumm, das weiß ich, nur leider fürchterlich verbohrt. Es könnte durchaus noch etwas Anständiges aus ihm werden – vorausgesetzt, Benno wacht endlich auf und begreift.«

»Und wir?«, fragte Anni mutlos weiter, die alles andere als überzeugt klang. »Was soll jetzt aus uns werden?«

»Ich gehe zurück in den Verlag, sobald der wieder aufmachen darf«, erklärte Toni. »Mein Chef hat mir fest versprochen, dass er mich behält. Wäre es doch nur schon wieder so weit! Ich kann es kaum erwarten, endlich wieder Papier zu riechen. Für mich gibt es auf der Welt keinen schöneren Duft. In den nächsten Tagen fahre ich mal bei Herrn Dr. Heubner im Herzogpark vorbei. Vielleicht gibt es dann ja schon Neuigkeiten …«

»Jetzt, wo wir die Stoffe haben, könnte ich sofort zu nähen anfangen«, sagte Rosa. »Reparaturarbeiten und alle Sorten von Umarbeitungen wären sicherlich am meisten gefragt, weil die Leute ja noch lange alles flicken und wenden müssen. Hätte ich nur noch meine geliebte Singer und dazu ein wenig Garn! Damit ließe sich so einiges verdienen …« Lange hatte sie nicht mehr so munter geklungen.

»Ich könnte in der Nachbarschaft herumfragen, wenn du willst«, schlug Toni vor.

»Ach, Kind, das stellst du dir alles zu einfach vor! So eine Kostbarkeit gibt doch niemand heraus – in diesen Zeiten.« Rosa seufzte. »Außerdem möchte ich nicht, dass meine Tochter Klinken putzen geht. Wer weiß, was oder wer dir da begegnet.«

»Vielleicht steht so eine Singer oder Pfaff ja irgendwo nur herum, vollkommen ungenutzt, und deren Eigentümer brauchen etwas anderes viel nötiger.« Toni war kaum zu bremsen, so gut gefiel ihr die Idee. »Oder wir leihen sie aus, gegen eine monatliche Gebühr. Und irgendwann kaufen wir dann wieder eine eigene.«

»Und wovon sollen wir diese Gebühr bezahlen?«, fragte Anni.

»Von Mamas Näharbeiten! Sobald sie wieder eine Maschine hat, kann sie jede Menge Aufträge erledigen – und bekommt Geld dafür. Oder andere Dinge, die sich wiederum eintauschen lassen. Genauso funktioniert das doch in gewisser Weise schon seit den letzten Kriegsjahren.«

»Und ist illegal«, unkte Anni. »Schwarzmarkt nennt man das. Dabei erwischen lassen darf man sich nicht.«

»Aber es funktioniert!« Toni war nicht so schnell von ihrem Plan abzubringen. »Lasst es mich versuchen. Danach sehen wir weiter. Ich fange bei Mamas ehemaligen Stammkundinnen an. Vielleicht wissen die ja weiter.«

Zwei Tage später brach sie mit dem Rad in Richtung Max-Weber-Platz auf und legte aus Neugierde einen kleinen Schlenker über die Möhlstraße ein. Zita Maidinger, der sie im Treppenhaus begegnet war, hatte ihr erzählt, dass in der bislang stillen Straße plötzlich Hochbetrieb herrschte, und sie hatte wahrlich nicht übertrieben.

Wie viele Militärfahrzeuge dort parkten!

Alles war voller Lastwagen und Jeeps. Soldaten schleppten Möbel in Häuser hinein und trugen aus anderen die verschiedensten Gegenstände heraus – von der Stehlampe über Regale bis zum Bettgestell. Offenbar nahmen sie gerade die Villen der einstigen Goldfasane in Beschlag, beispielsweise das schöne Haus Nr. 12a, das Reichsführer SS Heinrich Himmler gehört hatte. Auch die Hausnummern 14 und 24 hatten bis vor Kurzem NS-Organisationen beherbergt und wurden gerade ausgeräumt. Früher hatten zahlreiche begüterte Juden in der Möhlstraße gewohnt, aber sie waren nach 1933 enteignet und vertrieben worden. Zwei der Häuser waren schließlich, wie Tante Vev berichtet hatte, die alles wusste, was in ihrem Viertel geschah, zu sogenannten »Judenhäusern« erklärt worden, wo Menschen auf engstem Raum zusammengepfercht worden waren, bevor man sie deportiert hatte.

Toni war erleichtert, als der Friedensengel in Sicht kam und sie auf andere Gedanken brachte. An der Seite ihres Vaters, der dieses Denkmal ganz besonders liebte, hatte sie oftmals von der Stadtseite her die steile Anhöhe zu Fuß erklommen. Er hatte ihr auch erklärt, dass es eigentlich gar kein Engel war, der so golden über der Stadt leuchtete, sondern die griechische Siegesgöttin Nike, geflügelt, in der rechten Hand einen Ölzweig, in der linken ein Standbild der Pallas Athene.

»Den Tapferen fliegt der Sieg zu«, hatte er gesagt. »Deshalb trägt sie auch die Flügel als Symbol. Doch wenn er nicht klug erhalten wird, kann jeder Sieg auch schnell wieder nichtig werden. Und Krieg, meine Große, ist immer schlecht. Er zerstört die Seelen der Menschen.«

Wie recht er damit gehabt hatte.

Keine zwanzig Jahre nach dem Großen Krieg, dessen letzte Schrecknisse er als achtzehnjähriger Soldat hatte erleben müssen, war der Drucker Ferdinand Brandl erneut eingezogen worden. Er, der sich geschworen hatte, niemals wieder eine Waffe in die Hand zu nehmen, musste zur Wehrmacht und sogar an der härtesten aller Fronten kämpfen. Nach schweren Gefechten, in denen die Deutschen schließlich unterlegen waren, hatten sie seit zwei endlosen Jahren nichts mehr von ihm gehört.

Rosa, in allergrößter Sorge, weinte viel, auch um ihren Ältesten, von dem es zumindest eine windige Postkarte gab, die bewies, dass Max zwar in Kriegsgefangenschaft, aber immerhin am Leben war. Toni weinte ebenso, wenngleich heimlich, weil sie ihre Mutter nicht noch trauriger machen wollte.

Offiziell galt Ferdinand Brandl als vermisst.

Oder war er irgendwo im Schnee erfroren, ohne dass eine Todesanzeige sie erreicht hatte?

In einem der russischen Lager interniert und zu schwach, um nach Hause zu schreiben?

Er konnte zum Hitzkopf werden, wenn ihm etwas gegen den Strich ging; vor allem Ungerechtigkeiten jeglicher Art waren für ihn schwer erträglich. Vielleicht hatte er aufbegehrt, saß in Haft und durfte womöglich niemals wieder zurück in sein geliebtes München.

Er fehlte Toni. Wie unendlich sie ihn vermisste!

Noch ganz in Gedanken bei ihm, hatte Toni den kleinen Platz vor dem Friedensengel erreicht und fand sich plötzlich vor einer Straßensperre wieder. Zwei Jeeps blockierten die Fahrbahn. Seitlich von ihnen lagen Dutzende Fahrräder auf dem Asphalt, an denen weiße Zettel befestigt waren.

»*Confiscated*«, herrschte ein baumlanger GI Griet an. »*Dismount and give the bicycle to me.*«

Doch nicht ihr Fahrrad! Ihr Transportmittel, ihr Vehikel in die Welt, ihr Ein und Alles ...

Toni wusste genau, was er von ihr wollte, tat aber, als hätte sie ihn nicht verstanden, und blieb stur auf dem Rad sitzen.

»*Are you deaf?*« Sein Tonfall war noch schärfer geworden. »*Get off the bike. Now!*«

Was hatte Tante Vev über die Sieger gesagt?

Sie bestimmen die Regeln. Die Verlierer müssen gehorchen, und Toni gehörte eindeutig zu Letzteren.

Es blieb ihr nichts anderes übrig als sich zu fügen. Wütend machte es sie trotzdem.

»*Why?*«, fragte sie gedehnt, während sie aufreizend langsam abstieg. Die Amis hatten Panzer und Autos zur Genüge. Wozu brauchten sie ihr klappriges Fahrrad?

»*Decision of the American military government*«, bellte er. »*Name? Adress? And hurry up, Froylain!*«

Zähneknirschend machte Toni die gewünschten Angaben und musste mit ansehen, wie ihr geliebtes Rad einen dieser weißen Zettel erhielt. Danach flog es achtlos auf den Stoß der bereits markierten Fahrräder.

»*He!*«, sagte sie. »*Attention!* Nicht ganz so grob. Das brauch ich noch!«

»*No bicycles, no bikes, no cars for Germans*«, schnarrte der GI wie auswendig gelernt. »*Only for the U.S. Army. Germans walk.*«

Sie wurde so wütend, dass ihre Beherrschung zu kippen drohte. Nicht nur ihr Vater konnte aus der Haut fahren, wenn ihm etwas gegen den Strich ging – sie konnte das auch.

»*You can confiscate whatever you want*«, fauchte sie zurück und musste plötzlich gar nicht mehr lange in ihrem Schulenglisch kramen, auch wenn der Unterricht schon eine ganze Weile zurücklag. »*But why you are destroying my bicycle? I need it, not only for me, but for the whole family. My sister is small and my great aunt is old and ...*«

Der Angesprochene öffnete den Mund, als wollte er etwas entgegnen, doch sein Kamerad kam ihm zuvor.

»*Leave her alone, Stanley*«, sagte er. »*She is obviously really desperate. And by the way, very pretty ...*«

Ungeniert musterte er sie von oben bis unten.

Very pretty. Sehr hübsch fand er sie also, trotz ihres Räuberzivils – dem abgetragenen Janker, dem karierten Rock, der seine besten Tage schon lange hinter sich hatte, und dem fusseligen Schal, den sie sich mehrfach um den Hals geschlungen hatte. Wahrscheinlich wollte er ihr lediglich schmeicheln. Weit allerdings würde er damit bei ihr nicht kommen. Sie war keines dieser hemmungslosen Weiber, die zu den Soldaten in die Panzer kletterten – sie nicht!

Bevor Toni mit etwas herausplatzte, das sie anschließend bereuen würde, drehte sie sich um und lief los. Nach diesem unerfreulichen Vorfall hatte ihr ursprünglicher Plan, ehemalige Stammkundinnen ihrer Mutter am Max-

Weber-Platz aufzusuchen, deutlich an Glanz verloren. In ihrer miesen Stimmung fühlte sie sich nicht in der Lage für verbindliche Konversation.

Also gleich wieder zurück nach Hause – ohne Rad und ohne irgendetwas erreicht zu haben?

Eine Vorstellung, die ihr erst recht nicht schmeckte.

Unschlüssig bog Toni nach links in die Ismaninger Straße ein. Von ihrem Vater wusste sie, dass die Straße vor der Jahrhundertwende noch ausgesprochen ländlich gewesen war, schmal und ungepflastert, flankiert von großen Bauernhöfen. Doch davon war schon lange nichts mehr zu sehen. Inzwischen war die Fahrbahn breit und asphaltiert. Auf beiden Seiten stand Wohnhaus an Wohnhaus, die meisten davon um einiges nobler als in der Maxvorstadt, ihrer alten Heimat. Dort, in der schmalen Adalbertstraße, hatte Toni viele der Nachbarn namentlich gekannt. Hier dagegen waren ihr nur wenige Gesichter vertraut.

Sollte sie wirklich einfach irgendwo klingeln und ihr Sprüchlein von der heiß ersehnten Nähmaschine aufsagen?

Auf einmal erschien ihr diese Idee doch reichlich naiv.

Oder war es nicht eher ein Anflug von Feigheit, der sie zaudern ließ?

Reiß dich zusammen, befahl sie sich selbst. Du schaffst das! Für das Familieneinkommen ist es von enormer Wichtigkeit, und Mama würde es zudem glücklich machen.

Tante Vev hatte ihr unauffällig Ludwigs silbernes Zigarettenetui zugesteckt, bevor sie die Wohnung verlassen hatte.

»Du weißt ja, wo das herkommt, gibt es noch mehr. Aber sei vorsichtig: bloß nicht die Nachbarn gierig machen. Sonst stürmen sie uns noch die Bude und plündern uns aus.«

Toni streckte sich, atmete noch einmal tief durch und drückte auf den ersten Klingelknopf.

*

Stunden später war sie keinen Millimeter weitergekommen. Manche der Nachbarn hatten erst gar nicht geöffnet, andere sie lediglich durch einen schmalen Türspalt hindurch unwillig angeblafft. Sie hatte einiges an Spott einstecken müssen – »Ja, a Nähmaschin, sonst no was? A Schloss vielleicht, nebst Dienerschaft?« und weitere verächtliche Kommentare und auch ein paar Beleidigungen. Ein offensichtlich stark betrunkener weißhaariger Mann hatte versucht, sie in seine Wohnung zu zerren, eine Frau sogar vor ihr ausgespuckt.

Welch deprimierendes Ergebnis.

Auf diese Weise war offenbar derzeit an keine Nähmaschine zu kommen. Sie musste ganz in Ruhe über eine neue Strategie nachdenken.

Inzwischen war Toni erschöpft und hungrig; das Schlimmste jedoch war, dass sie sich als Versagerin fühlte. Aber einen allerletzten Versuch würde sie noch wagen, bevor sie für heute endgültig die Segel strich.

Neben der Gaststätte Bogenhauser Hof, an der einst die erste Pferdebahnlinie geendet hatte, wie sie von ihrem Vater wusste, befand sich nicht nur ein Wirtsgarten, sondern, leicht zurückgelagert, auch eine Schlosserei mit darüberliegenden Wohnungen. Vielleicht konnte sie dort ja fündig werden.

Die Gaststätte war bereits seit Monaten geschlossen, ebenso die Schlosserei, doch ein paar Leinen im Garten, an denen Wäschestücke flatterten, stimmten Toni zuversichtlich. Sie betrat das Hinterhaus und stieg hinauf in den ersten Stock. Alles wirkte vernachlässigt; hier fehlte definitiv eine Frau Maidinger, die jede Woche das Treppenhaus wienerte und selbst in Kriegszeiten alles in Schuss gehalten hatte.

Toni hatte kaum die Klingel betätigt, als die Tür auch schon aufging. Eine blonde Frau, nicht mehr ganz jung, stand vor ihr, in einem zu engen Negligé aus roter Kunstseide, das sie notdürftig über dem Busen zusammenraffte. Darunter blitzte bloße Haut hervor – und das am späten Nachmittag! Ihr Gesicht war gut geschnitten, aber leicht schwammig, mit schweren Lidern und dunklen Schatten unter den Augen. Die vollen Lippen wirkten wie zerbissen. Solche Frauen gab es sonst nur in gewissen Etablissements rund um den Bahnhof. Und selbst die waren von den Bomben nicht verschont geblieben.

Eine Bardame? Oder doch eine ...

»Ja?«, raunzte sie Toni an. »Was gibt's?«

»Verzeihen Sie bitte die Störung. Ich wollte nur fragen, ob Sie nicht zufällig eine Nähmaschine übrig hätten«, sagte Toni. »Wenn ja, würden wir sie Ihnen gern abkaufen. Oder auch mieten. Ganz, wie Sie wollen.«

»Wer ist da?«, hörte sie von hinten eine Männerstimme rufen, die ihr seltsam bekannt vorkam. »Der Pole?«

»Nein, nicht der Pole. Adam kommt doch erst heut Abend. Ein junges Ding, das nach einer Nähmaschine fragt. Haben wir Nähmaschinen zu verkaufen, Louis?« Sie sprach den Namen gestelzt französisch aus.

»Kommt ganz darauf an.«

Die Männerstimme klang plötzlich viel lauter, und als die Tür weiter aufging, sah sich Toni dem frechen Kerl gegenüber, der nun schon zum dritten Mal ihren Weg kreuzte. Er war barfuß, trug seine schäbigen Hosen und ein Unterhemd, das vor Urzeiten einmal weiß gewesen sein mochte. So mager er war, so muskulös wirkte sein Bizeps.

Ein Boxer? Oder Ringer?

Irgendetwas Sportliches musste er treiben, so, wie er aussah.

Louis. Jetzt wusste sie zumindest, wie der Pirat hieß.

»Sieh einer an – *la petite mégère* höchstpersönlich«, sagte er mit seinem unverschämtesten Grinsen.

Toni stand auf einmal da wie festgefroren.

»Du kennst sie?«, fragte die Blonde. Ihr kurzes Lachen klang nicht gerade fröhlich. »Was für eine Frage – natürlich kennst du sie! Zeig mir eine Frau im Umkreis von zwei Kilometern, die du nicht kennst. Ich geh wieder zurück ins Bett, Louis. Wäre fein, wenn du auch bald nachkommst.«

Damit waren die Besitzverhältnisse klargestellt.

Also nicht nur die Bäckerin, sondern auch dieses verlebte Weib – und wer weiß, wie viele andere noch …

Louis spitzte die Lippen, dann grinste er Toni erneut an.

»Aber natürlich: Wer Stoffe gehamstert hat, möchte sie natürlich auch nähen«, sagte er.

»Ich will nicht länger stören ...«, brachte sie mühsam hervor.

»Warum denn gleich so eilig? Lass mich mal kurz überlegen: Nähmaschine? Momentan leider nein ...«

Toni war schon wieder an der Treppe.

»Aber ich könnte durchaus gewisse Erkundigungen einziehen«, hörte sie ihn sagen und drehte sich wieder um.

Als er ihr auffordernd zunickte, kehrte sie langsam zur Wohnungstür zurück.

Machte er sich lustig über sie?

Eigentlich hatte er ganz ernsthaft geklungen. Und sein Lächeln wirkte jetzt eher freundlich als frech.

»Sie ist für meine Mutter«, sagte Toni nach kurzer Überlegung. »Eine fantastische Schneiderin. Aber sie kann nur arbeiten, wenn sie ...«

»... eine Nähmaschine hat, ich verstehe. Ich werde mich umsehen, *d'accord*? Aber du musst Geduld haben. Zurzeit laufen alle Geschäfte ... sagen wir: ein wenig schleppend.«

Die Tür ging noch eine Spur weiter auf.

Jetzt sah sie, dass überall im Flur Kartonagen standen, hoch übereinander gestapelt, so dicht an dicht, dass nur noch ein schmaler Trampelpfad übrig war.

Ein riesiges Lager!

Hatte dieser Louis alles, was er im Zollamt erbeutet hatte, etwa hierher schaffen lassen? Und wenn ja, warum gestattete er ihr dann diesen Anblick?

Um sie zu beeindrucken?

Egal, es ging gerade einzig und allein um eine Nähmaschine für ihre Mutter, nichts anderes zählte.

»Geduld haben wir«, versicherte Toni. »Und bezahlen kann ich auch.«

»Ach, Geld …« Louis ließ die Arme in einer großen resignierten Geste sinken. »Wer schert sich heutzutage noch groß um diese wertlosen Lappen?«

Das Stichwort für Toni. Jetzt zog sie das Zigarettenetui aus der Jackentasche und reichte es ihm.

»Echtes Silber«, sagte sie, während er es prüfend in seiner Hand wog, auf- und wieder zuklappte. »Und ordentlich schwer ist es auch. Hat früher meinem Großonkel gehört. Selbstredend gepunzt.«

Erst neulich hatte Tante Vev sie mit weiteren Fachausdrücken aus der Schmuckbranche versorgt. Jetzt konnte Toni ihre frisch erworbenen Kenntnisse gleich anbringen.

»*La fille avec les belles choses*«, sagte er anerkennend und gab es Toni wieder zurück. »Hübsch, wirklich sehr hübsch. So etwas findet seine Liebhaber. Aber über Preise verhandle ich erst, sobald die Ware vorliegt.«

Das klang beinahe seriös, wäre da nicht dieses Funkeln in seinen Augen gewesen. Verlass dich nicht auf ihn, dachte Toni. Pass bloß auf – hüte dich vor diesem Louis!

Er sah sie so durchdringend an, dass ihr auf einmal ganz heiß wurde.

»Deinen Namen willst du mir sicherlich immer noch nicht verraten, richtig?«, fuhr er fort.

»Doch«, sagte sie, weil sie es plötzlich lächerlich fand, ihn weiterhin zu verschweigen. »Ich bin die Toni.«

»Dann komm in einer Woche wieder, Toni«, sagte er. »Nein, besser erst in zehn Tagen. Bis dahin kann ich dir vermutlich mehr sagen.«

*

Wie endlos zehn Tage sein konnten – und was in dieser Zeit nicht alles passiert war! München befand sich in einem seltsamen Zustand: Weder gab es lokalen Rundfunk noch eine Zeitung. Trotzdem funktionierten die Mund-zu-Mund-Nachrichten – und sie überschlugen sich geradezu.

Dass Hitler tot war, und zwar schon seit dem 30. April, hatte sich rasend schnell herumgesprochen. Allerdings war er nicht im heldenhaften Kampf um die Hauptstadt gefallen, wie offiziell anfangs noch lügenhaft behauptet worden war, sondern er hatte sich selbst vergiftet, zusammen mit der kurz zuvor geehelichten Eva Braun. Ebenfalls tot war die komplette Familie Goebbels, alle sechs Kinder von der Mutter vergiftet.

Umgehend nach dem Einmarsch hatte die Besatzungsmacht den Anwalt und Verleger Franz Stadelmayer, der 1934 von den Nazis als Würzburger OB aus dem Amt gejagt worden war, zum Münchner Oberbürgermeister gekürt. Oberst Ritter von Seisser wurde vom Stadtkommandanten Major Keller zum Polizeipräsidenten von München ernannt.

Doch schon kurz darauf hieß der neue OB in München plötzlich Karl Scharnagl. Von den Amerikanern ebenso aus dem KZ Dachau befreit, wie die restlichen seiner Mithäftlinge, die dort noch zurückgeblieben waren, zog er, der von 1925-1933 bereits an der Spitze der Stadt gewesen war, erneut ins Münchner Rathaus ein.

Wehrmachtssoldaten dagegen wurden in einem langen

Marsch durch die Innenstadt getrieben, um nun als US-Kriegsgefangene in den Lagern ehemaliger Zwangsarbeiter interniert zu werden.

Hauptmann Gerngross, der Anführer der Freiheitsaktion Bayern, hatte den Nazi-Schergen im letzten Moment entkommen können. Major Caracciola jedoch, mit ihm an der Spitze der Aufständischen, war in einem Standgerichtsurteil vom Volkssturm erschossen wurden, ebenso wie sechs weitere Männer, zumeist Zivilisten.

Ministerpräsident und Gauleiter Giesler tötete auf der Flucht erst seine Frau und beging anschließend Selbstmord.

Am 8. Mai trat die offizielle Kapitulation, auf der Stalin bestanden hatte, in Kraft. Es war das Ende der militärischen Feindseligkeiten zwischen dem nationalsozialistischen Deutschen Reich und den Alliierten.

Der Krieg war vorbei.

Bis auf ein paar Rest-Scharmützel einzelner deutscher Verbände gegen sowjetische Truppen schwiegen in Europa nach fast sechs Jahren erstmals die Waffen.

Tante Vev hatte Freudentränen in den Augen, als die BBC diese Nachricht brachte; auch Rosa und Anni weinten, wenngleich aus unterschiedlichen Gründen: Erstere, weil Max nicht bei ihnen sein konnte und sie befürchtete, ihren Ferdl niemals wiederzusehen, Letztere aus Sorge um Benno.

»Darauf stoßen wir an.« Vev ließ Toni den letzten Portwein aus dem Keller holen, der noch aus Vorkriegsbeständen stammte, und goss damit fünf Kristallgläser großzügig voll. Zur Feier des Tages hatte sie sogar die Pfauenbrosche angelegt. »Auf uns – und auf die neue Zeit!«, so lautete ihr Trinkspruch.

Alle tranken, auch Benno, der in den letzten beiden Tagen deutlich ruhiger geworden war. Sollte er sich etwa doch allmählich mit den neuen Gegebenheiten arrangieren?

Er war viel unterwegs, um »alles im Blick zu haben«, wie er sich ausdrückte, und zog sich nach den spärlichen Abendessen stets rasch in seine Kammer zurück.

Toni hatte ihren Chef und Verleger in seiner Villa in der Flemingstraße besucht. Seine Frau servierte dünnen Brombeertee, und Carl Heubner schien erfreut, Toni begrüßen zu dürfen. Eingehend erkundigte er sich nach dem Befinden ihrer Familie, sah sich aber leider noch immer außerstande, ihr etwas Konkretes zur Wiedereröffnung des Verlags zu sagen.

»Punkt eins wäre die Genehmigung der Militärregierung«, sagte er. »Ich war niemals Parteimitglied, bin also bester Hoffnung, dass diese nicht allzu lange auf sich warten lässt. Was allerdings noch nicht heißt, dass wir auch publizieren dürfen. Alles, was veröffentlicht werden soll, muss zunächst die alliierte Zensur durchlaufen. Zudem sind Papier und Druckfarben strengstens rationiert – und das wohl noch eine ganze Weile. Einiges an Langmut werden wir also noch aufbringen müssen, ich und ebenso Sie, liebes Fräulein Brandl. Und damit sind wir nicht allein. Unsere geschätzten Autoren scharren ebenfalls bereits ungeduldig mit den Füßen – und müssen leider warten.«

Langmut. Geduld – wie sehr Toni diese Worte inzwischen satthatte! Die Ausgangssperre der Besatzer von

21 Uhr abends bis 6 Uhr morgens verdammte sie ohnehin zum Stubenhocken, ausgerechnet an diesen langen Maiabenden, die sie seit jeher immer ganz besonders geliebt hatte.

Es wurde leichter, als die Fahrräder Mitte Mai an ihre Besitzer zurückgegeben wurden. Autofahren war nach wie vor bis auf wenige Ausnahmen den Amis vorbehalten, auf dem Fahrrad jedoch durften sich die Münchner wieder ohne Sondergenehmigung bewegen. Tonis Rad kam zwar noch verbeulter als zuvor von der Fläche des Militärlastwagens, aber zum Glück waren die Reifen unversehrt, und sogar die große, überlaute Klingel, mit der man Fußgänger so wunderbar erschrecken konnte, war noch dran. In der allererrsten Wiedersehensfreude ließ sie sich, umgeben vom frischen Maigrün der Isarauen, den Friedensengel bergabrollen, was sie anschließend bitter bereute, da sie nun auf dem Rückweg schweißtreibend den Berg wieder hinaufstrampeln musste.

Noch immer ziemlich außer Atem, erreichte sie die Ismaninger Straße. Sollte sie wirklich noch einmal bei Louis und seiner »Vermieterin« vorbeischauen?

Zweimal schon hatte er sie vergeblich antanzen lassen. Beim ersten Mal war er persönlich nicht einmal anwesend gewesen und beim nächsten Versuch so arrogant und unpersönlich, dass Toni sich wie eine lästige Bittstellerin vorgekommen war. Vermutlich hatte die verlebte Blonde gegen Toni gehetzt. Jedenfalls war sie nicht einen Moment von Louis' Seite gewichen, den Blick voller Argwohn auf Toni gerichtet.

Vergiss es, sagte die sich nun und radelte entschlossen

am Bogenhauser Hof vorbei. Vergiss ihn! Außer schönen Augen, die er offensichtlich jeder Frau macht, ist von diesem windigen Kerl doch nichts zu erwarten!

Sie schloss die Haustür auf und hievte das Fahrrad über die kleine Treppe in den Hinterhof, um es vor Diebstahl zu schützen. Da kam ihr Zita Maidinger entgegen.

»Sie haben Besuch, Fräulein Brandl«, trompetete sie aufgeregt. »Zwei Herrn – und so a schöne Nähmaschine. Direkt zum Beneiden …«

Zwei Stufen auf einmal nehmend, spurtete Toni nach oben in die Wohnung.

»Da bist du ja, Kind!« Freudig nahm ihre Mutter sie nach dem Läuten gleich im Flur in Empfang. »Ich war ganz allein zu Haus, Tante Vev auf einem Spaziergang, Anni beim Einkaufen, und bei Benno weiß man ja ohnehin nie, wo er steckt, als es plötzlich geklingelt hat. So eine Überraschung! Ich hatte ja nicht die geringste Ahnung …«

Ich auch nicht, wollte Toni sagen, blieb aber stumm, denn mitten in der Küche prangte eine schwarze Singer.

»Standmodell mit Eisenfuß«, sagte Louis, der am Tisch saß und eine Tasse in der Hand hielt. »Mit doppelt umlaufendem Greifer und Nählicht. Sonderausfertigung. Äußerst stabil, geradezu unkaputtbar.« Er hörte sich an wie ein versierter Nähmaschinenvertreter.

Toni begann zu schnuppern. Dieser umwerfende Geruch – es duftete doch nicht etwa nach …

»Kaffee«, erklärte Louis. »Ich war so frei, zur Feier des Tages eine kleine Ration echten Bohnenkaffee mitzubringen. Ganz frisch gemahlen schmeckt er immer am besten.«

»Die Herren standen ganz plötzlich vor der Tür.« Rosas Dutt hatte sich halb gelöst. Mit ihren rosigen Wangen und den herabhängenden Löckchen sah sie aus wie ein junges Mädchen. »Herr ...«

»Louis. Und das ist mein polnischer Freund Adam, ebenso zuverlässig wie stark.« Der kräftige zweite Mann, der neben ihm am Küchentisch saß, lächelte und nickte. »Jetzt müssen Sie uns nur noch verraten, wohin das gute Stück in der Wohnung soll. Denn für Sie und Ihre Tochter ist es natürlich viel zu schwer.«

»Kommen Sie, Herr Louis, das zeige ich Ihnen gern.«

Rosa dirigierte die beiden mit der Nähmaschine den Gang entlang. Toni, die ihnen gefolgt war, konnte sich nur wundern. Ihre Mama, sonst immer höchst schamhaft, ließ einfach so zwei wildfremde Männer in ihr Zimmer!

»Dorthin«, kommandierte Rosa. »Ja, ganz genau. Direkt unters Fenster. Dort habe ich das beste Licht.« Sie vollführte eine übermütige kleine Drehung. »Jetzt kann ich endlich wieder Geld verdienen. Die größte Freude seit Langem. Nähen bedeutet mir so viel. Ich könnte tanzen vor Glück, wissen Sie das?«

»Mit dem größten Vergnügen, *Madame!*«

Louis verneigte sich leicht vor ihr. Dann zog er Rosa eng zu sich heran und vollführte mit ihr ein paar geschmeidige Tanzschritte, bevor er sie wieder losließ.

»Sie tanzen aber gut«, sagte Rosa versonnen. »Fast so gut wie früher mein Ferdl ...«

»Lernt man beim Circus«, erklärte Louis. »Das und noch so einiges mehr.«

»Aber die Bezahlung!« Allmählich schien Rosa wieder

in die Realität zurückzufinden. »Lieber Herr Louis, darüber haben wir ja noch gar nicht gesprochen ...«

»Aber wir, Mama«, sagte Toni. »Der Herr Louis und ich werden uns schon einig werden.«

»Eines noch«, sagte Louis. »Nähen ohne Garn ist ziemlich schwierig, Frau Brandl, oder?«

Rosa nickte. »Wie recht Sie haben! Das hatte ich vor lauter Freude vollkommen vergessen.«

»Dann ziehen Sie doch bitte mal die kleine Schublade unter dem Nähmaschinentisch auf.«

Rosa folgte seiner Aufforderung.

»Nähseide in Schwarz, Weiß, Braun, Rot, Blau und Grün«, sagte sie verzückt. »Alles da, was man so braucht. Sie sind ein echter Zauberer, Herr Louis!«

Adam war schon vorausgegangen. Jetzt standen nur noch Louis und Toni im Treppenhaus.

»Hier«, sagte sie und reichte ihm das Zigarettenetui. »Und danke. Ich mag zwar keine Überraschungen, aber ich habe meine Mama lange nicht mehr so glücklich erlebt.«

»War mir eine Freude.« Er steckte das Etui in seine Hosentasche. »Ich fürchte allerdings, das wird nicht ganz reichen.«

Tonis Hochstimmung verflog abrupt.

Er versuchte sie über den Tisch zu ziehen. Hätte sie nicht von vornherein damit rechnen müssen?

»Ich hab aber nicht mehr«, sagte sie trotzig. »Und meiner Mutter die Nähmaschine jetzt wieder wegzunehmen wäre doch ...«

Er zog sie zu sich heran, wie zuvor Rosa.

»Manche Dinge lassen sich nicht mit Geld begleichen«, sagte er leise. »Nicht einmal mit massivem Silber.«

Aus der Nähe hatten seine Augen einen scharfen grünen Rand um die Pupille, der sie noch blauer wirken ließ.

»Womit dann?«, flüsterte Toni.

»Du weißt es.« Seine Lippen senkten sich auf ihren Mund, berührten ihn ganz zart. Und dann war diese Andeutung eines Kusses auch schon wieder vorbei.

Toni verspürte eine seltsame Enttäuschung darüber, was sie ärgerte.

Spielte er nur mit ihr? Dann sollte er sich auf der Stelle zu seinen abgehalfterten Weibern scheren!

»Ich will, dass du brennst«, sagte Louis. »Ich weiß, das kannst du. Lass mich wissen, wenn es so weit ist. Dann sehen wir weiter.«

Er strich ihr über die Wange, freundlich, wie einem Kind oder einem Haustier, dann tänzelte er leichtfüßig die Stufen hinunter.

Wer war dieser Kerl? Woher wusste er, wo sie wohnte? Und was stellte er mit ihr an?

Die halbe Nacht konnte Toni nicht einschlafen.

Und als sie am nächsten Morgen zerschlagen erwachte, wusste sie es noch immer nicht.

SIEBEN

Lager Föhrenwald/Kloster St. Ottilien, Sommer 1945

Seit Griet in der Lagerküche zu arbeiten begonnen hatte, flogen die Tage nur so vorbei. Es machte ihr nichts aus, sehr früh aufzustehen und dann zügig mit den Essensvorbereitungen zu beginnen, die von Woche zu Woche umfangreicher wurden, denn das Lager füllte sich mit immer mehr Menschen. DPs, *displaced persons*, wurden sie genannt – Menschen, die aus den KZs befreit worden waren und nicht mehr in ihre Heimat zurückkonnten: Intellektuelle, politisch Engagierte aus Osteuropa, die sowohl Stalin als auch Hitler abgelehnt hatten. Auch viele Juden waren darunter. Man hörte im Lager immer mehr Jiddisch, und Griet war froh, dass sie in ihrer Lehrzeit bei Herrn Cohn wenigstens ein paar Brocken davon aufgeschnappt hatte.

»Jetzt wollen sie uns bald endgültig loswerden«, flüsterte Juri ihr zu, der sich von Tag zu Tag unbehaglicher zu fühlen schien, ständig unterwegs war und das Lager offenbar nur noch gelegentlich als Schlafplatz nutzte. »Willst du nicht doch einmal nachdenken? Ich kann dich ernähren. Meine Geschäfte laufen gut …«

Griet lächelte unverbindlich und sah zu, dass sie schnell wieder wegkam.

Die Juden unter den Neuankömmlingen hatten unter der Gewaltherrschaft der Nazis jahrelang ums bloße Überleben gekämpft. Nun, endlich in Freiheit, sollten sie sich wieder auf ihre Gebote und Traditionen besinnen können. Dazu gehörte, unterstützt von zwei Feldrabbinern der U.S. Army, die die geistliche Betreuung übernommen hatten, auch eine koschere Küche und die strikte Trennung von Fleisch und Milch, wie die jüdischen Speisegesetze es verlangten.

Captain Walker regte an, dass dafür ein doppelter Satz Töpfe und Geschirr angeschafft werden sollte, und die Küchenausrüstung wurde aufgestockt. Nicht an allen Tagen, aber doch ab und zu wurden nun die Speisen auf traditionelle Weise zubereitet. Darija und Jana, zwei Cousinen aus Riga, die schon in ihrer Heimat als Köchinnen gearbeitet hatten, übernahmen die Leitung; Griet, der diese Speisegesetze weitgehend unbekannt waren, ließ sich bereitwillig von ihnen anlernen, zusammen mit einer Helfertruppe zehn weiterer Frauen und Mädchen. Obwohl sie aus verschiedensten Ländern stammten und in der Küche zuweilen geradezu babylonische Sprachverwirrung herrschte, war die Stimmung gut. Sie alle hatten bitteren Hunger kennengelernt und genossen es, endlich wieder satt zu werden.

Welche Freude es bereitete, Lebensmittel wie Mehl, Fett, Eier, Getreide und Gemüse verarbeiten zu können! Auf koscheres Fleisch wurde verzichtet, weil nirgendwo in der Umgebung geschächtet, also entsprechend den jüdischen Speisegesetzen koscher geschlachtet wurde. Immer wieder mussten die neu aufgenommenen Bewohner des

Lagers zur Mäßigung angehalten werden, weil es oft zu Reibereien kam, wenn sich alle gleichzeitig auf das Essen stürzten. Auch Monate nach Kriegsende vertrauten sie nicht darauf, dass auch wirklich genug für alle da war. Griet lernte, probierte und notierte sich abends die besten Rezepte in einem kleinen Notizbüchlein. In das schrieb sie auch, was sie den Tag über beschäftigt oder bewegt hatte. Begonnen hatte sie damit, als ihre niederländischen Mitgefangenen ihre Briefe nach Hause verfasst hatten und sie nicht als Einzige ganz außen vor hatte bleiben wollen.

Genau betrachtet, war sie das jedoch nach wie vor, und ihr Gefühl, nirgendwo dazuzugehören, intensivierte sich noch, als immer mehr Juden nach Föhrenwald strömten. Liebschaften entstanden, manchmal sehr schnell, als wollten die Menschen, die dem Untergang so nah gewesen waren, nun mit aller Macht das Leben am Schopf packen.

Dann wurde eines Nachts im Nebenhaus das erste Kind geboren – ein kleiner Junge mit roten Haaren, der so kräftig brüllte, dass an Weiterschlafen nicht mehr zu denken war –, und Griet wusste, dass es allerhöchste Zeit wurde, Leni zu besuchen. Dass sie überlebt hatte und wieder gesund war, hatte Walker ihr berichtet und Griet mündlich beste Grüße von Leni ausrichten lassen, weil diese mit der deutschen Sprache schriftlich einfach nicht zurechtkam. Nun musste bald ihr Kind zur Welt kommen, und Griet wollte die Freundin endlich wiedersehen.

Sie nahm ihren Mut zusammen und sprach den Captain bei seinem nächsten Besuch im Lager darauf an.

»Ich möchte zu Leni nach St. Ottilien«, sagte sie. »Würden Sie mir dabei vielleicht behilflich sein?«

»Ich soll Sie hinfahren?«, kam direkt von ihm zurück.

»Wenn ich so unverschämt fragen darf – ja. Ich weiß, es gibt am Kloster sogar einen kleinen Bahnhof, aber in Ihrer Begleitung würde ich mich bedeutend sicherer fühlen.«

Der kurze Blick, den er ihr zuwarf, war schwierig zu deuten. Überrascht, vielleicht sogar scheu kam er Griet vor, als habe sie in diesem Soldaten etwas angerührt, das ihm selbst nicht ganz geheuer war.

Jedenfalls dauerte es eine ganze Weile, bis sie eine Antwort erhielt.

»*Alright*«, sagte er endlich. »Schließlich sind wir ja beide auf gewisse Weise Lenis Lebensretter. Wann endet Ihre Schicht in der Küche?«

»Gegen drei«, erwiderte sie.

»Dann werde ich morgen um diese Zeit da sein.«

In Griets Bauch setzte nach dieser Unterhaltung ein seltsames Grummeln ein, das sich den ganzen Abend über hartnäckig hielt. Ganz gegen ihre Gewohnheit stocherte sie bloß appetitlos in Janas Linseneintopf mit Piroggen herum und zog sich danach bald in ihre Stube zurück.

Er bringt dich lediglich mit dem Auto zu Leni, sagte sie sich selbst. Du hast ihn gefragt, und er hat Ja gesagt.

Kein Grund zur Aufregung.

Doch die Vorstellung, neben ihm im Jeep zu sitzen, beschäftigte sie immens. Am nächsten Morgen schnitt sie sich beim Kartoffelschälen aus Versehen zweimal in den Finger, und die Lettinnen begannen schadenfroh zu kichern.

»Bräutigam vor der Tür«, kommentierte Darija. »Mädchen wird schon rot …«

Toni warf ein paar Schalen nach ihr, und sie duckte sich lachend, um auszuweichen.

Dann war die Schicht zu Ende, doch der Captain verspätete sich so erheblich, dass Griet bereits befürchtete, er würde sie versetzen. Die Wartezeit gab ihr reichlich Gelegenheit, um immer wieder an sich herumzuzupfen und so gar nicht zu mögen, was sie da sah. Ein verwaschenes blaues Kleid mit weißen Litzen aus den Beständen des Roten Kreuzes, das wie ein Lappen an ihr hing. Abgeschabte, einstmals weiße Schuhe, die ihr zu groß waren. Zwar keine dürren Arme und Beine mehr, aber noch immer sehr dünne, von der Sonne zumindest leicht gebräunt. Ihre blonden Haare, die inzwischen ein ganzes Stück gewachsen waren, hatte sie zu einem Zopf geflochten.

Wenigstens war sie sauber, wenngleich sie die zarten Düfte ihres alten Lebens vermisste. Ihre Mutter hatte einen richtigen Kult damit getrieben: In allen Schränken zwischen der Wäsche waren schön verpackte Seifenstücke versteckt gewesen, und was immer man an Kleidungsstücken herausnahm, verströmte das Aroma von Lavendel, Rose oder Jasmin.

Wie weit sie noch von einem normalen Leben entfernt war!

Das verrieten nicht nur ihre Hände, die von der Küchenarbeit rau und rissig waren. Der dunkle Rand unter den kurzen Nägeln hielt sich hartnäckig, sosehr sie die Finger auch schrubbte. Doch um diese Äußerlichkeiten ging es eigentlich nicht. Schlimmer war, dass sie vollkommen verlernt hatte, wie man sich einem Mann gegenüber unbefangen verhielt. Das merkte Griet spätestens, als sie schließlich neben dem Captain im Jeep saß.

Sie fuhren ohne Verdeck, weil das Wetter strahlend war, ein blauer Sommertag, nahezu wolkenlos, so warm, dass sie froh um den leichten Fahrtwind war. Walker wirkte lässig und entspannt; sie dagegen saß verkrampft auf ihrem Sitz. Aus der Nähe betrachtet, war sein Gesicht wie ein Sternenhimmel, übersät von unzähligen winzigen Sommersprossen, und sein kurzes Haar unter der Schiffchenkappe schien noch heller geworden zu sein. Dass er ein attraktiver Mann war, war ihr schon bei der ersten Begegnung aufgefallen.

Dass er sie derart nervös machte, fühlte sich allerdings bestürzend neu für sie an.

»Der nächste Ort heißt Starnberg«, sagte er nach einer Weile. »Liegt an einem See.«

Griet stieß einen erstaunten Ton aus, als dieser See ins Blickfeld kam – so blau, so groß, so wunderschön!

Wie gern hätte sie jetzt ihre Füße hineingesteckt …

»Wollen wir kurz am Wasser anhalten?«, fragte Walker, als hätte er ihre Gedanken gelesen, und sie nickte eilig.

Er fuhr bis ans Ufer, und sie stiegen aus. Griet schlüpfte aus ihren Schuhen und watete langsam hinein, das Kleid leicht geschürzt. Unter ihren Sohlen spürte sie harte Kieselsteine, aber das Wasser, das ihre Waden benetzte, fühlte sich so warm und weich an, dass ihr die Tränen in die Augen stiegen.

Wann war sie zum letzten Mal geschwommen?

Mehr als fünf Jahre musste es zurückliegen. Ihre Mutter war bei diesem Ausflug ans Meer mit dabei gewesen, damals schon so bedrückt, dass sie trotz aller Überredungskunst nicht dazu zu bewegen gewesen war zu baden ...

Griet musste diese Erinnerungen schnell wieder wegschieben, weil sie auf einmal kaum noch Luft bekam.

»Verzeihung«, murmelte sie. »Es ist nur, weil ich ...«

»*Don't worry*«, sagte er sanft. »*I know you had a really bad time.*«

Einen Moment lang sahen sie sich schweigend an.

Ich mag dich, dachte sie. Ich mag dich viel zu sehr! Aber du bist ein Sieger, und ich bin nur eine befreite Gefangene ...

Sie kehrten zum Jeep zurück, Griet mit nackten Füßen, was ihr ein kleines Gefühl von Freiheit gab.

Ich. Bin. Griet. Van. Mook. Ich. Werde. Leben.

Wie dankbar sie gerade um diesen Leitspruch war!

»Darf ich Sie etwas Persönliches fragen, Captain Walker?«, sagte sie, als sie wieder losgefahren waren.

Er nickte.

»Wieso sprechen Sie eigentlich so gut Deutsch?«

»*That's a long story* – eine lange Geschichte.« Er lächelte. »Walker« – er sprach den Namen deutsch aus – »das sind Leute, die Wolle kochen, um feste Stoffe zu erhalten. Offenbar haben das meine Vorfahren über Generationen getan. Mein *grandpa* Daniel stammt aus Thüringen und hat dort in einer Tuchfabrik gearbeitet. Zu wenig zum Leben, zu viel zum Sterben, so hat er immer gesagt. Irgendwann hat er den Entschluss gefasst, mit seiner Frau und seinen beiden kleinen Söhnen nach Amerika auszuwandern. Nach einigen Zwischenstationen ist die Familie um 1900 schließlich in Chicago gelandet, wo übrigens viele deutsche Aussiedler leben. Dort ist er dann ganz neue Wege gegangen und hat zusammen mit einem Partner eine Sauerkraut-Fabrik hochgezogen – äußerst erfolgreich übrigens.«

»Sauerkraut?«, fragte Griet erstaunt zurück.

»Ganz genau, Sauerkraut. *Walker & Brown Sauerkraut* ist mittlerweile überall in den USA erhältlich. Sein ältester Sohn Joe hat die Fabrik übernommen, sein zweiter, mein Vater Bill, ist Arzt geworden und hat mich nach seinem Vater benannt: So wurde aus Daniel Dan. In der Familie haben wir immer viel Deutsch gesprochen. Darauf hat *grandpa* großen Wert gelegt. Damit die Erinnerung lebendig bleibt.« Er bremste leicht ab. »Sehen Sie? Dort drüben liegt noch ein weiteres Gewässer. Ammersee – ist ein hübsches Fleckchen Erde hier.«

Der See schimmerte zartgrün und wirkte mit seinem wogenden Schilf im Sonnenlicht so friedlich, dass Griet am liebsten um einen zweiten Halt gebeten hätte, aber das wagte sie nicht.

»Sie haben gegen die Deutschen gekämpft«, sagte sie stattdessen. »Obwohl Sie selbst deutsche Wurzeln haben.«

»Ich bin Amerikaner«, erwiderte er. »Durch und durch. Hitler und seiner verbrecherischen Nazibande musste das Handwerk gelegt werden. War mehr als überfällig.«

»Hassen Sie die Deutschen?«, fragte Griet weiter.

»Und Sie?«, fragte er zurück.

»Oftmals ja«, gestand sie. »Weil sie mir mein Leben gestohlen haben. Dabei weiß ich, dass ich bei allem noch Glück hatte. Leni zum Beispiel hat es viel übler getroffen. Aber immerhin sind wir beide nicht tot – ermordet oder verhungert wie unzählige andere Menschen.«

Er nickte.

»Ich weiß, was man ihr angetan hat«, sagte er. »Stirnweiß hat in ersten Vernehmungen darüber gesprochen. Ihn und all die anderen, die solche Gräueltaten begangen haben, erwarten harte Strafen. Keiner dieser Nazi-Verbrecher darf ungeschoren davonkommen!« Er war sehr laut geworden.

»Und die Mitläufer?«, frage Griet weiter. »All jene, die zugeschaut haben?«

»Werden in speziellen Verfahren ganz genau unter die Lupe genommen, darauf können Sie sich verlassen.« Seine Stimme senkte sich wieder. »Warum sind Sie eigentlich nicht mit den anderen Frauen nach Hause zurückgefahren, Griet?«

Es war das erste Mal, dass er sie mit ihrem Vornamen ansprach.

In ihre spontane Freude mischte sich jedoch ebenso große Vorsicht. Jetzt kam es auf jedes Wort an.

»Weil ich nicht kann«, erwiderte sie schließlich. Je weniger sie sagte, desto weniger musste sie lügen.

»Und weshalb nicht?« Dan schien nicht bereit, schnell lockerzulassen. »Haben Sie etwas ausgefressen?«

»Habe ich nicht. Aber bitte fragen Sie nicht weiter.«

»*Okay*«, sagte er gedehnt. »Wenn Sie darauf bestehen, werde ich nicht weiter fragen.«

Sie hatten den Ammersee hinter sich gelassen und fuhren nun leicht bergauf. Die Straßen waren leer, nur zwei Traktoren kamen ihnen entgegen, dann ein Lastwagen der U.S. Army, dessen Fahrer angesichts des Captains im Jeep mit einem Handzeichen salutierte.

Wie schön es hier war – eine echte Bilderbuchlandschaft.

Das Korn stand hoch auf den Feldern, Kühe grasten auf den Wiesen, und es roch nach Sommer und Heu. Für ein paar Augenblicke fühlte Griet sich fast wie in einem Traum.

Hatte es diesen Krieg wirklich gegeben? Die Lager, die Toten, die Bomben, all das Elend, die Angst, den bohrenden, allgegenwärtigen Hunger?

Angesichts dieser Idylle ringsherum konnte man kaum daran glauben.

»Wir sind da«, sagte Dan Walker in ihre Überlegungen hinein. »Lassen Sie mich an der Pforte nachfragen, wo wir Leni finden.«

Das Klostergelände, das vor ihnen lag, kam Griet vor wie eine kleine Stadt, so weitläufig war es. Klostergebäude und Kirche wurden von einer Mauer umschlossen, alle weiteren Gebäude und Stallungen lagen außerhalb. Nach einiger Zeit kehrte der Captain an der Seite eines großen dürren Mönchs zurück.

»Magdalena Pawlaka liegt im Krankentrakt«, sagte er. »Bruder Cyrill bringt uns zu ihr. Ich habe ihm erzählt, was uns drei verbindet.«

»Dann hatte sie einen Rückfall?«, fragte Griet erschrocken. »Ich dachte, Leni wäre gesund!«

Er blieb ihr die Antwort schuldig und machte nur eine unbestimmte Geste.

Sie betraten ein zweistöckiges Gebäude. In der unteren Etage befanden sich zwei große Säle mit vielen Betten, ausnahmslos belegt, wie Griet feststellen konnte, weil die Tür einen Spaltbreit aufstand.

»Rechts die Männer, links die Frauen«, erklärte der Mönch. »Anfangs mussten wir sie sogar in der Turnhalle unterbringen, so viele waren es. Manche liegen schon seit Monaten hier, weil ihr Zustand sich nur langsam verbessert. Etliche sind gestorben, die waren nicht mehr zu retten. Wir haben auf dem Klostergelände einen eigenen jüdischen Friedhof angelegt, auf dem sie bestattet sind.«

»Und die U.S. Army versorgt all diese Kranken mit Lebensmitteln?«, fragte Griet, weil sie es so aus Föhrenwald kannte.

»Keineswegs.« Der Captain erhielt einen finsteren Blick. »Wir müssen dazu die Erträge unserer eigenen Landwirtschaft aufwenden. Räumlich eingeschränkt sind wir zudem, und das leider ganz enorm. Dabei wollen wir eigentlich unser geistliches Leben wieder so aufnehmen, wie wir es vor dem Krieg gewohnt waren. Besonders die älteren Brüder sehnen sich danach. Zuerst haben uns die Nationalsozialisten unser Kloster weggenommen – und jetzt die Amerikaner!« Die letzten Sätze klangen verbittert. Offenbar war die Mönchsgemeinschaft alles andere als begeistert über diese zwangsweise Einquartierung.

Sie stiegen die Treppe ins obere Stockwerk hinauf. Hier hatte man die Säle offenbar in mehrere Zimmer unterteilt. Als sie vor der letzten Tür im Gang angelangt waren, hörten sie lautes Säuglingsgeschrei.

Der Mönch öffnete die Zimmertür, und Griet stürzte hinein.

Leni lag unter dem Fenster in einem Krankenbett, ein klitzekleines Etwas im Arm, dem sie gerade die Brust gab. Auf den ersten Blick wirkte sie ein wenig fremd, denn sie hatte ganz kurze Haare. Die langen, dunklen Locken gab es nicht mehr.

»Na endlich!«, sagte sie lächelnd und bedeckte sich eilig. »Meine Kleine ist offenbar genauso ungeduldig wie ich – länger konnten wir beim besten Willen nicht mehr auf dich warten!«

»Wir lassen Sie beide jetzt eine Weile allein«, sagte der Captain. »Sie haben sich sicherlich viel zu erzählen.«

Der Mönch und er zogen sich zurück.

»Sie ist wunderschön!« Griet konnte sich kaum sattsehen an dem Köpfchen mit dem dunklen Flaum, der kleinen Stupsnase, dem Mund, der wie eine Rosenknospe aussah und doch schon kräftig saugen konnte.

»Das hat sie eindeutig von mir, ihrer *Matka*«, sagte Leni, die die Bettdecke wieder zurückgeschlagen hatte, nachdem die beiden Männer das Zimmer verlassen hatten. »Siehst du, wie eifrig sie trinkt? Immer hungrig. Ich hoffe nur, meine Milch wird reichen. Vorgestern um Mitternacht ist sie zur Welt gekommen. Verblüffend schnell ist es gegangen, vier, fünf Stunden Wehen, und schon war sie da. Ich hatte ja große Angst, dass die Geburt sehr schwer werden würde, weil ich doch … du weißt ja …«

Sie brachte das Wort KZ-Bordell nicht über die Lippen.

»Vergiss es«, sagte Griet tief bewegt. »Du lebst – ihr lebt! Allein das zählt. Und wie gut du aussiehst, kein Gerippe mehr!«

»Sogar Haare habe ich inzwischen wieder, nachdem sie mich total kahl geschoren hatten, um die Läuse auszurotten.« Sie verzog ihren Mund und streichelte das Köpfchen der Kleinen. »Wie könnte ich das jemals vergessen, wozu sie mich genötigt haben? Nicht bis zu meinem letzten Atemzug! Aber jetzt habe ich ja mein Kind, das Ebenbild seines Vaters. Sie hat Jans Nase, seine Augen, seine Hände, sogar den kleinen Leberfleck am Hals, den er auch hatte. Wie glücklich er wäre, wenn er sie jetzt sehen könnte! Jan hat mich geliebt, obwohl sie mich ins Bordell gezwungen haben. Die Nazis haben ihn umgebracht, als sie das mit uns herausgefunden haben. Am Hängebalken ist er krepiert, über endlose Stunden ...«

Tränen liefen über ihre Wangen.

»Leni«, sagte Griet sanft. »Nicht wieder diese schrecklichen Erinnerungen. Denk lieber an deine Kleine ...«

»Schon gut.« Einhändig wischte sie die Tränen weg. »Mach ich doch sowieso – von früh bis spät.« Sie brachte ein winziges Lächeln zustande. »Willst du sie mal nehmen? Ich hab ihr schon erzählt, was für eine mutige Patin sie bekommt, deren Namen sie tragen darf.«

Nein, wollte Griet sagen – das ist nicht richtig! Aber es war zu spät. Es gab kein Zurück mehr, nicht einmal mehr jetzt.

Leni streckte ihr das Baby entgegen. Griet hielt sie ganz vorsichtig. Sie war warm und fühlte sich erstaunlich kompakt an. Ein winziges Bündel Mensch, das keine Ahnung von den Umständen hatte, unter denen es gezeugt worden war.

»Greta Zofia soll sie heißen«, sagte Leni. »Einverstanden? Greta, so sagt man bei uns. Und Zofia ist der Name meiner Großmutter.«

»Einverstanden.« Griet nickte erleichtert. »Gefällt mir.« Sie zog die Nase kraus. »Sag mal, könnte es sein, dass Greta Zofia gerade ein stattliches Häuflein gemacht hat?«

»Durchaus«, erwiderte Leni. »Jetzt rieche ich es auch. Ich gebe ihr eine frische Windel, und du erzählst mir inzwischen alles von dir!«

»Wie heißt er?«, wollte Leni wissen, nachdem Griet mit ihrem Bericht fertig war. Greta Zofia, frisch gewickelt und gestillt, schlummerte selig neben ihr.
»Wie heißt wer?«
»Komm schon, mir machst du nichts vor! Ich weiß, wie eine verliebte Frau aussieht. Ist es dieser Juri aus dem Lager, den du zuvor erwähnt hast?«
»Bist du verrückt geworden? Niemals! Der lässt zwar nicht locker, aber ich will definitiv nichts von ihm.«
»Wer dann? Doch nicht etwa Captain Walker?«
Griet spürte, wie ihr Gesicht ganz heiß wurde.
»Treffer!« Leni lehnte sich entspannt in ihrem Kissen zurück. »Ist er denn auch in dich verliebt?«
»Woher soll ich das wissen? Er redet oft mit mir, schenkt mir Schokolade, und manchmal, wenn er mich so ansieht, dann denke ich ...«
»Gute Wahl, muss ich schon sagen. Ein hübscher, gesunder Mann – und dann auch noch amerikanischer Soldat!«
»Genau das ist das Problem: Er ist Captain der U.S. Army, und was bin ich? Ein Nichts! Ohne Beruf, ohne Geld, ohne alles. Mehr als Mitleid könnte jemand wie Dan doch niemals für mich empfinden. Und Mitleid will ich nicht.«
»Liebe kann wachsen«, sagte Leni. »So war es auch bei mir und Jan. Ich war sofort in ihn verschossen. Er brauchte

etwas länger, um zu begreifen, dass ich nicht nur eine Hure ...«

»Leni!«, unterbrach Griet sie scharf.

»Schon gut, vielleicht kein ganz passender Vergleich, aber was ich über die Liebe gesagt habe, stimmt. Du musst Geduld haben.«

»Dazu habe ich aber keine Zeit. Bald wird Föhrenwald ausschließlich jüdischen DPs vorbehalten sein, dann muss ich weg. Bloß wohin? Eigentlich wollte ich ja nach München. Inzwischen habe ich jedoch erfahren, dass es so gut wie aussichtslos ist, eine Zuzugsgenehmigung zu erhalten.«

»Was ist das – Zuzugsgenehmigung?« Lenis Zunge stolperte über das lange Wort.

»Um in einer Stadt wohnen zu dürfen, braucht man amtliche Papiere, die das gestatten. Allerdings gibt es derzeit in München wohl ohnehin kaum freie Wohnungen. Alles zerbombt.«

»Und wenn man besonders sorgfältig sucht? Und alle Leute fragt?« Leni wurde immer lebhafter. »Greta und ich dürfen nur noch ein paar Wochen auf dieser Station bleiben. Wird alles jüdisch. Im benachbarten Dorf will uns ebenfalls keiner haben. Bloß keine Polen! Und du bist doch auch allein. Vielleicht könnten wir ja zu dritt in München wohnen ...«

»Und wovon sollen wir leben?«, fragte Griet.

»Irgendeine Arbeit findet sich immer.«

»Mit einem Säugling? Wer sollte dich da einstellen? Und ganz allein für uns drei aufkommen? Das traue ich mir nicht zu.«

Sie redeten von etwas anderem, doch Lenis sehnsüchtiger Blick ließ Griet nicht mehr los, auch nicht, als sie wieder mit Dan auf dem Rückweg nach Föhrenwald war.

»Das Baby ist reizend«, sagte er nach einer Weile. »Und Ihre Freundin Leni scheint sich erholt zu haben.«

»Noch ist sie versorgt«, sagte Griet. »Doch was soll aus den beiden werden, wenn sie Sankt Ottilien verlassen müssen? Nach Polen kann sie nicht mehr zurück, schon gar nicht mit diesem Kind. Wenn dort herauskäme, wozu die Nazis sie gezwungen haben ...«

Er räusperte sich ausgiebig.

»Ich bin zur Rainbow Division abkommandiert worden«, sagte er plötzlich.

»Sie verlassen Wolfratshausen und das Lager?«, entfuhr es ihr.

»Captain Harlow übernimmt meinen Posten. Ein Soldat mit hohem Ethos. Der richtige Mann für diese Aufgabe.«

»Wir werden Sie vermissen«, murmelte sie. »Alle. Und ich besonders ...« Griet erschrak über ihren Mut.

»Man braucht mich an anderer Stelle.«

Wie kühl er klang, ganz militärisch. Für Griet fühlte es sich an, als glitten ihr auf einmal alle Fäden aus der Hand.

In was hatte sie sich da nur hineingesteigert?

Der Captain war lediglich höflich zu ihr gewesen. Vielleicht hatte es ihn ein wenig gerührt, wie sehr sie für ihre kranke Freundin eingestanden war – aber das war auch schon alles. Sonst verband ihn nichts mit ihr.

Gar nichts.

Sie rutschte tiefer in ihrem Sitz, hätte sich am liebsten unsichtbar gemacht.

»Wann?«, sagte sie nach einer langen Pause.

»Wann was?«

»Wann werden Sie uns verlassen?«, fragte Griet.

»Nächste Woche. Ich werde in München bei der Militärpolizei tätig sein, zumindest so lange, bis es dort wieder entsprechende deutsche Organe gibt, die die Polizeiarbeit übernehmen können. Die ganzen Nazis sind erst einmal gefeuert. In der Zwischenzeit darf kein rechtsfreier Raum entstehen.«

Griet schwieg und blickte hinaus in die Landschaft. Der nahende Abend ließ die Farben sanfter werden, als hätte ein unsichtbarer Pinsel einen Hauch von Grau auf alles getupft. Doch die Schönheit ringsherum ließ Griets Herz nur noch wunder werden.

Er in München – und sie zurück hinter dem verhassten Maschendraht ohne jegliche Aussicht auf baldige Änderung!

Wie sollte sie das aushalten?

»Sie sind so still auf einmal«, sagte Dan Walker. »Geht es Ihnen nicht gut, Griet? Wollen Sie sich kurz die Beine vertreten?«

»Schon gut«, murmelte sie. »Wir sind ja ohnehin bald da.«

Als sie ihr Ziel erreichten, hielt er vor dem Tor an, stieg aus und ging um den Jeep herum, um ihr die Beifahrertür zu öffnen.

Sie fiel ihm fast entgegen, so schwach fühlte sie sich auf einmal.

»He, nicht umfallen ...« Für einen Moment hielt er sie ganz fest.

Griet spürte den rauen Stoff seiner Uniform an ihrer Wange und roch frischen Schweiß, vermischt mit einem herben männlichen Duft. Das hier war ihre allerletzte Chance. Wenn sie jetzt weiterhin stumm blieb, bekam sie vielleicht nie mehr eine Gelegenheit.

»Ich will auch nach München«, sagte sie schließlich, bevor sie es sich noch einmal anders überlegen konnte. »Schon seit Wochen, aber ich weiß nicht, wie ich es anfangen soll. Ich bräuchte eine Zuzugsgenehmigung, einen Platz zum Schlafen, eine Arbeitsstelle, aber ich weiß nicht, wie ich das alles ganz allein erreichen soll.«

Er ließ sie los und betrachtete sie ruhig. »Sie kennen niemanden in München?«

Griet schüttelte den Kopf. »Wie denn?«, sagte sie. »Wir waren ja Gefangene ...« Vergebens kämpfte sie gegen die Tränen an.

»Lassen Sie mich überlegen«, sagte Walker. »Vielleicht kann ich Ihnen helfen. Aber versprechen kann ich nichts.«

Er nickte ihr zu, stieg wieder in seinen Jeep und fuhr davon.

Mit bleiernen Beinen schleppte sich Griet durch das Tor zurück ins Lager. Ihre helle Freude dieses Tages war restlos verflogen.

Jetzt nur mit keinem reden, bloß keine Fragen beantworten müssen ...

Doch Juri hatte offenbar hinter dem Badehaus schon auf sie gewartet.

»Ich hab euch beobachtet, dich und den Captain. Du zählst auf ihn.« Er schüttelte den Kopf. »Aber der Ami wird dich enttäuschen. Sie nehmen keine gebrauchten Frauen ...«

»Pass gefälligst auf, was du sagst!«, fuhr Griet ihn an.

»Entschuldigung, falsches Wort. Wollte sagen, sie nehmen keine KZ-Frauen. GIs suchen hier nur Vergnügen. Dann sie gehen zurück nach Hause und heiraten Mädchen von dort.« Sein Tonfall wurde fast flehend. »Ich kann dir schöne Kinder machen, eins, zwei, drei, so viele du willst. Ich bleibe bei dir. Für immer.«

»Nein, Juri. Und jetzt lass mich endlich in Frieden, hast du mich verstanden? Ich will nicht. Jetzt und für alle Zeiten!«

Sie hatte ihn abgewiesen, doch Juris Worte arbeiteten in ihr.

Gebrauchte Frauen – bei Licht betrachtet lag er damit nicht einmal so verkehrt. Alle, die hier gelandet waren, trugen ein dickes Schicksalspaket auf dem Rücken, mochten sie in manchen Momenten auch wieder lachen oder singen. Ganz plötzlich, ohne Vorwarnung, konnte es sich öffnen, und alles, was sie an Schrecklichem erlebt hatten, ergoss sich erneut über sie. Wohin Griet auch ging, was immer sie auch tat – es würde sich nie mehr ganz abschütteln lassen.

Die folgenden Tage erschienen Griet unendlich lang, als würde die Zeit sich ausdehnen. Schon das Aufstehen kostete sie Mühe, und auch die Küchenarbeit ging ihr plötzlich viel schwerer von der Hand. Sie versalzte die Gemüsesuppe und zog dabei ein so trauriges Gesicht, dass keine der Frauen den üblichen Scherz mit der verliebten Köchin anzubringen wagte.

Der Captain zeigte sich kaum noch im Lager. Scheute er die Begegnung mit ihr, weil er keine positiven Nachrichten für sie hatte?

Ging er ihr absichtlich aus dem Weg?

Nimm dich bloß nicht zu wichtig, schalt Griet sich selbst. Walker hat eben zu tun, und du bist garantiert der allerletzte Punkt auf seiner Liste.

Trotzdem befand sie sich in ständiger Habachtstellung, fuhr herum, wenn Motorgeräusche ertönten, und spitzte die Ohren, sobald sie eine amerikanische Männerstimme hörte.

Würde er wirklich weggehen, ohne sich von ihr zu verabschieden?

Einen Tag vor seiner angekündigten Abreise erschien er an der Seite eines anderen Offiziers in der Küche, den er den Frauen als Captain Harlow vorstellte.

»*Captain Harlow will take my place*«, erklärte er, während der Schwarzhaarige neben ihm zustimmend nickte. »*If you have any problems, ladies, tell him!*«

Harlow war kleiner als Walker, ein wenig untersetzt und wirkte freundlich. Sicherlich jemand, mit dem man auskommen konnte, wenn man sich an die Lagerregeln hielt.

Aber er war nicht Dan …

Kaum hatten die beiden die Küche wieder verlassen, stürzte Griet hinaus und erbrach sich auf den Boden.

»*Are you alright, Griet?*«

Walker war zurückgekommen!

»Nein«, erwiderte sie matt.

»Vielleicht jetzt?« Er streckte ihr ein Blatt Papier entgegen.

Im ersten Moment konnte sie nichts darauf entziffern, weil ihre Augen plötzlich streikten, dann jedoch wurde ihr Blick schlagartig wieder klar.

Zuzugsgenehmigung, las sie. *München. August 1945.*

»Das Offizierskasino in Bogenhausen braucht eine Küchenhilfe«, hörte sie ihn sagen. »Da habe ich an Sie gedacht.«

»Ja«, stotterte Griet vollkommen überwältigt. »Danke! Natürlich gerne.«

»Man hat ein Zimmer für Sie beschlagnahmt. Fußläufig zum Kasino. Sie werden es nicht weit haben.«

»Vielen, vielen Dank! Ich weiß gar nicht, was ich sagen soll …«

»Abfahrt ist morgen, sieben Uhr. Und schlafen Sie gut, Griet. Im Kasino wartet jede Menge Arbeit auf Sie.«

ACHT

München, Sommer 1945

Mühsam richteten sich die Menschen im Trümmeralltag ein, viele noch immer unter erbärmlichen Bedingungen in Häuserruinen, Kellerabteilen oder provisorischen Notunterkünften, eher hausend als wohnend. Doch der Hunger nach Leben war groß, und nach und nach gab es erste kleine Lichtblicke, die neuen Mut machten. Radio München zum Beispiel, das bereits im Mai als erster Sender in der US-Zone gestartet war. Kurz darauf wurde auch *Die Bayerische Landeszeitung* als alliiertes Nachrichtenblatt für die deutsche Zivilbevölkerung veröffentlicht. Hier war unter anderem zu lesen, wo sich die über vierzig Ausgabestellen für Lebensmittelmarken befanden, die man hauptsächlich in Schulen eingerichtet hatte.

Fuhr zunächst nur die »Bockerlbahn«, die in der Innenstadt zum Schutträumen installiert worden war, nahmen nun nach und nach auch die Straßenbahnen den Betrieb wieder auf. Banken öffneten ihre Schalter, ebenso die Postämter, und der Briefverkehr kam langsam erneut in Gang. Oberbürgermeister Scharnagl erhielt von der Militärregierung die Genehmigung zur Berufung eines Stadtrats von sechsunddreißig ehrenamtlichen Mitgliedern, die ihm in den wichtigsten Bereichen beratend zur Seite stehen sollten. Kurz darauf wurden, ebenfalls auf Befehl der Militärregierung, alle Beamten, Angestellten und Arbeiter, die vor dem 30. Januar 1933 der NSDAP oder einer ihrer Organisationen beigetreten waren, aus der Stadtverwaltung entlassen; Gleiches galt für alle SS-Angehörigen.

Toni und ihre Familie verfolgten diese Neuerungen und Anordnungen mit Spannung. Nebenbei hatten sie allerdings reichlich mit ihrem eigenen Alltag zu tun, in dem die Nahrungsbeschaffung einen großen Raum einnahm. Ihre im Zollamt erbeuteten Lebensmittel waren bis auf einen schwindenden Zuckerrest, an dem Benno sich gern heimlich bediente, längst aufgebraucht. Jetzt regierte erneut der Mangel. Von wöchentlich 1700 Gramm Brot, 250 Gramm Fleisch, 125 Gramm Fett, 75 Gramm Haferflocken, 125 Gramm Zucker beziehungsweise 250 Gramm Marmelade wurde niemand satt. Da halfen auch die 62,5 Gramm Käse, 125 Gramm Quark und 100 Gramm Kaffeeersatz, auf die man alle vierzehn Tage zusätzlich Anspruch hatte, nicht wesentlich weiter.

Zumal es noch lange nicht bedeutete, dass man das alles auch tatsächlich erhielt. Oft musste man stundenlang anstehen, und kam man dann endlich an die Reihe, war alles bereits weg – eine bittere Erfahrung, die Toni, Rosa und Anni immer wieder durchliefen.

Sie mussten sich also auch auf anderen Wegen etwas zu essen beschaffen.

Aber wie? Und vor allem wo?

Selbst die Bäckerin stellte sich auf einmal taub.

»Ich will keine Schwierigkeiten«, murmelte Kathi Schwarz, als Toni einen neuen Versuch mit ein paar dünnen Silberarmreifen aus Vevs Beständen startete, um unter der Hand an anständiges Brot zu kommen. »Nimm deinen Schmuck und schleich di! Nicht, dass ich wegen euch noch im Gefängnis lande. Bei mir gibt's ab jetzt nur noch Ware auf Marken. Ganz legal!«

So musste Toni mit leeren Taschen nach Hause radeln und die Familie bis auf Weiteres mit dem wenigen zurechtkommen, das es offiziell gab.

Untätig blieben sie trotzdem nicht: Anni, die endlich ihren Anteil zum Lebensunterhalt beitragen wollte, erkundigte sich nach Arbeit im Togalwerk, das auf der anderen Seite der Ismaninger Straße lag. Die Erlaubnis der Militärregierung zur Wiedereröffnung der Tablettenfabrikation stand offenbar unmittelbar bevor. Zu ihrer großen Freude bot man ihr dort tatsächlich eine Anstellung im Versand an. Auch Rosas Nähmaschine wartete auf ihren Einsatz, und so benachrichtigte Toni in mehreren Fahrradtouren ehemalige Kundinnen ihrer Mutter. Kein ganz einfaches Unterfangen, denn ein paar davon waren unbekannt verzogen, andere ausgebombt, wieder andere vollkommen mittellos geworden, aber es gab noch immer einige, die an Nachkriegskleidung äußerst interessiert waren. Und bald verbreitete sich die Kunde wie ein Lauffeuer in der gesamten Nachbarschaft. Informationen von Mund zu Mund waren das bestfunktionierende Nachrichtensystem dieser Wochen und Monate. In Rosas Zimmer häuften sich gebrauchte Kleidungsstücke, die repariert oder umgenäht werden sollten. Um genügend Platz dafür zu schaffen, wurde sogar Bibis Bettgestell in den Keller verfrachtet; das Familienküken schlief nun auf einer Matratze, die tagsüber hochkant an die Wand gelehnt wurde.

Toni bedauerte zutiefst, dass sie selbst so wenig Geschick im Nähen besaß und ihrer Mutter lediglich mit Hilfsarbeiten zur Hand gehen konnte. Zurück in den Verlag durfte sie ebenfalls noch nicht. Wie alle anderen Verleger Münchens musste auch Curt Heubner zunächst auf die Zulassung durch die Militärregierung warten, bevor er wieder öffnen konnte. Ebenfalls ohne Arbeit war Benno, obwohl alle aus der Familie sich genau das gewünscht hätten. Für Tätigkeiten in der Landwirtschaft, wo Arbeitskräfte gerade so dringend gebraucht wurden, weil keine Fremdarbeiter mehr zur Verfügung standen, disqualifizierte ihn seine kriegsbedingte Behinderung. Auch sein Versuch, sich bei der neu aufgestellten Münchner Schutzpolizei zu verdingen, die vor allem gegen Plünderer vorgehen sollte, scheiterte daran.

Ein einarmiger Polizist, selbst wenn nur der linke Arm nicht mehr funktionierte? Unmöglich.

Benno schimpfte, haderte noch mehr mit der Welt und begann ruhelos durch die Stadt zu wandern, die ihm mit einem Mal so fremd geworden war.

Dann endlich kam der erste Brief von Max aus dem Gefangenenlager in Frankreich. Rosa ließ auf der Stelle ihre Nähmaschine ruhen und las ihn mindestens zehnmal hintereinander, abwechselnd laut schluchzend und dann wieder erleichtert lächelnd.

»Er ist in Bolbec gelandet, das liegt in der Normandie«, brachte sie schließlich hervor, als der Rest der Familie sie neugierig umringte, weil auch sie endlich erfahren wollten, was in dem Schreiben stand. »Sie wurden von den Franzosen angespuckt, als sie dorthin marschiert sind, so sehr hassen die uns Deutsche. Zu essen gibt es kaum etwas, *Hungerlager* nennen es die Gefangenen – aber mein Sohn lebt. Und halbwegs gesund scheint unser Max auch zu sein. Als Dank dafür zünde ich gleich heute drüben im Georgskirchlein ein paar Kerzerl an!«

»Kein Wunder, der alte Erbfeind muss jetzt die tapferen deutschen Solda…«

»Benno!«, unterbrach ihn Vev jäh. »Noch ein Wort, und ich melde der Militärregierung, dass bei uns ein weiteres Zimmer frei geworden ist!«

Die neulich vorgenommene Inspektion durch amerikanische Militärpolizisten hatte sie alle gründlich aus dem Gleichgewicht gebracht. Eines Morgens hatten zwei US-Soldaten plötzlich geklingelt und verlangt, durch alle Räume geführt zu werden. Notgedrungen kam Vev, noch im Morgenmantel, als Wohnungsinhaberin dieser Aufforderung nach.

Sie sahen sich überall um, und einer machte Notizen auf einer Liste.

»*Too many rooms*«, lautete schließlich sein Resumee. »*This apartment is almost like a castle! You can take at least one more person.*«

Vev, deren Englischkenntnisse sonst eher zu wünschen übrig ließen, reagierte prompt. Jetzt, wo es um sie ging, warf sie über Bord, was sie den anderen Familienmitgliedern für den Umgang mit der Besatzungsmacht so dringend angeraten hatte.

»*No castle*«, schnaubte sie aufgebracht. »*Are you blind?*

Das ist doch kein Schloss, meine Herrn, sondern eine ganz normale gutbürgerliche Wohnung! Mein verstorbener Mann und ich haben hier jahrelang friedlich zu zweit gelebt – und inzwischen beherbergt sie sage und schreibe sechs Menschen!«

»*It will be seven soon*«, erklärte ihr Gegenüber kühl. Auch er hatte sie offenbar perfekt verstanden. »*One room, one person – children excluded. You are lucky, Mrs. Neureuther. Munich is mainly destroyed, there is an enormous lack of housing. After all, people have to live somewhere* ...«

Seitdem bekam Vev bei jedem Klingeln die Krise.

Wen würde diese Verordnung der Militärregierung, gegen die es offenbar keinerlei Einspruchsrecht gab, in ihre geheiligten vier Wände spülen? Ihr Schlafzimmer würde sie auf jeden Fall als Rückzugsort behalten, daran gab es nichts zu rütteln. Man müsste sie schon mit den Füßen voran dort hinaustragen! Da gab sie ja noch lieber das Wohnzimmer heraus, selbst wenn das größer war.

Eine gewisse Entspannung trat ein, als Tage und schließlich sogar Wochen verstrichen, ohne dass jemand mit Koffer oder Leiterwagen Einlass in die Wohnung begehrte.

»Vielleicht haben sie uns ja vergessen«, sagte Rosa. »So was kann in all dem Chaos schon mal passieren. Da rutscht so eine Auflistung durch, und alles bleibt beim Alten.«

»Glaub ich nicht«, erwiderte Anni. »Die Amis sind bestens organisiert. Ich hab grad eben am Reichenbachplatz zwei Nachbarinnen von gegenüber getroffen. Die haben ihre ›Logiergäste‹ bereits aufgebrummt bekommen. Die eine sogar eine Bardame – stellt euch das nur vor! So eine schleppt doch garantiert über kurz oder lang noch dubiose Herrenbekanntschaften mit in die Wohnung.«

Resigniert räumte sie ihre Likörflaschen zurück in die Küchenkredenz.

»Für dieses süße Glump bekommst du bei der Tauschzentrale so gut wie nix mehr«, grummelte sie. »Zu viele haben sich offenbar auf der Praterinsel überreichlich damit eingedeckt. Bohnenkaffee zum Beispiel kriegt man nur noch am Viktualienmarkt, schwarz, versteht sich – aber nicht gegen lumpige Reichsmark. Echten schottischen Whiskey müsste man haben, oder noch besser Lucky Strikes, damit würde es hinhauen.«

Die Tauschzentrale am Reichenbachplatz, erst vor wenigen Wochen ins Leben gerufen, wurde von der Militärregierung zwar nicht gern gesehen, jedoch als »grauer Markt« geduldet. Dinge des alltäglichen Lebens wechselten hier den Besitzer: Geschirr, Haushaltsgegenstände und einfache Werkzeuge, da manche durch die Bombardierungen vieles oder sogar alles verloren hatten. Die wirklich interessanten Geschäfte aber wurden anderswo abgewickelt: vor dem Bahnhof, am Sendlinger Tor oder dem Viktualienmarkt. Und seit Neuestem, wie Toni von Louis erfahren hatte, nun auch in der Möhlstraße, die seit Kriegsende so viele neue Mieter bekommen hatte.

Immer wieder war sie ihm in den letzten Wochen unterwegs begegnet, meistens zufällig, zumindest hatte es so gewirkt. Jedes Mal durchfuhr Toni ein kurzer elektrischer Schlag, und ihr Herz begann wie wild zu hämmern, während der Pirat bei ihrem Anblick ganz ruhig zu bleiben schien. Er grüßte freundlich und lächelte sie an, blieb aber kein einziges Mal stehen.

Was stellte er sich vor? Dass sie ihm um den Hals fiel und ihn öffentlich anschmachtete?

Brennen sollst du ...

Himmel noch einmal, das tat sie doch längst! Aber sie würde sich hüten, es diesem Windei zu zeigen.

Irgendwann wurden Toni diese »Zufälle« zu viel, und sie passte genauer auf. Und siehe da, eines Tages ertappte sie ihn dabei, wie er über eine Stunde lang auf der anderen Straßenseite stand und ihr Haus beobachtete.

Kurz entschlossen lief Toni hinunter und überquerte die Fahrbahn.

»Stehst du jetzt schon Wache bei uns?«, fragte sie. »Musst du nicht. Schließlich sind wir nicht bei Königs, und eine Leibgarde brauchen wir auch nicht.«

Er grinste sie frech an, immer noch lässig, aber deutlich besser angezogen als die letzten Male. Sein blaues Hemd war sauber, die helle Hose ebenso, wenngleich ein wenig zu kurz. Für die Lederschuhe, die er strumpflos an seinen schmalen Füßen trug, hätte so mancher ein kleines Vermögen gegeben. Sogar seine Haare wirkten gepflegter. Für Tonis Geschmack waren sie noch immer eine Spur zu lang, wenngleich die hellbraune Locke, die ihm beim lebhaften Gestikulieren immer wieder in die Stirn fiel, einen gewissen Reiz besaß.

»Aber nicht ganz unvermögend, habe ich recht? Wenn ich da an eure schöne Wohnung denke ...« Sein Blick intensivierte sich. Dieser Pirat konnte einen vielleicht ansehen, dass einem ganz schwummrig wurde! »Du wüsstest nicht zufällig ein Plätzchen, wo ich kurzfristig unterkommen könnte, Toni? Was Kleines reicht vollkommen aus. Bin ja nicht wählerisch.«

Offenbar hatte die abgehalfterte Blonde genug von ihm, und Louis stand auf der Straße. Griet schauderte. Was, wenn die Amis ihn nun bei ihnen einquartierten? Wand an Wand mit ihm, unter den Argusaugen von Mama, Tante und Großtante – welch grauenhafte Vorstellung!

»Bei uns ist alles voll«, sagte sie rasch. »Sogar übervoll!«

»Schade …« Sein Blick bekam plötzlich etwas Verlorenes. »Dann muss ich mich wohl weiter durchfragen.«

»Was ist mit Kathi, der Bäckerin? Hast du die etwa auch verprellt?«

Louis begann laut zu lachen.

»Köstlich!«, sagte er. »Da ist wohl jemand ganz schön eifersüchtig.«

»Bist du jetzt verrückt geworden?«, brauste Toni auf, die sich ertappt fühlte.

»Dann ist ja alles gut. Kathi und ich sind nur *bons amis*. Solche Freunde braucht man, wenn man gute Geschäfte machen will.« Plötzlich klang er sehr ernst. »Könnten wir beide übrigens auch. Ich kann nämlich sehr viel mehr als nur Nähmaschinen beschaffen. Allerdings wäre dazu ein kleines Startkapital nötig.«

»Ich habe kein Geld.«

»Aber vielleicht deine *grand-tante*? Noch besser wäre allerdings ein schönes Schmuckstück. Persönlich kennenlernen konnte ich deine Großtante ja leider noch nicht, aber Kathi hat mir schon viel von ihr erzählt. Von ihr habe ich auch erfahren, wo ihr wohnt …«

Daher also wehte der Wind. Louis versuchte, über sie an Tante Vev heranzukommen – aber da hatte er sich getäuscht.

»Die hält gar nichts von solchen Schmierlappen wie dir«, versetzte sie ihm und genoss, wie seine Miene sich bei ihren Worten kurz verfinsterte. »Sie ist nämlich eine echte Dame, vom Scheitel bis zur Sohle.«

»Und sehr klug, wie Kathi mir berichtet hat. Die würde so ein gutes Angebot sicherlich nicht ablehnen.«

»Welches Angebot?«, fragte Toni. Hatte sie etwas überhört?

»Habe ich das noch gar nicht erwähnt?« Er kam Toni so nah, dass sie sich fast berührten. »Sechzehn Kilo Gänseschmalz«, flüsterte er ihr ins Ohr. »Allerbeste Qualität. Darauf sind sogar die Juden scharf, weil sie doch nichts Schweinernes essen dürfen. Für sechzehnhundert Mark oder einen entsprechenden Gegenwert gehören sie euch – ein Schatz, den ihr vervielfachen könnt, wenn ihr es einigermaßen clever anstellt.«

»Und warum machst du das Geschäft nicht selbst, wenn es so einfach ist?« Tonis Skepsis blieb bestehen.

»Weil ich anderes zu tun habe, *ma chère*. Aber wenn du nicht willst …« Er hob die Hände. »*Pas de problème*, ich finde jederzeit andere Interessenten.«

Nach denen brauchte Louis nicht zu suchen.

Tante Vev zeigte sofort Interesse, nachdem Toni ihr diesen Vorschlag unterbreitet hatte.

»Ausgezeichnete Idee«, lobte sie.

»Und woher sollen wir das ganze Geld nehmen?«, wollte Anni wissen.

»Ich hätte da noch ein paar alte Schmuckstücke von Ludwig«, rückte Vev mit der halben Wahrheit heraus. »Tragen will ich das meiste ohnehin nicht mehr – und ihr doch auch nicht, oder? Manches allerdings würde ich niemals hergeben, wie zum Beispiel meine Pfauenbrosche aus Venedig, die er mir auf der Hochzeitsreise geschenkt hat.«

»Halt sie weiterhin in Ehren«, sagte Rosa. »Und wenn du dich von anderen Juwelen trennen magst: Mir ist Essen derzeit wichtiger als Geschmeide. Viel wichtiger!«

»Mir auch«, bekräftigte Anni.

»Dann machen wir es so. Das Schmalz wird weggehen wie warme Semmeln. Ohne Fett schmeckt doch nichts! Ein Eimerchen behalten wir für uns und brauchen es nach und nach auf. Den Rest bringen wir meistbietend unters Volk.«

»Jetzt, mitten im Sommer?« Einen kleinen Einwand musste Anni doch machen.

»Gänseschmalz hält sich ziemlich gut, es sei denn, man stellt es in die pralle Sonne. Und so dumm wird doch wohl niemand sein. Wirst schon sehen, alle stürzen sich darauf.«

»Ich helfe mit«, erklärte Rosa. »So eine Gelegenheit sollte man sich nicht entgehen lassen.«

»Ich auch«, erklärte schließlich sogar Anni.

»Dann werde ich ihm mal Bescheid geben«, sagte Toni. »Und ich wette, ich muss nicht lange nach ihm suchen.«

Noch am gleichen Tag kam Louis im Schutz der Dunkelheit mit einem ungewöhnlich großen Mann vorbei, der die Eimer nach oben hievte.

»Das ist Juri«, stellte er seinen Begleiter vor. »Mein

Freund aus der Ukraine, vielleicht der stärkste Mann der Welt.«

Der Riese mit den Schaufelhänden schien friedlich zu sein. Toni jedoch fixierte er so eingehend, dass ihr ein wenig mulmig zumute wurde.

Tante Vev unterzog das Gänseschmalz einer ausgiebigen Augen-, Geruchs- und Geschmacksprobe, dann nickte sie beifällig.

»Schön gelb und kein bisschen ranzig. Ganz weich im Mund. Das kann was!« Sie legte einen goldenen Armreif auf den Küchentisch. »Vom Hofjuwelier Balthasar«, erklärte sie. »Früher unter den Rathausarkaden residierend. Hab ich anlässlich einer glanzvollen Premiere bekommen. Liebe Güte – ich damals als Luise in Sternheims Theaterstück *Die Hose*! Das Publikum hat vor Begeisterung gerast. Mehr als zwanzig Vorhänge – eine Ewigkeit ist das her!« Sie räusperte sich. »Zurück zum Geschäftlichen: vierzehn Karat. Gute zwanzig Gramm. Mein Angebot.«

Louis zog eine kleine Lupe aus seiner Hosentasche und untersuchte das Schmuckstück.

»Schöne Arbeit. Bingo!« Er ließ den Armreif blitzschnell in seiner Hosentasche verschwinden.

Vev musterte ihn mit einem kleinen Lächeln. Er schien ihr zu gefallen, das war zu spüren.

»Und falls Sie wieder mal etwas Interessantes für uns haben sollten – immer her damit«, sagte sie.

»Mit dem allergrößten Vergnügen, *Madame* Neureuther.« Der galante Handkuss gelang Louis auf Anhieb.

Kaum waren die beiden Männer verschwunden, machten sich Anni, Rosa und Toni an die Arbeit. Alles, was sich im Keller noch an alten Einmachgläsern finden ließ, wurde nun mit Essig ausgewaschen, abgetrocknet, frisch befüllt und auf Vevs uralte Küchenwaage gestellt.

»Zweihundert Gramm, dreihundert Gramm und ein ganzes Pfund.« Jetzt war auch Toni zufrieden. »Da ist für jeden Geldbeutel etwas dabei.«

Und so stand sie schließlich am späten Nachmittag des nächsten Tages mit ihrer Mutter am Ende der Möhlstraße, neben sich zwei große Taschen, gefüllt mit Schmalzgläsern unterschiedlicher Größe. Zwei davon hatte sie vormittags bereits zu ihrem Chef gebracht, dessen Frau bereitwillig einen kleinen Aufschlag bezahlt hatte. Frau Maidinger und ihre Tochter Zita hatten ebenfalls zwei Gläschen erhalten, sozusagen zum Einkaufspreis. Alles, was jetzt noch da war, sollte nun an Fremde verkauft werden, möglichst nicht für Reichsmark, sondern gegen amerikanische Zigaretten, die seit Kriegsende längst zur eigentlichen Währung geworden waren.

Bloß – wie stellte man das an?

Weder Toni noch Rosa verfügten über Erfahrungen auf diesem Gebiet. Jede von ihnen hielt ein Glas mit Schmalz in der Hand, als Lockangebot sozusagen. Andere Leute um sie herum schienen bereits geübter zu sein. War die Möhlstraße zunächst noch ruhig und nahezu unbelebt gewesen, so stellten sich, als der Abend kam, immer mehr Menschen hier ein, manche davon offenbar mit deutlich mehr Verkaufspraxis.

»Grammophon gefällig?«, rief ein älterer Mann. »Ich hätte hier zwei wunderbare Exemplare für den Kenner – nebst passenden Tonträgern!«

Andere machten ein Geheimnis aus ihrer Ware, die sie blitzschnell aus Akten- oder Manteltaschen hervorzogen, sobald sich ein potentieller Käufer näherte, den sie sofort zu erkennen schienen, wohingegen Mutter und Tochter Brandl noch immer ratlos waren.

»Ich fürchte, wir werden darauf sitzen bleiben«, seufzte Rosa resigniert, als es immer dunkler wurde und sie erst ein einziges Gläschen verkauft hatten. »Jetzt brechen bald die Hundstage an, da wird es schwierig, das ganze Gänseschmalz dauerhaft halbwegs kühl zu lagern. So gut war die Idee vom Herrn Louis dann vielleicht doch nicht ...«

»Haben Sie gerade Gänseschmalz gesagt?« Ein schlanker Mann in einem grauen Sommeranzug war abrupt stehen geblieben. »Wie viel haben Sie?«

»Gläser mit je zweihundert, dreihundert oder fünfhundert Gramm«, erwiderte Toni eher lustlos, weil er auf sie nicht den Eindruck machte, als wollte er wirklich etwas kaufen.

»Das meine ich nicht.« Eine ungeduldige Geste. »Ich meine Ihren gesamten Bestand. Wie groß ist der? Und woher stammt er?«

»Von einem Freund, und es handelt sich um stattliche vierzehn Kilo – allerbeste Qualität.« Toni hatte auf einmal einen ganz trockenen Hals. War es ein Fehler, dass sie das gesagt hatte? Was, wenn sie gerade einem verdeckten Ermittler gegen Schwarzmarktgeschäfte gegenüberstand? »Aber natürlich haben wir nicht alles dabei«, fügte sie rasch hinzu.

Er trat von einem Fuß auf den anderen und schien dabei scharf zu überlegen.

»Einverstanden«, sagte er schließlich. »Ich nehme alles. Wie viel soll das kosten?«

Ein rascher Blick zu Rosa, die ihrer Tochter aufmunternd zunickte.

»Als Bezahlung akzeptieren wir ausschließlich amerikanische Zigaretten«, erwiderte Toni kühn.

»In Ordnung. Wie viele Stangen verlangen Sie?«

In Tonis Kopf begann es zu summen. Ein Hochstapler – oder sollten sie wirklich so viel Glück haben?

»Wozu brauchen Sie solche Mengen Gänseschmalz?«, fragte sie, während gleichzeitig Zahlenreihen durch ihr Hirn ratterten. Für eine einzige amerikanische Zigarette wurde unter der Hand bis zu vierzig Mark verlangt. Wie viele davon steckten in einem Päckchen? Und erst recht in einer Stange? Sie hatte niemals geraucht und daher nicht die blasseste Ahnung. »Verzeihung, aber ich muss das wissen.«

»Nicht für mich persönlich«, erwiderte er. »Ich arbeite für das *American Jewish Joint Distribution Committee*, kurz JOINT genannt. Zu unseren Aufgaben gehört die Betreuung von Unterkünften, in denen ehemalige jüdische KZ-Gefangene untergebracht sind. Haben Sie eine Ahnung, wie stark unterernährt viele von ihnen noch immer sind? Die U.S. Army versorgt sie zwar mit Lebensmitteln, doch der Nachschub aus der hiesigen Landwirtschaft funktioniert leider nur mäßig. Insbesondere Fett ist oft nur schwierig zu bekommen, vor allem, wenn es nicht von Schweinen stammt und somit nicht gegen unsere Speisegesetze verstößt.«

Toni hatte noch immer keinen Preis genannt, weil sie nicht wusste, was sie verlangen sollte.

»Ich biete Ihnen acht Stangen mit je acht Packungen à zwanzig *Lucky Strikes*«, sagte der Mann.

»Sechzehn Stangen«, entgegnete Toni, ohne lange nachzudenken, während Rosa neben ihr scharf die Luft einsog.

»Zehn.«

»Dann müssen Sie Ihr Gänseschmalz leider anderswo beziehen.« Inzwischen begann Toni Gefallen an der Situation zu finden. Sie hatte ihn an der Angel, das spürte sie. Jetzt kam es darauf an, wer die besseren Nerven hatte.

»Es geht um ausgehungerte Menschen in Not, verehrtes Fräulein«, setzte er nach.

»Was Hunger ist, wissen wir auch«, schaltete sich Rosa ein. »Mein Mann ist vermisst, mein Sohn in französischer Kriegsgefangenschaft bekommt kaum etwas zu essen, und meine Jüngste hat ...«

»Schon gut!«, unterbrach er sie. »Zwölf Stangen – mein letztes Wort.«

»Vierzehn«, kam von Toni, die vor lauter Aufregung eiskalte Hände hatte. »Eine Stange pro Kilo. Das passt doch gut. Und Sie bekommen unser gesamtes Schmalz.«

Er lächelte dünn.

»Pokern können Sie, das muss man Ihnen lassen.« Er streckte ihr seine Hand entgegen. »Einverstanden! Sie bringen uns morgen das Schmalz in unser Büro in der Siebertstraße ...«

»Stop!«, unterbrach ihn Toni. »*Sie* bringen *uns* die Stangen – und danach erhalten Sie sofort das Schmalz. Am besten gleich morgen sehr früh. Sagen wir fünf Uhr? Publikum brauchen wir ja nicht dazu, aber ein Leiterwagen und ein paar Planen zum Abdecken wären sicherlich hilfreich.«

»Dürfte es auch ein Auto sein?«

»Ganz wie Sie wollen.« Seine Ironie überging sie. »Hauptsache, Sie haben die Zigaretten dabei. Ich erwarte Sie an der Ismaninger Straße 102. Wir wickeln alles in der Hofeinfahrt ab. Dort sind wir um diese Zeit ungestört.«

»Ich werde da sein. Ich hoffe, Sie auch.«

»Davon können Sie ausgehen, Mr. ...«

»Lindow«, sagte er. »Als meine Vorfahren noch in Frankfurt lebten, haben wir Lindau geheißen.«

Es war so gut gelaufen, dass Toni es selbst kaum glauben konnte: Das Gänseschmalz war verkauft – und sie hatten dafür vierzehn Stangen Lucky Strikes bekommen!

Lindow war pünktlich gewesen, flankiert von einem jüngeren Mann, der die Schmalzgläser in einen dunklen Pkw geladen hatte, nachdem Toni die beiden großen Trageschen mit den Zigaretten in Empfang genommen hatte. Natürlich hatte sie sofort nachgezählt und Rosa, die sie zur Sicherheit begleitet hatte, gleich noch ein zweites Mal.

»Was sich damit alles anfangen lässt!«, flüsterte die versonnen, als sie sich anschließend in Vevs Schlafzimmer versammelt hatten.

»Für so eine Organisation aus Amerika – vorausgesetzt, die Angaben des Herrn Lindow stimmen – sind ein paar Stangen Zigaretten doch ein Klacks«, sagte Vev.

»Aber für uns sind sie ein Vermögen«, sagte Rosa.

»Und genauso müssen wir es auch behandeln. Das ist nichts zum Verprassen, Mädels! Wir gehen sparsam damit um. Die Zeiten können nämlich noch schlechter werden.«

»Behalt sie am besten gleich hier bei dir«, sagte Rosa. »Unter all deinem vielen Krimskrams sind sie am sichersten verwahrt. Denn wenn sie Benno in die Hände fallen ...«

»Gute Idee«, sagte Toni. »Aber ein Päckchen davon will ich bitte gleich, Tante Vev. Ich möchte mich ›flüssig‹ fühlen. In diesen Tagen weiß man nie, was einem alles so über den Weg läuft!«

Vev reichte ihr die Packung, und Toni schnupperte neugierig daran.

»Ich weiß gar nicht, was die Leute daran finden«, sagte sie kopfschüttelnd. »Ich kann Tabak so gar nichts abgewinnen.«

»Betäubt den Hunger«, erklärte Anni, die sich inzwischen ebenfalls dazugesellt hatte. »Und macht, dass du dich frei fühlst. Im Großen Krieg habe ich geraucht, sobald ich auch nur einen Krümel Tabak auftreiben konnte. Damit war alles irgendwie leichter zu ertragen, obwohl das natürlich eine Illusion war.«

Toni sandte ihr einen erstaunten Blick.

Kaum vorstellbar, dass ihre biedere, stets ängstliche Tante eine starke Raucherin gewesen sein sollte!

»Irgendwann während der Inflation wurden Zigaretten dann so teuer, dass ich aufhören musste«, fuhr sie fort. »Außerdem wurde ja auch mein Benno immer größer, und eine Mama, die raucht, sollte er nicht erleben müssen ...«

»Ich hör ihn draußen schon«, sagte Toni. »Wir sollten unseren kleinen Zirkel schleunigst auflösen, sonst schöpft er noch Verdacht.«

»Geh du doch schon mal vor, Annemie«, sagte Vev. »Rosa und Toni kommen dann gleich nach.« Sie seufzte, als sie nur noch zu dritt waren. »Ihre Mutterliebe in allen Ehren, aber ich halte sie manchmal kaum noch aus. Und Benno erst recht nicht.«

»Er braucht dringend eine Arbeit«, sagte Rosa. »Dann wird er sicherlich wieder umgänglicher. Wenn er doch nur nicht diesen lahmen Arm hätte ...«

»Hat er aber«, sagte Toni. »Und es wird nicht besser, wenn er sich nicht endlich damit abfindet. Ich hatte sogar schon daran gedacht, Herrn Dr. Heubner zu fragen, ob der ihn nicht vielleicht brauchen könnte, sobald der Verlag wieder aufmacht. Aber einen wie Benno empfiehlt man eben niemandem gern.«

»Er *muss* etwas finden«, sagte Vev. »Sonst werde ich noch wahnsinnig. Aber jetzt erst einmal etwas ganz anderes: Anni hat doch gesagt, dass es am Viktualienmarkt unter der Hand Bohnenkaffee gibt!«

Die beiden nickten.

»Warum radelst du dann nicht hin, Toni, und besorgst uns ein paar Gramm? Das nötige Kleingeld dafür haben wir ja jetzt. Dann brühen wir uns frischen Kaffee auf und lassen es uns heute Nachmittag endlich wieder mal richtig gut gehen!«

*

»Ich weiß nicht, Captain Walker. Niemand möchte doch, dass plötzlich eine wildfremde Person in der eigenen Wohnung einquartiert wird.« Unsicher linste sie nach oben. »Und das Haus sieht so nobel aus!«

»Das ist eine offizielle Einweisung der Militärregierung. Kein Deutscher wird es wagen, dagegen aufzubegehren.« Er lächelte sie aufmunternd an. »*Come on, Griet!* Niemand wird Sie fressen. Und große Auswahl gibt es ohnehin nicht. Ist ja fast alles kaputt hier in München. Zimmer in solchen Häusern ohne Bombenschäden sind mehr als rar. Wir gehen zusammen rein, *okay*?«

Griet linste noch einmal prüfend an sich hinab, aber heute konnte sie sich wirklich sehen lassen. Das erdbeerrote Kleid, das ihr die Frau des Kochs überraschend spendiert hatte, saß erstaunlich gut. Und sie hatte ihre Hände geschrubbt, bis alle Schmutzspuren verschwunden waren. Die warme Dusche neben dem Gästezimmer des Offizierskasinos hatte wahre Wunder bewirkt. Am liebsten wäre sie für immer dort eingezogen. Aber das konnte sie natürlich nicht.

»Okay«, sagte sie schließlich, und er drückte auf den Klingelknopf.

Neureuther stand auf dem kupfernen Schild darunter. Darüber waren auf einem Stück Pappe zwei weitere Namen provisorisch angeklebt. *Brandl* las sie. Und *Lochner*.

Schien eine große Familie zu sein.

Seite an Seite stiegen sie in den zweiten Stock hinauf. Das Treppenhaus mit dem Holzboden wirkte so sauber und aufgeräumt, als hätte es niemals einen Krieg gegeben.

Griets Mut sank mit jeder Stufe, die sie weiter nach oben gelangten.

»Zum Kasino in der Maria-Theresia-Straße sind es von hier aus nur ein paar Gehminuten«, wiederholte Captain Walker, als müsse er sie noch einmal aufmuntern. »Nicht ganz unwichtig, denn es kann abends auch schon mal später werden. Natürlich werden Sie nach Hause gebracht, falls dann schon Sperrstunde sein sollte. Allerdings habe ich gehört, dass diese bald weiter verkürzt werden soll. Die Leute wollen wieder feiern – nicht nur die Angehörigen der U.S. Army.« Er lächelte.

An der offenen Wohnungstür empfing sie eine große Frau mit silbernem Haar und grimmiger Miene. Neben ihr stand ein langbeiniges Kind mit dicken Kupferzöpfen.

»Sie wünschen?«, fragte sie knapp.

»Spreche ich mit Genoveva Neureuther?«, fragte Walker zurück.

»In der Tat. Wer sind Sie?«

»Captain Walker von der *Rainbow Division*«, erklärte er. »Und das ist Frau van Mook – Ihre neue Untermieterin.«

Griet sah, wie die alte Dame nach Luft schnappte, doch es gelang ihr, sich schnell wieder halbwegs zu fassen.

»Sie zieht bei mir ein?« Ihre Stimme wurde hoch. »Auf der Stelle?«

»Erst in ein paar Stunden«, sagte der Captain. »Frau van Mook verschafft sich zunächst einen Überblick, was an Möbeln alles vorhanden ist. Wir dürfen eintreten?«

»Bitte sehr.« Sichtlich reserviert machte sie Platz und zog dabei das Mädchen mit sich.

An der Garderobe im Flur hingen mehrere Jacken, alles

Damensachen, wie Griet zunächst erleichtert feststellte, bis sie ganz oben auf der Ablage einen grünen Herrenhut entdeckte.

Also doch nicht nur Frauen.

Und es duftete nach frisch gemahlenem Kaffee, was der Wohnungsinhaberin ausgesprochen peinlich zu sein schien.

Kein Wunder – auf legalem Weg war Bohnenkaffee, wie Griet wusste, eigentlich nicht zu bekommen.

»Hier entlang«, sagte die Neureuther. »Es handelt sich um mein Wohnzimmer, schön groß und sehr sonnig. Mein verstorbener Mann und ich sind hier immer gern zusammen gesessen.«

Griet spürte, wie sich ihre Schulterblätter zusammenzogen.

Sie wollte sie nicht hier haben! Eindeutiger ging es kaum. Vermutlich hasste sie sie jetzt schon.

»Ausgezeichnet«, sagte Walker, der sich ungeniert im ganzen Raum umschaute. »Was die Möbel betrifft: Die Lampen können Sie so lassen, ebenso die Bilder, den Vorhang und auch den großen Sessel. Die Couch allerdings …«

»… ist ausziehbar«, sagte eine junge dunkelhaarige Frau, die dem Zopfmädchen ähnlich sah und plötzlich mit im Zimmer stand. »Etwas anderes zum Schlafen können wir leider nicht anbieten.«

»Dann braucht Frau van Mook nur noch einen Schrank«, sagte Walker. »Dafür müsste allerdings das hier eingebaute Regal entfernt werden.«

Die junge Frau funkelte ihn zornig an.

»Meine Großtante ist sechsundsiebzig«, sagte sie. »Und damit wohl ein wenig zu alt zum Möbelschleppen. Außerdem: wohin damit? Jedes Zimmer hier ist belegt. Und der Keller überfüllt.«

»Geht schon in Ordnung«, sagte Griet schnell. »Das wenige, das ich habe, passt in die unteren Fächer. Ich schiebe die Bücher einfach zur Seite.«

Ihr bemühtes Lächeln wurde nur vom Captain erwidert.

»Badezimmerbenutzung selbstredend eingeschlossen«, fuhr er fort. »Die Küche wird Frau van Mook vermutlich nicht allzu oft beanspruchen, denn sie arbeitet im amerikanischen Offizierskasino, wo sie wechselnde Schichten hat. Händigen Sie ihr doch bitte eine Kopie des Haustür- und Wohnungsschlüssels aus. Habe ich sonst noch etwas vergessen?«

»Den Preis für das Zimmer«, sagte die junge Dunkelhaarige in aufsässigem Tonfall. »Oder hatten Sie etwa an eine kostenlose Einquartierung gedacht? Zwanzig Mark müssen wir dafür schon verlangen. Zahlbar pünktlich jeweils am Monatsanfang.«

»In Ordnung«, sagte Griet belegt, die sich am liebsten unsichtbar gemacht hätte.

»In Ordnung«, wiederholte nun auch der Captain und sandte der jungen Deutschen einen strengen Blick. »Frau van Mook steht übrigens unter meiner speziellen Obhut. Das sollten Sie wissen.«

»A Ami-Flitscherl ist des, und sonst gar nix«, keifte Anni, kaum waren der Captain und seine Begleitung wieder abgezogen. »Ich hab sie ja nur von hinten gesehen, aber das hat mir schon gelangt!«

»Sie redet irgendwie komisch«, sagte Bibi. »Schon flüssig deutsch, aber es klingt so singend. Als ob sie nicht von hier wäre. Eigentlich fand ich sie ganz nett. Und hübsch ist sie auch, mit ihrem roten Kleid und den lockigen blonden Haaren.«

»Sie bezieht mein schönes Wohnzimmer – und wir können nicht das Geringste dagegen unternehmen.« Tante Vev schmeckte auf einmal nicht einmal mehr der heiß ersehnte Kaffee. »Eigentlich sind wir ganz schön dumm: Rosa und Bibi wissen kaum noch wohin – und sie kriegt jetzt den schönsten Raum.«

»Das hättest du dir früher überlegen müssen, Tante Vev«, sagte Rosa. »Bevor die Amis zur Wohnungsinspektion da waren.«

»Recht hast du. Ich könnte mich ohrfeigen ...« Vev ließ den Kopf hängen. Dann aber hob sie ihn wieder und blinzelte in die Runde. »Und wenn wir es doch noch ganz schnell umändern, bevor sie mit Sack und Pack hier anrückt? Schließlich arbeitest du ja auch noch hier!«

»Du hast diesen Captain doch gehört. *Sie steht unter meiner speziellen Obhut.*« Toni hatte den amerikanischen Akzent des Captains übertrieben nachgeäfft. »Damit handeln wir uns garantiert bloß Ärger ein. Es sei denn ...«

Sie hielt inne, und alle in der Küche hingen an ihren Lippen.

»Sie geht freiwillig wieder. Dann könnte uns niemand etwas anhaben. Nicht einmal der schmucke Captain, der so gut Deutsch spricht.«

Er hatte ihr gefallen, trotz seines nicht gerade freundlichen Auftritts. Aber das würde er niemals erfahren. Außerdem waren Annäherungen zwischen Angehörigen der Alliierten Streitkräfte und Einheimischen ohnehin strengstens untersagt.

»Und wie bringen wir sie dazu?«, fragte Anni.

»Och«, sagte Toni und begann dabei verschmitzt zu grinsen. »Da fiele mir durchaus etwas ein ...«

Sie steckten die Köpfe zusammen und kicherten wie Schulmädchen. Irgendwann war die Kaffeekanne leider leer, und Toni erledigte den Abwasch. Bei ihrer Tour auf den Viktualienmarkt hatte sie zwei weitere Lucky Strikes in ein Kilo Rindfleisch sowie in Rindsleber, Markknochen und Suppengemüse investiert, alles maßlos übertrauert, aber ebenso wie der Kaffee lang entbehrte Genüsse. War nicht einfach gewesen, das überhaupt aufzutreiben, mittlerweile wusste Toni jedoch, wie man nachbohren musste, wenn man zu etwas kommen wollte. Die Leber, passiert und mit altem Brot weiterverarbeitet, stand erst für morgen auf dem Speiseplan. Alles andere simmerte bereits leise in einem großen Topf vor sich hin, und die ganze Familie freute sich darauf.

»Ta-fel-spitz«, summte Toni vor sich hin. »Und morgen gibt es dann Le-ber-knö-del – wie fein, wie fein, wie fein ...«

Das Klingeln riss sie aus ihrer wiedergewonnenen guten Laune.

Als sie öffnete, stand sie der neuen Untermieterin gegenüber.

»Guten Abend«, sagte Griet. »Da bin ich.«

Sie war allein. War die Unterstützung des smarten Captains lediglich eine Behauptung gewesen?

»Wo Ihr Zimmer ist, wissen Sie ja bereits«, erwiderte Toni. »Das ist alles, was Sie dabeihaben?«

Ein abgeschabter Koffer und eine Art Bündel, in dem sie Bettzeug vermutete.

Griet nickte.

»Ich lege die Sachen nur ab«, sagte sie. »Dann muss ich gleich wieder zurück ins Kasino. Dort findet heute Abend eine Gesellschaft statt. Die brauchen jede Hand.«

»Sie arbeiten dort als Bedienung?«, rutschte es Toni heraus.

»Ich bin nur Küchenhilfe«, sagte Griet. »Und sehr glücklich darüber.«

»Ich gebe Ihnen noch die Schlüssel, bevor Sie ins Kasino gehen.« Toni zögerte. Dann stellte sie die Frage doch, die sie noch beschäftigte: »Woher stammen Sie eigentlich?«

»Aus den Niederlanden. Ich bin aus Haarlem.« Griet verschwand in ihrem Zimmer.

Nach einer Weile kam Benno nach Hause und schnupperte, als er die Küche betrat.

»Kaffee«, sagte er. »Hier riecht es ja nach echtem Bohnenkaffee – und nach Rindsbouillon! Da hab ich heute ja offenbar was verpasst …«

»Hast du«, sagte Bibi, die auch schon hungrig auf das Abendessen lauerte und offenbar beschlossen hatte, die Küche nicht mehr zu verlassen, bis alles fertig war. »Kaffee ist schon aus, die Suppe gibt es gleich. Aber das Spannendste weißt du ja noch gar nicht: Wir haben jetzt eine

Untermieterin! Blond ist sie und ziemlich hübsch, und sie redet so komisch …«

»Weil sie aus Holland ist«, ergänzte Toni. »Hat sie mir eben gesagt.«

In diesem Moment streckte Griet den Kopf in die Küche.

»Störe ich? Ich wollte nur meine Schlüssel …« Sie erstarrte, als sie Benno erblickte, und wurde blass.

Benno erstarrte nicht minder.

»Ihr beide kennt euch?«, fragte Toni irritiert. »Woher?«

»Allerdings«, erwiderte Benno dumpf. »Das ist eine der KZlerinnen, die ich bei der Agfa bewachen musste.«

NEUN

München, Herbst 1945

Ausgerechnet Lochner!

Im ersten Moment, als sie seinen runden Schädel in der Küche erblickte, wollten Griets Beine unter ihr nachgeben. Das konnte, das *durfte* nicht wahr sein.

Rotzak – Mistkerl – so hatten sie ihn genannt, erst heimlich, bald aber ganz unverhohlen, weil er sich niemals die Mühe gemacht hatte, auch nur ein einziges niederländisches Wort zu lernen. Ihr war er von Anfang an zuwider gewesen, dabei hatte er sich auf sie persönlich noch gar nicht eingeschossen. Weibliche Häftlinge, die er nicht leiden konnte, hatten unter ihm nichts zu lachen: Jeder Fehler wurde lautstark moniert, auch das kleinste Nachlassen im Tempo an den Werkbänken unbarmherzig an die Fabrikleitung weitergegeben. Dann ließ er nacharbeiten oder strich die wenigen Ruhepausen streng zusammen, als bereitete es ihm Freude, sie zu quälen. Und doch hatte es eine ganze Weile gedauert, bis ihm aufgefallen war, dass die Häftlingsfrauen immer mehr Ausschuss produzierten, so wie sie es in der Unterkunft heimlich untereinander vereinbart hatten: jeder defekte Zündkopf – ein kleiner Sieg gegen die Nazis!

Schließlich aber schäumte er vor Wut und nahm jede

einzeln in die Mangel, aber er hatte nicht mit ihrer Durchhaltekraft gerechnet. Keine der Frauen gab auch nur das Geringste zu, alle stellten sie sich dumm und ließen sich von ihm auf diese Weise nicht unterkriegen. Wahrscheinlich hoffte Lochner, die Kürzung der ohnehin mageren Essensrationen, die schließlich verfügt wurde, weil das KZ Dachau nichts mehr ins Außenlager liefern wollte, würde sie endgültig in die Knie zwingen. Doch genau das Gegenteil trat ein: Die Häftlingsfrauen begehrten auf gegen die Wassersuppe, die ihnen nun vorgesetzt wurde, und traten im Januar geschlossen in Streik.

Nun wurde tagelang gar kein Zündkopf mehr vollendet, und Lochner musste sich vor seinen Vorgesetzten rechtfertigen. Die Schmach, nicht einmal mit rechtlosen Frauen fertig zu werden, brannte in ihm, und er sann auf Rache. Doch nicht er, sondern die Frauen setzten sich schließlich durch. Nach den Verhandlungen, die Tante Han als ihre Sprecherin mit der Werksleitung geführt hatte, wurde die Suppe wieder etwas gehaltvoller, und sie kehrten an ihre Arbeit zurück. Erstaunlicherweise wurde danach keine Kollektivstrafe verhängt, wie sie alle befürchtet hatten. Nur eine einzige Frau kam als Exempel ins KZ Dachau, wo sie die folgenden Wochen in einer Einzelzelle verbringen musste, bevor man sie wieder zurück ins Giesinger Außenlager verfrachtete.

All das war auf Griet in jenem Moment wieder eingestürzt – und es hatte sie seitdem nicht mehr verlassen.

Am Abend, als die Offiziere satt waren und in der Kasinoküche wieder etwas Ruhe eingekehrt war, trat Walker zu Griet.

»Wie geht es Ihnen? Haben Sie sich in Ihrem neuen Zimmer schon ein wenig eingelebt?«

Griet sah ihn an, und plötzlich brach alles aus ihr heraus. »Lochner hat dafür gesorgt, dass mich die anderen aus seiner Familie jetzt für kriminell halten. Wie eine Aussätzige habe ich mich gefühlt!«, endete sie ihre Schilderung verzweifelt.

»Hat er Sie körperlich gequält, Griet?«, wollte der Captain wissen. »War er einer der Aufseher im KZ?«

»Nein, er war direkt im Agfa-Werk angestellt und hat dort unsere Arbeit kontrolliert. Sein linker Arm ist gelähmt. Eine Kriegsverletzung, so weit ich weiß. Geschlagen hat er keine, uns aber bis zur Schmerzgrenze drangsaliert, indem er uns an die SS verpetzt hat.«

Die lüsternen Blicke, die Lochner ihr schon damals zugeworfen hatte, behielt Griet aus Schamgefühl für sich. Nach Beendigung des Streiks war es von Tag zu Tag immer unerträglicher geworden.

»Mmh.« Nachdenklich rieb Walker sich übers Kinn. »Es war schon sehr schwirig, überhaupt ein Zimmer für Sie aufzutreiben, Griet, und jetzt, wo der Herbst bevorsteht, dürfte die Lage noch übler werden. Viele Ruinen, in denen Leute hausen, sind massiv einsturzgefährdet und müssen abgerissen werden. Heizung gibt es so gut wie keine, nirgendwo. Die Wohnungsmisere frisst uns halb auf.«

Griet nickte stumm.

»Wäre er bei der SS gewesen«, fuhr Walker fort, »würden wir ihn natürlich sofort verhaften. Aber wenn wir jeden Zivilisten, der mit KZ-Häftlingen in Kontakt war, festnehmen wollten, kämen wir zu gar nichts anderem mehr. Ich hoffe, dafür haben Sie Verständnis. Es gibt so viel aufzuräumen in diesem Land. Wir müssen uns auf das Wesentliche konzentrieren.«

Griet verstand, was er ihr damit sagen wollte, auch wenn es ihr nicht gefiel: Sie musste in dieser Wohnung bleiben und Lochners Gegenwart ertragen – und das wohl noch eine ganze Weile.

Ein wenig leichter wurde es für sie, als sie ein paar Tage später erfuhr, dass Walker eine Offizierswohnung am Anfang der Possartstraße bezogen hatte, deren ursprüngliche Mieter der U.S. Army hatten weichen müssen. Die Vorstellung, ihn so nah zu wissen, beruhigte Griet. Auf Spaziergängen durch das Viertel, die sie in ihrer Freizeit unternahm, ging sie besonders gern an diesem Wohnblock mit dem Giebelschmuck vorbei. Allerdings traf sie ihn dort niemals »zufällig« an, wie sie insgeheim gehofft hatte.

Vielmehr blieb sie den restlichen Sommer allein mit ihrer Sehnsucht, denn Dan Walker verhielt sich ihr gegenüber so mustergültig korrekt, dass ihre romantischen Träumereien nach und nach zerstoben. Im Kasino war er höflich und freundlich zu ihr, wenngleich spürbar distanziert, wohl auch, um den Kameraden keinen Gesprächsstoff zu liefern, wie sie vermutete.

An manchen Tagen war es ihr recht, weil sie sich von ihm respektiert und geachtet fühlte, an anderen wiederum haderte sie schwer damit.

Was genau erhoffte sie sich eigentlich von ihm?

Dass er mitten im Kasino vor ihr auf die Knie fiel und ihr öffentlich seine Liebe gestand?

Dan hatte sie aus dem Lager geholt, nach München gebracht, ihr dort ein Zimmer und eine Arbeitsstelle verschafft – er hatte so viel für sie getan. Aber war damit sein Interesse an ihr nun erschöpft, weil er lediglich aus Mitleid gehandelt hatte? Vielleicht wartete ja daheim in Chicago eine Freundin oder gar eine Verlobte auf ihn, der er, anständig wie er war, auch in Übersee die Treue hielt.

Griet hatte sich so fest vorgenommen, nicht mehr an Juris hässliche Worte zu denken, mit denen er sie damals am Badehaus empfangen hatte – und musste es doch immer wieder tun.

Sie nehmen keine gebrauchten Frauen. GIs suchen hier nur Vergnügen. Dann sie gehen zurück nach Hause und heiraten Mädchen von dort ...

Der Sommer ging unwiederbringlich zu Ende, und Lochner hatte ihr bislang nichts getan – außer sie weiterhin auf seine gierige Weise zu beäugen, was unangenehm genug war. Lauerte er auf eine Gelegenheit, weiter zu gehen?

Griet wurde schon übel, wenn sie nur daran dachte.

In ihrem Zimmer, das sie stets abschloss, bevor sie die Wohnung verließ, fühlte Griet sich zwar sicher, doch sobald sie auch nur einen Fuß hinaussetzte, fühlte sie sich unbehaglich, und das lag leider nicht nur an Lochner.

Wie sehr fast alle in dieser Wohnung sie spüren ließen, dass sie unerwünscht war!

Hätten die anderen sich auch nur ein wenig freundlicher verhalten, hätte Griet sich die Mühe gemacht, ihnen ausführlich darzulegen, dass die Arbeit für den holländischen Widerstand sie ins KZ gebracht hatte, und kein Verbrechen. So aber sollten diese Moffen doch glauben, was sie wollten!

Die alte Wohnungsinhaberin, die ihr höflich, aber ausgesprochen kühl entgegentrat, beeindruckte Griet noch am ehesten. Das betraf nicht nur die Würde und Autorität, die sie ausstrahlte, sondern auch die Sorgfalt, mit der sie sich zurechtmachte. Vor dem Krieg musste Genoveva Neureuther wohlhabend gewesen sein, das verrieten ihre Kleidung, die zwar abgetragen, aber qualitätsvoll war, vor allem jedoch die Schmuckstücke, die sie ab und zu anlegte. Am auffallendsten davon war eine mit funkelnden Edelsteinen besetzte Brosche in Gestalt eines Rad schlagenden Pfaus.

Lochners verhuschte Mutter lag ihr deutlich weniger. Sie arbeitete in einer nahe gelegenen Fabrik und scharwenzelte, kaum dass sie wieder zu Hause war, wie eine aufgeregte Glucke ständig um ihren Sohn herum, der auf der faulen Haut lag und ihre Dienste selbstherrlich in Anspruch nahm. Es schien an Lochner zu nagen, dass er nun niemanden mehr rumkommandieren konnte. Obwohl Griet sich sofort zurückzog, sobald er auftauchte, bekam sie doch mit, wie gereizt und unfreundlich er zu allen in der Familie war. Ihre Abneigung gegen ihn wuchs von Woche zu Woche – was für ein Ekelpaket!

Annis Schwester Rosa, die Schneiderin, schien von früh bis spät an der Nähmaschine zu sitzen und hatte für Griet allenfalls einen knappen Gruß übrig, wenn sie sich in der Wohnung über den Weg liefen. Vermutlich nahm sie es ihr übel, dass sie selbst mit ihrer jüngsten Tochter in einen kleinen Raum gepfercht war, in dem sie auch noch ihre

Näharbeiten erledigen musste, während Griet ein großes Zimmer ganz für sich alleine hatte. Zumindest verhielt sie sich nicht so offen feindselig wie Toni, ihre ältere Tochter, die sich keinerlei Mühe machte, ihre Abneigung gegen die aufgezwungene Untermieterin zu kaschieren.

Ob sie einen Freund hatte, von dem Mutter und Tanten nichts wissen sollten?

Es gab da einen schlanken, gut angezogenen jungen Mann mit hellbraunen Locken, den Griet schon einige Male mit ihr zusammen auf der Straße, aber noch nie in der Wohnung gesehen hatte. Allerdings schien er eher zu dem Typ Mann zu gehören, dem *alle* Frauen gefielen. Auch Griet hatte er schon ein paarmal so eingehend von oben bis unten taxiert, dass sie errötet war.

War Toni Brandl auch deswegen so gereizt?

Anfangs war es vor dem Badezimmer mehrfach zum Konflikt mit ihr gekommen, weil beide es zur gleichen Zeit benutzen wollten.

»Jetzt aber dalli«, hatte Toni geknurrt. »Sie sind schließlich nicht die Einzige, die halbwegs sauber aus dem Haus muss.«

Griet vollzog ihre Morgentoilette in Windeseile, Toni jedoch schien selbst das noch immer zu lange zu dauern. Deshalb gewöhnte Griet sich schließlich an, schon ins Bad zu schlüpfen, bevor es hell wurde. Wenn sie für die erste Schicht eingeteilt war, lief sie anschließend gleich weiter zum Kasino. Auf dem Weg in die Maria-Theresia-Straße, wo es in einer zweistöckigen gelben Villa mit hübschem Vorgärtchen untergebracht war, konnte Griet ganz in Ruhe ihre Gedanken sortieren. Franz Heller, der Koch, hatte nichts dagegen, wenn sie nach der Ankunft dort erst kurz frühstückte, bevor sie mit der Arbeit begann. Er gönnte sich dann meist selbst das erste Bier; im Lauf des Tages konnte er es dann schon mal auf einige Büchsen bringen.

Es war immer noch ein kleines Wunder für Griet – essen zu dürfen, bis sie satt war. Jetzt musste sie nichts mehr in sich hineinschlingen, aus Angst, es sei vielleicht die letzte Mahlzeit für lange Zeit, sondern konnte sich wieder leisten zu kauen, zu schmecken und zu genießen. Da sie zusätzlich zu den knappen Rationen, die ihr auf Lebensmittelmarken zustanden, in der US-Küche so manches unter der Hand bekam, begann ihr Körper sich langsam zu verändern. Allmählich erhielt Griet wieder weibliche Kurven, die regen Anklang zu finden schienen, wie sie an den Blicken der Männer im Kasino, aber auch auf der Straße bemerkte. Die geschenkten oder gespendeten Kleidungsstücke schlabberten nicht länger an ihr herum, und bei einigen musste sie sogar die Seitennähte herauslassen, um sie weiterhin tragen zu können.

Bei den Offizieren allerdings kam Hellers Kochkunst nicht so gut an. Wenn Griet beim Abräumen der Tische mithalf, was häufiger vorkam, hörte sie viele von ihnen murren.

»*This guy can't cook at all*«, beschwerten sie sich untereinander. »*His steaks taste like old shoes. Maybe he shouldn't drink so much ...*«

Griet musste zugeben, dass die Männer nicht ganz unrecht hatten. Sich als Kritikerin bei Fleischgerichten aufzuspielen, maßte sie sich nach den erlittenen Hungerjahren nicht an, doch fürs Würzen generell besaß Heller in der Tat kein Geschick. Seine Gerichte schmeckten fad und austauschbar, was zu immer mehr Kritik führte. Der Augsburger traf einfach nicht den Geschmack der Amerikaner, die sich alles etwas deftiger, salziger oder süßer gewünscht hätten, wie sie es von zu Hause gewohnt waren. Von seinen Beiköchen ließ er sich nichts sagen, sondern schien ganz und gar überzeugt von seiner Kunst am Herd zu sein, was sich noch verstärkte, je mehr er beim Kochen trank. Griet arbeitete dennoch gern unter ihm, denn die geräumige Küche im Souterrain der Villa war bestens ausgerüstet: Kühlschrank, KitchenAid, elektrischer Toaster, blitzende Kochtöpfe, Geschirr sowie Lebensmittel in Hülle und Fülle – all das erschien Griet nach der Zeit in den Lagern als echtes Eldorado. Zudem war Heller meistens gut gelaunt und erwies sich als ausgesprochen großzügig; speziell sie schien ihm irgendwie leidzutun, und er behandelte sie freundlicher als seine Beiköche und die männlichen Küchenhilfen. Blieben Reste übrig, so forderte er Griet immer wieder auf, sich etwas für zu Hause einzupacken, ja, wenn er nicht mehr ganz nüchtern war, drängte er sie geradezu. Griet nahm das Angebot gerne an, nicht zuletzt, weil sie damit die ihr verleidete Küchenbenutzung in der Ismaninger Straße umgehen konnte.

Zweimal war sein Angebot so großzügig ausgefallen, dass sie Bibi ganz spontan etwas von den kleinen *pancakes* abgegeben hatte. Die Jüngste der Familie war ihr von Anfang an mit unbefangener Neugierde begegnet, die sich nach diesen Episoden zu einer ehrlichen Freundlichkeit gesteigert hatte. Ab und zu vertraute sie ihr sogar etwas an, das offenbar nicht für die Ohren der Familienmitglieder bestimmt war, und Griet bemühte sich, die passenden Ratschläge zu geben.

Mitte September war der Schulbetrieb in München wieder aufgenommen worden. Bibi besuchte die 6. Klasse des St. Anna Gymnasiums im Stadtviertel Lehel, das sie mit der Straßenbahn erreichen konnte. Jetzt wurde es morgens noch hektischer in der Wohnung, wenn alle zur gleichen Zeit aus dem Haus mussten. Das Mädchen lernte gern, nur mit Mathematik wollte es nicht richtig klappen, was sie manchmal wahrlich zur Verzweiflung treiben konnte.

»Ich kapier das einfach nicht!«, stöhnte sie lauthals am Küchentisch. »Dass man Bruchrechnen beherrschen sollte, geht mir ja gerade noch ein, aber wozu in aller Welt braucht man Achsenspiegelungen oder Winkelhalbierende?«

Leider gab es in der Familie niemanden, der ihr das hätte erklären können, in diesem Fall nicht einmal Griet, für die Mathe ebenfalls ein Buch mit sieben Siegeln geblieben war. Zum Glück freundete sich Bibi mit einer Klassenkameradin an. Bei der verbrachte sie nun viele Nachmittage zum Mathepauken, was die Wohnungsenge zumindest stundenweise etwas erträglicher machte.

Griet hörte trotzdem nicht auf, von ihren eigenen vier Wänden zu träumen, in denen sie sich nach Belieben bewegen konnte, und als Lenis sehnsüchtiger Brief sie erreichte, verstärkte sich dieser Wunsch noch. Die Freundin war mit ihrem Säugling bei einer alten Frau im Örtchen Eresing untergekommen, der »Dorfhexe«, wie sie schrieb, die ihre heilkundigen Tätigkeiten schon seit Jahrzehnten im Schatten des Klosters ausübte. Die schwarze Els gab nichts auf das Gerede über die junge Polin und deren Bankert, um die die anderen Nachbarn einen weiten Bogen machten. Denn dass Leni eine Kriegerwitwe war, glaubte niemand in Eresing. Und weil viele der Männer im Dorf bei ihrem Anblick hungrige Augen bekamen, gifteten die Frauen Leni derartig an, dass die sich sonntags kaum noch in die Messe traute.

»Aber Els ist gut. Sie gibt uns Zimmer und Essen aus Garten«, schrieb sie. *»Was soll werden im Winter, ich weiß nicht. Können nicht kommen und wohnen bei dir?«*

Das konnten sie definitiv nicht.

Denn an manchen Tagen, wenn ihr die Abneigung in der Wohnung wieder als eisiger Wind entgegenblies, wusste Griet nicht einmal, wie lange sie selbst das noch ertragen würde.

*

Seitdem die Holländerin mit in der Wohnung lebte, war das Familienleben um Toni herum in Schieflage geraten. Vorbei die geselligen Stunden in der Wohnküche, wo sie alle zusammen gegessen und gemütlich geratscht hatten. Tante Vev kam oft nur noch zu den Mahlzeiten aus ihrem Zimmer, Anni hetzte blass und abgemagert zwischen Togal, Krämerin und Wohnung hin und her und starrte Griet an wie ein Kalb mit zwei Köpfen. Auch Tonis Mutter schien sich unbehaglich zu fühlen und wirkte jedes Mal fast erleichtert, wenn sie sich wieder an ihre Nähmaschine setzen konnte.

Und Benno?

Etwas Vernünftiges war nicht aus ihm herauszubekommen. Auf Tonis Nachfrage hin hatte er etwas von aufsässigen, schamlosen Ausländerinnen gemurmelt, denen er erst hatte zeigen müssen, wie fleißiges Arbeiten ging – aber stimmte das auch wirklich?

Dass es KZlerinnen waren, die er bei Agfa kontrolliert hatte, bekam Toni an jenem besagten Nachmittag zum ersten Mal zu hören; bislang war sie nach seinen Erzählungen stets von Fremdarbeiterinnen ausgegangen, die Seite an Seite mit Frauen aus München an der Werkbank gestanden waren.

KZ – ein Wort, das sie mit großer Scheu erfüllte und gleichzeitig mit Angst. Inzwischen war bekannt geworden, was die Rainbow Division Ende April bei der Befreiung des KZ Dachau erwartet hatte: Leichenberge und ausgemergelte, von Ungeziefer befallene Skelette, viele davon dem Tod näher als dem Leben. Einige von ihnen hatte die SS noch kurz vor dem Einmarsch der Amerikaner im Schneeregen auf einen brutalen Marsch ohne Verpflegung getrieben, den viele nicht überlebt hatten.

Die Süddeutsche Zeitung, gesetzt aus den eingeschmolzenen Druckplatten von Hitlers Machwerk *Mein Kampf,* hatte Bilder veröffentlicht, die Toni kaum ertragen konnte.

Und dagegen diese Griet, die so sauber und gepflegt wirkte – wie passte das zusammen? Weil sie eben doch ein Ami-Liebchen war, das auf Anstand und Moral pfiff, um es jetzt in Friedenszeiten möglichst angenehm zu haben?

Allerdings hatte sich der smarte Captain seit dem Einzugstag nie mehr bei ihnen in der Wohnung gezeigt, was

Toni insgeheim bedauerte, denn sie hätte nichts dagegen gehabt, ihm wieder zu begegnen. Vielleicht war die Affäre zwischen Griet und ihm ja lediglich eine Episode gewesen, und sie hatte längst andere Liebhaber.

Toni schämte sich dafür, dass sie so dachte, und sie nahm es Griet gleichzeitig übel, dass sie sie dazu brachte. Wieso musste sie auch ausgerechnet bei ihnen landen, jetzt, wo das Leben doch ganz langsam wieder Fahrt aufnahm?

Weil Toni nicht wusste, wie sie mit Griet umgehen sollte, versteckte sie sich ihr gegenüber hinter knurriger Schroffheit, um das Wechselbad ihrer Gefühle nicht zu offenbaren. Manchmal tat Griet ihr leid, wenn sie früh am Morgen wortlos aus der Wohnung stapfte oder sich sofort in ihrem Zimmer einschloss, sobald sie wieder zurück war. Dann wieder ärgerte sie sich, auch darüber, dass Bibi so schnell Freundschaft mit der Fremden geschlossen hatte und ihr offenbar Sorgen anvertraute, die sie vor den anderen verbarg. Griets Anwesenheit fühlte sich an wie Sand im Getriebe; nichts lief mehr rund, und alle in der Wohnung wirkten angespannt und gereizt.

Und dass Louis sie auf Griet angesprochen hatte, machte es auch nicht gerade leichter.

»*Très jolie*«, hatte er anerkennend gesagt, als sie ihr auf der Straße begegnet waren. »Da müsste ich glatt wieder einmal bei euch zu Hause vorbeikommen ...«

»Gar nichts musst du!«, hatte sie ihn angefahren. »Die Amis haben sie uns in die Wohnung gesetzt, und jetzt ist es so voll, dass wir alle kaum noch Luft bekommen.«

»Du kannst mich jederzeit besuchen – zum Luftholen. Wäre ja nur um die Ecke ...«

Nur Louis schaffte es, einen an sich harmlosen Satz derart zweideutig klingen zu lassen.

Irgendwie hatte er es geschafft, trotz Wohnungsnot an eine Bleibe im Viertel zu kommen. Im Souterrain gelegen und ziemlich feucht, wie er bedauernd sagte, aber immerhin in einer Villa in der Rauchstraße, deren Dach von einer Bombe zerstört worden war. Ob er da alleine hauste, wusste Toni nicht.

Juri und ein Freund aus Polen leisteten ihm ab und zu Gesellschaft, hatte er grinsend behauptet. Er sei nun mal kein Mann zum Alleinsein.

Manchmal war sie kurz davor, sich mit eigenen Augen davon zu überzeugen, doch dann verließ sie jedes Mal wieder der Mut.

Was, wenn sie ihn in flagranti mit einem seiner Weiber anträf?

Reichte schon, was sich in ihrem Kopf abspielte, wenn sie nicht einschlafen konnte, weil sie doch wieder an ihn denken musste! Und wenn der Schlaf sie schließlich übermannte, spazierte Louis in ihren Träumen umher, genauso frech und selbstbewusst, wie sie ihn bisher erlebt hatte.

Zum Glück konnte Toni endlich wieder arbeiten gehen, was sie ein wenig ablenkte. Zwar war der Heubner Verlag offiziell noch immer geschlossen, doch nun schien es wirklich nur noch eine Frage der Zeit bis zur Wiedereröffnung. Die Lizenz durch die Amerikaner stand offenbar kurz vor der Bewilligung, und im Hintergrund wurde bereits alles für den heiß ersehnten Tag X vorbereitet.

Da jedes Gedruckte vor Veröffentlichung von der Militärregierung zensiert wurde, hatte Curt Heubner zwei für sein bisheriges Programm eher ungewöhnliche Projekte an Land gezogen: Eines sollte ein Kochbuch werden, verfasst von einer Freundin seiner Frau; das andere waren die launigen Verse des Münchner Lyrikers Egon Blau.

»Die hungrigen Menschen müssen essen, und dazu brauchen sie Rezepte, wie man aus quasi nichts etwas Genießbares zaubern kann«, sagte er zu Toni. »Die Autorin kann kochen, ist jedoch im Bücherschreiben ganz und gar ungeübt. Gehen Sie ihr doch bitte ein wenig zur Hand, Fräulein Brandl. Das macht es dann für den Lektor umso einfacher …«

»Und die Verse?«, fragte sie zurück.

»Auch schmunzeln wollen die Leute endlich wieder. Mein Duz-Freund Egon, den ich von einer literarischen Stammtischrunde kenne, war mit seiner Alltagslyrik schon vor dem Krieg erfolgreich, bis die Nationalsozialisten seine Werke verboten haben. Jetzt aber dichtet er wieder, wenngleich für meinen Geschmack viel zu langsam. Das neue Buch muss in der Vorweihnachtszeit in den Buchhandlungen liegen – spätestens dann haben sie nämlich alle wieder offen, und die Kunden halten Ausschau nach schönen, preiswerten Geschenken.«

Und so war Toni nun als Verlagsbotin mit dem Fahrrad unterwegs zwischen Schwabing, wo die Kochbuch-Verfasserin wohnte, und der Neuhauser Ysenburgstraße, in der Egon Blaus Wohnung lag, auf dem Gepäckträger eingeklemmt Papas alte Aktentasche, die sie auf jedem Weg in den Luftschutzkeller begleitet hatte.

Margarete Boruttau empfing Toni aufgeregt und drückte ihr einen Schuhkarton in die Hand. Von einem Manuskript im klassischen Sinn konnte allerdings nicht die Rede sein. Offenbar hatte sie über einen längeren Zeitraum hinweg unzählige kleine Zettel verschiedenster Farbe und Beschaffenheit mit ihrer winzigen Handschrift bis an den Rand gefüllt. Auf den ersten Blick erinnerte das Gekritzel Toni an Ameisenspuren. Oder an geheimnisvolle Hieroglyphen, die man erst mühsam Zeichen für Zeichen entziffern musste.

»Immer wenn mir etwas eingefallen ist, hab ich es einfach niedergeschrieben«, erklärte die Autorin verlegen lächelnd. »Und abends, wenn das Licht schon aus war, oft im Dunkeln damit weitergemacht. Kochen ist doch so viel mehr, als nur mit dem Löffel in einem Topf zu rühren. Besonders in diesen Zeiten, wo sich schon das Beschaffen der Lebensmittel wie eine Expedition oder ein gefährlicher Jagdausflug anfühlen kann.«

»Das sollten Sie Ihren Leserinnen erzählen«, kommentierte Toni, die angesichts dieser Zettelchenflut in leise Verzweiflung verfiel. Das auszusortieren – sofern überhaupt entzifferbar – war die reinste Sisyphusarbeit! »Sie haben nicht ganz zufällig eine Schreibmaschine?«, fügte sie wenig hoffnungsvoll hinzu.

»Doch – stellen Sie sich vor! Als meine alte Nachbarin, die Übersetzerin war, gestorben ist, hat sie mir ihre Continental vermacht, und die hat sogar den Krieg überdauert. Aber tippen kann ich nur hiermit …«

Ihr rechter Zeigefinger schnellte nach oben.

Das würde Ewigkeiten dauern!

Toni, die seit der Realschule das Zehn-Finger-System blind beherrschte, war da sehr viel besser dran.

Aber nur wo? Und Platz zum Auslegen dieser Schnitzeljagd brauchte sie ja auch …

Der Verlag war noch immer zu. Die Autorin würde sie mit ihrer aufgeregten Art nur nervös machen. Bei den Heubners privat konnte sie sich damit kaum ausbreiten.

Und zu Hause?

Jedes Zimmer war belegt. Wenn sie doch nur nicht diese Griet van Mook am Hals hätten . .

»Sie sortieren vor«, erklärte Toni energisch. »Allgemeine Bemerkungen, Suppen, Gemüse, Fleisch, Fisch, Süßes und so weiter. Dann haben wir schon mal die wichtigsten Rubriken. Das mit dem Abtippen kommt danach. Wir finden schon eine Lösung.«

Leichter gesagt als in die Tat umgesetzt.

Tief in Gedanken radelte sie weiter nach Neuhausen. Überall an der Strecke sah man, wie die Bomben gewütet hatten. Die Leonrodstraße mit ihren einstmals so stattlichen Mietshäusern wirkte besonders mitgenommen: Jedes dritte Haus wies massive Schäden am Dachstuhl oder an der Fassade auf. Und auch beim Weiterfahren wurde es nicht besser, ganz im Gegenteil. Dass es den Rotkreuzplatz bei einem Bombenangriff 1944 schwer getroffen hatte, wusste Toni, nicht aber, welch Schuttwüste sie dort ein Jahr später noch immer erwartete. Die größten Trümmer schienen zwar beiseite geräumt, dafür waren überall an den Straßenrändern Geröllhügel aufgeschichtet. Der berühmte bunt bemalte Turm der Winthir-Apotheke, früher Wahrzeichen des Platzes, existierte nicht mehr.

Wie von Gigantenhand zerbröselt, dachte Toni. Wie wir alle, in gewisser Weise.

Egon Blau, vor seiner fristlosen Entlassung durch die Nazis einst Lokalredakteur bei den *Münchner Neuesten Nachrichten,* verfügte über einen der wenigen in München derzeit noch aktiven Telefonanschlüsse und war von seinem Verleger über ihr Kommen bereits informiert worden. Dennoch musste Toni eine halbe Ewigkeit lang klingeln, bis sich endlich die schwere Haustür öffnete.

Mit gemischten Gefühlen stieg sie hinauf in den dritten Stock. Ein großer, hagerer Mann empfing sie an der Wohnungstür. Dass er als Grantler galt, war Toni bekannt. Dass er sie derart missmutig anstarren würde, musste sie allerdings erst verdauen.

»Dr. Heubner schickt mich«, sagte sie mit ihrem gewinnendsten Lächeln. »Mein Name ist Antonia Brandl, und ich soll …«

»Sie also«, sagte er, während er die Tür gerade so weit öffnete, dass sie an ihm vorbei in den schmalen Flur vorbeischlüpfen konnte. »Und so jung.«

»Zweiundzwanzig«, erwiderte Toni. »Und verrückt nach Büchern, seitdem ich zum ersten Mal vorgelesen bekam.«

Es schien ihm zu gefallen, was sie gesagt hatte. Ein Lächeln schenkte er ihr trotzdem nicht.

»Erwarten Sie sich bloß nicht zu viel«, sagte er stattdessen. »Der Kleine fiebert und hat die halbe Nacht durchgebrüllt, und meine Frau ist wieder …« Er seufzte. »Na, dann kommen Sie mal mit.«

Cäsarenhaarschnitt. Fleischlose Nase. Schwere Lider. Charakterkopf. Nicht mehr ganz jung für ein kleines Kind – das fiel ihr bei Blaus Anblick ein.

Sicherlich sehr interessant, aber enorm schwierig.

Er führte sie durch einen langen, schmalen Gang in ein Zimmer, dessen Wände von Bücherregalen bedeckt waren, und ließ sie in einem alten Ledersessel Platz nehmen, bevor er begann, zwischen Stößen von Papier herumzukramen.

»Launige Verse will er von mir, der liebe Curt«, murmelte er dabei. »Launige Verse! Dabei bin ich doch eigentlich alles andere als lustig.«

»Vielleicht ja genau deshalb«, entgegnete Toni. »Weil wir alle gerade nichts zu lachen haben – und uns das so sehr wünschen.«

»Der war gut, Fräulein …« Zum ersten Mal sah er sie richtig an.

»Brandl«, soufflierte Toni. »Antonia Brandl.«

»Dann sind Sie sicherlich die neue Lektorin.«

»Aber nein!« Sie lächelte. »Das überlass ich lieber den Studierten von der Uni. Ich bin lediglich für die Herstellung verantwortlich. Damit die Bücher auch wirklich zur Welt kommen – und das so schön wie möglich!«

»Tatsächlich?« Blaus Interesse an ihr schien von Moment zu Moment größer zu werden. »Wussten Sie, dass meine liebe Fini eine Buchbindermeisterin ist?«

Toni schüttelte den Kopf.

»Bisher leider nicht«, sagte sie artig. »Aber jetzt haben Sie es mir ja erzählt. Und wie sieht es nun aus mit den neuen Gedichten, Herr Blau? Ich darf erst wieder von hier weggehen, hat Dr. Heubner gesagt, wenn Sie mir mindestens zwanzig davon anvertraut haben.«

Den Rückweg trat Toni in deutlich besserer Laune an. Wenigstens ein Punkt ihres Auftrags war erfüllt. In der Aktentasche ruhten fünfundzwanzig neue Gedichte, die sie gleich morgen zum Chef bringen konnte. Allerdings hatte es Stunden gedauert, bis Egon Blau sich zur Herausgabe hatte entschließen können, eine Zeit, die sie mit dem dünnen Himbeerblättertee überbrücken musste, den seine Frau ihnen serviert hatte.

Fini Blau war gut zwanzig Jahre jünger als ihr Mann, zart gebaut und sichtlich schwanger, obwohl das kleine blonde Kind, das sich an ihren Rock klammerte, gerade erst die ersten eigenen Schrittchen wagte.

»Ich bin so froh, dass er wieder dichtet«, sagte sie. »Sonst ist es ja nicht auszuhalten mit ihm.«

Und wie gut er das tat!

Blaus Verse hörten sich nur auf den ersten Blick schlicht an. Dahinter verbarg sich eine profunde Kenntnis alles Menschlichen, treffend humorvoll charakterisiert, niemals sarkastisch oder gar beleidigend. Er stellte vor – nicht bloß.

Jeder war damit gemeint. Jeder konnte sich damit identifizieren, lächelnd und damit sich selbst erkennend.

»*Der Mensch an sich*«, sang Toni beim Radfahren leise vor sich hin, denn so begannen die meisten seiner Verse, »*der Mensch an sich ist ziemlich redlich, doch manchmal leider überheblich ...*«

Der Chef würde zufrieden mit ihr sein. Jetzt musste sie nur noch eine brauchbare Lösung für das Zettelchenlabyrinth finden.

Während sich der Abend über die Stadt senkte, nahm Toni die Strecke durch den Englischen Garten. Früher hatten die Brandls viele Sonntagsspaziergänge durch das herrliche Grün unternommen, stets begleitet von Papas historischen Erläuterungen, denn er kannte auch hier jedes Gebäude, jede Inschrift. Und danach waren sie zu Leberkäs und Brezen im Biergarten unter dem Chinesischen Turm eingekehrt, die Eltern mit einer geteilten Radlermaß, die Kinder mit einer Limonade – wie schön war das immer gewesen!

Jetzt war der Chinesische Turm, dem Toni rechter Hand im Vorbeifahren einen stummen Gruß schickte, nur noch ein verkohltes Gerippe.

Ob sie den jemals wieder aufbauen würden?

Sie war erleichtert, als sie die Tivolibrücke erreichte. Wer wusste schon, welch finstere Gestalten sich nachts in dem weitläufigen Park tummelten? Das Kriegsende hatte die Leute nicht wirklich friedlich gemacht. Allenthalben las und hörte man von Raubüberfällen, Einbrüchen und Diebstählen.

Unwillkürlich tastete Toni nach der Ledermappe hinter sich. Alles noch an Ort und Stelle. Sie konnte aufatmen und trat noch kräftiger in die Pedale.

Was war das für eine seltsame kleine Holzkonstruktion in der Möhlstraße, durch die sie gerade fuhr? Der Gehsteig war abendlich gut belebt, wie inzwischen fast an allen Tagen. Die US-Militärpolizei fuhr hier zwar regelmäßige Kontrollrunden, ließ dem Geschehen aber weitgehend seinen Lauf. Bislang waren die Anbieter mit ihren diversen Waren nur auf dem Trottoir gestanden, nun aber gab es plötzlich im ersten Vorgarten eine kleine Bretterbude, aus der ein Mann mit Glatze seinen Kopf herausstreckte.

»Kaffee!«, hörte Toni ihn rufen. »Ganz frisch geröstet, verehrtes Fräulein!«

Und dann roch sie ihn, jenen verführerisch belebenden Duft, dem sie nur so schwer widerstehen konnte. Sie stieg ab, nahm die Aktentasche vom Rad und ging zu ihm.

»Wie viel wollen Sie für hundert Gramm?«, fragte sie.

Tante Vev hatte alle zur Mäßigung ermahnt. Doch an diesem erfolgreichen Tag durfte auch mal eine Ausnahme gemacht werden.

»Sechs Lucky Strike«, erwiderte er prompt. »Oder eine gleichwertige amerikanische Marke.«

»Das ist ja Wucher!«, entfuhr es Toni.

»Ach, wissen Sie, geschätztes Fräulein, ich könnte eigentlich jeden Preis dafür verlangen. Wollen Sie lieber Butter haben? Führe ich auch – da wären Sie schon mit fünf Zigaretten dabei.«

»Für ein halbes Pfund?«

Er lachte fröhlich auf, als hätte sie einen besonders guten Witz gemacht.

»Hundert Gramm – und das ist schon ein Spezialpreis, weil Sie so schöne braune Augen haben. Wie sieht es aus? Butter ist in der Regel schneller aus, als ich bis drei zählen kann.« Seine Hände umschlossen ein imaginäres kleines Päckchen.

Jetzt musste Toni schlucken.

Ein Brot mit echter Butter anstelle der ollen Margarine, die sie seit Jahren notgedrungen aßen, zart mit Salz bestreut – wie sehr sehnte sie sich danach! Er war unverschämt, solche Preise zu verlangen, aber jetzt hatte er ihr die Zähne lang gemacht.

»Einverstanden«, sagte sie, öffnete die Aktentasche und zog die Zigarettenpackung heraus, die sie immer mit sich führte.

Doch als sie hineingriff, stutzte sie.

Wie konnte das sein?

Letzte Woche waren noch sechs Zigaretten drin gewesen, das wusste sie genau, weil sie über jede einzelne innerlich Buch führte – jetzt aber waren es nur noch drei.

Wer hatte sich ungefragt hier bedient?

Das war doch ihre eiserne Kasse – und kein Genussmittel. Allerdings hatte es neulich im Badezimmer schwach nach Rauch gerochen. Der Rauch musste durch das gekippte Fenster von der Wohnung über ihnen nach unten gezogen sein, so hatte sie es sich jedenfalls damals erklärt.

Und wenn es doch ganz anders gewesen war?

»Ich hab nur noch drei«, sagte sie leise.

»Wie schade!« Der Glatzkopf schob seine Handflächen noch näher zusammen, bis sie sich fast berührten. »Das allerdings würde dann nur noch ein so kleines Stück Butter bedeuten, verehrtes Fräulein.«

Toni packte ihre Tasche, ließ ihn stehen und stieg wieder auf.

Den Rest des Wegs fuhr sie, so schnell sie konnte. Sie würde alle aus der Familie zur Rede stellen – *alle*!

Und wenn es gar niemand von ihnen gewesen war, sondern ...

Jetzt wäre sie beinahe über die Lenkstange geflogen, so stark musste sie hinter einem Auto abbremsen, das im Schneckentempo vor ihr herfuhr. Mit den Herbstblättern war die Fahrbahn ziemlich rutschig, was sich weiter verschlimmern würde, sobald es Schnee oder Eisregen gab. Aber auf eine ordentliche Straßenreinigung konnten sie wohl noch lange warten.

Zu Hause angekommen, schob sie ihr Fahrrad in den Hof.

Aus der Hausmeisterwohnung kam ihr Zita Maidinger entgegen, die es sehr eilig zu haben schien. Trug sie eine neue Frisur? Sie wirkte irgendwie verändert. Und mit so hohen Absätzen hatte Toni sie auch noch nie gesehen.

Ein Freund, der sich spendabel zeigte?

Das hätte Toni der scheuen jungen Frau, die sonst immer am Rockzipfel ihrer Mutter klebte, gar nicht zugetraut.

»Guten Abend, Fräulein Brandl«, grüßte Zita sie im Vorbeigehen. »Alles gut bei Ihnen?«

»Guten Abend, Fräulein Maidinger«, grüßte Toni zurück. »So weit ja. Und bei Ihnen?«

Zita machte eine Handbewegung, die alles und nichts bedeuten konnte, und stöckelte emsig weiter.

Kaum war Toni auf der Treppe, hörte sie hinter sich lautes Keuchen.

»Du glaubst nicht, was gerade passiert ist!« Bennos Stimme überschlug sich beinahe. »Ich habe eine Arbeit – ab sofort! Und eine kleine Wohnung ist auch mit dabei ...«

»Du ziehst aus?« Toni war abrupt stehen geblieben.

Das bedeutete ja, dass seine Kammer frei wurde! Dann konnte sie dort in Ruhe das Kochbuch ins Reine tippen ...

»Wieder einmal typisch! Ist das das Einzige, was dir

dazu einfällt?« Seine Stimme kippte, und er klang zutiefst enttäuscht. »Anstatt dich mit mir zu freuen ...«

»Ich freu mich doch«, sagte Toni leicht verlegen, weil sie sich tatsächlich ertappt fühlte. »Komm, wir erzählen es gleich den anderen!«

Die anderen saßen bereits in der Küche – Tante Vev, Anni, Rosa und Bibi. Aber was für bedröppelte Gesichter sie zogen!

»Jemand gestorben?«, versuchte Toni zu scherzen, merkte jedoch im gleichen Moment, dass sie vollkommen danebenlag. »Ist etwas passiert?«

»Allerdings«, erwiderte Vev mit Grabesstimme. »Die Amizigaretten sind weg. Und meine schöne Pfauenbrosche.«

»Was soll das heißen?«, fragte Benno misstrauisch. »Welche Amizigaretten denn?«

Die Frauen tauschten untereinander ein paar rasche Blicke.

»Wir sind vor einiger Zeit ganz zufällig an Gänseschmalz gekommen«, sagte Vev schließlich. »Das haben wir dann gegen ein paar Stangen Lucky Strike getauscht.«

»Wie viele Stangen?«, bohrte er weiter.

»Vierzehn«, erwiderte Vev sehr leise.

»Vierzehn Stangen Lucky Strike – ich glaub es nicht! Und das alles hinter meinem Rücken.« Er sank auf einen Stuhl. »Was für eine hinterhältige Weiberbande ihr doch seid!«

»Mir haben sie auch nichts davon gesagt«, versuchte Bibi ihn zu trösten.

»Aber du bist ein Kind. Ich bin der einzige Mann in dieser Familie!« Er klang zutiefst getroffen.

»Noch einmal ganz in Ruhe«, sagte Toni. »Wann hast du gemerkt, dass die Zigaretten fehlen, Tante Vev?«

»Vorhin. Als ich die blaue Jacke anziehen wollte, an die ich mittags meine Pfauenbrosche angesteckt hatte. Sie lag auf der Kommode, in der auch die Zigaretten waren. Rosa und ich sind spazieren gegangen, damit ich auch mal rauskomme, und dann gemeinsam in die Marienandacht von St. Georg. Aber da hatte ich die grüne Jacke an. Die ist wärmer, und mir wird jetzt immer so schnell kalt.«

»Ich musste Überstunden machen«, sagte Anni. »Wir kommen zurzeit im Versand kaum noch nach, so viele Schmerzmittel werden ausgeliefert. Ich bin auch grad erst rein.«

»Und ich war bei Ella, Mathe lernen«, sagte Bibi.

»Wo warst du eigentlich am Nachmittag, Benno?«, fragte Toni ganz direkt.

»Verdächtigst du jetzt etwa mich?«, brauste er auf. »Unverschämtheit! Aber ich habe ein blütenreines Gewissen. Ich bin mit der Trambahn nach Moosach gefahren, wo die Firma Petz ihre Wollfabrikation hat. Ganz schöne Strecke, kann ich euch sagen. Dort hat der Chef mich dann volle zwei Stunden gelöchert, bis ich die Nachtwächterstelle endlich hatte. Du hast mich doch gerade im Treppenhaus getroffen. Wieso fragst du dann so blöd?« Seine Nasenflügel bebten vor Empörung. »Genauso gut könnte ich jetzt fragen, wo du warst, Fräulein!«

»Bei zwei Autoren, wenn du es ganz genau wissen willst«, erwiderte Toni. »Und das bereits seit dem Vormittag. Anspruchsvolle Verlagsarbeit erledigt sich nämlich nicht von selbst. Streng doch mal dein Hirn an: Ich habe die Zigaretten für uns organisiert, aus welchem Grund sollte ich sie hinterher klauen? Und der Tante die Lieblingsbrosche stehlen – das würde ich niemals fertigbringen!«

»Weiß ich, Liebes«, sagte Vev.

»Ich vielleicht?« Bennos Gesicht war rot angelaufen. »Fest steht, die Wohnung war leer. Keiner von uns war zu Hause – bis auf ...«

»Die Holländerin?«, fragte Toni. »So dumm würde sie nicht sein!«

»Wer sonst?«, ereiferte sich Benno weiter. »Etwa meine Mutter?«

»Meine doch auch nicht«, sagte Toni leidenschaftlich.

Sie funkelten sich gegenseitig an, bis Benno schließlich den Blick senkte.

»Eben. Von uns hat das niemand getan. Wir sind rechtschaffene, ordentliche Leute – und ich wusste ja bis eben nicht einmal etwas davon!«

»Dann gehen wir jetzt eben in ihr Zimmer und schauen nach.« Anni sprang auf.

»Aber sie schließt doch immer ab«, sagte Vev.

»So ein Zimmerschloss ist kein Problem für mich«, protzte Benno. »Dazu reicht auch eine Hand. Wenn ihr wollt, breche ich euch das sofort auf.«

»Das werden wir nicht tun.« Tonis Stimme war ein wenig schrill, aber sie klang dennoch entschlossen. »Wir warten, bis sie nach Hause kommt – und dann nehmen wir sie uns vor.«

*

Es war später geworden als sonst, und dennoch war Griets Herz fröhlich und hell, denn Dan hatte sich spontan erboten, sie vom Kasino nach Hause zu fahren.

Zudem hatte Heller es mit seinen heutigen Gaben ganz besonders gut gemeint: So viel Kuchen war bislang noch nie für sie abgefallen. Griet war es zunächst peinlich gewesen, weil sie nicht wusste, ob er ihr so viel schenken durfte, ohne dass die U.S. Army es monierte, aber Dan schien das locker zu sehen.

»Diese paar Kuchenstücke spielen doch keine Rolle. Und bevor sie im Abfall landen, dann doch lieber in diesem hübschen Mund!«

Hübscher Mund. Das hatte er noch nie gesagt.

Ob sie sich doch wieder einen roten Lippenstift zulegen sollte, den viele Frauen jetzt trugen?

Der Weg in die Ismaninger Straße jedenfalls hätte ruhig fünf Mal so lang sein können, wenn es nach ihr gegangen wäre. Und es fühlte sich kribbelnd an, dass Dan es ähnlich zu empfinden schien, denn er machte keinerlei Anstalten auszusteigen, als er den Jeep vor dem Wohnhaus eingeparkt hatte.

»Griet, ich …«, begann er schließlich, als sie schon eine ganze Weile wortlos nebeneinandergesessen hatten. »Ich bin kein Mann für schnelle Affären.«

»Ich weiß«, flüsterte sie.

»Und ich weiß, was du alles hinter dir hast. Das lässt mich noch vorsichtiger sein.«

»Schade«, murmelte sie.

»Was hast du da gerade gesagt?«, fragte er verblüfft zurück.

»*What a pity*«, wiederholte sie auf Englisch. »Ich hab das Warten nämlich satt. Denn ich mag dich sehr. Und ich will wieder leben – jetzt!«

Endlich nahm er ihr Gesicht in beide Hände und küsste sie.

Griets ganzer Körper begann zu zittern, so aufgeregt war sie, aber es fühlte sich gleichzeitig richtig an, fast vertraut. Sie mochte, wie er küsste, mochte, wie er roch und wie zärtlich er war. Wie herrlich würde es erst sein, ihn ganz fest in den Armen zu halten, Haut an Haut zu reiben, seinen Mund überall zu spüren ...

»Und es ist nicht einmal verboten«, sagte sie, als ihre Lippen sich wieder voneinander gelöst hatten. »Denn zum Glück bin ich ja keine besiegte Deutsche, sondern eine vom Nazijoch befreite Niederländerin.«

Dan begann schallend zu lachen.

»Vor allem bist du köstlich«, sagte er. »*Very special!*«

Sie küssten sich wieder und dann noch einmal.

»Am liebsten würde ich dich gar nicht mehr loslassen«, sagte Dan mit einem kleinen Seufzer. »Aber ich muss noch einmal ins Kasino zurück. Mein Vorgesetzter erwartet mich. Lagebesprechung für morgen.«

»Geh noch nicht«, bat Griet.

»Ich will nicht, Griet, aber ich muss. Ich trag dir noch den Kuchen nach oben, einverstanden?«

Sie nickte. Jede Sekunde war ihr willkommen, die sie noch zusammen verbringen konnten.

Er hielt die Tasche mit den Kuchenteilen, während sie aufsperren wollte, doch kaum steckte ihr Schlüssel, wurde die Tür schon von innen aufgerissen.

»Da ist sie ja endlich!« Lochner stand schnaubend vor ihr. »Und der amerikanische Captain gleich mit dazu. Das trifft sich gut. Ihre Dame hier« – er deutete auf Griet – »hat uns nämlich übelst bestohlen!«

»Sie sind ja verrückt«, sagte Griet. »Was reden Sie da? Gar nichts habe ich!«

»Dann sperren Sie doch mal Ihr Zimmer auf – aber dalli!«

Lochner packte sie am Arm, um sie weiterzuzerren, Dan jedoch brachte ihn mit einem gezielten Hieb dazu, sie sofort loszulassen.

»Diese *Lady* rühren Sie kein zweites Mal an.« Seine Stimme war blankes Eis. »Oder Sie werden in einer Zelle Gelegenheit erhalten, das ausführlich zu bereuen.«

»Schon gut, schon gut.« Lochner deutete auf seinen linken Arm. »Ich bin ein Krüppel, wie Sie sehen – aber uns in der eigenen Wohnung bestehlen lassen müssen wir nicht, auch wenn wir den Krieg verloren haben!«

Inzwischen waren Vev, Rosa und Toni ebenfalls im Flur erschienen. Bibi steckte ihren Kopf neugierig aus der Küchentüre.

»Was fehlt denn überhaupt?«, erkundigte sich Dan, der wieder ganz ruhig schien.

»Die Zeiten sind schwer, Captain Walker«, ergriff Vev das Wort. »Und als Älteste bin ich gezwungen, dafür zu sorgen, dass meine Familie überlebt …«

»Was fehlt, *Madam*?«, fragte Dan eine Spur ungeduldiger.

»Eine kostbare Pfauenbrosche mit Rubinen und Saphiren, sowie vierzehn Stangen Lucky Strike«, antwortete

Toni an ihrer Stelle. »Erstere ein Hochzeitsgeschenk, Letztere Resultate eines Tauschgeschäfts. Wir müssen uns vergewissern, dass sich beides nicht im Besitz von Frau van Mook befindet.«

»Dann sehen Sie doch nach. Bitte!« Griet lief zu ihrem Zimmer und sperrte mit zitternden Händen auf.

Als sie das Licht angeknipst hatte, sahen alle, die ihr gefolgt waren, wie ordentlich es hier aussah: Das Bett war gemacht, die mengenmäßig sehr übersichtlichen Kleidungstücke lagen im untersten Regal, Kante auf Kante gefaltet.

»Wenn Sie hier auch noch nachschauen wollen« – Griet riss den Koffer auf: »Meine Unterwäsche. Bedienen Sie sich!«

Ihr Gesicht war inzwischen zornesgerötet.

Anni begann mit spitzen Fingern zu wühlen, hörte aber bald wieder damit auf.

»Wann soll sich der Diebstahl denn überhaupt zugetragen haben?«, wollte Dan wissen.

»Heute in den Nachmittagsstunden. Die Wohnung war für mehrere Stunden leer«, antwortete Rosa.

»Dann kommt Frau von Mook als Täterin ohnehin nicht infrage. Sie hat das Offizierskasino heute Morgen Punkt neun betreten und es seitdem nicht mehr verlassen. Dafür gibt es jede Menge Zeugen. Ich habe sie höchstpersönlich nach ihrem Dienst hier abgeliefert – vor wenigen Minuten«, sagte Dan.

Griet hatte ihn niemals mehr geliebt als in diesem Augenblick.

»Aber sie *muss* es gewesen sein«, beharrte Lochner

schon deutlich kleinlauter. »Wir bestehlen uns doch nicht selbst!«

»Sie war es nicht. Dafür stehe ich mit meinem Wort«, sagte Dan.

»Und wenn sie ihren Schlüssel jemand anderem im Kasino gegeben hat?«, setzte Lochner nach.

»*Do you really mean members of the U.S. Army?*«, schnauzte Dan ihn an. »*Come on guy, be realistic!*«

Lochner zog den Kopf ein und verstummte, was Griet mit Freude erfüllte. Dan kämpfte für sie – wie ein Ritter für seine Dame.

»Dann wäre jetzt wohl eine dicke Entschuldigung fällig – und zwar von allen«, verlangte Dan. »*Make your apologises right now!*«

»Darauf kann sie lange warten!« Türenknallend lief Lochner hinaus.

»Tut mir leid, Frau van Mook, wenn wir Sie unrechtmäßig verdächtigt haben«, sagte Vev. »Aber ich war so durcheinander. Die ganzen Zigaretten – und dann auch noch mein Lieblingsschmuckstück …«

»Mir auch«, murmelte Anni. »Mein Bub ist eben manchmal ein wenig … aufbrausend. Aber wie kann das alles aus der Wohnung gekommen sein?«

»Wir entschuldigen uns ebenfalls«, sagte Toni belegt. »Meine Mutter, ich und meine Schwester …«

»Ich nicht«, unterbrach Bibi sie. »Von den Zigaretten hatte ich keine Ahnung, und dass du Tante Vev niemals eine Brosche klauen würdest, Griet, wusste ich schon.«

»Danke, Bibi«, sagte Griet, die Tränen der Rührung in sich aufsteigen spürte.

»Kann ich dich jetzt hier alleine lassen?«, erkundigte sich Dan, als die anderen das Zimmer wieder verlassen hatten.

»Kannst du. Die kalte Dusche, die du ihnen verpasst hast, dürfte fürs Erste reichen. Vielleicht hat Lochner ja selbst seine Großtante bestohlen. Zutrauen würde ich es ihm.«

»Ich prüfe mal nach, ob wir schon etwas über ihn haben. Im Auge behalten werden wir ihn auf jeden Fall. Und sobald er sich irgendwie auffällig verhält, schlagen wir zu.«

Dan nahm Griet in die Arme und hielt sie ganz fest.

»Was für eine Aufregung, *honey*«, murmelte er an ihrem Ohr. »Eigentlich hatte ich mir den Ausklang dieses Abends ganz anders vorgestellt.«

»Frag mich mal«, murmelte sie zurück. »Aber jetzt lässt du mich nicht mehr lange warten. Versprochen?«

»Bei allem, was mir heilig ist.« Dan beugte sich tief über sie.

Ich. Bin. Griet. Van Mook. dachte sie, bevor sie in seinem Kuss versank. *Ich. Werde. Leben.*

ZEHN

München, Winter 1945

Der Magen des Zuhörers neben ihr knurrte noch lauter als Tonis eigener, aber immerhin war der ältere Herr mit seiner grauhaarigen Gattin zur Lesung gekommen. Die Traditionsbuchhandlung Lentner, einst in der Dienerstraße zu Hause, wagte nun unter den Rathausarkaden mit Egon Blau einen Neuanfang. Es war kühl in dem kleinen Raum, weil die Heizung nicht funktionierte, deshalb hatten alle ihre Mäntel anbehalten, auch der Dichter, der in einem ausgefransten dunkelgrünen Lodencape hinter dem kleinen Klapptisch thronte.

Wie sehr hatte Egon Blau sich zunächst gegen diesen Wunsch seines Verlegers gewehrt!

»Ich bin doch kein Zirkusgaul, der auf Befehl in der Manege zu wiehern anfängt. Die Leute sollen meine Verse gefälligst daheim lesen, und zwar selber ...«

Und wie gut er es jetzt machte! Kein Schauspieler hätte mitreißender vortragen können.

Das Buch auf dem Tisch vor sich wieder mit der Hand fast zärtlich berührend – sorgfältigste Fadenbindung, Halbleineneinband, dezenter grauer Schutzumschlag mit nachtblauer Schrift –, deklamierte er seine Gedichte frei, mal mit hochgezogenen Brauen, dann wieder pfiffig lächelnd. *MENSCHLICHES* – für diesen Titel hatte der Verleger schließlich plädiert, und die Reaktion des Publikums jetzt bestätigte ihn in dieser Entscheidung.

Vor Toni, die mit Tante Vev und ihrer Mutter in die Buchhandlung gekommen war, saß Blaus hochschwangere Frau Fini, sich leicht im Rhythmus seiner Verse wiegend, die ihr ganz offensichtlich zutiefst vertraut waren. Einmal drehte sie sich um und schenkte Toni einen beglückten Blick, den diese lächelnd beantwortete. In diesem Moment hätte sie vor Stolz platzen können, denn einfach war diese literarische Geburt wahrlich nicht gewesen.

Immer wieder hatte Egon Blau gezaudert, bereits freigegebene Verse wieder zurückgezogen, umgearbeitet oder schließlich ganz verworfen und gegen Ende, als die Zeit schon mehr als knapp gewesen war, das komplette Buchprojekt infrage gestellt.

»Ich bin nun mal kein Humorist, und wenn du dich auf den Kopf stellst, lieber Curt. Wollen wir es nicht lieber sein lassen? In Wahrheit ist dein alter Freund nämlich ein Melancholiker, der fälschlicherweise für lustig gehalten wird.«

»Ein Menschenkenner bist du, Egon«, hatte Heubner pariert, »der mit seinen Versen die Leser mitten ins Herz trifft, weil sie sich alle darin wiedererkennen. Und, wie ich nur hoffen kann, auch ein Menschenfreund, der mich jetzt im letzten Augenblick nicht noch in Teufels Küche bringen wird! Weißt du eigentlich, wie hart wir um Lizenz, Papier und eine Druckgenehmigung kämpfen mussten? Diese junge Dame hier« – sein Daumen deutete auf Toni – »hat sich auf ihren Touren durch das spätherbstliche München den hübschen Hintern halb abgefroren, so unermüdlich musste sie zwischen deiner Wohnung und dem Verlag hin- und herradeln, um an deine Verse zu kommen. Dein Werk hat Vorrang vor einem zweiten erhalten, das wir ebenfalls in der Planung hatten und wegen deiner Gedichte zurückgestellt haben. Jetzt dürfen wir davon eine Auflage von maximal fünftausend Stück drucken, und ich schwöre dir: Das werden wir auch!«

Mutig kalkuliert, doch sein Plan schien aufzugehen.

Kaum hatte Blau seinen Vortrag in der Buchhandlung beendet, setzte langer, begeisterter Applaus ein.

»Welch schöne Ablenkung vom Alltagsgrau«, schwärmte die Dame im umgeschneiderten Wehrmachtsmantel, die als Erstes zu dem Klapptisch drängte, an dem Egon Blau saß, und gleich drei signierte Exemplare auf einmal haben wollte. »Und so zutiefst menschlich! Endlich mal wieder schmunzeln können – diese Verse bekommen jetzt Tante, Cousine und meine beste Freundin von mir zu Weihnachten!«

Viele weitere Kundinnen und Kunden folgten ihr. Nahezu jeder Zweite, der hier auf einem der windigen Klappstühlchen gesessen war, kaufte auch ein.

Ladeninhaber und Buchhändler Ernst Herrmann Stahl wuselte bemüht um seinen Autor herum.

»Wird bald anders bei uns aussehen, Herr Blau«, versicherte er. »Dann gibt es auch keine Parfümeriespiegelchen mehr, auf denen wir die Bücher notdürftig platzieren müssen. Wir haben nämlich die Zusage, dass wir etwas von dem Abbruchholz der zerstörten Frauenkirche abbekommen. Daraus lassen wir dann unsere Regale schreinern, traditioneller geht es ja wohl kaum, oder? Und sobald alles fertig ist, veranstalten wir die nächste Lesung mit Ihnen!«

Schon halb im Gehen, ließ Vev es sich nicht nehmen, ebenfalls kurz zu dem Dichter zu treten.

»Ich bin die Großtante von Fräulein Brandl«, sagte sie. »Und habe schon vor dem Krieg Ihre Artikel in den *Münchner Neueste Nachrichten* sehr geschätzt, Herr Blau. Ihr Vortrag heute jedoch war einsame Spitze – *chapeau!* Weil ich früher selbst reichlich Theaterluft geatmet habe, kann ich das beurteilen.«

Egon Blau stand auf und verneigte sich ein wenig ungelenk, aber sichtlich gerührt.

»Danke, gnädige Frau«, murmelte er. »Ihre Antonia ist aber auch ein ganz spezielles Frauenzimmer …«

»*Ganz spezielles Frauenzimmer*«, wiederholte Toni, als sie sich zu dritt auf den Heimweg machten. Sie hatten die Kragen hochgeschlagen und zogen sich nun auch noch die Schals enger um den Hals, denn die Dezembernacht war kühl und feucht. Doch es ließ sich aushalten, vor allem, wenn man schnell genug ging, denn Rosa hatte für sie alle aus alten Armeedecken Wintermäntel geschneidert, die zwar unförmig wirkten, aber erstaunlich warm hielten.

»War das nun ein Kompliment oder doch eher eine Rüge?«

»Von beidem etwas, denke ich«, erwiderte ihre Mutter. »Du hast einen starken Willen, Toni, das bewundern viele an dir, mich eingeschlossen. Aber wenn du dir etwas partout in den Kopf gesetzt hast, kannst du manchmal auch ganz schön penetrant sein.«

Damit spielte sie auf die zweite Kammer an, in der nach Bennos Auszug über Wochen bis tief in die Nacht hinein die Schreibmaschine geklappert hatte. Erst gestern war Toni damit fertig geworden: Das Zettelchenchaos von Margarete Boruttau hatte sich in ein sauber getipptes Manuskript verwandelt, das nun lektoriert werden konnte, um im Frühjahr veröffentlicht zu werden. *Gute Kost in magerer Zeit* – dieses Mal war der Titel Tonis Idee gewesen, und sie war stolz darauf, dass sowohl die Autorin als auch der Verleger damit einverstanden waren.

»Aber das muss sie doch auch sein«, kam Vev ihr zu Hilfe. »Als junge Frau ohnehin – und erst recht in diesen verrückten Zeiten, wo kein Stein mehr auf dem anderen bleibt.«

Toni lächelte ihr dankbar zu.

»Jetzt kann Bibi in Bennos Zimmer einziehen«, sagte sie. »Obwohl, heute hatte sie es plötzlich gar nicht mehr so eilig damit.«

»Im gesamten St. Anna Gymnasium grassieren Husten und Schnupfen«, erwiderte Rosa. »Kein Wunder, wo die Klassenzimmer maximal zwei Stunden pro Tag geheizt werden! Und ich fürchte fast, unsere Kleine hat auch schon etwas abbekommen, so unkonzentriert und angeschlagen wie Bibi den ganzen Nachmittag über war. Nicht einmal zu ihrer Freundin Ella wollte sie. Eigentlich wäre ich ja am liebsten bei ihr geblieben …«

»Sie ist doch kein Kleinkind mehr«, sagte Vev. »Und du musstest auch mal wieder dringend raus. Außerdem kümmert sich Anni sicherlich rührend um sie. Endlich wieder jemanden zum Betüteln, jetzt, wo sie nur noch Bennos schmutzige Wäsche zu besorgen hat und er sonst ganz ohne Mama zurechtkommen muss …«

»Essen herhexen kann Anni aber auch nicht«, wandte Toni ein. »Leider. Trotz Schulspeisung ist Bibi ständig hungrig – so wie wir alle.«

Seitdem die Zigaretten aus der Wohnung verschwunden waren, hatte der Mangel bei ihnen erneut das Regiment übernommen. Die offiziellen Lebensmittelzuteilungen waren aufgrund von Lieferproblemen der Landwirtschaft noch einmal empfindlich zusammengestrichen worden. Mit Notrezepten wie »falschen Bratwürsten«, die aus gekochtem Weißkohl und Kartoffeln bestanden, und der widerlich schmeckenden Eiersatzmasse *Soweis*, im Geschmack eher an Kleister erinnernd, versuchten sie ihre ständig knurrenden Mägen zu überlisten. An zu vielen Tagen gab es Hefesuppe ohne Fett, Hirn, Kutteln und Euter – sofern der Metzger überhaupt etwas vorrätig hatte. Alle schüttelten sich, aber sie aßen es notgedrungen trotzdem. Ohne Ware liefen auch die klugen Rezepte von Margarete Boruttau leider ins Leere. Natürlich hätte man nur zwei Ecken weiter auf dem Schwarzmarkt in der Möhlstraße alles bekommen können, aber dazu fehlte ihnen die notwendige Währung, und Vevs Geschmeide wollten sie nicht unbedacht verschleudern.

Wer hatte bloß die Pfauenbrosche und die Zigaretten gestohlen?

Diese Frage ließ Toni einfach nicht los.

Im Gehen ließ es sich am besten nachdenken, und das tat sie nun, während Mutter und Großtante neben ihr noch einmal die Eindrücke der Lesung Revue passieren ließen.

An die Polizei konnten sie sich nicht wenden, sonst

hätten sie ja den Schwarzhandel eingestehen müssen. Für Toni kam noch immer Benno als Täter infrage. Wer wusste schon, ob er in Wahrheit nicht erst viel später nach Moosach gefahren war? Er hätte die Gelegenheit nutzen können, nachdem alle anderen die Wohnung verlassen hatten. Möglicherweise hatte er das Erbeutete bereits in seiner neuen Bleibe deponiert, die er tags darauf offiziell bezogen hatte. Der Zutritt auf das Werksgelände war Nichtbefugten untersagt; keiner aus der Familie hatte ihn bislang dort besuchen können, nicht einmal seine eigene Mutter. Dass Benno sich seit seinem überstürzten Umzug nur noch selten in der Ismaninger Straße blicken ließ, sprach zudem für diese Theorie. Er selbst begründete es mit dem ungewohnten Nachtdienst, für den er sich tagsüber ausschlafen müsse – aber vielleicht war das ja auch nur eine Ausrede.

Dann wiederum fiel Tonis Verdacht erneut auf Griet van Mook, und das, obwohl die Beweisführung des Captains an jenem Abend überzeugend gewesen war – eine Spur *zu* überzeugend für ihren Geschmack.

Was, wenn er seinem Amiliebchen das Alibi geliefert hatte, das sie so dringend brauchte? Griet konnte durchaus noch einmal in die Wohnung zurückgekehrt, Brosche und Zigaretten an sich genommen und damit wieder in den Offiziersclub gelaufen sein. Dass sich nichts davon in ihrem Zimmer gefunden hatte, war vielleicht nur eine Seite der Medaille. Womöglich hatte sie sich in der Maria-Theresia-Straße ein Diebeslager angelegt, von dem sie nun zehrte – und Walker deckte sie. Die beiden schienen jetzt fest zusammen zu sein, denn ab und zu hörte Toni, wie die junge

Frau erst in den frühen Morgenstunden zurückkehrte. Das alles waren Gedanken und Mutmaßungen, die ihre Beziehung zu der Holländerin nicht gerade verbesserten.

Oder war sie vielleicht nur neidisch, weil es mit dem eigenen Liebesleben ganz und gar nicht so lief, wie sie es sich erträumt hatte?

Louis' wiederholten Aufforderungen, ihn zu Hause zu besuchen, war Toni bislang nicht nachgekommen. Sein Frauenverschleiß schien ungebrochen, und eine unter vielen wollte sie nicht sein. Die Vorstellung, dort zudem den zahnlosen Riesen aus der Ukraine vorzufinden, der ihr extrem unheimlich war, schreckte sie zusätzlich ab.

Wieso umgab er sich mit solchen Gestalten?

Weil Louis selbst ein Außenseiter war, ein Wandler zwischen den Welten, nirgendwo zu Hause? Ein Mann, der wie ein Schmetterling durchs Leben tänzelte, stets auf der Suche nach der nächsten Blume, die vielleicht noch betörender duftete?

Wenn sie das alles doch wusste – weshalb bekam sie ihn dann trotzdem nicht aus dem Schädel?

Lautes Hupen riss Toni aus ihren Grübeleien.

Mittlerweile waren sie bei ihrem abendlichen Marsch auf der Prinzregentenstraße angelangt, direkt gegenüber befand sich *Das Haus der Deutschen Kunst,* einer der Monumentalbauten aus der NS-Zeit. In dessen Westflügel hatte sich ein US-Offizierskasino mit angegliedertem Nachtclub etabliert, in dem es, wie allgemein gemunkelt wurde, »heiß« hergehen sollte. Bremsen quietschten, leicht angetrunkene amerikanische Militärs gingen ein und aus, flankiert von kichernden einheimischen Schönheiten, die ihre Nylons und noch so manch anderes schamlos zur Schau stellten. Zudem kursierte das Gerücht, die einstige Ehrenhalle sei inzwischen in ein veritables Basketballfeld verwandelt worden.

Der Wagen, der neben ihnen gehalten hatte, war ein schwerer Vorkriegs-BMW, trotz der kühlen Nachtwitterung mit offenem Deck unterwegs. Der einstmals dunkelgrüne Lack, elegant mit schwarzen Radkappen abgesetzt, war übelst zerkratzt, die Beifahrertüre hatte die verkehrte Farbe, ansonsten aber wirkte das Auto noch immer sehr robust.

Am Steuer saß Louis, rechts neben ihm Juri, der Ukrainer.

»Guten Abend, die Damen«, rief Louis leutselig. »Das ist ja eine schöne Überraschung! Darf ich Ihnen vielleicht anbieten, Sie nach Hause zu bringen?«

Während Toni noch den Kopf schüttelte, ertönte bereits Vevs freudiges Ja.

»Dann nehmen Sie doch bitte auf der Rückbank Platz. Juri, wenn du den Damen freundlicherweise behilflich sein könntest?«

Der baumlange Mann stieg aus und öffnete die rückwärtige Türe. Sie stiegen ein und mussten sich ordentlich zusammenquetschen, um in den dicken Mänteln alle nebeneinander Platz zu finden.

»Das Verdeck klemmt leider«, erklärte Louis bedauernd. »*Sorry* wegen dieser kleinen Unannehmlichkeit, aber einen Tod muss man schließlich sterben, so sagt man doch.« Er lachte vergnügt. »Und zum Glück haben wir es ja nicht mehr weit.«

Er brauste los, viel zu schnell, als gehörte ihm die breite

Prachtstraße ganz allein. Toni spürte leise Übelkeit in sich aufsteigen, als er den Motor kurz darauf den Friedensengel hinaufjagte, aber sie biss die Zähne zusammen und ließ sich nichts anmerken.

»Ihr Wagen?«, fragte Vev sichtlich beeindruckt, nachdem er vor dem Wohnhaus in der Ismaninger Straße gebremst hatte.

Wieder sein freches Lachen.

»Sagen wir, ich habe ihn mir geliehen. Irgendwann, ich hoffe schon sehr bald, wird es neue Autos geben. Bis dahin müssen wir eben mit dem zurechtkommen, was wir haben, *n'est ce pas?* Juri, wenn ich dann noch einmal bitten dürfte …«

Sein Beifahrer stieg aus, öffnete die hintere Tür und ließ die drei Frauen aussteigen.

»Ach, eines noch, Frau Brandl«, rief Louis Rosa hinterher, als sie schon an der Haustür angelangt waren. »Ich bin da ganz zufällig an einen wunderschönen Samtstoff gekommen. Soll eine Weihnachtsüberraschung werden für eine besonders liebe Freundin. Ob ich damit ganz bald bei Ihnen vorbeikommen dürfte?«

»Noch für Weihnachten?« Rosa zog die Stirn kraus. »Da sind Sie aber ganz schön spät dran, Herr Louis! Haben Sie auch nur die geringste Vorstellung, was bis dahin noch alles fertig werden muss?«

»Ich weiß, ich weiß.« Jetzt hörte er sich ehrlich zerknirscht an. »Aber so eine Gelegenheit bekommt man eben nicht alle Tage …«

»Das ist schon richtig. Wollen Sie trotzdem nicht lieber eine andere Schneiderin fragen?«

»Ausgeschlossen. Das können nur Sie für mich nähen. Bitte!«

Rosa schien mit sich zu kämpfen, schließlich aber nickte sie.

»Meinetwegen. Dann aber gleich morgen, sonst wird des alles nix mehr.«

»Wunderbar!« Jetzt strahlte er. »Und das Fräulein Toni bräuchten wir dann auch noch dazu.«

»Wozu das denn?«, fuhr Toni herum.

»Das erfährst du morgen. Tust du mir den kleinen Gefallen?«, schmeichelte Louis, bis Toni widerwillig nickte.

»Gut, dann kommen Sie morgen Abend gegen sieben«, sagte Rosa. »Dann ist sie auch wieder vom Verlag zurück.«

»Also, Charme hat der junge Mann, das muss man ihm lassen«, kommentierte Vev, als Louis davongebraust war und die drei Frauen zusammen die Stufen hinaufstiegen. »Vor den Nazis ist man ja öfters auf solche Charaktere getroffen, etwas leichtsinnig, vielleicht sogar verwegen, aber überaus unterhaltsam. Haben die dann alles mit ihren schweren Stiefeln platt getrampelt, bis es nur noch öde braune Einheitssoße gab. Woher kommt er eigentlich ursprünglich, der Herr Louis?«

»Weiß ich nicht«, erwiderte Toni mürrisch. »Er redet nicht gern über das, was früher war.«

Anni empfing sie im Flur. Müde sah sie aus, die Augen waren gerötet.

Hatte sie geweint?

»Bibi schläft«, sagte sie. »Schlecht war ihr, und das Schlucken fällt ihr schwer. Etwas heiß kommt sie mir auch vor. Ich hab ihr Kamillentee gemacht – ohne Honig halt leider nur die halbe Miete.« Sie seufzte. »Aber morgen geht es ihr sicherlich wieder besser. Ich hab sie zu dir gelegt, Rosa. So ein krankes Kind will doch nicht alleine sein ...«

»Danke«, erwiderte Rosa. »Ich schau nach ihr, und dann geh ich auch gleich mit ins Bett. Morgen wird wieder ein langer Tag.«

Als Toni tags darauf am späten Nachmittag vom Verlag zurückkam, war bei Bibi noch immer keine Besserung eingetreten. Um den Umsatz weiter in Schwung zu bringen, hatte Heubner zusätzlich die Herausgabe von Schulbüchern übernommen, die überall fehlten, weil vieles aus der Nazi-Zeit von der Militärregierung ausgemustert und verboten worden war. In den *Lesebüchern für die Realschule* gab es verschieden lange Textpassagen, die Toni ein gewisses Kopfzerbrechen bereitet hatten, bis sie schließlich mit dem Arrangement zufrieden gewesen war. Bei der Papierauswahl gab es derzeit keine großen Alternativen, doch trotz dieser Notlage strengte sie sich an, die beste aller Lösungen zu finden. Papier war für sie niemals eine lästige Notwendigkeit, sondern vielmehr etwas Sinnliches, das gut roch und sogar eine Aura besaß. Die jugendlichen Schüler würden lieber lesen, wenn sie auch gerne umblätterten, davon war sie fest überzeugt.

»Was machst du denn für Unsinn, Schwesterchen?«, fragte sie, als sie zu Bibi hereinschaute. Rosa hatte sie jetzt doch in die leere Kammer umgebettet, damit sie in Ruhe dösen konnte, unbehelligt vom Surren der Nähmaschine.

»Ella hat es auch«, krächzte Bibi. »Ich kann gar nicht mehr richtig schlucken, so zu ist mein Hals. Wahrscheinlich wieder eine böse Mandelentzündung.«

»Gut möglich, denn du bist ganz schön heiß.« Toni legte ihre Hand auf Bibis Stirn. »Und dein Hals ist auch außen geschwollen. Das war sonst doch nie, oder?«

»Weiß ich nicht mehr.«

»Mach mal den Mund auf.«

Bibi folgte der Aufforderung.

»Ui, da drinnen ist ja alles ganz gelb!« Unwillkürlich wich Toni leicht zurück, weil ihr ein unangenehmer Geruch entgegenströmte. »Du solltest ordentlich mit Kamille spülen.«

»Hab ich schon.« Bibi war kaum noch zu verstehen.

»Das gefällt mir gar nicht«, sagte Toni zu ihrer Mutter. »Sie stinkt ja richtig aus dem Mund – wie faulige Blumen.«

»Ist mir auch schon aufgefallen«, sagte Rosa. »Und sie ist so erschreckend matt. Morgen früh soll Dr. Kurz nach ihr sehen. Um sie in die Praxis zu bringen ist sie viel zu schwach.«

Sie hatten das Klingeln der Türglocke überhört und wurden von Louis überrascht, der plötzlich auf der Schwelle stand.

»Eine nette blonde Dame hat mich reingelassen«, sagte er. »Ich wusste gar nicht, dass die auch zur Familie gehört.«

»Er hat gesagt, dass Sie ihn erwarten.« Griet zog entschuldigend die Schultern hoch und verschwand wieder.

»Schon gut«, sagte Rosa resolut. »Dann mal rein mit Ihnen.« Sie starrte auf die Stoffrolle, die Louis unter dem Arm trug. »Bordeauxroter Samt – das hab ich ja seit Jahren nicht mehr gesehen! Wo haben Sie denn diese Kostbarkeit her? Darf ich sie mal aufrollen?«

»Ein Erbstück, gewissermaßen. Und natürlich dürfen Sie, Sie sollen sogar! Ein Kleid soll daraus entstehen, liebe Frau Brandl, etwas für spezielle Anlässe – schlicht, aber elegant.«

Er legte eine Zeichnung auf den Nähmaschinentisch. Louis hatte ein Kleid skizziert, mit Karréeausschnitt, schmalem Rock und Dreiviertelarm.

Der ausgebreitete Samt, für den nur auf dem Bett Platz gewesen war, schimmerte festlich und edel im Lampenlicht.

»Ja, so kann ich mir durchaus vorstellen, was Sie sich wünschen. Gar nicht so untalentiert, Ihre kleine Zeichnung!«, lobte Rosa. »Daraus lässt sich ein Schnittmuster erstellen. Schließlich hab ich das ja gelernt. Aber an welche Maße soll ich mich denn halten? So ein wunderbares Material darf doch keinesfalls verschnitten werden. Sie hätten Ihre gute Freundin zu uns mitbringen sollen.«

»Ging leider nicht.« Er lächelte fein. »Das Kleid soll eine Überraschung werden. Deshalb wollte ich ja, dass Ihre Tochter dabei ist. Messen Sie Toni aus. So könnte es gehen …«

Was bildete dieser Gockel sich eigentlich ein? Spendierte einer seiner Hennen ein Festgewand, und sie sollte dafür herhalten!

»Vergiss es«, polterte Toni los. »Ich mach dir doch nicht den Hanswurst …«

Sie wollte aus dem Zimmer stampfen, doch Louis hielt sie zurück.

»Bitte«, sagte er. »Überleg es dir noch einmal. Ihr werdet es nicht bereuen. Ich biete zusammen – für Ausmessen *und* Nähen – eine Stange Chesterfields. Ist das ein Angebot?«

Rosa sandte ihrer Tochter einen flehentlichen Blick. Endlich wieder »flüssig« zu sein, in der einzig funktionierenden Währung – und das vor Weihnachten, welch verlockende Aussicht!

»Meinetwegen«, sagte Toni schließlich. »Aber du« – das galt Louis – »bist garantiert nicht dabei, wenn Mama mich ausmisst. Und wir verlangen zwei Packungen davon bereits morgen. Sozusagen als Anzahlung. Davor rührt meine Mutter keinen Finger!«

»*D'accord* – einverstanden.« Louis strahlte über das ganze Gesicht. »Gerade hast du mich sehr, sehr glücklich gemacht, Toni.«

Er sprach ihren Namen aus wie sonst kein anderer – *Toní*. Mit einem kleinen Akzent auf dem i, was ihn weicher, ja fast exotisch klingen ließ.

Es ärgerte sie, wie sehr ihr das gefiel. Der ganze Kerl ärgerte sie, wieder und immer wieder!

Würde das jemals aufhören?

»Bis morgen früh um zehn sind die Zigaretten da, sonst tut sich hier gar nichts«, sagte Toni extra streng, und er nickte sofort.

»Wir müssen noch einen Termin für die Anprobe ausmachen«, sagte Rosa.

Louis schüttelte den Kopf. »Geht doch leider nicht«, sagte er. »Überraschung.«

»In diesem Fall gebe ich keinerlei Garantie, dass es an der Dame auch wirklich perfekt sitzt«, sagte Rosa. »Ein

Abendkleid ohne Anprobe – das hat doch die Welt noch nicht gesehen!«

»*Bien sûr*«, bestätigte Louis. »Aber es wird sitzen. Ich vertraue Ihnen da blind, Frau Brandl.«

*

Alle in der Wohnung rannten konfus durcheinander, schon seit einem Tag, und inzwischen wusste Griet auch den Grund. Bibi war krank, ziemlich krank sogar, was Mutter, Schwester und Tanten in helle Aufregung versetzte.

Der Verdacht auf Diphtherie hing seit dem Besuch des Arztes wie ein Damoklesschwert in der Luft. Viele Symptome sprachen dafür; endgültig Klarheit würden aber erst in ein paar Stunden die Ergebnisse der Laborabstriche bringen.

Griet selbst hatte während ihres Aufenthalts in den Lagern so viel Krankheit und körperliches Elend erlebt, dass sie eher ruhig blieb. Mitfühlen war gut, doch man durfte dabei nicht den Kopf verlieren. Damals bei Lenis starkem Fieber hatte sie erst geruht, als die Freundin Hilfe erhalten hatte. Ohne das Eingreifen des Militärarztes und Lenis Verlegung nach St. Ottilien wäre ihre Freundin heute vermutlich nicht mehr am Leben und niemals Mutter geworden.

Gerade heute hatte sie einen Brief nach Eresing losgeschickt. Leni und ihre kleine Tochter lebten noch immer im Dorf bei der alten Els, wenngleich es in dem windschiefen Häuschen nun klamm und ständig zugig war. Els hatte Leni das Weben beigebracht und so entstanden auf einem klaprigen Webstuhl Läufer und kleine Teppiche, die sie dann auf den umliegenden Bauernmärkten verkauften. Es war nichts, um reich zu werden, doch zum Überleben schien es zu reichen, was Griet beruhigte. Denn noch immer sah sie keine Möglichkeit, Leni und die Kleine nach München zu holen.

Ganz im Gegenteil: Wie sie von Dan erfahren hatte, hatte die Militärregierung den Zuzug bereits seit September vollkommen blockiert. Schon jetzt quoll die Stadt über von Wohnungssuchenden, die keine Bleibe hatten. Trotz der winterlichen Kälte hausten die Menschen in Ruinen, Kellern oder offenen Fabrikhallen. Der erste starke Frosteinbruch, mit dem nahezu täglich zu rechnen war, würde vermutlich viele Tote bringen.

Krank werden allerdings konnte man auch so, und der bellende Husten, der aus Bibis Kammer drang, verhieß nichts Gutes. Griet mochte das Mädchen, das stets offen und freundlich zu ihr gewesen war, und als Frau Neureuther ungewohnt bedrückt in der Küche saß, überwand sie ihre sonstige Zurückhaltung und sprach sie direkt an. Sie wusste, dass zumindest Toni sie noch immer des Diebstahls verdächtigte, aber spielte das in diesem Moment eine Rolle?

»Ich habe mitbekommen, dass Bibi krank ist«, sagte sie.

»Halsbräune soll sie haben – so haben wir früher die Diphtherie genannt.« Genoveva Neureuthers Stimme klang matt. Heute war nichts von ihrer sonstigen Grandezza zu sehen; alt sah sie aus, mitgenommen und verzweifelt. »In meiner Jugend sind viele Kinder daran gestorben, und ich fürchte, sie haben noch immer keine richtige

Medizin dagegen – außer diesem neumodischen Penicillin. Aber wie kommt man da ran? Das Zeug soll ja rarer und wertvoller sein als Gold.«

»Muss sie denn ins Krankenhaus?«, fragte Griet.

»Was würde das schon nützen! Im *Rechts der Isar* sind die Betten noch immer mit Kriegsverletzten belegt, und Penicillin haben sie dort auch keins, das hat Dr. Kurz uns gesagt. Toni will jetzt versuchen …«

Sie brach ab und fuhr sich übers Gesicht, als wollte sie etwas wegwischen.

»Ich will Sie mit alldem nicht belasten«, sagte sie schließlich. »Es ist nur so, dass wir uns Sorgen um Bibi machen. *Große* Sorgen.«

Griet nahm ihr kummervolles Gesicht mit in die Abendschicht, und es ließ sie auch für die nächsten Stunden nicht mehr los. Vielleicht hätte Dans Anwesenheit sie ein wenig abgelenkt, doch der war noch immer mit dem Umzug der Military Police nach Giesing beschäftigt, wo nun die neue Zentrale auf einem großen ehemaligen Wehrmachtsgelände eingerichtet wurde. Ohne die Gewissheit, dass er draußen im Speisesaal saß, ging ihr die Küchenarbeit deutlich mühsamer von der Hand. In seiner Nähe fühlte sie sich stets sicher und geschützt. Dans helle, freundliche Art half auch, mit den Albträumen fertigzuwerden, die Griet immer wieder überfielen.

Wände, die sich immer näher an sie heranschoben und sie zu erdrücken drohten …

Ein lebloser Körper auf dem gefliesten Küchenboden …

Mamas Stimme, kaum wahrzunehmen im stürmischen Tosen der Nordsee …

Schweißgebadet und mit klopfendem Herzen fuhr sie dann jedes Mal hoch, unfähig, für den Rest der Nacht auch nur ein Auge zuzumachen. Wenn sie neben Dan lag, fiel es ihr leichter. Er musste sie dazu nicht einmal in die Arme nehmen. Es genügte schon, seinem gleichmäßigen Atem zu lauschen und die Wärme seines Körpers neben sich zu spüren.

Natürlich bekam er mit, wenn sie morgens müde und zerknittert aus dem Bett stieg.

»Wenn du reden magst, *honey*«, sagte er besorgt, »*I'm here.*«

Dann nickte Griet jedes Mal, dankte ihm – und behielt alles, was in ihr wühlte, weiterhin für sich. Wie hätte sie diesem fröhlichen, gesunden Mann auch all die Schrecken offenbaren können, die hinter ihr lagen?

Welten trennten sie, auch wenn Dan inzwischen ihr Liebhaber geworden war, was sie sehr genoss. Doch die Zweifel in ihr blieben selbst nach der leidenschaftlichsten Begegnung mit ihm weiterhin bestehen.

Er beschützte und begehrte sie, das war zu spüren.

Vielleicht liebte er sie sogar.

So weit die Gegenwart.

Aber würde es jemals eine gemeinsame Zukunft geben?

Als Heller sie hinaus zum Abservieren schickte, glaubte Griet viele Blicke auf sich zu spüren. Was mochten sie von ihr denken, all diese Jeffs, Johns, Marcs und Richards aus Ohio, Texas, Kalifornien oder Connecticut? Dass auch sie nur eines der zahlreichen *Froylains* war, die sich einen US-Soldaten geschnappt hatten, um in den Genuss von Kaffee, Schokolade und Nylons zu kommen?

Die Amis nehmen keine gebrauchten Frauen ...

Da war er wieder, Juris niederschmetternder Satz, der ihr tief in jede Faser gekrochen war, und an Abenden wie diesen tönte er ganz besonders laut in ihr.

Griet wusch sich wie nach jeder Schicht Hände und Gesicht und lief in die Ismaninger Straße. Die Nacht war dunkel und feucht, kein Mond am wolkenbedeckten Himmel. Nur noch wenige erleuchtete Fenster flankierten ihren Weg; weil alle Brennmittel so knapp waren, gingen viele Leute schon mit den Hühnern ins Bett. Doch in der Neureuther Küche brannte noch Licht, was ungewöhnlich war für diese späte Stunde.

Sie lief die Treppen hinauf, und als sie die Wohnungstür aufschloss, hörte sie schon lautes Schluchzen.

»Sie stirbt mir, meine Kleine – Bibi stirbt! Dann will ich auch nicht mehr leben ...« Tränenüberströmt klammerte sich Rosa an die Küchentür. Drinnen am Tisch saßen Anni, Toni und die alte Frau Neureuther.

»Ich hab alles versucht, Mama!« verteidigte sich Toni. »Die ganze Möhlstraße bin ich abgelaufen, hab jeden der Schwarzhändler einzeln gelöchert und dabei mit unseren Zigaretten gewedelt. Aber es gibt einfach kein Penicillin. Nicht, wenn du kein Ami bist!«

»Bibi braucht Penicillin?«, fragte Griet.

»Ja«, sagte Toni. »Sie hat Diphtherie. Die sondert einen Giftstoff aus – und der kann durch den ganzen Körper wandern. Höchst ansteckend ist es noch dazu ...« Sie stützte den Kopf in beide Hände. »Aber wieso erzähle ich Ihnen das alles? Sie können uns ja doch nicht helfen!«

»Vielleicht ja doch«, erwiderte Griet, die innerlich auf einmal ganz ruhig war. »Ich könnte zum Beispiel Captain Walker fragen.«

»Um diese Uhrzeit?«, fragte Genoveva Neureuther zweifelnd.

»Wenn es um Leben und Tod geht – ja. Außerdem wohnt er nicht weit. Ich laufe gleich zu ihm.«

»Dann will ich auch mit«, erklärte Toni. »Geht ja schließlich um meine kleine Schwester!«

»Also los«, sagte Griet. »Lassen Sie uns nicht noch mehr Zeit verlieren.«

Im Vorbeigehen riss Toni ihren grauen Mantel von der Garderobe und eilte hinter Griet die Treppen nach unten. Draußen angekommen, traten sie Seite an Seite in die dunkle Nacht.

»Wir müssen in die Possartstraße«, sagte Griet. »Und wir werden kräftig klingeln müssen, denn er hat einen tiefen Schlaf.«

»Wieso tun Sie das für uns?«, wollte Toni wissen, als sie am Galileiplatz angekommen waren.

»Sie meinen, obwohl Sie mich noch immer für eine Diebin halten?«

»Das wissen Sie?«, entfuhr es Toni.

»Das ist wohl kaum zu übersehen, so kurz angebunden, wie Sie zu mir sind.« Griet lachte kurz auf. »Ich tue es, weil ich Bibi mag. Und weil ich in meinem nicht allzu langen Leben schon mehr als genug Tote gesehen habe. Reicht das als Antwort?«

Toni nickte.

War sie leicht beschämt?

Kann nicht schaden, dachte Griet. Ich jedenfalls hab euch nicht bestohlen!

Tatsächlich musste sie Sturm läuten, bis Dan verschlafen ans Fenster kam und hinausspähte. Als er Griet erkannte, betätigte er sofort den Türöffner.

»*I'm sorry*«, sagte sie, als sie mit Toni im Treppenhaus vor ihm stand. »Ich weiß, es ist verdammt spät und du hattest einen harten Tag. Aber du bist Bibis einzige Chance, Dan.«

»Bitte helfen Sie uns, Captain Walker!«, ergänzte Toni flehentlich. »Meine kleine Schwester ist schwer an Diphtherie erkrankt. Wenn sie kein Penicillin bekommt, stirbt sie vielleicht.«

»*Diphtheria!*« Dan, in Shorts und weißem Unterhemd, zog die Luft laut zwischen die Zähne. »Damit ist wahrhaft nicht zu spaßen. Einer meiner Cousins hat sie kaum überlebt. Sie liegt zu Hause?«

»Ja«, sagte Toni. »Im nächstgelegenen Krankenhaus sind alle Betten besetzt.«

»Bibi ist so ein liebes Mädchen«, sagte Griet. »Immer freundlich. Ich mag sie sehr!«

Das schien den Ausschlag zu geben.

»*Come in, ladies.*« Er trat einen großen Schritt zur Seite und ließ sie beide eintreten. »*And give me five minutes. I'll have to make some phone calls ...*«

Er führte sie in sein sparsam möbliertes Wohnzimmer. Couch, Tisch, zwei Sessel, Vorhang, das war's, aber Griet mochte es so. Durch die Wand hörten sie ihn nebenan telefonieren, einmal wurde er kurz laut, dann war seine Stimme wieder leiser.

»Und wenn er uns nicht helfen kann?«, flüsterte Toni irgendwann, weil es eine ganze Weile dauerte.

»Zaubern kann auch ein Dan Walker nicht«, erwiderte Griet. »Aber wie ich ihn kenne, wird er alles versuchen, was in seiner Macht steht.«

Als er wieder zu ihnen zurückkehrte, trug er seine Uniform.

»Sie haben Glück«, sagte er, an Toni gewandt. »Und eine fantastische Fürsprecherin. *Let's go.*«

Vor der Wohnung parkte ein Jeep.

»Einsteigen«, sagte er. »Wir holen jetzt die kleine Kranke und bringen sie nach Schwabing ins *military hospital.*«

»Unter lauter Soldaten soll sie da liegen?« Toni klang entsetzt.

»Natürlich nicht. Sie kommt dort auf die Kinderstation – isoliert wegen der enormen Ansteckungsgefahr. Deshalb muss sie auch so schnell wie möglich raus aus der Wohnung, sonst könnten Sie alle ebenfalls krank werden.«

Rosa staunte nicht schlecht, als Griet und Toni mit dem Captain in die Wohnung zurückkamen.

»Packen Sie ein paar Sachen für Ihre Tochter zusammen«, befahl er. »Dann bringen wir sie ins Schwabinger *hospital* auf die Kinderstation.«

Sie starrte ihn perplex an. »Und bekommt sie auch Penicillin?«

»*Sure*«, erwiderte er. »Sie soll doch wieder gesund werden.«

Rosa und Toni wuselten durch die Wohnung und packten ein kleines Köfferchen zusammen. Inzwischen hatte der Captain nach Decken gefragt, in die die Kranke gehüllt wurde. Als alles so weit war, hob er Bibi hoch und trug sie hinaus. Allerdings hatte er sich zuvor ein Tuch vor den Mund gebunden, und er wies Toni an, dies ebenfalls zu tun.

»Sie kommen mit«, ordnete er an. »Sie sprechen ein wenig Englisch?«

Toni nickte.

»Aber ich kann doch meine Kleine nicht alleinlassen«, jammerte Rosa.

»Nur eine Person ist erlaubt. Ihre junge Tochter kommt in allerbeste Obhut. Und die ältere bringe ich sicher wieder nach Hause. Beeilen Sie sich, Miss Brandl.« Das galt Toni. »Wir wollen keine Zeit vertrödeln.«

*

Bibi genas, langsam zwar und unter hohen Medikamentengaben, aber es ging ihr von Tag zu Tag besser. Besuch durfte sie keinen empfangen, weil noch immer große hohe Ansteckungsgefahr bestand, aber immerhin konnten Mutter und Tanten ihr während der Adventswochen durch die Glasscheibe zuwinken und sich in erfundener Gebärdensprache mit ihr verständigen.

Bibis Freundin Ella hatte es schlimmer getroffen. Ebenfalls mit Diphtherie infiziert und ohne einen Zugang zu Penicillin, starb sie in der zweiten Krankheitswoche, ebenso wie drei andere Schülerinnen des St. Anna Gymnasiums. Toni wurde blass, als sie davon erfuhr, und beschloss, die traurige Nachricht vor Bibi geheim zu halten, bis diese wieder ganz auf den Beinen war.

Dann, endlich, zwei Tage vor Weihnachten, durfte Bibi

das Krankenhaus verlassen. Nach der Penicillinkur hatten die Ärzte noch auf strengere Bettruhe bestanden, um ihr Herz nicht anzugreifen, eine der zahlreichen möglichen Nachwirkungen dieser Krankheit. Captain Walker ließ es sich nicht nehmen, sie wieder nach Hause zu bringen, und als Bibi an seiner Seite die Wohnung betrat, dünn und mit ihren langen Beinen mehr denn je einem Fohlen ähnelnd, empfing die ganze Familie sie mit ausgebreiteten Armen.

»Das werden wir Ihnen niemals vergessen, Captain«, sagte Tante Vev mit feuchten Augen, »dass Sie uns unser Küken wieder gesund zurückgebracht haben!«

»Danken Sie lieber Frau van Mook«, lautete seine Antwort. »Sie hat den Kontakt schließlich hergestellt.«

Rosa umarmte ihre Tochter so stürmisch, als wollte sie sie nie mehr wieder loslassen.

»Du erdrückst mich ja, Mama«, wehrte Bibi sich. »Noch bin ich ja am Leben ...«

Toni war zunächst stumm geblieben, doch als der Captain sich verabschiedete, folgte sie ihm auf den Flur.

»Worte reichen nicht aus, um zu sagen, was ich empfinde«, sagte sie. »Mit Bibis Gesundung haben Sie uns überreich beschenkt. Danke noch einmal, Captain Walker. Wenn ich irgendetwas für Sie tun kann ...«

»Ändern Sie Ihre Haltung gegenüber Griet.« Seine braunen Augen waren plötzlich noch dunkler. »Ihr Misstrauen hat sie nicht verdient. Griet ist keine Diebin, sondern ein ganz besonderer, sehr liebenswerter Mensch – mit einem harten Schicksal. Ihr Deutsche beklagt euch über kalte Wohnungen und zu wenig Essen. Was sollen erst die sagen, die ihr in euren KZs gequält und ermordet habt?« Er räusperte sich. »Vergangenes kann nicht mehr ungeschehen gemacht werden. Aber starten Sie wenigstens mit dem Ansatz einer Wiedergutmachung – hier in dieser Wohnung.«

Jetzt hatte Toni genug zum Nachdenken, und seine Worte gingen ihr das ganze Weihnachtsfest über, das in diesem Jahr denkbar bescheiden ausfiel, nicht aus dem Kopf. Christbäume waren natürlich Mangelware; so hatten sie nur ein paar Fichtenzweige in eine Vase gesteckt und Kugeln und Lametta aus Vevs alten Beständen daran gehängt. Die meisten Geschenke bekam Bibi: einen neuen roten Mantel, umgeschneidert aus dem abgelegten Exemplar einer Kundin, zwei Bücher, Handschuhe und Schal, von Anni gestrickt. So richtig daran freuen konnte sie sich jedoch nicht, nachdem sie kurz davor von Toni erfahren hatte, dass ihre Freundin Ella nicht mehr lebte.

Rosa presste den halben Abend lang den letzten Brief von Max an ihre Brust, der verlegt worden war und nun unter Tage im nordfranzösischen Bergwerk Wallers-Arenberg arbeiten musste – stets hungrig und kohlrabenschwarz von oben bis unten, wie er schrieb, aber noch immer am Leben.

Gab es etwas Wichtigeres?

Toni hatte zehn der wertvollen Chesterfields investiert und für Mutter und Tanten auf dem Schwarzmarkt kleine Mengen von Kaffee und Schokolade organisiert. Die Buden in den Vorgärten der Möhlstraße hatten sich wie fruchtbare Pilze vermehrt; immer mehr hölzerne Behelfsbauten standen jetzt dort, und das Warenangebot war so vielfältig wie selten zuvor.

Doch wer konnte sich schon Cognac, Pasteten, Weihnachtsgänse, Champagner oder gebeizten Lachs leisten?

Die meisten Münchner mussten sich wie Familie Neureuther/Brandl/Lochner mit sehr schlichten Genüssen wie Kartoffeln und saurem Lüngerl zufriedengeben, zu dem eigentlich Semmelknödel gehört hätten, die es aber nicht gab, weil nirgendwo Semmeln aufzutreiben gewesen waren. Benno, der am Heiligen Abend mit schlechter Laune zu ihnen stieß, weil er anschließend wieder zurück zum Dienst musste, steuerte noch eine Packung vertrocknete Lebkuchen bei, die sie zum Nachtisch verzehrten. Dumme Bemerkungen über den Captain ließ er wohlweislich bleiben, seit dieser Bibi das Leben gerettet hatte. Aber er erkundigte sich mit schiefem Lächeln nach Griet van Mook.

»Sie ist mit dem Captain über die Feiertage nach Berchtesgaden gereist«, erwiderte Vev nicht ohne eine gewisse Schadenfreude. »Manche Männer können einer Frau halt etwas bieten ...«

»Kein Wunder, Tante«, lautete seine Antwort. »Mit dem Verkauf deiner Pfauenbrosche kann man durchaus entspannt in Urlaub fahren.«

Bis auf Anni waren alle erleichtert, als er wieder abzog.

Die Christmette kam für sie dieses Jahr aus dem Radio, da sie Bibi mit ihrer zarten Genesung keinem eisigen Kirchenraum aussetzen wollten. Als dann im Äther die Glocken der Dreifaltigkeits-Kirche zu läuten begannen, kam in der ausgekühlten Küche, in der sie alle in Decken gehüllt saßen, doch so etwas wie weihnachtliche Stimmung auf.

»Es kann alles nur besser werden«, sagte Vev anschließend in die Runde, als sie mit dem letzten Likörrest von der Praterinsel anstießen. »Wenn wir nur weiterhin zusammenhalten.«

»Das werden wir, Tante Vev«, versicherte Toni.

»Wie die Musketiere«, steuerte Bibi bei, die gerade ihre Leidenschaft für Alexandre Dumas entdeckt hatte. »Eine für alle – alle für eine!«

*

Vor dem Verlag parkte Louis' Angeberauto, das inzwischen allerdings noch weitere Schrammen und Beulen abbekommen hatte. Vor ein paar Tagen hatte ein Wintersturm über München und dem Umland gewütet; viele morsche Äste waren abgebrochen, ganze Bäume entwurzelt worden. Einige Bahnverbindungen waren noch immer unterbrochen.

»Steig ein«, empfing er Toni. »Ich hab was für dich vorbereitet.«

Ausnahmsweise war sie heute nicht mit dem Fahrrad unterwegs; das Vorderrad hatte einen Platten.

»Woher weißt du überhaupt, dass ich hier bin?«, fragte sie.

»Weil nur Verrückte wie du an Silvester arbeiten gehen«, erwiderte er. »Aber damit ist jetzt Schluss. Heute wird gefeiert! Ich nehm dich mit zu einer ganz besonderen Party...«

»Und wenn ich das gar nicht will?«, gab sie zurück.

»Doch, du willst, Toni«, erwiderte er sanft. »Glaub mir, du willst.«

»Ich hab doch gar nichts anzuziehen für so eine Party ...«
Louis nahm seine rechte Hand vom Lenkrad und legte den Zeigefinger auf ihre Lippen.
»*Patience*«, sagte er. »*Patience, ma chère!*«
Vor dem Eingang zu seiner Wohnung sträubte sie sich erneut.
»Und wenn dieser Juri da ist, will ich schon gar nicht!«
»Keine Angst, Toní, wir sind heute ganz allein – nur du und ich.«
Vier Stufen führten nach unten, und heute folgte sie ihm. Toni hatte ein modriges, dunkles Loch erwartet, doch die beiden Räume waren zwar nachlässig, aber durchaus wohnlich möbliert. Links ein breites Bett, das sie zunächst geflissentlich übersah, rechts zwei Sofas, ein dunkelgrüner Ledersessel, ein niedriger Tisch sowie diverse Stehlampen, von denen allerdings die Hälfte nicht funktionierte. Zwei leicht ramponierte Perserteppiche bedeckten den Betonboden. Auf einem Beistelltischchen thronte ein alter Volksempfänger. Die durchlaufenden Heizungsrohre verbreiteten eine überraschend angenehme Temperatur.
Toni schlüpfte aus ihrem Deckenmantel.
»Was trinkst du?«, hörte sie ihn nebenan fragen. »Ich hätte da einen hervorragenden schottischen Whiskey im Angebot.«
Mit zwei Gläsern, in denen eine bernsteinfarbene Flüssigkeit kreiste, kehrte Louis zurück.
»Deine Augen bekommen diese Farbe, wenn du glücklich bist«, sagte er, während er ihr das Glas reichte. »*Cheers*, Toní. Wollen wir doch mal sehen, ob mir das heute gelingt ...«

Sie stießen an.

Toni wagte nur einen winzigen Schluck. In ihrem Gaumen explodierte etwas, kurz danach traf der Feuerball ihren Magen.

»Und so etwas trinken Leute freiwillig?«, krächzte sie und stellte das Glas wieder ab.

»Reine Gewöhnungssache«, erwiderte Louis. »Aber vielleicht nicht ganz dein Geschmack. Und jetzt mach die Augen zu.«

»Weshalb?«

»Weshalb, weshalb?«, äffte er sie nach. »Weil ich dich darum bitte, deshalb. Also?«

Sie folgte seiner Aufforderung. Er nahm ihre Hand und führte sie in das andere Zimmer.

»Augen auf!«

Auf dem Bett lag das dunkelrote Samtkleid, das ihre Mutter genäht hatte. Toni hatte es nur in Teilen gesehen, dann war Bibi krank geworden, und sie hatte gar nicht mehr daran gedacht. Dass Louis bezahlt hatte, wusste sie, aber das war auch schon alles.

»Mein Silvestergeschenk für dich.« Er strahlte.

»Du bist ja total verrückt! Hat die andere es an Weihnachten nicht gemocht?«

Er packte sie und zog sie ganz nah zu sich heran.

»Hör sofort auf mit diesem *nonsense*«, sagte er rau. »Es war für dich, immer nur für dich – aber ich musste mir einen kleinen Umweg ausdenken, sonst hättest du es doch niemals angenommen, *n'est ce pas?*«

»Louis, ich ...«

»Zieh es einfach an. Ich warte so lange draußen.«

Das ließ Toni sich nicht zweimal sagen. Kaum hatte sich die Tür hinter ihm geschlossen, schlüpfte sie aus ihrem Wollkleid. Jetzt hätte sie natürlich aufregende Dessous gebraucht, Höschen, Büstenhalter, vielleicht sogar ...

Toni nahm das Kleid hoch und schnappte nach Luft.

Es war alles da: Höschen, Bustier, Strumpfgürtel – sogar ein Paar niegelnagelneue Nylons, hauchzart, mit Naht. Selbst an Schuhe hatte er gedacht: Sie nahm sie hoch, drehte sie um.

Graue Pumps, Größe 38 – perfekt!

Ihr erster Impuls war, aus dem Zimmer zu laufen und Louis zu erklären, dass sie das niemals annehmen konnte. So leicht war sie doch nicht zu bekommen! Aber die Versuchung war einfach zu groß. Toni befreite sich von der ausgeleierten, unzählige Male im großen Kessel gekochten Baumwollunterwäsche wie von einer lästigen Haut.

Ein gutes Auge hatte er, das musste man ihm lassen. Die Sachen saßen wie angegossen, und als sie schließlich das Samtkleid überstreifte, fühlte es sich einfach köstlich an.

»Du kannst jetzt kommen!«, rief sie Richtung Tür, die er sofort öffnete. »Nur beim Reißverschluss brauche ich noch Hilfe.«

Sein warmer Atem an ihrem Nacken. Sie hätte hinsinken können, gleich auf der Stelle.

Louis zog den Reißverschluss so sorgfältig zu wie ein geübter Kammerdiener, dann drehte er Toni langsam um, bis sie sich gegenüberstanden.

»Wie Bernstein«, sagte er zufrieden lächelnd. »Sieht ganz so aus, als hätte ich gute Arbeit geleistet.«

Das Offizierskasino im *Haus der Deutschen Kunst* war bereits gut gefüllt, als sie schließlich dort eintrafen. Durch die angelehnten Fenster drangen Stimmen und Musikfetzen.

Only members of the U.S. Army stand auf einem Schild über dem Eingang, was Louis amüsiert weglachte.

»*Only people with the right connections*«, erklärte er und begrüßte den schlanken Uniformierten, der die Gäste kontrollierte.

»*Hey, Jim! How are you? Everything okay?*«

»*Good evening, Louis*«, lautete dessen Antwort, und sein Blick streifte anerkennend über Toni. »*Have a nice time.*«

»Du kennst ihn?«, wollte Toni wissen, während sie sich aus ihrem ollen Mantel schälte, den Louis an der Garderobe abgab.

»So gut wie alle hier«, erwiderte er. »Gute Nachbarschaft ist doch immens wichtig.«

Endlich war Toni dieses hässliche Ding los. In ihrem aufregenden Kleid fühlte sie sich sofort besser. Nur ihre Frisur kam ihr auf einmal ein wenig langweilig vor. Und geschminkt war sie bis auf einen Hauch roten Lippenstift auch nicht.

Aber was machte das schon aus?

Sie war im Offizierskasino, um hier zusammen mit Louis den letzten Tag dieses verrückten Jahres zu feiern!

»Lass uns tanzen«, bat sie ihn. »Ich hoffe nur, dass ich zu dieser Musik auch die richtigen Schritte kann.«

Eine fünfköpfige Band spielte Swing, den sie gern gehört hatte, bis die Nazis ihn verboten hatten. Jetzt fuhr der Rhythmus Toni sofort wieder ins Blut, und sie spürte die

Leichtigkeit in sich aufsteigen, die sie so lange vermisst hatte.

War dieser Abend nicht wunderbar?

Der Krieg war vorbei, sie lebte, trug ein wunderschönes Kleid, und der aufregendste Mann dieses Clubs tanzte mit ihr. Den Foxtrott bekam sie gerade noch hin, doch dann wurde die Musik schneller.

»Quickstep«, flüsterte Louis ihr ins Ohr. »Ziemlich neumodisches Zeug. *Mon dieu* – da muss auch ich leider improvisieren.«

Sie versuchten sich gerade an den ersten Schrittkombinationen, als Toni abrupt stehen blieb.

»Was ist los?«, fragte Louis, der ihr um ein Haar auf den Fuß getreten wäre. »Hast du gerade eine Fata Morgana gesehen, oder was?«

»Das nicht gerade.« Sie deutete auf die junge Frau in blauem Satin, die in den Armen eines schlaksigen GIs an ihnen vorbeitanzte, die Augen halb geschlossen, so selig fühlte sie sich gerade offenbar. »Aber die Tochter unserer Hausmeisterin.«

»Gönn ihr doch das bisschen Vergnügen«, sagte Louis lachend. »Ist schließlich Silvester!«

»Siehst du denn nicht, was sie da am Ausschnitt trägt?« Vor lauter Aufregung hatte Toni geschrien.

Ein paar Köpfe drehten sich neugierig zu ihnen um.

Louis verengte die Augen. »Etwas Buntes, Glitzerndes ...«

»Das ist Tante Vevs Pfauenbrosche, Louis! Und die hat Zita Maidinger ihr vor ein paar Wochen gestohlen.«

ELF

München, Winter/Frühling 1946

Zita Maidinger hatte bei Tonis Anblick die Silvesterparty im Offizierskasino fluchtartig verlassen. Toni stürzte hinterher. Louis versuchte vergeblich, sie aufzuhalten, doch es gelang ihr nicht. Zuerst suchte sie draußen nach ihr, zwischen den steinernen Säulen, die im Dunkel der Nacht gleich noch eine Spur monumentaler wirkten, kehrte aber, als sie die junge Frau nirgendwo entdeckte, wieder nach drinnen zurück.

Aus einer spontanen Eingebung heraus versuchte sie es anschließend auf der Damentoilette.

Alle Türen standen auf, nur die letzte war abgeschlossen.

»Raus mit Ihnen, Zita!«, rief Toni auf gut Glück. »Ich weiß, dass Sie da drin sind!«

»Ich komm da nicht mehr raus«, kam es dumpf zurück. »Nie mehr wieder. Und wenn Sie nicht sofort verschwinden, gehe ich in die Isar!«

»Ziemlich kalt um diese Jahreszeit«, erwiderte Toni. »Und ungeheuer dumm dazu. Sie kommen jetzt da raus, und wir reden. Oder soll ich erst einen amerikanischen Offizier holen?«

Wie ein Häuflein Unglück schlich Zita heraus.

»Da!«, sagte sie und riss die Brosche so ungestüm von

ihrem Kleid, dass Toni schon um die Nadel fürchtete. »Eigentlich wollte ich sie gar nicht nehmen. Aber dann hat sie schön gefunkelt ...«

Tränen liefen über ihre Wangen, die bereits ganz streifig aussahen. Das gesamte Make-up war beim Teufel.

»Die Brosche ist also schuld.« Einen gewissen Sarkasmus konnte Toni sich nicht verkneifen. »Und vermutlich haben dann auch die Zigaretten verführerisch gerufen: ›Nimm uns mit?‹« Zita tat ihr fast ein wenig leid, weil sie gar so bedröppelt vor ihr stand, aber ganz so einfach würde sie die kleine Diebin nicht davonkommen lassen. »Wie sind Sie überhaupt in unsere Wohnung gekommen?«

»Der Wohnungsschlüssel hing noch bei Mama im Kastl, wegen der Zeiten im Luftschutzkeller, da hatte sie doch die Schlüssel aller Mietparteien. Alle anderen haben sie längst wieder von uns zurückbekommen. Nur die Frau Neureuther nicht. Die hat ihren nämlich niemals verlangt.«

»Und da dachten Sie: Wie günstig, gehe ich doch einfach mal nachschauen, ob sich da nicht vielleicht was Interessantes findet.«

Zita Maidinger schüttelte den Kopf so heftig, das die frisch gelegte Wasserwelle flog.

»So war es nicht!«

»Wie war es dann?«, bohrte Toni weiter.

»Ich hab Sie ganz zufällig gehört, Sie und diese beiden Männer frühmorgens in der Einfahrt. Das ganze Schmalz hab ich gesehen, und dann die Zigaretten, die Sie dafür bekommen haben. Und da dachte ich, so viel brauchen die doch gar nicht ...«

»Ach, das dachten Sie sich also! Aber Sie haben gleich

stangenweise gestohlen, Zita, nicht nur ein paar Zigaretten – und das kostbare Lieblingsschmuckstück meiner Großtante gleich mit dazu!« Toni trat einen Schritt zurück und musterte sie von oben bis unten. »Und gut angelegt haben Sie Ihre Beute auch, wie ich sehe: Kleid, Schuhe, Friseur, Schminke …«

»Das ist doch alles vom Joe, meinem Freund! Der hat mir das geschenkt. Ich hab die Zigaretten nämlich gar nicht mehr – keine einzige!«

Inzwischen weinte Zita so heftig, dass sie kaum noch zu verstehen war.

»Die Räuberpistole wird ja immer besser«, bemerkte Toni trocken. »Wo sind sie denn hin, die ganzen schönen Lucky Strike? Einfach auf und davon geflogen?«

»Ein Gauner hat mich in der Möhlstraße übers Ohr gehauen. Lebensmittelmarken wollte er mir dafür geben, so viele, dass wir immer satt geworden wären. Aber der hat mich sauber reingelegt! Sein Spezl und er haben mir bei der Übergabe die Tasche mit den Stangen einfach aus der Hand gerissen, und weg waren sie, die Männer und die ganzen Zigaretten! Ich stand ohne alles da. Die Brosche, die hab ich heute zum allerersten Mal an, das müssen Sie mir glauben! Nur weil doch Silvester ist und ich auch einmal schön sein wollte …« Zita ließ sich auf den gefliesten Boden sinken. »Am liebsten wäre ich mausetot!«

»Nein, meine Liebe. Sie stehen sofort auf«, verlangte Toni, »waschen sich das Gesicht, und dann gehen Sie entweder zurück zur Party oder gleich nach Hause. Morgen reden wir in Ruhe.«

»Mit der Mama?«, unterbrach Zita sie zutiefst verzweifelt. »Bitte bloß nichts davon der Mama verraten! Die darf unter keinen Umständen etwas davon erfahren, sonst bringt sie mich um. Ein Amiflitscherl bin ich in ihren Augen doch sowieso, und wenn jetzt auch noch dieser Diebstahl dazukommt, dann dreht sie vollkommen durch ...«

Die Lieblingsbrosche funkelte bereits wieder an Tante Vevs Revers, als die Maidingers den Schlüssel am Neujahrsnachmittag retournierten, die Tochter wortkarg und mit einem Veilchen am rechten Auge, das sie wohl einem mütterlichen Zornesausbruch verdankte. Ganz offensichtlich hatte Zita Maidinger ihre Tat doch gestanden.

Bei der anschließenden Aussprache übernahm Vev die Regie; Rosa, Anni und Toni waren lediglich Zuhörer.

Letztere spürte noch immer Louis' Küsse auf ihren Lippen. Beim Anstoßen zum Neuen Jahr hatten sie sich zum ersten Mal geküsst – und erst wieder damit aufgehört, als es hell wurde. Am liebsten hätte Toni den ganzen Tag mit ihm verbracht. Aber Louis war schon wieder unterwegs, »in wichtigen Geschäften«, wie er sich ausgedrückt hatte.

Natürlich hatte er mitbekommen, was passiert war, und sehr heftig darauf reagiert. Die diebische Hausmeistertochter brauche eine deftige Abreibung, erklärte er.

»So etwas muss man im Keim ersticken, sonst tanzt sie euch weiterhin auf der Nase herum. Von meinen Leuten dürfte sich das keiner leisten – oder er würde etwas erleben!«

Daran musste Toni jetzt denken, während Mutter Maidinger ihr Sprüchlein aufsagte.

War sie wirklich so unschuldig, wie sie tat?

Auch wenn sie selbst nicht direkt an dem Diebstahl beteiligt gewesen war, so hatte ihre Nachlässigkeit ihn doch begünstigt.

»Unsere Familie hat sich noch nie etwas zuschulden kommen lassen«, erklärte sie und unterschlug dabei großzügig ihre Beutezüge auf die Praterinsel und zum Hauptzollamt. »Auch meine Zita ist eigentlich eine grundehrliche Haut, nur eben leider verführbar«, versicherte Frau Maidinger im Brustton der Überzeugung. »Aber mit dem Ami, da ist jetzt Schluss! Dafür hab ich gesorgt.« Sie holte tief Luft. »Anzeigen werden Sie meine Tochter ja wohl eher nicht, Frau Neureuther, oder?«

Ihr Gesicht bekam einen listigen Ausdruck.

»Weil das mit den Zigaretten sonst vielleicht ja auch rauskäme, und ich kann mir nicht vorstellen, dass Ihnen das recht wäre ...«

Toni verengte wütend die Augen. Ganz offensichtlich war Zitas kriminelle Energie nicht nur auf deren eigenem Mist gewachsen.

»Und Sie würden umgehend Ihre Anstellung bei der Hausverwaltung verlieren, und damit auch die Wohnung«, parierte Vev kühl. »Beides ist natürlich nicht in unserem Sinn – vorausgesetzt natürlich, so etwas ereignet sich niemals wieder.«

Unisono schüttelten Mutter und Tochter Maidinger den Kopf.

»Gibt ja in München schon genug mittellose Familien ohne ein festes Dach über dem Kopf«, fuhr Vev fort. »Da sollte nicht unbedingt noch eine weitere hinzukommen.

Wir müssen also eine andere Lösung finden. Was schlagen Sie vor, Frau Maidinger?«

»Zita soll Buße tun«, erwiderte diese, sichtlich erleichtert, dass eine Anzeige offenbar aus dem Spiel war. »Nehmen Sie sie ruhig ran – je härter, desto besser!«

»Buße liegt mir nicht besonders«, erwiderte Vev. »Fand ich schon als Kind nach dem Beichten immer schrecklich, diese Zwangsgebete, die man da aufgebrummt bekam. Wenn der liebe Gott dich lieb hat, dann verzeiht er dir, sofern du wirklich bereust – so lautet meine Philosophie, damals wie heute.«

Sie fasste Zita fest ins Auge.

»Bereust du denn, dass du uns bestohlen hast?«

»Ja!« Das hörte sich an, als käme es aus tiefster Seele. »Nie wieder vergreife ich mich an etwas, das Ihnen gehört, Ehrenwort! Und ich mache auch alles für Sie, wirklich *alles*: waschen, putzen, bügeln …«

So nah wollte Vev die reuige Sünderin dann doch nicht um sich haben.

»Du könntest uns anderweitig behilflich sein«, erklärte sie. »Ich bin alt, meine Nichten und meine Großnichte sind berufstätig, und Bibi ist gerade erst aus der Klinik entlassen worden. Wir können das nicht bewerkstelligen, aber du kannst es. Das wäre schon mal ein guter Anfang.«

»Was genau meinen Sie damit?« Zita starrte Vev waidwund und mit großen angsterfüllten Augen an, als befürchtete sie das Schlimmste.

»Vor ein paar Tagen gab es doch diesen schrecklichen Sturm. Besonders hart getroffen hat es dabei das Gebiet rund um Fürstenfeldbruck, da muss der halbe Wald runtergekommen sein. Im Radio hab ich gehört, dass man dort jetzt sammeln darf: Astholz, Tannenzapfen, sogar Gipfelholz bis zu einer gewissen Stärke. Für einen Ster Holz ist nur eine Mark zu bezahlen. Du fährst mit dem Zug dorthin, nimmst euren großen Leiterwagen mit und ziehst los zum Holzsammeln. Dann wird es wenigstens warm in unserer Küche.«

Zita erblasste.

»Jeden Tag?«, fragte sie leise.

»So lange, bis wir einen ordentlichen Vorrat beisammen haben.« Tante Vev klang mit jedem Satz munterer. »Der Winter kann sich noch lang hinziehen. Meine Brosche, die du an dich genommen hast, ist sehr, sehr wertvoll, und was der Verlust der Zigaretten bedeutet, so muss ich dir wohl nicht …«

»Wann soll ich anfangen?«, unterbrach sie Zita.

»Gleich morgen. Das Geld für die Bahnkarten bekommst du von mir. Ich kann es kaum erwarten, bis unser Ofen endlich wieder lustig knackt!«

Morgen um Morgen war Zita Maidinger nun mit dem Holzscheitl-Express unterwegs, wie die Münchner die Bahnlinie Fürstenfeldbruck-Buchlohe getauft hatten. Männer und Frauen jeden Alters zogen in das von der Unwetterkatastrophe betroffene Waldgebiet, wo sie auf zugewiesenen Plätzen Holzstücke und Zapfen aufsammeln und mitnehmen durften. Natürlich gab es gewisse Regeln, und natürlich hielten sich bei Weitem nicht alle daran; es kam zu Streitigkeiten und teilweise recht derben Rangeleien um die besten Stücke. Vor allem den Frauen wurden die Leiterwagen von Stärkeren einfach weggenommen.

»Da treibt sich jetzt jede Menge Gesindel herum«, beklagte sich Zita, als sie ihre Fuhre in Vevs Kellerabteil schichtete. »So ein riesengroßer Ausländer war auch darunter. Der ist mir nach, und plötzlich kam er mir irgendwie bekannt vor. Ich glaub, den hab ich zuvor schon hier im Viertel gesehen. Ob er nur meinen Wagen wollte oder mich noch dazu, weiß ich nicht.« Sie schniefte. »Ich hab es lieber nicht drauf ankommen lassen und bin gerannt so schnell ich konnte!«

»Hat er dir etwas getan?«, wollte Vev wissen. »Ich wusste gar nicht, dass Holzsammeln so gefährlich sein kann.«

»Zum Glück nicht. Im letzten Moment hab ich den Zug nach Hause erwischt – mitsamt meiner ganzen Fuhre.« Zita schniefte. »Muss ich wirklich noch einmal in den Wald? Ich hab jetzt Angst davor, und ziemlich abgegrast ist es dort ohnehin.«

»Der Vorrat reicht fürs Erste«, entschied Vev. »Ich lasse es dich wissen, wenn wir dich wieder brauchen, Zita.«

»Dann hab ich meine Buße noch nicht ganz abgearbeitet?«

Vev lächelte fein.

»Ich hab euch doch schon gesagt, dass ich von Buße wenig halte. Was für mich zählt, sind echte Reue und vor allem der Wille, es besser zu machen. Und jetzt möchte ich ein Lächeln von dir sehen, Zita, damit ich weiß, dass es dir auch wirklich ernst mit beidem ist.«

Toni hatte Griets Rückkehr aus Berchtesgaden mit Ungeduld erwartet. Es drängte sie, endlich reinen Tisch zu machen und sich bei ihr wegen der Verdächtigung zu entschuldigen.

Doch wie so etwas beginnen?

Sehr oft hatte sie in der Zwischenzeit an die Worte des Captains denken müssen. Ihre Entschuldigung stand noch aus, und sie wollte alles richtig machen. Nachdem Griet so aktiv geholfen hatte, damit Bibi wieder gesund wurde, hatte sie mehr verdient als ein paar hastig genuschelte Worte zwischen Tür und Angel.

Doch das Vorhaben erwies sich als schwierig.

Morgens war die Zeit zu knapp, weil sie beide rasch aus dem Haus mussten. Abends war Toni nach den langen Stunden im Verlag selbst oft hundemüde und Griet oft bei ihrem Captain. Zudem gab es ja auch noch Louis, der seine Ansprüche stellte.

Waren sie jetzt eigentlich fest zusammen?

Ging das überhaupt mit einem heimatlosen Streuner wie ihm?

Louis war verrückt nach ihr, zumindest behauptete er das, aber er machte trotzdem keinerlei Anstalten, sein Leben zu ändern. Mal war er überpünktlich, dann wieder ließ er Toni stundenlang warten – oder er erschien gleich gar nicht, so wie heute. Eigentlich hatte er sie ins Kino einladen wollen. Im wiedereröffneten *Gabriel* an der Dachauer Straße lief der französische Streifen *Kinder des Olymp*, von dem er ihr bereits vorgeschwärmt hatte.

»Ein Film wie ein Wunder, *Toni*, so sagen alle. Im Original heißt er *Les Enfants du Paradis*, und das wollen wir gemeinsam im Kino erleben!«

Ob er es gerade mit einer anderen jungen Frau genoss?

Toni war so wütend, dass sie am liebsten einen Sandsack gehabt hätte, um sich beim Boxen abzureagieren. Denn leider war dieser unzuverlässige Kerl nicht ihr einziges Ärgernis.

Seinetwegen hatte sie ihre Arbeit heute schon zwei Stunden früher begonnen, um am Nachmittag auch ja pünktlich gehen zu können. Inzwischen lagen die Blaupausen für das Kochbuch vor, die sie noch einmal gründlich überprüft hatte, um jeden Fehler auszuschließen. Das Buch machte große Fortschritte: In Absprache mit der Autorin hatten sie sich für ein schlichtes Cover in einem warmen Pfirsichton entschieden, auf dem ein dampfender Suppentopf skizziert war, im Innenteil jedoch gänzlich auf Abbildungen verzichtet. Zum einen ließ sich damit Geld sparen, zum anderen hätten üppig dargestellte Genüsse in der gegenwärtigen Ernährungskrise womöglich wie purer Hohn gewirkt. Es sollte aussehen wie das Notizbuch einer guten Freundin, so der Plan, die ihre Tipps und Anregungen ganz persönlich an andere Freundinnen weitergab.

Alles so weit in bester Ordnung – wäre da nicht die leidige Papierfrage gewesen. Was Toni für das Buch zugeteilt worden war, empfand sie als viel zu dünn und damit als absolut ungeeignet.

»Ist ja schließlich keine Goethe-Gesamtausgabe«, hatte der Chef eingewendet, als Toni sich bei ihm darüber beschweren wollte. »Die Kalkulation ist jetzt schon eng. Eine bessere Qualität ist leider nicht drin. Mehr als drei Mark darf das Kochbuch nicht kosten, sonst bleiben wir darauf sitzen.«

»Im Gegensatz zu den Klassikern, die oftmals ungelesen im Regal verstauben, werden Frauen dieses Buch immer wieder zur Hand nehmen«, so Toni. »Wer damit kocht, blättert um – vor und wieder zurück, weil man etwas nachsehen muss, vielleicht sogar in Eile oder mit feuchten Händen. Genau da liegt der Knackpunkt: Diese windigen Seiten halten so einen Gebrauch doch gar nicht aus! Wir werden Reklamationen erhalten, viele, viele Reklamationen, und das schadet unserem Renommee!«

»Das sehen Sie jetzt aber zu eng, Toni. Handelt sich doch schließlich nur um ein Kochbuch …«

Dr. Heubner schien das Interesse an diesem Projekt verloren zu haben, das ihm noch vor Monaten als so reizvoll erschienen war. Auch die Schulbücher empfand er inzwischen offenbar nur noch als lästige Pflicht. Jetzt, wo die alteingesessenen Münchner Verlagshäuser nach und nach ihre Lizenzen von der Militärregierung erhielten und erste Programme aufstellten, dürstete es auch ihn nach literarischen Titeln.

Doch woher nehmen?

Egon Blau sollte sein Hausautor werden, doch der war spröde, ließ sich beim Dichten nicht drängen. Auf NS-Autoren mochten weder er noch andere zurückgreifen, zumal die strenge Zensur der amerikanischen Militärregierung das auch gar nicht erlaubt hätte. Viele Schriftsteller waren zur Emigration gezwungen worden, oder sie waren als Soldaten im Krieg gefallen. Um die wenigen Verbliebenen, die noch nicht fest unter Vertrag waren, rissen sich jetzt die Verleger. Toni war zu Ohren gekommen, dass ihr Chef den auch von ihr sehr verehrten Erich Kästner geradezu belagerte, um ihn als Autor zu gewinnen. Kästner jedoch zierte sich, hatte bereits andere Angebote und wollte vor allem sein Engagement für das Kabarett in der Schaubühne nicht drosseln.

Es kränkte sie enorm, dass sie das alles von anderen erfahren musste. Jetzt, wo alles fast wieder in gewohnten Bahnen lief, war sie für Dr. Heubner nur noch die kleine Herstellerin, die zu erledigen hatte, was sie angeschafft bekam – und nicht mehr.

Als sie zu Hause ankam, brodelte der Ärger über Dr. Heubner und Louis noch immer in ihr.

Wäre es Sommer gewesen, hätte sie jetzt eine ausgedehnte Fahrradrunde im Englischen Garten gedreht, um sich abzureagieren, aber es war Februar und ziemlich frostig, und draußen wurde es langsam dunkel. Immer wieder las man in letzter Zeit von Überfällen auf Frauen, die ausgeraubt und brutal vergewaltigt worden waren, ein Risiko, dem Toni sich nicht aussetzen wollte.

Doch die Wände ihrer Kammer waren definitiv zu eng, um den inneren Druck loszuwerden. In Ermangelung besser geeigneter Objekte zum Entladen ihrer aufgestauten Gefühle klapperte Toni so laut mit den Töpfen, dass irgendwann Griet den Kopf in die Küche steckte.

»Sie sind das!«, sagte sie, sichtlich erleichtert. »Ich hatte schon befürchtet, Lochner sei wieder an Bord.« Sie spähte in Richtung Herd. »Setzen Sie gerade Wasser auf?«

»Bin schon dabei«, erwiderte Toni. »Aber ob mich dünner Tee jetzt beruhigen kann, wage ich zu bezweifeln.«

Griet lächelte. Sie bekam Grübchen dabei, das war Toni noch nie zuvor aufgefallen, ebenso wenig wie das silberne Medaillon, das sie an einer Kette um den Hals trug.

»So schlimm?«, fragte sie. »Wie wäre es dann mit ein

bisschen Nescafé?« Sie stellte das Glas mit den dunkelbraunen Körnchen auf den Küchentisch. »Beruhigt vielleicht nicht im klassischen Sinn, hebt aber die Laune.«

»Habe ich noch nie getrunken, aber probiere ich gern einmal, wenn ich darf«, sagte Toni.

Das hatte Griet ihnen voraus: An der Seite von Dan Walker konnte sie im PX an der Prinzregentenstraße einkaufen gehen, jenem Supermarkt für die amerikanischen Streitkräfte, wo es wie im Paradies zugehen musste, so raunte man zumindest im ausgehungerten München: Volle Regale, Kaffee, Schokolade, Büchsen jeder Art, Weißbrot, Käse, frische Wurstwaren – die dort angebotenen Köstlichkeiten überstiegen jegliche Vorstellungskraft.

»Kennen Sie das?«, fuhr Toni fort. »Solche Tage, an denen sich alles gegen einen zu verbünden scheint …« Verlegen brach sie ab. »Aber was plappere ich da – nach allem, was Sie hinter sich haben. Wie dumm von mir! Ich weiß leider so wenig darüber …«

Griet hatte sich einen der Stühle herangezogen.

»Dann fragen Sie doch«, sagte sie.

»Würden Sie denn darüber reden?«

»Das werden wir schon sehen. Ich darf doch mal?«

Sie nahm zwei Becher und gab jeweils zwei Teelöffel des löslichen Pulvers hinein. Dann schüttete sie das heiße Wasser darüber.

Mit einem Mal duftete die ganze Küche nach frischem Kaffee.

»Ein echtes Teufelszeug«, sagte Toni beeindruckt. »So schnell – und schon hat man Kaffee!«

»Probieren Sie«, forderte Griet sie auf. »Ich trinke ihn

am liebsten schwarz, andere mögen dazu lieber Milch und Zucker.«

»Ich gehöre auch eher zur schwarzen Fraktion. Doch zuerst muss ich etwas loswerden, das mir schon seit Silvester auf dem Herzen liegt«, sagte Toni. »Sie wissen ja inzwischen, dass die Hausmeisterstochter Tante Vevs Brosche sowie die ganzen Zigaretten gestohlen hat.«

Griet nickte. »Ihre Großtante hat es mir erzählt. Und sich bei mir entschuldigt. Ebenso wie Ihre Mutter.«

»Und ich möchte das hiermit ebenfalls tun«, sagte Toni. »Ich habe Ihnen unrecht getan, und das tut mir leid. Bitte verzeihen Sie mir.«

Auf einmal war es sehr still in der Küche.

Griets Gesicht war ganz ernst. Sie schien innerlich mit sich zu ringen.

»Mit Ihren Verdächtigungen haben Sie mir sehr wehgetan«, sagte sie schließlich. »Es ist ohnehin schwer genug, die Zeit in den Lagern hinter mir zu lassen ...«

»Es schien so logisch zu sein, weil es ja keinerlei Einbruchspuren an der Wohnungstür gab, aber wir hätten dennoch nicht vorschnell urteilen dürfen. Noch einmal: Ich entschuldige mich für alles.«

»In Ordnung«, sagte Griet mit einem einzigen Lächeln. »Angenommen.«

»Danke!« Toni lächelte zaghaft zurück.

Erst jetzt war auch sie für den ersten Schluck bereit. Sie trank und nickte anerkennend.

»Mag ich«, sagte sie.

»Und Ihre Fragen ...«

»Ich weiß von Benno, dass Sie bei Agfa arbeiten mussten«, sagte Toni. »Doch alles, was er darüber erzählt, klingt irgendwie schwammig. Waren dort auch Frauen aus München?«

»Eine ›normale‹ Arbeiterin, daneben eine KZlerin, so standen wir an den Werkbänken. Die meisten der Frauen waren sehr fair zu uns, einige haben uns sogar Essen zugesteckt, wenn niemand hingesehen hat. Eine davon, Christl, hab ich in Wolfratshausen wiedergetroffen.«

»Wenn ich das Wort KZ höre, muss ich immer sofort an Dachau denken«, sagte Toni. »Wir hier in München wussten, dass es dieses Lager gab und dass sich dort schreckliche Dinge ereigneten. Aber Sie waren ja nicht in Dachau interniert ...«

»Nein«, sagte Griet. »Unser Außenlager befand sich mitten in Giesing: Rohbauten, unbeheizt und feucht, ohne Fensterglas. So eisig im Winter, dass die Bettdecke manchmal angefroren ist, verschimmelt, sobald es geregnet hat. Um uns herum Stacheldraht und Wachtürme. Männliche und weibliche Aufseher, wobei die Frauen noch die Schlimmsten waren. Morgen für Morgen mussten wir in Fünferreihen zur Arbeit ins Werk ausrücken, Morgen für Morgen ein Spießrutenlauf durch das Viertel, den wir nur aushalten konnten, weil wir dabei gesungen haben.«

»Sie haben gesungen?«, vergewisserte sich Toni.

»Ja. Geistliche Lieder, Wanderlieder, sogar alte Schlager, alles, was uns eingefallen ist. Oft allerdings nur ganz leise, weil wir keine Schläge riskieren wollten. Singen hilft. Du fühlst dich stärker – und du bist nicht mehr ganz so allein. Denn darum ging es den Nazis: Nur keine Solidarität unter den Gefangenen aufkommen lassen, damit du dich noch verlorener fühlst.« Sie griff nach dem Medaillon um ihren Hals, während Toni schluckweise den heißen Kaffee genoss.

»Waren Sie zuvor in anderen ... Lagern?«, fragte Toni. »Ich meine, weil Sie doch aus Holland sind.«

»Ich war im holländischen Widerstand – und bin aufgeflogen. Zuerst hat mich die SS nach der Verhaftung ins Kamp Vught gesteckt, da war ich einige Monate und schon fast wieder hoffnungsvoll, denn ich war noch immer am Leben, und die Truppen der Alliierten kamen im Herbst 1944 Tag für Tag näher. Im letzten Moment jedoch wurden ungefähr zweihundert weibliche Häftlinge, darunter auch ich, eingeladen und ins KZ Ravensbrück abtransportiert.« Ihr Gesicht schien richtiggehend einzufallen, als sie weitersprach. »Es war die Hölle: medizinische Versuche, willkürliche Erschießungen, ›Auslese‹ durch Verhungern – dass Menschenhirne so etwas überhaupt ersinnen können! Um dich herum lauter ausgemergelte Gestalten mit rasierten Köpfen, namenlos, nur noch Nummern, so wie du selbst ...«

Toni sah, wie Griet lautlos die Lippen bewegte.

Betete sie?

Vielleicht war sie mit ihrer Fragerei zu weit gegangen.

Auf einmal kamen Toni die eigenen Probleme und Kümmernisse geradezu lächerlich vor.

»Einen guten Monat lang waren wir dort, dann hieß es: Weiterfahrt nach Dachau«, fuhr Griet fort. »Sie brauchten dringend neue Arbeiterinnen für die Rüstungsindustrie, und wir Niederländerinnen waren trotz allem in besserer Verfassung als die meisten Polinnen. So landeten wir schließlich im Giesinger Außenlager.«

Ihr Blick hatte weiter an Intensität gewonnen. Toni war ganz und gar im Bann dieser zwingenden graugrünen Augen.

»Es gibt keine Worte für das, was wir erlebt haben. Bilder sagen so viel mehr.«

»Ich habe schon einige gesehen«, erwiderte Toni beklommen. »Die in der *Süddeutschen Zeitung* zum Beispiel ...«

»Ich rede von bewegten Bildern«, unterbrach Griet sie. »Sehen Sie sich den Film *Die Todesmühlen* an, der gerade als Vorfilm in einigen Kinos läuft. Er dauert nur zwanzig Minuten. Aber ich muss Sie warnen, denn diese zwanzig Minuten werden Sie Ihr Leben lang nicht mehr vergessen.«

*

Sollte sie etwa doch ganz langsam in diesem München heimisch werden?

Griet ertappte sich dabei, dass sie nicht mehr so oft das Wort *Moffen* im Kopf hatte. Inzwischen sah sie die Menschen um sich herum differenzierter. Da gab es immer noch genügend, die sie nicht mochte, allen voran Lochner, und auch dessen Mutter lag ihr nicht besonders. Dagegen war ihr Verhältnis zum Rest der Familie, mit der sie nun seit Monaten Wand an Wand lebte, deutlich entspannter geworden. Bibi hatte sie ja von Anfang an ins Herz geschlossen, und dass sie dank Dans Unterstützung zu ihrer Heilung hatte beitragen können, machte Griet froh.

Rosa, Bibis und Tonis Mutter, hatte sie anfangs unterschätzt, aber sie war mit ihrem freundlichen, hilfsbereiten Wesen das Herz dieser Gemeinschaft, sorgte sich um alle, kochte fast jeden Tag mit dem wenigen, das es gab, obwohl sie so lange an der Nähmaschine saß, redete nicht viel, aber hörte sehr genau zu. Die alte Frau Neureuther besaß einen ganz speziellen Charme. Ja, sie befahl, ordnete an und bestimmte – doch sie tat dies auf derart grandiose Weise, dass man ihr fast gern gehorchte. Hinter ihrem bisweilen bärbeißigen Auftreten spürte Griet eine fast kindliche Neugierde und die spannenden Facetten eines Lebens, das sich bei Weitem nicht immer an gängige Konventionen gehalten hatte.

Ada de Vries, in deren Amsterdamer Haus sie die letzten Monate vor ihrer Verhaftung gelebt hatte, war von ganz ähnlichem Kaliber gewesen: Zigarren rauchend, manchmal fluchend wie ein Bierkutscher und dann wieder von erstaunlicher Sensibilität.

Und mutig, mutiger als viele Jüngere!

Ihr Sohn Cees hätte Griets erste große Liebe werden können – wären da nicht schon seine Frau Emma und ihre beiden kleinen Kinder gewesen. An ihn zu denken hatte Griet sich lange verboten, um nicht noch mutloser zu werden. An die nächtlichen Unterhaltungen mit seiner Mutter jedoch dachte sie noch oft zurück.

»Vergessen, was geschehen ist, sollten wir niemals«, hatte Ada zu ihr gesagt, »aber vergeben, das können wir. So und nur so können wir in Frieden mit uns selbst leben. Das werdet ihr lernen müssen, ihr Jungen, wenn dieser scheußliche Krieg endlich vorbei ist.«

War sie in der Lage zu vergeben?

Bei Toni war es ihr erstaunlich gut gelungen.

Nach dem Besuch des Films *Die Todesmühlen* hatte diese spätabends noch an ihre Tür geklopft und war ihr anschließend schluchzend um den Hals gefallen.

»Ich schäm mich so unendlich«, hatte sie geflüstert. »Was haben wir nur getan? Am liebsten möchte ich keine Deutsche mehr sein!«

Griet gefiel Tonis Emotionalität und wie ernst sie ihre Arbeit mit den Büchern nahm. Wie ein braunhaariger Wirbelwind fegte sie durch die Welt, voller Energie trotz des mageren Speiseplans, hungrig nach Leben – und nach Liebe.

Der Gefährte allerdings, den sie sich dafür ausgesucht hatte, erstaunte Griet. Die bodenständige, herzliche Toni – und dieser schillernde Charakter, der wie ein Chamäleon seine Farben wechseln konnte! Dass Louis attraktiv war, stand außer Frage: ein trainierter Körper, ein gut geschnittenes Gesicht, dazu diese leuchtend blauen Augen, die einem bis auf den Grund der Seele zu schauen schienen. Scheinbar mühelos wechselte er zwischen verschiedenen Sprachen hin und her. War Toni für ihn nur eine Liebschaft unter anderen – oder meinte er es wirklich ernst mit ihr?

Vielleicht würde Griet ja Gelegenheit erhalten, mehr darüber herauszufinden, denn morgen begann das Frühlingsfest auf der Theresienwiese, das sie mit Dan besuchen wollte. Von Toni wusste sie, dass diese mit Louis ebenfalls dort sein würde.

Heute, am Karfreitag, allerdings war die ganze Stadt wie tot.

Die emsige Schuttbeseitigung, die allenthalben eingesetzt hatte, ruhte – kein Stein wurde geklopft, kein Bagger räumte die größeren Trümmer beiseite. Sogar die Kirchenglocken schwiegen. Griet hätte sich beinahe verraten, als sie Bibi nach dem Grund dafür gefragt hatte.

»Die sind doch alle zum Papst nach Rom geflogen«, hatte deren Antwort gelautet, und am Tonfall erkannte Griet sofort, dass sie das eigentlich hätte wissen müssen. »Du bist wohl nicht katholisch, oder?«

Griet machte eine unbestimmte Geste.

»Wir waren nicht besonders fromm zu Hause«, murmelte sie und sah zu, dass sie zurück in ihr Zimmer kam, denn in der ganzen Wohnung herrschte schon seit dem Vortag helle Aufregung.

Sogar Lochner war erschienen, wutschnaubend einen jener Spruchkammermeldebögen in der Hand, die von den ortsansässigen Polizeirevieren an alle Bürger über achtzehn Jahre ausgegeben worden waren. Neben persönlichen Angaben und dem beruflichen Werdegang musste angegeben werden, wann der Eintritt in die NSDAP und deren Nebenorganisationen erfolgt war und welchen Rang man dort innegehabt hatte. Zudem mussten der Verdienst und das Vermögen genau beziffert werden. Jeder hatte ihn auszufüllen; tat man es nicht, verlor man die Berechtigung, weiterhin Lebensmittelkarten zu beziehen.

»131 Fragen – diese Amis haben einen Vogel!«, entrüstete er sich. »Sollen sie uns doch gleich auch noch in den Allerwertesten spähen! Ob ich bei der HJ war? Selbstredend, wie alle meines Jahrgangs! Und ob ich später Parteimitglied geworden bin? Noch einmal Ja – wie eben alle anständigen Deutschen! Aber Verbrechen hab ich keines begangen. Nur meinen Kopf für die Wehrmacht hingehalten. Und was hab ich jetzt davon? Ein Krüppel bin ich – zeitlebens!«

Weder seine Mutter noch die anderen Frauen der Familie waren in der Partei gewesen. Für sie war das Ausfüllen der Fragen eine lästige Pflicht, die sie nicht weiter aufregte. Anders Benno, der sich ernsthaft um seine Zukunft sorgen musste.

Was, wenn er nun seine Stelle als Nachtwächter wieder verlor?

Dann würde das entwürdigende Suchen nach einer Beschäftigung erneut für ihn beginnen.

»Und wenn sie nicht die Wahrheit sagen?«, fragte Griet Dan, als er zwei Tage später seinen Jeep an der Paulskirche parkte und sie zu Fuß hinüber zur Theresienwiese schlenderten. »Jeder Deutsche kann doch lügen, dass sich die Balken biegen.«

Blitzblau leuchtete der Himmel über ihnen, von einzelnen weißen Wölkchen durchzogen. Beide spürten die Kraft der Frühlingssonne, die ihnen den Rücken wärmte.

»Ganz so einfach ist das nicht«, erwiderte er. »Die Namen der Parteimitglieder liegen uns vor, und bei unklaren oder schwerwiegenderen Fällen folgt die mündliche Befragung vor einer speziell zusammengesetzten Kommission. Da werden sie dann noch einmal scharf aufs Korn genommen.«

»Die Großverbrecher sind in Haft, aber noch immer am Leben«, sagte Griet. »Bormann, Frank, Heß, Göring und wie sie alle heißen mögen.«

»Im Herbst gehen die Hauptprozesstage in Nürnberg zu Ende. Man hat sie unter anderem wegen Verbrechen gegen die Menschlichkeit angeklagt. Vielen von ihnen droht der Strick, und nichts anderes haben sie auch verdient.« So hart hatte ihr Liebster noch nie geklungen.

»Und Stirnweiß?«

Inzwischen waren sie an der Theresienwiese angekommen, die nicht mit Gras bedeckt war, wie Griet vermutet hatte, sondern eine große, sandige Fläche bildete, auf der zwei Bierzelte sowie diverse Fahrgeschäfte aufgebaut waren.

Dan räusperte sich. »Nach wie vor in Haft«, sagte er. »Sein Prozess steht noch aus. Allerdings …«

Griet sah ihn fragend an.

»Einige deiner ehemaligen Mithäftlinge haben sich schriftlich zu seinen Gunsten geäußert«, fuhr er fort. »Hat er euch wirklich nie geschlagen oder gequält? Du könntest im Prozess als Zeugin gegen ihn auftreten und eine Aussage machen, wenn es tatsächlich so war.«

»Wenn du das Eingesperrtsein in einem KZ nicht als ›quälen‹ bezeichnest, sagen sie die Wahrheit. Stirnweiß hat uns nach Wolfratshausen in die Freiheit geführt. Und er hat Leni auf sein Motorrad gepackt, als sie nicht mehr weiterlaufen konnte. Ein Nazi-Verbrecher bleibt er dennoch für mich.«

Sie konnte nicht mehr weitergehen, so stark überfielen sie die Bilder und Töne der Vergangenheit. Von einiger Entfernung drangen Blasmusikfetzen zu ihnen herüber, doch Griet hörte plötzlich nur noch Lenis stoßweisen Atem.

»*Keep calm, honey.*« Dan umarmte sie liebevoll. »Ist es vielleicht noch zu viel für dich, all die Menschen und die Musik? Wenn du magst, bringe ich dich wieder nach Hause.«

Ganz kurz genoss sie seine vertraute Wärme, dann aber riss sie sich fast wütend wieder los.

»Nein. Wir gehen auf dieses Frühlingsfest! Ich lass mir doch nicht alles von den Nazis nehmen, nicht auch noch im Frieden ...«

Ich. Bin. Griet. Van. Mook. Ich. Werde. Leben.

Da war er wieder, jener Satz, der sie bislang getragen hatte und hoffentlich auch weiterhin tragen würde.

»Und als Erstes will ich mit dem Kettenkarussell fliegen!«

Der Toboggan, eine extra lange Rutschbahn, bei der man auf einem Laufband nach oben gefahren wurde und anschließend auf einer Matte nach unten glitt, lag hinter ihnen, ebenso mehrere Runden Kettenkarussell sowie eine Fahrt in der herrlich altmodischen Krinoline, begleitet von bayerischer Blasmusik. Nun genossen sie gemeinsam mit Toni und Louis vom Riesenrad aus den Blick auf das bunte Treiben unter ihnen.

»Wer ist die große Lady da mit dem Lorbeerkranz?«, wollte Dan wissen, als sie zu viert in der Gondel saßen und gleich zweimal hintereinander fuhren, weil es gar zu schön war.

»Die Bavaria«, sagte Toni, die sich zur Feier des Tages ein altes Dirndl von Tante Vev ausgeliehen hatte, über dem sie eine Strickjacke trug. »Das Sinnbild Bayerns. Und das in ihrer Hand ist kein Lorbeer-, sondern ein Eichenkranz. Ursprünglich sollte es eine griechische Amazone werden, so jedenfalls hatte es sich Leo von Klenze in seinen Entwürfen ausgedacht. Schließlich durchgesetzt beim König hat sich aber ein Bildhauer namens Ludwig Schwanthaler, der sie dann viel germanischer gestaltet hat.«

»*Wow*«, sagte Dan. »Da spricht eine echte Kennerin!«

Toni errötete leicht, schien sich aber über sein Lob zu freuen.

»Sie soll sogar die Gestalt der berühmten Freiheitsstatue in New York beeinflusst haben, so heißt es jedenfalls«, sagte sie. »Aber das ist alles nicht auf meinem eigenen Mist gewachsen. Hab ich von meinem Vater, und der kennt die Münchner Geschichte in- und auswendig. Er hat uns auch erzählt, dass hier auf der Theresienwiese im November 1918 die Revolution ausgerufen wurde. Muss ungeheuer spannend gewesen sein, damals.«

»Viel spannender als dieses trockene Zeug finde ich, wie laut unsere Mägen inzwischen knurren«, unterbrach Louis sie. »Und Durst habe ich auch. Wie wäre es mit Bier und Fisch vom Rost?«

»Ich hab aber nur ein paar Marken dabei«, sagte Toni. »Das reicht gerade mal für gebratene Mandeln …«

»Lass mich ruhig machen, Toni«, lautete seine Antwort. »Ich übernehme die nächste Runde.«

Während sie sich auf Holzbänken an einem der langen Tische niederließen, verschwand er für eine Weile hinter dem Zelt und kam anschließend grinsend mit zwei großen tönernen Maßkrügen zurück. Toni hätte ihn gerne gefragt, wie er das hinbekommen hatte, aber sie wusste, dass sie sich die Frage sparen konnte.

Louis hatte da seine Methoden – und die waren sehr speziell.

»*Ladies first*«, erklärte er nun und stellte die tönernen Krüge vor Toni und Griet.

Griet probierte und nickte höflich, weil sie sich aus Bier noch nie viel gemacht hatte, Toni dagegen schüttelte sich nach dem ersten Schluck.

»So a greisliches Dünnbier!«, rief sie empört. »Des schmeckt ja wie Spülwasser! Mein Bruder Max würde sich als Brauer schämen, so ein Gesöff unter die Leute zu bringen!«

»Des musst dene Amis sagen, Deandl«, konterte die Bedienung, die ihnen gerade zwei fertig gebratene Makrelen an den Tisch brachte, und zwinkerte anzüglich in Dans Richtung. »Die tragen die Verantwortung dafür, ned mir! Und seid's dankbar, dass es überhaupt wieder Bier gibt – des war nämlich die letzten Monate ganz aus!«

»Lieferschwierigkeiten in der Landwirtschaft«, nickte Dan. »Der Hopfen war knapp geworden. *But I like it.*«

Zu den Fischen verzehrten sie Brezen, eine bayerische Spezialität, wie Griet erfuhr, die auch sie sehr mochte.

Aber warum starrte Louis sie die ganze Zeit dabei an?

Seine Hand lag auf Tonis Schoß, seine Augen jedoch zogen sie buchstäblich aus. Sie kuschelte sich enger an Dan, um die Besitzverhältnisse ganz klarzumachen – was jedoch nichts an seinem intensiven Blick änderte, der unverwandt auf ihr ruhte.

Und auch sie musste ihn unentwegt ansehen.

»Wie wäre es mit einer Runde Schiffschaukel?«, fragte er unvermittelt.

»Au ja!« Griet sprang auf, Toni und Dan jedoch schüttelten den Kopf.

»Dann eben nur wir beide, komm!«, sagte Louis.

Sollte sie einen Rückzieher machen?

Ganz wohl war ihr nicht dabei, mit ihm allein zu gehen, aber sie entschloss sich trotzdem dazu. Die anderen beiden saßen im Wirtsgarten, der ganze Platz war dicht bevölkert.

Nichts konnte ihr passieren.

Als Louis ihre Hand nahm, um ihr in die Schaukel zu helfen, verspürte Griet einen kurzen elektrischen Schlag. Ihm schien es ähnlich ergangen zu sein, denn sein Grinsen war verschwunden. Louis ging in die Knie, um die Schaukel zu bewegen, und sie tat es ihm nach.

Sie flogen höher und höher. Griet wurde schwindelig, aber sie würde nicht aufgeben – nicht jetzt. Längst hatte sich das Spiel in eine Art Wettkampf verwandelt, doch sie hielt tapfer durch. Falls er darauf aus war, dass sie vorzeitig nachließ, dann hatte er sich getäuscht.

Louis sollte sehen, mit wem er es zu tun hatte!

Um sie herum versammelten sich immer mehr Leute, die diesem seltsamen Duell zusahen.

»Passt fei auf, dass Ihr euch ned überschlagts!«, rief ein Mann, und alle lachten.

»San scho Tote vom Platz getragen worden«, kam von einer Frau.

»Und jetzt langsam zum Ende kommen, die Herrschaften ...«

Die schnarrende Stimme des Schaukelburschen holte sie in die Realität zurück.

»Echte Zirkusqualitäten, das muss man dir lassen«, sagte Louis, als sie wieder festen Boden unter den Füßen hatten. »Bist du schon mal in einer Manege aufgetreten?«

»Nein. Natürlich nicht«, erwiderte sie.

»Solltest du tun. Mit dir zu fliegen ist wunderbar!«

Er nahm Griets Gesicht in beide Hände und küsste sie mitten auf den Mund. Ihre Beine begannen zu zittern, so sehr erregte sie dieser Kuss, aber sie stieß ihn weg.

»Bist du wahnsinnig?«, blaffte sie ihn an. »Was fällt dir ein? Dort drüben sitzen Dan und Toni!«

»Wahnsinnig?«, wiederholte er. »Vielleicht. Und wenn du jetzt behauptest, du hättest es nicht auch gewollt, dann bist du eine gottverdammte Lügnerin, Griet van Mook!«

Griet ließ ihn einfach stehen und lief in die entgegengesetzte Richtung. Sie konnte jetzt nicht sofort zurück an den Biertisch, nicht mit diesen wackligen Knien, nicht mit dieser Verwirrung in ihrem Herzen.

Sie ließ die Buden und die Musik hinter sich, bis sie am Fuß der Bavaria angelangt war. Links und rechts von ihr lagen ein paar Betrunkene auf dem kleinen Hügel, die ihren Rausch ausschliefen. Offenbar tat selbst Dünnbier bei ausreichender Zufuhr seine Wirkung.

Als sie langsam die steinernen Stufen hinaufstieg, hörte sie plötzlich ein Wimmern.

Wo kam es her?

Unter einem Busch lag eine junge Frau, das Kleid zerrissen, die Beine voller Blut. Als sie den Kopf hob, erkannte Griet die blonde Hausmeisterstochter.

»Was ist passiert?« Sie kniete neben ihr nieder. »Haben Sie Schmerzen?«

»Überall«, schniefte Zita Maidinger. »Der Russe – ganz plötzlich war er da und hat mich zu Boden gezerrt. Und dann hat er mich ...« Vor lauter Weinen konnte sie nicht weitersprechen.

»Er hat Sie vergewaltigt?«, fragte Griet. »Kennen Sie ihn?«

»Nein. Er ist riesengroß und war schon im Wald hinter mir her, aber da war ich schneller als er!«

»Woher wollen Sie wissen, dass es ein Russe war?«

»Weil er so komisch geredet hat, so hart, so abgehackt. Ich hab schon Russen gehört und weiß, wie das klingt! Er hat gesagt, das sei meine Strafe. Nichts anderes hätte ein deutsches Miststück wie ich verdient ...«

»Wir müssen zur Polizei und dort eine Anzeige machen«, sagte Griet. »Kommen Sie, ich helfe Ihnen auf. Können Sie gehen? Sonst bleiben Sie noch hier, während ich Unterstützung hole. Mein Freund ist US-Offizier, und der wird ...«

»Niemals«, schrie Zita plötzlich. »Hauen Sie ab, und lassen Sie mich bloß in Ruhe, Sie ... Holländerin!«

ZWÖLF

München, Sommer 1946

Der Koch Franz Heller war gefeuert worden – wegen Trunksucht, Unterschlagung und Diebstahl. Mehrere US-Offiziere hatten herausgefunden, dass er systematisch Lebens- und Genussmittel aus dem Offizierskasino entwendet und an Mittelsmänner verschachert hatte, die sie wiederum auf dem Schwarzmarkt an der Möhlstraße zu Höchstpreisen weiterverkauften. Man konnte fast zuschauen, wie sich dieser illegale Markt von Woche zu Woche vergrößerte. Griet, die sich nach Hellers Kündigung mit eigenen Augen dort umsah, kam aus dem Staunen gar nicht mehr heraus. Polnische Sprachfetzen hörte sie, rumänische, tschechische, russische und immer wieder Jiddisch. In vielen der ehemaligen Vorgärten standen jetzt hölzerne Kioske, einige davon schon recht solide, aus denen heraus die ganze Woche über emsig gehandelt und verkauft wurde – mit Ausnahme des Samstags. Dafür war am Sonntag alles auf, was viele Interessenten aus der ganzen Stadt anzog. Ein Café gab es, eine Metzgerei bot koscheres Fleisch an, sogar ein Restaurant würde bald eröffnen. Selbst wenn man sich die überhöhten Preise dort nicht leisten konnte, ließ man sich doch gern zum Schauen mit der Straßenbahnlinie 19 hinbringen, im Volksmund jetzt immer öfter »Palästinaexpress« genannt.

Denn beherrschend unter den Händlern waren osteuropäische DPs, darunter viele Juden, die nicht mehr in ihre Heimat zurückkehren konnten oder wollten. In München gestrandet, versuchten sie sich eine neue Existenz aufzubauen – zumindest übergangsweise, denn auf Dauer im Land der Täter bleiben, das wollten die allerwenigsten. Sie träumten von der Ausreise nach Amerika, andere wiederum von einem eigenen jüdischen Staat – Zukunftsträume, denn noch immer stand Palästina unter britischem Mandat. Doch das sollte, das *durfte* auf Dauer nicht so bleiben ...

Ein dünner Rothaariger, bei dem Griet Rips kaufte, weil sie sich neue Haarbänder nähen wollte, erzählte ihr mit leuchtenden Augen vom Gelobten Land und sah auf einmal um Jahre jünger aus.

»Mein Bruder ist in Buchenwald gestorben«, erzählte er mit starkem tschechischen Akzent. »Meine Eltern in Auschwitz. Ich aber lebe und habe vor, dort hundert Jahre alt zu werden. Das sage ich mir mehrmals am Tag ...«

Vielleicht war er verwundert, dass Griet es auf einmal so eilig hatte, aber sie hätte keinen Moment länger bei ihm bleiben können, so tief berührt war sie. Auch andere hatten offenbar ihre Sätze, die sie durch das Leben trugen.

Sie beschleunigte ihre Schritte, denn sie wollte keinesfalls zu spät zum Dienst kommen. Der neue Küchenmeister, Josef Tombergs, hatte frischen Wind ins Offizierskasino gebracht. Mit Frau und Söhnchen wohnhaft in der nahe gelegenen Cuvilliésstraße, schwang er nun im Souterrain der gelben Villa das Küchenzepter ebenso schwungvoll wie gewissenhaft. Er wusste nicht nur, was den Amerikanern am besten schmeckte, er hatte auch die Finanzen fest im Griff. Jetzt gab es keine Abzweigungen mehr, nichts verschwand auf Nimmerwiedersehen, und die Bücher wurden penibel geführt. Einen Teil der alten Mannschaft hatte er entlassen und durch zuverlässige neue Kräfte ersetzt. Griet hatte schon leicht gebibbert, ob es womöglich auch sie treffen würde, doch Tombergs, der vom Niederrhein stammte und Holland liebte, wollte sie behalten – und mehr als das: Er bot ihr an, sie zur Beiköchin auszubilden.

»Sie haben einen wachen Kopf und ein gutes Gespür für Lebensmittel«, sagte er. »Ist mir gleich aufgefallen. Wäre doch jammerschade, Sie zwischen Kartoffelschalen und Kohlblättern versauern zu lassen.«

Tief in sich trauerte Griet zwar noch immer ihrer abgebrochenen Lehre zur Goldschmiedin hinterher, doch wer brauchte in diesen Zeiten schon kostbares Geschmeide? Selbst wenn sie nicht bis zum Ende ihrer Tage für die U.S. Army arbeiten würde, als Köchin konnte sie immer ein Auskommen finden – vorausgesetzt, die Lebensmittelbeschränkungen fanden eines Tages ein Ende.

So sagte sie Tombergs also zu, der freudig darauf reagierte.

Wurde sie mehr und mehr zum Glückskind?

Im Schutz der U.S. Army hatte sie ihr Auskommen und erhielt ausreichend zu essen, während ringsherum die Menschen darbten. Griet bekam mit, wie sehr Rosa Tag für Tag zu kämpfen hatte, um irgendetwas auf den Tisch zu bringen, das die Familie auch nur ansatzweise satt machte. In diesem ungewöhnlich heißen Sommer fehlte es an Regen, den Felder und Bäume so dringend gebraucht hätten. So war leider, wenn nicht doch noch ein Wunder geschah, deutschlandweit mit einer mageren Ernte zu rechnen, die für den kommenden Herbst und Winter die Ernährungslage weiter verschlechtern würde.

Früher hätte Griet sich darüber gefreut.

Jahrelang waren die Deutschen ihre Feinde gewesen, die ihr Leben gestohlen hatten. Griet hatte sie gehasst, pauschal und abgrundtief. Jetzt jedoch, Wand an Wand mit ihnen lebend, veränderte sich diese Einstellung. Vor allem Toni war ihr in den letzten Monaten ans Herz gewachsen, wenngleich es dabei einen bitteren Beigeschmack gab – Louis.

Seit dem Kuss auf dem Frühlingsfest ging er Griet nicht mehr aus dem Kopf. Sie versuchte dagegen anzukämpfen, schämte sich dafür, dass es ihr so schlecht gelingen wollte, und tat alles, um ihm aus dem Weg zu gehen, doch nichts half.

War sie ebenso verrückt wie er?

Sie hatte doch Dan, ihren Freund, der sie liebte und alles tat, damit es ihr gut ging – und dann verzehrte sie sich ausgerechnet nach so einem Windhund!

Denn das war Louis zweifelsohne, und mehr als das.

Toni hatte ihr anvertraut, wie tief er in zahlreiche Schwarzmarktgeschäfte verstrickt war. Begonnen hatte er damit, überall in der Stadt ausrangierte Nähmaschinen aufzutreiben, diese wieder instand setzen zu lassen und dann viel teurer gegen vielversprechende weitere Waren zu verscherbeln. Ein mittlerweile bestens florierender Handel, auf dem er weiter aufgebaut hatte – jenseits der Legalität.

Jemand hatte einen ausgefallenen Wunsch?

Louis Moreau konnte das Gewünschte auftreiben, vorausgesetzt allerdings, man verfügte über entsprechende Mittel. Dabei ging er mit ebenso viel Charme vor wie mit gerissener Skrupellosigkeit. Frauen ließen sich leicht von ihm um den Finger wickeln, und selbst Männern gegenüber brachte ihn seine scheinbar lässige Kumpelhaftigkeit oft ans Ziel.

»Geschäfte fallen mir eben in den Schoß wie anderen reife Äpfel«, hatte er vor Toni geprahlt. »Ich müsste dumm sein, sie nicht aufzusammeln. Denn wenn ich es nicht tue, tut es eben ein anderer, was doch schade wäre, *n'est ce pas, Toni?*«

Toni litt darunter, weil sie ihn schon mit einem Fuß im Gefängnis sah. Die bayerische Polizei war mittlerweile neu aufgestellt und gut organisiert. Zu ihren wichtigsten Aufgaben gehörte inzwischen neben der Verbrechensbekämpfung auch der Kampf gegen den Schwarzhandel. Doch während am Bahnhof oder am Sendlinger Tor immer wieder Razzien durchgeführt wurden, hielt sie sich in der Möhlstraße auffallend zurück. Ein Grund dafür mochte die Ansiedlung wichtiger DP-Organisationen im Viertel sein, das Münchner Jüdische Komitee sowie das Zentralkomitee der befreiten Juden, die beide ihren Hauptsitz hier hatten, ebenso wie die UNRRA, zuständig für die Versorgung der Juden in den DP-Lagern in und rund um die Stadt. Sie alle standen unter amerikanischem Schutz, und so fuhren immer wieder Jeeps der Military Police durch die

Straßen Bogenhausens, und die Münchner Polizei zeigte sich dort nur äußerst selten.

Dass Toni sich ihr anvertraut hatte, verstärkte Griets schlechtes Gewissen. Merkte sie denn nicht, was in ihrem Liebsten vor sich ging? Wie sengend seine Blicke wurden, sobald er Griet begegnete?

Wie scheinbar zufällig er sie jedes Mal streifte?

Was Griet dann die halbe Nacht um den Schlaf brachte ...

Sie begehrte diesen Mann, da machte sie sich nichts vor, anders als sie jemals zuvor einen Mann begehrt hatte. Ihre Liebe zu Dan war zärtlich, freundlich und warm, hier aber spürte sie die Verheißung einer bislang unbekannten Leidenschaft, die sie magisch anzog. Sie träumte von Louis' Lippen, von seinen Händen, die schlank und geschmeidig waren, von seiner melodischen Stimme, die sie zum Zittern brachte.

Wie würde es sich wohl anfühlen, in seinen Armen zu liegen, Haut an Haut?

Es kostete Griet viel Kraft, nach außen hin so zu tun, als sei alles beim Alten, wo es doch innerlich ganz anders aussah. Heute Abend würde es besonders schwierig werden. Im Offizierskasino traten zwei Münchner Jazz-Musiker mit ihrer Combo auf, die sich in anderen US-Clubs der Stadt bereits einen Namen gemacht hatten. Dan hatte sowohl Toni als auch Louis dazu eingeladen, weil er so begeistert von den jungen Künstlern war.

Zum Glück blieb Griet wenigstens die Küche als Rückzugsort; Tombergs brauchte seine gesamten Mitarbeiter, weil sich für diesen Abend so viele Gäste angesagt hatten.

»Wenn alle versorgt sind, kannst du dich zu deinem Freund setzen und die Musik genießen, Griet«, bot er ihr freundlich an. »Wir machen Gegrilltes mit feinen Salaten, das lässt im Sommer niemand stehen.«

Vor ein paar Tagen hatte er ihr das Du angeboten, eine Auszeichnung, der sie sich bewusst war.

Wie hätte er ahnen können, was für Seelenstürme sie gerade durchlitt!

Griet setzte eine ernste Miene auf, wie immer, wenn sie eigentlich nicht mehr weiterwusste.

»*Is everything okay?*«, fragte Dan dann auch prompt, weil sie bei der Begrüßung gar so knapp war.

»*Yes, but a lot of work.*«

Damit rettete sie sich fürs Erste.

Doch Tombergs und seine Mannschaft hatten alles gut vorbereitet – zu gut für Griets Geschmack –, denn als die Jazzmusiker nach dem Barbecue zu ihren Instrumenten griffen, gab er ihr schon das Zeichen, dass sie zu den anderen hinaus in den kleinen Festsaal gehen konnte.

Nur der Stuhl neben Louis war am Tisch noch frei. Anfangs war Griet sogar froh darüber, denn so konnte er ihr wenigstens nicht ständig tief in die Augen schauen, doch schon bald spürte sie, dass sie sich damit keinen Gefallen getan hatte. Sie trug nur ein leichtes Kleid, blau wie der Sommerhimmel über Bayern, mit kleinen Flügelärmeln und einem schmalen weißen Gürtel um die Taille.

Ebenso gut hätte sie nackt sein können, so intensiv spürte sie die Hitze des Mannes neben sich. Etwas Wildes, Animalisches ging von Louis aus, das sie halb betäubte.

Jetzt aufstehen und mit ihm zusammen im Dunkel der

Nacht verschwinden, die sich langsam über das Isarhochufer senkte ...

Doch sie blieb auf ihrem Stuhl sitzen, die Augen scheinbar sittsam gesenkt, um sich nicht doch zu verraten.

Als Max Greger, der wie ein junger Italiener aussah, in sein Saxophon blies, begann Griets Körper zu kribbeln. Wie eine Horde von Ameisen fühlte es sich an, dabei war es diese wilde, freche Jazzmusik, die ihr in jede Zelle fuhr.

»*Let's dance!*« Dan streckte ihr die Hand entgegen.

»Später«, sagte sie matt. »Lass mich noch ein kleines bisschen ausruhen.«

Lüge, alles Lüge. Es tat weh, dass sie es tun musste, aber sie konnte gerade nicht anders.

»Okay«, sagte Dan verständnisvoll. »War ein langer Tag für dich. Dann Toni vielleicht? Darf ich bitten?«

Toni lächelte und ließ sich von ihm auf die Tanzfläche führen.

»Gut sehen sie zusammen aus, meine dunkle bayerische Schönheit und dein blonder amerikanischer Bär, *n'est ce pas?*«, sagte Louis so nah an ihrem Ohr, dass Griet Gänsehaut bekam. Er musste Pfefferminze gegessen haben, denn sein Atem roch frisch. »Aber lange nicht so gut wie wir beide. Zeigen wir es ihnen? Oder bist du dazu nicht mutig genug?«

Er zog sie hoch, bevor sie sich wehren konnte.

Ausgerechnet jetzt folgte ein langsames Stück, ein warmer, dunkler Blues, und natürlich ließ Louis diese Gelegenheit nicht ungenutzt. Ganz nah tanzten sie, fast Körper an Körper, und es fühlte sich noch viel besser an als in Griets sehnsüchtigen Träumen.

Sie schloss die Augen.

Sie war dreiundzwanzig – auch wenn ihr Ausweis drei Jahre mehr anzeigte. Über Leidenschaft wusste sie trotz Dan Walker noch immer sehr wenig. Doch ein starkes Gefühl, gegen das sie nicht ankam, verriet ihr, dass sich das gerade änderte.

Ich. Bin. Griet. Van. Mook. Ich. Werde. Leben, dachte sie.

Jetzt genieße ich, schämen werde ich mich später.

Später wusste Griet nicht mehr, wie sie den Abend überstanden hatte. Vielleicht hatte es geholfen, dass sie so viel getanzt hatte, natürlich auch mit Dan sowie mit einigen seiner Kameraden. Es machte Spaß, sie lachte, flirtete sogar ein bisschen, alles im erlaubten Rahmen.

Doch sobald sie wieder Louis' Hände auf ihrem Rücken spürte, war sie verloren. Plötzlich kam sie aus dem Rhythmus, ihre Beine verhedderten sich, und sie begann zu schwitzen. Alles in ihr wehrte sich dagegen, gleichzeitig zog es sie unwiderstehlich zu ihm hin.

Sie war erleichtert, als der blonde Hugo Strasser seine Klarinette und der schwarzhaarige Max Greger das Saxophon einpackten und mit den anderen vier Musikern unter lautem Applaus den Saal verließen. Alles drängte zum Aufbruch.

Dan würde sie mit dem Jeep heimbringen. Aus den Augenwinkeln sah sie, wie Louis mit Toni zu seinem BMW ging.

»Noch zu mir?«, fragte Dan, als sie losgefahren waren.

»Lieber morgen Abend«, sagte sie rasch. »Diese Hitze macht mich ganz fertig. Und morgen muss ich ja pünktlich wieder zur Frühschicht antreten.«

Eine Weile blieb er stumm.

»Du warst heute so ... anders«, sagte er dann. »So ernst, irgendwie geistig abwesend. Gib es etwas, das dich quält, *honey*? Dann sag es mir. Du weißt doch, mir kannst du alles sagen.«

Jetzt fühlte Griet sich noch elender.

»Mir war nicht ganz wohl«, erwiderte sie. »Hab wohl zu viel gegessen. Und dann diese Musik ... Sie kriecht dir tief unter die Haut. Daran muss ich mich wohl erst gewöhnen.«

Dan lachte.

»Schön gesagt. Und diese jungen Musiker – *such fabulous guys*! Wir werden sie wieder engagieren, solange wir sie uns noch leisten können, denn ich wette, sie werden ganz bald ziemlich berühmt sein.«

Er lachte wieder, und Griet lächelte ebenfalls leicht gequält.

Vor ihrer Haustür angelangt, küssten sie sich im Auto. Zum ersten Mal war sie froh, als sie aussteigen konnte.

»*See you tomorrow*«, sagte er. »*Good night, sweetheart.*«

Sweetheart – wenn er nur wüsste!

Mit weichen Knien stieg sie hinauf zur Wohnung und schloss auf. Kein Mucks war zu hören, alle schliefen bereits, nicht einmal Vev, die nachts oft lange wach war, geisterte irgendwo herum.

Griet warf sich auf ihr Bett und starrte im Dunkeln an die Decke.

Jetzt schlafen? Unmöglich!

Louis, dachte sie. Louis! Louis!!!

Irgendwann hörte sie, wie sich der Schlüssel im Schloss

bewegte. Jetzt lauschte sie mit angehaltenem Atem. Das alte Parkett im Flur knarzte, sobald man sich darauf bewegte. Mit einiger Übung konnte man ausmachen, wie viele Menschen gerade darauf liefen.

Zwei Füße – nicht vier.

Was bedeutete, dass Toni allein nach Hause gekommen war. Nichts anderes wollte sie wissen.

Griet wartete vorsichtshalber noch ein Weilchen, dann schlich sie auf Zehenspitzen aus ihrem Zimmer und verließ ebenso leise die Wohnung.

Bis zu Louis' Bleibe in der Rauchstraße war es nur ein kurzes Stück.

Und wenn er schon schlief?

Oder, viel schlimmer, eine andere bei sich hatte?

Sie blieb abrupt stehen, bis ihr Atem sich wieder beruhigt hatte, dann erst ging sie weiter.

Eine Klingel fand Griet nirgendwo, aber sie wusste aus Tonis Erzählungen, dass er im Souterrain der Villa logierte. Und wach schien er auch noch zu sein. Hinter dem rechten der vergitterten Fenster sah sie einen schwachen Lichtschein.

Griet nahm all ihren Mut zusammen und klopfte an die Tür.

Als die sich öffnete, stand Louis vor ihr, mit bloßem Oberkörper. Sie starrte ihn schweigend an, konnte den Blick nicht mehr lösen von diesem Spiel aus Haut und Muskeln.

»Was für eine wundervolle Überraschung«, sagte er mit einem schiefen Lächeln. »Mit allem hätte ich heute gerechnet, aber nicht mit dir!«

»Ich musste kommen«, erwiderte sie. »Wusstest du das nicht? Du weißt doch sonst immer alles. Lässt du mich rein?«

Sie spürte ein winziges Zögern in seinem Körper, noch bevor er zu reden begann.

In Griet breitete sich bitterste Enttäuschung aus.

»Nichts täte ich jetzt lieber«, sagte Louis, »aber gerade heute ist es leider ungünstig.«

»Du hast – Besuch?« Sie spuckte das Wort aus wie eine faule Frucht.

Er nickte zerknirscht.

Was für ein Hallodri. Machte sie den ganzen Abend lang heiß – und wies sie dann eiskalt an der Schwelle ab!

Griet machte einen Satz nach hinten. Nichts wie weg!

»Nicht das, was du jetzt vielleicht denkst«, hörte sie ihn sagen. »Es ist nur ein guter Freund, der dringend eine Schlafmöglichkeit gebraucht hat.«

Louis drehte sich halb in Richtung Tür.

»Zeig dich, Juri!«, rief er. »Hier ist eine junge Dame, die dich unbedingt kennenlernen möchte!«

*

Er hatte abgewartet, bis es ganz dunkel war. Es war besser, nicht gleich aufzufallen, und in seiner jetzigen Aufmachung fiel er definitiv auf: die zerschlissene Wehrmachtsuniform, in die sich Lagen von Kohlenstaub gefressen hatten, der uralte, mehrfach geflickte Rucksack, die raspelkurzen Haare, die seinen Kopf wie eine dunkle Kappe bedeckten.

Bei seinem ersten Fluchtversuch hatten sie ihn schon in Calais geschnappt, zurückgebracht, bei Wasser und Brot vierzehn Tage in den Bunker gesperrt und anschließend zur Strafe kahl geschoren.

Beim zweiten Versuch waren sie klüger vorgegangen, Max und sein Kamerad Jupp aus Köln, der so gut Unterschriften fälschen konnte, dass einem ganz schwindelig wurde. Jupp war in das Büro des Lagerverwalters eingebrochen, als dieser im Nebenraum seinen Rausch ausschlief, und hatte zwei der gestempelten Entlassungsscheine geklaut, die er später penibel ausgefüllt hatte ...

Kein Mensch durfte jemals davon erfahren.

Jupp konnte nicht mehr reden, den hatten Polizeikugeln in einem kleinen Kaff vor der belgischen Grenze für immer mundtot gemacht.

Und er selbst?

Konnte schweigen.

Wenn Maximilian Brandl eines in den letzten Jahren gelernt hatte, dann das.

Mit der Taschenlampe, seinem zweitwertvollsten Besitz, leuchtete er auf das Türschild. Ein warmes Gefühl durchflutete ihn.

Neureuther. Brandl. Lochner – da waren sie ja alle, vereint bei Tante Vev!

Aber wer war *v. Mook*?

Würde sich sicherlich klären. Jetzt brauchte er erst einmal ein Bett und etwas, das das gähnende Loch in seinem Magen zumindest ein wenig füllen würde.

Er drückte auf den Klingelknopf.

Lange geschah nichts. Er drückte noch einmal.

In der Küche flammte Licht auf. Dann hörte er den Summer, die Haustür öffnete sich, und er ging hinein.

Dass vierzig Stufen so endlos sein konnten!

Die Wohnungstür war zu.

Natürlich – sie mussten vorsichtig sein. Zu dieser späten Stunde konnte ein Besuch eigentlich nur ungebeten sein, aber hatte er eine andere Wahl gehabt?

Er klopfte gegen das Holz.

»Macht auf«, sagte er. »Ihr müsst keine Angst haben. Ich bin's, Max!«

Jetzt ging die Tür auf.

Toni stand auf der Schwelle, riss die Augen auf, wurde blass, dann rot, bis sie ihm in die Arme flog.

»Max!«, rief sie. »Maxl, dass du nur wieder da bist! Und wie herrlich du stinkst – wie ein Iltis auf Brautschau!«

Lachend befreite er sich aus ihrer Umklammerung.

»Lass mich erst einmal reinkommen. Musst ja nicht gleich das ganze Haus zusammenschreien.«

Sie zog ihn in den Flur, und dann kamen sie schon alle angelaufen, Rosa, Vev, Bibi und Anni.

»Mein Großer, mein Bub!« Rosa weinte so sehr, dass sie kaum zu verstehen war. »Hörst du das eiserne Band, das gerade von meinem Herzen gesprungen ist?« Eine Anspielung auf sein Lieblingsmärchen, den *Froschkönig*, den Max als Kind unendliche Male hatte hören wollen.

»Ach, Mama«, sagte Max, und auch seine Augen schimmerten verdächtig. »Aber dünn bist du vielleicht geworden!«

»Kein Wunder, wenn die Amis uns so knapp halten.« Rosa ließ endlich Bibi an die Reihe kommen, die ihren großen Bruder wie wild umärmelte.

»Max ist noch viel dünner als du, Mama!«, rief sie. »Ich kann jeden Knochen einzeln spüren.«

»Die alte Großtante will auch einmal«, monierte Vev. »Jetzt haben wir endlich wieder einen Mann im Haus – wenngleich ich noch keine Ahnung habe, wo wir dich unterbringen sollen, so voll, wie es jetzt bei mir ist. Schläfst du eigentlich gern auf Balkonen, Max?« Sie lächelte verschmitzt.

»Auch das, Tante Vev, wenn es nötig sein sollte.« Er grinste zurück. »Was meinst du, wohin ich in den vergangenen vier Jahren schon überall mein müdes Haupt betten musste!«

»Mich hast du wohl übersehen.« Anni schob sich mit hängenden Mundwinkeln vor. »Schließlich bin ich deine Tante und will dich ebenfalls begrüßen! Willkommen zu Hause, Max!«

»Danke, Tante Anni«, sagte er. »Bin wirklich froh, euch alle hier zu sehen.«

»Und das mit dem Mann war gemein, Vev, nur damit du Bescheid weißt!«, fuhr sie säuerlich fort. »Als ob mein Benno kein Mann wäre, nur weil er einen gelähmten Arm hat ...«

»Benno wohnt auch hier?«, fragte Max überrascht, während sie in die Küche gingen. »Dann ist es ja wirklich eng!«

»Nicht mehr. Er war so tüchtig und hat eine Stelle als Nachtwächter gefunden – trotz seiner Kriegsverletzung. Nebst Wohnung – und das in diesen Zeiten! Soll ihm erst einmal einer nachmachen.« Jetzt klang Anni stolz.

»Quassel ihn doch nicht gleich voll mit deinem Benno«,

schalt Rosa. »Der Bub braucht erst einmal etwas in den Bauch! Das stimmt doch, Maxl, oder?«

»Haarscharf erkannt, Mama. Egal was – Hauptsache essbar!«

Er nahm den Rucksack ab und ließ sich auf einen Stuhl fallen, während seine Mutter emsig am Herd zu hantieren begann.

»Viel kann ich dir leider nicht anbieten«, sagte sie entschuldigend. »Du glaubst ja gar nicht, mit wie wenig wir auskommen müssen! Jetzt haben die Amis die Kalorienzufuhr noch einmal gesenkt: 1240 pro Person – wer soll denn damit auf legale Weise satt werden?«

»*Legal* – was soll das heißen, Mama? Geht ihr zusätzlich klauen?«, fragte Max.

»Natürlich nicht!«, erwiderte Toni entrüstet. »Aber ich fahre manchmal mit dem Rad zu den Ismaninger Bauern und versuche dort etwas zu hamstern. Tante Vevs schönen Fächer hab ich schon gegen gelbe Rüben und Radieserl eingetauscht, ihre Federboa hat uns ein paar Kilo Kartoffeln eingebracht. Aber jetzt bunkern viele Bauern selbst. Die Ernte wird mager ausfallen, deshalb horten sie, was sie haben.«

»Zum Glück haben wir Tonis Kochbuch.« Vev deutete auf ein rötliches Buch, das auf dem Tisch lag. »Da findet man viele Anregungen, wie man wenig in mehr verwandeln kann.«

»Du hast ein Kochbuch verfasst?« Max klang beeindruckt. »*Gute Kost in magerer* Zeit – hätte ich dir ja gar nicht zugetraut, Schwesterchen!«

»Nicht verfasst«, korrigierte Toni. »Nur dabei mitgeholfen, dass es veröffentlicht werden konnte. Was übrigens keine schlechte Idee war. Wir gehen bereits in die zweite Auflage.«

»Wirklich nützlich! Ich wüsst sonst manchmal gar nicht mehr, was ich aus diesem bisschen noch machen sollte«, seufzte Rosa. »Besonders jetzt, wo du doch wieder zu Kräften kommen sollst!

»Mama hat recht«, sagte Toni. »Du gehst am besten gleich morgen mit deinen Papieren aufs Amt, dann musst du noch diesen Fragebogen über Aktivitäten in der Nazi-Zeit nachreichen – und dann erhältst auch du deine Lebensmittelmarken.«

»Sonst noch was?«, knurrte Max. »Da kommt man aus der Fremde in die Heimat zurück – und ertrinkt gleich in Papierkram.«

»Lass dir ruhig Zeit, Maxl«, sagte seine Mutter zärtlich. »Einstweilen kriegen wir dich schon satt. Zum Beispiel mit Pichelsteiner Eintopf – da sind ausnahmsweise sogar ein paar Fitzelchen Rindfleisch drin.«

»Dann nix wie her damit«, sagte Max. »Ich würde auch Pferdefleisch verdrücken, so hungrig bin ich.«

Zwei tiefe Teller davon löffelte er schweigend in Windeseile aus. Toni ahnte, dass ihre Mutter die Seufzer tapfer unterdrückte, denn eigentlich hätte das, was er soeben verputzt hatte, mit Wasser ordentlich gestreckt, noch für die Mittagsportion für morgen reichen sollen.

Doch Max war wieder da, allein das zählte!

Für den Moment gesättigt, streckte er sich.

»Und jetzt nur noch schlafen«, murmelte er. »Von mir aus eine ganze Woche am Stück!«

Bloß wo?

»In Bennos alter Kammer«, sagte Toni schließlich. »Eine andere Möglichkeit haben wir ja nicht. Tut mir leid, Bibi – dann musst du eben wieder zurück zu Mama.«

»Mach ich doch gerne«, sagte Bibi großzügig. »Für Max immer!«

Rosa lief los, um alles herzurichten, als plötzlich Griet ihren Kopf in die Küche streckte.

»Oh, alle noch so spät auf«, sagte sie überrascht. Ihr Blick ruhte auf Max. »Und Sie sind ...«

»Maximilian Brandl«, erwiderte er. »Sohn, Bruder, Neffe, beziehungsweise Großneffe der hier anwesenden Damen – ganz, wie Sie wollen. Einstmals Gefreiter der Wehrmacht, danach Bergmann in französischer Gefangenschaft, jetzt endlich wieder ein freier Mensch. Und mit wem habe ich gerade das Vergnügen?«

»Griet van Mook«, erwiderte sie, zart errötend. »Untermieterin. Dann will ich nicht weiter stören.«

Tage waren vergangen, und noch immer hatte Max keinerlei Anstalten gemacht, sich in München amtlich registrieren zu lassen. Mal war ihm nicht gut, dann wieder war angeblich schon alles zu gewesen – die Ausreden gingen ihm nicht aus. Rosa und Vev schluckten alles, was er sagte, in Toni jedoch bildete sich ein ärgerlicher Knödel, der immer größer wurde, je mehr Zeit verstrich.

Irgendwann hielt sie es nicht mehr aus und platzte in seine Kammer.

»Raus mit der Wahrheit«, verlangte sie ohne Umschweife. »Irgendetwas stinkt hier doch gewaltig zum

Himmel, und ich will endlich wissen, was es ist. Warum bewegst du dich nicht? Hast du irgendetwas auf dem Kerbholz?«

Er schenkte ihr einen langen Blick.

»Das willst du gar nicht wissen«, sagte Max. »Besser so.«

»Da täuschst du dich ganz gewaltig«, konterte Toni. »Ich will es sehr wohl wissen, und zwar sofort. Also?«

Sein Blick wich ihr aus und glitt zur Wand.

»Du fährst ein in den Bauch der Erde«, sagte er langsam. »Tiefer und immer tiefer. Es wird so warm, als würden ihre Eingeweide dich umschlingen. Du hast weder einen Helm noch richtiges Werkzeug, aber du musst graben. Stundenlang. Sechs Tage die Woche. Die Franzosen erklären dir kaum etwas, und wenn doch, dann verstehst du es lange nicht. Du bist ja nur ein *Boche*, ein deutsches Schwein. Je eher du hier unten verreckst, desto besser ...«

»Max, ich wollte nicht ...«

»Lass mich weiterreden«, sagte er und sah sie kurz an. »Bitte! Wem außer dir soll ich es sonst erzählen?«

Sein Blick wurde wieder leer.

»Du sagst dir also, dass du es durchstehen wirst. Auch wenn das Essen unterirdisch ist, auch wenn zwei deiner Kameraden an Ruhr krepieren, auch wenn du dir selbst die Eingeweide förmlich aus dem Leib scheißt – du schaffst es. Doch eines Tages, allein in dieser umfassenden Dunkelheit, die in dich hineinkriecht, weißt du plötzlich, dass du es nicht länger aushalten kannst, nicht noch ein weiteres Jahr, keinen Monat mehr, nicht einmal eine einzige Woche ...«

»Du bist getürmt«, flüsterte Toni. »Und deine Entlassungspapiere?«

»Gefälscht. Mein Kumpel Jupp war äußerst talentiert. Dachte ich wenigstens damals. Inzwischen bin ich mir da nicht mehr ganz so sicher.«

»Suchen sie dich?«

»Keine Ahnung. Unterwegs war es einige Male ganz schön knapp. Jupp hat es vor der belgischen Grenze erwischt, und auch an mir sind die Kugeln haarscharf vorbeigepfiffen. Ich hatte wohl einen aufmerksamen Schutzengel …«

Sie setzte sich an die Bettkante.

»Aber was willst du denn jetzt machen, Max? Du kannst dich doch nicht für alle Zeiten hier in der Wohnung verstecken!«

»Da hast du wohl recht. Aber ich weiß es nicht, Toni. Ich weiß es einfach nicht!« Er barg seinen Kopf in den Händen.

»Zum Schutträumen werden händeringend Leute gesucht«, sagte sie nach einer Weile. »Ehemalige Nazis werden dazu zwangsverpflichtet, aber es drücken sich viele, und es gibt noch immer jede Menge zu tun. Vielleicht schauen sie da nicht so genau hin …«

»Ich bin gelernter Braugeselle, kein Straßenkehrer.« Max klang bitter. »Hätte es keinen Krieg gegeben, wäre ich längst Meister.«

»Aber es gab diesen Krieg – und jetzt bist du ein geflüchteter Gefangener, der seine Strafe nicht abbüßen wollte. Ich denke nicht, dass du große Auswahl hast. Und essen willst du ja schließlich auch …«

Max schwieg eine ganze Weile. Sein Kinn wirkte plötzlich kantiger. So hatte er schon als Bub ausgesehen, wenn ihm etwas nicht gepasst hatte.

»Vielleicht wissen die Amis ja nicht, wer bei den Franzosen interniert ist«, sagte er.

»Kann sein. Aber wenn doch? Eine Gefängniszelle ist nicht unter Tage, aber ziemlich eng sind die Wände dort auch.«

»Wo muss man sich denn für dieses Schutträumen melden?«, fragte Max unwillig.

»Meines Wissens direkt im Rathaus«, erwiderte Toni. »Könnten dir deine Entlassungspapiere nicht irgendwo unterwegs gestohlen worden sein?«

»Damit sie bei der Mine in Wallers nachfragen und erfahren, dass wir dort abgehauen sind? Vergiss es! Ich gehe nicht mehr zurück unter Tage – niemals wieder. Das ist beschlossene Sache. Und sag bitte Mama und Tante Vev nichts davon. Ich will sie nicht aufregen.«

»Ehrensache. Hab ich jemals gepetzt?«, sagte Toni. »Na also.«

Max hatte sich im Rathaus gemeldet und war seit einer guten Woche zu einem Räumungskommando in Harlaching eingeteilt. Dort machte die amerikanische Militärregierung massiv Druck, weil viele der höheren Ränge vorzugsweise in diesem Viertel leben wollten. Mehr als dreihundert Häuser und an die fünfhundert Wohnungen waren bereits beschlagnahmt worden; die bisherigen Besitzer und Mieter, viele unter ihnen frühere Nationalsozialisten, mussten zusehen, wo sie unterkamen.

Er ächzte, wenn er nach Hause kam, grau von Staub und Schutt, hungrig wie ein Wolf.

»Echte Schwerstarbeit – und dann dieses bisschen Quark zu den Pellkartoffeln! Das passt ja spielend in meine linke Backe …«

»Wenn du dich endlich mal aufs Amt bequemen würdest …« Inzwischen wurde sogar Rosa ungeduldig. »Mit deinen Marken zusätzlich könnte ich besser wirtschaften.«

»Ich geh ja – Freitag ganz bestimmt. Versprochen!«, lautete Max' Antwort.

Doch dazu kam es nicht mehr. Sein Räumkommando wurde von einer Militärstreife kontrolliert. Der Einzige, der keinen Ausweis vorlegen konnte, war Max. Man brachte ihn nach Giesing ins Militärgefängnis auf dem großen Kasernengelände, weil er sich bei der Festnahme zur Wehr gesetzt hatte, und sperrte ihn in eine Zelle.

In der Familienwohnung brach Panik aus.

Rosa und Bibi weinten, Vev bekam Migräne, und auch Toni musste sich schwer zusammenreißen, um halbwegs die Nerven zu behalten. Nur Anni wirkte bemerkenswert unbeteiligt.

»Tut dir dein Neffe denn nicht leid?«, wollte Toni wissen, weil sie so gar keine Miene verzog.

»Schon. Aber mein Benno muss ja auch büßen. Warum sollte es Max da anders ergehen?«

Irgendetwas an den Worten ihrer Tante ließ Toni stutzig werden.

»Was hat denn Bennos Geschichte mit der von Max zu tun?«

»Sie waren beide Soldaten. Benno konnte wegen des Arms nicht mehr kämpfen. Max kam in Gefangenschaft.«

»Und weiter?«

»Benno meint, bei Max' früher Entlassung könnte es womöglich nicht mit rechten Dingen zugegangen sein. Die Franzmänner behalten ihre Gefangenen, weil sie Arbeitskräfte brau…«

»Er hat ihn bei den Amis angeschwärzt?«, schrie Toni. »Den eigenen Cousin? Ich glaub es nicht!«

»Davon weiß ich nichts«, versuchte Anni sich herauszuwinden.

»Aber ich – das wird dein feiner Herr Sohn mir büßen!« Toni lief in ihre Kammer und warf die Tür hinter sich zu.

Was konnte sie tun?

Max musste raus aus der Zelle, so schnell wie möglich, sonst würde er noch durchdrehen.

Aber wen fragen? Wen um Hilfe bitten?

Dan Walker, dachte sie plötzlich. Wenn sie zu dem Captain ging und ihm ehrlich alles berichtete – vielleicht konnte er ihnen helfen.

In sein Büro traute sie sich nicht, ins Offizierskasino durfte sie ohne ausdrückliche Einladung nicht, und schon wieder Griet ins Boot holen wollte sie nicht.

Seit der Nacht mit Bibi aber wusste sie, wo er privat wohnte; dort würde sie heute Abend ihr Glück versuchen.

In einem unbeobachteten Moment schlich sie sich hinaus, nahm ihr Rad und fuhr los. Viel zu schnell war sie in der Possartstraße angelangt.

Im zweiten Stock brannte Licht; der Captain schien also zu Hause zu sein.

Ob Griet bei ihm war?

Egal. Toni drückte auf den Klingelknopf. Der Summer ging an und die Tür sprang auf.

Dan empfing sie an der Tür, ganz leger in Jeans und weißem Shirt.

»Toni!«, sagte er überrascht. »Ist wieder etwas mit Bibi?«

»Nein«, sagte sie. »Mit Bibi ist alles in Ordnung.« Tränen liefen über ihre Wangen, obwohl sie sich fest vorgenommen hatte, auf keinen Fall zu weinen. »Dieses Mal geht es um meinen Bruder Max. Er wurde inhaftiert, weil er aus französischer Gefangenschaft entflohen ist. Jetzt sitzt er bei euch in einer Zelle.«

»Das hätte dein Bruder besser sein lassen«, erwiderte er ruhig.

»Das weiß ich, und er selbst weiß es auch! Aber Max hat es einfach im Bergwerk nicht mehr ausgehalten. Er dachte, der Stollen frisst ihn auf. Panik hatte er unter Tage und schlimmste Angstzustände. Er ist bereit, alles wiedergutzumachen. Schutt schaufelt er und will das noch ganz lange tun …«

Ihr Kopf fühlte sich auf einmal ganz leer an; die Beine gaben nach. Kraftlos sank Toni an der Wand hinunter.

Dan half ihr behutsam wieder auf.

»*Come in, Toni*«, sagte er. »*Keep calm and breathe.* Und dann erzählst du mir die ganze Geschichte noch einmal ganz von vorn.«

DREIZEHN

München, Herbst/Winter 1946

»Komm raus, du unverschämtes Weibsstück – dir werd ich's zeigen!« Jemand hämmerte gegen ihre Zimmertür. »Und das unter unserem Dach! Aber damit bist du eindeutig zu weit gegangen. Das wirst du noch bereuen ...«

Lochner!

Sollte Griet überhaupt auf ihn reagieren?

Aber schließlich wollte sie Frieden in dieser Wohnung, also ließ sie ihn eine Weile poltern, dann schloss sie auf. Vor einem Kerl wie Lochner musste sie sich nicht mehr fürchten.

Diese Zeiten waren ein für alle Mal vorbei.

»Was gibt's?«, fragte sie spitz, als er ihr zornentbrannt gegenüberstand. Das helle Haar fiel ihm in die Stirn. Sein Janker war verkehrt geknöpft; er schien vollkommen außer sich zu sein. »Für Sie übrigens noch immer Frau van Mook. Und beeilen Sie sich. Ich erwarte Besuch.«

»Das hier gibt es!« Er hielt ihr ein amtliches Schreiben unter die Nase.

Vorladung Spruchkammer München VIII, Wagmüllerstraße, las sie, dann hatte er es schon wieder weggezogen.

»Das habe ich doch garantiert dir zu verdanken!«, schnaubte er. »*Verdacht auf fehlerhaftes Ausfüllen des Fra-*

gebogens zur Entnazifizierung. Was soll denn bitte schön ›fehlerhaft‹ an meinen Angaben gewesen sein? Als ›Mitläufer‹ haben sie mich eingestuft. Wenn jetzt alles wieder rückgängig gemacht wird und ich auf einmal ›belastet‹ sein soll – das lasse ich mir nicht gefallen!«

»*Ihnen* zu verdanken«, korrigierte Griet ruhig.

»Sag ich doch – du hast mich verpfiffen! Weißt du eigentlich, was das bedeutet? Die Stelle kann es mich kosten, die Wohnung gleich mit dazu, und mir droht sogar das Arbeitslager in Moosburg!«

Er kam ihr so nah, dass sie seinen säuerlichen Atem riechen konnte.

Hatte er sich Mut angetrunken?

Weiter zurückweichen konnte Griet nicht mehr, denn hinter ihr war die Wand. Gerade eben noch war sie so siegessicher gewesen, aber jetzt stieg doch wieder Angst in ihr auf.

War sie allein mit ihm in der Wohnung?

Ach ja, es war ja Sonntag – und die Familie in der Kirche.

»Ich habe Sie nicht angeschwärzt«, erklärte sie und war froh, dass ihre Stimme trotz allem fest klang. »Nicht einmal bei Captain Walker.«

»Lügnerin!«, zischte er. »Du hast mich doch noch nie leiden können, schon damals nicht bei der Agfa. Dabei hab ich dir so oft die Hand gereicht. Aber du, du …«

»Ich hätte mich jedes Mal fast übergeben, wenn ich Ihre geilen Blicke ertragen musste! Wir waren nichts als Vieh in Ihren Augen, Vieh, das man nach Herzenslust drangsalieren konnte!«

»Was hast du dann ausgerechnet hier bei uns zu suchen, du holländische Hexe, wenn ich dir dermaßen zuwider bin? Verschwinde, aber dalli!«

»Ich denke gar nicht daran.« Griet atmete nur noch ganz flach, so widerlich war er ihr. »Die Militärregierung hat mir ein Wohnrecht in diesem Zimmer eingeräumt. Wenn hier einer zu verschwinden hat, dann Sie!«

Sein Ausdruck veränderte sich, wechselte von wütend zu hinterlistig.

»Besuch erwartest du also! Aber noch ist er ja nicht da, dein Ami in seiner feschen Uniform. Du und ich, wir sind ganz unter uns. Und du wirst jetzt sofort ausspucken, wem du welche Lügen über mich ins Ohr geträufelt hast, oder …«

»Fassen Sie mich nicht an!« Jetzt schrie sie, denn er versuchte, mit seiner gesunden rechten Hand an ihren Hals zu greifen. »Loslassen …«

Die Tür der zweiten kleinen Kammer flog auf. Max kam heraus.

»Was ist das denn für ein Lärm, wenn man ein einziges Mal ausschlafen möch…« Er lief auf Benno zu. »Lass sie sofort los! Hast du jetzt völlig den Verstand verloren?«

Weil Benno seiner Aufforderung nicht folgte, zerrte Max ihn von Griet weg. Benno boxte ihn mit der Rechten, Max parierte geschickt und verpasste ihm einen Freischwinger in den Bauch, der ihn einknicken ließ.

»Du schlägst einen Krüppel!«, keuchte Benno.

»Ich versuche jemanden zur Vernunft zu bringen, der sich an einer Frau vergreift«, erwiderte Max mit tödlicher Ruhe. »Jemanden, der sogar den eigenen Vetter hinter Gitter gebracht hat. Deinen Wohnungsschlüssel, Benno.« Er streckte die Hand aus.

»Du machst dich in meiner Kammer breit und traust dich ...«

»Den Schlüssel, Benno. Oder soll ich erst meine Kumpel vom Räumkommando holen, damit wir dir Beine machen? Da sind ein paar ganz schön harte Brocken dabei, das kann ich dir verraten. Dir habe ich zu verdanken, dass ich deren Gegenwart jetzt noch bis Ende Januar genießen darf – danke schön dafür noch einmal. Und jetzt her damit!«

Widerwillig fummelte Benno den Schlüssel aus der Hosentasche.

»Da wird einem verboten, die eigene Familie zu besuchen«, maulte er. »Meiner Mutter brichst du damit das Herz ...«

»Das überlebt die Tante Anni«, sagte Max ungerührt. »Kannst ja jederzeit wiederkommen, aber vorher klingeln musst du halt. Für heute allerdings empfehle ich dir einen zügigen Abgang – und Servus!«

Benno schlurfte hinaus; Max wandte sich Griet zu.

»Alles in Ordnung?«, fragte er besorgt. »Der wollte Ihnen ja wirklich an die Gurgel!«

»Dabei habe ich nichts zu tun mit seiner Vorladung vor die Spruchkammer«, erwiderte sie. »Obwohl: Verdient hätte er sie allemal. Ich habe Lochner als Aufseher bei der Agfa erleben müssen. Da hat er uns das Leben nach Kräften schwer gemacht ...«

»Ja, das kann er, unser Vetter«, sagte Max. »Auch schon, als er noch zwei gesunde Arme hatte.« Er gähnte. »Wollen wir auf den Schreck hin zusammen einen Tee trinken? Wo ich notgedrungen schon wach bin?«

»Oder lieber Nescafé?«, fragte Griet mit einem kleinen Lächeln. »Um hellwach zu werden?«

»Gerne. Aber ich möchte die Freundin des Captains auf keinen Fall berauben. Was für ein feiner Kerl, dieser Dan Walker! Ohne seine Fürsprache säße ich noch immer in der Zelle.«

Griet kehrte in ihr Zimmer zurück und kam mit einer Dose in der Hand wieder heraus.

»Ja, Dan ist wirklich ein sehr besonderer Mann. Doch die Freilassung haben Sie vor allem Ihrer Schwester Toni zu verdanken«, erklärte sie, während sie gemeinsam in die Küche gingen. Dort setzte Griet Wasser auf, während Max zwei Becher aus der Kredenz holte. »Jetzt, wo Ihre Haare wieder ein wenig länger sind, sieht man auch, wie sehr Sie ihr ähneln. Tonis Liebe zu Ihnen hat Dan überzeugt. Er hat selbst zwei jüngere Schwestern, an denen er sehr hängt.«

»Ich weiß inzwischen auch, dass meine Flucht aus dem französischen Lager eine Schnapsidee war, wie man hier bei uns sagt. Aber ich habe es dort einfach nicht mehr ausgehalten: Unter Tage Kohle klopfen und vor allem immer eingesperrt sein! Hat mich ganz krank gemacht.« Er schüttelte sich. »Einige meiner Mitgefangenen haben die Nerven verloren und sich sogar das Leben genommen. Manchmal war ich selbst kurz davor.«

»Ich weiß, wovon Sie sprechen«, murmelte Griet. »Bei mir kam dazu noch diese permanente Angst, beim nächsten Transport nach Osten dabei zu sein. Von den Gasöfen wussten wir damals noch nichts. Aber dass von dort niemand zurückkommen würde, das wussten wir alle …«

»Verzeihen Sie mir«, sagte Max bewegt. »Wie könnte ich meine Ängste mit dem vergleichen, was Sie durchleiden mussten! Aber glauben Sie mir, ich war kein Nazi, und ich wollte niemals kämpfen. Leider hat mich keiner danach gefragt …«

»Du«, verbesserte sie ihn. »Lass uns Du sagen, wenn du schon als mein Schutzengel unterwegs warst. Ich bin Griet.«

Sie goss das heiße Wasser in die Becher und reichte ihm einen davon.

»Max«, sagte er. »Toni hat mir bereits einiges von dir erzählt.«

Beide tranken.

»Könnte man sich richtig daran gewöhnen«, sagte Max nach einer kleinen Weile. »Macht so schön munter!«

Schräge Herbstsonne blinzelte durch das Küchenfenster und zauberte helle Kringel auf den alten Tisch. Der freundliche Mann, der belebende Duft nach Kaffee, die abgeblätterte Kredenz, die sicher schon viel gesehen hatte – alles so friedlich, so ganz und gar alltäglich. Als hätten sie beide schon viele, viele Male hier gemeinsam gesessen …

Was reimte sie sich da wieder zusammen?

Griet räusperte sich. »Ich hab dich bislang kaum in der Wohnung mitbekommen«, sagte sie. »Manchmal dachte ich sogar, du bist vielleicht nur ein Geist.«

»Kein Wunder.« Er streckte sich. »Erst war ich ja ein paar endlose Wochen lang eingesperrt, bis der Captain seine Vorgesetzten überzeugen konnte, dass bei mir Hopfen und Malz doch noch nicht vollständig verloren sind.«

»Hopfen und Malz?«, wiederholte Griet verständnislos.

»Das heißt, dass doch noch Hoffnung auf Besserung besteht.« Max grinste. »Manchmal kommt eben der Brauer bei mir durch. Bierbrauen, das habe ich nämlich gelernt!« Dann wurde er wieder ernst. »Ich hab mir beim Schutträumen so viele Schichten wie möglich aufgebürdet, zwei und manchmal sogar drei hintereinander, deshalb bin ich so oft nicht zu Hause. Um Geld zu verdienen und vor allem der Militärregierung zu beweisen, dass meine Reue echt ist. Noch bis Januar, und dann …«

»Wieder Bier brauen?«, wollte Griet wissen.

»Nein, das ist vorbei. Ich will zur Polizei«, erklärte Max. »Dort suchen sie starke junge Kräfte. Ohne Nazivergangenheit. Und das bin ich ja schließlich! Ich war nicht einmal in der HJ, weil Hitler meiner Mutter zu wenig katholisch war – von Papa ganz zu schweigen, der früher bei den Sozialisten war. Sein Herz schlug immer links, aber natürlich musste er unter den Nazis extrem vorsichtig sein, um sich und uns nicht zu gefährden. Ach, unser lieber Papa! Der fehlt so sehr …«

Nachdenklich musterte Griet Tonis großen Bruder, der für sie so beherzt gegen Lochner eingeschritten war. Tonis Bernsteinaugen entdeckte Griet auch bei ihm, ebenso wie die dichten, dunkelbraunen Haare. Seine Stirn war nicht ganz so hoch wie bei seiner Schwester, die Nase eine Spur breiter. Das Gesicht wirkte kantig und endete in einem energischen Kinn, das Entschlossenheit verriet. Wenn er lächelte, bekam er etwas Jungenhaftes; verdüsterte sich seine Miene jedoch, schien eher Vorsicht geboten. Max Brandl wirkte wie jemand, der wusste, was er wollte. Das gefiel ihr.

»Du schwärmst ja richtig von diesem Max«, sagte Christl, die zum ersten Mal mit dem Zug aus Wolfratshausen zu Besuch nach München gekommen war. »Bist du denn gar nicht mehr fest mit Captain Walker liiert?«

Sie hatten sich geschrieben, nicht sehr häufig, aber immerhin oft genug, um über das Leben der andern einigermaßen informiert zu sein.

»Natürlich bin ich das«, sagte Griet rasch, weil sie sich irgendwie ertappt fühlte.

Ihre fiebrigen Sehnsuchtsfantasien nach Louis hatte die kalte Dusche jener Sommernacht jäh abgekühlt. Ihm schien es ähnlich zu gehen, jedenfalls hatte er sie seitdem nicht mehr mit Anspielungen, Blicken oder gar Berührungen bedrängt. Allerdings hatte sie auch alles darangesetzt, ihm keinerlei Gelegenheit mehr dafür zu bieten. Keine Tanzvergnügungen mehr als Quartett, keine Ausflüge ins Grüne. Dass sie Toni damit in gewisser Weise auch bestrafte, tat ihr leid, aber immerhin führte deren Freund sie nicht weiter in Versuchung. Wohin Juri verschwunden war, wusste sie nicht. In Bogenhausen war er ihr nicht mehr über den Weg gelaufen.

Und Max? Der war Tonis großer Bruder – nicht mehr und nicht weniger!

»Dan ist ein Hauptgewinn«, fuhr sie fort. »Rücksichtsvoll, stets um mich besorgt, zärtlich …«

»… und ein Ami«, ergänzte Christl schmunzelnd. »Was ja auch gewisse Vorteile mit sich bringt, oder etwa nicht?«

»Mir geht es nicht um Kaffee oder Nylons, falls du darauf anspielst«, erwiderte Griet heftig. »Dan hat uns befreit, und er hat sich meiner kranken Freundin angenommen, allein das werde ich ihm niemals vergessen!«

Sie gingen zusammen am Isarhochufer spazieren, das sich immer mehr herbstlich einfärbte. Es war sonnig, aber ein frischer Wind blies ihnen ab und zu in den Rücken und ließ die ersten bunten Blätter von den Bäumen rieseln.

Christl hatte sehen wollen, wo das Offizierskasino lag, in dem Griet arbeitete.

»Nobel, nobel«, sagte sie, als sie schließlich davorstanden. »Da können unsere bescheidenen Häuser in Wolfratshausen natürlich nicht mithalten!« Sie lachte. »Ich bin trotzdem zufrieden. Mama ist wieder halbwegs gesund, wir bauen im Garten eigenes Gemüse an und haben unsere Hühner. Dank meines Gehalts als Postbotin kommen wir so einigermaßen über die Runden. Und manchmal bringt uns der Franz vom Schöringerhof etwas extra vorbei, wenn sie zum Beispiel frisch geschlachtet haben …«

»Franz?«, fragte Griet. »Du bist ja auf einmal ganz rot geworden! Bist du etwa verliebt in diesen Franz?«

»Verliebt, verliebt! Bei uns auf dem Land schaut man, ob man zusammenpasst und ob die Familien sich vertragen. Und das tun die Schöringers und die Birnleitners – haut einwandfrei hin. Ja, wir wollen uns an Weihnachten verloben. Und dann vielleicht im nächsten Jahr heiraten.«

Sie stocherte mit der Schuhspitze in einem der Blätterhaufen.

»Ganz schön verrückt, dass du ausgerechnet bei Lochner und seiner Familie gelandet bist. Myra konnte es kaum fassen, als ich es ihr geschrieben habe. Sie wurde ja von ihm noch mehr schikaniert als du, weißt du noch? Ich glaube, sie hasst Lochner bis aufs Blut. ›Der braucht eine tüchtige Abreibung‹, so ihre Worte.«

»Myra und du – ihr schreibt euch?«, fragte Griet verdutzt.

»Immer mal wieder. Alles über Lochner interessiert sie brennend. Regelrecht ausgequetscht hat sie mich! Sie verfolgt alles mit großer Aufmerksamkeit, was in Deutschland vor sich geht. Dass jetzt keiner mehr ein Nazi gewesen sein will, regt sie ganz besonders auf.«

In Griets Hirn ordneten sich gerade einige Puzzleteilchen neu. Myra und Christl schrieben sich! Konnte es Myra gewesen sein, die Lochner bei der Militärregierung gemeldet hatte, sodass sein Fragebogen neu begutachtet worden war?

»Wieso hast du eigentlich keinen Kontakt mehr zu den anderen holländischen Frauen?«, wollte Christl wissen. »Das wollte ich dich schon die ganze Zeit fragen.«

Eine kalte Hand griff nach Griets Herz. Schutz suchend berührte sie das silberne Medaillon, das sie um den Hals trug.

Jetzt kam es auf jedes Wort an.

»Ein Geschenk von Myra«, sagte sie. »Zum Abschied. Inzwischen jedoch haben wir alle wieder ein eigenes Leben. Die Zeiten im Lager sind für immer vorbei …«

Sie hörte selbst, wie ausweichend und vage sie klang.

»Aber ihr habt doch so viel zusammen durchgestanden!«, drängte Christa weiter. »Wenn ich nur an den Streik im Januar 1945 denke – wie sehr habe ich euch damals für euren Mut bewundert! Und dann der lange Marsch im Schneeregen bis zu uns nach Wolfratshausen ...« Sie zögerte. »Willst du denn gar nicht mehr nach Hause zurück, Griet?«, fragte sie dann.

»Mal sehen. Im Moment ist es gut so, wie es ist.« Griet schob die Schultern zurück. »Möchtest du auf Münchens berühmtesten Schwarzmarkt?«, fragte sie dann, um das leidige Thema zu beenden. »Es lohnt sich. Dort gibt es so gut wie alles, was das Herz begehrt. Und weit von hier wäre es auch nicht ...«

»Gerne!« Christls Augen begannen zu leuchten. »Ich bräuchte ohnehin noch eine hübsche Kleinigkeit für Mamas Geburtstag. Aber am Sonntag? Da ist doch sicherlich alles zu. Und was, wenn wir in eine Razzia geraten und verhaftet werden? Bei uns in Wolfratshausen sind ständig Polizeistreifen unterwegs, die alles kontrollieren. Weil ich Beamtin werden will, darf ich mir keinen Gesetzesverstoß leisten.«

»Keine Sorge. Sehr viele Händler dort sind Juden, für die ist samstags Feiertag, und am Sonntag haben sie auf. Und vor der Münchner Polizei brauchst du dich dort nicht zu fürchten. Die lassen die in Ruhe – und uns mit dazu.«

Seite an Seite liefen sie zur Möhlstraße.

Christl bekam den Mund kaum noch zu, als sie sah, was alles aus den hölzernen Kiosken heraus verkauft wurde. Seit dem Sommer hatte sich deren Anzahl weiter vermehrt; einige wirkten mittlerweile richtig stabil, ja, geradezu winterfest.

»Würste, Schinken, Butter, Eier, Schnaps, Kaffee, Zigarren und Zigaretten«, zählte sie auf. »Das reinste Schlaraffenland. Ich glaub, ich werd gleich blind!«

»Dort vorne gibt es Schuhe«, sagte Griet. »Allerdings nur, wenn du 650 Mark dafür hinlegst – oder den entsprechenden Wert in Zigaretten.«

»Dafür muss ich ja fast drei Monate arbeiten«, murmelte Christl. »Aber schau doch nur! Sogar Pelze haben sie hier. Davon hat unsere Mama ihr ganzes Leben geträumt.«

»Gegen entsprechende Lebensmittel wäre sicherlich auch das zu machen«, sagte Griet. »Sprich doch mal mit deinem Franz – vielleicht rückt er ja genügend heraus.«

»Man muss ja nicht gleich nach den Sternen greifen.« Da war sie wieder, die vernünftige Christl. »Ein ganzer Mantel – ich weiß nicht. Aber so ein schöner, weicher Muff ...«

»Feinstes Biberfell, junge Dame«, säuselte der Mann im Kiosk, der seine Chance zu wittern schien. »Allerbeste Qualität!«

»Wie viel soll er denn kosten?«, fragte Christl. »Weil neu ist der fei nicht mehr!« Sie deutete auf eine dünnere Stelle.

»Aber im Prinzip gut erhalten. Das bisschen da tragen Sie einfach zum Körper hin, dann sieht das kein Mensch. Und weil Sie so hübsch sind, mache ich Ihnen einen Spezialpreis: 400 Mark oder zwanzig Chesterfields!«

»So viel Geld hab ich leider nicht. Ich hab nur drei Amizigaretten.« Christls Stimme klang traurig. »Geschenkt bekommen und seit Wochen aufgespart.«

»Irgendetwas anderes? Vielleicht ein Schmuckstück, das Sie nicht mehr tragen wollen?«

»Bedaure, nein. Ich habe nur mein silbernes Kommunionkreuzl, und das würde ich niemals hergeben.«

»Ich fürchte, dann wird es wohl eher nichts mit diesem schönen Muff, junge Dame. Es sei denn ...«

»Weiter, Christl!« Griet zerrte sie entschlossen weg. »Was jetzt kommt, müssen wir uns gar nicht anhören.«

»Meinst du, er wollte mir an die Wäsche?« Entrüstet war Christl mitten auf dem Gehweg stehen geblieben.

»Was weiß ich, was er wollte, und es interessiert mich auch gar nicht«, sagte Griet. »Zum Teil sind die Frauen selbst daran schuld. Für Nylons und Konsorten sind manche ja zu allem bereit.«

»Wenn ich den Damen vielleicht behilflich sein dürfte?«

Die bekannte Stimme ließ Griet innehalten – Louis!

Wie in Zeitlupe drehte sie sich nach ihm um.

Er trug einen Anzug aus hellem Flanell, mit dem er aus dem Pulk der sonst noch anwesenden Männer deutlich heraustach, dazu zweifarbige Schuhe, in Creme und Braun, blitzblank gewienert. Zum ersten Mal sah sie ihn mit Hut. Der cognacfarbene Borsalino mit schmaler Krempe ließ das Blau seiner Augen noch kräftiger leuchten. Wie elegant er war – ein anmutiger Distelfink in einem Heer unscheinbarer Spatzen!

»Wo hast du denn deinen Schlitten gelassen?«, fragte sie rasch, um Zeit zu gewinnen. »Du gehst doch sonst keinen Meter zu Fuß.«

»Konfisziert.« Maliziös hob er die Brauen. »Leider. Hast du das nicht gelesen? Die Amis haben sich alle Wagen der oberen und höchsten Klasse geschnappt. Angeblich zu militärischer Verwendung und weil der Brennstoff so knapp sein soll. Dass ich nicht lache! Du kannst ja mal bei deinem Captain nachfragen, wie es sich so im BMW durch das bayerische Oberland fährt. Nein, besser noch, du lässt dich gleich von ihm kutschieren. Dann ist diese dreiste Beschlagnahmung wenigstens zu irgendwas nutze.«

Er wandte sich an Christl und lüftete seinen Hut.

»Louis Moreau«, sagte er mit seinem entwaffnenden Lächeln. »Und mit wem habe ich das Vergnügen?«

»Christine Birnleitner«, erwiderte sie verlegen.

»*Enchanté.*« Sein Lächeln vertiefte sich. »Sie hatten gewisse Probleme mit diesem *Monsieur*?«

Sein Kinn wies in Richtung Pelzkiosk.

»Probleme? Nein. Ich kann mir nur seine Preise nicht leisten.«

»Wie viel wollte er denn wofür?«

»Vierhundert Mark beziehungsweise zwanzig Zigaretten für einen alten Muff«, sprudelte Christl hervor. »Amerikanische natürlich. Eindeutig zu viel für eine kleine Landpostbotin wie mich.«

»In diesem Punkt bin ich ganz und gar Ihrer Meinung. Wenn ich mich der Angelegenheit kurz annehmen dürfte …«

Louis ging ein paar Schritte zurück und begann mit dem Mann im Kiosk zu verhandeln. Kurz darauf kehrte er mit dem Muff in der Hand wieder zu Griet und Christl zurück.

»*Voilà, Mademoiselle*«, sagte er charmant lächelnd und reichte ihn ihr. »Für Sie.«

»Was haben Sie denn dafür bezahlen müssen?«, fragte Christl.

»Nicht der Rede wert.«

»Ich kann es trotzdem nicht annehmen …« Sehnsüchtig streichelte sie über den weichen Pelz.

»Sie müssen sogar. Oder wollen Sie mich etwa kränken?«

»Niemals!« Christl starrte ihn hingerissen an. »Sie können ja richtig zaubern!«

»Vielleicht ein ganz klein bisschen …« Louis tippte an seinen Hut und deutete eine Verneigung an. »Behalten Sie mich in guter Erinnerung, *Mademoiselle* Birnleitner«, sagte er und schaffte es, diesen bayerischen Namen beinahe elegant klingen zu lassen. »Das würde ich mir übrigens auch von dir wünschen, Griet, jetzt, wo es so kalt geworden ist.«

Er drehte sich um, ging in der anderen Richtung weiter.

»Wer war das denn?«, fragte Christl, noch immer selig lächelnd. »So einer ist mir ja noch nie zuvor begegnet!«

»Mir auch nicht«, sagte Griet.

Nein, Louis war kein Distelfink. Wie er soeben vor ihnen das Rad geschlagen hatte!

Ein Pfau bist du, Louis Moreau, dachte sie, und ein skrupelloser Schieber. Du machst nichts umsonst, weder in der Liebe noch im Geschäft. Jeden investierten Pfennig wirst du dir auf andere Weise wieder zurückholen.

Warum hatte dann ihr Herz bei seinem Anblick noch immer schneller geschlagen?

Sie hängte sich bei Christl ein.

»Lass uns gehen«, sagte sie. »Ich bring dich zur Tram. Dann bekommst du den nächsten Zug nach Hause.«

*

Schon der Spätherbst war so kühl gewesen, dass Toni auf dem Fahrrad gefröstelt hatte. Als jedoch im Dezember strenger Frost einsetzte und die Fahrbahnen spiegelblank wurden, musste sie schweren Herzens ganz auf das geliebte Fortbewegungsmittel verzichten. Jetzt wurden alle Wege mühsamer; allein die Beschaffung der Lebensmittel kostete viel Kraft.

Tante Anni stellte sich beim Kramer jedes Mal ausgesprochen ungeschickt an, Tante Vev fiel wegen ihres hohen Alters aus, und bei Bibi achteten sie alle nach wie vor ängstlich auf die Gesundheit. Die Münchner Schulen waren wegen Kohlenmangels ohnehin geschlossen; acht Grad in den Klassenräumen war bei zusätzlichem Wegfall der Schulspeisung einfach unzumutbar. Max räumte noch immer unentwegt Schutt, und so blieb fast alles an Toni und ihrer Mutter hängen. Zudem machten erhebliche Stromsperrzeiten allen das Leben schwer. In der nördlichen Stadthälfte, zu der auch sie gehörten, fiel er zwei Tage pro Woche für jeweils acht volle Stunden vollkommen aus.

Hätten sie nicht den alten Herd in der Küche gehabt, wären an diesen Tagen nur kalte Mahlzeiten möglich gewesen, doch auch das Brennmaterial dafür wurde immer knapper. Die Holzvorräte aus dem Wald waren fast restlos aufgebraucht, und Nachschub war nicht in Sicht.

Ähnliches galt für die Kohlenöfen in den einzelnen Zimmern. Zum Schlafen konnte man sich notfalls unter Decken einmummeln und so durch die Nacht kommen, doch was sollte man tagsüber machen?

Rosa trug mittlerweile ihren Mantel, wenn sie an der

Nähmaschine arbeitete, Vev drei Strickjacken übereinander, unter denen sie trotzdem fror, und auch in Griets Zimmer rankten sich Eisblumen über die Fensterscheibe.

Als Toni gerade verfroren vom kühlen Verlag, wo die Gasheizung ebenfalls stark gedrosselt werden musste, in die noch kältere Wohnung zurückgekehrt war, läutete es plötzlich.

»Griet ist noch im Kasino«, sagte sie, als sie unvermutet Dan Walker gegenüberstand.

»Ich weiß.« Er lächelte. »Genau deshalb bin ich ja hier. Dein Bruder ist nicht zufällig da?«

»Er ist auch noch bei der Arbeit. Wieso fragst du?«

»Dann eben nur wir beide. Lust, mich auf einen kleinen Ausflug zu begleiten, Toni?«

»Jetzt? Draußen ist es eiskalt!«

»Don't worry. Come on, let's go.«

Sie schlüpfte wieder in ihren grauen Deckenmantel, griff nach Mütze und Handschuhen und folgte ihm.

Heute fuhr er keinen Jeep, sondern einen Kleinlaster, doch auch in dem war es kaum wärmer als draußen. Dan hatte eine ganz rote Nase bekommen.

Sie nahmen die Prinzregentenstraße stadtauswärts. Rechter Hand lag der flache Bau einer Sportanlage, vor der sich eine Menschenschlange gebildet hatte.

»Das Prinzregentenstadion hat ja wieder auf«, sagte Toni erstaunt. »Vor dem Krieg war ich öfters mit Papa im *Prinze*, so nennen es wir Münchner liebevoll. Jetzt ist der Eintritt doch sicherlich nur US-Angehörigen gestattet, oder?«

»Keineswegs«, erwiderte Dan. »Alle dürfen rein. Ab Januar sollen dort sogar wieder große Eisrevuen laufen. Magst du Eislaufen?«

»Ich liebe es! Aber inzwischen hab ich bestimmt alles verlernt. Und richtige Schlittschuhe hatte ich auch noch nie. Nur diese ollen Kufen zum Anschrauben.« Sie blinzelte nach draußen. »Wo fahren wir eigentlich hin?«

»Zum Ostbahnhof. Zu den großen Lagerhallen.«

Sie kamen am Prinzregentenplatz vorbei, wo sich im zweiten Stock Hitlers einstige Wohnung befand. Natürlich war sie längst vom amerikanischen Militär beschlagnahmt worden, doch angeblich gab es noch immer genügend seiner einstigen Anhänger, die heimlich dorthin pilgerten.

Weiter ging es in die Grillparzerstraße, deren prächtige Wohnhäuser viele Bombenschäden aufwiesen.

»Ganz München ist ein einziger Schrotthaufen«, sagte Toni bedrückt. »Ob es jemals wieder so schön sein wird wie früher?«

»Sie sind doch schon emsig am Räumen«, erwiderte Dan. »Hätten wir mehr so fleißige Arbeiter wie deinen Bruder, würde es sicherlich noch schneller gehen.«

»Max kann es kaum erwarten, sich bei der Polizei zu bewerben«, sagte Toni.

»Ich weiß. Griet hat mir davon erzählt.«

»Meinst du, sie nehmen ihn, obwohl er aus Frankreich getürmt ist?«

»Ich denke, er hat ganz gute Chancen«, erwiderte Dan. »Dein Bruder hat einen großen Fehler gemacht, aber er will ein neues Leben beginnen. Das muss Max bei seiner Bewerbung eben so überzeugend vermitteln, dass man ihm glaubt.«

Er setzte den Blinker und fuhr rechts ran.

»Wir sind übrigens da.«

Sie stiegen aus und betraten gemeinsam die große Halle. Im hinteren Teil sah Toni einige Männer mit Schaufeln. Staub flirrte in der Luft, dunkler Staub, der sich auf ihrem Handrücken absetzte.

»Kohle«, sagte sie erstaunt. »Das ist ja …«

»Braunkohle«, sagte Dan. »Eine Lieferung aus Ostdeutschland. Brennt bei Weitem nicht so lange wie die schwarze und rußt, aber warm macht sie trotzdem. Ich kann doch nicht zulassen, dass meine Freundin erfriert – ebenso wenig wie die Familie, die sie beherbergt.«

Er winkte einen der Männer heran.

»Alles vorbereitet, Mr. Schmidt?«, fragte er.

»Natürlich, Captain. Dreißig Säcke à zwanzig Kilo.« Er zwinkerte. »War gar nicht so leicht, die aufzutreiben. Aber für Sie – immer!«

»Ich danke Ihnen. Dann bitte jetzt einladen.«

Schmidt und ein weiterer Arbeiter langten beherzt zu. Im Nu waren die Säcke im Laster verstaut.

Dan kritzelte seine Unterschrift auf einen Lieferschein, dann stiegen sie wieder ein.

»Jetzt muss die Kohle nur noch in euren Keller«, sagte er, nachdem sie losgefahren waren. »Heute kann ich dabei helfen. Doch später müsst ihr sie notfalls allein nach oben in die Wohnung bekommen. Das schafft ihr Frauen doch zu zweit, oder? Ich meine, ohne Männer.«

»Und ob wir das schaffen! Den ganzen Krieg über hatten wir ja auch keine Männer«, erwiderte Toni. »Was meinst du, wie stark wir Frauen seitdem geworden sind!«

Beide lachten.

»Ich kann es noch gar nicht richtig fassen. Das können wir doch niemals wiedergutmachen«, fuhr sie fort.

Am liebsten hätte sie ihn umarmt und ...

Beides lässt du besser bleiben, dachte Toni. Dan ist Griets Freund – also Finger weg!

»Schon gut. Ihr sollt nicht krank werden, keiner von euch.« Er schien zu überlegen. »Nächsten Freitag veranstaltet das Offizierskasino einen Weihnachtsabend: gutes Essen, Musik, eine grandiose Tombola – und es wird garantiert warm. Ich würde dich gern dazu einladen, Toni. Dich und deinen Bruder.«

»Sehr gern.« Sie stutzte. »Und Louis ist nicht mit eingeladen?«

»*Correct*«, erwiderte Dan.

Toni wurde flau im Magen, weil er sich so vehement angehört hatte. Bewahrheitete sich nun, was sie schon länger insgeheim befürchtete? Hatte Louis seine Schwarzmarktgeschäfte zu weit getrieben? Ein paarmal schon hatte sie versucht, ihn darauf anzusprechen, doch jedes Mal, wenn sie das Thema darauf bringen wollte, wich er ihr geschickt aus.

»Wir sind zusammen, wie du weißt ...«

»Wir haben ein Auge auf Louis. Mehr kann ich dir zum jetzigen Zeitpunkt nicht sagen. Werdet ihr trotzdem kommen, Max und du?«

»Werden wir«, sagte Toni nach einer Weile.

*

Sie trug schon ihr rotes Samtkleid, als Max mit einer neuen Fuhre Kohlen aus dem Keller kam, die er in den Kasten schichtete.

»Jetzt beeil dich aber – du hast ja ganz schwarze Finger«, sagte sie.

»Gleich behoben!« Er lief ins Bad, schrubbte seine Hände, kam wieder zurück in die Küche und wedelte damit vor Toni herum. »Noch sauberer geht es nicht, oder?«

»Und dein Hemd hat auch schon bessere Zeiten gesehen ...«

»Na, so schön wie du werde ich nun mal nicht – egal, in welcher Aufmachung.« Er lachte.

Max schlüpfte in Onkel Ludwigs dunklen Anzug, den Rosa für ihn umgeändert hatte, und mühte sich vergeblich mit einer seiner dezent gemusterten Seidenkrawatte ab.

»Lass mich mal ran.« Tante Veves geschickte Finger hatten den Knoten im Nu gebunden. »Ja, so kannst du gehen, Bub. Und du auch, Toni. Ihr seid ein wahrer Augenschmaus!«

»Spitze!« Er gab ihr einen Schmatz auf die Backe. »Wir werden euch alle Ehre machen, versprochen!«

»Ich will auch mit!«, maulte Bibi.

»In ein paar Jahren vielleicht, Schwesterchen«, vertröstete sie Max. »Heute sind erst einmal wir dran. Jetzt müssen wir aber los, Toni. Sonst kommen wir wirklich zu spät!«

Seite an Seite liefen sie durch die klare Winternacht.

Der Schnee knirschte unter ihren Füßen, und es war so kalt, dass ihr Atem in hellen Wölkchen vor ihnen stand.

»Warum ist dein Louis eigentlich nicht dabei?«, fragte Max nach einer Weile.

»Frag besser nicht«, erwiderte Toni. »Sonst ist mir der Abend schon jetzt verdorben.«

Vor zwei Tagen hatte es einen bösen Streit zwischen ihnen beiden gegeben. Louis hatte zuerst verletzt, schließlich höhnisch auf Dans Ausladung reagiert.

»Dann halt dich doch an deinen blöden Ami!«, hatte er gebrüllt. »Wer hat euch denn die Nähmaschine ins Haus gebracht? Und das einzig vernünftige Kleid, das du besitzt – er oder ich?«

Es tat Toni weh, dass sie ohne Versöhnung auseinandergegangen waren. Aber so leicht würde sie es Louis nicht machen. Sie wollte endlich wissen, womit er sein Geld verdiente. Und was daran der US-Militärbehörde nicht gefiel.

»Lass uns versuchen, heute Abend heiter zu sein«, bat sie ihren Bruder, als sie die gelbe Villa erreichten.

»Von mir aus gern«, erwiderte Max, während sie ihre Mäntel an der Garderobe ablegten. »Ich war schon mindestens hundert Jahre nicht mehr auf einem Fest!«

Es gab Gänsebraten, Blaukraut und Knödel, und zum Nachtisch wurde warmer Apfelkuchen serviert – Genüsse, an die sich die Geschwister kaum noch erinnern konnten. Danach trugen vier Beiköche eine Art Sänfte in den Festsaal, auf dem ein großes Lebkuchenhaus thronte. Der Mann am Klavier unterbrach seine Weihnachtslieder und stimmte eine Art Trommelwirbel an.

Griet, die ihre Schürze abgelegt hatte und in einem neuen blau gemusterten Kleid zu ihnen an den Tisch gekommen war, zwinkerte Toni zu. Max konnte seine Augen kaum von ihr lassen, das war nicht zu übersehen.

Dem Lebkuchenhaus entstieg ein kleiner Junge in blütenweißer Kochuniform, der eine hohe weiße Kochmütze trug.

»*I wish you a merry Christmas and a Happy New Year*«, sagte er in stark bayerisch gefärbtem Englisch. »*My name is Helmar Tombergs, and the cook is my father!*«

Begeisterter Applaus.

Der kleine Helmar war es auch, der später auf einem Wägelchen die Lostrommel zu den Tischen brachte.

»*Much luck, ladies and gentlemen*«, sagte er freundlich. »Den Teddy will aber ich gewinnen!«

Blindlings wollte Toni hineingreifen, Dan hielt sie jedoch zurück.

»Ich empfehle Blau«, sagte er. »Meine Lieblingsfarbe.«

»Dann meinetwegen eben Blau«, sagte Toni. »Ich ziehe ohnehin immer nur die Nieten.«

Sie stutzte, nachdem sie ihr Los aufgefaltet hatte.

»Ein Paar brandneue Schlittschuhstiefel!«, rief sie überwältigt in die Runde und fiel Dan um den Hals. Endlich hatte sie ja eine Ausrede dafür. »Jetzt kann das neue Jahr kommen!«

VIERZEHN

München, Winter/Frühling 1947

Bald fühlte Toni sich im Prinze wieder ganz sicher auf dem Eis. Die neuen Schlittschuhe mit den weißen Lederstiefelchen schenkten ihr einen viel sichereren Halt als die alten wackligen Anschnall-Kufen, die sie früher manchmal sogar während des Fahrens verloren hatte. Und halbwegs warm wurde es auch, wenn sie sich genügend bewegte – obwohl der Winter München noch immer mit zweistelligen Minusgraden in seiner eisigen Zwinge hielt. Mittlerweile trug Toni drei Pullover übereinander, und darüber noch die Jacke, die ihre Mutter aus einem alten, schwarz gefärbten Wehrmachtsmantel genäht und mit Vliesstoff dick unterlegt hatte. Mit Onkel Ludwigs alter Skihose war zwar kein großer Staat mehr zu machen, auch wenn sie für sie abgeändert war, doch das alles war noch immer besser, als in Rock und Wollstrümpfen auf dem Eis zu bibbern.

Aber natürlich war es kein Vergleich zu Griets leuchtend blauem Anorak nebst passender Hose, die Dan zusammen mit ihr im amerikanischen Supermarkt PX ausgesucht hatte! Eine Augenweide war sie, das merkte Toni an den Blicken, die die männlichen Eisläufer ihr zuwarfen, und dass Griet inzwischen sogar die Anfänge des Dipferltanzes gelernt hatte, förderte deren Bewunderung noch.

Es gab dafür aber auch keinen besseren Lehrer als Max, der das Mittelglied ihrer Dreierreihe bildete und Griet und Toni geduldig wieder und wieder die Schrittfolge erklärte, bis sie sie schließlich mit verschränkten Armen nicht nur korrekt am Platz ausführen, sondern sich gemeinsam auch im Uhrzeigersinn drehen konnten. Die passende Musik dazu lieferte an diesem Sonntagnachmittag ein amerikanischer Sänger mit Songs wie »Good Rocking Tonight«, die aus den Lautsprechern des Stadions plärrten und manche der älteren Läufer zu Protesten veranlasste, die lieber wie gewohnt zu Schlagern wie »Amore, Amore, Amore« von Johannes Heesters ihre Runden gedreht hätten.

Doch der Herrscher über diese Anlage, der auch rüpelnde jugendliche Eisläufer von seinem erhobenen Posten aus sofort maßregelte – »Noch amoi, Burschi, und i pflück di eigenhändig vom Eis!« – blieb eisern bei seinen Vorlieben und machte damit Toni, Griet und Max die größte Freude.

Während einer kurzen Pause am Kiosk, der zum Aufwärmen eine Art Jägertee in abgeschlagenen Bechern verkaufte, bei dem man den Alkohol allerdings vergeblich suchte, musterte Toni liebevoll ihren Bruder.

Wie sehr Max sich verändert hatte!

Aus dem bedrückten Kriegsheimkehrer war ein selbstbewusster junger Mann geworden. Das monatelange Schutträumen hatte ihm zwar schwielige Hände, dafür aber auch jede Menge neuer Muskeln beschert. Die sportlichen Anforderungen für den Eintritt in den Polizeidienst an Kasten und Reck hatte er mit links geschafft; beim Laufen war er sogar unter den Schnellsten gewesen. Und seitdem Max die Schule für Polizeianwärter in der Bogenhausener Prinz-Eugen-Kaserne besuchte, waren auch seine gebückte Haltung und der schlurfende Gang wieder verschwunden.

»Die Jungs dort sind wirklich ein bunt zusammengewürfelter Haufen«, erzählte er, während er sich die Hände an seinem Becher wärmte. »Soldaten, frühere Polizeibeamte, Schüler, Heimatlose, Vertriebene, alles vorhanden. Schießen können die meisten, da wir fast alle Wehrmachtserfahrung haben. Manche allerdings haben offenbar bewusst falsche Angaben zu ihrem Vorleben gemacht und sind prompt damit aufgeflogen. Inzwischen zählen wir nur noch knapp dreißig Männer – nicht mehr fünfzig wie anfangs.«

»Macht es dir Spaß?«, fragte Griet, die schon seit einigen Tagen irgendwie bedrückt wirkte.

»Und ob!« Er strahlte. »Endlich wieder zu wissen, wofür man etwas tut …«

»Fällt mir gar nicht so leicht, mir dich als Polizist vorzustellen, Max«, fuhr sie nachdenklich fort. »Denn meine persönlichen Erfahrungen mit der deutschen Polizei sind ja leider schwer belastet …«

»Unvorstellbar, was sie den Menschen angetan haben! Aber die Zeiten der Gestapo sind endgültig vorbei. Wir Neuen werden dazu ausgebildet, die Bürger zu schützen und Verbrechen aufzudecken, nicht um im Namen der Partei selbst welche zu begehen. Dazu müssen wir allerdings jede Menge lernen, und das in einer eiskalten Kaserne, denn die Dampfheizung macht dort regelmäßig schlapp. Unsere Ausbilder behaupten, so etwas härte ab. Vermutlich haben sie damit sogar recht.« Max stöhnte. »Aber wie bitte soll man sich dabei auch noch über Stunden konzentrieren? Manchmal schwirrt mir regelrecht der Kopf vor lauter Strafrecht, Strafprozessrecht, Polizeirecht, Gewerberecht – und wie all diese schier unendlichen Rechtszweige heißen! Dann sehne ich mich zurück an meinen Braukessel, der schon zufrieden war, wenn ich ihn mit den richtigen Zutaten gefüttert habe – und so schön warm.«

»Du bereust deine Entscheidung doch nicht etwa?«, fragte Toni.

»Aber nein! Ich kann es nur kaum erwarten, endlich auf die Straße zu kommen – und das darfst du ruhig wörtlich nehmen, denn bis ich meinen Führerschein in der Tasche habe, werde ich zu Fuß unterwegs sein. Aber dann jage ich sie, diese Schieber und Wucherer, die den Hungernden das Geld aus der Tasche ziehen, darauf kannst dich verlassen! Und auch denen, die Lebensmittelkarten fälschen, um sich daran zu bereichern, werde ich das Handwerk legen.« Er zog seine Mütze tiefer ins Gesicht und schaute auf einmal ganz grimmig drein.

»Lasst uns wieder eislaufen«, sagte Toni rasch. »Sonst werden aus uns noch Frostbeulen!«

Als sie gemeinsam auf die Eisbahn zurückkehrten, spürte Toni Griets nachdenklichen Blick auf sich. Ob sie bei Max' Worten auch gerade an Louis gedacht hatte, genau wie Toni?

Toni hatte Griet von ihren Sorgen mit ihm erzählt – nicht sehr viel allerdings, denn Griets Reaktion war merkwürdig verhalten ausgefallen. Louis schien ihr nicht ganz geheuer zu sein, was Toni verstehen konnte, denn ihr selbst gab er ja auch ständig neue Rätsel auf. So hatte er dem Heubner Verlag erst kürzlich aus der Bredouille geholfen, als plötzlich in der ganzen Stadt das Papier ausgegangen war. Die Münchner Tageszeitungen konnten eine ganze Weile lang nur noch zweimal pro Woche erscheinen, so knapp war der begehrte Rohstoff geworden, und auch der Druck von Egon Blaus zweitem Gedichtband *Überleben? Nur mit Humor!*, den sie so dringend für den Umsatz brauchten, hatte auf der Kippe gestanden. Doch Louis hatte innerhalb weniger Tage die dafür notwendigen Tranchen besorgt – wie und wo, das blieb allerdings sein Geheimnis.

Wie das meiste aus seinem Leben.

Böse war Toni ihm schon lange nicht mehr. Wie sollte sie seinem Schmeicheln und Kosen auch auf Dauer widerstehen? Louis wusste genau, wie er sie rumbekommen konnte, mit Blicken, Worten, seinem weichen Haar, das sich so gut anfühlte, und seinen kundigen Händen, die für ein paar lustvolle Stunden all ihre Zweifel zu zerstreuen wussten. Diese Momente zwischen ihnen waren einzigartig, ganz und gar wunderbar, ohne Raum für Auseinandersetzungen oder gar Streit. Doch kaum hatte sie sein Bett wieder verlassen, kehrten die Zweifel zurück, verbunden mit einem seltsamen Gefühl der Fremdheit, das nicht kleiner wurde, je näher sie sich körperlich kamen – ganz im Gegenteil.

Bis heute hatte Louis sie im Unklaren darüber gelassen, woher seine guten Anzüge, das Essen jenseits aller Lebensmittelmarken und der nachtblaue Vorkriegsmercedes stammten, den er neuerdings wieder fuhr.

»Was soll ich dazu sagen, Toní?«, hatte er mit seinem allercharmantesten Lächeln erwidert, als sie ihn zum wiederholten Mal darauf ansprach. »Die Dinge sind momentan einfach im Fluss. Das trifft es vielleicht am ehesten. Wenn du heutzutage etwas erreichen willst, musst du hellwach sein, blitzschnell zuschlagen und danach wieder in Deckung gehen – bis zur nächsten Gelegenheit. Was ist heute schon noch legal? Wenn man darauf wartet, verrottet man doch bei lebendigem Leib! Ich könnte mir wahrhaft ein bequemeres Leben vorstellen, das darfst du mir glauben, aber so ist es nun mal …«

Zu viel gegrübelt.

Zurück auf dem Eis, fand Toni nicht mehr in den Rhythmus zurück, der sie zuvor so mühelos getragen hatte. Außerdem dudelte jetzt doch ein Bully-Buhlan-Schmachtfetzen nach dem anderen aus dem Lautsprecher, die ihr nicht so richtig in die Beine fahren wollten.

Die beiden anderen schienen ähnlich zu empfinden.

»Ich geh noch zu Gerhard rüber, ein wenig lernen«, erklärte Max nach einer Weile. »Sein Vater ist Förster, der kommt immer an Holz, was bedeutet, dass die Bude warm ist. Servus, die Damen – ich hoffe, wir tanzen ganz bald wieder zusammen!«

»Auf mich wartet das Kasino«, sagte Griet, als sie die Schlittschuhe wieder auszogen. »Abendschicht. Und morgen früh dann …«

Ihre Schultern sanken nach unten.

Natürlich – der Prozess in Dachau gegen Sturmbandführer Stirnweiß!

Toni hatte den Termin ganz vergessen. Dabei war nicht

nur Griet als Zeugin geladen, auch Benno musste vor dem amerikanischen Militärgericht eine Aussage machen. Seine Erleichterung, beim Termin vor der Spruchkammer neulich erneut als »Mitläufer« davongekommen zu sein, hatte angesichts dieser Nachricht einen jähen Einbruch erlitten.

Auch seine Mutter war vollkommen außer sich gewesen.

»Was wollen sie meinem armen Buben denn noch alles anhängen?«, hatte Anni gejammert.

»Um Benno geht es doch gar nicht bei dem Verfahren«, hatte Vev wütend geantwortet. »Sondern um diesen Stirnweiß, der als Kommandant das Giesinger Außenlager geleitet hat. Außerdem schadet es deinem ›Buben‹ nicht, wenn er mit eigenen Ohren zu hören bekommt, welche Gräueltaten in den KZs vorgefallen sind. Vielleicht erwacht er dann endlich aus seiner braunen Blase. Höchste Zeit dafür wäre es ja …«

Toni und Griet verließen das Prinze und machten sich auf den Heimweg. »Ich habe Angst, dass danach alles wieder von vorn anfängt«, sagte Griet nach einer Weile. In der Wintersonne glänzte der Friedensengel, auf den sie zuliefen, besonders golden. »Die Albträume, die nächtlichen Schweißausbrüche, all die Erinnerungen, die ich am liebsten für immer im tiefsten Schrank meiner Seele weggesperrt hätte. Aber Dan sagt, ich muss mich ihnen stellen. Und dass Leute wie Stirnweiß ihre Strafe brauchen.«

»Und er hat so recht damit, Griet«, sagte Toni.

»Damit werden die Toten aber doch auch nicht wieder lebendig. Und was man uns Lebenden angetan hat, bleibt trotzdem als Narbe zurück.«

»Vielleicht kannst du leichter damit abschließen, wenn dieser Stirnweiß hinter Schloss und Riegel kommt.« Toni zögerte. »Hat er euch denn geschlagen? Oder auf andere Weise gequält?«

»Uns Frauen im Agfa-Lager nicht«, sagte Griet. »Zumindest nicht körperlich. Er hat uns sogar einen Weihnachtsbaum spendiert. Unter dem konnten wir dann unsere Wassersuppe löffeln – äußerst stimmungsvoll, wie du dir sicherlich vorstellen kannst!« Ihr kurzes Lachen klang bitter. »Aber zuvor in Dachau muss es einige sehr hässliche Vorfälle gegeben haben. Dafür muss er wohl nun geradestehen.«

Sie begann an ihrer Mütze zu zupfen.

»Ich wünschte, es wäre schon vorbei. Manchmal wünschte ich sogar, alles wäre vorbei!«

Erschrocken war Toni stehen geblieben.

»So etwas darfst du doch nicht sagen, Griet! Du bist jung und schön, und du hast Dan, der dich von Herzen liebt ...«

Griets kleines Lächeln war traurig.

»Das tut er, doch die Welten, aus denen wir kommen, sind so verschieden, Toni. Meine ist schwarz und leer, gespickt mit alten Monstern, seine hell, voll Wärme und Geborgenheit. Manchmal fürchte ich, die fragile Brücke dazwischen könnte eines Tages einstürzen ...«

Toni sah ihr nach, wie sie die Straßenseite wechselte und vorbei an der Stuckvilla in Richtung Maria-Theresia-Straße lief, eine schmale Frau in leuchtendem Blau, die so viel Traurigkeit mit sich herumtrug.

*

»Du musst keine Angst mehr haben, *honey. It's over – and you did it.*«

Dans warme Stimme holte Griet in die Wirklichkeit zurück. Ihre Beine zitterten noch immer, doch sie wusste plötzlich wieder, wo sie war: im ehemaligen KZ Dachau, wo sie im früheren Wirtschaftsgebäude, in dem der Gerichtshof temporär untergebracht war, gerade vom Vorsitzenden Richter Colonel Frank Silliman über Kurt Konrad Stirnweiß befragt worden war.

Der Prozess wurde auf Englisch geführt; doch Dolmetscher übersetzten simultan. Sogar einen Niederländer hielt man für alle Fälle in Reserve, aber Griet sprach inzwischen so gut Deutsch, dass sie freiwillig darauf verzichtet hatte.

»Name und Angaben zur Person«, so schallte es noch immer in ihren Ohren.

Name?

Den durfte sie ja nicht verraten. Die Frau, die so geheißen hatte, war seit Jahren tot.

Beinahe wäre ihr als Nächstes *Bientje* entschlüpft, das hielt sie auch gerade noch zurück.

Ich. Bin. Griet. Van. Mook. Ich. Werde. Leben.

Ihr alter Kampfspruch half ihr schließlich, die richtige Antwort zu geben.

»Griet van Mook, geboren am 22.6.1921 in Haarlem, Niederlande ...«

»Willst du gleich nach Hause?«, fragte Dan. »Ich hätte da nämlich noch eine Überraschung für dich ...«

»Lass mich noch einen Augenblick sitzen bleiben. Und für heute bitte keine Überraschungen mehr!«

Vom langen Ende des Flurs her näherten sich zwei Frauengestalten, die ihr seltsam bekannt vorkamen.

Griet kniff die Augen zusammen. Litt sie in ihrem atemlosen Tanz zwischen gestern und heute bereits an Halluzinationen?

Nein, sie hatte sich nicht getäuscht! Das waren doch ...

»Myra«, rief sie. »Und Tante Han – ihr seid da!«

Myra umarmte sie und begann zu strahlen, als sie ihr silbernes Medaillon an Griets Hals erblickte.

»Wie geht es dir?«, wollte sie wissen. »Das Kochen scheint dir zu bekommen. Ganz frisch und gesund hat es dich gemacht!«

»Ja, ich bin ein echtes Glückskind«, sagte Griet und hoffte so sehr, sie könnte selbst daran glauben. »Und du? Was machen die Zwillinge? Und dein Mann?«

»Alle wohlauf«, sagte Myra. Dann dämpfte sie ihre Stimme. »Und? Stecken schon die richtigen Fotos im Medaillon?«

»Kommt noch«, flüsterte Griet zurück. »Ich musste erst das hier hinter mich bringen.«

Myra nickte.

»Kann ich verstehen. Ich muss als Nächste vor das Gericht. War es schlimm?«

»Nein«, sagte Griet. »Und ja. Sie gehen pfleglich mit dir um – aber alles kommt noch einmal in dir hoch ...«

»Trotzdem, wir müssen da durch.« Myra wandte sich an Dan. »Verzeihen Sie bitte, Captain Walker, vor lauter Lampenfieber hab ich ganz vergessen, Sie zu begrüßen! Hallo – *and thank you again for everything!*«

»*You are welcome*, Mrs. Kraan«, erwiderte Dan freundlich. »*How are you?* Und Sie, Mrs. Dykstra, hatten Sie eine gute Reise?«

Das war an Tante Han gerichtet.

»Hatte ich«, erwiderte sie. »Nur sehr lang war sie, und im Zug haben wir lausig gefroren. Hat mich sofort wieder an unsere Giesinger Unterkunft ohne Fensterglas erinnert. Damals, als die Bettdecken blankes Eis waren und wir noch alle fest zusammengehalten haben.«

Unverwandt starrte sie dabei zu Griet, die sich unter diesen strengen grauen Augen bald unbehaglich zu fühlen begann.

Hatte Tante Han noch eine alte Rechnung mit ihr offen? Hatte sie sie aus Versehen beleidigt oder gekränkt?

Doch sosehr Griet auch ihre Erinnerungen bemühte, ihr wollte nichts dazu einfallen.

Dann wurde Myra in den Gerichtssaal gerufen.

»Leni ist nicht gekommen?«, fragte Tante Han, als sie nur noch zu dritt auf dem Flur standen.

»Von Frau Pawlaka gibt es, so weit ich informiert bin, eine ausführliche schriftliche Aussage«, erwiderte Dan. »Mit einem Kleinkind wäre eine Anreise bei diesen arktischen Temperaturen kaum zumutbar gewesen.«

»Leni und ihr Töchterchen Greta leben in einem kleinen Dorf beim Kloster St. Ottilien«, erklärte Griet. »Eine alte Frau hat sie bei sich aufgenommen ...«

»Greta?«, unterbrach sie Tante Han. »Leni hat ihre Kleine nach dir benannt?«

»Das wollte sie unbedingt«, sagte Griet, deren mulmiges Gefühl immer stärker wurde. »Ich hab dagegen protestiert, doch sie hat sich durchgesetzt.«

»Könnte ich Griet für einen Moment allein sprechen, Captain?«, fuhr Tante Han fort. »Ich würde sie gern etwas fragen.«

Was machte Tante Han so grimmig? Sie redete ja beinahe mit ihr, als sei sie die Angeklagte!

Geh nicht!, wollte Griet schon rufen, da hatte Dan bereits genickt und machte Anstalten, sich ein gutes Stück von ihnen zu entfernen.

Was würde als Nächstes kommen? Gewiss nichts Gutes, das konnte sie spüren.

»Warum hast du uns eigentlich die ganze Zeit angelogen? Waren wir dir so wenig wert?«, polterte Tante Han jetzt los. »Wir haben zusammen gesungen und gebetet, wir haben gestreikt, um zu überleben, wir haben das letzte Essen miteinander geteilt – und du hast uns bis zum letzten Augenblick hinters Licht geführt!« Ihre Stimme war eisig.

»Ich weiß nicht, wovon du sprichst ...« Der Knoten in Griets Hals wurde immer größer.

»Ich denke, das weißt du sehr genau. Du kommst aus Harlem, hast du immer gesagt. Haarlem, richtig?«

»Haarlem, ganz genau«, erwiderte Griet steif.

Jetzt bloß nicht die Nerven verlieren. Bis zum letzten Atemzug würde sie dabeibleiben ...

»Nun«, sagte Tante Han, »ich könnte jetzt da hineingehen und sagen, was ich vermute. Dann bekämst du jede Menge Schwierigkeiten, und das ist vermutlich noch ausgesprochen milde ausgedrückt. Aber das werde ich nicht tun, und ich will dir auch sagen, weshalb: Ich war feige, als Leni in Not geriet, du aber hast großen Mut bewiesen und damit nicht nur ihr Leben gerettet, sondern auch das ihres ungeborenen Kindes. Und lautet nicht das Wort Jesu: ›Was ihr für einen meiner geringsten Brüder getan habt, das habt ihr mir getan?‹«

Sie kam ihr so nah, dass Griet jede Falte ihres sorgenvoll verzogenen Gesichts vergrößert wie unter einer Lupe sah.

»Aus diesem Grund soll heute auch Gnade vor Recht walten«, flüsterte Tante Han. »Ich werde meinen Mund halten. Nicht einmal Myra ist eingeweiht, und das wird auch so bleiben. Du hast gute Gründe, nicht nach Hause zurückzukehren, das weiß ich inzwischen. Dein Geheimnis bleibt also bewahrt – zumindest vorerst. Aber halte Augen und Ohren offen. Denn wer auch immer du sein magst, *meisje*, Griet van Mook aus Haarlem bist du definitiv nicht!«

Bevor Griet etwas erwidern konnte, sprang die Tür des Gerichtssaals auf. Lochner kam kreidebleich herausgestürmt und erbrach sich würgend in der nächsten Ecke. Erst nach einer Weile kam er schnaufend wieder nach oben. Sein graues Lodencape hatte deutliche Spuren abbekommen.

»Ich muss hier raus«, murmelte er, »an die frische Luft …« Er schlurfte zum Ausgang.

Dan war wieder zu den beiden Frauen getreten.

»Du bist ja plötzlich kalkweiß im Gesicht, *honey*«, sagte er besorgt. »Das war wohl alles doch sehr viel für dich. Wir fahren zurück nach München, und du kannst dich ausruhen. Kommen Sie und Mrs. Kraan auch ohne meine Hilfe zurecht, Mrs. Dykstra?«

»Natürlich, Captain Walker.« Jetzt klang Tante Han wieder wie gewohnt – tatkräftig und glaubensstark. »Wir haben das Lager überlebt, da schaffen wir auch den Prozess gegen unseren einstigen Kommandanten. Wie viele Jahre wird er wohl kriegen? Ich hoffe, lebenslänglich!«

»So viel wird es leider nicht werden«, sagte Dan. »Getötet hat Stirnweiß niemanden, es gibt jedoch Anklagen wegen Vernachlässigung und zwei wegen Misshandlung. Dagegen steht, dass er die Lagerevakuierung und den Marsch nach Wolfratshausen im Großen und Ganzen umsichtig durchgeführt hat. Andere Lagerräumungen haben in Katastrophen geendet und vielen Gefangenen den Tod gebracht – was zum Glück in Ihrem Fall vermieden wurde.«

»Und wenn schon!«, wandte sie temperamentvoll ein. »Stirnweiß hat zugelassen, dass wir erniedrigt und ausgenutzt wurden. Hungern und frieren hat er uns lassen. Selbst wenn wir krank waren, mussten wir an die Werkbänke und diese verdammten Zündköpfe zusammenschrauben. Und er war beileibe nicht unser einziger Peiniger. Nieten wie Lochner haben ihm freudig zugearbeitet.« Sie wurde noch lauter. »Und was hat sich schon groß geändert, jetzt wo wir Frieden haben? Die Nazis sind abgesetzt, die Mentalität der Leute jedoch bleibt unverändert. Jedem milden Urteil klatschen sie Beifall, weil sie nicht einsehen wollen, dass sie alle mitschuldig sind. Wie halten Sie es in diesem Deutschland nur aus, Captain? Was mich betrifft, so bin ich heilfroh, wenn ich das Land der Moffen wieder verlassen kann!«

*

»Ganz Deutschland hungert« – so lautete im April die Schlagzeile der *Süddeutschen Zeitung*. Passend dazu stellte Radio Eggert in der Neuhauser Straße die derzeitige Tagesration im Schaufenster aus: 21,4 g Fleisch, 2,22 g Käse, 214 g Brot, 429 g Kartoffeln, 21,4 g Nudeln, 17,8 g Zucker, 4,5 g Kaffee-Ersatz und ein Zehnteliter Milch.

Bibi hatte sich alles haarklein notiert; im Biologieunterricht sollte ausführlich darüber gesprochen werden. Bei ihr zeigten sich die Folgen der mageren Kost am deutlichsten. Über den Winter war sie einen halben Kopf in die Höhe geschossen und damit jetzt sogar ein paar Zentimeter größer als Toni. Nichts passte ihr mehr; die Röcke reichten nicht einmal mehr bis zum Knie, die Ärmel endeten unterhalb des Ellenbogens. Rosa ließ aus und nähte dran, was möglich war, denn noch immer waren Stoffe heiß begehrte Mangelware. Dabei wog das Nesthäkchen der Familie nicht mehr als 47 Kilo, was massives Untergewicht bedeutete, wie der Amtsarzt Bibi im Rahmen der Schuluntersuchung bescheinigt hatte. Kein Gramm Fett auf den Rippen – bis auf ihre Brüste, die sich in den letzten Monaten geradezu erstaunlich entwickelt hatten.

»Hören die denn nie mehr auf zu wachsen?«, wollte Bibi von Toni wissen, weil es ihr zu peinlich war, mit der Mutter darüber zu reden. »Manchmal kommt es mir direkt so vor, als führten sie unter meiner Bluse ein Eigenleben.«

»Irgendwann schon«, erwiderte Toni. »Aber du bist ja noch nicht einmal vierzehn. Ein Weilchen kann es also schon noch dauern.«

»Die Männer starren mich an«, sagte Bibi leise. »Sogar

die alten. Vor allem jetzt, wo es endlich zu warm für unsere ollen Deckenmäntel geworden ist. Ich trau mich kaum noch, die Jacke auszuziehen, so sehr glotzen sie. Zuerst war ich, ehrlich gesagt, ein bisschen stolz darauf, weil ich mir so erwachsen vorgekommen bin. Jetzt aber finde ich es bloß noch ätzend. Wie eine Ware komme ich mir vor, die jeder nach Herzenslust begaffen darf!«

Sie hatte sich die Zöpfe abgeschnitten, die sie so kindlich gemacht hatten. »Bin ja schließlich kein Baby mehr!«

Nein, das war sie definitiv nicht, sondern ein äußerst reizvolles Wesen in der Blüte seiner Entwicklung, ebenso neugierig wie unerfahren und damit ganz besonders gefährdet.

Unwillkürlich musste Toni an Zita Maidinger denken, die seit Monaten nur noch ein Schatten ihrer selbst war.

Was mochte dem Mädchen zugestoßen sein?

Zita lief meistens mit gesenktem Kopf herum, die Ärmel tief bis über die Hände gezogen. Sprach man sie an, zuckte sie zusammen und nuschelte nur irgendetwas vor sich hin. Sollte Toni die Hausmeisterin darauf ansprechen? Sie verwarf die Idee wieder. In einer ruhigen Minute würde sie selbst versuchen, mit Zita zu reden, doch jetzt ging es erst einmal um Bibi.

»Du brauchst auf jeden Fall einen Büstenhalter«, erklärte Toni. »Damit unter deiner Bluse etwas mehr Ruhe einkehrt. Von mir kann ich dir leider keinen abgeben, denn ich habe selbst nur zwei, und außerdem wäre dir meiner auch zu klein. Wir müssen also schauen, wo wir einen auftreiben können ...«

Seufzend schnitt Vev das nächste Sofakissen auf und fischte eine kleine Perlenkette aus der Füllung.

»Capri«, sagte sie und ließ sie noch einmal liebevoll durch ihre Finger gleiten. »Vom besten Juwelier der Insel. Abends auf der Piazzetta hat Ludwig sie mir im Kerzenschein angelegt – ich darf gar nicht daran denken, so schön war das!« Sie betupfte ihre Augen mit einem bestickten Taschentuch. »Eigentlich sollte sie ja später einmal deinen hübschen Hals schmücken, Toni. So hatte ich es geplant. Aber die Zeiten sind leider nicht danach. Viel Glück damit auf diesem verdammten Schwarzmarkt. Finde etwas, das unsere Bibi glücklich macht.«

»Und wenn Max mich dabei erwischt? Dann ist bei uns garantiert die Hölle los!«

»Sind denn seine Prüfungen jetzt komplett vorbei?«, wunderte sich Vev.

»Seit gestern. Und alles mit Bravour bestanden«, erklärte Toni stolz.

»Und dann feiert er gar nicht?«

»Kennst doch unseren Max! Anstatt sich mit seinen Kumpels zu besaufen, hat er sich lieber umgehend für die neuen Kriminaldienststellen beworben, die gerade bei den vier Münchner Polizeiämtern eingerichtet werden. In München Ost scheint er ganz gute Chancen zu haben. ›So kann ich die Verbrecher quasi vor unserer Haustür jagen‹, hat er gesagt.«

»Dann musst du dich eben beeilen, Mädchen«, sagte Vev. »Kann dir nicht der Herr Louis ein wenig dabei helfen? Der hat doch die allerbesten Kontakte, wenn ich mich recht erinnere.«

»Also, Tante Vev, du kannst manchmal unmöglich sein! Louis – und ein BH für meine kleine Schwester. Das geht doch nicht!«

»Jetzt tu doch nicht so prüde, Toni! Ich weiß ganz genau, dass ihr beide euch im Bett gut versteht. Dein Freund ist ja auch wirklich ein schmucker Kerl. Bevor ich deinen Onkel kennengelernt habe, war ich selber alles andere als eine Nonne, und das war gut so, denn so wusste ich wenigstens, was ich wollte und was nicht. Ich gönn dir dein Vergnügen von ganzem Herzen, aber pass bloß auf, dass kein Kind daraus entsteht, denn dann ist es aus und vorbei mit lustig! Zum Heiraten taugt der charmante Herr Louis nämlich nicht. Ich denke, das weißt du, oder? Dazu bräuchtest du einen ganz anderen Mann, jemanden, bei dem du dich sicher und geborgen fühlen kannst ...«

Da hatte sie ihr ja einen Floh ins Ohr gesetzt!

Obwohl: Wenn Toni ganz ehrlich zu sich selbst war, war ihr das Thema alles andere als fremd. Christl aus Wolfratshausen hatte vor einem Monat ihren Franz geheiratet, weil »was Kleines« unterwegs war, und seitdem war es noch schlimmer geworden.

Im Herbst wurde sie sechsundzwanzig, bestes Heiratsalter also, fast schon ein wenig darüber.

Doch wen hatte sie an ihrer Seite?

Einen charmanten Windhund, der sich nicht festlegen konnte oder wollte.

Die Gedanken an Louis' Seitensprünge schob sie jedes Mal energisch zur Seite, sobald sie in ihr auftauchten, was in letzter Zeit nicht gerade selten vorkam. Doch dann hatte auch noch ihre Mutter, die sich bislang erstaunlich zurückgehalten hatte, was Tonis Beziehung zu Louis betraf, plötzliche Bedenken geäußert.

»Ich mag den Louis«, hatte sie gesagt. »Frisch ist er, originell, ein richtiger Pfiffikus! Aber ist er auch der Richtige für dich? Und was soll werden, wenn es aus ist zwischen euch? Viele Männer lehnen Frauen ab, die mit anderen herumgezogen sind. Die wilden Kriegszeiten, wo alles schon mal durcheinandergehen konnte, weil man nicht wissen konnte, ob man den nächsten Tag überlebt, sind vorbei. Jetzt wünschen sich alle doch wieder ein ganz normales Leben.«

»Jungfrau werde ich keine mehr, Mama, und wenn ich mich noch so anstrenge, falls du das meinst«, hatte Toni patzig zurückgegeben. »Und wen das stört, der kann mir getrost gestohlen bleiben. Als ob es darauf ankäme – nach dem, was hinter uns liegt ...«

Verdammt!, dachte sie wütend. Warum musste sie jetzt schon wieder daran denken?

Weil es endlich Frühling geworden und die Luft so unverschämt weich war?

Oder doch eher, weil sie gestern beobachtet hatte, wie behutsam Dan Griet aus dem Jeep geholfen hatte?

Seit dem Dachauer Prozess behandelte er sie wie ein rohes Ei, während Griet ihrerseits sich tief in ihr Schneckenhaus zurückgezogen hatte. Keine zwei Sätze hatte sie über den Verlauf der Gerichtsverhandlung von sich gegeben, obwohl Toni darauf gehofft hatte. Selbst Benno hatte nicht wie gewohnt alles laut herausposaunt. Er wirkte verändert, ruhiger, war nicht mehr ganz so aufbrausend, und er schien neue Pläne für sein künftiges Leben entwickelt zu haben.

»Ich geh zum Wohnungsamt«, hatte er neulich bei einem seiner seltenen Besuche verkündet. »Die brauchen dringend Prüfer, und Schwerbehinderte wie ich werden bei der Einstellung bevorzugt. Meine Entlastungspapiere haben sie klaglos akzeptiert. Was so ein Persilschein alles bewirkt! Im Mai fange ich an.«

»Dann ziehst du wieder bei uns ein, Bub?« Annis Augen hatten schon freudig gestrahlt.

»Mit dreißig, Mama? Vergiss es! Fürs Erste bekomme ich als Dienstwohnung eine Art Schuhschachtel in der Einsteinstraße gestellt. Winzig, aber immerhin mit Gasheizung und ohne Bombenschäden. Und so eng muss es ja vielleicht auf Dauer nicht bleiben …«

Mit all diesen Gedanken im Kopf machte Toni sich auf zur Möhlstraße. Beim Schwarzmarkt am Sendlinger Tor oder vor dem Hauptbahnhof würde sie, wenn sie Pech hatte, womöglich doch auf Max oder seine Kollegen treffen. Immer öfter kam es inzwischen dort zu Razzien, weil innerhalb der Bevölkerung der Groll auf Schieber und Schwarzhändler wuchs.

Aber was sollte man machen?

Legal gab es so gut wie nichts – erst recht keine Büstenhalter für kleine Schwestern, die einem urplötzlich über den Kopf gewachsen waren.

Der kurze Spaziergang tat ihr gut. In der Nähe hörte Toni Amseln zwitschern. Sie hatte frei an diesem sonnigen Nachmittag, um endlich ihr enormes Überstundenkonto ein wenig abzubummeln.

»Nicht ganz vergessen zu leben, liebe Toni«, hatte Dr. Heubner sie erst am Tag zuvor ermahnt. »Sie leisten so viel, was ich sehr zu schätzen weiß – immer pünktlich, stets zuverlässig, die ganze Zeit mit klugem Köpfchen bei der Sache. Egon Blau will ohne Ihre Unterstützung gar keine Gedichte mehr liefern, so weit sind wir schon. Aber Arbeit ist bei Weitem nicht alles, und in Ihrem Alter darf man ab und zu ruhig auch mal ein bisschen verrückt sein …«

Was war das denn für ein Gebrüll?

Toni lief schneller, um den Grund für den Lärm zu erkunden.

Kaum war sie in der Möhlstraße angelangt, sah sie auch schon einen beachtlichen Pulk mit Tafeln oder Spruchbändern bewaffneter Frauen, die lauthals ihre Botschaft verkündeten. Hundert oder sogar mehr mussten es sein, die Gesichter vor Aufregung gerötet, die Münder beim Skandieren weit aufgerissen.

Todesstrafe für Schwarzhändler, las sie auf den einfach zusammengeschusterten Transparenten. *Haut die Fremden zum Teufel! München muss wieder Münchnern gehören!*

Und genau das brüllten sie auch.

»Sind wir schon wieder so weit?« Louis war aus einem der Vorgärten auf den Gehsteig hinausgetreten, in seinem Schlepptau Juri, der Toni schief angrinste. »Als Nächstes rechne ich mit *Juden raus*. Könnte wetten, solche Banner haben sie auch schon gepinselt!«

»Sie sind hungrig und verzweifelt«, versuchte Toni die unbekannten Frauen in Schutz zu nehmen. »Keinen Tag zu wissen, womit du deine Familie satt bekommen sollst …«

»Und dafür brauchen sie Schuldige? Dann hätten sie gefälligst besser nachdenken sollen, bevor sie Hitler und seinen Verbrechern zugejubelt haben!« Louis' Augen funkelten zornig, und sein Mund war nur noch ein schmaler Strich.

So hart hatte Toni ihn noch nie erlebt. Aber da gab es ja noch so vieles, was sie nicht über ihren Liebsten wusste ...

Louis machte Anstalten, auf die Demonstrierenden zuzugehen, doch Juri packte ihn am Arm und riss ihn zurück.

»Frauen sind gefährlich, wenn viele«, warnte er. »Allein du kannst ihnen Angst machen, nicht schwer, zusammen aber sie sind stark. Dann fressen sie dich auf!« Er zeigte sein zahnloses Grinsen.

Ein paar der Frauen hatten sich aus der Gruppe gelöst und stürmten jetzt schreiend auf die hölzernen Kioske zu.

»Das wollen sie also – keine Gerechtigkeit, sondern Beute machen!« Louis klang angewidert.

»Mensch an sich ist schlecht.« Juri lachte hämisch. »Besonders mit Brüsten und Fotze.«

Das ging entscheiden zu weit. In welcher Gesellschaft befand sie sich hier eigentlich?

Toni streckte sich, holte aus und schlug ihm ins Gesicht.

Juri blieb stumm und berührte nur seine rechte Wange.

Hatte sie das wirklich gerade getan?

Ja, hatte sie, und Toni bereute es keinen Augenblick, obwohl der Riese sie wütend anfunkelte.

Egal, er konnte ihr keine Angst machen!

»Du darfst dir hier nicht alles leisten«, sagte sie. »Niemand darf das – und wenn wir Deutsche hundert Mal den

Krieg verloren haben! Anstand muss es heute erst recht geben, Anstand und Respekt.«

Sie wandte sich an Louis.

»Du weißt, wo du mich findest«, sagte sie. »Aber erst, wenn du diesen Barbaren in die Wüste geschickt hast – und zwar für immer!«

FÜNFZEHN

München, Sommer 1947

Nicht einmal die Nächte brachten jetzt noch Abkühlung. Schon seit Wochen hing die Hitze wie eine riesige Glocke über der Stadt, ließ das Gras verdorren und die Menschen schwitzen. Junge Bäume warfen ihre Blätter ab wie im Herbst, geschrumpelte Pflaumen fielen unreif zu Boden. Schmal wälzte sich die Isar in ihrem Bett, und die grauen Kiesbänke wurden immer breiter, so tief war der Wasserstand gesunken. Alle lechzten nach Wasser – Wasser, das allmählich so kostbar wurde, dass die Stadtwerke notgedrungen sogar mit ersten Rationierungen begannen.

Ganz München stöhnte, aber es half ja nichts, Ferien hatten nur die Schulkinder, die anderen mussten trotzdem arbeiten – sofern sie überhaupt Arbeit hatten. Doch was anziehen, wo einem schon bald wieder alles am Leib klebte?

Männer in vielen Positionen hatten nach wie vor Anzug mit langärmeligem Oberhemd und Krawatte zu tragen, Frauen allerdings konnten es sich leisten, leichte Sommerkleider anzuziehen – nur woher nehmen, wo Stoff doch noch immer Mangelware war?

Alles, was sich nur entfernt dafür eignete, musste nun daran glauben: Alte Kleider wurden zerschnitten und angestückelt, Bettwäsche und Gardinen zu Röcken und Blusen umfunktioniert. Rosas Nähmaschine surrte ohne Unterlass; in der Ismaninger Straße gaben sich die Kundinnen die Klinke in die Hand, so begehrt waren ihre Dienste. Noch mehr hätte sie nähen können, immer mehr, von Woche zu Woche, doch ihre Kräfte versiegten allmählich.

»Freu dich doch, wenn das Geschäft so gut läuft«, versuchte Anni ihre Schwester aufzumuntern, die blass und erschöpft beim Abendbrot saß. Togal beschäftigte Anni derzeit nur noch halbtags, was ihr ausgiebige Sonnenbäder auf dem Balkon erlaubte. »Du wirst noch richtig reich, wenn das so weitergeht!«

»Mit diesem Geld, das nichts mehr wert ist?«, erwiderte Rosa müde. »Glaubst du doch wohl selbst nicht. Wenn das so weitergeht, können wir es zum Tapezieren benutzen, so wenig kriegst du noch dafür. Höchste Zeit, dass sich da bald etwas ändert.«

Schon eine ganze Weile kursierten Gerüchte, dass es irgendwann eine neue deutsche Währung geben würde, doch keiner wusste bislang Näheres.

»Ich könnte dir ja helfen …«, bot Anni an.

»Bloß nicht! Schon zu Schulzeiten musste ich ständig deine vermurksten Topflappen ausbessern, obwohl ich die Jüngere war. Wisch lieber mal die Küche durch, oder mach dich anderweitig im Haushalt nützlich – und lass mich in Ruhe meine Arbeit tun.«

Toni machte sich große Sorgen um die Mutter. Von Bibi wusste sie, dass sie nachts oft heimlich weinte. Der heimgekehrte Sohn hatte Rosas Sehnsucht, endlich auch ihren

Mann wieder in die Arme schließen zu können, ins schier Unendliche gesteigert.

Wo war Ferdinand Brandl? Und würde er jemals wieder zurückkommen? Die lange Ungewissheit machte auch Toni und ihren Geschwistern schwer zu schaffen.

»Vielleicht erkennt er mich gar nicht wieder«, fürchtete Bibi. »Ich war ja noch so klein, als er wegmusste!«

»Unser Vater würde dich immer wiedererkennen«, beruhigte Max sie. »Keiner hat so ein gutes Gedächtnis wie er!«

Schon vor längerer Zeit hatte Toni schriftlich Kontakt mit dem Suchdienst des Roten Kreuzes aufgenommen, doch leider war sie dort bislang noch nicht weitergekommen, obwohl sie alle notwendigen Angaben über Ferdinand Brandl geliefert hatte. Damit war sie allerdings nur eine unter vielen, vielen anderen, denn mittlerweile gingen die Suchanfragen vermisster Familienmitglieder in die Millionen und betrafen nicht nur Soldaten der deutschen Wehrmacht, sondern auch zahllose Heimatvertriebene und Flüchtlinge.

Was die anderen aus der Familie nicht wussten: Toni hatte auch ein Foto des Vaters und einen kurzen Text an jene Wand im Münchner Hauptbahnhof geklebt, an der schon so viele andere Fotos und Zettel hingen.

Gesucht: Ferdinand Brandl aus München.
Vermisst in Russland.
Wer weiß etwas über ihn?

Bitte melden bei Brandl,
Ismaninger Straße 102, 2. Stock

In regelmäßigen Abständen ging Toni am Bahnhof vorbei, um sich zu vergewissern, ob nicht vielleicht doch jemand etwas daruntergeschrieben hatte. Bei einigen der Zettel war es nämlich so, weil offenbar viele dieselbe Idee gehabt hatten.

Es sich ausgerechnet heute vorzunehmen, an diesem heißen Augusttag, der einem schon am Morgen die Schweißperlen auf die Stirn trieb, war vielleicht doch keine so gute Idee gewesen. Nicht nur die Haare klebten Toni nach der Fahrradstrecke zum Bahnhof am Kopf, auch ihr neuer Rock – in einem früheren Leben zwei bunte Tischdecken – hing an ihr wie eine nasse Blume.

Und jetzt noch den ganzen Weg zurück in den Verlag?

Tropfnass und vermutlich stark schweißend, würde sie dort ankommen. Und das, wo Dr. Heubner doch Frauen mochte, die gut rochen …

Der prunkvolle Wittelsbacher Brunnen am Maximiliansplatz fiel ihr ein. Dort könnte sie auf dem Rückweg einen kleinen Halt einlegen, um sich frisch zu machen – nein, das ging ja nicht! Die Anlage war von Bomben zerstört und musste erst wieder neu aufgebaut werden.

Aber einer der kleinen Stadtbäche war vielleicht noch eine Alternative …

Ob die allerdings überhaupt noch Wasser führten angesichts dieser Dürre?

Einen Versuch war es allemal wert.

Jetzt trat Toni noch beherzter in die Pedale, was ihr verwunderte Blicke anderer Radfahrer einbrachte, die angesichts der sommerlichen Temperaturen eher gemächlich fuhren. Als sie die Barer Straße erreichte, hielt sie kurz noch einmal inne.

Wo sich einst so stolz die Alte Pinakothek erhoben hatte, lag nichts als grauer Schutt. Inzwischen war er zwar dank fleißiger Hände zu ordentlichen Haufen aufgetürmt worden, aber welch ein Verlust waren all diese zerstörten Bauwerke! Wie lange würde es wohl dauern, bis diese kaputte Stadt wieder in Schönheit erblühen konnte? Vielleicht konnten ihre Kinder das erleben, falls Toni jemals welche haben würde ...

Was machte angesichts solcher Gedanken schon ein bisschen Schweiß aus? Sie ließ alle Umwege bleiben und fuhr geradewegs von der Maxvorstadt durch den Englischen Garten zum Verlag. Dort angekommen, huschte sie in die Waschräume, schüttete sich kaltes Wasser ins Gesicht – noch lief der Hahn! – und fuhr mit nassen Händen unter ihre Achseln.

Das musste für den Moment genügen.

Der Chef erwartete sie bereits händeringend.

»Was für ein Malheur, Fräulein Brandl!« Wenn er sie so nannte, wusste Toni schon, dass es etwas Schwerwiegendes sein musste. »Die neue Druckerei macht Probleme: falscher Ausschuss – ich fass es nicht! Dann wäre ja alles im Buch falsch paginiert. Und das ausgerechnet beim Erstling von Herrn Wölfling!«

Sie wusste, wie sehr sein Herz daran hing.

Erich Kästner war ihm durch die Lappen gegangen, Autoren wie Alfred Andersch und Günter Eich hatten längst anderswo unterschrieben. Heubner hatte seinen Egon Blau, das Kochbuch, das sich gut verkaufte, dazu Klassiker, die immer gingen. Seine größten Hoffnungen allerdings ruhten auf diesem jungen Mann, der als schwierig galt, wie ein Einsiedler lebte und sich erst mit viel Zureden überhaupt zu dieser Veröffentlichung hatte überreden lassen.

Asche und Stahl lautete der Titel von Stephan Wölflings Roman, und der Text las sich spannend, ambitioniert, an manchen Stellen bewusst provokativ. Talent war vorhanden, keine Frage, aber ob es auch ein großer Erfolg werden würde, musste sich erst zeigen. Der Verleger war davon überzeugt, so unbedingt, dass Egon Blau schon griesgrämig zu werden begann, weil er sich auf einmal in die zweite Reihe versetzt fühlte.

»*Die* junge Stimme der Gegenwart«, so sollte der Werbeslogan heißen. Eine große Lesetour quer durch Deutschland war geplant, einschließlich einer festlichen Premiere in München, alles terminlich bewusst früh angesetzt, um anderen renommierten Verlagshäusern zuvorzukommen.

Und nun das!

»Lassen Sie uns hinfahren«, sagte Toni, »um die Lage zu sondieren.«

Dr. Heubner nickte. »Kommen Sie«, sagte er. »Mein Wagen steht schon bereit. Wenn alles schiefgeht, müssen wir gleich weiter zur Druckerei Winkler. Dort wären sie bereit, für den Fall der Fälle einzuspringen.« Er räusperte sich. »Könnte eventuell ein langer Tag werden, Toni …«

Das war es wohl dann mit dem Badenachmittag, für den sie sich mit Louis verabredet hatte. Gemeinsam hatten sie ihn im Prinze verbringen wollen, wo inzwischen auch im Sommer ein Fünfzigmeterbecken mit extrem blauem Wasser lockte. Toni hatte auf dem Schwarzmarkt einen aufregenden roten Badeanzug aus Lycra erstanden, der garantiert aus amerikanischen Beständen stammte. Der knappe Einteiler mit den eingearbeiteten Körbchen setzte ihre Figur viel aufregender in Szene, als das die schlappen Baumwollteilchen der Vorkriegszeit jemals zustande gebracht hätten.

Schade drum.

Aber es würde ja hoffentlich ganz bald noch andere Gelegenheiten geben, ihn vorzuführen.

»Ich müsste nur vorher noch mal kurz telefonieren«, sagte sie.

Seit Neuestem verfügte Louis nämlich über einen Telefonanschluss.

»Natürlich«, versicherte Heubner. »Alles, was Sie wollen – wenn uns nur ein anständiger Druck gelingt!« Diskret verließ er sein Büro.

»Muss mich entschuldigen«, sagte Toni, kaum hatte Louis den Hörer abgenommen. »Aber rechne heute Nachmittag nicht mehr mit mir. In der neuen Druckerei ist offenbar was schiefgelaufen, und der Chef braucht dringend Beistand. Könnte richtig spät werden, wenn ich Pech habe.«

»Wohl höchste Zeit, dass ich meinen eigenen Laden aufmache«, erwiderte Louis.

Sie wusste von seinen Plänen, eine Druckerei zu eröffnen, hatte sie bislang aber für ein Hirngespinst gehalten. Doch vielleicht lag er mit seiner Idee ja gar nicht so daneben. Die Leute waren süchtig nach Büchern, und wenn man wie er geheime Quellen zur Papierbeschaffung hatte, war er den anderen womöglich meilenweit voraus.

»Und ich soll wohl allein hier vor mich hin schmelzen,

oder was?«, fuhr er fort. »Das kannst du mir nicht antun, *chérie*! Denn eigentlich hatte ich ja noch eine kleine Überraschung für dich ...«

Louis klang so übertrieben verzweifelt, dass sie lachen musste.

»Über die freu ich mich morgen oder übermorgen noch ganz genauso. Geh einfach ohne mich baden.« In diesem Moment fiel Griet ein, die Bibi neuerdings mit schicken BHs aus dem PX versorgte, an die die kleine Schwester sonst niemals gekommen wäre. Womöglich hätte Bibi sich ohne deren unsichtbare Unterstützung in der leichten Kleidung gar nicht mehr aus dem Haus getraut. »Oder warte, noch viel besser: Nimm doch Griet mit! Die hat ein bisschen Abwechslung dringend nötig. Gegen drei ist ihre Schicht im Kasino zu Ende, so weit ich weiß, du holst sie dort ab – und ihr erfrischt euch in den kühlen Fluten.«

»Und das ist wirklich dein Ernst, *Toni*?«

»Natürlich, sonst hätte ich es ja nicht vorgeschlagen. Sag ihr ganz liebe Grüße – und badet eine Runde für mich mit. Und falls ich doch früher fertig sein sollte, dann komm ich einfach nach. Ich muss jetzt los – Servus, Louis!«

*

Er stand vor dem Kasino, die Autotür geöffnet, ein Bein lässig auf der Fahrbahn.

»Was machst du denn hier?«, fragte Griet verdutzt.

Sie war heilfroh, den Gluttag in der Küche überstanden zu haben. Im Souterrain fehlte jeglicher Luftdurchzug, und sie hatte sich redlich durchgeschwitzt. Heute war ihr kein bisschen nach Gurkenröllchen mit Krabbenfüllung zumute gewesen, deren Zubereitung Tombergs ihr unbedingt hatte beibringen wollen. Ihre Version jedenfalls war zweimal missglückt; zum Schluss hätte sie das schmierige Zeug am liebsten an die Wand gepfeffert.

»Soll dich abholen«, erklärte Louis charmant lächelnd. »Befehl von Toni.«

»Wozu?«

»Was macht man schon an einem heißen Tag nach getaner Arbeit?«, fragte er grinsend zurück. »Man geht baden!«

Welch verlockende Vorstellung!

Griet hatte schon am Morgen Dan danach gefragt, der nur kurz im Kasino vorbeigeschaut hatte, aber heute und morgen keine Zeit für gar nichts hatte.

»Ein Kriminalfall, und nicht von schlechten Eltern«, hatte er ihr zugeraunt. »Wenn wir diese Bande dingfest machen, sind wir ein ganzes Stück weiter. Die gesamte Military Police ist alarmiert. Wir brauchen jeden einzelnen Mann.«

»Und wo? Im Prinze?«, fragte Griet, noch immer unentschlossen, aber bereits ziemlich sehnsüchtig.

»Jetzt steig erst einmal ein!«

Sie setzte sich neben ihn und strich ihr durchgeknöpftes Baumwollkleid glatt, so gut es eben ging. Hoffentlich stank sie nicht allzu sehr nach Bratfett und Küchendünsten, aber falls doch, so schien es Louis nicht zu stören. Die Fenster waren auf beiden Seiten ganz heruntergedreht, das Sonnendeck hatte er geöffnet.

Hatte sie Louis nicht bewusst aus dem Weg gehen wollen? Und jetzt hatte er sie einfach so überrumpelt!

»Stopp – halt«, sagte sie plötzlich. »Ich hab ja nicht einmal einen Badeanzug dabei!«

»Mach mal das Handschuhfach auf«, erwiderte er. »Türkis steht dir doch, oder?«

Der Badeanzug, der ihr entgegenfiel, war elegant mit schwarzen Biesen abgesetzt und offensichtlich brandneu. Ihn sich so richtig anhalten wollte Griet jetzt nicht, aber es sah ganz so aus, als würde er passen.

»Und woher weißt du meine Größe?« Sie bereute die Frage gleich, nachdem sie sie gestellt hatte.

»Augenmaß. Ist meine Spezialität, wie du weißt. Handtücher und eine Decke findest du auf der Rückbank.« Louis bremste und deutete dabei nach rechts. »Willst du wirklich da rein?«

Vor dem Prinzregentenstadion wartete eine lange Menschenschlange, bewaffnet mit Taschen, Schwimmreifen und Handtüchern, auf Einlass. Kein Wunder – im ganzen Osten der Stadt gab es kein anderes Freibad.

»Wahrscheinlich stehen sie im Schwimmbecken bereits Schulter an Schulter«, setzte er nach. »Und Oma Irmi schließt die Augen und lässt es genüsslich laufen ...«

Griet schlug ihn leicht auf den Arm.

»Unmöglicher Kerl«, sagte sie lachend. »Wie soll ich das jetzt jemals wieder aus dem Kopf kriegen? Aber wohin dann? Heute wird es in allen Freibädern übervoll sein ...«

»Ich hätte da vielleicht eine Idee ...«

Louis hatte schon wieder Gas gegeben. Er fuhr weiter, vorbei am Prinzregententheater, bis er schließlich rechts und dann wieder links abbog. Sie ließen den Ostbahnhof hinter sich und fuhren stadtauswärts. Die Mietshäuser, an denen sie vorbeiglitten, wurden einfacher und erinnerten Griet wider Willen an ihren täglichen Marsch zur Agfa. Noch immer fiel es ihr schwer, die Stadt nicht mehr mit den Augen einer Gefangenen zu sehen.

Bevor Griet es richtig mitbekam, waren sie bereits auf der Autobahn Richtung Salzburg angelangt.

»Wo bringst du mich eigentlich hin?«, fragte sie. »Von einer Landpartie war aber nicht die Rede.«

»Lass dich überraschen. Ich hab da ganz zufällig ein kleines Juwel entdeckt, gar nicht weit von hier, und ich wette meinen Hut, dir wird es dort auch gefallen.«

Griet schloss die Augen.

Jetzt war es zu spät, sich dagegen zu wehren, und vielleicht hatte sie das ja eigentlich gar nicht gewollt. Der warme Wind, der durch die geöffneten Fenster kam, streichelte ihr Gesicht. Louis fuhr schneller, als sie es von Dan gewohnt war, schien das Auto aber perfekt zu beherrschen.

Ein Spieler, dachte sie. Sogar auf der Straße.

Pass bloß auf, dass du dir nicht die Finger an ihm verbrennst!

Er nahm die Ausfahrt Holzkirchen, durchquerte den kleinen Ort und fuhr danach auf der Landstraße weiter. Gemächlich schlängelten sie sich durch Wiesen und Felder, Erstere von der Sonne braun versengt, wie Griet erstaunt bemerkte.

»Fast wie in Nordafrika.« Louis lachte kurz auf. »Nur, dass sie dort eigentlich immer so sind.«

»Du kennst Nordafrika?«

»Ich war schon dort, ja. Aber die Länder des Maghreb sind kein guter Ort für Menschen wie mich.« Er klang, als wollte er nicht weiter darüber reden. »Siehst du das Kloster dort drüben auf dem Hügel? Wir sind bald am Ziel.«

»Wir fahren zu einem Kloster?«, fragte Griet, die dabei sofort an Leni denken musste.

Der schwarzen Els, bei der sie mit ihrer kleinen Greta lebte, ging es schlecht, schon seit dem Winter: ein böser Husten, der nicht aufhören wollte. Leni hatte in ihrem letzten Brief nächtliches Blut auf dem Kopfkissen der Dorfhexe erwähnt, alles andere als ein gutes Zeichen. Was sollte aus den beiden werden, wenn die Alte starb?

Leni träumte noch immer davon, ebenfalls nach München zu ziehen, das wusste Griet. Doch wovon sollte sie leben? Mit Teppichweben konnte sie sich in der Stadt kaum über Wasser halten, und zudem musste sie ja auch noch ihr Kind versorgen. Außerdem waren Zuzugsberechtigungen nach wie vor streng rationiert. Auf dem Schwarzmarkt wurden sie angeblich für tausend Mark und mehr gehandelt, aber vielleicht war das ja auch nur ein Gerücht unter vielen anderen.

»Nein, nicht zum Kloster«, sagte Louis. »Mit schwarzen Schwestern habe ich nicht die besten Erfahrungen. Sie mögen keine freien Seelen, nicht einmal, wenn die noch sehr jung sind, das haben sie mich schmerzhaft spüren lassen. Seitdem meide ich sie nach Möglichkeit. Aber der hiesige Klostersee ist vom Allerfeinsten.«

Noch enger wurde die ungeteerte Straße, bis sie schließlich am Wasser angelangt waren und ausstiegen.

Der See lag grünlich schimmernd geschützt hinter einem dichten Schilfgürtel. Enten schnatterten, als Griet und Louis sich näherten, sonst war es ganz still.

»Die Farbe kommt vom Moor«, erklärte Louis. »Macht das Wasser warm und weich. Hol deinen Badeanzug – und dann lass uns ein paar Schritte gehen. Am Südufer ist ein kleiner Steg, da ist es noch malerischer.«

Ein schmaler Pfad schlängelte sich durch das Schilf; unter ihren Füßen gab der Boden an manchen Stellen leicht nach. Sie mussten nach Mücken schlagen, hörten Frösche quaken.

Dicht vor ihnen flog ein großer Graureiher auf.

»Wie im Garten Eden«, murmelte Griet, die hinter Louis lief.

»Dann pass bloß auf, dass du nicht aus Versehen auf die Schlange trittst«, rief er lachend über die Schulter zurück. »Soll ziemlich gefährlich sein, wie ich gehört habe.«

Schließlich teilte sich das Schilf und gab die Sicht auf einen hölzernen Steg frei, der weit ins Wasser hinausragte. Louis ließ die Badesachen fallen, riss sich alle Kleider vom Leib, rannte los und stürzte sich nackt mit einem ungelenken Kopfsprung hinein.

»*Magnifique!*«, rief er, als er prustend wieder auftauchte. »Wie flüssige Seide. Worauf wartest du noch?«

Griet trat zurück ins schützende Schilf, schälte sich dort aus Kleid und Unterwäsche und zwängte sich in den neuen Badeanzug. Wie verlockend wäre es jetzt gewesen, nackt wie Louis ins Wasser zu springen! Doch das wagte sie nicht. Zu stark spürte sie schon wieder seine Magie, die sie umnebelte, obwohl sie doch felsenfest davon überzeugt gewesen war, inzwischen immun dagegen zu sein.

Was stellte dieser Mann mit ihr an?

Sie musste verrückt gewesen sein, sich auf diesen Nachmittag überhaupt einzulassen!

Ein wenig steif betrat sie den Steg, während er vergnügt auf dem Rücken weiterplanschte. Das Wasser war leicht bräunlich, aber immerhin klar genug, um all seine Körperteile deutlich zu erkennen.

Griet wollte wegsehen, doch das konnte sie nicht.

»Willst du nicht endlich reinkommen?« Louis hob die Hand und spritzte sie voll. »Oder kannst du vielleicht gar nicht schwimmen?«

Und ob sie das konnte!

Und sie hatte so große Sehnsucht danach …

Griet lief an, stieß sich vom Steg ab und landete mit einem vollendeten Kopfsprung im See.

»Bin beeindruckt«, sagte Louis, als sie wieder auftauchte. »Du bist ja eine echte Nixe! Und, wie sieht es aus mit einem kleinen Wettschwimmen?«

»Bin dabei«, erwiderte Griet. »*Free style*? Dann auf die Plätze, fertig – los!«

Wie lange hatte sie nicht mehr gekrault!

Früher am Meer hatte Onkel Jakob es ihr in Kindertagen beigebracht, doch der war schon lange nicht mehr am Leben, ebenso wie der ganze Rest ihrer Familie …

Obwohl kurz eine dunkle Traurigkeit sie überflutete, funktionierten die erlernten Bewegungen noch immer wie im Schlaf. Mühelos teilte Griet das Wasser, Arme und Beine harmonierten miteinander im Rhythmus. Das Schwimmen ließ es heller in ihr werden.

Ich. Bin. Griet. Van. Mook. Ich. Werde. Leben.

Mein Körper ist wieder stark und geschmeidig geworden. Und wenn ich will, schwimme ich noch immer den meisten Kerlen davon ...

Sie hatten ja gar kein Ziel vereinbart!

Sie hielt inne, drehte sich um und sah Louis ein ganzes Stück hinter sich.

»Kannst du vielleicht gar nicht schwimmen?«, neckte sie ihn, als er langsam näher kam. »Wir Niederländer sind Meereskinder, das hättest du wissen müssen.«

»Jetzt weiß ich es«, schnaufte er. »Lass uns zurückschwimmen – oder willst du, dass ich langsam auf den Grund sinke und dort von Algen überwuchert werde?«

»Keinesfalls«, sagte Griet lachend. »Gibt schon genügend Tote in dieser verrückten Welt.«

Jetzt wechselte sie ins Brustschwimmen, mit dem er tempomäßig mithalten konnte, und es machte Spaß, seinen geschmeidigen Körper neben sich zu spüren, auch wenn sie sich nicht berührten. Als der Steg schon nah war, begann sie noch einmal zu kraulen, war natürlich als Erste da, und stieg die kleinen Holzstufen hoch.

Sie lag bereits auf dem Bauch und hatte die Augen geschlossen, als Louis ankam.

»Ausruhen ist gut«, sagte er und legte sich neben sie.

Was sollte sie reden?

Seine physische Präsenz war plötzlich übermächtig. Schon einmal hatte sie ihn begehrt, und diese Sehnsucht stieg nun erneut in ihr hoch.

Ob es ihm auch so ging?

Vermutlich nicht, denn Louis machte keinerlei Anstalten, sich ihr zu nähern, und irgendwann ebbte Griets Gefühl wieder ab. In der Sonne zu trocknen, das leise Glucksen des Wassers unter sich, den Geruch der feuchten Planken in der Nase – sie dämmerte tatsächlich ein.

Als sie wieder erwachte, war die Sonne verschwunden und der Himmel grau. Louis saß neben ihr, wieder in langen Hosen, wie sie sofort bemerkte.

»Du bist schön, wenn du schläfst«, sagte er. »So zart und friedlich siehst du dabei aus. Wie eine Prinzessin aus dem Märchenbuch.«

Griet lächelte über sein Kompliment, dann ließ ein lauter Knall sie zusammenfahren. Kurz danach zuckte ein Blitz über den Himmel.

»Da kommt was runter«, sagte Louis. »Und wie es aussieht, ziemlich bald. Wenn wir rennen, schaffen wir es vielleicht noch bis zum Wa…«

Griet war aufgesprungen.

Der nächste Donner, lauter als der erste. Und wieder ein Blitz.

»Werden wir nicht mehr schaffen«, sagte er.

»Aber was dann? Ich hab Angst vor Gewitter!« Auf einmal fühlte sie sich ganz schutzlos.

»Wir rennen in die andere Richtung. Dort ist eine kleine verfallene Hütte – besser als gar nichts. Komm!«

Sie packten ihre Kleiderbündel und liefen los. Die ersten Tropfen fielen, groß und schwer, dann öffneten sich die Schleusen des Himmels, und es begann zu schütten.

Tropfnass erreichten sie die kleine Hütte. Louis stieß die Türe auf, und sie liefen hinein. Im hinteren Teil war Heu aufgeschüttet; ein paar Schaufeln und Rechen lehnten an der Wand.

Er äugte nach oben.

»Scheint mir halbwegs dicht zu sein«, sagte er. »Hier können wir warten, bis alles vorbei ist.«

Griet hatte eine unwillkürliche Bewegung nach vorn gemacht. Plötzlich berührten sich ihre Körper. Kein Blatt trennte sie mehr von ihm.

Langsam legte Louis seine Arme um sie.

»Willst du das?«, hörte sie ihn an ihrem Hals flüstern. »Willst du es wirklich?«

Sie nickte, unfähig zu sprechen.

Ganz zart berührten seine Lippen ihren Hals, fanden auf Anhieb jene Stelle, die sie weich werden ließ. Eng umschlungen stolperten sie weiter. Dann ließen sie sich ins Heu sinken.

Jetzt waren seine Lippen überall, an ihren Brüsten, die er aus dem Badeanzug befreit hatte, auf ihrem Bauch, nachdem er ihr den störenden Stoff ganz ausgezogen hatte. Als sie ihren Schoß küssten, wollte Griet ihn wegziehen, doch das ließ er nicht zu, sondern küsste und koste sie immer weiter.

Und dann spürte sie sie anrollen, jene große, rote Welle, die sie höher und immer höher trieb, bis sie vor Lust fast explodierte ...

»Wer bist du wirklich?«, hörte sie Louis sagen, als ihr Atem wieder ruhiger geworden war.

»Was meinst du damit?«, fragte sie zurück, auf einmal wieder ganz auf der Hut.

»Menschen mit falschen Biographien kann ich gewissermaßen riechen.« Ein kehliges Lachen. »Vielleicht, weil ich selbst dazugehöre. Deshalb passen wir beide ja auch so gut zusammen. Also?«

»Ich bin Griet van Mook ...«

Doch er unterbrach sie. »Du bist Jüdin, nicht wahr?« Griet erstarrte. »Wie bist du davongekommen? Erzähl es mir.«

Sie blieb stumm.

»Es wird dich erleichtern, glaub mir. Und ich schwöre: Niemals wird ein Wort davon über diese Lippen kommen – zu niemandem. Ich wette, Dan hat keine Ahnung, oder? Richtig gemacht! Einer wie er würde niemals verstehen, was Menschen dazu treibt, ihre Herkunft zu verleugnen.«

»Du zuerst«, sagte Griet, um Zeit zu gewinnen.

»Also gut, Vertrauen gegen Vertrauen: Mein Vater war Italiener und ein begnadeter Messerwerfer, meine Mama ist in Frankreich geboren und gehörte wie er zum Volk der Roma. Aus Liebe zu ihm ist sie ebenfalls zum Zirkus gegangen. Dort bin ich aufgewachsen – der kleine Leandro, der das Rad schlagen konnte und mit sechs schon perfekt den Flickflack beherrschte ...« Er brach ab, fuhr erst nach ein paar Augenblicken fort. »Warum dann Louis, wirst du mich jetzt fragen? Nun, die Franzosen lieben ihre großen Könige – deshalb. Und königlich, das wollte ich schon immer sein.« Ein kurzes Lachen, das rasch wieder kippte.

»Wir haben uns so durchgeschlagen«, fuhr er fort, »oft mehr schlecht als recht, bis der Krieg kam. Dann wurde es auf einmal immer schwieriger. Der Zirkus musste schließen, meine Eltern wurden zeitweise als Landstreicher eingesperrt und landeten schließlich in einem deutschen Lager. Beide haben es nicht überlebt.« Sein Mund wurde schmal. »Zigeuner eben – und damit für viele in ganz Europa bis heute die unterste Stufe der Schöpfung, *n'est ce pas?* Meine blauen Augen und mein kluges Köpfchen haben mich gerettet. Ich sah nicht aus wie ein Roma, hab mich anders benommen als die meisten meines Volks. Und so bin ich überall durchgerutscht, hab gelernt, mich unsichtbar zu machen, und mit Hilfsarbeiten für mein Überleben gesorgt, bis mich die Deutschen schließlich doch erwischt und eingesperrt haben, aber als Franzosen, nicht als Roma. So wurde aus Leandro Romano der Zwangsarbeiter Louis Moreau, der jetzt den Münchnern zeigt, wie man Geschäfte macht.«

»Weiß Toni davon?«, fragte Griet.

»Toni, mein kleiner Engel, so hell und rein? Nein. Sie soll es auch niemals erfahren, ebenso wenig wie der Rest der Familie. Und deinem strahlenden Ami gegenüber wirst du ebenfalls den Mund halten, das verlange ich von dir!« Er streichelte ihre Wange. »Vertrauen gegen Vertrauen: Jetzt bist du an der Reihe. Wer bist du wirklich, schönes Mädchen aus Holland?«

Sie atmete tief ein und wieder aus.

Louis würde enttäuscht sein, vor allem nach dem, was hinter ihnen lag, aber das konnte sie leider nicht ändern.

Ihrem Schwur würde sie treu bleiben bis zum letzten Atemzug.

»Ich bin Griet van Mook«, sagte sie mit fester Stimme. »Ich fürchte, du hast dich leider geirrt, Louis Moreau.«

*

Drei Tage ließ Griet verstreichen, Tage, in denen sie Toni kaum ins Gesicht schauen konnte, so schlecht war ihr Gewissen, Tage, in denen sie halsbrecherische Ausreden erfand, um Dan auf Distanz zu halten. Doch sie wusste, es war lediglich ein Aufschub.

Als sie sich spätabends auf den vertrauten Weg in die Possartstraße machte, schlug ihr Herz so schnell, dass sie Angst bekam, es würde ihr aus der Brust springen.

Sie würde ihm wehtun müssen, und das hatte er nicht verdient, Dan am allerwenigsten, nach allem, was er für sie getan hatte. Wenn sie Pech hatte, riskierte sie damit gleichzeitig auch ihren Arbeitsplatz, denn natürlich genoss sie als *girlfriend* von Captain Walker im Kasino Privilegien.

Aber es gab keine andere Lösung.

Über kurz oder lang würde auch er versuchen, hinter ihr Geheimnis zu kommen. Einige Anläufe dazu hatte Dan bereits unternommen, und es würden weitere folgen, damit musste sie rechnen. Griet wusste, wie ernst es ihm mit ihr war, denn sie hatte durch Zufall ganz hinten in seiner Küchenschublade die kleine Schachtel mit dem glitzernden Ring entdeckt.

Dan hatte vor, ihr einen Antrag zu machen. Aber sie konnte nicht seine Frau werden – niemals.

Seitdem sie mit Louis in der Scheune gelegen hatte, wusste sie es sicherer als je zuvor.

Diesen Rest von Fairness hatte Dan verdient. Er war liebenswert, anständig und gut aussehend. Wenn sie ihn freigab, hatte er allerbeste Chancen, die Richtige zu finden.

Sie drückte auf die Klingel und fühlte sich hundeelend dabei. Der Summer ertönte, die Haustür sprang auf.

Mit bleiernen Beinen schlich sie die Stufen hinauf.

Sein freudiges Begrüßungslächeln erstarb jäh, als er ihren Gesichtsausdruck sah.

»Ist etwas passiert, *honey*?«, fragte er besorgt.

Griet nickte.

»Wir müssen miteinander reden, Dan«, sagte sie. »Lässt du mich bitte herein?«

SECHZEHN

München, Herbst 1947

Der Herbst hatte so sonnig und mild begonnen, als wollte dieser Sommer nie mehr enden. Noch immer herrschte starke Trockenheit, noch immer war es für die Jahreszeit entschieden zu warm, bis endlich der Regen einsetzte und es ab Anfang Oktober kühler wurde. Mit einem Mal ging es mit den Temperaturen steil bergab, was für die Menschen im ausgebombten München neue alte Probleme mit sich brachte. Der Schutt war weitgehend beiseitegeräumt, flankierte in hohen Haufen aber noch immer viele Straßenzüge; weil die Stadtkassen leer waren, kam der Wiederaufbau nur zögerlich voran. Weder auf dem Wohnungsmarkt noch bei der Essenszuteilung gab es nennenswerte Fortschritte, ganz im Gegenteil: Dieser Rekordsommer, der auf den eisigen Jahrhundertwinter gefolgt war, hatte auch in Bayern die Ernteerträge bedenklich schrumpfen lassen. Als Folge regierte Hunger die Stadt, und so wurde gut zwei Jahre nach Kriegsende der Kampf ums nackte Überleben für viele zum alles beherrschenden Thema.

Was waren das noch für Zeiten gewesen, als sie im letzten Jahr zu viert vergnügt das Frühlingsfest besucht hatten, dachte Toni. Jetzt aber lief Dan Walker schon seit Wochen mit einem Gesicht wie sieben Tage Regenwetter herum.

Aus Griet war nicht herauszubekommen, weshalb sie sich von ihm getrennt hatte, und auch zwischen Louis und ihr knirschte es.

Die »Ersatz-Wies'n« auf der Theresienwiese war keine Option für einen gemeinsamen Ausflug gewesen. Max, der dort mit seinen Polizeikollegen regelmäßig Streife lief, berichtete von zahlreichen Schlägereien und Belästigungen von Frauen und Mädchen durch Betrunkene.

Wie übel so ein »Volksfest« ausgehen konnte, hatten sie im eigenen Haus Tag für Tag vor Augen. Zita Maidinger, die sich nach Monaten des Zauderns überraschenderweise ausgerechnet Toni anvertraut hatte, war dort im letzten Jahr nicht nur vergewaltigt, sondern dabei auch noch mit Syphilis infiziert worden. Natürlich hatte sie viel zu spät reagiert und aus Scham und Angst alle Symptome verdrängt. Stattdessen hatte sie inbrünstig zur Jungfrau Maria gebetet und in naivem Glauben gehofft, es würde irgendwie schon von selbst wieder verschwinden. Als sie endlich doch zum Arzt ging, befand sie sich bereits im zweiten Stadium der Geschlechtskrankheit, von vielen US-Soldaten lapidar *Veronika Dankeschön* genannt. Erkrankte GIs wurden allerdings unverzüglich vom Militärarzt einer intensiven Penicillinkur unterzogen: Zita dagegen hatte vom Hausarzt gegen die juckenden Flecken an Hals und Händen, an denen sie ebenso litt wie an einer ständig entzündeten Mundhöhle, lediglich eine äußerst nebenwirkungsreiche Arsenlösung verschrieben bekommen, die ihr keinerlei Besserung, geschweige denn Heilung gebracht hatte.

»I geh in die Isar«, hatte sie mehrmals gedroht und dabei

so verzweifelt ausgesehen, dass sie Toni nur noch leidgetan hatte.

»Du machst jetzt erst einmal gar nix«, hatte sie ihr resolut geantwortet. »Vielleicht findet sich ja doch ein Ausweg aus dieser vertrackten Lage.«

Danach hatte Toni Dan Walker aufgesucht, um sich bei ihm für Zita einzusetzen. Er hockte jetzt manchmal nach Dienstschluss am Fuß des Friedensengels und schaute stundenlang auf die Stadt – so wie sie es früher so gern mit ihrem Vater getan hatte. Doch während sie beide dabei stets spannende Gespräche geführt hatten, wirkte er einsam. Sein freundliches Gesicht war schmal geworden, die Augen hatten ihr Strahlen verloren.

Wenn einer unter der Trennung litt, dann er.

»Die Tochter unserer Hausmeisterin braucht Antibiotika, Dan – bitte!«, bestürmte ihn Toni. »Sie leidet an den Folgen einer Vergewaltigung, die ihr Syphilis eingebracht hat, ist vollkommen verzweifelt und voller Angst, dass sie nie mehr Kinder bekommen kann. Einzig und allein Penicillin könnte sie retten – Penicillin, das nur ihr habt!«

»Hat sie die Tat bei der Polizei angezeigt?«, wollte er wissen.

»Natürlich nicht! Weißt du, was Frauen passiert, die das tun? Vor den männlichen Polizisten müssen sie alles noch einmal haarklein ausbreiten – um sich dann anzuhören, dass sie möglicherweise zu aufreizend zurechtgemacht gewesen seien. Deshalb halten auch so viele Vergewaltigungsopfer lieber den Mund. Zita ist nur eine davon.«

Dan hatte lange überlegt, bis er antwortete.

»Wir können nicht alle verlorenen Seelen dieser Stadt

retten, Toni«, sagte er schließlich, »weder du noch ich sind dazu in der Lage. Aber es ist verdammt schwer, dir etwas abzuschlagen, wenn du mich so lieb darum bittest. Ich will sehen, was ich tun kann, *okay?*«

»Mehr als okay. Danke.« Sie berührte sanft seinen Arm. »Und wenn ich etwas für dich tun kann ...«

Wie verbrannt fuhr er zu ihr herum, sah sie aus rot geränderten Augen an.

»Ich schlafe kaum noch, und nichts schmeckt mir mehr. Meine Konzentration ist beim Teufel; die schwarzen Gedanken laufen ununterbrochen im Kreis. Bring sie mir zurück, Toni! Das ist das Einzige, was ich mir wünsche ...«

Seine Pein rührte sie zutiefst und bewirkte, dass Toni sich hilflos fühlte.

»Das kann ich leider nicht«, erwiderte sie sanft. »Griet hat ihren eigenen Kopf, das wissen wir beide. Aber ich kann für dich da sein, Dan, wenn du eine gute Freundin brauchst oder einfach nur jemanden zum Reden. Auf mich kannst du dich verlassen.«

»Das weiß ich. Du bist so klar, so geradeaus, das mag ich sehr an dir.« Sein Blick wurde noch verzweifelter. »Warum nur ist sie nicht wie du?«

»Weil sie Griet ist, und ich bin Toni ...«

Immer wieder musste sie an dieses Gespräch denken, das inzwischen schon einige Wochen zurücklag. Seitdem hatten sie ein paar weitere Male miteinander geredet, aber Toni spürte dabei stets Dans Zurückhaltung. Möglicherweise empfand er es als unmännlich, sich bei einer Frau auszuweinen, selbst wenn er ihr vertraute. Daher hatte Toni ihren Bruder gebeten, sich unauffällig um Dan zu kümmern, weil es ihm vielleicht leichterfallen würde, sich einem Mann zu öffnen – einem Mann, der nicht zu seinen Kameraden gehörte.

Und ihr Plan schien tatsächlich aufzugehen.

Seitdem Dan sich für Max' Entlassung aus dem Gefängnis eingesetzt hatte, hielt dieser große Stücke auf den jungen Captain. Sich jetzt bei Dan in gewisser Weise dafür zu revanchieren, indem er ihn von seiner Traurigkeit ablenkte, war ihm ein echtes Anliegen. Bei gemeinsamen sportlichen Aktivitäten gelang das besonders gut. Über Dan hatte Max Squash kennen- und lieben gelernt, ein schnelles Spiel auf engem Raum, bei dem sie beide bis an ihre körperlichen Grenzen gehen konnten.

Positiver Nebeneffekt für Max: Nie zuvor war seine Kondition so gut gewesen – und die brauchte er auch, denn sein Alltag als Polizist verlangte ihm einiges ab. Die Zahl der Raubüberfälle in München war sprunghaft angestiegen. Niemals zuvor hatte es so zahlreiche Eigentumsdelikte gegeben, aber auch Schlägereien und andere Arten körperlicher Auseinandersetzung nahmen in erschreckendem Ausmaß zu. Max' Bewerbung für die Beförderung zur Kriminalpolizei war positiv beschieden worden, und nach weiterem Büffeln, zusätzlichen Kursen nach Dienstschluss wie auch am Wochenende sollte er ab Januar seinen Dienst als junger Kommissar antreten.

Louis, dem sie von Dans Unterstützung durch ihren Bruder erzählte, spottete darüber, was Toni ihm übel nahm.

»Zwei Sheriffs auf Tuchfühlung? Wie rührend, mir kommen gleich die Tränen! Soll Dan es doch wie ein Mann nehmen, wenn seine Liebste die Nase voll von ihm hat. Dieser Mr. Saubermann hat sowieso nie zu Griet gepasst. Die braucht ein ganz anderes Kaliber von Mann.«

»Und das kannst du beurteilen?«, fauchte Toni zurück.

»*Yes, honey*« Er imitierte bewusst übertrieben Dans amerikanisch gefärbten Tonfall. »*I can.*«

Louis hatte seine Ankündigung wahr gemacht und tatsächlich eine eigene Druckerei in der Untergiesinger Humboldtstraße aufgemacht. Im Zuge seiner Entnazifizierung hatte der Vorbesitzer sie an einen Zwangsverwalter abtreten müssen. Inzwischen war der Eigentümer verstorben, und der Verwalter hatte sie weiterverkauft. Louis übernahm mit dem Kauf auch Druckermeister Erwin Beckmann, ebenso wie zwei andere Arbeiter.

»Ich kümmere mich um neue Aufträge und die Beschaffung der Materialien«, sagte er, während er Toni voller Stolz herumführte. »Den Rest erledigen die Fachkräfte. Sieh doch nur: zwei Heidelberger Zylinder, wie man diese kombinierten Druck- und Falzmaschinen im Fachjargon nennt. Sie haben schon ein paar Jährchen auf dem Buckel, sind aber noch immer in bestem Zustand. Im nächsten Raum findest du dann die Schneidemaschine sowie die ganzen Stehsatz-Regale. Und dort drüben: Schubladen voll verschiedener Schrifttypen!«

Die Druckerei, in einem ebenerdigen Anbau gelegen, nahm fast den ganzen Hinterhof ein; zu ihr gehörten ebenfalls ausgedehnte Kellerräume. Toni war schon halb auf der Treppe nach unten, als Louis sie wieder zurückholte.

»Da unten gibt es nichts Interessantes zu sehen – da ist nur unser Lager für Papier, Kartonagen, Druckertinte, Maschinenöl, alles, was man eben so für die Schwarze Kunst braucht. Der Keller reicht bis ins Nachbarhaus; einige Mauern hat man wohl erst nachträglich eingezogen.«

»Ganz schön groß«, war ihr herausgerutscht.

»Zu viel Platz kann man doch gar nicht haben. Wirst sehen, wir expandieren schneller, als du bis drei zählen kannst!«

Ohne Toni vorher zu informieren, hatte Louis auch ihren Chef zu einer Besichtigung eingeladen, und der hatte sich beeindruckt gezeigt. Curt Heubners Laune war schon seit geraumer Zeit famos, denn die Feuilletons überschlugen sich geradezu über Wölflings Roman *Asche und Stahl*. Der Einverkauf des Erstlings war erfolgreich gelaufen, und er floss auch weiterhin im Buchhandel in erfreulichen Stückzahlen ab. Wenn jetzt noch ein guter Weihnachtsverkauf dazukam, waren sie den schwarzen Zahlen näher als jemals zuvor.

»In meinen Augen sind Sie ein wahrer Tausendsassa, Herr Moreau«, erklärte Heubner. »Erst zaubern Sie Papier aus dem Ärmel, dann werden Sie scheinbar über Nacht Chef einer Druckerei – *chapeau*, kann ich da nur sagen! Lassen Sie es uns also gemeinsam mit einer kleineren Arbeit versuchen, warum nicht? Wir hätten da eine schmale Festschrift zum 70. Geburtstag des hiesigen Akademiepräsidenten, die ich Ihnen anvertraue. Machen Sie Ihre Sache gut, können wir im Anschluss durchaus über weitere Projekte reden.«

»Ich bring dich um, wenn du ihn enttäuschst«, lautete Tonis Kommentar, als Louis ihr freudestrahlend davon berichtete.

Heubner hatte seine Kalkulation akzeptiert, und auch sie fand trotz dreimaligem Nachrechnen nichts daran auszusetzen. Trotzdem bereitete ihr diese unerwartete Kombination von Privatleben und Beruf großes Unbehagen, zumal sie die beiden Bereiche, mit einer einzigen Ausnahme, stets sehr bewusst voneinander getrennt hatte. Mit wem sie ihre Nächte verbrachte, ging allein sie etwas an, nun aber wusste der ganze Verlag, wer ihr Freund war.

»Wehe, du ziehst meinen Verlag in etwas Illegales hinein«, warnte sie ihn.

»*Deinen* Verlag?«, wiederholte er spöttisch. »Sag bloß, *ma chère* ...«

»Du weißt ganz genau, wie ich es gemeint habe.«

»Keine Ahnung.« Seine tiefblauen Augen wirkten plötzlich ganz unschuldig. »Ich habe doch nichts anderes getan als das, was du mir seit Monaten gepredigt hast: Schluss mit den krummen Machenschaften – nur noch ganz legale Geschäfte. Nun drucken wir also für den angesehenen Heubner Verlag. Seriöser geht es wohl kaum – und du hast noch immer Einwände!« Sein Grinsen vertiefte sich. »Nicht ganz leicht, es dir recht zu machen, Toni, das musst du selbst zugeben. Vielleicht fällt es dir leichter, wenn ich dir verrate, dass wir noch einen zweiten Kunden gewinnen konnten: den stockkatholischen Anker Verlag. Fünftausend Kinderbibeln – wenn das kein schöner Auftrag ist!«

Was konnte sie dagegen einwenden?

Also schluckte Toni alles hinunter, was ihr noch auf der Zunge gelegen hatte, und gratulierte ihm. Trotzdem radelte sie anschließend sehr nachdenklich zurück in den Verlag.

Sie traute dem Frieden nicht.

Etwas an diesem neuen Pakt gefiel ihr ganz und gar nicht, auch wenn sie nicht hätte sagen können, was genau es war.

Ob Griets Bemerkung von neulich dazu beigetragen hatte?

Manchen Menschen liegt es einfach nicht, seriös zu sein. Sie bleiben Abenteurer, was auch immer sie anfassen ...

Es hatte sich eigentlich recht allgemein angehört, doch Toni hätte wetten können, dass damit Louis gemeint war. Was hatte Griet in Erfahrung gebracht, das sie selbst nicht über ihn wusste?

Zu gern hätte sie weiter nachgefragt, doch Griets Zurückhaltung, mit der sie sich wie mit einer Mauer umgab, hielt sie davon ab. Sie waren sich schon sehr viel näher gewesen. Was war geschehen, dass jetzt wieder eine solche Distanz zwischen ihnen herrschte?

Beim Druck der Festschrift an den folgenden Tagen liefen alle Vorbereitungen nach Plan. Als Farbe war statt Schwarz ein edles Schiefergrau vorgesehen; Toni vergewisserte sich vor Ort, dass der gewünschte Ton auch getroffen wurde.

Die Probedrucke fanden ihre Zustimmung. Druckermeister Beckmann hatte gute Arbeit geleistet.

»Eine Spur satter könnte die Farbe noch sein«, sagte Toni.

»Wird sie, wenn die Rollen sich erst einmal ganz vollgesogen haben«, versprach Beckmann. »Ich habe ein Auge darauf. Sie können sich auf mich verlassen.«

Schon halb zum Gehen gewandt, entdeckte Toni auf der

obersten Kellerstufe ein paar riesige Arbeitshandschuhe. Sie kannte nur einen einzigen, der solche Pranken hatte …

Juri.

»Du hast versprochen, dich von ihm zu trennen«, fauchte sie Louis an, der sich gerade von ihr verabschieden wollte. »So also hältst du dich an deine Zusagen!«

»Das ist richtig, *ma chère*, aber leider läuft nicht immer alles so, wie man sich das vielleicht im Idealfall wünschen würde«, erwiderte er. »Das musst sogar du einsehen.«

»Was soll das heißen?« Ihr Unmut wuchs. »Wäre es dir lieber, wenn ich statt seiner aus deinem Leben verschwände?«

»Toni, Toní, mein süßer kleiner Hitzkopf!« Er nahm ihren Kopf in beide Hände und lächelte sie schmelzend an. »Was für ein Unsinn sich doch manchmal durch dieses kluge Gehirn schlängeln kann! Juri geht es nicht gut, und bis er wieder ganz auf den Beinen ist, kann ich ihn doch nicht hängen lassen. Du wirst ihn nicht zu Gesicht bekommen, *d'accord*? Das kann ich dir garantieren. Er arbeitet sozusagen im Untergrund für mich – effektiv, aber unsichtbar.«

»Dann wohnt er also auch noch hier?«, bohrte Toni nach. »Wo genau? Im Keller?«

Louis zuckte die Achseln.

»Weniger zu wissen kann bisweilen durchaus von Vorteil sein«, antwortete er sibyllinisch. »Juri ist nicht sonderlich anspruchsvoll. Der findet immer und überall ein Plätzchen zum Schlafen.«

»Aber wenn Dr. Heubner …«

»Lass gefälligst deinen Chef da raus«, unterbrach er sie

scharf. »Was geht es ihn an, wenn ich einen alten Kumpel unterstütze? Wir liefern dem Verlag gute Druckware zu anständigen Preisen. Allein darauf kommt es doch an.«

Sie hatte an etwas gerührt, das ihm unangenehm war, deshalb reagierte er so.

Aber was konnte das sein?

So heftig, wie Louis sich verhielt, musste es um mehr gehen als um diesen Ukrainer mit den Schaufelhänden. Seine Nasenflügel bebten, und die Hände waren zu Fäusten geballt. Wie ein Panther kam er ihr vor, eine zornige Raubkatze, die jeden Augenblick zuschlagen konnte.

Sie starrte ihn an, diesen Mann mit den unergründlichen Augen, der sich einfach so in ihr Leben geschlichen hatte.

Was wusste sie wirklich über ihn?

Nichts, wenn sie ehrlich war.

*

Griet hätte erleichtert sein oder sich zumindest befreit fühlen müssen, doch nichts von dem spürte sie. Stattdessen war ihr Leben seit der Trennung von Dan um viele Schattierungen dunkler geworden, und an vielen Tagen war sie fast so weit, zu ihm zu gehen und einzugestehen, dass sie einen riesengroßen Fehler gemacht hatte. Doch das durfte sie nicht, denn sonst würde die Angst vor Entdeckung sie abermals in die Zange nehmen – und außerdem hatte er etwas Besseres verdient.

Ihre Angst, die Anstellung bei den Amis zu verlieren, war unbegründet gewesen; niemand dachte daran, sie rauszuschmeißen. Dans Kameraden hatten die Trennung zur Kenntnis genommen, um dann wieder zur Tagesordnung überzugehen. Die Kollegen in der Küche behandelten sie ebenfalls taktvoll – allen voran Tombergs, der offenbar annahm, Dan habe die Beziehung von sich aus beendet.

»Andere Mütter haben auch hübsche Söhne, Mädchen«, versuchte er sie aufzumuntern. »Und mit unseren tapferen GIs ist das ohnehin so eine Sache: Hier amüsieren sie sich – geheiratet aber wird dann doch zu Hause.«

Das hatte schon einmal jemand zu ihr gesagt, und es kam Griet so vor, als sei das in einem anderen Leben gewesen. Damals hatte sie all ihre Hoffnungen auf den schmucken deutschstämmigen Captain aus dem fernen Chicago gesetzt, inzwischen jedoch wusste sie, dass sie mit den Dämonen der Vergangenheit allein fertigwerden musste.

Tagsüber kam sie meistens halbwegs damit zurecht. Sie konzentrierte sich auf die neuen Rezepte und Kochtechniken, mit denen Tombergs sie nach und nach vertraut machte, lernte Dämpfen, Sieden, Braten und Gratinieren und avancierte zu einer echten Meisterin im Gemüseschneiden, die schließlich zartere Juliennes fabrizieren konnte als der Küchenchef selbst.

Schwieriger wurde es an den langen, dunklen Herbstabenden, die Griet nun oft allein in ihrem Zimmer verbrachte, sofern sie nicht Spätschicht im Kasino hatte. Dass Stirnweiß mit vier Jahren Arbeitslager davongekommen war, von denen zwei durch die Untersuchungshaft als abgegolten galten, verdüsterte ihre Stimmung weiter. Um nicht ständig zu grübeln, flüchtete sie sich ins Lesen. Bibi hatte sie in die American Library in der Sophienstraße mitgeschleift, wo man Bücher kostenlos entleihen durfte. Für das nächste Jahr war die Eröffnung des Amerikahauses geplant, das im ehemaligen Führerbau seine Heimat finden sollte. Dann würde sich das jetzt schon breite Bücherangebot noch mehr erweitern; zudem waren Theateraufführungen, Vortragsreihen, Musikabende sowie Kunstausstellungen geplant. Die moderne amerikanische Literatur übte große Faszination auf Griet aus, die erst jetzt merkte, worum sie die Jahre von Verfolgung und Krieg in dieser Hinsicht beraubt hatten. Aber selbst großartige Autoren wie Wilder, Faulkner, Hemingway, Steinbeck und Miller halfen ihr mit ihren Werken nicht wirklich über die Einsamkeit hinweg.

Dabei spürte Griet, dass Toni immer wieder ihre Nähe suchte. Und auch sie fühlte sich Bibis großer Schwester durchaus freundschaftlich verbunden. Sie mochte und schätzte Toni, die so hell, so freundlich und stets hilfsbereit war. Es hätte ihr gutgetan, mit ihr zusammen zu sein, zu reden, Tee zu trinken oder spazieren zu gehen. Die Eislaufsaison, die ihnen im letzten Winter so viel Freude bereitet hatte, fing wieder an. Der Dipferltanz im Prinze zu flotten Songs – wie sehr hatte Griet sich darauf gefreut! Toni hatte sie bereits darauf angesprochen, doch bislang hatte Griet stets ausweichend reagiert. Wie hätte sie auch unbefangen zusagen können – mit der Schuld, die sie sich ihr gegenüber aufgeladen hatte?

In diesen Monaten der inneren Schwebe war der Schlaf erneut ihr Feind geworden. Auch zu Lagerzeiten hatte Griet sehr schlecht geschlafen. Eigentlich hatte es bereits begonnen, als sie noch im Untergrund gelebt hatte. Die Angst, aufgespürt zu werden, war ihr tief unter die Haut gekrochen. In Dans starken Armen hatte sie sich eine Zeit lang ein wenig gelegt, doch das war nun für immer vorbei.

Auf dem Schwarzmarkt in der Möhlstraße hatte Griet sich Tee aus Hopfenextrakt gekauft; wenn sie den mit heißem Wasser überbrühte und mit ein wenig Honig vermengte, half ihr das manchmal zumindest über die erste Hürde. So schlich sie auch an diesem Abend auf Zehenspitzen in die Küche, um niemanden aufzuwecken – doch sie war nicht die Einzige, die noch wach war.

Leichenblass beugte sich Vev über Max, der auf einem der alten Stühle mehr hing als saß, einen dicken weißen Verband am linken Oberarm. Sein Gesicht zeigte mehrere Schürfwunden; das rechte Auge verunzierte ein Veilchen.

»Streifschuss«, sagte er in dem vergeblichen Versuch, gelassener zu klingen, als er offensichtlich war. »Im *Rechts der Isar* haben sie mich schon zusammengeflickt.«

»Einbruch in der Lebensmittelkartenstelle am Ostbahnhof«, erläuterte Vev mit Grabesstimme. »Und das schon zum zweiten Mal! Max war mit einem Kollegen auf der Lauer ...«

»... aber die Einbrecher waren mindestens zu dritt. Meinem Kollegen haben sie eins auf die Rübe gegeben, der war gleich ohnmächtig. Danach kam ich an die Reihe. Offenbar haben sie mich bewusstlos ein Stück über den rauen Boden geschleift, so sieht zumindest mein Gesicht aus – von der Uniform ganz zu schweigen.«

Jetzt erst fiel Griet auf, dass die blaue Jacke ganz zerschlissen war; auch die Hose sah nicht wesentlich besser aus.

»Leider bin ich ihnen zu schnell wieder wach geworden, da hat einer von ihnen geschossen«, fuhr Max fort. »Ich konnte mich gerade noch zur Seite werfen, deshalb hat mich der Schuss lediglich gestreift. Dann sind sie auch schon auf und davon, zwei kleinere Männer und ein sehr großer ...«

»Sie haben die Lebensmittelkarten vom ganzen Viertel mitgenommen!«, rief Vev. »Müssen wir jetzt alle verhungern?«

»Müssen wir nicht, liebe Tante, mach dir bitte keine Sorgen.« Max klang trotz seiner Verletzung beruhigend. »Papier ist geduldig, da werden neue nachgedruckt. Die gestohlenen finden wir dann garantiert sehr bald auf dem Schwarzmarkt wieder – zu übersteigerten Preisen, versteht sich.«

»Hast du noch große Schmerzen?«, wollte Griet wissen. »Dass sie dich nicht gleich in der Klinik behalten haben!«

»Wollten sie ja.« Max grinste. Er schien langsam wieder Oberwasser zu bekommen. »Aber ich nicht. Diese Kerle will ich unbedingt kriegen. Meine Wut auf sie ist ganz gewaltig ...«

Er bewegte sich auf dem Stuhl und ächzte dabei.

»Zeit, dass ich endlich eine ordentliche Waffe bekomme. Mit Schlagstöcken und Trillerpfeifen richtest du gegen solche Strolche nämlich gar nichts aus.«

»Ich hätte noch einen Schluck Bourbon«, sagte Griet. »Könnte vielleicht hilfreich sein.«

»Da sag ich nicht Nein«, erklärte Max. »Und wie ich dich kenne, bist du auch mit von der Partie, oder, Tante Vev?«

»Heute nicht. Ich geh lieber schlafen. Macht ihr Jungen das mal schön unter euch aus. In dieser Wohnung hat man nicht häufig Gelegenheit, ungestört zusammen zu sein.« Vev lächelte geheimnisvoll, dann erhob sie sich steifbeinig. »Ich denke, dass die anderen erst mal nichts von deiner Verletzung erfahren müssen, Max. Liege ich damit richtig?«

»Goldrichtig. Ich bin schon aus dem Haus, wenn sie morgen aufstehen, danach fast drei Wochen auf Lehrgang – und bis ich danach wiederkomme, ist es sicherlich nur noch ein ärgerlicher Kratzer.«

»Behüt dich Gott, mein Junge«, sagte Vev und küsste ihn zart auf die Stirn. »Du weißt sicherlich, was du dir zumuten kannst – aber Angst hab ich trotzdem immer um dich.«

Auf ihren Stock gestützt, ging sie hinaus.

»Vev ist und bleibt ungewöhnlich«, sagte Max, als Griet mit der Flasche zurückkam. »Und sie hat viel gelebt. Das merkt man ihr an.« Unwillkürlich stöhnte er abermals.

»Wenn du weiter so einen Lärm machst, werden sie bald alle auf der Schwelle stehen«, sagte Griet. »Dann ist es aus und vorbei mit dem Vertuschen. Sollen wir nicht lieber auf ein Glas in mein Zimmer gehen?«

»Gute Idee«, erwiderte er.

Sie ging voraus, und er folgte ihr. Nur die kleine Lampe neben dem Bett brannte, als sie eintraten, sonst lag der Raum im Dunkeln.

»Seit meiner Einberufung war ich nicht mehr hier drin.« Max versuchte sich zu orientieren. Langsam schienen sich seine Augen an die schwache Beleuchtung zu gewöhnen.

»Früher haben wir hier so einige Familienfeste gefeiert. Aber so viel hat sich ja eigentlich gar nicht verändert. Die Couch ist ausgezogen, und der Plattenspieler ist neu ... und die Regale kommen mir voller vor. Und früher stand niemals Lippenstift auf dem Tisch ...« Er grinste.

»Der Sessel ist nach wie vor allenfalls mäßig bequem«, sagte Griet und überging seine Bemerkung. »Von mir aus kannst du dich ruhig auf dem Bett ausstrecken. Verletzte Krieger dürfen das.«

»Dann bedanke ich mich dafür.« Er folgte ihrer Aufforderung.

Sie nickte und goss je einen Fingerbreit der bernsteinfarbenen Flüssigkeit in ein Glas.

»Auf das Leben«, sagte Max und stieß mit ihr an. »Heute habe ich wieder einmal gemerkt, wie kostbar es ist.«

»Und wie endlich«, murmelte Griet. »Ich bin froh, dass dir nicht mehr passiert ist.«

Beide tranken.

»Du reist nur mit ganz leichtem Gepäck, nicht wahr?«, sagte er nach einer Weile. »Damit du jederzeit wieder fortkannst. Jetzt bist du doch schon einige Zeit bei uns, aber wenn ich mich hier so umsehe, dann wirkt es auf mich, als seist du erst gestern angekommen.«

»Was braucht man schon groß? Bücher, Platten, ein paar Klamotten ...«

»Aber wenn man wirklich sesshaft werden möchte, wenn man seinen Liebsten gefunden hat und eine Familie gründen möchte, dann reicht das doch nicht!«

Bei seiner Bemerkung fielen Griet sofort Christl und ihr Franz ein, die jetzt den kleinen Martin bekommen hatten.

Und natürlich Leni und Greta. Die schwarze Els kämpfte mit dem Tod; offenbar war es nur noch eine Frage von Tagen, bis er den Sieg über sie davontragen würde.

Und was dann?

»Ich habe erleben müssen, wie schnell sich das alles ändern kann, wenn du Pech hast«, sagte Griet. »Heimat, Familie, gerade noch eine sichere, feste Bank – und plötzlich alles zu Asche zerstoben ...« Ihre Stimme kippte. »Das lässt dich sehr misstrauisch werden, ob du nun willst oder nicht.«

»Aber hast du denn gar keine Sehnsucht danach, Griet?« Nie zuvor hatte seine Stimme so weich geklungen. »Im Gefecht und später dann unter Tage habe ich immer davon geträumt, wie es später einmal sein würde – ein Leben in Frieden, an der Seite eines geliebten Menschen mit gemeinsamen Kindern ...«

»Doch«, sagte sie und leerte ihr Glas. »Ich habe ebenfalls davon geträumt. Aber leider musste ich erfahren, dass solche Träume oft sehr schnell zerplatzen können. Und bevor wir beide jetzt hoffnungslos sentimental werden, setze ich dich lieber ganz schnell vor die Türe, Max Brandl.«

Er stand auf. Als er näher trat, nahm Griet unter dem Jod, dem Geruch nach Verbandszeug und Krankenhaus seinen eigenen herben Duft wahr, und sie mochte sehr, was sie da roch. Der ganze Mann zog sie an, und das, wenn sie ehrlich zu sich war, bereits seit Monaten. Max war ebenso männlich wie Dan, aber vielseitiger, ein bunter Charakter, der selbst einiges durchlitten hatte, dabei jedoch geerdet geblieben war, bei Weitem nicht so unstet schillernd wie Louis. In ihren Augen exakt die richtige

Mischung aus Härte und Weichheit – und verdammt anziehend dazu.

Doch was half das alles?

Ganz gewiss würde sie die Lage nicht noch komplizierter machen, als diese ohnehin schon war. Bei Tonis Freund war sie schwach geworden, was sie mittlerweile bitter bereute. Jetzt auch noch ihren großen Bruder zu verführen wäre eindeutig zu viel gewesen.

»Ist das dein Ernst?«, fragte er leise, als spürte er den Kampf, den sie in ihrem Inneren ausfocht.

»Für heute ja«, erwiderte sie tapfer.

»Dann ist der Dipferltanz für diese Saison noch nicht verloren?«

Griet musste grinsen. Wenn es darauf ankam, konnte Max ebenso humorvoll sein wie seine Schwester.

»Sieht ganz so aus«, sagte sie leise. »Kurier dich schnell wieder aus – Gute Nacht.«

*

Die Kleine rannte ihr auf dem Flur entgegen, als Griet ein paar Tage später die Wohnung aufschloss.

»Iti«, juchzte sie. »Iti! Iti!!«

Griet fing sie auf, hob sie hoch und drückte sie fest an sich.

»Greta, mein Mäuschen«, sagte sie überrascht. »Was bist du groß geworden! Und deine Mama? Wo ist die denn?«

Das kleine Mädchen strampelte, bis sie sie wieder freiließ.

»Mama«, sagte sie sehr ernsthaft, griff nach Griets Hand und zog sie weiter in die Küche. »Mama da!«

Dort saß Leni am Tisch neben Anni und deren Sohn.

»Wir wussten ja gar nicht, dass Sie so reizenden Besuch erwarten.« Lochner lächelte breit. »Und wie es aussieht, sogar für länger.«

Griet blickte zu dem abgewetzten Koffer, der vor dem Herd stand, dann wieder zu ihm.

Verhöhnte er sie gerade?

Nein, er sah so glücklich, entspannt und zufrieden aus, wie sie ihn noch nie zuvor erlebt hatte.

»Die schwarze Els ist gestorben«, sagte Leni rasch. »Und deren Tochter hat das Haus danach sofort für sich reklamiert. Wir durften keinen Tag länger bleiben. Ich wollte dir noch schreiben, aber dazu hatte ich leider keine Zeit mehr …«

Sie hob die Brauen und sah Griet vielsagend an.

Sie hatten sie rausgeworfen, vielleicht sogar aus dem Dorf gejagt. Der Schutz der Dorfhexe war mit deren Tod erloschen. Keine der alteingesessenen Bäuerinnen wollte länger diese junge Polin ertragen, die den Männern nichts als Flausen in den Kopf gesetzt hatte. Jetzt war Leni hier – weil sie nicht gewusst hatte, wohin sonst. Ohne Papiere, ohne Zuzugsgenehmigung, ohne alles.

Und es gab keinen Dan mehr, der sich darum kümmern würde.

Greta war auf Lochners Schoß geklettert und begann mit den silbernen Knöpfen seiner Weste zu spielen. Dann lehnte sie sich an seine Brust und schloss die Augen.

Sie schien sich ausgesprochen wohlzufühlen.

Ganz im Gegensatz zu Griet.

»Aber hier ist leider auch kein Platz für euch«, sagte sie

rasch. »Ich meine, für ein paar Nächte könntet ihr sicherlich bleiben, sofern meine Vermieterin nichts dagegen hat, doch danach müsst ihr wieder …«

»Warum denn auf einmal so hart, Frau van Mook?« Lochners Stimme war samtweich. »Wo der liebe Gott sich doch über jedes Kindlein herzlich freut …«

»Soll das heißen, dass Sie eine Wohnung für die beiden haben?«, fauchte sie ihn an. »Anstellung plus Zuzugsgenehmigung am besten gleich mit dazu – sonst lassen Sie Ihr Gerede besser bleiben!«

»Kommt Zeit, kommt Rat.« Er streichelte zart über Gretas Wangen, was ihr gut zu gefallen schien, denn sie öffnete wieder die Augen und strahlte ihn freudig an. »Schließlich sitze ich doch direkt an der Quelle. Gell, mein kleiner Schatz, das tut der Onkel nämlich.«

Scherzte er? Nahm er sie alle auf die Schippe?

Nein, ganz offenbar meinte Benno Lochner jedes Wort ernst.

Und Leni, die bei Agfa jedes Mal zusammengezuckt war, sobald er sich zu schnell auf sie zubewegte, lächelte ihn freundlich an.

»Das wäre ja ganz wunderbar, Herr Lochner«, sagte sie. »Ich träume schon so lange davon, in München zu leben!«

»Benno, bitte«, lautete seine Antwort. »Ich bin der Benno – und ich freu mich wirklich sehr, dass wir uns auf diese Weise wiedersehen, Leni!«

SIEBZEHN

München, Winter 1947

Endlich mal wieder gemeinsam im Kino sitzen!

Schon seit Tagen hatte Tante Vev von nichts anderem mehr geredet. Vor dem Krieg war sie eine begeisterte Besucherin der Münchner Kinos gewesen, bald allerdings von den Durchhaltefilmen des NS-Regimes so angewidert gewesen, dass sie lieber darauf verzichtet hatte. Ihrer alten Liebe zum Film jedoch hatte diese dunkle Epoche der deutschen Geschichte nichts anhaben können.

»Hab ja selbst in jungen Tagen die stille Hoffnung gehegt, dass mich mal jemand für den Film entdeckt«, gestand sie Griet mit einem Augenzwinkern, als sie nebeneinander in den wiedereröffneten Luitpold-Lichtspielen saßen. »Doch dann ist es leider nur beim Theater geblieben. Vielleicht im Nachhinein nicht einmal die schlechteste Entscheidung des Schicksals, denn die Kamera ist gnadenlos: Schon die kleinste Falte zeigt sie in Übergröße! Ohnehin sehen doch nur Frauen, die Kuhaugen und eingefrorene Gesichter haben, auf der Leinwand richtig gut aus. Jedenfalls war es früher so.«

»Ich hätte Sie sehr gerne auf der Bühne erlebt«, erwiderte Griet. »Kann mir richtig vorstellen, wie Sie da herumgewirbelt sind.«

»Bin ich, meine Liebe, und das nicht zu knapp – aber was soll man sagen? *Tempi passati.*« Bescheiden senkte Vev den Blick; dabei war ihr anzusehen, wie sehr sie sich über das Kompliment freute.

Für den heutigen Abend hatte sie sich sorgfältig zurechtgemacht: dunkelblauer Mantel mit Silberfuchs, elegant, aber für die winterlichen Temperaturen eigentlich zu leicht, darunter eines ihrer alten Seidenkleider, an dessen Revers man die Pfauenbrosche funkeln sah. Das silberne Haar war frisch onduliert, und natürlich trug sie einen kleinen, ebenfalls blauen Hut, denn ohne würde eine echte Dame das Haus niemals verlassen.

»Wieso hast du dich eigentlich so aufgetakelt? Wird doch eh gleich dunkel«, moserte Anni, die in einfacher Alltagskleidung eine Reihe weiter hinten saß. »Ab einem gewissen Alter sind wir Frauen sowieso unsichtbar. Auf den rechtschaffenen Charakter kommt es dann an, nicht mehr auf oberflächlichen Schein …«

»Du wirst es leider niemals kapieren, Annemie«, erwiderte Vev von oben herab. »Deshalb schlurfst du auch immer noch allein durch die Weltgeschichte. Könnte sogar noch härter für dich werden, wo jetzt sogar dein geliebter Sohn endlich mal auf Freiersfüßen wandelt. Kernseife allein war eben noch nie ein probates Mittel, um attraktiv auf die Männerwelt zu wirken.«

»Redest du etwa von dieser schamlosen Polin? So eine nimmt mein Bua niemals, damit du es nur weißt!«

Toni verkniff sich ein Grinsen.

Benno war ganz offensichtlich nicht nur wie ein Pennäler in Griets Freundin Leni verschossen, sondern auch zutiefst begeistert von deren Kind. Das niedliche kleine Mädchen mit den dunklen Locken hatte so liebenswürdige Seiten in ihm zum Vorschein gebracht, dass sich die gesamte Familie nur noch wundern konnte.

Hatte er sich wirklich so einsam unter ihnen gefühlt?

Auf einmal war Tonis bislang meist mürrischer Cousin aktiv und einfallsreich, nichts schien ihm mehr zu viel zu sein, um Leni und Greta zu helfen. Die beiden hatten nur drei Wochen lang mit Griet das Zimmer teilen müssen, da hatte Benno schon im Zuge seiner Tätigkeit als Wohnungsprüfer eine Unterkunft plus Anstellung organisiert. Mutter und Tochter wohnten nun bei einer kinderlosen Fabrikantenwitwe im Herzogpark, gar nicht weit entfernt von Dr. Heubner. In der ein wenig heruntergekommenen Villa von Frau von Rhein arbeitete Leni nun als Hausangestellte. Die Hausherrin, die unter Hüftproblemen litt, war froh, dass wieder Ordnung und Leben in ihr Haus eingezogen waren. Zudem war sie ganz vernarrt in die Kleine und übernahm sogar, so weit ihre Behinderung es erlaubte, einen Teil ihrer Betreuung. Im nächsten Jahr würde Greta dann alt genug sein, um den von Nonnen geleiteten Kindergarten in der Gebeleschule zu besuchen.

Für seine Mutter hatte der einstige Nesthocker Benno nun so gut wie gar keine Zeit mehr, und manchmal tat Toni die einsam gewordene Tante fast leid. Doch jedes Mal, wenn Anni mal wieder tief in ihre Kiste altbackener Spruchweisheiten griff, verflüchtigte sich dieser Anflug von Mitgefühl schnell wieder.

Toni blickte nach vorne auf die Leinwand. Dr. Heubner hatte ihr die Kinokarten für diesen Abend geschenkt.

Ohne seine großzügige Spende säßen sie heute alle nicht hier. Natürlich hatte auch Bibi unbedingt dabei sein wollen, doch der Film war erst ab sechzehn freigegeben, und so musste sie notgedrungen zu Hause bleiben, zusammen mit Rosa, die ihrer Jüngsten freiwillig Gesellschaft leistete.

Doch was versäumten sie!

Mehr als 1200 Sitze umfasste dieser Kinopalast, in den Zwanzigern eröffnet, im Krieg zerstört, und nun im Frieden von der energischen Besitzerin Lonny van Laak, die trotz ihrer jüdischen Wurzeln das »Dritte Reich« überlebt hatte, wiedereröffnet. Die alten Farben Rot und Gold waren zurück, und wenn an manchen Wänden auch noch ein frischer Anstrich fehlte, so bot der riesige Saal doch die Illusion von Luxus, den viele so lange vermisst hatten.

Zwischen gestern und morgen war als erster deutscher Film nach Kriegsende auf dem Gelände der Bavaria in Grünwald gedreht worden. Ufa-Legende Willy Birgel erhielt in dem Streifen erstmals Gelegenheit, wieder zu spielen, was Vev zu einem abfälligen Zischen veranlasste.

»Für mich ist und bleibt er der Herrenreiter der Nazis!«

Man hatte ihm eine Riege namhafter Schauspieler wie Viktor Staal, Adolf Gondrell, Sybille Schmitz und Winnie Markus an die Seite gestellt, sowie Viktor de Kowa, den ehemaligen Liebling von Joseph Goebbels, den dieser lange gefördert und sogar vor einem Einsatz an der Front bewahrt hatte.

»Ebenfalls mit reichlich dunkelbraunen Flecken auf der weißen Weste, aber mit eindeutig mehr Charme«, lautete Vevs bissiger Kommentar. Und höhnisch fügte sie hinzu:

»Gewissen Schurken mit Stil und Esprit verzeihen wir doch immer wieder gern, nicht wahr?«

Sollte das eine Anspielung auf Louis sein?

Toni hatte ihn erst gar nicht gefragt, ob er mit ins Kino wollte. Seitdem seine Druckerei richtig angelaufen war, sah sie ihn nur noch selten.

Oder gab es noch andere Gründe, weshalb er sich so rar bei ihr machte? Etwa neue Liebschaften, die er hinter ihrem Rücken betrieb? Ein Louis Moreau würde sich niemals ändern – und wenn er tausend heilige Eide schwor!

Daran wollte sie jetzt lieber gar nicht denken …

»Sollen wir gehen?«, flüsterte Toni zurück. »Du musst es hier nicht aushalten, wenn dich alles zu sehr nervt.«

»Du bist wohl verrückt geworden!«, zischte ihre Großtante zurück. »Ich genieße es gerade bis in die allerletzte Pore! Ist ja fast wie früher am Theater, wenn wir nach der Vorstellung über andere hergezogen sind. Und sieh doch nur mal dieses wunderschöne Gesicht auf der Leinwand – allein dafür hat es sich doch schon gelohnt!«

Damit meinte sie die junge Berliner Schauspielerin Hildegard Knef, die in der kleinen Rolle der Kat nicht nur mit ihrem Aussehen, sondern auch mit ihrer rauchigen Stimme brillierte. Die Handlung war zwar nicht wirklich überzeugend, dazu waren die angeblich schicksalhaften Verwicklungen zu einfach gestrickt, aber der Film bemühte sich redlich, mit Originalaufnahmen des zerstörten Münchens unmittelbar nach Kriegsende Atmosphäre zu schaffen.

»Richtig gruslig.« Vev griff nach Tonis Hand. »Jetzt, wo sie schon so einiges in der Stadt aufgeräumt haben, vergisst man fast, wie katastrophal es hier im Mai '45 ausgesehen hat.« Plötzlich begann sie zu kichern. »Und jetzt schau mal ganz unauffällig zwei Stühle weiter nach rechts. Da braucht offenbar noch jemand dringend seelischen Beistand.«

Die Augen auf die Leinwand gerichtet, saß Griet Hand in Hand mit Max, der so knapp vom Dienst gekommen war, dass er nicht einmal seine Uniform hatte ausziehen können. Von höherer Stelle war es nicht gern gesehen, wenn Polizeibeamte uniformiert Freizeitveranstaltungen besuchten. Dass Max, der sonst alle Regeln befolgte, weil er auf der Karriereleiter rasch weiterkommen wollte, sich darüber hinwegsetzte, bewies, wie immens wichtig ihm dieser Kinobesuch gewesen war.

»Freuen würde es mich ja«, wisperte Vev weiter. »Was für ein schönes Paar!«

Ja, sie hatte recht. Wäre da nicht Dan gewesen …

Bei dem Gedanken an ihn wurde Tonis Hals ganz eng. Da hatte sie ihm ihren großen Bruder geschickt, damit er ihn von seiner Trauer ablenkte – und jetzt knisterte es ausgerechnet zwischen Max und Griet!

Ganz überraschend war es für Toni nicht gekommen. Dass die beiden sich sehr mochten, war ihr schon länger aufgefallen. Max war es gelungen, Griet wieder aus ihrem Schneckenhaus hervorzulocken, in dem sie sich seit dem Sommer verkrochen hatte. Er war auch der Einzige, der sie zum Lachen bringen konnte – wie jung und gelöst sie dann auf einmal aussah!

Spätestens seit dem gemeinsamen Eislaufen vor zwei Wochen war Toni sich ganz sicher. Da war Griet abwechselnd blass und rot geworden, als Max sie in die Geheimnisse des Dreisprungs eingeführt hatte. Wie gern er Griet hochgehoben hatte, um ihr möglichst anschaulich zu demonstrieren, wie sie anschließend mit den Füßen wieder aufkommen sollte! Später dann, beim Dipferltanz, den sie wie gewohnt zu dritt absolvierten, war Toni sich auf einmal so überflüssig vorgekommen wie selten zuvor ...

Sie wünschte ihrem Bruder von Herzen, dass er endlich glücklich wurde – aber ausgerechnet mit Dans Verflossener? Ob er seinem amerikanischen Freund schon gestanden hatte, was er für Griet empfand?

Eigentlich sollte sie es ja den beiden, beziehungsweise den dreien, überlassen, diese Sache zu regeln, doch das fiel Toni schwer. Zu sehr hatte sie Dan inzwischen ins Herz geschlossen. Den Herbst über hatte sie samstags, direkt nach der Arbeit im Verlag, ein paar längere Spaziergänge mit ihm im Englischen Garten unternommen. Zunächst war er noch sehr verhalten gewesen und redete nur wenig, doch eines Nachmittags begann Dan von seiner Familie zu erzählen – den beiden so unterschiedlichen Schwestern Deborah und Amy, seiner Mutter Helen und seinem Vater Bill, einem engagierten Arzt für Lungenheilkunde, der arme Patienten manchmal auch kostenlos behandelte. Den Grundstock für den Wohlstand der Familie bildete Opa Daniels Gurkenfabrik, die der geborene Thüringer mit einem Kompagnon vor vielen Jahren in Chicago gegründet hatte. Selbst während des Kriegs war sie erstaunlich gut gelaufen; offenbar verspürten die Menschen auch oder erst recht in schweren Zeiten Lust auf Saures.

Stundenlang hätte Toni ihm zuhören können. Sie liebte seine ruhige, tiefe Stimme mit dem unverwechselbaren

Akzent, der sofort verriet, woher der Sprecher stammte, obwohl sein Deutsch inzwischen fehlerfrei war. Ganz weich wurde Dans Gesicht, sobald er von zu Hause erzählte. Sie hatte seine Sehnsucht nach den fernen Angehörigen gespürt und sich ihm dabei so nah gefühlt, dass sie ein wenig erschrocken war.

Warum musste sie gerade jetzt wieder daran denken?

Wahrscheinlich, weil Griet ihre Hand blitzschnell zurückgezogen hatte, sobald das Licht im großen Kinosaal wieder anging. Anscheinend war es ihr peinlich, ihre Zuneigung zu Max öffentlich zu zeigen.

Gar nicht so anders, wie Toni selbst sich Dan gegenüber fühlte ...

Aber war sie nicht eigentlich noch immer Louis' Freundin? Auch wenn Toni mittlerweile immer öfter das Gefühl beschlich, dass sie und ihn mehr trennte, als sie jemals verbinden würde.

»Muss Liebe eigentlich immer so kompliziert sein?«, fragte sie halblaut Tante Vev, während sie in einer langen Schlange zum Ausgang strebten.

»Bis man den Richtigen gefunden hat, leider schon«, lautete deren lakonische Antwort.

»Und woran merkt man, dass es der Richtige ist?«, wollte Toni weiter wissen.

»Daran, dass dann alles plötzlich ganz einfach ist.«

Draußen in der kalten Dezemberluft löste sich die Zuschauermenge schnell auf.

»Mein Ludwig hätte uns jetzt alle natürlich noch schick ausgeführt«, erklärte Vev und schaute sehnsüchtig auf die Trümmer des einstigen Luxuscafés, vor dem sie standen.

Im Sommer hatte man Tische und Stühle einfach auf den Gehsteig gestellt und so versucht, ein Flair im Stil von Rom oder Nizza zu erzeugen, doch dazu war es inzwischen viel zu frostig. »Unten servieren sie ja noch, aber auf ein kaltes Getränk im Keller unter offenen Heizungsrohren verspüre ich, ehrlich gesagt, so gar keine Lust. Auch die Bar im *Regina*, wo wir früher mit den Theaterleuten so viele ausgelassene Stunden verbracht haben, ist noch immer geschlossen. Da bleibt uns wohl nur der Heimweg. Unendlich schade! Wer will denn schon nach so einem Abend gleich wieder nach ...«

Zwei große Feuerwehrwagen mit lauten Sirenen sowie mehrere Polizeiautos, die mit Blaulicht auf der Fahrbahn an ihnen vorbeijagten, ließen Vev mitten im Satz innehalten.

»Da muss etwas passiert sein«, sagte Anni erschrocken. »Etwas Schlimmes, wenn es so viele sind!«

»Kann man so sagen«, kommentierte ein Mann, der ihnen gerade mit seinem Dackel an der Leine entgegenkam. »Zwei kleinere Amiflugzeuge sind in der Luft kollidiert und über Harlaching abgestürzt – direkt auf ein Wohnhaus. Alles in Flammen! Es soll einige Tote geben. Sie haben es gerade im Radio gebracht.«

»Dann muss ich sofort in die Ettstraße«, sagte Max.

»Ins Polizeipräsidium? Aber du hast doch heute gar keinen Dienst mehr«, wandte Anni ein.

»Bei Katastrophen wird jeder Polizist gebraucht.« Er war bereits losgespurtet.

»Pass auf dich auf«, sagten Toni und Griet wie aus einem Mund.

»Macht er schon«, ergänzte Vev. »Unser Max hat einen ganz besonderen Schutzengel, das weiß ich schon lange.«

*

Jetzt liebte sie wieder, und es war neu und ganz anders als mit Dan. Auf den ersten Blick mochte Max ruhig und besonnen wirken, doch dahinter loderte eine Glut, die Griet fast erschreckte – und gleichzeitig unwiderstehlich anzog. Es war, als hätte der Flugzeugabsturz in Harlaching alle Schranken eingerissen. Noch in derselben Nacht war Max in ihr Zimmer gestürzt gekommen, das sie aus einer Vorahnung heraus nicht abgeschlossen hatte – nach Rauch stinkend, schmutzig, vollkommen außer sich. Wortlos hatte er sich zu ihr ins Bett gelegt, sie fest in seine Arme geschlossen und lange nicht mehr losgelassen.

Irgendwann hatte sie gespürt, dass Max weinte.

»Zwei tote Piloten, aber das war noch lange nicht alles. Jetzt fallen keine Bomben mehr, und trotzdem sind die Bewohner der kleinen Villa in ihrem eigenen Haus verbrannt. Die Frau ... verkohlt auf einem Kunstledersessel, Haut und Material ineinander verschmolzen. In meinem ganzen Leben habe ich noch nie so etwas Gruseliges gesehen, Griet ...«

Sie küsste seine Tränen fort, bis ihre Lippen sich fanden und der Trost sich mehr und mehr in Leidenschaft verwandelte. Seine Küsse waren hungrig, doch sie liebte diesen ehrlichen Hunger ohne Berechnung oder Raffinesse. Max wollte sie, er begehrte sie, und ihr ging es ja mit ihm nicht anders. Da war keine Zeit mehr für zärtliches Werben oder lustvolle Hinhaltemanöver. Ihre Körper fanden zueinander, als sei es seit jeher so vorgesehen gewesen. Alles passte, jeder war die perfekte Ergänzung des anderen. Sie vergaßen die ganze Welt, waren nur noch Frau und Mann, Mann und Frau.

Im allerletzten Moment zog er sich aus ihr zurück und kam auf ihrem Bauch. Auch das war typisch Max: selbst im Rausch der Sinne noch immer verantwortungsbewusst.

Glücklich fühlte Griet sich hinterher, und erschöpft wie nach einer steilen Bergbesteigung.

»An Kinder denken wir später«, hörte sie Max murmeln. »Alles zu seiner Zeit. Und natürlich werde ich mit Dan reden ...«

Dann war er eingeschlafen, während sie noch lange wach lag.

Auch wenn sie sich schon vor Monaten von Dan getrennt hatte, so war doch erst heute das Band, das sie einst verknüpft hatte, für immer durchschnitten worden. Bei allem Glück, das Griet empfand, schwebte auch ein Hauch von Wehmut in der Luft.

Wie ging es ihm wohl? Hatte er ihre Entscheidung inzwischen verarbeitet? Und wie würde er ihre Beziehung zu Max aufnehmen, wenn dieser sie ihm beichtete?

Ganz zart berührte sie im Dunkeln das Gesicht des Schlafenden neben ihr – die Wölbung der Stirn, den Schwung der Nase, die festen Lippen, die entspannt aufeinanderlagen.

Er bewegte sich leicht und schien sich den kosenden Fingern entgegenzustrecken.

Konnte diese neue Liebe wirklich Bestand haben?,

fragte sich Griet. Die Liebe zu einem Mann, der zu den von ihr noch vor Kurzem so verhassten Moffen gehörte?

Sie wünschte es sich so sehr.

Lass es uns gut machen, Max Brandl, dachte sie in einer wild aufflammenden Gefühlsregung. So gut, dass es für ewig hält!

Von den Tausenden gefälschten Lebensmittelmarken, die die Polizei unbeschadet auf dem Grundstück, über dem die Flugzeuge abgestürzt waren, entdeckt hatte, erfuhr Griet von Max erst am nächsten Morgen. Und offenbar waren die Beamten in dem unterirdischen Bunker unter dem Rasen, in dem sie die gefälschten Marken entdeckt hatten, noch auf etwas anderes gestoßen. Griet spürte, dass dieser Fund Max noch immer beschäftigte. Doch was es war, enthielt er ihr vor. Schon mal eine Vorschau, wie es in Zukunft mit ihm sein würde – voller Hingabe und Leidenschaft in der Beziehung, aber sobald es seinen Beruf betraf, das Gebot absoluter Verschwiegenheit.

Wäre es nach Max gegangen, so hätte er ihr Glück am liebsten sofort mit der ganzen Familie geteilt, doch Griet hielt ihn zurück.

»Schenk uns diese Zeit«, bat sie. »Alles ist noch so frisch und neu. Ich möchte unsere Zweisamkeit noch ein Weilchen ungestört genießen.«

Schließlich gab er nach.

»Eigentlich mag ich keine Geheimniskrämerei mehr in meinem Leben«, sagte er. »Aber wenn du es dir wünschst, will ich es versuchen.«

Wie schwer das auch für sie war, merkte Griet bereits,

als wenig später die anderen erwachten. Türen gingen auf und zu, das alte Eichenparkett knarzte, Stimmen waren zu hören. Max hatte sich längst wieder in sein Kämmerchen zurückgeschlichen. Als Griet ihr Zimmer verließ, in dem sie vorsichtshalber alle Spuren der Liebesnacht beseitigt hatte, versuchte sie sich so zu verhalten, als sei alles wie immer. Doch es gelang ihr einfach nicht, das Dauerlächeln aus ihrem Gesicht zu löschen.

Toni fiel es sofort auf.

»Du hast ja heute blendende Laune«, sagte sie, als sie sich vor der Badezimmertür begegneten, an der es früher so oft zu Zwist zwischen ihnen gekommen war.

»Es war ja auch ein wunderbarer Abend gestern«, erwiderte Griet – und ließ ihr freiwillig den Vortritt.

Danach konnte es ihr gar nicht schnell genug gehen, die Wohnung zu verlassen. Zum Glück war sie mit Leni verabredet, die heute freihatte und mit eigenen Augen sehen wollte, was sich in der Möhlstraße alles abspielte. Griet, die ein bisschen zu früh dran war, sah die beiden schon von Weitem ankommen.

Offenbar hatte Frau von Rhein ihrer Hausangestellten ein altes Fahrrad mit einem Kinderkorb an der Lenkstange geliehen; so hatte Leni den Weg aus dem Herzogpark nicht zu Fuß zurücklegen müssen. Noch lag kein Schnee, aber die Luft roch bereits danach. Greta hatte wohl gefroren, denn sie begann zu quengeln, als Leni sie aus dem Körbchen befreite.

Zwei Polizisten in blauen Uniformen bauten sich vor den beiden auf.

»Sie wissen schon, dass heut Sonntag ist«, sagte einer

von ihnen in leicht drohendem Tonfall. »Und trotzdem kommen Sie hierher ...«

Leni, die von Menschen in Uniform immer noch schnell eingeschüchtert war, schaute Hilfe suchend zu Griet.

»Aber da sind ja so viele andere auch«, versuchte die sich zu rechtfertigen.

»Ja, leider. Ihren eigenen Sabbat begehen sie, aber der heilige Tag unseres Herrn ist ihnen nichts wert«, schimpfte der Ältere der beiden. »Und unsere Münchner tanzen gehorsamst nach ihrer Pfeife – und gehen lieber zum Einkaufen als in die Kirche!«

»Die Münchner Polizei ist hier bei den DPs gar nicht zuständig«, sagte Griet leise zu Leni. »Zwischenfälle regelt die US Military Police. Das weiß ich noch von Dan. Lass dich also bloß nicht einschüchtern!«

»A ganz a schlaues Fräulein«, sagte der jüngere Polizist. »Die san uns die Allerliebsten! Und von hier ist sie auch nicht, gell? Dann möchte ich gern mal die Ausweispapiere sehen, damit wir auch wissen, mit wem wir es zu tun haben.«

Die alte Angst fuhr Griet tief ins Mark.

Würde das denn niemals aufhören?

Hab ich zu Hause vergessen, war das Erste, was ihr durch den Kopf schoss, doch dann ließ Griet diese schwache Ausrede schnell wieder fallen. Jeder musste sich ausweisen können, so lauteten die Regeln in Deutschland; wer das nicht konnte, der geriet sofort unter Verdacht. Die Polizisten konnten sie ohne Weiteres mit aufs Revier schleppen, wenn sie ihnen querkam, und von dort aus im schlimmsten Fall unangenehme Nachforschungen anstellen, was auf jeden Fall vermieden werden musste.

Natürlich hatte sie ihre Papiere dabei – wie immer!

Ihre Hand zitterte leicht, als sie die Handtasche öffnete und das Gewünschte herauszog.

Ich. Bin. Griet. Van. Mook. Ich. Werde. Leben.

Immer wieder wiederholte sie im Geiste diese Worte. Einmal, zweimal, dreimal, dann zeigte der Spruch wie immer Wirkung, und sie wurde etwas ruhiger.

Der Polizist starrte noch immer auf den Ausweis.

Wollte er ihn auswendig lernen? Oder lief bereits eine Fahndung nach ihr, von der sie nichts wusste?

»Aus den schönen Niederlanden also«, sagte er. »Käse und Tulpen! Wie hat Sie es denn bis nach München verschlagen?«

Darüber war sie ihm keine Rechenschaft schuldig. Die Zeit der Nazis war schließlich vorbei. Trotzdem war es sicherlich klug, freundlich zu bleiben.

»Familienangelegenheiten«, erwiderte Griet, und ihr gelang ein Lächeln, weil sie dabei an Max dachte.

Was noch nicht war, konnte ja noch werden.

»Soso, die liebe Familie also …« Er reichte ihr den reichlich zerfledderten Schein, der sie auf allen Stationen ihrer unfreiwilligen Odyssee begleitet hatte, zurück. »Muss übrigens bald verlängert werden. Nächstes Jahr läuft er aus. Ihr Generalkonsulat ist in Nymphenburg. Aber das wissen Sie ja sicherlich bereits.«

Griet steckte den Ausweis schnell wieder ein.

»Weiß ich«, antwortete sie. »Trotzdem danke für den Hinweis. Ich werde mich natürlich darum kümmern.«

Sie nahm die Hand der kleinen Greta und ging mit schnellen Schritten weiter.

Leni folgte ihr. »Gut, dass Sie nicht mich gefilzt haben«, sagte sie. »Mit polnischen Papieren ist alles noch viel ärger. Da sind sie gleich von vornherein misstrauisch. Für viele sind und bleiben wir eben Untermenschen, auch wenn der Krieg zehn Mal vorbei ist!«

»So etwas darfst du nicht denken, Leni!«, wandte Griet ein, während die Kleine, die mittlerweile die vielen Holzbuden entdeckt hatte, sie ungeduldig weiterzerrte. »Niemand ist ein ›Untermensch‹. Diesen widerlichen Begriff haben die verdammten Nazis bloß erfunden, um ...«

»Aber viele glauben es noch immer! Schon bei der Agfa war es so, sogar danach im Kloster, und vom Dorf will ich lieber gar nicht reden. Meinen Nachnamen haben sie dort bei jeder Gelegenheit verunglimpft, und am liebsten hätten sie mich nach dem Tod der Schwarzen Els geteert und gefedert. Aber vielleicht heißen wir ja gar nicht mehr lange Paw...«

Sie hielt inne und rannte ihrer Tochter nach, die sich von Griets Hand losgerissen hatte und zwischen den Holzbuden herumwirbelte.

»Mama!«, rief sie selig. »Sleifen!«

An einer Bude hatte Greta bunte Bänder und Schleifen entdeckt.

»Entschuldigen Sie bitte«, sagte Leni zu dem Mann im Holzkiosk, der sie sofort mit einem Schwall polnischer Worte überzog.

Sie antwortete ihm ebenfalls auf Polnisch, und es entspann sich ein längerer Dialog, an dessen Ende der Mann mit einer großen Schere ein Stück rotes Seidenband abschnitt und es lächelnd Greta reichte.

»*Ładna dziewczyna*«, sagte er. »Es segne dich der Ewige!«

»Was hat er gesagt?«, wollte Griet wissen, während Leni die dunklen Locken der Kleinen mit dem Band zu einem Zöpfchen flocht.

»Schönes Mädchen.« Leni strahlte. »Mein kleiner Sonnenschein wickelt sie alle um den Finger! Aber zuvor hat er erzählt, dass er aus Krakau wieder hierher zurückgeflohen ist. ›Die eigenen Landsleute sind gemeiner zu uns Juden als die Nazis‹, hat er gesagt. Ist das nicht schrecklich? Ich will auch nie mehr wieder dorthin zurück, Griet! Wie würden meine polnischen Verwandten und Nachbarn wohl erst mich behandeln, wenn irgendwann herauskäme, wozu die Nazis mich in Dachau gezwungen haben?«

Sie breitete die Arme aus.

»Nein, ich möchte unbedingt hierbleiben! Und vielleicht gibt es ja schon ganz bald einen lieben Mann und Papa, der auf uns beide aufpasst. Dann könnte es sogar für immer sein.«

»Lochner?«, fragte Griet. »Nicht dein Ernst, oder? Und was ist mit Gretas Vater? Wie passt das denn zusammen?«

»Benno«, korrigierte Leni. »Und ja, es ist mein voller Ernst. Jan wird für immer in meinem Herzen bleiben, aber er ist tot und kann uns nicht mehr schützen. Das wird nun Benno übernehmen. Etwas Besseres hätte uns gar nicht passieren können. Ich erzähl dir gleich mehr darüber. Aber lass mich bitte erst noch ein Weilchen in diesen Wundern schwelgen: Orangen, Kuchen, Cognac, Englisches Tuch, ja sogar ganz moderne Kameras – ich weiß gar nicht, wohin ich zuerst schauen soll!«

Sie hatte einen der ausgestellten Fotoapparate in die Hand genommen, um ihn eingehender zu betrachten.

»Eine Leica«, murmelte sie tief beeindruckt, um sich dann an Griet zu wenden. »Mein Traum«, gestand sie ihr. »Die Kleine wächst so schnell – wie gern hätte ich da ein paar Fotos zur Erinnerung, damit ich später nicht alles vergessen habe.«

»Kannst du denn überhaupt fotografieren?«, fragte Griet.

»Bislang noch nicht, aber das kann man doch lernen, oder? Was soll das gute Stück denn kosten?«

»698 Reichsmark!«, erklärte der Verkäufer. »Das ist fast geschenkt!«

»Fast 700 Reichsmark, fast vier Monate Lohn! Das ist für mich natürlich unerschwinglich ...« Leni legte die Kamera wieder zurück.

»Einen Moment, gnädige Frau«, sagte der Verkäufer. »Das ist natürlich nicht unser einziges Modell. Wenn Sie es wünschen, kann ich den Chef fragen, ob er ...«

»Nicht nötig.« Aus dem hinteren Teil des Kiosks trat ein Mann in Kamelhaarmantel und braunen Lederhandschuhen. »Wenn ich den Damen weiterhelfen kann – *avec plaisir! Bonjour*, Griet, gut siehst du aus.«

»Komm weiter.« Griet zerrte an Lenis Jackenärmel.

»Das war doch Toni Brandls Freund, oder? Ich hab ihn gesehen, als er sie mal von zu Hause abgeholt hat.« Leni sperrte sich, wollte nicht wirklich gehen. »Was hast du gegen ihn? Der sieht doch eigentlich ganz freundlich aus.«

»Und genau das ist seine Masche. Er wickelt dich ein, bis dir Hören und Sehen vergeht, und dann ...«

»Du bist ja auf einmal ganz rot im Gesicht, Griet! So sehr regt dich dieser Typ auf?«

»Offiziell ist Louis Tonis Freund, was ihn aber nicht daran hindert, sich munter anderweitig umzusehen. Außerdem lügt er, sobald er den Mund aufmacht. Ihr hat er geschworen, sich jetzt nur noch ganz legal um seine Druckerei zu kümmern, das hat sie mir erzählt. Und wo finden wir ihn? Auf dem Schwarzmarkt, inmitten wertvoller Fotoapparate! Wo die wohl herstammen? Wahrscheinlich sind sie irgendwo vom Laster gefallen ... Und jetzt komm endlich. Sollen sich andere die Finger an ihm verbrennen!«

Leni blieb nichts anderes übrig, als sich zu fügen, so energisch war Griet geworden.

Als sie später im *Astoria*, einem kleinen Café, das auf der Möhlstraße eröffnet hatte, bei Tee und Kuchen saßen und Greta hingebungsvoll die Sahne auf ihrer heißen Schokolade löffelte, kam Leni noch einmal auf Louis zu sprechen.

»Du kennst ihn besser, als du zugibst, stimmt's?«, fragte sie.

Griet zuckte die Achseln.

»Und wenn schon«, erwiderte sie. »Louis Moreau war ein Fehler, den ich aus meinem Gedächtnis gestrichen habe. Jetzt gibt es für mich nur noch Max.«

»Ihr seid zusammen? Wie aufregend!« Leni griff nach Griets Hand und drückte sie. »Du sollst so glücklich mit ihm werden! Ja, Max ist ein feiner Kerl. Das hab ich gleich gesehen, als wir bei dir wohnen durften. Obwohl, deinen schmucken Ami hab ich auch sehr gemocht ...«

»Ich auch«, sagte Griet. »Aber das mit uns hatte keine

Zukunft. Reden wir doch lieber von dir: Ist es dir wirklich ernst mit Benno Lochner?«

Leni nickte.

»Wie er mein Kind angenommen hat, und mich auch ... Das ist meine Gelegenheit, Griet! Jemand, der uns so unvoreingenommen begegnet, das ist einfach wunderbar ...«

Sie begann hektisch in ihrer fast leeren Tasse zu rühren.

»Und was bedrückt dich dann?«, fragte Griet.

»Benno weiß nicht, dass ich im Lagerbordell war«, flüsterte Leni so leise, dass sie kaum noch zu verstehen war. Sie warf einen bedeutenden Blick zu ihrer Tochter. »Wir müssen mit Greta aufpassen, sie schnappt jetzt immer öfter einzelne Worte auf, wenn wir uns unterhalten.« Weiter in ihrer Tasse rührend, fuhr sie fort: »Ich dachte, er hätte es vielleicht im Prozess erfahren, doch ihm wurde übel, bevor meine Zeugenaussage verlesen wurde ...«

»Ich weiß. Dein Benno hat den halben Gang vollgekotzt«, sagte Griet. »Wir waren Augen... – nein, besser gesagt: Nasenzeugen.«

»Seitdem hat er dazugelernt. Benno hängt nicht mehr an der Nazizeit und bereut vieles von dem, woran er einst geglaubt hat. Ich wünschte, auch du könntest ihn mit anderen Augen sehen, Griet.«

»Dazu muss wohl noch eine Menge Wasser die Isar hinunterfließen, wie man hier sagt. Das ist es, was dich bedrückt?«

»Ja, das auch. Du hast mein Leben gerettet – und das von Greta dazu. Ohne dich würde es sie gar nicht geben. Für mich bist du meine Familie ...«

»Ich werde versuchen, ihn ein wenig positiver zu betrachten«, sagte Griet. »Vorausgesetzt, er benimmt sich dir und der Kleinen gegenüber ordentlich.«

»Danke.« Leni lächelte, während Greta mit dem Löffel auf die Tischplatte klopfte. »Das wird er, und viel mehr als das, da bin ich mir sicher. Aber müsste ich Benno nicht reinen Wein einschenken? Hätte er nicht eigentlich die ganze Wahrheit verdient? Ich glaube nämlich, er wird mir über kurz oder lang einen Antrag machen.«

Griet lehnte sich weit über den Tisch und sah ihrer Freundin tief in die Augen. »Davon muss ich dir dringend abraten, Leni. Es gibt gewisse Dinge, die behält man besser für sich. Und du lügst ja nicht, du sprichst nur nicht alles laut aus. Wenn es dir wirklich ernst ist mit Benno, dann hältst du besser deinen Mund – und zwar für immer.«

*

Es war ein schönes, stilles Weihnachtsessen, bei dem in diesem Jahr auch Griet mit am Tisch saß. Toni und Rosa hatten auf dem Schwarzmarkt in der Möhlstraße zwei leicht moosige Karpfen ergattert, die gebraten gar nicht einmal schlecht schmeckten. Dazu gab es Kartoffeln und Krautsalat. Zum Nachtisch hatte Vev etwas zusammengeschustert, das sich »Herrencreme« nannte, aber vor allem pappig war und süß schmeckte. Bibi leckte trotzdem mit Begeisterung alle Schüsselchen aus.

Benno verbrachte den Heiligen Abend mit Leni und Greta bei Frau von Rhein, ein Umstand, der Anni zwischendrin immer wieder kurz aufschluchzen ließ.

Louis fehlte ebenfalls. Er hatte sich standhaft geweigert, die festliche Runde zu erweitern. »Bin nun mal kein Weihnachtstyp«, hatte er gemurmelt und Toni zwei Flaschen Bordeaux in die Hand gedrückt. »Und erst recht nicht scharf auf deinen Bruder, der uns mit seinen Kollegen nur Ärger macht. Aber Schwamm drüber! Trinkt das zusammen auf mein Wohl. Wir beide sehen uns dann nach den Feiertagen wieder, wenn das ganze Tamtam vorbei ist.«

In seiner Stimme war ein Unterton gewesen, der Toni hatte aufhorchen lassen, doch nur wenige Augenblicke später hatte Louis schon wieder wie immer geklungen: selbstbewusst, lässig, über den Dingen stehend.

Er fehlte ihr, trotz allem, aber sie war auch froh, an diesem Abend ohne ihn zu sein. Denn mindestens ebenso vermisste sie Dans Gegenwart, der mit ein paar Kameraden zum Skilaufen nach Garmisch gefahren war.

»Komm doch mit«, hatte er sie aufgefordert. »Die frische Luft und die Berge würden dir guttun …«

Wie er sich das nur vorstellte?

Weder besaß Toni eine Ausrüstung, noch hatte sie jemals auf Skiern gestanden. Und wie sollte sie überhaupt mit einer Horde junger US-Soldaten Urlaub machen können!

Trotzdem musste sie immer wieder an ihn denken, vor allem, als sie die verliebten Blicke sah, die Griet und Max ständig tauschten.

Bevor es Zeit für die Mette wurde, ließ Max schließlich am Tisch die Bombe platzen.

»Griet und ich sind ein Paar«, verkündete er strahlend.

»Und ich bin sehr, sehr froh darüber. Von euch wünsche ich mir, dass ihr sie so behandelt, wie ich sie sehe – als meine geliebte Gefährtin.«

»Dann heiratet ihr?«, rief Bibi begeistert. »Und ich werde ganz bald Tante, wie wunderbar!« Sie sprang auf und umarmte erst den Bruder, dann Griet.

»Von mir aus liebend gern.« Max schmunzelte. »Allerdings müsste ich dazu wohl noch ganz kurz Griet fragen.«

Griet schickte ihm einen Luftkuss.

»Ich bin zutiefst gerührt«, erklärte Vev. »Meinen Segen habt ihr, Kinder – falls ihr den von einer alten Schachtel überhaupt wollt!«

»Und ob wir den wollen, Tante Vev«, sagte Max galant. »Ohne dich geht es doch gar nicht!«

Wie leicht und souverän er das alles macht, dachte Toni. Wenn man Max reden hörte, schien es das Selbstverständlichste der Welt zu sein, der Familie seine Liebe zu einer holländischen Zwangseinquartierten zu gestehen, die zudem im KZ gesessen hatte.

Aber ihr großer Bruder hatte ja recht – leben wollten sie, endlich glücklich sein!

Nicht alle aus der Familie allerdings schienen über die neue Entwicklung begeistert zu sein. Aus den Augenwinkeln sah Toni, dass Anni die Kinnlade runtergefallen war, und auch ihre Mutter musste einige Male schlucken, bevor sie ein Lächeln zustande brachte.

»Wenn das euer Vater hätte erleben können«, sagte Rosa schließlich mit feuchten Augen, und Toni bekam Angst, dass die Trauer um den Vermissten sie vollkommen überwältigen könnte.

Deshalb stand sie auf und hob ihr Glas.

»Alles Glück der Welt für euch beide, Griet und Max«, sagte sie. »Von ganzem Herzen!«

ACHTZEHN

München, Fasching 1948

Heute Blau hieß der neue Gedichtband, und Egon Blau hatte sich mächtig geziert, bevor er dem Wunsch seines Verlegers nach einer Veröffentlichung zugestimmt hatte.

»Ich bin doch kein Huhn, das auf Befehl Eier legt! Und dann dieser grässliche Untertitel: *Alltagsgedichte* – damit machen wir alles doch ganz klein!«

»Ganz im Gegenteil, mein Lieber.« Curt Heubner war von seiner Euphorie nicht abzubringen, denn er brauchte dringend einen zugkräftigen Titel für sein Frühjahrsprogramm. Wölfling saß zwar an seinem zweiten Roman, aber das konnte dauern, so kompliziert, wie dieser junge Autor gestrickt war. »Leg deine Verse einfach wieder in die kompetenten Hände von Fräulein Brandl, und alles wird gut.«

Einfacher gesagt als getan.

Wie schon die beiden letzten Male, musste Toni die fertigen Gedichte Blau regelrecht entreißen, so ungern gab er sie frei. Und umgänglicher war er in den letzten Monaten auch nicht unbedingt geworden, im Gegenteil: Er war sichtlich genervt vom Leben auf engem Raum mit Frau und inzwischen zwei kleinen Söhnen und unwilliger denn je, mit dem Verlag zu kooperieren.

»Einer ist eigentlich immer am Plärren«, klagte er. »Und kaum hat er aufgehört, fängt der andere an. Selbst wenn sie schlafen, schnarchen sie. Ich hätte nie gedacht, dass so kleine Kinder derart laute Brummgeräusche von sich geben können. Mir schwirrt mein armer Kopf von diesem ständigen Lärm, und es kann ja noch Jahre dauern, bis die Buben endlich vernünftig werden und nachts brav den Mund halten …«

»Genauso geht es ganz vielen Ihrer Leser«, versicherte Toni, die ihn auf Wunsch ihres Chefs aus der Wohnung ins nahe gelegene Gasthaus *Jagdschlössl* am Rotkreuzplatz gelotst hatte. Dr. Heubner hatte ihr ein ganzes Bündel Lebensmittelmarken in die Hand gedrückt, über deren Herkunft sie lieber nicht zu genau nachdachte, und ihr eingeschärft, dass sie den Dichter bei Lüngerl mit Semmelknödeln und Bier bei Laune halten sollte. »Bedichten Sie den täglichen Kampf mit dem Alltag – das wollen die Leute lesen, denn darin erkennen sie ihr eigenes Leben wieder.«

Das magere Gesicht ihr gegenüber geriet noch eine Spur grämlicher. »Und lustig soll es natürlich auch noch sein, was?«

»Sagen wir lieber humorvoll. Und das beherrscht weit und breit keiner so gut wie Sie, lieber, verehrter Herr Blau!«

Waren es Tonis schmeichelhafte Worte gewesen, oder doch eher die Semmelknödel, die er für sein Leben gern aß? Jedenfalls rückte er tatsächlich ein paar weitere Verse heraus. Allerdings wäre Blau nicht Blau gewesen, hätte er es seinem Verlag zu einfach gemacht.

Dr. Heubner musste für ihn, sich selbst und Toni Karten

für den *Alten Simpl* besorgen, wo im Januar der Komiker Karl Valentin zusammen mit seiner Partnerin Liesl Karlstadt auftrat. Alle Plätze in dem verrauchten Schwabinger Lokal waren besetzt, doch die Reaktion des Publikums fiel eher verhalten aus, selbst bei so bekannten Sketchen wie »Die Orchesterprobe« oder »Beim Nervenarzt«. Nur Blau reagierte vergnügt an den richtigen Stellen, und als das ungleiche Paar zum Schluss seine berühmte Nummer »Semmelnknödeln« vortrug, konnte er sich vor Lachen kaum noch halten.

»Köstlich!«, rief er und applaudierte begeistert. »Einfach nur köstlich! So viel absurder Humor, wie erfrischend ist das in unseren schweren Zeiten! Diesem großen Künstler fühle ich mich zutiefst verbunden.«

Kein Wunder, denn genau betrachtet, hätten die beiden fast Brüder sein können – der stets mit allem hadernde Dichter, dem solch humorvolle Verse glückten, und der dauergrantelnde Komiker, der früher alle zum Lachen gebracht hatte.

Toni fiel allerdings auf, wie erschöpft Karl Valentin aussah, und er kam ihr beängstigend dürr vor, fast wie ein Gerippe, an dem der fadenscheinige Anzug beängstigend schlotterte. Dr. Heubner erklärte ihr flüsternd, wie wenig Sinn die Nazis für Valentins Humor gehabt hätten und dass ihm schließlich sogar absolutes Auftrittsverbot erteilt worden war.

»Holzlöffel und Kinderspielzeug musste er schnitzen in seiner Datsche in Planegg, um überhaupt zu überleben. Das hat natürlich Spuren hinterlassen«, fügte er hinzu. »Und auch jetzt läuft seine Karriere offenbar nur zögerlich an. Im Rundfunk wollen sie ihn gar nicht mehr haben, das hat ihn schwer getroffen, wie man hört. Angeblich weil den Leuten sein Humor zu finster ist. Lassen Sie uns hoffen, dass Karl Valentin trotz allem wieder auf die Beine kommt.«

Nach dem kargen Schlussapplaus überreichte Blau Toni mit großer Geste sein komplettes Manuskript.

»Jetzt wünsche ich mir einen sensiblen Drucker«, sagte er. »Denn schöner als das vorhergehende darf das neue Büchlein durchaus werden, wenn es schon so sehr alltäglich sein soll.«

Beim letzten Buchauftrag hatte sich Dr. Heubner im letzten Moment gegen Louis' Druckerei entschieden, weil ihn ein Konkurrent deutlich unterboten hatte. Dieser hatte inzwischen allerdings zusperren müssen, wie so viele andere der Branche, die generell mit dem Überleben zu kämpfen hatte.

»Verlass dich da ganz auf uns, Egon«, sagte Heubner jovial und bestellte eine neue Runde Bier, von dem man ruhig mehr trinken konnte, weil es noch immer ziemlich dünn war. »Ich hab da jemand Neuen an der Hand, der sich sicherlich große Mühe geben wird. Fräulein Brandl und ich werden dein Baby schon schaukeln, versprochen!«

Toni wusste sofort, wen er damit meinte, und das machte sie nicht froh, ganz im Gegenteil.

Nach einer weiteren Runde fuhr der Verleger seinen Autor, der trotz Dünnbier eine leichte Schlagseite hatte, in seinem alten Mercedes nach Hause.

Leicht nuschelnd verabschiedete er sich von Heubner und Toni.

Heute Nacht macht er beim Schnarchen seinen Buben bestimmt ordentlich Konkurrenz, dachte Toni. Die arme Frau Blau tut mir jetzt schon leid.

Auf der Rückfahrt nach Bogenhausen war es eine Weile still im Wagen. Toni verspürte keine Lust zu reden, und auch ihr Chef schwieg zunächst.

»Irgendetwas passt Ihnen nicht«, sagte Heubner nach einer Weile. »Ich kenne Sie doch, Toni! Also, was ist es? Heraus damit!«

Sie schwieg eine Weile. »Wollen Sie den Auftrag nicht lieber einem anderen Drucker geben?«, sagte sie schließlich. »Ich weiß nicht, ob Louis Moreau der Richtige dafür ist.«

»Und das aus Ihrem Mund, jetzt bin ich aber baff! Ist er denn nicht mehr Ihr Freund?«

»Ja ... nein ... ich weiß es, ehrlich gesagt, gerade nicht so genau ...«, stammelte sie.

Seitdem das neue Jahr begonnen hatte, schien Louis sich immer mehr von Toni abzuschotten. Sylvester hatten sie noch zusammen im *Orlando di Lasso* am Platzl gefeiert, einer früher eher biederen Gaststätte, die sich inzwischen zum angesagten Jazzlokal gemausert hatte. Drei Bands hintereinander waren dort aufgetreten, eine besser als die andere. Den krönenden Abschluss hatte schließlich Freddie Brocksieper mit seinen Jungs geboten und die Gäste mit ihrem mitreißenden Rhythmus richtiggehend in Ekstase versetzt. Toni und Louis hatten bis zum Umfallen getanzt, getrunken, gelacht und schließlich mit einem Glas Sekt in der Hand vor der Lokaltür das Jahr 1948 willkommen geheißen.

»Das wird unser Jahr, Toní«, hatte er da noch gesagt und sie dabei zärtlich geküsst. »Große Dinge stehen bevor – *de grands événements* – du wirst schon sehen!«

Doch schon an diesem Abend war es Toni ein wenig schwergefallen, ihm das zu glauben. Abgespannt kam er ihr vor, mit tiefen Augenringen, die ihn fast elend aussehen ließen. Der seriöse Nimbus des Geschäftsmanns, den Louis sich so emsig antrainiert hatte, war verschwunden. In gewisser Weise wirkte er wieder genauso, wie sie ihn damals vor dem Einmarsch der Amis in der Bäckerei kennengelernt hatte: wie ein heruntergekommener, ungemein charmanter Straßenköter, der noch nicht genau wusste, wo er sein Haupt in der nächsten Nacht betten würde.

Ein Eindruck, der sich in den darauffolgenden Wochen verstärkte: Louis schien unter immensem Druck zu stehen und hetzte offenbar ständig zwischen ominösen Terminen hin und her. Fragte Toni nach, verfiel er entweder in weitschweifende Ausreden, oder er senkte den Kopf und blieb einfach stumm.

Tonis mieses Gefühl hielt sich entsprechend hartnäckig, doch wie sollte sie das ihrem Chef klarmachen, ohne Louis hinzuhängen?

»Glauben Sie mir einfach«, sagte sie. »Gerade *weil* Sie mich kennen!«

»Ich fürchte, wir haben leider gar keine andere Wahl als Moreau«, sagte Heubner, der ihr gar nicht richtig zugehört zu haben schien. »Es muss schnell gehen, denn ich will vor den anderen auf dem Markt sein. Sozusagen ein extrafrühes Frühjahr. Wir müssen künftig noch flexibler werden als bisher. Außerdem macht mich das Gerede über die neue

Währung ziemlich nervös. Ja, sie wird und sie muss kommen, aber wann genau? Denn eines steht fest: Danach wird die Reichsmark brutal abgewertet sein – und unsere Taschen ganz schön leer.«

Also war die Sache zwischen Louis und ihm bereits beschlossen. Wieso redete sie dann eigentlich noch?

Sollte Heubner doch sehen, was er sich da einfing – und Toni konnte endlich den Fasching genießen!

»Ihre Verantwortung«, sagte sie, als er vor ihrem Haus in der Ismaninger Straße hielt. »Schließlich sind Sie der Chef. Aber sagen Sie später nicht, ich hätte Sie nicht gewarnt!«

*

Griet spürte die Nervosität ihres Liebsten schon seit Tagen. Unruhig wie ein gefangenes Tier streifte Max in der Wohnung umher – sofern er überhaupt anwesend war, denn sein neuer Dienst bei der Kripo schien ihn mit Haut und Haar aufzufressen. Nicht einmal Appetit hatte er noch, was bei ihm niemals ein gutes Zeichen war, wie sie inzwischen gelernt hatte.

»Ich weiß, du darfst nichts sagen ...«, versuchte sie eines Nachts ihr Glück, als er sich für ein paar Stunden zu ihr geschlichen hatte. Rosa zuliebe versuchten sie möglichst dezent zu sein. Noch stand die Verlobung aus, die sie erst im Mai feiern wollten, wenn die Tage wieder warm waren. »Aber eine klitzekleine Andeutung würde ich trotzdem gern von dir hören.«

»Wir sind da an einer ganz großen Sache dran.« Wenn

Max sich konzentrierte, entstand zwischen seinen dunklen Brauen eine steile Falte, und auch seine sonst glatte Stirn war auf einmal gefurcht. In solchen Momenten bekam Griet eine Ahnung davon, wie er später einmal aussehen würde, wenn die Jahre ihn gezeichnet hatten, und sie hoffte von ganzem Herzen, dass sie das erleben durfte. »Wenn sich unsere Vermutungen bestätigen, werden einige Köpfe rollen ... Aber dring bitte nicht weiter in mich. Das muss die Braut eines Kommissars doch verstehen ...«

Die Braut eines Kommissars – wie gut sich das anhörte, auch wenn es noch nicht offiziell war. Leni und Lochner, den Griet jetzt leicht widerwillig doch Benno nannte, weil Leni sich das so sehr gewünscht hatte, waren schon einen Schritt weiter und hatten sich an Silvester offiziell verlobt. Anni hatte natürlich prompt zwei geschlagene Tage lang Migräne bekommen, was allerdings nichts nützte, denn ihr Sohn ließ sich dadurch von seinen Plänen nicht abbringen. Für ihn war die Zukunft mit Leni und Greta kristallklar, und er fieberte ihr regelrecht entgegen.

»Ich werde alles versuchen, damit wir bald eine anständige Wohnung bekommen – ein gemütliches Nest für uns drei«, erklärte er mit einem langen, vielsagenden Blick zu Leni. »Und vielleicht werden wir ja früher oder später sogar zu viert sein ...«

Griet konnte ihn noch immer nicht leiden, doch wenn sie sah, wie glücklich und entspannt ihre Freundin war, unterdrückte sie alle Bemerkungen, die Leni hätten kränken können. Und ja, Benno hatte sich verändert, das musste sogar sie einräumen. Von dem Rüpel, den sie damals bei der Agfa erlebt hatte, war nichts mehr übrig; freundlich war er geworden, richtig zugänglich, und er strengte sich sogar an, Griet gegenüber den richtigen Ton zu treffen, wenn er ihr bei seinen raren Besuchen in der Ismaninger Straße begegnete.

War sie vielleicht sogar ein bisschen eifersüchtig, weil Leni nun einen Ring mit Funkelstein am linken Ringfinger trug – und sie noch nicht?

Nein, sie gönnte Leni ihr Glück, aber ein bisschen mehr davon hätte sie auch gern mit Max erlebt. Tanzen gehen zum Beispiel, wo doch in München vielerorts zum Fasching aufgespielt wurde. Öffentliche Maskenveranstaltungen sowie ein Maskentreiben auf den Straßen waren zwar von der Militärregierung verboten worden, damit es nicht zu gesetzwidrigen Zusammenrottungen kam, und die Faschingsausstattung der Lokale musste strengen feuerpolizeilichen Anordnungen genügen – was natürlich nicht überall der Fall war –, aber die Menschen sehnten sich nach Musik, nach Unterhaltung, nach ein paar ausgelassenen Stunden, um das Alltagsgrau zu vergessen. Griet allerdings schien schlechte Karten zu haben, so eingespannt, wie ihr Liebster in seinem neuen Berufsfeld gerade war.

»Denk dir nichts«, versuchte Toni sie trösten. »Ich sitze auch auf dem Trockenen. Letzte Woche habe ich mich zwei geschlagene Stunden lang als Rotkäppchen maskiert – und dann hat Louis mich schnöde versetzt!«

»Hat er dir auch gesagt, weshalb?«, wollte Griet wissen.

»›Geschäfte‹ – was sonst? Inzwischen könnte ich schreien, sobald ich dieses Wort aus seinem Mund höre. Ich habe nicht die geringste Ahnung, womit er da ständig zugange ist.«

»Aber du weißt, dass es nicht immer legal ist, oder? Ich hab dir doch erzählt, dass ich Louis zusammen mit Leni auf dem Schwarzmarkt in der Möhlstraße getroffen habe. Der Mann, der dort die teuren Fotoapparate angeboten hat, hat ihn ›Chef‹ genannt.«

»Ein Versehen, das hat Louis zumindest behauptet, als ich ihn darauf angesprochen habe. Ob das die Wahrheit war? Frag mich was Leichteres. Louis windet sich immer raus. Aus allem! Und jetzt lässt mein Chef ausgerechnet in seinem Laden den neuen Lyrikband drucken.« Toni zog die Schultern hoch, als ob sie plötzlich fröre. »Für einen Nörgler wie Egon Blau! Wenn das mal gut geht …«

»Du brauchst einen anderen Mann«, erklärte Griet resolut. »Verzeih meine Direktheit, aber wie Louis mit dir spielt, das ist ja kaum noch mit anzusehen. Ja, er kann sehr charmant sein, doch wo bleibst du eigentlich dabei, Toni?«

Bevor ihr noch etwas entschlüpfen konnte, das sie besser nicht gesagt hätte, zog Griet sich in ihr Zimmer zurück. Ihre Gefühle für Max' Schwester basierten schon lange nicht mehr nur auf einem schlechten Gewissen, obwohl ihr der sommerliche Ausrutscher mit Louis noch immer leidtat. Sie mochte Toni sehr, ihre Ehrlichkeit, ihren Mut, ihre Geradlinigkeit, dieselben Eigenschaften eben, die sie auch an Max anzogen. Toni hatte so viel Besseres verdient als Louis, diesen Filou!

Nachdenklich betrachtete Griet das schillernde Nixenkostüm, das ihr Chef Tombergs ihr vor ein paar Tagen geschenkt hatte, weil es seiner Frau nicht passte. Seit ihren Kindertagen, in denen sie zusammen mit Gleichaltrigen das Purimfest gefeiert hatte, hatte Griet sich nicht mehr verkleidet – abgesehen von der großen, der einzigen Rolle, die ihr mittlerweile in Fleisch und Blut übergegangen war.

So lange hatte sie die alten Kindheitsbilder verdrängt, aus Angst, die Erinnerung daran könnte zu schmerzhaft sein. Doch heute stiegen sie wieder in ihr empor, allen voran Tante Tess, die immer die wunderschönen Kostüme genäht hatte, weil ihre Mama nicht so gut mit Nadel und Faden umgehen konnte. Dafür konnte sie die besten Purimsüßigkeiten der ganzen Welt zubereiten: Nunt aus dunklem Waldhonig, aufgekocht mit Zucker und angereichert mit Walnüssen, oder Hamantasch – süße Strudelteilchen, gefüllt mit Mohn oder Zwetschgenmus. Sogar ihr Vater, der sonst lieber Herzhaftes aß, hatte bei diesem Fest gern bei den Süßigkeiten zugegriffen und ausnahmsweise tiefer ins Glas geschaut als sonst, bis er am Ende des Tages sogar Schlager trällerte …

Tränen liefen über Griets Wangen, so lebendig stand plötzlich alles wieder vor ihr.

Sie hatte ihre Angehörigen verloren – alle.

Verschleppt und ermordet von den Nazis.

Was die Familie wohl zu dem Mann sagen würde, den sie sich als Bräutigam ausgesucht hatte – einen katholischen Deutschen aus München, der Bierbrauen gelernt hatte und nun bei der Kriminalpolizei arbeitete?

Max war niemals ein Nazi gewesen. Ihre Familie hätte ihn gemocht, da war Griet sich ganz sicher. Und sie hätten ihr verziehen, wozu sie gezwungen gewesen war, um dem Tod zu entkommen.

Griet wischte sich die Tränen von den Wangen. Es war zu spät, um noch zurückzurudern.

Ich. Bin. Griet. Van. Mook. Ich. Werde. Leben.

Das war ihr Leitsatz, ihr Rettungsanker, von dem sie niemals lassen würde – nicht einmal Max gegenüber.

Sorgfältig strich sie mit der Hand über das geschenkte Kleid.

Diese Art der Kostümierung besaß durchaus ihren Reiz. Hatte sie bei allem, was hinter ihr lag, nicht auch das Recht darauf, schön zu sein und das Leben endlich wieder nach Herzenslust zu feiern?

Der Sitz des schmalen Kleides war perfekt, und das Blau und Grün der von Hand aufgenähten Pailletten, die bei jeder Bewegung funkelten, würden ihre helle Haut zum Leuchten bringen. Wie gern hätte sie es beim Tanzen mit Max getragen, der sicherlich bei ihrem Anblick ganz große Augen bekommen hätte!

Vielleicht gab es in den letzten Faschingstagen ja doch noch eine Gelegenheit dazu. Und falls nicht, musste sie wohl eine kleine Privatmodenschau für ihn veranstalten …

*

Kein Wunder, dass Toni sofort die Ohren spitzte, als Dan sie zu einem Kostümfest einlud, nicht in die noblen Hallen im Haus der Kunst, in dessen Westflügel noch immer ein US-Offiziersclub residierte, sondern ins *Kolibri* in der Donnersbergerstraße, kurz *Ko* genannt, in dem GIs der unterschiedlichsten Ränge verkehrten. Nach kurzem inneren Ringen sagte sie zu.

Weshalb sollte sie sich nicht auch einmal amüsieren?

Louis machte ohnehin, was er wollte, und Griet war inzwischen mit Max so gut wie verlobt.

Gewissensbisse musste sie also keine haben.

Doch was an diesem Abend anziehen? Als Rotkäppchen würde sie sich gewiss nicht noch einmal kostümieren.

Sie fragte ihre Mutter um Rat, Rosa jedoch winkte leider sofort ab.

»Für deine Faschingsklamotten hab ich jetzt wirklich keine Zeit! Du siehst doch diese Stöße neben der Nähmaschine, die ich hier noch für meine Kundschaft abzuarbeiten habe. Außerdem bedrängt mich Bibi schon seit Tagen, weil sie am Rosenmontag unbedingt als Haremsdame in die Schule gehen will. Meine Kleine mit der großen Oberweite – ausgerechnet als Haremsdame! Das hat mir gerade noch gefehlt ...«

Toni unterdrückte ein Grinsen.

Haremsdame war wirklich keine gute Idee, wenn Bibi nicht den Spott ihrer Klassenkameradinnen herausfordern wollte, die ohnehin schon manchmal über ihre üppigen Brüste gelästert hatten. Vielleicht konnte sie ihre jüngere Schwester ja noch zu einem passenderen Kostüm für den Schulbesuch umstimmen.

Was allerdings ihr eigenes Problem nicht löste.

Lustlos durchforstete Toni ihren mager bestückten Kleiderschrank, fand aber nichts, was sich auf die Schnelle zu einem Kostüm hätte umfunktionieren lassen. Dan hatte etwas davon gemurmelt, dass er sich als »Rächer der Unterdrückten« verkleiden würde, doch darunter konnte sie sich leider nicht das Geringste vorstellen. Wie peinlich, wenn sie dann in einem Kostüm auftauchte, das so gar nicht dazu passte!

In ihrer Not wandte sie sich an Tante Vev.

»Klar, mein Mädchen, dann lass mich mal in meiner alten Truhe graben. Kann sein, dass wir mit einigen Mottenlöchern zu kämpfen haben, so lange, wie meine alten Schätze hier schon ruhen, aber dann wird wenigstens alles gut belüftet.«

Ihr Grinsen war ebenso frech wie mitreißend.

»Und der charmante Captain soll dieses Mal dein Begleiter sein?«, fügte sie hinzu. »Nun, da müssen wir uns wohl ganz besonders anstrengen!«

Nach einigem Wühlen zog Vev ein verknittertes grasgrünes Etwas aus Faschingsseide heraus, an dem bunte Federchen klebten, und begann es zu schütteln.

»Nun ja – gebügelt müsste es werden, aber sonst ist es doch noch ganz passabel.« Sie hielt es Toni vor die Nase.

»Was soll das sein?«

»Siehst du das nicht? Das trägt doch eindeutig Pamina, die Gefährtin des Flötenspielers Tamino aus Mozarts *Zauberflöte*!«

Wenig begeistert starrte Toni auf den grünen Fetzen.

»Ich weiß nicht so recht«, sagte sie schließlich. »Kommt mir sehr kurz vor, und reichlich eng dazu. Und eine Opernfigur – wie passt das überhaupt zum Rächer der Unterdrückten?«

»Ach, dein Captain gibt den edlen Zorro? Hättest du mir ja gleich sagen können! Als ich den Film gesehen habe, war ich sofort in diese Figur verliebt. Mal sehen, ob es dir auch so geht …«

»Wir gehen doch bloß zusammen zu einem Faschingsfest«, protestierte Toni, »mehr nicht!«

Vev angelte weiter in der Truhe.

»Da unten muss es doch noch irgendwo sein ...«, murmelte sie. »Mein wunderschönes Carmenkostüm ... Na, bitte sehr! Da haben wir es ja: roter Rock, weiße Bluse, schwarzer Gürtel und Fächer – alles noch vorhanden! Schlüpf am besten ganz schnell mal hinein ...«

Vor dem großen Standspiegel neben dem Fenster erkannte Toni sich kaum wieder. Waren ihre Schultern wirklich so keck und der Busen so weich gerundet? Der breite Lackgürtel unterstrich ihre schlanke Taille, und der Rock schmiegte sich mit seinen Volants an ihre Waden.

»Jetzt noch ein Paar Creolen und roter Lippenstift – und *olé*!« Vev klang zutiefst befriedigt. »Eine hübschere Lolita hat Zorro niemals gehabt!« Sie lächelte spitzbübisch. »Und das mit mehr oder weniger zeigt sich immer erst später ...«

Toni stockte fast der Atem, als Dan sie drei Tage später am Abend ihrer Verabredung abholen kam. Die schwarze Halbmaske ließ sein frisches Gesicht geheimnisvoll wirken; das weiße Hemd und die schwarze enge Hose, die aus dem Militärmantel hervorblitzten, machten einen ganz anderen Mann aus ihm. Das war nicht mehr der ordentliche US Captain, den sie bislang gekannt hatte – das war ein tollkühner Abenteurer, bereit, seinen Degen zu ziehen!

Sie trug goldene Creolen, die natürlich ebenfalls von Tante Vev stammten, hatte Mascara aufgelegt und roten Lippenstift. Richtig verrucht fühlte sie sich in dieser Aufmachung, fast ein wenig sündig, und das gefiel ihr. Toni war froh, dass sie bereits den alten Deckenmantel über ihr Kostüm geworfen und damit auch für Dan eine Überraschung in petto hatte. Leid war sie das formlose alte Ding allerdings schon lange – allerhöchste Zeit, dass endlich eine neue Währung kam, mit der man sich wieder etwas Anständiges zum Anziehen kaufen konnte!

Als sie in Dans Jeep stiegen, fühlte Toni sich plötzlich ein wenig befangen.

Griet wusste, mit wem sie heute Abend ausging.

Und Dan? Hatte er verwunden, dass ihr Bruder nun mit seiner früheren Freundin zusammen war?

Aber das war eine Angelegenheit, die die beiden Männer unter sich ausmachen mussten.

Heute war Fasching – heute wollte sie sich amüsieren!

»Bist du schon mal im *Ko* gewesen?«, fragte Toni, als sie sich dem Stadtteil Neuhausen näherten, das ihr wegen ihrer zahlreichen Touren zu Egon Blau bestens vertraut war. »Ich habe bislang immer nur davon gehört.«

»Ein paarmal«, erwiderte er. »Netter Schuppen. Meistens mit guter Musik. Heute treten dort *The Sweethearts* auf, eine Band aus München, die den richtigen *groove* im Blut haben sollen.«

Zahlreiche Fahrzeuge parkten bereits direkt vor dem Lokal; sie mussten ein kleines Stück durch die kalte Februarluft laufen.

Ganz selbstverständlich nahm Dan dabei Tonis Hand.

»Ziemlich glatt heute«, sagte er entschuldigend. »Nicht, dass du noch ausrutschst.«

Toni wurde ganz heiß dabei, aber sie nickte nur stumm.

Vor der Kneipe angekommen, ließ er sie wieder los. Weil er nicht wollte, dass seine Kameraden es sahen?

Hör endlich auf zu grübeln, Toni Brandl, ermahnte sie sich selbst. Genieß es einfach!

Sie sah, wie Dans Augen zu funkeln begannen, als sie sich aus dem Mantelungetüm schälte und als verführerische Carmen entpuppte.

»Wow!« Er stieß einen Pfiff aus. »Das nenn ich formidabel!«

Toni musste lachen, weil er so ein herrlich altmodisches Wort verwendet hatte.

»Lass uns tanzen«, sagte sie. »Darauf habe ich mich seit Tagen gefreut!«

Und tanzen konnte er, dieser große blonde Mann aus Chicago, der sich heute in einen heißblütigen Kinohelden verwandelt hatte und sein schwarzes Cape fliegen ließ! Die Band spielte eine lange Folge schneller Stücke, die sie beide ganz schön außer Atem brachte.

»Toller *freestyle*«, sagte Dan anerkennend, als er mit zwei Flaschen Cola in der Hand an den Tisch zurückkehrte, an dem sie sich mit einiger Mühe zwei Plätze ergattert hatten.

»Wo hast du denn die her?«, wollte Toni wissen, die das süße amerikanische Getränk bislang nur aus dem Offizierskasino kannte.

»Beziehungen.« Zorro alias Dan grinste vielsagend und prostete ihr zu.

Das Lokal war mit Luftschlangen, Papiergirlanden und kleinen Lampions eher bemüht als geschmackvoll dekoriert. Dem Publikum schien das nichts auszumachen, denn im *Ko* war es proppenvoll: Alle tanzwütigen Cowboys, Indianer, Clowns, Ungarinnen, Matrosen und griechischen Göttinnen Münchens schienen sich heute hier versammelt zu haben. Die meisten Kostüme waren denkbar simpel, aus Kartoffelsäcken, geflickten Leintüchern oder ausgemusterten Vorhängen zusammengeschustert, aber es gab auch ein paar ausgefallene Kreationen wie die dünne Mondfrau mit der riesigen Silberfolie auf dem Kopf, die bei jeder Bewegung sanft wippte, oder den viereckigen Kartonmann, der sich dauergrinsend durch die Tanzenden schob.

Nach einer kleinen Pause kehrte die Band an ihre Instrumente zurück. Jetzt spielten sie langsamere Stücke, und Dan zog Toni eng an sich heran.

Nie zuvor war sie ihm so nah gewesen.

Beide trennte nur je eine Lage Faschingsseide; Toni spürte sein Herz schlagen, und auch ihres ging schneller als sonst. In Dans Armen fühlte sie sich sicher, warm und geborgen, als ob ihr niemand auf der Welt jemals mehr ein Leid zufügen könnte.

Toni legte den Kopf ein wenig in den Nacken, um ihm genau das zu sagen – da beugte er sich zu ihr hinunter und küsste sie.

»Toni«, sagte er bewegt, als sie sich wieder voneinander gelöst hatten. »Toni, ich wollte eigentlich schon ganz lange …«

»Pst!«, flüsterte sie und hob ihm erneut die Lippen entgegen. »*Don't say it, Dan, just feel it.*«

Stundenlang hätte sie noch so weiterküssen können, doch plötzlich fühlte sie eine Hand auf ihrem Arm und fuhr herum.

»Was bilden Sie sich …« Toni erstarrte. »Du?«

»Tut mir leid, Schwesterchen«, sagte Max mit einem schiefen Grinsen im Gesicht. »Ich störe euch beide nur äußerst ungern, aber ich muss. Ich brauche dich, Dan. Die Kollegen sind schon unterwegs ...«

»*Right now? What happened?*«

»*A lot of shit*! Wir haben leider einen Toten ...«

Max trat neben Dan und flüsterte ihm etwas ins Ohr, leise, aber wegen der lauten Musik nicht leise genug.

»Hast du gerade Louis Moreau gesagt?«, fuhr Toni den Bruder an. »Und Druckerei hab ich auch verstanden. Was ist mit Louis? Ist er ...«

»Nein«, sagte Max. »Ist er nicht. Wir müssen los, Dan!«

»*Sorry*, Toni«, sagte Dan. »Ich muss deinen Bruder begleiten. Bitte nimm dir ein Taxi nach Hause. Wir beide tanzen an einem anderen Tag weiter ...«

Er und Max gingen zum Ausgang.

»Ohne mich geht ihr nirgendwohin!« Toni rannte ebenfalls aus dem Festsaal, riss ihren grauen Mantel von der Garderobenstange und lief ihnen nach ins Freie.

»Du bleibst gefälligst da!«, befahl Max. Sein Atem bildete kleine Wölkchen in der kalten Nachtluft. »Das sage ich dir jetzt als Kommissar, nicht als Bruder.«

»Und ich sage dir, dass ich mitfahre!« Sie stampfte mit dem Fuß auf, so aufgebracht war sie. »Alles, was Louis betrifft, betrifft auch mich.« Toni begann vor Anspannung zu weinen.

»Lass sie, Max«, sagte Dan. »Sie kann im Wagen bleiben, da ist sie sicher.«

Tonis Bruder knurrte unwillig, aber es kamen keine weiteren Einwände mehr von ihm.

Sie stiegen in den Dienst-VW, den Max sofort startete.

»Was ist passiert?«, fragte Dan.

»Ein neuer Überfall, dieses Mal auf die Kartendienststelle Süd. Der Alarm ging los, Anwohner haben zusätzlich die Polizei benachrichtigt. Die Kollegen waren rasch vor Ort, so schnell, dass sie die Einbrecher festnehmen konnten – zwei Flüchtlinge aus Thüringen und ein baumlanger Russe, wie wir zunächst dachten. Interessant war, dass sie nicht nur die gedruckten Karten mitgehen lassen wollten, sondern auch den Schrank aufgebrochen haben, in dem sich die Kupferplatten zur Klischeeherstellung befinden. Sie hatten also vor, eigenhändig Fälschungen vorzunehmen.«

Max hatte das Blaulicht eingeschaltet und fuhr, so schnell die glatte Fahrbahn es erlaubte, über die Arnulfstraße, weiter durch das Klinikviertel und schließlich am Südfriedhof entlang.

»Zuerst haben sie keine Probleme gemacht. Die beiden Thüringer haben sich widerstandslos festnehmen lassen, aber der große Russe hat plötzlich eine Waffe gezogen und die Kollegen damit bedroht. Zwei weitere Kollegen, die sich von hinten anschlichen, konnten ihn zu Boden bringen. Dabei löste sich ein Schuss und traf ihn in die Lunge.«

»War er sofort tot?«, fragte Dan.

»Er konnte noch ein paar Worte hervorstoßen: Louis Moreau und Druckerei. Dann ist er gestorben. In seinen Taschen fanden wir Entlassungspapiere aus dem Lager Föhrenwald. Er heißt Juri Bienko, geboren in Kiew.«

Toni zog scharf die Luft zwischen die Zähne.

»Juri ist tot?«, fragte sie.

»Du kennst ihn?«, sagte Max. »Woher?«

»Er hat für Louis gearbeitet. Mir war dieser Juri immer irgendwie unheimlich. Ich glaube, Louis hat ihn in der Druckerei wohnen lassen, unten, im Keller.«

»Genau deshalb fahren wir dort jetzt auch hin.« Max klang grimmig. »Diesen Keller werden wir uns gründlich vornehmen!«

Auf der Wittelsbacher Brücke überfuhren sie die nächtliche Isar. Mit welch frohen Gefühlen hatte Toni bislang diesen Weg zu Louis zurückgelegt – und wie angstvoll war sie jetzt!

Juri ein Einbrecher und Räuber, ein Gangster, der Polizisten bedrohte und nun tot war ...

Inwieweit war Louis in all das verwickelt?

Max bremste scharf. Vier weitere Polizeiautos standen bereits mit blinkendem Blaulicht vor der Druckerei.

»Du bleibst im Wagen!«, befahl Max scharf, während Dan und er ausstiegen.

»Das glaubst aber auch nur du.« Toni folgte ihnen in den Hinterhof.

Die Tür zur Druckerei stand offen. Drinnen wimmelte es vor blauen Uniformen.

»Da seid ihr ja endlich!« Bleich, aber tapfer lächelnd, kam Louis ihnen entgegen. »Jetzt wird sich alles aufklären. Das sind nämlich meine Freunde! Dan, Max – und du auch, Toni? Aber was machst du denn hier?«

»Wir sind nicht Ihre Freunde, Moreau«, sagte Max kalt. »Captain Walker von der Military Police hat mich auf meine Bitte hin begleitet, weil ich ihn als zusätzlichen

Zeugen dabeihaben wollte. Das hier ist eine offizielle Hausdurchsuchung, und so wird sie auch durchgeführt.«

»Hier oben ist alles sauber, Herr Kommissar«, sagte einer der Polizisten. »Unbewaffnet ist er auch. Und allein. Wir haben nur das hier gefunden.« Er reichte ihm ein frisch gedrucktes Buch.

Heute Blau, las Toni – und sie hätte schon wieder heulen können.

»Waren Sie schon unten?«, fragte Max.

»Das ist ein richtiges Labyrinth«, stöhnte der Beamte. »Wie ein unterirdischer Maulwurfsbau ...«

»Ganz genau«, schaltete sich Louis ein, der wieder ein bisschen Farbe im Gesicht bekommen hatte. »Und beileibe nicht zu allem habe ich Zugang.«

»Das möchten wir dann doch lieber mit eigenen Augen sehen. Runter mit Ihnen, Moreau. Wir kommen nach.«

Unten angekommen, ließen sie ihn Tür um Tür aufschließen. Papiervorräte, Farbe, Gerätschaften verschiedenster Art – die ersten Räume enthielten nur harmloses Zeug.

Vor der nächsten Tür allerdings zögerte Louis plötzlich.

»Was liegt dahinter?«, fragte Max in barschem Ton. »Antworten Sie!«

»Also gut – das Lager eines Freundes in Not. Ich habe ihn aus reiner Gutmütigkeit bei mir aufgenommen. Ist schließlich viel zu kalt, um draußen zu kampieren.«

Er schloss die Türe auf.

Leere Schnapsflaschen, Weinflaschen, verschimmelte Brotreste, Zigarettenkippen, so weit das Auge reichte. In der Ecke eine schmuddelige Matratze, ein Kissen, ein paar

Decken. Über einem Stuhl hingen ein paar Kleidungsstücke. Gegenüber stand eine Kommode mit breiten, flachen Schubladen.

Max stieß mit der Stiefelspitze gegen das Lager.

»He«, protestierte Louis. »Hier muss noch jemand schlafen!«

»Muss er nicht. Ihr Komplize Bienko ist tot. Allerdings hat er Sie noch belastet, bevor er seinen letzten Atemzug getan hat.«

»Juri ist tot?«, murmelte Louis.

»Mausetot«, bestätigte Max. »Und jetzt weiter!«

»Ich habe keinen Schlüssel mehr für diese Tür ...«

»Dann schießen wir sie eben auf. Kollege Walter, wenn ich bitten dürfte.«

Der Uniformierte folgte Max' Befehl und schoss zweimal auf das Türschloss.

Die Tür sprang auf. Max betätigte den Lichtschalter.

Vor ihnen türmten sich Dutzende von Kartons, sorgsam aufeinandergestapelt. Der oberste war aufgerissen.

Max griff hinein und zog ein Bündel Lebensmittelmarken heraus.

»Eigentlich gar keine schlechte Idee«, sagte er. »Oben zum Schein launige Lyrik drucken – und unten sein Raubgut lagern. Wie lange machen Sie das schon, Moreau?«

»Ich habe nicht die geringste Ahnung, wie das in diesen Keller gekommen ist«, wand sich Louis.

»Ich sehr wohl«, sagte Max. »Und was haben wir hier noch?«

An der anderen Kellerwand befand sich ein Holzregal mit breiten, flachen Schubladen.

Max zog eine auf, dann noch eine und noch eine.

»Interessant! Lauter gestohlene Kupferplatten zur Klischeeherstellung von Lebensmittelmarken. Damit sind Sie endgültig dran, Moreau! Wir hatten Sie bereits im Verdacht, als die Flugzeuge über Harlaching zusammengestoßen sind, da haben wir nämlich im Bunker neben dem verbrannten Haus einen handschriftlichen Zettel mit genau dieser Anschrift hier gefunden – ebenfalls bei Unmengen gestohlener Marken. Aber damals hat es dem Herrn Staatsanwalt leider noch nicht für eine Anklage genügt. Nicht mal eine Hausdurchsuchung wollte er genehmigen, sondern hat stärkere Beweismittel verlangt. Die bekommt er nun, sowie jede Menge Zeugen!«

»Aber das stammt alles doch nicht von mir! Ein entsetzlicher Irrtum. Ich habe weder diese Kartons noch die Platten jemals zuvor gesehen. Das muss alles Juri getan haben. Woher sollte ich wissen, was er in diesen Katakomben treibt? So hilf mir doch, Toni! Sag deinem Bruder, dass ich unschuldig bin. Du kennst mich doch …«

Er ging auf sie zu, wollte sie berühren.

Toni wich vor ihm zurück.

»Was bist du nur für ein elender Gauner, Louis«, stieß sie hervor, während ihr Kloß im Hals immer größer wurde. »Du hast uns alle zutiefst enttäuscht!«

Stumm schüttelte er den Kopf.

»Hiermit nehme ich Sie vorläufig fest, Louis Moreau, wegen Verdacht auf Einbruch und versuchter Urkundenfälschung. Wir bringen Sie jetzt in die Ettstraße.«

Die Handschellen klickten.

»Und lassen Sie die Finger von meiner Schwester«, fügte

Max drohend hinzu. »Ich erteile Ihnen hiermit absolutes Kontaktverbot. Sollten Sie dagegen verstoßen, werden Sie mich erst richtig kennenlernen.«

Als sie Louis abführten, begann Toni zu weinen.

Dan legte seinen Arm um sie.

»Ich liebe ihn nicht mehr«, schluchzte sie. »Schon lange nicht mehr, auch wenn ich es nicht wahrhaben wollte. Aber weh tut es trotzdem, dass er mich derart hintergangen hat. Wir sind uns so fremd geworden. Und außerdem warst immer du in meinem Kopf ...«

»In dieser Hinsicht bekenne ich mich gerne schuldig«, sagte Dan lächelnd. »Und hoffe aus ganzem Herzen, das wird auch so bleiben.«

NEUNZEHN

München, Sommer 1948

Hatte es jemals ein bezauberenderes Blumenkind gegeben?

In ihrem Spitzenkleidchen, von Rosa aus einer alten Gardine gezaubert und mit kleinen bunten Filzrosen übersät, machte Greta ihrer Mama alle Ehre. Sogar Anni war schließlich über ihren Schatten gesprungen und hatte für das neue Enkelkind aus einem aufgetrennten Pullover einen rosafarbenen Bolero gestrickt, den die Kleine über ihrem Kleid trug, denn der Junimorgen war regnerisch und ausgesprochen kühl. Schon seit Tagen weinte der Himmel, was von den Landwirten außerhalb Münchens zunächst als fruchtbar begrüßt, inzwischen jedoch bereits lautstark verflucht wurde, weil er offenbar so gar nicht mehr aufhören wollte.

Leni jedoch und ihr Benno waren allerbester Laune.

Er hatte sich in einen von Ludwigs alten Anzügen geworfen, den Vev nach einigem Zögern herausgerückt hatte – dunkler Zwirn, dem nicht einmal hingebungsvolles Bügeln wieder zu seiner ganzen Pracht hatte verhelfen können. Leni trug ein enges blaues Kostüm, das sie auf dem Schwarzmarkt ergattert hatte – war ja schließlich nur die standesamtliche Trauung. Die Hochzeit in Weiß mit Schleier und Kranz sollte folgen, sobald die Zeiten wieder besser waren. Natürlich hätten sie abwarten können, bis das neue Geld da war – sehr bald musste es nun so weit sein –, doch weder Benno noch seine Braut hatten dazu Lust.

»Zweimal schon war ich in den letzten Monaten überfällig«, hatte Leni Griet anvertraut. »Das mit den Kondomen bekommt er einfach nicht hin! Zum Glück war es jedes Mal Fehlalarm, wo wir doch noch immer keine gemeinsame Wohnung haben. Mehr als 19 000 Anträge sind offen, hat Benno mir erzählt. Aber er bleibt dran am Chef der Wohnungsbehörde, bis dieser Stadtrat Gerstl uns endlich auch berücksichtigt. Und sollte es tatsächlich schon vorher so weit sein, bin ich wenigstens eine verheiratete Frau.« Sie zog die Stirn kraus. »Oder meinst du, ich kann vielleicht gar nicht mehr schwanger werden, wegen ... du weißt schon ...«

»Natürlich kannst du schwanger werden«, hatte Griet ihr versichert. »Sieh dich doch nur mal an – du bist zwar dünn, so wie wir alle, aber doch wieder das blühende Leben! Lass dir damit ruhig noch ein bisschen Zeit. Ein wunderbares Kind hast du ja bereits.«

»Haben *wir*«, verbesserte Leni. »Benno will Greta nämlich adoptieren. Dann tragen wir alle einen gemeinsamen Namen. Wie sehr ich mich darauf freue! Und dass du meine Trauzeugin wirst, ist besonders schön.«

Griet hatte sich schließlich dazu durchgerungen, weil sie Leni nicht enttäuschen wollte. Dass ihre Freundin jedoch ausgerechnet Benno Lochner heiratete, stimmte sie noch immer nicht wirklich froh, auch wenn der sich nun schon eine ganze Weile recht überzeugend auf die Seite der Guten geschlagen hatte. Benno hatte seinem Cousin Max das Amt des Trauzeugen angetragen, und der hatte nach einigem Bedenken ebenfalls zugesagt.

»Schließlich müssen wir Männer in der Familie zusammenhalten – unter all diesen starken Weiberleuten«, hatte Benno erleichtert verkündet.

So standen sie nun also in der Eingangshalle des Standesamts in der Mandlstraße und warteten auf Einlass in den Trauungssaal: Max und Griet – und natürlich das Brautpaar plus Greta. Seine Mutter hatte der Bräutigam auf später vertröstet; offenbar hatte er Angst, Anni könnte womöglich noch im letzten Moment eine Szene machen. Weil es draußen so nass war, streute die Kleine ihre Blüten einfach schon mal hier drinnen, was alle zum Lachen brachte – und hob sie danach gleich wieder auf, was fast noch lustiger war.

Frau von Rhein hatte anschließend zu einem Imbiss in ihre Villa geladen; Vev, Toni, Anni, Rosa und Bibi würden dort dann die kleine Hochzeitsgesellschaft weiter vervollständigen. Lenis Dienstherrin ging es nicht gut; die Hüfte bereitete ihr zunehmend Probleme. Im Haus kam sie mit ihrem Spezialstock noch halbwegs zurecht, draußen allerdings sah es anders aus, da fühlte Frau von Rhein sich beim Gehen unsicher und war froh um jeden Meter, den sie nicht im Freien zurücklegen musste.

Die Standesbeamtin war ein ältliches Kaliber mit Brille und Damenbart, die ihr Sprüchlein mechanisch herunterschnurrte, doch das schien dem Brautpaar ganz egal zu sein. Sie strahlten sich an, und als Benno Leni schließlich einen schmalen Goldring überstreifte, den er ebenfalls überteuert auf dem Schwarzmarkt ergattert hatte, weinte sie vor Rührung und Glück so sehr, dass er beim abschließenden Kuss ein ganz nasses Gesicht bekam.

Magdalena Lochner – die Unterschrift unter die Trauungsurkunde fiel noch ein wenig ungelenk aus, und doch war so viel damit verbunden: eine neue Zukunft, ein Ehemann und zudem auch noch die deutsche Staatsbürgerschaft, die Leni nun erhalten würde.

Max war ausnahmsweise mit einem Dienstwagen gekommen. Er würde ohnehin nur kurz bleiben können, dann musste er zurück ins Kommissariat. Niemals zuvor hatte es in München so viele Kriminalfälle gegeben wie in den letzten Monaten. Diebstahl, Einbruch und Raub waren schon an der Tagesordnung, aber auch Kapitalverbrechen hatten in erschreckendem Umfang zugenommen, und natürlich ebenso die schier unendlichen Schwarzmarktdelikte.

Kein Wunder: Legal war kaum noch etwas zu bekommen.

Den Bäckereien fehlte es an Mehl; am Viktualienmarkt war man wegen mangelnder Fleischtransporte dazu übergegangen, gebrühte Fischwürstchen mit Senf anzubieten, und falls die Freibank doch mal etwas vorrätig hatte, standen die Leute zehn Stunden und länger an. Die wenigen Schokohasen von Ostern waren längst verputzt, und die ausgegebenen Datteln, die die ausgehungerten Münchner Schulkinder stärken sollten, derart ungenießbar, dass niemand sie essen mochte. Ein ganzer Zug voller Zitronen war aus Sizilien angekommen, womit dann jedem Einwohner als Sonderzuteilung exakt eine dieser südlichen

Früchte zustand. Öde und verlassen präsentierten sich so gut wie alle Schaufenster, und die meisten Regale waren leer.

Was nicht ohne Folgen blieb: Karl Valentin war ausgemergelt und entkräftet an den Folgen einer Lungenentzündung verstorben. Die Schauspieler der städtischen Bühnen weigerten sich, aufgrund von Mangelernährung weiterhin aufzutreten, und die Studenten wollte man verfrüht in die Ferien schicken, damit sie während der Vorlesungen nicht vor Entkräftung zusammenbrachen. Im Mai hatte ein Generalstreik München für drei Tage lahmgelegt, doch weder waren hinterher die Löhne nennenswert gestiegen, noch hatte sich die allgemeine Versorgungslage verbessert.

Dabei war alles da, was das Herz begehrte – wie man überdeutlich sah, wenn man wie Griet gerade mit Max am Steuer die Möhlstraße entlangfuhr. Für einen verregneten Donnerstag im Juni war es hier erstaunlich voll. Die ehemals verschlafene Villenstraße hatte sich zum quirligen Basar gemausert. Mehr als hundert Geschäfte konnte man hier jetzt zählen; ein kleines Hotel hatte eröffnet, es gab drei Cafés, zwei Restaurants, eine koschere Metzgerei und zahllose Feinkostbüdchen, in denen sich all das häufte, was man anderswo nicht mehr bekam. Und über allem schwebte der Duft frisch gerösteten Kaffees – ein sinnliches Vergnügen, das man in der Stadt sonst vergebens suchte.

Zwar waren die Preise der hier angebotenen Waren enorm, dafür erhielt man aber auch Raritäten oder konnte Lebensmittel erwerben, die manch einer fast schon vergessen hatte, ebenso wie Gegenstände des täglichen Lebens und Luxusartikel aller Art: Stoffe, Spitze, Leder und Pelze, Schuhe, Handtaschen, Juwelen, Uhren, Kameras oder andere optische Gerätschaften. Und natürlich nach wie vor harten Alkohol und amerikanische Zigaretten. Es gab so gut wie keine Sprache, in der nicht verhandelt wurde. Russisch, Polnisch, Rumänisch, Englisch, Französisch, Italienisch und Deutsch vermischten sich mit reichlich Jiddisch, und falls es doch einmal zu keiner Verständigung kommen sollte, war meistens rasch ein passender Dolmetscher gefunden.

Allerdings waren nicht alle Händler ehrlich; manch einer, der hier überteuert »einkaufte«, fand zu Hause in seiner Dose mitnichten den ersehnten Bohnenkaffee vor, sondern nur Sägespäne. Anderer war im Gedränge, das besonders sonntags hier herrschte, die Geldbörse abhandengekommen, oder sie hatten anstatt der ersehnten Fuchsstola lediglich gefärbte Kaninchenfelle erstanden. Es kam zu Schlägereien und Plünderungen, Glücksspieler zogen ihren Opfern mit billigen Tricks das Geld aus der Tasche, Autos wurden hier verschoben, und es ging sogar das Gerücht um, mit dem nötigen Geld könne man ohne Weiteres an gestohlene Waffen kommen.

»Hier beginnt bereits der Orient«, sagte Max, dem anzuhören war, wie wütend ihn das machte. »Und zwar im allerschlechtesten Sinn! Leider haben wir bislang so gut wie keine Handhabe, um dagegen einzuschreiten, weil die DPs nach wie vor unter dem Schutz der Military Police stehen. Doch das wird sich bald ändern. Dann können wir hier für Ordnung sorgen.«

Griet verriet ihm nicht, was Leni ihr anvertraut hatte: Der Großteil des Hochzeitsessens bei Frau von Rhein stammte natürlich ebenfalls aus diesen Buden, mehr als großzügig finanziert mit einem Teil ihres geerbten Silberbestecks. Wie auch sonst hätten Erdbeeren, gebeizter Lachs, Waldorfsalat, Käse, Weißbrot und Zitronencreme auf die Tafel kommen sollen – von Bohnenkaffee und Schwarzwälder Kirschtorte ganz abgesehen, die es anschließend geben sollte?

In der Villa angekommen, wurde erst einmal mit Sekt auf das Brautpaar angestoßen. Sogar Bibi, die direkt aus der Schule hierhergekommen war, bekam ausnahmsweise ein Schlückchen. Anni vergoss reichlich Tränen, weil sie erst jetzt dabei sein konnte, gab sich dann aber doch einen Ruck und umarmte noch ein wenig unbeholfen ihre frischgebackene Schwiegertochter.

»Aber richtig geheiratet wird auch noch«, schniefte sie. »Das müsst ihr mir hoch und heilig versprechen. Und dann bin ich dabei! In Weiß und mit Gottes Segen …«

»Oma«, piepste Greta und griff nach Annis Hand. »Oma!«

Für einen Moment hatte Griet wieder die alten Bilder vor Augen: Leni, ausgemergelt und kraftlos auf dem Marsch nach Wolfratshausen … mit Stricken an Stirnweiß gebunden auf seinem Motorrad … und später dann fieberheiß in der Scheune …

Was für einen weiten Weg hatte sie zurücklegen müssen, bevor sie heute so strahlend neben Benno stehen konnte!

Nicht nur Griet hatte sich dafür eingesetzt. Dan hatte ebenfalls einen entscheidenden Anteil geleistet, wofür sie ihm bis heute dankbar war.

»Captain Walker kommt auch noch«, sagte Leni, als hätte sie ihre Gedanken erraten. »Ich hoffe, das ist so weit in Ordnung.« Ihr Blick flog zu Griet, dann zu Toni. Schließlich ruhte er auf Max. Es war deutlich zu sehen, dass sie mit den nicht ganz so unkomplizierten Beziehungen der Anwesenden untereinander zu kämpfen hatte. »Schließlich gehört er ja ebenfalls dazu. Greta und ich haben ihm so vieles zu verdanken!«

Max nickte, und Toni begann erwartungsvoll zu lächeln.

Griet machte es froh zu sehen, wie glücklich Toni und Dan waren. Manchmal kam es ihr so vor, als hätten die fehlenden Teile eines Puzzles endlich zueinandergefunden. Toni war jetzt vor der ganzen Welt sein *girlfriend*, und Dan präsentierte sie seinen Kameraden voller Stolz. Wie ernst es den beiden miteinander war, konnte man sehen, wenn sie mit ihren Blicken fast ineinander versanken. Dans Herzschmerz gehörte endgültig der Vergangenheit an, seinetwegen musste Griet kein schlechtes Gewissen mehr haben. Und zum Glück waren die strengen Fraternisierungsverbote der allerersten Nachkriegszeit inzwischen außer Kraft gesetzt. Beziehungen zwischen amerikanischen Soldaten und deutschen Frauen waren nun auch offiziell gestattet, erste Hochzeiten hatten bereits stattgefunden.

Und wie stand es zwischen Max und Dan?

Seit der nächtlichen Aktion in der Druckerei verstanden sich die beiden Männer besser denn je. Und sie waren sich auch nur allzu einig darin, nur das Notwendigste ihrer Ermittlungsarbeit preiszugeben. Louis wartete in Untersuchungshaft noch immer auf seinen Prozess, ebenso wie die beiden Einbrecher aus Thüringen, denen weitere Straftaten zur Last gelegt wurden. Die rechtsmedizinische Obduktion des toten Juri hatte unter anderem fortgeschrittene Syphilis ergeben.

Ob er schon in Föhrenwald daran erkrankt gewesen war?

Was, wenn Griet damals auf sein Ansinnen eingegangen wäre?

Sie mochte gar nicht daran denken …

Inzwischen waren Toni und sie davon überzeugt, dass er Zita Maidingers Vergewaltiger auf dem Frühlingsfest gewesen sein musste und ihr dabei die Geschlechtskrankheit übertragen hatte. Dank der Penicillinbehandlung war die junge Frau inzwischen zum Glück wieder genesen. In letzter Zeit sah man sie manchmal Händchen haltend mit dem Junior aus der Metzgerei in der Hompeschstraße spazieren gehen.

Sie waren schon bei Kaffee und Kuchen angelangt, als schließlich Dan eintraf. Er küsste Toni zur Begrüßung, danach beglückwünschte er Leni herzlich. Bei Benno fiel seine Gratulation verhaltener aus, weil er noch immer mit dessen einstiger Nazibegeisterung haderte.

Hatte Benno deshalb exakt diesen Moment abgepasst, um Leni sein Hochzeitgeschenk zu übergeben? Jedenfalls legte er zur allgemeinen Verblüffung eine Leica-Kamera auf den Tisch.

»Für dich, mein Herz«, sagte er bewegt. »Damit du unser Glück in Bildern festhalten kannst.«

Leni flog ihm um den Hals, während die anderen am Tisch vielsagende Blicke tauschten. Schließlich war es mehr als eindeutig, woher diese Morgengabe stammte.

»Ich hätte da auch noch etwas im Angebot«, äußerte sich nun Frau von Rhein mit einem einladenden Lächeln. »Warum ziehen Sie nicht zu uns, Herr Lochner? Oben wäre noch ein Zimmer frei. Die Küche teilen wir uns. Dann müssten Sie drei nicht länger auf eine Wohnung warten, wo es doch noch immer keine gibt.«

Benno starrte auf den Tisch, dann räusperte er sich mehrfach. »Ich weiß Ihr großherziges Angebot sehr zu schätzen, verehrte Frau von Rhein«, sagte er. »Aber ich muss leider ablehnen.« Sein Blick glitt zu Anni. »Zu lange war ich unter der Obhut meiner Mutter, die es von Herzen gut mit mir gemeint und mich nach allen Regeln der Kunst verwöhnt hat. Jetzt will ich nicht schon wieder unter die nächsten mütterlichen Flügel schlüpfen. Ich hoffe, das werden Sie verstehen. Ich bin dreißig Jahre alt und ein gestandener Kerl – wenngleich nur mit einem gesunden Arm –, aber trotzdem Manns genug, um meiner Familie aus eigener Kraft eine Wohnung zu besorgen. Und das werde ich schaffen, so wahr ich Benno Maria Lochner bin!«

Nicht schlecht, dachte Griet, während sie in die Ismaninger Straße zurückstapfte. So was hätte ich Benno gar nicht zugetraut.

Der Regen machte ihr nichts aus. Max hatte angeboten, sie mit dem Wagen heimzubringen, doch sie hatte abgelehnt. Zu viel Hochzeit machte sie nervös, sie brauchte dringend ein paar Minuten für sich.

Viel länger ließ sich nun auch ihre eigene Verlobung nicht mehr hinausschieben. Max wurde langsam ungeduldig, und ihn kränken oder gar verlieren wollte sie auf keinen Fall. Doch auf jede Verlobung folgte unweigerlich auch die Hochzeit, und genau da begann ihr Problem.

Wie konnte sie dem Mann, mit dem sie alt werden wollte, ein Ja-Wort unter falschen Vorzeichen geben?

Europa schüttelte langsam mehr und mehr seine Kriegswunden ab, und Holland war schließlich nicht aus der Welt. Max war ein kluger Polizist; er wusste, wie man die richtigen Fragen stellte.

Und was dann?

Irgendwann würde die Wahrheit vermutlich doch ans Licht kommen. Max würde Griet für eine Lügnerin halten, und sie war sich nicht sicher, ob er ihr das jemals verzeihen würde.

Wenn sie eine gemeinsame Zukunft mit ihm haben wollte, blieb ihr nichts anderes übrig, als ihm reinen Wein einzuschenken.

Bei dieser Vorstellung begann sie am ganzen Körper zu zittern.

Alles hinter sich lassen, was sie sich so mühsam aufgebaut hatte?

Sie konnte es nicht. Noch war sie nicht dazu bereit.

Ich. Bin. Griet. Van. Mook. Ich. Werde. Leben, flüsterte sie vor sich hin.

Einmal, zweimal, dreimal.

Doch der magische Schutz, den diese Worte ihr bislang stets geschenkt hatten, funktionierte nicht mehr.

Sie war nicht Griet van Mook. Aber wer war sie dann? Eine Tote, begraben und vergessen seit vielen Jahren?

Mit einem Mal fühlte sie sich ganz allein.

*

Am Tag darauf hatte in München gerade der Protestmarsch von mehr als zehntausend Studenten geendet, die im Landwirtschaftsministerium ihre Forderungen nach Zulagekarten abgegeben hatten, da schreckte eine Rundfunknachricht die deutschen Hörer auf. Auf allen Kanälen verlas ein Sprecher der amerikanischen Militärregierung das Gesetz Nr. 61: Am Montag, den 21. Juni 1948, würde die Reichsmark ihre Gültigkeit verlieren. An ihre Stelle trat die Deutsche Mark, ausgegeben als Kopfgeld pro »natürliche Person« in Höhe von vierzig DM, abzuholen am Sonntag, den 20. Juni, an diversen Ausgabestellen überall in der Stadt. Alle Reichsmark-Altbestände mussten zudem innerhalb einer Woche angegeben werden; sie würden eingezogen und zum neuen Kurs umgerechnet werden.

Anni begann zu weinen, Rosa lächelte erwartungsvoll, und Vev griff sich an den Kopf, als ob ihr schwindelig wäre.

»Sie bestehlen uns ein weiteres Mal«, sagte sie matt, als weiterhin verkündet wurde, dass jeder von ihnen sechshundert Reichsmark im Verhältnis 1:10 eintauschen könne und alle weiteren Sparguthaben 1:6,5 abgewertet würden. »Jetzt müsst ihr alle wirklich lernen, auf eigenen Füßen zu stehen, Kinder! Eure alte Tante wird bettelarm. Meine schöne Witwenpension ist ab nächster Woche winzig klein ...«

Toni, die bislang stumm zugehört hatte, versuchte sie zu beruhigen. Dan hatte ihr erzählt, dass eine umfassende Währungsreform bevorstand, aber nicht, dass sie dermaßen rasch erfolgen würde.

»Dafür ist das Geld dann endlich wieder etwas wert. Man kann ganz normal in Läden einkaufen, und du musst nicht auch noch deinen letzten Schmuck für uns opfern«, sagte sie. »Gemeinsam schaffen wir das schon. Mama näht, Tante Anni arbeitet bei Togal, und ich habe immer noch meine Stelle im Verlag.«

»Du hast gut reden mit deinem Ami«, schnaubte Anni. »Da fällt auch nach dieser komischen Reform sicherlich immer wieder was für dich ab. Aber was ist mit mir? Mein Bub hat jetzt seine eigene Familie, die er durchbringen muss. Da bleibt für seine arme Mutter gewiss nichts mehr übrig!«

»Nimm dich gefälligst zusammen, Annemie!«, befahl Vev, die sich inzwischen schon wieder gefasst hatte. »Toni hat ganz recht – wir haben die Nazis überstanden, da werden wir auch hiermit klarkommen. Außerdem wäre mir neu, dass Benno dich bislang groß unterstützt hätte.« Sie schaute zu Toni. »Wir sollten uns lieber eine gute Strategie überlegen. Denn ich sage euch, es wird wild zugehen übermorgen an diesen Abgabestellen!«

Dan, der Toni später abholen kam, reagierte gelassen auf die Nachricht der anstehenden Währungsreform.

»Ein großer Neubeginn für Deutschland«, sagte er. »Hat dein Bruder denn nicht gejubelt, als er davon gehört hat?«

»Hat er«, bekräftigte Toni. »Das Ende all dieser Faulenzer, Schieber und Spekulanten, hat Max gesagt. Jetzt brechen andere Zeiten an!«

Dan nickte bekräftigend. »Morgen wird es sicher noch einmal zu einem gewaltigen Ansturm auf die Geschäfte kommen«, sagte er, als sie im Offizierskasino angekommen waren, wo für den Abend ein Barbecue angesetzt war, der wegen des miesen Wetters allerdings drinnen stattfinden musste.

Griet würden sie heute nicht antreffen, die hatte frei und war mit Max im Kino, doch der Rest von Tombergs' Truppe hatte sich angestrengt und zu Steaks und Würstchen eine Reihe wohlschmeckender Salate zubereitet. Toni konnte sich hier niemals ganz ohne schlechtes Gewissen satt essen, während die anderen daheim so wenig hatten. Doch auch das würde sich wohl bald ändern, sobald es wieder alles zu kaufen gab – wenngleich noch immer auf Bezugsmarken.

»Und auf dem Schwarzmarkt drehen sie vermutlich durch«, führte Dan seinen Gedanken weiter. »Sie werden versuchen, jetzt noch einmal alles zu Höchstpreisen an den Mann beziehungsweise an die Frau zu bringen, bevor am Sonntag das neue Geld verteilt wird. Ich könnte fast wetten, dass morgen sogar von einigen die Sabbatruhe gebrochen wird. Diese einmalige Gelegenheit werden sich nicht viele Händler entgehen lassen.«

Sie fanden Platz an einem der hübsch eingedeckten Tische und begannen zu essen.

»Heute kam Post aus Chicago«, sagte Dan plötzlich. »Sie vermissen mich alle sehr, hat Mom geschrieben, weil ich schon so lange keinen Urlaub mehr hatte. Amy hat sich verlobt, und Debbie beendet im Juli ihr College. Und der große Bruder ist nicht da, um das mit ihnen zu feiern.«

»Du willst wieder ganz zurück nach Hause, nicht wahr?«, fragte Toni. Plötzlich schmeckten ihr die Würstchen nicht mehr.

»Eines Tages sicherlich«, erwiderte Dan ruhig. »Es gibt

ein Leben nach der Army, und Deutschland wird uns nicht für alle Zeiten als Aufpasser brauchen.«

Sie waren noch viel zu kurz zusammen, um an so etwas wie Heirat zu denken. Und dennoch – Toni hätte lügen müssen, wenn dieser Gedanke sie nicht bereits gestreift hätte. Ein Ami-Liebchen hatte sie niemals sein wollen. Sie liebte Dan und wünschte sich eine gemeinsame Zukunft mit ihm.

Nur – dazu musste natürlich auch er bereit sein.

Und wenn nicht? Wenn es für Dan doch noch nur Jux und Spielerei gewesen war?

Unsinn!, sagte sich Toni streng. Hör sofort damit auf!

Jetzt wurde sie auch noch ärgerlich auf sich selbst. Bennos Heirat hatte sie offenbar ganz schön durcheinandergebracht.

Sie starrte auf ihren Teller und versuchte ihr aufgewühltes Inneres zu kaschieren.

»Bald schon?«, flüsterte sie.

»*Well,* ganz so bald sicherlich nicht. Und außerdem würde ich so eine Entscheidung immer mit dir besprechen, *alright? You are my girl, Toni. I love you!*«

Dan legte seine Gabel beiseite.

»Vor dem Krieg habe ich einige Semester Tiermedizin studiert«, fuhr er nachdenklich fort. »Das hat mir großen Spaß gemacht. Genau genommen war ich sogar schon ziemlich weit im Studium. Vielleicht knüpfe ich da wieder an. Ich liebe Tiere – nachdem ich erleben musste, wozu Menschen fähig sind, sogar noch mehr als früher.«

Er sah sie an. »Könntest du dir das vorstellen, Toni? Mit einem Tierarzt zu leben?«

»Könnte ich«, erwiderte sie.

Aber bitte in München, fügte sie stumm hinzu. Dein fernes Chicago macht mir nämlich große Angst!

Es nieselte immer noch, als sie am Sonntag im Dunkeln das Haus verließen, und trotz der frühen Stunde waren sie beileibe nicht die Einzigen. Vor der Gebeleschule hatte sich bereits eine beachtliche Schlange gebildet; einige Stunden Wartezeit standen ihnen garantiert bevor. Max hatte Dienst und musste sich das Kopfgeld zwischendrin besorgen; Anni wollte sogar an diesem Tag die Messe nicht versäumen und würde erst später dazukommen. Toni, Rosa, Griet und Bibi aber hatten sich bereits unter die Wartenden eingereiht. Letztere sollte nach Hause radeln und Tante Vev holen, sobald sie weiter vorgerückt waren. Die bevorstehende Währungsreform mit all ihren Konsequenzen hatte die alte Dame doch mehr mitgenommen als zunächst gedacht; sie fühlte sich nicht ganz wohl und hätte ohnehin niemals so lange stehen können.

Obwohl die Türen des alten Schulgebäudes noch immer fest verschlossen waren, gab es schon jetzt viel Drängen und Schubsen. Dabei wurde Toni irgendwann vom Rest der Familie getrennt und fand sich auf einmal neben den Maidingers wieder.

Zita drückte ihr verstohlen die Hand.

Seit ihrer Hilfsaktion hielt sie die allergrößten Stücke auf Toni, vor allem weil diese ihrer Mutter gegenüber dichtgehalten hatte.

»Nächsten Monat wollen wir uns verloben«, flüsterte sie.

»Und später helfe ich dann dem Wasti im Laden. Ich bin Ihnen ja so was von dankbar, Fräulein Brandl!«

»Das Monstrum ist tot«, erwiderte Toni ebenso leise. »Der kann dir nichts mehr tun – und auch keiner anderen Frau mehr. Ein gutes Gefühl, nicht wahr?«

Zitas Nicken wollte gar nicht mehr aufhören.

Plötzlich spürte Toni einen Schlag im Rücken.

»Tschuldigung – war ein Versehen.« Kathi Schwarz, die hinter ihr stand, zeigte kurz ihre Zähne, aber es wirkte eher wie ein Fletschen als wie ein Lächeln. Sie war schmaler geworden und wirkte älter.

Glücklich sieht anders aus, dachte Toni, während sie sich wieder nach vorne drehte. Dein Mann ist wohl nicht mehr aus dem Krieg zurückgekommen.

»Denken Sie eigentlich noch manchmal an ihn?«, hörte sie die Bäckerin fragen und drehte sich erneut zu ihr um. »Ich finde, zumindest das wären Sie ihm schuldig. Ihnen und Ihrem feinen Bruder hat er schließlich zu verdanken, dass er sitzt, so ist es doch, oder?«

»Sie sprechen von Louis?«

»Vom wem sonst? Sie mussten ihn ja unbedingt haben, dabei war er bei mir in der Backstube ganz zufrieden – jedenfalls so lange, bis Sie mit dieser verdammten Brosche bei mir aufgekreuzt sind. Das feine Fräulein mit der reichen Tante ...« Sie griff an ihre Jacke, riss die Nadel ab und gab sie Toni. »Bitte sehr. Macht mir ohnehin schon lange keine Freude mehr. Ganz im Gegenteil: Nichts als Unglück hat sie mir gebracht.«

»Was reden Sie denn da?«

»Das wissen Sie doch ganz genau!« Kathi Schwarz

wirkte unter ihrem Regenschirm plötzlich größer. »Verrückt haben Sie ihn gemacht, ihm nichts als Flausen in den Kopf gesetzt. Von jetzt auf gleich war ich ihm plötzlich nicht mehr gut genug: zu alt, zu arm, zu … ach, was weiß ich! Dann ist er weg von mir und hat sich mit anderen Weibern rumgetrieben wie ein hungriger Wolf, bis Sie ihn endlich rangelassen haben. Aber ist das Louis vielleicht bekommen? Ist es nicht! Immer mehr wollte er, um Sie zu beeindrucken, und so hat er sich schließlich übernommen …«

»Er hat Einbrüche veranlasst und Urkunden gefälscht«, erwiderte Toni kühl. »Sein Schläger hat Menschen mit einer Waffe bedroht und vieles andere mehr. Damit habe ich nun wirklich nichts zu tun. Außerdem heißt er nicht einmal Louis Moreau, wie ich inzwischen erfahren habe. Das ist ein falscher Name …«

»Ganz genau, denn eigentlich heißt er Leandro Romano«, ergänzte die Bäckerin. »Da staunen's, gell? Mir hat er nämlich vertraut, während Sie doch nur scharf auf ihn waren! Ja, er ist ein Zigeuner, na und? San des vielleicht keine Menschen? Die Nazis haben so viele aus seinem Volk umgebracht, aber Leandro wollte doch einfach nur leben, deshalb hat er eben seinen Namen geändert.«

Tränen liefen über ihre Wangen.

»Und jetzt verrottet er seit Monaten in dieser Zelle, ausgerechnet er, der doch vom Zirkus kommt und immer Bewegung braucht. Ganz krank ist er schon geworden, das hat er mir geschrieben …«

»Sie schreiben sich?«, unterbrach sie Toni.

»Regelmäßig, und er freut sich darüber wie ein kleiner

Junge. Sie schreiben ihm natürlich nicht – selbst dazu sind Sie sich zu fein! Dabei ist die Beweislage ganz schön schief, sagt sein Anwalt. Womit will man Leandro denn beweisen, dass er von diesem gestohlenen Zeug in seinem Keller gewusst hat? Der blonde Riese ist tot, und die anderen beiden halten den Mund. Die haben da einen Unschuldigen am Wickel, und mein Bett bleibt kalt …«

Toni sah Bibi winken. Die beste Gelegenheit, dieses unangenehme Gespräch zu beenden.

»Ich muss zu meiner Schwester«, sagte sie und quetschte sich durch die Menge, bis sie bei Bibi angelangt war und diese losschicken konnte, um Tante Vev zu holen.

Leandro Romano.

Immer wieder hallte dieser Name durch Tonis Kopf, auch noch, als sie an einen der Behelfsschalter im Erdgeschoss des Schulgebäudes vorgerückt war, wo sie ihren Ausweis vorlegen musste.

»Einmal zwanzig D-Mark«, zählte die ältere Frau laut vor, die Toni eher wie eine Lehrerin vorkam als wie eine Bankangestellte, »einmal zehn D-Mark, einmal fünf, zweimal zwei und einmal eine D-Mark. Das sind dann zusammen vierzig D-Mark. Bitte hier noch unterschreiben.«

Leandro Romano, der der Bäckerin mehr vertraut hat als ihr.

Und wenn sie ihm doch alle unrecht getan hatten?

Die Geldscheine waren blau und grün und brandneu und wirkten richtig gediegen. »Deutsche Mark« stand darauf.

Ein Neuanfang für Deutschland, so oder so ähnlich, hatte Dan gesagt.

Konnte es auch einen Neuanfang für Louis alias Leandro geben?

»Mit den Münzen dauert es noch ein Weilchen«, erklärte die Frau am Schalter. »Da gelten vorerst noch die alten. Allerdings nur zum halben Nennwert. Neue werden gerade geprägt.«

Toni nickte zerstreut und rührte sich keinen Millimeter von der Stelle, bis die Frau hinter ihr ungeduldig wurde und ihr den Ellenbogen in die Rippen stieß.

»Schlafen können's dann wieder daheim, Fräulein«, grantelte sie. »Mir wollen jetzt alle unser Geld!«

Aus den Augenwinkeln sah Toni, dass Griet, ihre Mutter und Bibi mit Tante Vev zusammenstanden. Da konnte sie guten Gewissens bereits vorauslaufen. Ihr war jetzt so gar nicht danach zumute, über das neue Geld zu plaudern; zu sehr hatte das, was sie gerade erfahren hatte, sie aufgewühlt.

Leandro hatte seine alte Identität abgelegt, um zu Louis zu werden.

Was brachte einen Menschen zu solch einem entscheidenden Schritt?

Sie hatte in seinen Armen gelegen, unter seinem Gewicht lustvoll gestöhnt, seine Küsse genossen – und nichts über ihn gewusst.

Stopp! Das stimmte nicht ganz.

Ab und an hatte eine Ahnung, dass er etwas Wichtiges vor ihr verbarg, sie durchaus gestreift, doch Toni hatte sie jedes Mal wieder weggeschoben.

Aus Bequemlichkeit?

Oder war sie einfach zu mutlos und zu feige gewesen,

um sich mit den Untiefen dieses schillernden Mannes wirklich auseinanderzusetzen?

Sie liebte Louis nicht mehr, da war sie sich ganz sicher. Ihr Herz gehörte jetzt Dan – ganz und gar.

Doch war sie nicht aus exakt diesem Grund verpflichtet, noch einmal zurückzugehen und alles aufzudröseln, bevor sie mit Dan wirklich glücklich werden konnte?

In diesem Moment beschloss Toni, genau das zu tun.

ZWANZIG

München, Herbst 1948

Eine steinige Landschaft, karg, glühend in der heißen Sonne.

Louis kommt ihr aus einiger Entfernung barfuß entgegengelaufen, strahlend und so abgerissen wie in ihrer allerersten Zeit. Seine meerblauen Augen funkeln, die Haut ist tief gebräunt.

Ein Pirat – der einst ihr Pirat gewesen ist.

»Ich hab ganz schön viel Pech gehabt!«, ruft er und zeigt dabei sein unwiderstehliches Lächeln. »Aber jetzt bist du ja da, Toni, mein Glück, mein großes Glück! Man muss balancieren können, weißt du das? Komm, ich werde es dir zeigen!«

Er streckt ihr die Hand entgegen, und sie will zugreifen, aber sie kann es nicht. Jedes Mal, wenn sie seine Hand fassen will, entgleitet sie ihr, und der Abstand zwischen ihnen wird größer, nicht kleiner. Es ist, als ob eine starke Böe Louis erfasst hätte und ihn immer weiter von ihr wegwirbelt.

Angst steigt in ihr auf, schwarze, lähmende Angst.

»Sieh dich vor«, will sie ihm zurufen. »Hinter dir lauert ein Abgrund! Wer soll mir dann das Balancieren beibringen?«

Doch kein Laut kommt über ihre Lippen, und dann ist Louis plötzlich verschwunden ...

Schweißgebadet schoss Toni hoch und brauchte eine ganze Weile, um sich zu orientieren. Sie befand sich in ihrer kleinen Kammer, in ihrem Bett. Es war noch dunkel.

Wieder dieser Traum!

Seit Wochen schon ging das so, genauer gesagt, seitdem sie Louis in der Justizvollzugsanstalt Stadelheim besucht hatte. Es war ein mühsames Unterfangen gewesen, überhaupt zu ihm vorgelassen zu werden. Toni hatte sogar lügen müssen, wie sein Anwalt ihr geraten hatte, weil der Besuch nur Angehörigen vorbehalten war.

Ich bin seine Verlobte.

»Herr Romano hat wohl so einige Verlobte«, hatte Anwalt Dr. Winter feixend gesagt. Ob dieser windige Kerl mit dem Manchu-Bart der richtige Strafverteidiger für Louis war? »Machen Sie ihm Mut, denn den braucht er. Wenn er Pech hat, sind sieben Jahre Haft und mehr drin.«

Mut machen – der hatte gut reden!

Louis hatte Toni feindselig angesehen, als sie in den kargen Besucherraum geführt wurde. Ein kahlköpfiger Vollzugsbeamter saß an einem zweiten Tisch und verfolgte alles, was geredet wurde.

»Was willst du, Toni? Dir mit eigenen Augen ansehen, wie elend ich mich hier fühle? Tu dir keinen Zwang an. Ein Riesenspaß, hier vor mich hin zu vegetieren, das kann ich dir verraten. Möchtest du mehr von meinem aufregenden Leben hören? Bitte sehr: dreiundzwanzig Stunden auf knapp vier Quadratmetern eingesperrt, Klosett inklusive, eine Stunde Frischluft im Hof, und das Abendbrot wird bereits um halb drei nachmittags serviert – aufregend, nicht wahr?«

Unruhig rutschte er auf dem harten Stuhl hin und her. Sein Haar war zu lang, er war schlecht rasiert, Hemd und Hose wirkten nicht ganz sauber. Ließ er sich absichtlich verkommen, weil er sich bereits aufgegeben hatte?

»Ich habe die Bäckerin getroffen ...«, begann Toni.

»Kathi, die treue Seele, was für rührende Briefe sie schreiben kann – ich mag Frauen, die zu mir stehen.«

Was sollte sie darauf antworten?

Über den Fall durfte sie nichts sagen, das hatte der unsympathische Dr. Winter ihr mehrfach eingeschärft. Und natürlich wollte Louis sie provozieren, darauf hatte sie sich innerlich schon vorbereitet.

»Sie hat gesagt, ich hätte dich hingehängt ...« Der Vollzugsbeamte hob seinen Kopf. »Aber das ist nicht wahr. Ich hatte keine Ahnung an jenem Abend. Dan und ich waren tanzen ...«

»Dan und du – was für ein schönes Paar!«, unterbrach er sie höhnisch. »So ein fescher Captain ist doch ganz etwas anderes als ein Straßenköter wie ich, nicht wahr? Aber küsst er auch besser? Weiß er, wo er dich berühren muss, damit du den Himmel auf Erden erlebst? Ist er der Mann deines Lebens?« Er sah sie durchdringend an. »Und soll ich dir was sagen, *ma chère*? Das glaube ich nicht!«

»Dan ist zärtlich und aufrichtig«, erwiderte Toni. »Er hat Leni gerettet und sich um Griet gekümmert, als es ihr sehr schlecht ging. Er hat unserer Bibi geholfen, die ...«

»Tu mir den Gefallen, und sei still! Sonst bist du sicherlich noch morgen nicht fertig mit der langen Liste seiner Heldentaten. Das Einzige, was mich interessiert, ist: Liebst du ihn, Toni?«

Sie ließ sich Zeit mit ihrer Antwort. Dann nickte sie.

»Ja, das tue ich. Ich liebe Dan.«

Louis schloss die Augen.

»Dann geh jetzt bitte«, sagte er leise.

»Aber dich hab ich zuvor geliebt«, fuhr Toni fort, ohne sich irritieren zu lassen. »Und nicht nur deine schönen Augen und die straffen Muskeln, sondern auch deine Kühnheit, deinen Mut, deinen unglaublichen Charme. Tausendundeine Idee im Kopf – das hat mir imponiert. Du hast meine Welt so viel bunter und freier gemacht, und dafür danke ich dir. Ich war bereit, dir mein ganzes Herz zu schenken, wenn du es nur zugelassen hättest.«

»Das klingt schön.« Seine Augen waren wieder offen, und sein Blick ruhte auf ihr. »Aber was ist geschehen, dass es aufgehört hat?«

»Es hat nicht aufgehört«, sagte Toni. »Bis heute nicht. Ein Teil von mir wird dich immer lieben – deshalb war ich ja auch so enttäuscht. Aber der andere, größere, ist müde. Dein ständiges Hin und Her, die Ausreden, deine permanente Unzuverlässigkeit und diese ständigen Affären haben meine Gefühle mürbe werden lassen wie ein Seil, das immer weiter zerfasert. Wieso hast du mir nicht mehr vertraut? Dass ich erst von Kathi Schwarz erfahren musste, wer du wirklich bist, hat mich sehr traurig gemacht.«

»Wer ich wirklich bin«, flüsterte er. »Das wolltest du wissen …« Er seufzte.

Kam jetzt endlich das, worauf sie die ganze Zeit wartete?

Toni hielt den Atem an.

»Hast du von dem Fund in der Knöbelstraße gelesen?«,

fragte Louis unvermittelt. »Stand letzte Woche sogar in der Zeitung.«

Das war mal wieder typisch für ihn: Sobald er sich in die Enge getrieben fühlte, schlug er Haken wie ein Feldhase!

»Genau das ist es, was mich so rasend an dir macht.« Toni redete jetzt lauter. »Wenn man versucht, dir näherzukommen, löst du dich buchstäblich in Luft auf. Wovor hast du eigentlich solche Angst? Man kann dich körperlich berühren, aber niemals begreifen. Du lässt dich nicht fassen, Louis oder Leandro oder wer auch immer du sein magst!«

Er nickte wortlos.

Dann bat er den Beamten, ihn zurück in seine Zelle zu bringen.

Hatte sie damit alles nur noch schlimmer gemacht?

Seit diesem Tag plagten Toni diese intensiven nächtlichen Träume, die auch tagsüber wie eine schwere Last auf ihr lagen. Selbst im Verlag gelang es ihr nur manchmal, sie zu vergessen. Dr. Heubner nahm den Namen Louis Moreau nicht mehr in den Mund, weil der Druck der Gedichte mittendrin gestoppt werden und die gesamte Produktion bei einem neuen Drucker nochmals hatte anlaufen müssen. Toni gab sich allergrößte Mühe, diesen Verlust durch noch mehr Einsatz irgendwie wieder wettzumachen, auch wenn sie natürlich wusste, dass sie das nicht konnte. Sie hatte ihren Chef ausdrücklich gewarnt, und doch trug er ihr die ganze Sache nach, das spürte sie genau.

Seit dieser ganzen Geschichte war Toni selbst die Freude an Blaus launigen Alltagsversen vergällt, obwohl der knorzige Dichter nun wirklich nichts dafür konnte. Einzig und allein das Kochbuch, inzwischen in dritter Auflage, hielt sie halbwegs bei Laune. Die Autorin hatte zudem angekündigt, sie säße bereits an einer Fortsetzung, die sie, den veränderten Zeiten entsprechend, angepasst hatte: *Gute Kost für Genießer* – man durfte gespannt sein.

Manchmal hatte Toni Angst, innerlich zerrissen zu werden, so angespannt fühlte sie sich. Dan mochte sie nichts davon sagen; auch Max gegenüber hielt sie den Mund. Schließlich, nach langem Zaudern, vertraute sie sich Griet an, die sie im Vorfeld zu diesem Besuch im Gefängnis ermutigt hatte.

»Louis ist einzigartig«, sagte Griet, als Toni ihr von ihren bedrückenden Träumen erzählte. »Ein Weltenwanderer mit unzähligen Facetten – schillernd und wandelbar wie ein Chamäleon. Und er besitzt eine erstaunliche Energie: eine starke Flamme, die Leben in dir erwecken kann und dir gleichzeitig böse Wunden zufügt, wenn du ihr zu nahekommst. Du hast keinen Fehler gemacht, Toni. Nicht du!«

Sie hatte so eindringlich geklungen, dass Toni stutzig geworden war. Sie sah Griet an – und schüttelte ungläubig den Kopf, weil sie plötzlich begriff, was Griet ihr gerade sagen wollte.

»Aber nicht auch noch du …«

»Doch«, sagte Griet. »Leider. Auch ich bin schwach geworden, aber es war nur ein einziges Mal. Max weiß nichts davon, Dan ebenso wenig. Du bist die Einzige – und dir hätte ich es schon längst sagen sollen. Bislang war ich zu feige dazu, nun aber fühle ich mich unendlich erleichtert.«

Toni verspürte nach diesem Geständnis keine wirkliche Enttäuschung, nur große Müdigkeit.

»Er wird niemals damit aufhören«, sagte sie. »Ganz egal, mit welcher Frau er zusammen ist.«

»Vermutlich nicht«, sagte Griet. »Zumindest nicht, solange die Frauen auf ihn fliegen. Bist du mir sehr böse?«

»Wann war es?«

»Vergangenen Sommer. Am See.«

»Ihr wart irgendwie seltsam, nachdem ihr zurückgekommen seid«, sagte Toni. »Ich hätte nachfragen sollen. Aber ich wollte es lieber nicht wissen. So vieles wollte ich nicht wissen! Ich bin dir nicht böse, Griet, ich bin bloß unendlich traurig. Was wird denn nun aus ihm? Sieben Jahre im Gefängnis hält Louis doch gar nicht aus!«

»Ich glaube, er ist stärker, als du denkst«, sagte Griet. »Vielleicht zieht sein berühmter Charme ja auch vor dem Richter.«

Toni zuckte die Schultern.

»Bei unserem Gespräch hat Louis irgendeinen Fund in der Knöbelstraße erwähnt. Weißt du etwas darüber?«

»Neulich stand etwas darüber in der Zeitung«, sagte Griet nachdenklich. »Max hat dir wahrscheinlich nichts davon erzählt, um dich nicht aufzuregen. Da sind zehn Mitglieder einer Fälscherbande aufgeflogen, die ebenfalls gestohlene Lebensmittelmarken, Druckklischees und jede Menge Bargeld gehortet hatten. Ein Modell, das anscheinend Schule macht.«

»Und wenn Louis doch unschuldig ist?«

Griet lächelte.

»Du wirst niemals aufhören zu träumen, Toni Brandl«, sagte sie, »nicht wahr?«

*

Auf einen Schlag waren die Schaufenster wieder voll.

Griet hatte sich noch immer nicht daran gewöhnt. Manchmal erschrak sie beinahe, wenn sie plötzlich nicht nur Gegenstände des täglichen Bedarfs, sondern regelrechte Luxusartikel wie Schuhe, teure Handtaschen und Pelze liebevoll drapiert ausgestellt sah. Die Läden verlangten nicht die Fantasiepreise des Schwarzmarktes, doch teuer genug waren die Waren angesichts des niedrigen Durchschnittseinkommens der Bevölkerung trotzdem. Sie selbst war gut dran, weil sie ihren Lohn in US-Dollar ausbezahlt bekam, die einen günstigen Wechselkurs hatten; andere dagegen mussten nach wie vor jeden Pfennig umdrehen, Währungsreform hin oder her.

Und so kam es schließlich auf dem Viktualienmarkt zu einer regelrechten Eierschlacht, in der sich Wut und Empörung der Hausfrauen über die steigenden Preise Luft machten. Einer Händlerin, die es besonders bunt trieb, wurden die Kisten abgenommen und der Inhalt zerschlagen. Griet, zufällig Zeugin dieser Aktion, musste den Kopf einziehen, um nicht auch etwas davon abzukriegen.

Mochten die Schwarzmarktzentren am Bahnhof oder am Sendlinger Tor ihre besten Zeiten hinter sich haben, der Schwarzmarkt in der Möhlstraße lebte weiter – manchmal hätte man fast glauben können, sogar besser denn je. In vielen der Holzbauten hatte man Zwischenwände eingezogen, hinter denen Waren eingelagert und im Bedarfsfall eben auch versteckt werden konnten. Gehandelt wurde nicht nur mit Gütern der Besatzungsmacht, sondern zunehmend auch mit eingeschmuggelten Auslandswaren, allem voran Kaffee, auf den in Deutschland eine Steuer von dreizehn D-Mark pro Kilo erhoben wurde, sofern er geröstet war. Aber auch Kakao, Schokolade und nach wie vor Zigaretten wurden verschoben, obwohl man inzwischen in den normalen Läden amerikanische Marken zwar teuer, aber immerhin legal erstehen konnte.

Max hatte den Kampf gegen den Schwarzmarkt inzwischen zu seinem persönlichen Feldzug erhoben. Als Mitglied des Betrugsdezernats sah er es als seine Aufgabe, ihm den Garaus zu machen, und es setzte ihm schwer zu, dass sich das als nahezu unmöglich erwies.

»Wie die Köpfe einer Hydra«, klagte er bei Griet. »Wenn man einen abschlägt, wachsen sofort drei weitere nach.«

So war er – mit Feuereifer bei der Sache, glasklar und strukturiert, was Griet einerseits sehr an ihm schätzte, sie andererseits aber auch in immer tiefere Verzweiflung trieb.

Wie würde Max ihr Geheimnis aufnehmen? Konnte er sie danach überhaupt noch lieben, nachdem sie es so lange vor ihm verborgen hatte? Der Termin für ihre Verlobung stand inzwischen fest: Sonntag, der 3. Oktober, Max' dreißigster Geburtstag.

Spätestens dann musste sie Farbe bekennen …

*

Das diesjährige Herbstfest auf der Theresienwiese war noch lange nicht mit der üppig ausgestatteten Wies'n der Vorkriegsjahre zu vergleichen, aber doch schon nahe dran. Drei große Bierzelte, die endlich wieder süffigen Gerstensaft anstatt Dünnbier ausschenken durften, lockten die Durstigen an, und nicht nur die Fischer-Vroni, sondern auch die Ochsenbraterei waren wieder mit dabei. Es gab frische Brezn, Hendl vom Spieß, Fischsemmeln und jede Menge Schokoladen- und Lebkuchenherzen. Auch die Anzahl der Schausteller hatte sich im Vergleich zu den Vorjahren vervielfacht: Klassiker wie Toboggan, Riesenrad, Kettenkarussell und Krinoline wurden durch neue Kinderkarusselle und rasantere Fahrtgeschäfte ergänzt.

Toni und Dan waren schon vorausgegangen an diesem strahlenden, fast noch sommerlichen Samstagnachmittag, an dem sich ein emailleblauer Himmel über dem bunten Treiben spannte, und sie hatten Tante Vev mitgenommen, die angesichts dieses Kaiserwetters in Erinnerungen schwelgte. Sie bestand darauf, sich als Erstes in der brandneuen Geisterbahn zu gruseln, bevor sie sich von Dan eine Papierrose schießen ließ, so wie ihr Ludwig es immer getan hatte. Schließlich war sie froh, ein Plätzchen vor der Ochsenbraterei zu ergattern und sich dort eine dick belegte Fleischsemmel schmecken zu lassen.

»Allmählich erkenne ich mein München wieder«, sagte sie gut gelaunt, während sie den anderen an ihr vorbeiflanierenden Besuchern zulächelte. »Dieser scheußliche braune Firnis hat doch nie wirklich zu unserer lebensfrohen Stadt gepasst. Erstickt hat sie uns, bis wir kaum noch atmen konnten.« Sie hob ihren Maßkrug. »Lasst uns alles dafür tun, dass es nie wieder dazu kommt!«

Dan und Toni stießen mit ihr an.

Rosa traf mit Bibi ein, die zuerst ein bisschen herummaulte, weil sie eigentlich lieber mit ihren Klassenkameradinnen losgezogen wäre, doch das schöne Wetter und eine große Tüte gebrannte Mandeln versöhnten sie schnell wieder.

»Jetzt fehlt nur noch mein Ferdl«, sagte Rosa mit Tränen in den Augen. »Dann wäre es wieder so wie früher. Ob wir den jemals wiedersehen?«

Die Töchter umarmten sie von beiden Seiten.

Griet und Max würden erst später dazukommen, weil der junge Kriminaler wieder einmal noch dienstlich unterwegs war. Manchmal hatte Toni richtig Angst um ihren Bruder, der kaum noch Freizeit hatte, so ernst nahm er seinen Beruf.

»Da steckt ihr also! Hab euch schon überall gesucht!« Benno, stilecht in Lederhose und Leinenhemd, die kleine Greta an der Hand, trat an ihren Tisch. »Dürfen wir uns dazusetzen?«

»Dürft ihr«, sagte Toni und bewunderte Mutter Leni und Töchterchen Greta, die das gleiche Dirndl trugen.

»Meins wird bald zu eng werden«, flüsterte Leni ihr zu, während sie ihr Bäuchlein streichelte. »Zeit für eine neue Wohnung!«

»Toni und ich fahren jetzt erst einmal eine Runde Riesenrad.« Dan nahm Tonis Hand und zog sie hoch. »Bis später!«

Mied er noch immer Bennos Gegenwart?

Aber er wirkte so fröhlich, dass Toni den Gedanken wieder vertrieb. Sie bestiegen eine der Gondeln. Zur scheppernden Kirmesmusik ging es immer höher und höher, bis sie schließlich am obersten Punkt innehielten.

»Das müssen meine Schwestern unbedingt auch einmal

sehen«, sagte Dan. »Die Aussicht ist ja fantastisch! Vielleicht im nächsten Jahr, wenn sie zu unserer Hochzeit nach München kommen?«

»Dan, ich ...«

»Scht!« Er legte ihr sanft einen Finger auf die Lippen. »*It's my turn now, okay?*« Plötzlich hielt er ein Schächtelchen in der Hand, aus dem er nun einen Ring herausholte. »Hiermit lege ich dir die Welt zu Füßen, meine geliebte Toni. *Do you want to marry me?*«

»Ja«, flüsterte sie, während ihr die Tränen in die Augen schossen. Sie strahlte. »*Yes, I do!*«

Dan schob den schmalen Goldring über ihren linken Ringfinger, auf dem ein blauer Saphir in der Sonne funkelte.

Dann küssten sie sich.

»Bei Rosa wollte ich eigentlich erst heute Abend um dich anhalten«, sagte er, als die Gondel wieder unten angelangt war.

»Bin ziemlich sicher, sie wird einverstanden sein. Sie mag dich nämlich sehr! Mach es lieber jetzt schon. Schließlich musst du Tante Vev auch fragen, die kann sonst ganz schön ungehalten werden ...«, scherzte Toni überglücklich.

Zu ihrer Überraschung warteten die Lochners am Ausgang des Riesenrads auf sie.

»Würdet ihr kurz auf die Kleine aufpassen?«, bat Leni. »Ich möchte die Welt so gerne auch mal von oben sehen! Und bald wird das ja nicht mehr möglich sein ...«

»Ich kümmere mich um Greta«, sagte Toni. »Dan, sprich du in der Zeit mit Mama und Tante Vev.« Sie lächelte ihrem Verlobten zu, bevor sie sich zu dem kleinen Mädchen hinunterbeugte. »Schau mal, Greta, gleich dort drüben gibt es einen Ponyzirkus!«

Die kleine Hand in ihrer war feucht vor Aufregung, aber als Greta schließlich auf dem kleinsten der Ponys saß, das gemütlich in der Runde lief, saß sie kerzengerade.

»Spitzenhaltung!«, hörte Toni eine vertraute Männerstimme neben sich. »Was gibt es Schöneres, als freie Luft zu schnuppern!«

»Louis!« Sie fuhr zu ihm herum. »Bist du ...«

»Getürmt?« Er grinste frech. »Dein Gangsterbild von mir ist einfach zu perfekt, Toni. Nein, sie haben mich freigelassen – ja, da staunst du, was? Es gab ein offizielles Geständnis einiger Mitglieder der Knöbelstraßenbande, für die übrigens auch Juri gearbeitet hat. Jetzt endlich war die Polizei dann auch bereit, die Zugänge zum Keller der Druckerei auch vom anderen Haus aus zu prüfen – und da haben sie dann jede Menge Spuren gefunden. Ich bin so unschuldig wie ein Neugeborenes.« Er hob die Hände und wedelte damit. »Na ja, zumindest fast so unschuldig.«

Toni starrte ihn an. »Ich kann das alles noch kaum fassen ...«, sagte sie.

Louis feixte. »Glück gehabt, würde ich sagen. Die Justiz schien auch überrascht zu sein. Doch bevor sie erneut auf dumme Gedanken kommen, mach ich mich lieber aus dem Staub.«

Erst jetzt fiel ihr der große, graue Rucksack auf, den er auf dem Rücken trug.

»Du gehst weg? Wohin?«

»Wohin auch immer der Wind mich trägt ...« Louis lachte, dann wurde er wieder ernst. »Meine erste Station wird wohl Marseille sein. Mein Vater hat immer gesagt: Halte dich an Städte, die am Meer liegen. Hätte ich nur besser auf ihn gehört, *n'est ce pas*? Du siehst ja, wohin ich mit eurer Isar gekommen bin: hinter Schloss und Riegel!«

Er trat einen Schritt auf sie zu – und da war er wieder, sein Geruch, der sie von Anfang an angezogen hatte.

»Ich wollte dir nur kurz noch *Adieu* sagen.« Jetzt war seine Stimme ganz sanft. »Bevor du dich gänzlich in deinem neuen blauen Glück verlierst …«

Der Ring! Natürlich war er seinen scharfen Augen nicht entgangen.

»Woher wusstest du überhaupt, wo ich bin?«, fragte sie.

»Deine Mutter war so freundlich. Ich hatte noch was gut bei ihr wegen der Nähmaschine. Und dann hat mich deine Tante weitergeschickt, auf die bin ich vor dem Bierzelt gestoßen. Eine grandiose Persönlichkeit, deine Tante Vev! Wenn du dir Mühe gibst, wirst du eines Tages vielleicht auch einmal so wie sie.«

Bevor Toni etwas antworten konnte, hatte er sie schon an sich gezogen.

»War schön mit dir, Toní. Sehr, sehr schön!« Er küsste erst ihre Wangen, dann streiften seine Lippen kurz ihren Mund. »Auch wenn es leider nicht für ewig sein konnte. Du bist ein Glückskind, vergiss das nicht! Und wenn es dir ganz besonders gut geht, dann denk bitte ab und zu an deinen alten Freund.«

Er ließ sie los und ging mit schnellen Schritten davon.

*

Vielleicht war der Ausflug zum Chiemsee eine Schnapsidee gewesen, aber Griets Sehnsucht nach Wasser war auf einmal so groß gewesen, und die Sonne lachte so warm vom Himmel – da waren sie einfach losgefahren. Max' einstiger Kumpel Gerhard, inzwischen sein Kollege bei der Kripo, hatte ihm seine alte BMW R6 geliehen. Auf dem Motorrad fühlte sich die Fahrt auf der Autobahn ganz anders an als damals mit Louis im Wagen. Griet spürte den Fahrtwind und hatte fast das Gefühl zu fliegen. Dabei saß sie ganz sicher, hatte ihre Arme fest um Max' muskulösen Körper geschlungen und genoss die Wärme, die er ausstrahlte.

Toni hatte ihr von dem Abschied auf dem Herbstfest erzählt. Louis war also aus München verschwunden.

Für immer?

Bei einem Irrlicht wie ihm konnte man das nie so genau wissen …

Sie verließen die Autobahn und fuhren auf der Landstraße weiter bis an den See. Max hatte eine Decke und eine kleine Brotzeit mitgebracht, die er nun am Ufer auspackte.

Griet hatte kaum Hunger; zu groß war ihre Aufregung vor dem morgigen Tag. Max dagegen langte herzhaft zu. Brot, Käse und Radieschen waren im Nu gegessen. Danach streckte er sich lang aus, bettete seinen Kopf in ihren Schoß und schloss die Augen.

»Stundenlang könnte ich so liegen«, sagte er nach einer Weile. »Ach, was rede ich da? Tagelang! In deiner Gegenwart werden all die Alltagssorgen ganz klein, weißt du das eigentlich, Griet? Vielleicht, weil ich mir dann immer wieder sage, dass du sehr viel mehr durchgemacht hast als alles, was mich gerade vielleicht quält.« Er stieß einen tiefen Seufzer aus.

»Was quält dich denn ganz aktuell?«, fragte sie sanft und legte ihre Hand auf seine Stirn.

»Immer noch dieser Schwarzmarkt in der Möhlstraße. Oberst Kelly, der Münchner Stadtkommandant, hat uns ja geradezu aufgefordert, gegen die Verhältnisse dort einzuschreiten, aber mehr, als auf die Einhaltung der Sonntagsruhe und der Ladenschlusszeiten zu dringen, bleibt uns nicht, abgesehen von ein paar Bauklagen, die meist gleich abgeschmettert werden.«

»Macht ihr denn keine Razzien?«

»Natürlich! Doch was nützen die schon? Da wird alles bloß blitzschnell in ein Budenversteck gebracht oder unter der Kastanie im Garten des Bogenhauser Hofs deponiert und später wieder abgeholt. Dieser Baum hat schon wahre Geldströme gesehen, sag ich dir. Gehen wir zu hart gegen die Händler vor, heißt es sofort, wir würden jüdische Mitbürger missachten. Dabei richten sich unsere Aktionen doch gar nicht gegen Juden per se, sondern lediglich gegen die kriminellen Elemente unter ihnen!« Max seufzte erneut. »Wer weiß, wie lange es noch dauern wird, bis man sich Juden gegenüber einigermaßen unbefangen verhalten kann. Die einen Kollegen haben panische Angst davor, antisemitisch zu wirken, und würgen sich in den Protokollen halb einen ab, so wie mein Chef, der jedes Mal das Wort ›Jude‹ durchstreicht und durch ›israelitischer Mitbürger‹ ersetzt. Andere dagegen, zumeist ältere Kollegen, lassen ihren Nazifantasien freien Lauf und reden von ›Pestbeulen‹, die beseitigt werden müssten – was für eine bekloppte Welt.« Er schnaubte resigniert.

»Es ist sehr viel passiert«, sagte Griet, die auf einmal kaum noch atmen konnte. »Was würde deine Familie wohl zu einem jüdischen Familienmitglied sagen?«

Langsam setzte er sich auf.

»Wieso fragst du mich das, Griet?«

Sie hielt seinem Blick stand, obwohl ihr ganzer Körper zu zittern begann.

»Weil ich viel zu lange gelogen habe, Max. Ich hatte gute Gründe dafür, jedenfalls war ich davon überzeugt. Doch jetzt muss Schluss damit sein.« Sie lachte kurz auf. »Dass ich ausgerechnet an einen Polizisten geraten bin! Aber manchmal sucht das Schicksal sich eben äußerst seltsame Wege aus.«

»Wovon redest du?« Max sah sie forschend an. »Du machst mir ja fast Angst, Griet!«

»Keine Angst«, sagte sie sanft. »Und nie mehr Griet. Ich bin nicht Griet van Mook.«

»Du bist nicht Griet van Mook? Aber wer bist du dann?« Sein Blick hing fragend an ihrem Gesicht.

»Das werde ich dir erzählen. Bitte hör mir jetzt genau zu, mein geliebter Max …«

EPILOG

München, Herbst 1948

»Und du bist dir wirklich ganz sicher?«, fragte Max mindestens schon zum zehnten Mal an diesem Tag.

»Bin ich«, erwiderte sie mit fester Stimme. »Oder willst du unsere Verlobung etwa ein weiteres Mal verschieben? Deinen Geburtstag haben wir ja bereits sausen lassen ...«

»Dann komm.«

Hand in Hand betraten sie das Generalkonsulat des Königreichs der Niederlande an der Nymphenburger Straße, das noch einige notdürftig geflickte Bombenschäden aufwies.

Die junge Dame am Empfang runzelte die Stirn.

»Kommissar Max Brandl mit Verlobter«, erklärte er. »Ich hatte angerufen. Der Herr Konsul erwartet uns.«

Sie nickte und griff zum Hörer.

»Kommissar Brandl und seine Verlobte wären jetzt da.« Kurze Pause. »In Ordnung. Ich schicke sie rauf.«

Sie wandte sich wieder den Besuchern zu.

»Erster Stock, dritte Tür links. Frau Timmermans, die Sekretärin, nimmt Sie in Empfang.«

Sie stiegen nach oben.

»Angst?«, fragte Max.

»Und wie. Mein Herz hüpft wie ein gefangener Vogel.

Siehst du, wie das Medaillon tanzt, in dem dein Foto steckt?« Ihr bemühtes Lächeln missglückte. »Aber ich kann es kaum erwarten, es endlich hinter mich zu bringen. Weißt du eigentlich, wer mich letztlich dazu ermutigt hat? Du wirst es kaum glauben, aber es war Louis. Bis dahin hatte ich alles tief in mir vergraben, doch plötzlich wollte es an die Oberfläche.«

»Du hast es gleich geschafft. Und du bist sehr tapfer.«

Max lächelte ihr aufmunternd zu und klopfte an die Tür. Eine blonde Frau öffnete.

»Willkommen«, sagte sie. »Der Herr Konsul lässt bitten.«

Frans De Wit schüttelte beiden die Hand, dann bat er sie zu der kleinen Sitzecke gegenüber dem Fenster.

»Erzählen Sie bitte«, sagte er. »Ich bin sehr gespannt auf Ihre Geschichte.«

Griet atmete tief aus, dann begann sie zu erzählen.

»Ich wurde am 24. April 1925 als einziges Kind des Kürschners und Pelzhändlers Nachum Blom und seiner Frau Aliza in Amersfoort geboren. Meine Eltern waren liberale Leute, nicht besonders religiös; von meinen Großeltern lebte nur noch die Mutter meines Vaters, Elsie Blom. Da ich als recht geschickt galt, begann ich eine Lehre beim Juwelier und Diamantenspezialisten Ruben Cohn. Bereits 1941 war von den Deutschen in unserer Stadt das sogenannte Waldlager eingerichtet worden, ein Arbeitserziehungslager der SS, dessen Häftlinge zur Rodung des Waldes sowie zu Sägearbeiten in der Umgebung eingesetzt wurden. Die Pelze meines Vaters hatten offenbar die Gier der Nazis erregt; er wurde 1942 unter einem Vorwand verhaftet und dort eingesperrt. Nicht mehr ganz gesund, überlebte er die Strapazen dort nur wenige Monate. Als sie davon erfuhr, nahm meine Mutter sich das Leben.«

Sie griff nach dem bereitgestellten Wasserglas und trank ein paar Schlucke.

»Meine Tante Tess, die Schwester meiner Mutter, und ihr Mann Jakob wurden 1943 deportiert. Jetzt gab es nur noch Oma Elsie in Haarlem, zu der ich mich durchgeschlagen hatte. Doch ich kam zu spät; man hatte sie ebenfalls bereits weggebracht. Von einer Nachbarin erfuhr ich eine angeblich todsichere Adresse: eine junge Frau, die Juden versteckte. So kam ich über mehrere Umwege schließlich in jenes Haus, das mein Schicksal werden sollte.«

Inzwischen sprach sie wie im Fieber.

»Keine Namen, nur keine Namen, das hatte man mir eingeschärft. So nannte sie mich Bientje, und für mich war sie Merel. Das Versteck unter dem Dach war genial; von außen absolut uneinsehbar. Merel brachte mir Wasser und Essen und leerte meine Toilette. Doch dann kam sie nicht mehr – tagelang. Als ich weder ein noch aus wusste, bin ich hinuntergeschlichen. Da fand ich sie in der Küche, erschlagen auf dem Boden liegen.«

Sie griff nach Max' Hand.

»Es war meine Chance – vielleicht meine einzige. Ich habe den verräterischen Fingerabdruck auf meinem Judenpass verbrannt, ihren Pass genommen und ihre Kleider. Jetzt war ich Griet van Mook, und in der Küche lag eine tote Jüdin. Ich bin dann weiter nach Amsterdam, habe Kontakt zum Widerstand gesucht. Ada de Vries, eine der engagiertesten Kämpferinnen gegen die Nazis, hat mich bei sich aufgenommen und weiter ausgebildet – bis wir beide aufgeflogen sind. Ich kam ins KZ Vught bei Hertogenbosch; sie haben sie bereits während der Verhöre totgeprügelt, weil sie nichts verraten wollte. Ravensbrück war meine nächste Station, danach folgte das KZ-Außenlager in Giesing. Die ganze Zeit habe ich an meiner Lüge festgehalten. Für mich war es die einzige Möglichkeit, um zu überleben.«

Der Botschafter räusperte sich.

»Dort wurden Sie dann von der US-Armee befreit, richtig?«

»Fast. Wir hatten noch einen Gewaltmarsch nach Wolfratshausen zu bewältigen, danach erst erfolgte die Befreiung.«

»Weshalb haben Sie nicht gleich dort für klare Verhältnisse gesorgt?«, fragte De Wit. »Die Nazis waren besiegt. Ihnen hätte doch nichts mehr passieren können.«

Sie schüttelte den Kopf. »Stand ich nicht unter Verdacht, einen Mord begangen zu haben? All die Jahre hat mich dieser Gedanke gequält. Ich hatte ja nichts außer meinen gestohlenen Papieren. Alle aus meiner Familie sind tot. Niemand hätte beweisen können, wer ich wirklich bin. Außerdem habe ich bitter lernen müssen, dass es großes Unheil bringen kann, sich als Jüdin zu erkennen zu geben.«

»Da muss ich Sie leider korrigieren.« Der Botschafter lächelte fein.

Griet sah ihn an. »Wollen Sie etwa behaupten, dass man als Jüdin kein großes Unheil riskiert hat?«, fragte sie irritiert und ein wenig wütend.

»Mitnichten. Aber es gibt noch ein Familienmitglied. Ihre Tante Tess de Jong hat das Lager überlebt. Sie wohnt in Amsterdam und freut sich schon auf Sie.«

»Tante Tess ...« Vor Weinen konnte sie kaum noch atmen.

»Liebes«, Max umarmte sie zärtlich, »beruhige dich. Alle glauben dir. Der alte Fall ist aufgeklärt. Nichts kann dir mehr geschehen.«

Sie schniefte unter Tränen.

»Eines noch«, sagte der Botschafter. »Auf welchen Namen soll ich denn die neuen Papiere nun ausstellen?«

»Ich bin Lea Blom.« Sie stand auf einmal ganz aufrecht. »Allerdings wird sich mein Nachname bald wieder ändern. Denn ich werde diesen wunderbaren Mann neben mir heiraten.«

Historisches Nachwort

1945 – der Krieg ist aus. Als sich Einheiten der amerikanischen Armee am 30. April anschicken, München, die »Hauptstadt der Bewegung« des unseligen »Dritten Reichs«, in Besitz zu nehmen, erwartet sie eine gespenstische Ruinenlandschaft, in der alles Leben nahezu erstorben scheint. Manche Viertel haben die alliierten Bomben besonders hart getroffen, unter anderem das Zentrum sowie die Maxvorstadt und Schwabing. So kann man vom zerstörten Hauptbahnhof ohne Hindernis bis zur Ruine der Josephskirche schauen …

Schon seit dem Vortag ruht jeglicher Verkehr in den trümmergesäumten Straßen der Außenbezirke, die sich im Zentrum zu schmalen Trampelpfaden zwischen einer aus Schuttbergen aufragenden Fassadenkulisse verengen. Es herrscht gespannte, lähmende Stille, nur vom näher kommenden Geschützdonner unterbrochen, das die bevorstehende Ankunft der Sieger anzeigt. Fast automatisch und ohne nennenswerten Widerstand vollzieht sich das Ende der zwölfjährigen Schreckensherrschaft. Die mit weißen Tüchern signalisierte Kapitulation wirkt vor der Kulisse dieses allumfassenden Zusammenbruchs eigentlich fast überflüssig.

Die Amis sind also da – und was jetzt?

Noch vor den Ängsten und Nöten der täglichen Existenzsicherung rangiert der Wunsch nach einem festen Dach über dem Kopf. Der Verlust von gut der Hälfte der Münchner Bausubstanz – der Schutt hätte ausgereicht, um zweimal die Cheopspyramide nachzubauen – bedeutet eine katastrophale Einbuße des Wohnungsbestands. Die verständliche Rückwanderung der Evakuierten ist unaufhaltsam und amtlicherseits nicht einzudämmen. Zugleich aber drängen bald Tausende von DPs in die wenigen noch einigermaßen intakten Wohnungen. Von den Heimatvertriebenen, die nach Kriegsende hier landen, ganz zu schweigen. Und die amerikanischen Besatzer müssen ja schließlich auch noch irgendwo unterkommen. In Harlaching, am Waldfriedhof, in Solln und Obermenzing setzen sie ohne großes Federlesen ihre Wohnungswünsche durch. Innerhalb von drei Tagen haben die bisherigen Bewohner ihre Villen und Einfamilienhäuser samt Einrichtung zu räumen.

Der Krieg ist vorbei; der Hunger bleibt. Pro Person stehen jedem täglich 300 Gramm Brot, 30 Gramm Nudeln oder Haferflocken, 20 Gramm Fleisch, 15 Gramm Zucker und 7 Gramm Fett zu. Dazu ein wenig Milch und ein paar Kartoffeln. Der Volksmund nennt dies »Die Friedhofskarte«. Kein Wunder, dass schon bald der kleinkriminelle Warenhandel blüht. Wie ein Rausch kommt es über die Menschen, zu tauschen, zu handeln, endlich wieder etwas Schönes zu genießen. Man trennt sich von Kostbarkeiten, um Speck zu essen oder eine Zigarette zu rauchen.

Diese Dinge werden bald zur eigentlichen Währung,

während man für die Reichsmark immer weniger bekommt. Es wäre Aufgabe der Polizei gewesen einzugreifen, doch die muss sich nach dem Ende der Naziherrschaft erst wieder neu aufstellen. Parteigenossen werden entlassen (und viele dank Personalmangel sofort wieder eingestellt), neue Anwärter aus fremden Berufen müssen schnell eingearbeitet werden. Die Hoheit über alles besitzt die amerikanische Militärpolizei, die aus gutem Grund an gewissen Orten nicht eingreift.

Der Schwarzmarkt lässt sich also nicht eindämmen, denn fast alle machen mit: von Pelzmänteln über Schmuck, Schuhe und Galoschen bis zu Kochtöpfen – gegen Zigaretten, Schokolade oder Mehl wechselt so manches seine Besitzer. Diese organisierten Tauschmärkte sind Tag und Nacht lebendig; sogar Eisenbahnfahrkarten, internationale Pässe und andere gefälschte Papier sind dort erhältlich.

In München ist es neben dem Hauptbahnhof, dem Platz vor dem Sendlinger Tor und dem Viktualienmarkt vor allem die Möhlstraße, die zum Zentrum des Schwarzhandels wird. Werden anfangs dort vor allem Waren des täglichen Bedarfs gehandelt, wird im Lauf der Zeit das Warenangebot immer vielfältiger – und damit auch die Chance, in dieser illegalen Nische des gesellschaftlichen Lebens gutes Geld zu verdienen.

Und in München herrscht eine ganz besondere Situation, die sich in der Möhlstraße als »Hot Spot« zuspitzen wird: Bis zum Kriegsende ist Deutschlands einstige jüdische Bevölkerung durch Emigration und Massenmord zum größten Teil ausgelöscht. Zu den Überlebenden gehört eine kleine Anzahl deutscher Juden, vor allem aus sogenannten »gemischten« Ehen, und eine größere Anzahl ausländischer Juden beziehungsweise jüdischer DPs, in erster Linie befreite Insassen der Konzentrations- und Vernichtungslager. Im Laufe der folgenden Jahre wächst die jüdische Bevölkerung in Deutschland jedoch stark an, da eine erneute antisemitische Bedrohung eine große Zahl polnischer und anderer osteuropäischer jüdischer Überlebender dazu veranlasst, in die US-Zone zu emigrieren. Bis zum Frühling 1947 leben etwa 200 000 jüdische DPs in Westdeutschland, die Mehrheit davon in der amerikanischen Zone. Der Großteil dieser Zuwanderung entfällt auf München. Im Oktober 1947 halten sich etwa 75 000 osteuropäische Juden in München auf.

Dieser rapide Bevölkerungsanstieg verwandelt die Möhlstraße, die vor dem Krieg als eine der exklusivsten Wohngegenden der Stadt gegolten hat, radikal. Da das Viertel nicht so stark bombardiert wurde und noch relativ viel intakten Wohnungsbestand hat, liegt es auch im Blickpunkt der amerikanischen Besatzungsbehörde, die zahlreiche Gebäude bereits für eigene Zwecke, teils für Partnerorganisationen wie die United Nations Relief and Rehabilitation Administration (UNRRA) oder das American Jewish Joint Distribution Committee (AJC) requiriert hat. Auch zwei wichtige DP-Organisationen wählen das Viertel für ihren Hauptsitz: Das Münchner jüdische Komitee und das Zentralkomitee der befreiten Juden. Andere jüdische Institutionen siedeln sich ebenfalls in der Möhlstraße an, etwa die Jewish Agency for Palestine, die Berufsbildungsorganisation ORT und die amerikanische Hebrew Immigrant Aid Society, alle bevorzugt in der Nähe der

Amerikaner. Die Straße und ihre Umgebung werden zu einem Zentrum (ost-)europäischen Lebens, das auch Menschen aus anderen Stadtteilen und von außerhalb anzieht.

»Der Kurfürstendamm in Berlin und die Champs Elysées in Paris haben Jahrhunderte gebraucht, ehe sie weltweit bekannt wurden. Die Münchner Möhlstraße brauchte dazu nur wenige Stunden. Eine Razzia der Polizei genügte. Aber was für eine Razzia! Sie wird in die Geschichte des Polizeiknüppels eingehen«, schrieb die in München verlegte *Neue Zeitung* am 12. Juli 1949.

Auf einmal boomt es hier: Einhundert »Geschäfte« entstehen, kleine billige Holzbuden zunächst, später solidere Bauten, in denen es alles gibt, wovon das besiegte Deutschland mit seinen Lebensmittelmarken sonst nur träumen kann: Kaffee, Zigaretten, Nylons, Schokolade, Penicillin, Waffen. Es entstehen Schächtereien, Restaurants, Cafés – und wenn die Polizeirazzia kommt, fließen schon mal Dollarnoten in den Rinnsteinen. Die Möhlstraße entwickelt sich zu einem der heißesten Schwarzmärkte in ganz Europa, ein Eldorado der Begehrlichkeiten, das natürlich auch Kriminalität wie ein Magnet anzieht. Dort gibt es alles – ein paar Ecken weiter so gut wie nichts. Die Münchner hausen in Ruinen, hungern und frieren. 1946/47 regiert der kälteste Winter des Jahrhunderts mit monatelangen Minusgraden. Kleidung, Schuhe, selbst die kleinen Gegenstände des Alltags wie Spiegel oder Pinzetten sind ein unvorstellbarer Luxus. Wenn jemand schwer krank wird, fehlt es an allem. Es sei denn, man hat noch etwas in seinem Besitz, das man in der Möhlstraße tauschen kann ...

In meinem Roman treffen in dieser rasanten Zeit des Umbruchs 1945–1948 zwei Frauen aufeinander, die unterschiedlicher kaum sein können und doch untrennbar durch die deutsche Geschichte miteinander verwoben sind: die Münchnerin Antonia Brandl, genannt Toni, und die Holländerin Griet van Mook.

Beide sind fiktive Figuren – und doch liegen ihnen reale historische Quellen zugrunde.

Dichtung und Wahrheit

Persönliches
Mein Bezug zur Möhlstraße ist eng. Ich bin in Bogenhausen aufgewachsen, habe dort neun Jahre lang das Gymnasium besucht. Der Friedensengel war der Ruhepunkt, an dem ich in Teenagerjahren mit meiner besten Freundin die Dinge des Lebens besprochen habe – und wir hatten viel zu bereden!

Als Studentin habe ich in den Semesterferien als Postbotin gejobbt. Mein schönster »Gang« (so nennt man die Zustellerroute im Postbotenjargon) war die Möhlstraße, damals längst wieder nobles Villenviertel. Die Holzbauten der Nachkriegszeit, die bis circa 1952 hier standen, waren Mitte der Siebzigerjahre verschwunden.

Der Verlag und sein Autor
Toni Brandl arbeitet in meinem Roman für den (fiktiven) Curt Heubner Verlag, den ich nahe des Englischen Gartens angesiedelt habe. Meine 2018 verstorbene Tante Edith hat während des Zweiten Weltkriegs bei einem angesehenen Münchner Verlag in ähnlicher Lage eine Lehre zur Verlagsbuchhändlerin absolviert und dort bis in die Sechzigerjahre gearbeitet. Einige ihrer lebhaften Schilderungen sind in diesen Roman mit eingeflossen; bis zu ihrem Tod ist sie ihrer Liebe zu den Büchern, die sie an mich weitergegeben hat, treu geblieben.

Den Dichter Egon Blau, den ich in einigen Szenen skizziere, hat es so nicht gegeben; aber wer sich mit der deutschen Nachkriegsliteratur beschäftigt, wird unschwer erkennen, welch äußerst erfolgreicher Verfasser launiger Verse die Vorlage zu dieser Figur geliefert hat (meine Tante musste ihm in »echt« bisweilen das Manuskript entreißen – genauso wie Toni!).

KZ-Außenlager Giesing
Beim Kamerawerk Agfa, das im Lauf des Zweiten Weltkriegs vollständig auf die Rüstungsproduktion umstellt, arbeiteten neben deutschen Frauen auch viele Zwangsarbeiterinnen. Im Herbst 1944 wurden in das Giesinger Außenlager des KZs Dachau rund 200 Holländerinnen überstellt, die aus dem Lager Ravensbrück kamen und fast alle im holländischen Widerstand tätig gewesen waren. Heute befindet sich auf dem ehemaligen KZ-Gelände eine hübsche Wohnanlage mit familienfreundlichen Eigentumswohnungen und Grünflächen, damals mussten die weiblichen Häftlinge dort in fensterlosen Rohbauten hausen und zwölf Stunden pro Tag in der Fabrik malochen. Anfangs wurden sie dabei noch halbwegs anständig verpflegt, da sie Präzisionsarbeit leisten sollten: Zünder für Flakgranaten zusammenbauen. Teilweise leisteten sie Sabotage, indem sie den Explosionszeitpunkt manipulierten; einige der Granaten explodierten schon am Boden – sehr gefährlich: Wenn frau dabei erwischt wurde, drohte die Todesstrafe.

Ende 1944 wurde das Lagerbordell in Dachau aufgelöst; die meisten Zwangsprostituierten mussten zurück ins KZ Ravensbrück, nur zwei kamen zu den Holländerinnen nach Giesing, darunter die Polin Magdalena (das ist historisch, der Name ist von mir geändert). In meinem Roman setzt Griet sich für Leni ein, wie sie sie nennt; die beiden werden Freundinnen.

Anfang 1945 wurde das Essen so rar, dass die Holländerinnen in einen Streik traten (auch das ist historisch belegt). Tatsächlich gelang es ihnen, sich durchzusetzen; die Verpflegung wurde kurzfristig verbessert, bis zu Kriegsende schließlich in ganz München bitterer Hunger herrschte. Gegen die Bombardierung waren die Frauen machtlos; sobald Alarm ertönte, wurden sie in der Fabrik eingesperrt.

Die wurde am 23. April 1945 schließlich ganz geschlossen. Die Holländerinnen harrten weiter in ihren Notunterkünften aus. Am 28. April trieb Kommandant Stirnweiß seine Häftlinge hinaus: Über Schäftlarn mussten sie weiter nach Süden marschieren. Alle waren entkräftet, viele krank. Mit letzter Kraft schafften sie es bis nach Wolfratshausen, wo sie auf einem großen Bauernhof unterkommen konnten – bis die Amerikaner wenige Tage später einmarschierten und sie befreiten.

Wir wissen über das KZ-Außenlager Giesing, den Transport der Holländerinnen dorthin und den Marsch nach Wolfratshausen so gut Bescheid, weil Kiky Gerritsen-Heinsius, eine dieser niederländischen Frauen, ihre Erfahrungen unter dem Titel *Die Welt war weiß* niedergeschrieben hat. Eine wirklich berührende Lektüre, zum großen Teil auf Deutsch nachzulesen in dem spannenden Buch *Kamera* von Alexander Steig (erschienen im icon Verlag), der diesen Text in ein künstlerisch-wissenschaftliches Projekt eingebaut hat, das vor einigen Jahren auf ebenjenem Areal installiert wurde.

Glückskinder
Griet, Toni, Leni, Louis, Dan, Max und Benno – sieben junge Frauen und Männer nach dem Krieg, als die Zukunft begann. Viele Millionen Menschen sind tot, sie aber haben überlebt – bei aller Verschiedenheit sind sie allesamt Glückskinder!

Gute Kost in magerer Zeit
In all meinen bisherigen Romanen steht als kleiner Nachtrag eine Rezeptesammlung. Für diesen Roman ist es mir gelungen, ein ganz besonderes Fundstück aufzutreiben: *Gute Kost in magerer Zeit*, verfasst von Grete Boruttau, erschienen 1946 im Michael Beckstein Verlag, München, original lizensiert von der amerikanischen Militärbehörde. Sie werden dieses Werk auch in der Romanhandlung wiederentdecken.

Ich habe Ihnen aus diesem Kochbuch ein paar Rezepte zusammengestellt. Leider können Sie nicht selbst das dünne Notpapier spüren, auf dem sie gedruckt wurden, aber ich denke, der Inhalt spricht auch so für sich und erinnert uns daran, wie gut wir es – trotz allem – heutzutage haben!

Lassen Sie uns zufrieden sein …

München, im Herbst 2020   Teresa Simon

REZEPTTEIL

Grete Bonuttau

Gute Kost
in magerer Zeit

Liebe Leserinnen und Leser, wir präsentieren Ihnen
auf den folgenden Seiten Originalrezepte
aus dem Jahr 1946 –
wie anders sieht unser Speiseplan doch heute aus!

Geflügel

Geflügelköstlichkeit – falls man überhaupt an Geflügel kam:

Geflügelgericht mit Gemüsen: Ein Suppenhuhn wird vorbereitet (ausgenommen, gewaschen und zerteilt). Dann mit reichlich Suppengemüsen ¾ – 1 Stunde gekocht. Man läßt sodann die einzelnen Stücke in Butter schön anbräunen. Dazu gibt man ferner in Fingergliedstücke geschnittene Gelbrüben und Sellerie, insgesamt ½ kg, geschnittene Zwiebeln oder Lauch, fügt stets nur wenig Brühe und Wasser daran und läßt zugedeckt schmoren, bis das Fleisch sich leicht von den Knochen löst. Zuletzt fügt man 2 weiche, durch das Sieb gestrichene Tomaten oder etwas Tomatenkonserve bei, schmeckt den Saft pikant ab, richtet die Geflügelstücke in der Schüsselmitte bergartig an, umlegt sie mit den Gemüsen und begießt sie mit dem kurzen Saft. Die restliche Brühe wird mit dem Hühnerklein (Kopf, Hals, Magen, Leber, Herz, Füße und Flügel) zur Suppe mit Einlagen für eine andere Mahlzeit verwendet oder als gebundene Suppe mit eingelegten Klößchen als Eintopfgericht, als Frikassee u. dgl.

Geflügelragout: Das zerteilte Suppenhuhn wird mit Suppengrün weich gekocht. Von den weniger schönen Stücken löst man das Fleisch von den Knochen und schneidet es in kleine Würfel. Aus Butter und Mehl bereitet man eine weiße Einbrenne, die mit der Huhnbrühe abgelöscht wird.

Man schmeckt die gut durchgekochte Soße nach Salz, etwas Pfeffer, Muskat und einem kleinen Spritzer Säure pikant ab und richtet das Ragout im Kartoffelrand an.

Die schönen Geflügelstücke werden dabei in der Mitte aufgehäuft und mit dem Ragout übergossen. Ferner kann man von Geflügel auch gulaschartige Gerichte bereiten, (Paprikahuhn) wie Kalbsgulasch.

Fleisch

Aus wenig kann sehr viel werden:

Weißes Ragout: Dafür verwendet man ausschließlich 200 g Weißfleisch, also Kalbsfleisch, Kalbsbries, sehr gut beides gemischt. Man kocht das Fleisch in mildem Salzwasser weich und schneidet es in kleine Würfelchen. Aus 20 g Butter oder Margarine und 40–50 g Mehl bereitet man eine weiße Grundsoße, löscht sie mit dem Kochsud ab und legt die Fleischwürfelchen ein. Man schmeckt nach Salz, wenig Pfeffergeschmack, Zitronenschale (auch getrockneter), Würze und Wostersoße fein – pikant ab. Verfeinerung: Man bereichert mit Weißwein.

Das Ragout ist ein äußerst praktisches Fleischgericht, da es aus frischem wie aus Restfleisch (nach Braten oder Schmorfleisch) bereitet und außerdem noch mit Gemüsen bereichert werden kann. Zu braunem Ragout kann man Gelbrüben, weiße Rüben, etwas Sellerie u. dgl., ebenfalls in kleine Würfelchen geschnitten, einlegen. Ins weiße Ragout gibt man nur zarte Gemüse wie Blumenkohl, Spargel, Schwarzwurzeln, grüne Erbsen, Rosenkohl u. dgl., ebenfalls klein geschnitten. Des weiteren kann Ragout auch von Herz, Euter und Hirn, oder einer Mischung davon, zubereitet werden (Solange noch Markenbindung herrscht, der Vorteil, daß man diese Fleischwaren mitunter zum doppelten Markenwert erhält).

Ragout von Restfleisch: Reste eines Schmorfleisches oder Bratens schneidet man in sehr kleine Würfelchen, die man mit gekochten Gemüsewürfelchen ergänzt. Man bereitet auf eine der angegebenen Arten und bereichert mit etwas vom Bratensaft.

Kartoffeln

Kartoffeln waren in den Jahren 1946/47 oft rationiert. Dem eisigen Winter war ein viel zu trockener Sommer gefolgt. In diesen Rezepten werden sie fast ehrfürchtig behandelt:

Kartoffeln als Hauptgericht

Durchschnittlich wird man für 4 Personen 1 und ½ kg Kartoffeln benötigen, zur Soße 20 g Fett und 40 g Mehl, die mit ½ bis ¾ l Flüssigkeit seimig gekocht werden.

Saures braunes Kartoffelgericht: 1 ½ kg gekochte Kartoffeln schälen, in Scheiben schneiden oder würfeln. Aus 20 g Fett, 40 g Mehl eine mitteldunkle Einbrenne rösten, mit Wasser oder Brühe ablöschen, nach Geschmack säuern, zerdrückten Knoblauch, zerriebenen Thymian einlegen und zuletzt die Kartoffeln. Alles mitsammen sehr gut verkochen lassen, abschmecken, mit einer Prise Zucker würzen.
Veränderung: Man reibt zuletzt etwas rohe Wurzeln (Gelbrübe, Petersilienwurzel oder Sellerie) daran, oder röstet etwas Lauch oder Zwiebeln mit.
Oder: Statt Fett brät man geräucherten Speck aus, würzt dann mit Sauer- oder Buttermilch und verfährt sonst weiter wie angegeben.

Gurkenkartoffeln: Man bereitet eine Einbrennsoße wie oben, legt die gekochten Kartoffeln dazu ein, ebenso auch gehackte eingelegte Gürkchen, schmeckt nach Salz, Säure, Pfefferersatz und einer Prise Zucker ab und läßt gut aufkochen. Dasselbe ist auch mit Essiggemüse zu machen. Man kann mit etwas süßer oder saurer Milch den Geschmack mildern.

Dillkartoffeln: Aus Fett und Mehl bereitet man eine sehr helle Einbrenne, wenn möglich mit Zwiebeln oder Lauch, die man mit Buttermilch, oder mit Wasser und Buttermilch gemischt, ablöscht. Man legt die gekochten Kartoffelstückchen ein, ebenso die zusammengebundenen dicken Stiele des Dillkrautes. Das zarte Grün davon hackt man fein und fügt es roh dem gut abgeschmeckten, nicht mehr kochenden Gericht bei. Die Stiele werden vor dem Anrichten entfernt.

Suppe

Wenn es gar nichts mehr gab, musste man zur Suppe greifen:

Frühlingssuppe (von Blattgemüse): 100 g zerstoßene Brotreste röstet man in 10 g Fett kräftig an, fügt 150–200 g in feine Streifchen geschnittene zarte Blattgemüse wie Spinat, Löwenzahnherzblätter, junge Nesseltriebe oder Salatdeckblätter bei, läßt kurz durchdünsten und füllt mit ¾ l Wasser auf. Man läßt das Brot seimig kochen und schmeckt die Suppe nach Salz und Würze kräftig ab. In den Suppentopf legt man 50 g gehackte junge Petersilie, Kerbel, Kresse oder Schnittlauch, fügt 10–15 g frische Butter bei und je Person 1 Eßlöffel frische Milch und gießt die kochendheiße Suppe darüber.

Lauchsuppe: Gut gereinigte Lauchstangen, 300–400 g, schneidet man in zwei Zentimeter lange Stückchen, die man in 15 g Fett anröstet. Man streut 20 g Mehl darüber, läßt etwas anlegen und löscht mit 1 l Wasser ab. 200 g Kartoffeln schält man roh, schneidet in kleine Würfelchen, legt zur Suppe ein und kocht alles zusammen 15–20 Minuten. Zuletzt wird nach saurer Milch und Salz pikant abgeschmeckt, mit Pfefferersatz und Bohnenkraut gewürzt und mit Schnittlauch überstreut aufgetragen.

Für alle geschmackgebenden Substanzen gelte als Grundsatz:

Je weniger man davon zur Verfügung hat, um so feiner verteilt (gehackt, gerieben, geschnitten) müssen sie sein, weil sich ihr Geschmack dadurch viel vollkommener dem ganzen Gericht mitteilt.

Süßspeisen

Süßes in einfacher Form war billig und machte satt:

Süßspeisen von Milchteigen und Mehlteigen

Sehr ausgiebige Gerichte geben viele Milchteige wie Schmarren oder Mehlteige wie Strudel u. dgl. m. Für die Milchteige gelte als grundsätzlich, daß man sie nicht nur von Frischmilch oder nur von einer bestimmten Milchart bereiten kann, sondern daß man ebensogut Buttermilch oder auch eine Mischung von verschiedenen süßen und sauren Milchresten dafür zusammenmischen kann.

Um Fett zu sparen, wird man auch manche Gerichte, die man unter normalen Einkaufsverhältnissen in der Stielpfanne gebacken hat, nun im heißen Rohr in einer Bratpfanne backen, wobei naturgemäß viel weniger Fett verbraucht wird als in der Stielpfanne. Die Methode wird wohl gewechselt, der Effekt aber bleibt der gleiche.

Grießschmarren: ½ l Milch wird mit 250 g Grieß durchgerührt und bleibt wenigstens 1 Stunde stehen, damit der Grieß in der Milch vorquellen kann. Das Gericht wird dadurch ausgiebiger und lockerer. Dann rührt man 1 Eigelb ein, salzt milde (kann auch nach Geschmack süßen) und zieht zuletzt den sehr steifen Eischnee unter den Teig. Er wird in die gefettete (30 g Fett) Bratpfanne gefüllt und bäckt im heißen Rohr ¾ bis 1 Stunde. Wenn er sich oben zu bräunen beginnt, reißt man den Schmarren mit zwei Gabeln zu groben Brocken auseinander, die man noch nachdünsten, nicht aber mehr bräunen läßt, sonst würde der Schmarren trocken.

Zuckereinsparend: Man läßt die Süßung des Teiges weg und überzuckert nur den angerichteten Schmarren. Reicht man eine Marmeladensoße oder Kompott dazu, kann die Überzuckerung wegbleiben.

Wenn es keine Sahne gab, machte man sich selbst welche:

Falsche Schlagsahne mit Mehl: In ¼ l kochende Milch läßt man 25 g in kalter Milch glatt gerührtes Mehl unter ständigem Schlagen mit der Schneerute einlaufen und aufkochen. Man nimmt vom Feuer, schlägt weiter, süßt nach Geschmack, würzt mit etwas Vanille- und Rumaroma und stellt kalt. Vor dem Gebrauch wird die Masse neuerlich mit dem Schneebesen zu schaumig lockerer Masse durchgeschlagen.

Verfeinert mit Eischnee: Man schlägt unter die kochende Masse den sehr steifen Schnee von 1 Eiweiß ein, läßt damit noch zweimal aufsteigen, nimmt vom Feuer, schlägt weiter, süßt nach Geschmack und stellt kalt. Vor dem Gebrauch wird die erkaltete Masse nochmals mit dem Schneebesen zu schaumig-lockerer Masse aufgeschlagen und wie oben gewürzt. Dies dürfte wohl der Schlagsahne am ähnlichsten sein um so mehr, als die erkaltete Masse sogar mit dem Spritzbeutel gespritzt werden kann.

Es nennt sich Konfekt, besteht aber ausschließlich aus sogenannten »Nährmitteln« wie Haferflocken:

Selbst bereitetes Konfekt

Haferflockenkonfekt: 80 g Haferflocken rösten. 100 g Zucker auf der Flamme goldhell bräunen, die Haferflocken dazugeben und unter gutem Durchrühren eine Haferflockenkrokantmasse rösten. Man muß sehr flink arbeiten, weil die Masse sehr schnell hart wird. Man bringt sie auf das schwach befeuchtete Brett, läßt sie abkühlen und reibt sie dann auf der Mandelmühle. Diese Masse wird nun mit zäher, säuerlicher Marmelade zu formbarer Masse gebunden. Man rollt kleine Kugeln davon, kann auch Brezeln oder Kringeln formen, die man in grobem Zucker wälzt und trocknen läßt.

Falsche Marzipankugeln: 125 g feinen Grieß vermischt man mit 125 g Puderzucker und befeuchtet dieses mit 1–2 Eßlöffeln gekochter kalter Milch und 25 g geschmolzener, abgekühlter Butter zu formbarer Masse, die man in Kakaopulver rollt. An Stelle von Kakaopulver kann auch in Zimt oder Zimtersatz gerollt werden. Man läßt das Konfekt trocknen.

Fruchtkonfekt: Haselnüsse oder Nüsse im Rohr rösten und reiben. Man vermengt sie mit Marmelade (gekaufte oder selbstbereitete, dick gekochtes Apfelmark usw.) und wellt die Masse auf Puderzucker oder feinem Grießzucker dick aus. Man sticht kleine Förmchen aus oder schneidet Würfel, die man im kühlen Rohr nachtrocknen läßt.

Danksagung

Mein herzlicher Dank geht an die Journalistin und Historikerin Lilly Maier, eine Spezialistin für Jüdische Geschichte. 2018 hat sie in den *Münchner Beiträgen zur Jüdischen Geschichte und Kultur* einen Band über die Möhlstraße herausgegeben: *Die Möhlstraße – ein jüdisches Kapitel der Münchner Nachkriegsgeschichte*, das mir viele wertvolle Informationen und Ideen geliefert hat. Ihre Unterstützung bei diesem Projekt war klug, liebevoll und kritisch im richtigen Moment.

Lilly – du bist einfach Spitze! ☺

Siehe dazu auch: https://www.jgk.geschichte.uni-muenchen.de/muenchner-beitraege/index.html

Ebenfalls bedanken möchte ich mich bei dem Münchner Historiker Willibald Karl, Verfasser der Bücher *Das Prinzregentenstadion* (zusammen mit Arnold Lemke und Alfons Schweiggert), *Die Möhlstraße*, *Amis in Bogenhausen* (zusammen mit Karin Pohl) sowie *Amis in Giesing* (ebenfalls zusammen mit Karin Pohl) – alles sehr lesenswerte Bücher!

Danke an Sophie Schuhmacher, die trotz Staatsexamensstress eine tolle Hilfe bei der Beschaffung der umfangreichen Literatur war.

Und last, not least geht mein Dank an meine wunderbaren Erstleserinnen: Brigitte, Babsi, Moni, Sabih, Hanne und Margaretha – was täte ich ohne euch!

Danke an meinen lieben Freund Karl Sapper, der mir die Geschichte mit dem Schmalz geschenkt hat und wertvollste Erinnerungen an die Jahre 1945–1948 liefern konnte.

Amelie Fried

»Mit ihrer Mischung aus Spannung, Humor, Erotik und Gefühl schreibt Amelie Fried wunderbare Romane.« Für Sie

978-3-453-42362-6

Immer ist gerade jetzt
978-3-453-40719-0

Die Findelfrau
978-3-453-40550-9

Rosannas Tochter
978-3-453-40467-0

Liebes Leid und Lust
978-3-453-40495-3

Glücksspieler
978-3-453-86414-6

Eine windige Affäre
978-3-453-40633-9

Paradies
978-3-453-42362-6

Leseproben unter **www.heyne.de**